A amante do rei

EMMA CAMPION

A amante do rei

Tradução de
PATRÍCIA CARDOSO

1ª edição

EDITORA RECORD
RIO DE JANEIRO • SÃO PAULO
2013

CIP-BRASIL. CATALOGAÇÃO NA FONTE
SINDICATO NACIONAL DOS EDITORES DE LIVROS, RJ

C197a Campion, Emma
A amante do rei / Emma Campion; [tradução de Patrícia Cardoso]. – Rio de Janeiro: Record, 2013.

Tradução de: The King's Mistress
ISBN 978-85-01-09191-8

1. Ficção Histórica. 2. Ficção americana. I. Cardoso, Patrícia. II. Título.

12-3863
CDD: 813
CDU: 821.111(73)-3

Título original em inglês:
THE KING'S MISTRESS

Copyright © 2009, Candace Robb
Copyright dos mapas © 2009, Charles Robb

Texto revisado segundo o novo Acordo Ortográfico da Língua Portuguesa.

Todos os direitos reservados. Proibida a reprodução, no todo ou em parte, através de quaisquer meios. Os direitos morais da autora foram assegurados.

Direitos exclusivos de publicação em língua portuguesa somente para o Brasil adquiridos pela
EDITORA RECORD LTDA.
Rua Argentina, 171 – Rio de Janeiro, RJ – 20921-380 – Tel.: 2585-2000,
que se reserva a propriedade literária desta tradução.

Impresso no Brasil

ISBN 978-85-01-09191-8

Seja um leitor preferencial Record.
Cadastre-se e receba informações sobre nossos lançamentos e nossas promoções.

EDITORA AFILIADA

Atendimento e venda direta ao leitor:
mdireto@record.com.br ou (21) 2585-2002.

Para Alice

Dramatis Personae

Família Real

Eduardo II* — rei da Inglaterra, deposto pela rainha Isabel e seu amante, Roger Mortimer

Isabel de França — rainha de Eduardo II

Roger Mortimer* — amante de Isabel de França

Eduardo III — rei da Inglaterra, filho de Eduardo II e Isabel

Joana da Escócia — filha de Eduardo II e Isabel

Filipa de Hainault — rainha de Eduardo III

Eduardo de Woodstock — príncipe de Gales e Aquitânia, filho mais velho de Eduardo III e Filipa

Leonel de Antuérpia — conde de Ulster, depois duque de Clarence, segundo filho de Eduardo III e Filipa

João de Gaunt — conde de Richmond, depois duque de Lancaster, terceiro filho de Eduardo III e Filipa

Edmundo de Langley — conde de Cambridge, depois duque de York, quarto filho de Eduardo III e Filipa

Tomás de Woodstock — conde de Buckingham, quinto filho de Eduardo III e Filipa

Isabel de Woodstock — filha favorita de Eduardo III e Filipa

Maria e Margarida* — filhas mais novas de Eduardo III e Filipa, falecidas em função da peste

João de Southery — filho bastardo de Eduardo III e Alice Perrers

Edmundo — conde de Kent, meio-irmão de Eduardo II

---

*Mencionado, não aparece.

Joana de Kent — filha de Edmundo, posteriormente esposa do príncipe Eduardo, filho mais velho de Eduardo III

Elizabeth de Burgh — condessa de Ulster (por direito próprio), primeira esposa de Leonel de Antuérpia

Branca de Lancaster — duquesa de Lancaster, primeira esposa de João de Gaunt

Constança de Castela — duquesa de Lancaster, segunda esposa de João de Gaunt

Catarina Swynford (nascida de Roët) — duquesa de Lancaster, terceira esposa de João de Gaunt

Outras figuras históricas

Sr. Adam; Robert Broun (embora eu não disponha de provas de que a relação entre ele e Alice envolvesse mais do que apenas negócios); Geoffrey, Philippa e Thomas Chaucer; Jean Froissart; dom John Hanneye; Simon Langham; William Latimer; Robert Linton; Richard Lyons e Isabella Pledour; João Neville; Henry, lorde Percy, e Mary Percy; Alice, Joana e Jane Perrers (e talvez Isabel e Joanna); Janyn Perrers; John Perrers (chamado de "Martin" no livro); John Salisbury; Nicholas Sardouche; Richard Stury; William Wykeham; William e John Wyndsor (Windsor).

Mencionadas em A AMANTE DO REI

Propriedades de Alice

① Ardington
② Crofton
③ Fair Meadow
④ Gaynes
⑤ Radstone
⑥ Southery
⑦ Tibenham

Residências reais

1 Castelo de Berkhampstead
2 Castelo Rising
3 Eltham
4 Havering
5 Castelo de Hertford
6 King's Langley
7 Castelo de Queenborough
8 Sheen
9 Castelo de Windsor

● Extensão das propriedades administradas ou mantidas por Alice

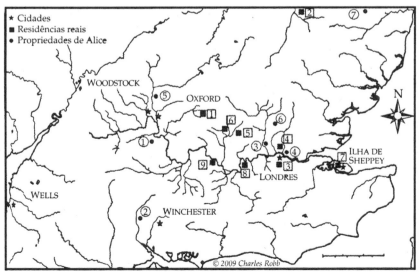

LIVRO I

UMA INOCENTE CONHECE O MUNDO

1

Assim como nossa primeira letra agora é A,
Ela é a bela primeira, inigualável.
Sua beleza agrada a todos os olhares.
Nunca ninguém viu algo assim para se cantar,
Nem sob negra nuvem estrela tão brilhante.

— GEOFFREY CHAUCER, *Troilo e Créssida*, I, 171-75

QUANDO TIVE EU A *escolha de ser diferente do que fui? Deveria eu ter sido mais egoísta, mais inflexível, mais rebelde? Terei sido muito complacente, rápida demais em dar aos homens da minha vida aquilo que eles julgavam querer? Serei uma pecadora, ou uma criada obediente? Na condição de ser do sexo feminino, eu era aceitável apenas como filha virginal, esposa ou viúva — a menos, é claro, que eu fizesse os votos a Deus. Fui as três coisas — filha, esposa e viúva —, além de amante.*

Meu amante está morto há muito tempo, e sinto a morte aproximar-se de mim. Escrevo isto para meus filhos, rezando para que eles entendam.

Comecei minha vida de maneira bastante decente, mas a família real preparou tantas ciladas em meu caminho que aqueles que atirariam a primeira pedra têm certeza de que nem mesmo agora eu conseguiria me corrigir. No entanto, quando tive eu a escolha de ser diferente do que fui? Este é o enredo da minha vida.

• 1355 •

DURANTE A SEMANA, nossa Paróquia de St. Antonin, na Watling Street, a leste da Catedral de St. Paul, em Londres, sussurrava por conta das missas encomendadas. A paróquia sempre fora um local para mercadores endinheirados que prestavam culto tendo em mente a crítica presente em um ensinamento de Cristo, aquele segundo o qual é mais fácil um camelo passar pelo buraco de uma agulha do que um rico ganhar o reino de Deus. Assim, eles doavam grandes somas para que, uma vez falecidos, se rezassem missas por suas almas, o que mantinha os padres sempre ocupados em orações quase ininterruptas, pois era uma paróquia antiga, que já enterrara muitos homens ricos e suas esposas, todos ansiosos por redenção.

Eu adorava passar o tempo na St. Antonin em dias comuns. Era o único lugar que eu tinha permissão de frequentar desacompanhada, sem um guardião, e ali eu me sentia segura. Deixava-me envolver pelo murmúrio das preces dos padres, enquanto aquelas pinturas familiares, as imagens do Salvador, de sua Santa Mãe e dos santos, lembravam-me que bastava eu fazer minhas orações e obedecer aos mais velhos para nunca precisar temer o mal. Eu era ingenuamente feliz, uma inocente a respeito do funcionamento do mundo.

Aos domingos e em dias de festa, a pequena igreja perdia essa atmosfera de conforto protetor, já que nessas datas todos os paroquianos, exceto os acamados, assistiam à missa. Os ricos mercadores exibiam seu êxito desfilando com suas famílias elegantemente vestidas, enquanto os bisbilhoteiros notavam toda e qualquer mudança, tanto na frequência dos fiéis quanto nos frequentadores — um lábio inchado, uma barriga um tanto maior e escondida sob uma saia incomumente volumosa, um toucado novo afrontoso de tão caro —, de tal maneira que todos os detalhes pudessem ser debatidos e esclarecidos depois da missa e nos dias subsequentes. Nesses dias mais agitados eu me aquecia junto ao calor de minha bela família.

Talvez eu já soubesse de longa data que aos domingos a St. Antonin era também um mercado de casamentos, mas, graças àquele dom que temos quando crianças de ignorar o que não nos afeta nem nos fascina, eu não prestava atenção àquele aspecto do dia. Até que chegou minha vez.

Começo minha história por minha primeira aparição como mercadoria naquele lugar que era meu santuário durante a semana. Foi no outono após meu 13º aniversário.

Não foi uma surpresa saber que eu deveria contrair matrimônio em uma idade adequada. Não tenho lembranças de tempo algum em que eu não entendesse que, na condição de menina, meu valor para a família vinha da perspectiva de que eu me casasse — fosse com um mortal ou com Cristo —, e meus pais jamais aventaram a hipótese de eu ingressar em um convento. Meu pai era um respeitado membro de sua guilda, um comerciante de tecidos finos e joias, além de ser sócio numa companhia mercante. Meu casamento deveria aumentar-lhe a prosperidade, ou o status, ou, de preferência, ambos.

Eu servia aos planos de meus pais. Era bela, fisicamente perfeita, bem-comportada, perspicaz, sem, contudo, manifestar abertamente minhas opiniões. Tão apresentável como os produtos de luxo vendidos por meu pai. Eu desejava ser desposada, chegava a ansiar por isso, acreditando que só assim minha vida começaria. E o desfecho do domingo que irei relatar certamente moldou o resto da minha vida, para o bem ou para o mal.

Meu ciclo menstrual iniciara havia pouco, o que me servira como aviso relativamente claro de que meus pais começariam a planejar meu matrimônio com alguém que servisse aos interesses da família. O que eu não esperava era que isso acontecesse em tão pouco tempo. Minha mãe explicou-me, com sua sábia e usual frieza, que eu chegara a uma idade em que era necessário assumir meu papel na família, unindo-a a outra casa de comerciantes bem-sucedidos, e que, portanto, não havia motivo para delongas.

— O dinheiro que gastamos com a escola que você frequenta será mais bem empregado em outros propósitos. Você não deverá voltar a estudar.

Se ela não desperdiçava nada comigo, muito menos afeto, que era guardado para John, meu irmão mais velho. Minha mãe chegou a declarar que seu leite secara após alimentar John, contratando, por isso, uma ama de leite antes de meu nascimento. Meus irmãos mais novos foram igualmente entregues ao cuidado de amas de leite, e, uma vez desmamados, nós passamos aos cuidados de Nan, uma criada que se encarregava de satisfazer todas as nossas necessidades com carinho e devoção — o que, no entanto, não chegava a compensar a indiferença de nossa mãe.

Meu pai era meu herói. Insistiu em que eu frequentasse a escola e, às escondidas de minha mãe, ensinou-me muito a respeito da qualidade e dos tipos de tecido, assim como o modo de negociar um bom preço e administrar as contas. Encorajada por ele, eu sempre me colocava atrás das cortinas do porão de nossa casa, onde ele armazenava e dispunha a mercadoria, e ali eu escutava suas negociações com os clientes; depois, ele me explicava suas táticas. Meu pai parecia apreciar minhas sugestões precoces, e eu me deleitava em partilhar com ele aquela atividade secreta, sem dividi-la com mais ninguém, nem mesmo com Geoffrey Chaucer, meu melhor amigo.

Naquele domingo fatídico, senti que toda a casa acordou prendendo a respiração. Meu pai assobiava nervosamente, e por duas vezes exigiu saber de Nan o paradeiro de suas botas, enquanto marchava de um lado a outro pelo corredor. John aprontou-se cedo e estava igualmente inquieto.

Meu traje — um vestido azul-celeste longo, feito de escarlate, a lã mais fina que há, e uma sobreveste verde — fora confeccionado para mim a partir do tecido das últimas roupas descartadas por minha mãe. Diferentemente de suas instruções costumeiras para que meus vestidos fossem retos, ela determinou que a criada ajustasse este aos meus seios, que despontavam à época, e à minha cintura delgada. As mãos de Nan tremiam enquanto ela me vestia, auxiliada por outra criada, tão silenciosa quanto ela. Sem dúvida, ambas desejavam, temerosas, que minha mãe julgasse satisfatório o resultado, e que, portanto, não encontrasse motivo para explodir num ataque de fúria.

Embora eu me mantivesse sentada imóvel enquanto Nan escovava meus cabelos, a ansiedade me tornava irrequieta. Distraía-me pensando em qual seria o próspero comerciante que meu pai escolheria para mim. Sabia que ele não ficaria satisfeito com o homem mais bonito e de melhor temperamento, pois o objetivo de meu casamento era a aliança entre nossa próspera família e uma outra, de preferência ainda mais próspera. Eu tampouco poderia esperar que o escolhido fosse alguém da minha idade.

Por algum tempo eu pensara que Geoffrey, meu melhor amigo, pudesse ser esse alguém; no entanto, pouco antes seus pais o haviam mandado para uma casa nobre, onde ele serviria como pajem. Vendo meu desapontamento, meu pai me lembrara que, embora os Chaucer fossem suficientemente ricos e respeitáveis, o filho deles tinha apenas 13 anos. Antes de casar-se, um jovem deve ter uma ocupação ou uma herança que lhe permita sustentar seu lar, e Geoffrey não tinha nenhuma das duas.

Meu pensamento desviou-se dessas preocupações quando Nan pediu que eu me virasse, a fim de que ela pudesse conferir se estava tudo devidamente abotoado e arrumado. Nan bateu palmas enquanto eu girava, mas, quando voltei a ficar de frente para ela, vi que chorava.

— Nan, o que há?

— Até o fim do dia você terá uma dúzia de propostas de matrimônio e já estará casada no Natal — lamentou ela. — Então eu não a verei mais. Você esquecerá sua velha Nan.

Abracei-a tão apertado que ela soltou um gritinho e me afastou de si.

— Eu a amo demais para esquecê-la — falei, do fundo do coração.

— Você vai arruinar todo o meu trabalho — protestou Nan, mas percebi que ela tinha ficado bem contente.

Quando entrei no saguão, meu irmão John parou de andar de um lado para o outro para me ver e, em seguida, abaixou o olhar, inclinando de leve a cabeça como se procurasse qualquer coisa no chão.

— O que foi? — perguntei.

Ele tornou a erguer o olhar, primeiro para meu rosto, agora ruborizado, depois para meu longo pescoço desnudo.

— Vestida assim, quase não a reconheço — murmurou ele, voltando-se para meu pai, que se juntara a nós.

— Pelo amor de Deus, Alice, não morda o lábio. — Meu pai chamou-me de lado. — Não há razão para queixar-se. Hoje você deve festejar sua juventude e beleza, hã? — Ele tomou minha mão, fez uma reverência, beijou-a e deu um passo para trás, para dar uma boa olhada em mim. — Minha nossa — falou entre os dentes. Não sorriu, mas também não demonstrou desagrado.

— Estou bonita, pai? — perguntei, confundida por sua expressão.

— Sim, claro. Sua mãe ficará orgulhosa de você hoje. Todos nós ficaremos.

— Agora o senhor poderia me dizer quem estará me observando mais atentamente enquanto eu fizer minhas orações hoje. Sei que o senhor conversou com alguém.

Ele tirou o chapéu e esfregou a testa, suando apesar do frio que fazia no saguão.

— Você o verá logo logo, Alice. Caminhe com humildade e sorria com doçura para quem a cumprimentar. Será ainda melhor se houver pretendentes de reserva, não?

Ele levantou a mão para afagar meu ombro, como era seu costume, mas de repente corrigiu-se, deixando-a cair. Percebi que, assim como John, ele me achava diferente e, de algum modo, intocável. Eu me sentia febril e enjoada e desejava fugir.

Mas minha mãe acabara de entrar no saguão, descendo do solário. Ela parou à porta com tal ar de elegância e tamanha autoridade que me senti como se eu fosse Mary, minha irmã de 5 anos, descalça e encardida.

— Venha na minha direção — ordenou minha mãe.

Assim o fiz, tremendo de medo sob seu pesado escrutínio.

— Vire-se.

Obedeci novamente, como se eu fosse uma boneca que ela manipulasse a distância.

Ela suspirou.

— Não temos tempo para lamentar. Não há remédio.

— Margery, por que diz isso? Alice está adorável — protestou meu pai.

— Você só poderia pensar desse modo — respondeu minha mãe, dirigindo-lhe um olhar intimidante. — Minha única esperança é de que a presa escolhida por você pense o mesmo.

Seria possível que ela estivesse no escuro, assim como eu, no que dizia respeito à escolha de meu pai?

— Venham, John, Will. — Ela suspirou diante do cabelo sujo de meu irmão mais novo. — Onde está Nan? Ainda não acabou de arrumar Mary?

Minha mãe não tornou a olhar para mim. Continuei ali de pé no saguão, constrangida e me sentindo descartada. Foi Nan, a querida Nan, que salvou meu dia.

Colocando a mão rechonchuda de Mary sobre a minha, ela pediu:

— Diga a sua irmã aquilo que me disse, Mary.

Assim que olhei nos grandes olhos de minha irmãzinha, compreendi que o que eu via ali era amor, admiração, tudo aquilo que eu desejara ver nos olhos de meus pais e de John.

— Você é tão bonita — sentenciou Mary. — Quero ser igual a você quando eu crescer.

Tentada a abaixar-me para apertar aquela querida criança contra meu peito, forcei-me a me resignar a um beijinho em sua bochecha momentaneamente limpa e a um leve aperto em sua mão.

— Você vai comigo à igreja, minha lady Mary? — perguntei, meu coração desmanchando ao ver o encantamento em seus olhos.

— Você está linda como uma aurora na primavera — sussurrou Nan. — Sua mãe não gosta de ser ofuscada, e seu pai se deu conta de que a filha está prestes a deixar sua casa. Não os julgue por seus sentimentos tolos, Alice.

Então eu relaxei, notando, mais uma vez, como era agradável a sensação do escarlate macio contra a minha pele, como seu drapeado tinha um peso e um movimento que lhe davam uma aparência fluida, de tal forma que eu me sentia graciosa.

Inclinei-me para Mary.

— Cabeça erguida, irmãzinha. Esta manhã, as meninas Salisbury vão atrair a atenção de todo mundo. Você está muito bonita nesse vestido.

Reunida a família no saguão, tirei meu manto do cabideiro na parede, mas minha mãe abanou a cabeça e me deu um dos seus: um manto cinza, forrado no elegante gris, que é produzido a partir da pelagem de inverno dos esquilos — só a parte traseira, a mais bela. Para minha mãe era uma capa curta, mas em mim passava dos joelhos, e era maravilhosamente macia e envolvente.

— Tire-a quando entrar na nave — instruiu-me ela. — Será um desperdício do tecido que gastei em seu vestido escondê-lo sob um manto. Minha intenção é mostrar que seu corpo está pronto para gerar filhos.

Suas palavras me constrangeram, como se eu estivesse prestes a desfilar nua pela cidade. Meus olhos devem ter se enchido de lágrimas, pois meu pai deu-me um tapinha no ombro — agora suficientemente coberto —, sussurrando que minha mãe estava com dor de cabeça e não queria ser rude.

Agarrei a mão que Mary me oferecia.

— Então, vamos! — falei, com forçada alegria.

Isso distraiu Mary, que seguiu rindo e pulando ao meu lado enquanto eu me dirigia para a porta. Will de repente disparou na frente e a abriu com uma reverência. Dessa vez eu também ri, grata por meus irmãos menores.

A manhã de outono estava úmida com a névoa do rio, que se dispersaria por volta do meio-dia, mas que naquele momento deixava-me satisfeita por ter um manto forrado de pelo. Uma manhã tão úmida e fria normalmente inspirava reclamações de minha parte, mas nesse dia ela era reconfortante, como se assim eu pudesse me guardar em privacidade por mais algum tempo. Tentava me lembrar de que eu estava apenas sendo exibida para possíveis pretendentes. Levaria um ano ou mais até que cruzasse o portal da igreja para contrair matrimônio. Mas eu não conseguia afastar a sensação de estar deixando para trás os limites de um mundo que eu conhecia para seguir na direção de um vazio sem fronteira, sem fim. Tremi, e, com a mão livre, apertei mais o manto que me cobria.

Mary continuava a pular ao meu lado. Eu apertava sua mão enquanto me perguntava o quão frequentemente eu a veria depois de casada, o quanto eu saberia de sua vida.

À porta da igreja, Nan tirou meu manto e fez menção de tomar a mão de minha irmã, mas eu a segurei.

— Ela me ajudará a me manter firme, não é mesmo, Mary?

Minha irmã pendurou-se em minha mão e assentiu com um sorriso tão prazeroso que eu tomei coragem. Ao adentrar a nave, senti reafirmar-se a atmosfera familiar. Era impossível contar quantas vezes eu havia cruzado aquela porta. A vastidão de pedra acima de mim parecia tornar mais leves meus passos.

— Sr. Janyn Perrers! Tenha um bom-dia! — exclamou meu pai. Meu coração palpitou. Era um viúvo, rico e extremamente bonito, que durante um período fora um assíduo convidado à nossa mesa. Entretanto, como fazia algum tempo que ele não dava o ar de sua graça entre nós, eu imaginava que ele tivesse se casado. Estava como eu me lembrava: pele bronzeada, olhos escuros e brilhantes, cabelo cacheado. Tinha uma voz grave, que ressoava, e seu rosto se iluminava quando ele sorria. Usava suas roupas elegantes com grande desenvoltura. Juntamente com meu pai, o Sr. Janyn era meu ideal masculino.

— Sr. John Salisbury, *Benedicite*. — Janyn Perrers fez uma reverência.
— E madame Margery. — Fez outra reverência, mas eu notei que ele não olhou diretamente nos olhos de minha mãe, como havia feito com meu pai. Então olhou em minha direção. — E esta é Lady Alice? Certamente não é aquela criança que eu vi brincando em seu jardim. Não é possível que do dia para a noite ela tenha se tornado uma mulher tão linda! — Seus olhos eram tão amistosos que eu não pude deixar de sorrir.

Fiz uma mesura, e fiquei surpresa quando sua mão quente subitamente agarrou a minha. Encarando-me como se eu fosse a única pessoa na nave, ele se curvou e tocou minha mão com seus lábios. Senti-me corar dos pés à cabeça. Perdi a fala, e só o que consegui fazer foi olhá-lo fixamente enquanto ele, mais uma vez, cumprimentava meus pais e afastava-se em direção à multidão.

— O que ele faz aqui esta manhã? — sibilou minha mãe para meu pai. Sua cabeça tremia sobre seu pescoço delicado.

— Margery, você sabe que ele frequenta esta igreja ocasionalmente.

— Pois faz já um bom tempo.

— É verdade. Mas outro dia nos falamos e voltamos às boas relações.

— Pelo amor de Deus, se você pretende fazer o que estou imaginando, eu torço o pescoço dela antes de permitir que se case com ele.

Naquele momento, tomei consciência dos horríveis olhares que eram lançados sobre nós, mas não tive certeza de se eram dirigidos a mim ou a minha mãe. Sua face pálida coloria-se de estranhas manchas avermelhadas, e sua cabeça mantinha-se tão rígida que o véu adejava como a delicada asa de um inseto.

Ela torceria meu pescoço antes de permitir que eu me casasse com Janyn Perrers? Não era possível que eu houvesse entendido bem. Definitivamente, não. Minha suspeita de que meu pai não a houvesse consultado não me agradava.

Depois da missa, quando os Chaucer vieram nos cumprimentar, Geoffrey confessou-me nunca ter imaginado que eu pudesse ser tão linda quanto estava naquela manhã. Tentei rir diante desse elogio desajeitado, mas consegui apenas esboçar um sorriso.

— Você parece assustada — disse ele.

— O dia não está correndo como eu sonhava — falei, irritada ao sentir que as lágrimas ameaçavam irromper.

— Ah não, assim não — disse Geoffrey, com uma expressão de extrema cumplicidade. — Endireite-se e enfrente os olhares destes paroquianos. Você é digna de qualquer um deles. — Ele gemeu ao ouvir a voz de sua mãe chamando-o para partir. — Ela tem medo de que nós dois os desafiemos e nos comprometamos em matrimônio.

Outras famílias com pretendentes elegíveis aproximavam-se, e, um a um, meu pai os foi apresentando a mim, de acordo com a ordem de chegada. Muitos dos mais jovens eu já conhecia, ainda que eles agora se comportassem comigo de maneira bastante diversa daquela que costumavam adotar no passado.

NA ALTURA EM que eu e minha família saímos da igreja, a neblina havia sido dissipada por um outonal sol cálido de meio-dia, do mais profundo tom de ouro. A súbita luz ofuscou minha visão, e acabei tropeçando nos baixos degraus que levavam ao pórtico. Alguém com braços fortes porém delicados segurou-me e ajudou-me a recuperar o equilíbrio.

— Deus o abençoe — falei, um tanto sem fôlego enquanto ajeitava minhas vestes com uma das mãos e, com a outra, protegia os olhos.

Descobri então que meu salvador era Janyn Perrers.

No entanto, duvido seriamente de que ele tenha ouvido meu agradecimento, pois minha mãe já o havia puxado para o lado e agora o repreendia severamente em sussurros furiosos. Não saí em defesa de Janyn por medo da reação dela.

Meu pai disse alguma coisa em voz baixa a Nan, ao que ela se pôs a chamar as quatro crianças sob seu cuidados, apressando-nos a atravessar a praça em direção a nossa casa.

John soltou um suspiro alto assim que entramos no saguão.

— O que quer que tenha perturbado nossa mãe, ela ficará irritável pelo resto do dia.

Will disparou em direção à porta do jardim, mas Nan o puxou de volta, arrumando seus cabelos rebeldes.

— Vamos esperar tranquilamente por seus pais — disse ela.

Mary resistia às lágrimas.

— Por que a mamãe está tão brava?

Abracei-a e lhe prometi que logo veríamos que não era nada.

Quando meus pais chegaram, sibilavam entre si, suas faces coradas, tão exaltados estavam. Já do lado de dentro, meu pai agarrou minha mãe pelo cotovelo e rudemente a puxou para si de modo a ter a última palavra. Ela soltou o braço, ajeitou suas saias e correu para fora novamente. Pude ouvi-la subindo as escadas externas às pressas rumo ao solário. O assoalho rangeu sobre nossas cabeças.

Com um puxão nas roupas e um movimento do pescoço, como que para aliviar os músculos do local, meu pai aparentava calma quando juntou-se a nós.

— Sua mãe ofendeu-se com o comportamento do Sr. Janyn Perrers. Ela não se deu conta de que ele a salvou de uma queda, Alice, e o admoestou por ter tocado uma moça tão jovem. Trata-se de uma infelicidade, já que ele jantará aqui esta noite e sua mãe, graças à incivilidade que cometeu, encontra-se muito envergonhada para estar conosco. Ela crê que ficaremos mais à vontade se você fizer as honras da casa.

Ainda que eu me sentisse incomodada com aquela mentira, não consegui pensar em nada para dizer a não ser:

— Sim, pai.

Foi uma noite estranha e extremamente desconfortável. Para celebrar o clima agradável, a cozinheira e Nan haviam arrumado uma mesa de armar perto da porta que se abria para nosso pequeno quintal. As flores já estavam morrendo, mas, como o sol aquecera as plantas, sua fragrância mesclava-se aos deliciosos aromas que subiam da mesa. Teria sido um delicioso jantar — mas a sombra de minha mãe projetava-se ampliada em sua ausência. Eu não me sentia preparada para assumir o papel de anfitriã em seu lugar. E não era a única a sentir-me constrangida. Meu pai estava excessivamente falante e jovial. Os pais de Janyn, Sr. Martin e madame Tommasa Perrers, estavam claramente constrangidos.

Mas não o Sr. Janyn. Ele mantinha o charme e a simpatia que exibira todas as vezes que já fora a nossa casa.

Will e Mary haviam sido enxotados para a cozinha com Nan — e parte de mim ansiava por estar com eles, à vontade e sossegada. Eu sentia como se tudo o que era familiar e tranquilizador tivesse sido posto em uma carroça que se afastava rapidamente, muito rapidamente, e queria protestar, exigindo que tudo me fosse imediatamente devolvido e posto de volta em seu devido lugar, tudo como sempre havia sido.

Entretanto, o Sr. Janyn cuidou para que eu não me sentisse assim por muito tempo. Enquanto os outros adultos conversavam entre si numa cortesia ensaiada, ele nos entretinha, a John e a mim, com histórias de suas viagens à Lombardia, a Nápoles, Calais, Bruges. Duvidei das suspeitas de minha mãe quanto a suas intenções de propor-me casamento, pois, com toda aquela distinção e aquele conhecimento do mundo, somados aos cerca de vinte anos que nos separavam, ele não poderia interessar-se em fazer de mim, uma criança, a senhora de sua casa.

Ainda assim... vez por outra ele me olhava com uma expressão curiosa, como se se indagasse a meu respeito, talvez me imaginando em diferentes cenários ou diferentes figurinos. Perguntou-me sobre minhas preferências — cores, pratos e até mesmo as festas —, ouvindo tudo tão concentradamente que às vezes repetia minhas exatas palavras para si mesmo, como se estivesse determinado a lembrar-se delas. Depois de contar uma de suas viagens ou algum episódio qualquer de sua vida, ele me espiava, conferindo se a narrativa havia sido de meu agrado. Não tratava John do mesmo modo. Julguei ser aquele o comportamento de um homem fazendo a corte.

Enfim encerrou-se o jantar e eu me vi à porta, despedindo-me dos convidados. Madame Tommasa tocou-me de leve na face, dizendo-me que esperava ver-me novamente em breve. O Sr. Perrers discutia vivamente com meu pai a respeito das notícias acerca de um navio perdido no Canal, de propriedade de um amigo em comum dos dois. Janyn tomou minhas mãos entre as suas e fitou-me nos olhos profundamente. Ele era muito mais alto que eu, mas naquele momento tive a impressão de estarmos tão próximos que eu poderia sentir seus cílios se ele piscasse. Sua pele era suave ao toque, e seu odor, muito agradável. Mas ele parecia muito homem, muito hábil e forte, muito capaz de me submeter a sua vontade. Se chegássemos a nos casar, minha vida seria engolida pela sua. Alice não mais existiria. Queria mandá-lo embora e dizer que não voltasse, mas ao mesmo tempo desejava que ele se inclinasse para perto de mim e me beijasse os lábios. Quando esse pensamento me ocorreu, senti-me enrubescer.

Janyn sorriu e por um instante pareceu um tanto malicioso, o que lhe caía bem.

— Creio que você roubou meu coração, Srta. Alice. Rogo que seja gentil com ele.

Beijou-me as mãos, uma de cada vez, e então fez uma reverência e se afastou.

Fiquei aterrorizada e agitada. Após a partida de nossos convidados, meu pai perguntou o que eu tinha achado do Sr. Janyn.

Hesitei.

— Ele é tão mais distinto e experiente do que eu. Um homem tão vivido — comecei.

— Ah, então ele não a agradou. — Ele meneou a cabeça ao som dos passos de minha mãe, acima no solário. — Ela a envenenou contra ele? Disse alguma coisa antes que ele chegasse?

— Mas eu *gosto* dele! — protestei.

No entanto, ele não pareceu me ouvir. Interiormente, continuava a discussão com minha mãe. Eu ficara exausta pelo esforço de agir como anfitriã sem uma preparação prévia, e me sentia como um peão em um jogo de xadrez: desimportante, fácil de mover, fácil de perder.

— Ela não me disse nada após a igreja — acrescentei, e, murmurando uma desculpa qualquer, fugi para a cozinha à procura de Nan.

Deitada em minha cama aquela noite, eu comparava minha fantasia da noite anterior a respeito de como seria minha manhã na missa com a experiência efetiva e pensava, com o coração apertado, que eu acabara de provar o verdadeiro sabor da vida adulta — um sabor amargo, quando eu o imaginara doce.

A CASA MANTEVE-SE calma por alguns dias, minha mãe em seu quarto, meu pai e John evitando qualquer menção aos acontecimentos de domingo. No domingo seguinte, o Sr. Janyn não esteve presente na St. Antonin. Mais uma vez, após a missa as famílias com filhos solteiros e alguns viúvos aproximaram-se de nós para as apresentações. Meu pai foi gentil, minha mãe, brusca, e ninguém foi convidado para jantar em nossa casa aquela noite.

Ao longo das semanas seguintes, minha mãe comportou-se a maior parte do tempo como se eu tivesse deixado de existir, lançando uma poderosa maldição sobre mim. O pior foi ter sido tirada da escola, tal como ela havia anunciado, o que me impedia de ter uma ocupação. Perdi completamente o apetite e tornei-me cada vez mais introspectiva. Como eu não era nem criança nem noiva, presa no vazio do intervalo, não havia lugar para mim.

Então finalmente, em um dia de primavera, meu pai pediu-me que fosse encontrá-lo no porão depois do jantar. Disse-me que receberia clientes importantes e que gostaria que eu me apresentasse da melhor maneira. Senti como se alguém houvesse acendido uma vela dentro de mim, o calor e a luz me preenchendo e me convidando a voltar à vida. Eu estava capinando a horta, e subitamente me dei conta de como estavam sujas minhas mãos, e até mesmo meu rosto. Pedi a meu irmãozinho Will que tomasse conta de Mary por alguns instantes para que Nan me ajudasse a lavar-me e a colocar meu vestido azul-celeste e a sobreveste verde.

Minha velha ama balançou a cabeça em lamentação ao ver como o vestido agora ficava largo e como eu parecia pálida, apesar do tempo ensolarado que gozávamos.

— Filha, você passa tempo demais na igreja.

— Ou então agora é que passo tempo suficiente, Nan, pois minhas preces foram atendidas. Meu pai perdoou-me.

— Pelo quê?

Dei de ombros.

— Já não importa.

Por seus resmungos e trejeitos, percebi que para ela ainda importava, e muito. Havia muito que Nan vinha se enfurecendo secretamente com o tratamento dispensado a mim pelos meus pais.

COMO O PORÃO estivesse frio, eu mantinha as mãos próximas à lamparina a óleo enquanto esperava que meu pai acabasse de instruir o empregado sobre como dispor os tecidos e ornamentos que ele desejava mostrar aos clientes. Eu oferecera-me para trazer vinho e algo de comer para os convidados, mas o empregado de meu pai respondeu que ele mesmo se encarregaria da tarefa, como sempre fazia.

— Penso que você ficará surpresa — disse-me meu pai enquanto seu empregado recebia os clientes — e, espero fortemente, encantada ao saber quem está aqui. — Seu rosto brilhava por antecipação.

Havia pilhas de barris entre a entrada e a área onde meu pai expunha sua mercadoria, de modo que reconheci a voz antes de avistá-lo. Meu coração acelerou e eu senti uma necessidade urgente de fugir, não porque quisesse evitá-lo, mas porque tinha a sensação de estar sendo varrida por uma grande onda que me carregaria para longe da terra familiar, uma onda inexorável sobre a qual eu não possuía controle algum.

— Pai, é o Sr. Janyn Perrers?

— Então se lembra da voz dele. Acho que é um bom sinal. Você bem disse que havia gostado dele.

Então ele realmente me ouvira aquele dia.

— Está contente?

— Não sei o que pensar — admiti. Aquela não era a melhor maneira de ganhar a afeição de minha mãe, pensei.

Mas era tarde para dizer mais. O pequeno espaço foi subitamente preenchido pelo Sr. Janyn e seu pai. Senti-me aliviada ao ver as sombras que os homens projetavam sob a luz das lamparinas, pois assim eu poderia aproveitar minha familiaridade com o espaço e sentir-me menos exposta, menos legível. Eu não queria que o Sr. Janyn visse a intensa vermelhidão que meu rosto adquiria quando ele me olhava abertamente, nem a dificuldade que eu tinha em desviar os olhos dele.

Na verdade, eu era dele antes mesmo que ele pedisse minha mão.

O pai de Janyn saudou-nos, a mim e ao meu pai, com uma mesura e perguntou pela minha saúde.

Novamente senti-me enrubescer ao responder que estava ótima. Sua pergunta me deixou confusa. Presumi que ele havia notado como minhas roupas pendiam largas em minha diminuta figura. Eu esperava não estar esquelética a ponto de esse vir a ser seu primeiro comentário. Não faria de mim uma boa recomendação a seu filho.

— Agradeço a Deus que tenha se recuperado por completo — disse ele. — Madame Tommasa também se alegrará com a notícia.

Devo ter exteriorizado a confusão que eu sentia, pois meu pai pigarreou e balançou a cabeça para mim, um sinal para que eu me recobrasse. Em seguida ele acompanhou os dois homens até os tecidos expostos.

Não me juntei a eles de imediato, tentando imaginar que outro motivo, além da minha aparência naquele momento, teria resultado na preocupação do Sr. Martin com minha saúde, já que ele sugerira que sua esposa partilhara de igual apreensão. Talvez meu pai tivesse mentido sobre o meu estado de saúde, o que seria fácil, já que eles não viviam em nossa freguesia, e, de fato, eu realmente parecia ter estado doente. Eu não conseguia pensar em algo que fizesse mais sentido que isso. A única razão que eu imaginava para tal mentira era que servia como uma desculpa para tê-los evitado, coisa que fizera na tentativa de apaziguar minha mãe, que tanta aversão nutria pelo Sr. Janyn.

No entanto, ali estavam eles naquele dia, em nosso porão, convidados por meu pai. Rezei para que esse fosse um indicativo de que minha mãe havia concordado em julgar o Sr. Janyn com misericórdia; dificilmente ela confiaria a mim a tarefa de avaliar alguém. Meus ânimos mais uma vez se elevaram quando eu considerei a possibilidade de me tornar noiva de Janyn Perrers. Nada mais me faltaria se eu tivesse o marido mais belo e elegante. Notando que meu pai relanceava em minha direção, fui até ele e seus convidados. Eles discutiam a respeito do tecido que meu pai lhes havia mostrado e sobre alguns outros, trazidos pelo empregado. Um deles parecia ter sido pintado com estrelas de ouro e luas crescentes em prata sobre um fundo escuro, quase negro.

Corri as mãos pela peça para sentir se o padrão em ouro e prata se destacava em alto-relevo, mas parecia ser parte do tecido.

— Não é fantástico? — perguntou-me meu pai.

Assenti. Não mais fantástico do que a ideia de desposar Janyn Perrers, pensei.

— Não sei por que o comprei — disse meu pai —, pois é tão estranho. Mas o achei tão bonito que conscientemente ignorei meus receios.

O Sr. Martin roçou os dedos cheios de anéis no tecido, levantou-o e sentiu seu peso. Quando o depositou de volta, disse:

— É muito fino, John. Minha mulher me recomendaria comprá-lo.

Janyn riu.

— Sim, ela o faria.

Meu pai balançou a cabeça.

— Onde ela usaria isto sem sofrer a censura de toda a freguesia?

— Aqui em Londres, usaria apenas em casa — disse o Sr. Martin, com um pequeno dar de ombros, batendo de leve no tecido com o dedo. — Mas na Lombardia, poderia usar um vestido feito disto no mercado, ou nas festas. Ou como forro de uma capa.

Levantei uma ponta do pano e delicadamente esfreguei-o entre os dedos. Era sedoso e tinha bom caimento. Imaginei-o como uma sobrecapa para um vestido escuro, ou mesmo dourado.

— Então madame Tommasa deve sentir muitas saudades de sua terra natal — falei. — Eu gostaria de ver uma cidade onde se pudesse ir ao mercado num vestido tão belo.

O Sr. Martin abriu um amplo sorriso.

— Talvez você um dia *veja* essa cidade, Srta. Alice. O que acha, devo comprar metragem suficiente apenas para o forro de uma capa? Ou para um vestido?

— Ou para uma sobrecapa — acrescentei, sentindo-me ousada por revelar que havia imaginado um uso para o pano.

— Ah. — Ele aquiesceu. — Qual seria a cor do vestido por baixo dessa sobrecapa?

Hesitei, olhando para meu pai à espera de permissão para continuar. Com um gesto de cabeça, ele encorajou-me. Aliás, parecia satisfeito comigo.

— Um dourado escuro? — sugeri. — Ou talvez algo ainda mais escuro.

— A senhorita tem talento para isso — disse o Sr. Martin. — Bom. Muito bom.

Eu estava agradecida pela completa educação a respeito de tecidos que havia recebido de meu pai.

O Sr. Martin olhou de relance para o filho, que me observava com a intensidade habitual.

· — Qual destes a senhorita escolheria para minha mãe? — perguntou-me ele.

Ele ergueu dois tecidos dourados, um bem mais escuro que o outro, quase marrom, ainda que com um toque de ouro, uma promessa de luz.

Apontei para este. Janyn voltou-se para meu pai.

— A Srta. Alice inspirou-me a presentear minha mãe baseando-me em suas escolhas. Mais tarde discutiremos as medidas.

— Talvez seja hora de nos sentarmos e discutirmos o verdadeiro propósito de sua visita — disse meu pai. — Alice, venha sentar-se ao meu lado. — Ele tomou meu braço, puxou-me de leve, e eu finalmente desviei meu olhar do Sr. Janyn.

Meu coração disparava à medida que nos encaminhávamos para nossos lugares, e uma nova sensação percorreu minha pele, como se meu corpo acordasse de um profundo descanso. Se aquilo era amor, eu nunca havia amado Geoffrey.

— Alice, o Sr. Janyn Perrers procurou-me com a intenção de torná-la sua esposa — começou meu pai, apesar de aquilo parecer a conclusão de seu discurso.

Então ali estava: o momento com o qual eu havia sonhado. Embora, agora que se concretizava, eu me assustasse. Não estava pronta. Por que minha mãe não estava ali presente? Eu não me atrevia a perguntar, ainda que a questão queimasse em minha garganta.

— Ele é um bom homem, recomendável em todos os sentidos, mas um noivado só é abençoado pela Igreja quando o homem e a mulher concordam com o compromisso. O que diz, Alice? Você seria a esposa deste homem?

Senti-me despreparada. Ainda que meus pais tivessem se esmerado em encontrar um bom marido para mim, pouco haviam me instruído quanto às implicações de uma união. Minha mente fervilhava com as perguntas para as quais eu não obtivera resposta, às quais outras haviam se juntado depois. *É permitido a mim um tempo para pensar a respeito, pai? Amar alguém como eu acredito que o ame despojar-me-á de minha alma? Ele disse que me ama? O que acontece entre um homem e uma mulher?*

– Filha, é preciso que me dê uma resposta. — A voz de meu pai continha uma nota de irritação, ainda que ele forçasse um sorriso, batendo de leve em minha mão. — Você não estava ciente de que o Sr. Janyn a honrava com seu interesse?

Fitei cada um daqueles homens. Os olhos de Janyn estavam sossegados agora, não mais me perscrutando, mas observando. Não parecia abertamente preocupado com o desfecho daquela consulta. Já o Sr. Martin parecia confuso; e meu pai, temeroso e aborrecido. Eu não tinha um conselheiro, um confidente naquela sala. E estava evidente que esperavam minha decisão naquele momento. Abracei minha obediência como filha.

— Se assim o senhor o desejar, eu me sentiria honrada em ser a esposa do Sr. Janyn, pai — declarei.

Percebi que todos à mesa respiraram fundo e senti a tensão retroceder.

— Deus abençoou-me neste dia — disse Janyn, com uma voz cheia de emoção.

— Minha esposa ficará muito contente — disse o Sr. Martin. — Que Deus lhes conceda uma vida abençoada e fecunda juntos.

— Rezo para que em tudo eu lhe agrade — murmurei.

Meu pai sorriu. Notei um leve tremor em suas mãos quando ergueu sua taça para o brinde ao noivado.

Eu seria Alice *Perrers*, a amada esposa do belo homem que se sentava à minha frente à mesa; *madame Alice*, a soberana de seu lar.

— Posso beijar minha noiva? — solicitou Janyn.

Ah, Deus! Subitamente fui tomada por uma timidez, e rezei para que meu pai negasse o pedido.

O Sr. Martin bateu palmas.

— Mas é claro que pode, hã, amigo? — E piscou para meu pai.

Eu agarrei a mão de meu pai. Ele acariciou a minha.

— É o selo mais apropriado — disse ele.

Janyn levantou-se, seu corpo ágil afastando-se do lado da mesa que ocupava. Estendeu-me a mão. Mão grande, elegante. Levantei-me, um tanto trôpega, e ele gentilmente amparou-me enquanto nos aproximávamos. Era alto, muito alto. Fiquei na ponta dos pés. Ele inclinou a cabeça e me tomou para si, levantando-me do chão. Seus lábios — vinho e figos, foi o gosto que senti. Santo Deus, que pecado havia naquele beijo. Descansei as mãos em seus ombros, saboreando a sensação. Quando ele me pôs gentilmente de volta no chão, pensei que fosse desmaiar. Eu não podia me imaginar jamais voltando a andar por minha própria vontade. Mas firmei meu corpo e fiquei de pé, e, de mãos dadas, encaramos nossos pais. Ao olhar o meu, tive um momento de receio. Ele parecia perdido, assustado. Vendo que eu o olhava, rapidamente forçou um sorriso. Mas eu vira aquilo, ah se vira.

— Desejo-lhes toda a felicidade, querida Alice, querido Janyn — disse ele.

— Peço a Deus que eu mereça toda a alegria que sinto neste momento — disse Janyn. — Prometo fidelidade a Alice Salisbury, esta belíssima mulher.

Meu pai, inclinando a cabeça em minha direção, determinou:

— Você também, minha filha, deve comprometer-se.

— Prometo fidelidade ao Sr. Janyn Perrers — falei, constrangida por soar ofegante.

Janyn apertou minha mão.

— Nada de senhor, Alice. A partir de agora, para você sou Janyn.

ASSIM QUE NOS encontramos mais uma vez sozinhos — até o empregado havia se retirado —, meu pai e eu sentamo-nos em silêncio, perdidos em nossos pensamentos. Mergulhei a cabeça nas mãos e aspirei o odor de meu noivo. Devia ser aquele o perfume do céu.

— Agora, atenção, Alice, precisamos agir com cuidado.

Fui arrebatada de meu feliz devaneio pelo tom sério de meu pai, uma dramática mudança em relação aos momentos anteriores. Ele franziu a testa e, olhando para a mesa, começou a brincar com a caneca de vinho, que levava para a frente e para trás entre as mãos.

— Por quê, pai?

— Sua mãe...

Ousei perguntar:

— Por que ela não estava presente? — Como não obtive resposta imediata, adivinhei: — Ela não sabe o que se passa.

Ele balançou a cabeça.

— Isso não a agradará.

— Não.

— Os Perrers são respeitáveis, têm posses... por que ela desaprovaria?

Ele suspirou e esfregou as sobrancelhas.

— Você é jovem demais para entender.

Eu não podia esconder meu sentimento de frustração diante de sua recusa em ser honesto comigo.

— Não tão jovem a ponto de haver escapado as palavras que ouvi dela na igreja, quando usei esta roupa pela primeira vez. Ela disse que me estrangularia antes de me ver casada com Janyn. Que tipo de inimizade há entre eles?

Ele pareceu aturdido por um momento e, em seguida, irritado.

— Você ouviu aquilo?

— Sim. Ela falou de modo que eu ouvisse. Por que ela ameaçaria praticar tamanha violência, pai?

— Você nunca disse nada.

— O senhor também não.

Encarei-o, implorando que me explicasse seu silêncio, que se desculpasse, que me tranquilizasse.

— Sua mãe diz muitas coisas apenas por dizer, Alice.

— O que ela nutre contra Janyn? Eu mereço saber, pai.

Ele abriu a boca como se fosse falar, depois fechou-a e balançou a cabeça, baixando o olhar, como se envergonhado ou confuso.

— Você sabe que ele é viúvo. Ela não gostava da falecida esposa, é só isso.

Não acreditei nele.

— Pai, diga-me o que em Janyn desagrada minha mãe.

— Não há nada nele que a desagrade. Juro a você, filha. E isso é tudo o que posso dizer sobre o assunto.

— Por que o senhor ainda assim nos aproximou?

— Não vou deixar que sua mãe estrague sua felicidade.

— Ele não é o único homem núbil em Londres. Ainda que eu goste dele mais do que de qualquer outro homem, eu poderia ser feliz com outro. — Não era sincero, mas o comportamento de meu pai me assustava. — Com alguém que não coloque minha própria mãe contra mim. — Não que ela alguma vez tivesse me dispensado suas preferências, mas subitamente a ideia de que ela poderia me odiar foi demasiadamente horrível, por demais definitiva. — Eu lhe imploro, pai.

32

Agora ele me olhou de um modo que eu raramente vira.

— Eu *não* me submeterei à vontade dela — rugiu ele. — Você fez os votos de fidelidade a Janyn Perrers, firmou um contrato, e *se casará* com ele. Não ouvirei nenhum outro argumento.

Jamais meu pai havia se dirigido a mim naquele tom. Emudeci. Eu já me sentira esgotada com as emoções que experimentara na presença de Janyn e seu pai. Isso agora acabava com o pouco de força que me restara.

— Tanta simulação... Isso me assusta, pai. Por que o senhor está tão desesperado para que eu me case com Janyn Perrers?

— Desesperado? — Ele balançou a cabeça. — Você se engana ao julgar-me assim, Alice. Janyn será bom para você. É um homem gentil, bondoso, tal e qual seu pai. Você me agradecerá por insistir nessa união.

Ele não me abraçou. Não perguntou se havia conseguido tranquilizar-me. Apenas instruiu-me para que mantivesse silêncio quanto àquele encontro, até que ele houvesse contado a minha mãe sobre meu noivado.

Ao deixar o porão, fiquei surpresa ao sentir o calor da tarde substituindo aquele interior sombrio e gélido. Levei Mary para uma longa caminhada. Ouvir sua alegre tagarelice foi para mim um bálsamo reconfortante.

Dormi pouco aquela noite, permanecendo acordada pelo que me pareceram horas, agudamente consciente de quão preciosos meus irmãos e Nan eram para mim, do quanto me fariam falta. No entanto, eu ainda estremecia ante a simples lembrança de Janyn, de nosso beijo. Quando finalmente adormeci, meus sonhos despertaram-me com um anseio por ele que não consegui entender.

Poucos dias depois, recebi um convite para jantar na casa de Martin e Tommasa Perrers. Foi bem conveniente, já que o segredo envolvendo meu noivado era tão completo que às vezes eu temia ter simplesmente sonhado com aquele encontro no porão. De sua parte, meu pai parecia imensamente aliviado por estarmos sozinhos no saguão quando o mensageiro chegou, ainda que me garantisse estar preparado para contar sobre o noivado à minha mãe. Eu temia aquele momento, mas ao mesmo tempo ansiava por passar logo por aquilo e assim aliviar meu coração.

No dia seguinte, meu pai presenteou minha mãe com uma capa azul como seus olhos, forrada de pele, uma capa tão quente e macia que ela gorjeou de alegria ao experimentá-la, declarando que, a partir daquele momento, mal podia esperar pela primeira neve. A capa tinha um fecho de prata que imitava delicadas asas. Eu nunca vira algo tão lindo, e minha mãe acrescentou sua própria beleza à da linda peça. Meu pai a observava com uma ânsia que parecia quase dolorosa, vendo-a andar pelo saguão, girando a cada dois ou três passos para mostrar o caimento perfeito e o belo forro. Aquela noite, à mesa, ela foi gentil com todos nós. Ao ver a alegria de Mary e Will com seu estado de espírito, perdi o pouco apetite que tinha, pois sabia que o anúncio feito por meu pai ao fim da refeição provocaria uma tempestade.

Entretanto, no momento em que eu esperava que meu pai proporia um brinde e anunciaria meu noivado para toda a família, ele se levantou e, fazendo uma reverência para a esposa, estendeu-lhe a mão.

— Meu amor, acompanha-me até o jardim?

Ela sorriu diante de seu imponente gesto e pôs-se de pé, aceitando sua mão, e então ambos retiraram-se pela porta do jardim.

Nan tomou os pequenos e levou-os para a cozinha. Na noite anterior, como eu precisasse de alguém com quem desabafar para não explodir, eu havia lhe contado o que se passara no porão e o convite que recebera para jantar na casa dos Perrers. Também ela esperava uma tempestade.

John e eu andávamos de um lado para o outro no saguão à espera do ato seguinte. Quando, por fim, nossos pais retornaram, o rosto de minha mãe estava branco como o alabastro e o de meu pai, congestionado pela raiva contida. Quando ela passou por mim às pressas em direção à porta que dava para as escadas de acesso ao solário, lançou-me um olhar breve, e eu pude ver as lágrimas começando a escorrer por sua face. Ela arregalou os olhos, e parecia estar prestes a dizer alguma coisa, mas então levou a mão aos lábios e seguiu adiante apressadamente.

— Não imaginei que o bom humor de nossa mãe fosse durar — disse John, com um sorriso malicioso.

Meu pai retorquiu:

— Cale-se, jovem tolo!

Mais tarde meu pai saiu e voltou, depois de algum tempo, trazendo Janyn, que me presenteou com uma bela peça de escarlate, de um dourado profundo, disse ele, para combinar com meus olhos. Nossas mãos tocaram-se quando eu peguei o presente e eu senti um choque, como se houvesse sido atingida por um raio.

— É uma honra receber este presente — falei, enrubescendo ao me curvar para agradecer.

— Tanto quanto é uma honra para mim você ter aceitado meu amor, Alice — respondeu ele. Inclinando-se para mais perto, ele sussurrou: — Não esqueci nosso beijo.

— Tampouco eu... Janyn — sussurrei em resposta, meu coração disparando.

Por um momento ficamos imóveis, fitando-nos e sorrindo.

John e minha mãe foram chamados para um brinde a nós dois. Minha mãe obedeceu, parecendo odiosamente pálida e sem vida. Meu irmão sorria e aparentava estar genuinamente feliz por mim. Foi difícil para meu pai sustentar um ar alegre — toda luminosidade desaparecia de seu rosto quando ele lançava os olhos para minha mãe.

E assim meu noivado tornou-se público.

2

*E eu serei seu — humílimo, sincero,
em segredo, e no sofrimento paciente,
manterei sempre o desejo renovado,
servindo, sempre sendo mais diligente,
e de boa vontade curvar-me inteiramente
à obediência de seus desejos, mesmo que me firam:
Eis, meu doce coração, o que quero fazer.*

— GEOFFREY CHAUCER, *Troilo e Créssida*, III, 141-47

• 1356 •

PERVERSAMENTE, EU DESEJARA QUE minha mãe recusasse o convite dos Perrers para jantar, mas ela estava à minha espera, trajando sua melhor combinação de vestido e capa, quando terminei de ser auxiliada por Nan e apareci no saguão. Minhas melhores vestes, agora tão largas, não pareciam tão especiais quando comparadas às de minha mãe.

Embora eu não esperasse nenhuma resposta, perguntei-lhe quantos anos tinha quando se casou com meu pai. Eu faria 14 em setembro.

— Eu era muito jovem — disse ela em voz baixa, sem emoção. Ainda que evidentemente tivesse se empenhado em arrumar-se, minha mãe não estava impaciente e agitada, como costumava ficar quando saía para jantar na casa de alguém. Pela primeira vez depois de muito tempo, ela olhou-me diretamente nos olhos. — Você acha que está pronta para se casar, Alice?

— Como eu posso saber, mãe?

Mas ela olhava através de mim, e eu soube que meu pai se aproximara de nós.

— Ela está pronta, Margery — disse ele.

A expressão de minha mãe foi fria.

— O que um homem poderia saber de uma coisa dessas?

Meu pai pôs a mão sob meu cotovelo e sorriu encorajadoramente enquanto me conduzia até a porta.

— Vamos, Alice, mal posso esperar para ver sua expressão quando vir a casa imponente que será sua quando você se casar.

Quando você se casar. Essas palavras deixavam-me agitada muito mais do que a ideia de ter uma casa imponente. Eu raramente estivera na residência de alguém que não pertencesse à minha família, e as propriedades de nossos parentes eram muito parecidas entre si, sugerindo prosperidade sem ostentação — os donos preocupados em manter seus bons nomes, aspirando a ofícios urbanos tais como mestre de guilda, meirinho, conselheiro, prefeito. Até a propriedade dos Chaucer era semelhante à nossa. Eu estava despreparada para conhecer o lar de Martin e Tommasa Perrers.

Era uma vizinhança mais rica que a nossa, mais próxima da Ponte de Londres, todas as casas bem maiores. Madame Tommasa deu-nos as boas-vindas à porta, coisa que minha mãe jamais havia feito por julgar mais apropriado que uma criada encaminhasse os convidados para o saguão. Com um grito de prazer, ela puxou-me para si, abraçando-me e me segurando próxima a si enquanto dizia:

— Bem-vinda a nossa família, Alice. Você será como uma filha para mim.

Ela beijou-me na testa e, em seguida, abriu passagem, num gesto que fez agitar a manga de seu sobrevestido. Conforme a luz a atingia, pude ver, encantada, as estrelas de ouro e as luas de prata.

Senti como se estivesse entrando em um sonho. As cores deslumbravam-me os olhos, bem como o fulgor do saguão, iluminado por tantos candelabros e arandelas que era como se estivéssemos à luz do dia. Tapeçarias e tecidos pintados engrinaldavam as paredes, e panos bordados e desenhados cobriam toda a mobília. Meus olhos eram atraídos para um e logo depois outro daqueles belos itens, até eu ficar tonta.

O Sr. Martin, com sua gentil expressão iluminada de acolhimento, tomou minha mão.

— Minha querida Alice, a senhorita é a visão da beleza.

Devo ter respondido, mas não consigo lembrar o quê, pois naquele momento minha atenção foi completamente desviada para Janyn, que se aproximava de nós com um sorriso de boas-vindas.

— Minha amada Alice — disse Janyn, tomando minhas mãos e beijando cada uma delas para em seguida fitar-me profundamente nos olhos.

Desejei que ele me envolvesse em seus braços como fizera sua mãe, mas obviamente ele seguiu em frente para cumprimentar meus pais.

Eu não estava tão envolvida por sua presença a ponto de deixar de atentar para o modo como ele e minha mãe cumprimentaram-se. Meus pais permaneciam próximos à porta, ele segurando a mão dela, e as mangas belamente drapeadas da vestimenta de meu pai revelavam um leve tremor. Imagino que ele a estivesse segurando firmemente para impedi-la de fazer qualquer movimento inadvertido.

Janyn parou a poucos passos deles, cruzou as mãos sobre o coração e fez uma reverência para minha mãe.

— Madame Margery — disse ele —, seja bem-vinda.

Ela corou, o fluxo de sangue provendo a pincelada de cor de que ela tão urgentemente precisava, e retribuiu a reverência.

— Sr. Janyn.

Ela tentou sustentar o olhar, mas ele desviou os olhos, virando-se apressadamente para cumprimentar meu pai. Eu nunca vira minha mãe tão vulnerável, tão insegura.

Janyn estendeu as mãos para meu pai. Cada um segurou o antebraço do outro, fazendo uma reverência com a cabeça e trocando saudações amistosas. Pareciam sentir-se muito confortáveis juntos.

Minha mãe iniciou uma conversa tensa mas cordial com o Sr. Martin.

Antes que a sessão de cumprimentos se prolongasse excessivamente, madame Tommasa arrastou-nos todos para uma mesa carregada de comida, posicionada em frente a portas duplas que estavam abertas para um jardim cortado por um xadrez de canteiros abarrotados de plantas florescendo. Rosas e parreiras, muitas de variedades que não reconheci, subiam e se retorciam em volta de pequenas varas e ao longo de muros baixos, criando um espetáculo tão colorido quanto o que víramos no saguão.

Senti a presença de Janyn ao meu lado.

— Vamos caminhar um pouco pelo jardim? — sugeriu ele.

— Ah, sim, por favor! Mas a sua mãe...

— Os outros não nos concederão um minuto de paz.

Ele ofereceu-me o braço, e sobre ele pousei a mão. Com meu coração batendo acelerado, dirigi-me para o caminho de cascalhos ao lado de meu noivo.

— Você deve amar esta casa — falei —, tão cheia de luz e cor. Tão bela.

— Tenho lembranças felizes deste lar — disse ele. — E ainda venho jantar com meus pais frequentemente. Mas você deve saber que eu não vivo mais aqui.

Eu esquecera, mas não queria admiti-lo, portanto perguntei:

— Você vive nas redondezas?

— Minha casa fica mais abaixo, na direção do rio, entre a bela Coldharbour e a Ponte de Londres. — Uma localização muito boa. — Devo pedir a seu pai que a leve lá, para que possa vê-la. Afinal, em breve será sua casa também.

Ele me conduzira até um canto distante, onde havia um banco sob uma macieira em flor.

Ao me sentar, tirei a mão de sobre seu braço para ajeitar minhas saias, e também para esconder o frio que senti infiltrar-se em mim ao imaginar-me habitando a casa de Janyn junto com ele. Eu me tornara parcialmente estranha a mim mesma: num momento querendo me ligar a ele e no outro sentindo meu estômago embrulhar ante a ideia de deixar a casa de minha família para morar com ele. Respirei fundo e olhei em volta, distraindo-me em recitar os nomes das plantas que eu conhecia.

Janyn sentara-se levemente de lado, de forma que pudesse me ver de frente.

— Estou tão desconfortável quanto você, Alice. Não teria sido melhor se houvéssemos nos encontrado por acaso? É difícil sentirmo-nos confortáveis quando há tantas expectativas em jogo.

Gostei que ele tivesse notado meu constrangimento e não houvesse fingido não percebê-lo.

— Sim, eu sinto como se os outros prendessem a respiração e nos vigiassem enquanto fingem nos ignorar.

Ambos rimos e desviamos o olhar um do outro, como se tivéssemos nos tornado muito íntimos com excessiva rapidez.

— Você sabe que sou viúvo, não sabe? — perguntou ele. — Que já fui casado antes, e que minha mulher faleceu?

— Sim, sei.

Ousando olhá-lo, vi que ele me observava com o cenho carregado, como se tentasse descobrir o que eu sentia. Eu queria tranquilizá-lo, mas não sabia o que dizer.

Janyn tomou minha mão entre as suas, num gesto protetor.

— Com você, Alice, eu inicio uma nova vida. O que quer que deseje mudar em nossas casas, para que fiquem mais de acordo com o seu gosto e mais confortáveis para você, peço-lhe que o faça. Eu desejo apenas a sua felicidade.

Eu não tinha ideia de como escolher a mobília para uma casa, e menos ainda de como fazer para dar ao ambiente um ar parecido com aquele belo lugar onde ele havia sido criado. Tampouco planejara um jardim como aquele. Mas não tencionava desapontá-lo externando minhas dúvidas.

— Você disse "casas"? — perguntei. Foi a primeira pergunta segura, prática, que me ocorreu fazer, e eu queria muito que ele prosseguisse a conversa. — Você possui mais de uma?

Ele sorriu, e seus olhos acenderam-se. Agradava-me provocar-lhe tal efeito.

— Sim, tenho uma casa na cidade e outra no campo, a menos de meio dia de viagem. Gosta do campo?

— Não me lembro de algum dia ter ido além de Smithfield. Sempre vivi na cidade.

Observei uma aranha que fazia sua teia no canto da estaca, recusando-me a testemunhar Janyn começando a perceber o quão jovem e estúpida eu era.

— Então, será para você uma aventura — disse ele. — Gosta de cavalgar? Tem algum lugar favorito para a atividade?

Desejei que ele parasse de fazer tantas perguntas.

— Nunca cavalguei, nem cavalo nem pônei.

A aranha aproveitou uma aragem e tentou apanhar um pequeno inseto, que, entretanto, escapou.

— Para poder começar, você terá uma égua domesticada, e tomará aulas assim que for possível. A menos que não queira aprender.

Levantei os olhos para me certificar de que ele falava sério. Parecia que sim; definitivamente parecia.

— Ah, mas é *claro* que quero aprender. Cavalos são tão belos, tão poderosos. Este ano que passou, meu irmão John cavalgou com meu pai em diversas viagens. Montado em um cavalo, ele parecia tão imponente! Ele contou-me que, fora da cidade, em toda parte existem campos, até onde a vista alcança, e, depois, florestas que em pleno dia podiam ser escuras como a noite.

Janyn sorria, mas não de modo a fazer-me sentir tola por ter soado infantil.

— Imaginei que você gostasse de animais e do campo — disse ele. — Espero logo poder cavalgar ao seu lado até nossa propriedade, observando sua reação quando vir as terras e a casa pela primeira vez.

— Eu não imaginava que viveríamos tanto na cidade quanto no campo — falei, experimentando o *viveríamos* para ver como soaria em voz alta. Soou muito bem.

De fato, como eu ainda era muito jovem, o casamento prometia ser uma aventura muito maior do que tudo que eu jamais esperara viver. Eu estava formulando uma pergunta a respeito de que outros animais Janyn possuía quando seu pai surgiu no jardim.

— Janyn e Srta. Alice, madame Tommasa compreende como é agradável sentarmo-nos no jardim para conversar, mas ela preparou um banquete, e ficará desapontada se não se juntarem a nós imediatamente.

O sorriso largo e a piscadela do Sr. Martin sublinhavam seu bom humor e a leveza de sua mensagem, e eu senti uma crescente gratidão pela perspectiva de ele vir a ser meu sogro. Ele bateu de leve em minhas costas quando Janyn e eu o acompanhamos até a mesa abarrotada, e eu me senti bem-vinda na família.

Naquele dia eu soube que, como muitas famílias londrinas, os Perrers tinham dado continuidade à tradição de misturar o sangue inglês ao estrangeiro, entrelaçando-se as relações familiares. Janyn tinha um irmão mais novo que vivia em um monastério na Lombardia e uma irmã que residia em Milão, casada com um mercador lombardo. Será que algum dia Janyn e eu viajaríamos à Lombardia para visitar seus irmãos? Talvez eu conhecesse o esplêndido mercado onde madame Tommasa poderia usar sua fabulosa sobreveste com estrelas douradas e luas prateadas.

A refeição estava tão colorida quanto tudo o mais que havia na casa dos Perrers, o que me fez recobrar o apetite. Madame Tommasa providenciou para que meu vinho estivesse bem diluído em água. Apreciei muito a atitude, pois, com sua ajuda, pude aproveitar a ocasião sem, de modo algum, cair no ridículo. Minha mãe beliscava sua comida e pouco dizia, mas meu pai estava expansivo, falando de um carregamento de especiarias raras que era esperado a qualquer momento. Madame Tommasa perguntava-me a meu respeito de um modo agradável, já demonstrando mais calor e maior interesse por mim do que minha própria mãe jamais demonstrara. Janyn discutia com ela sobre a aquisição de uma égua para mim — ela conhecia alguém interessado em vender um cavalo, o qual serviria perfeitamente. Meu irmão John provocou-me, declarando ter certeza de que eu ficaria atemorizada ao aproximar-me pela primeira vez de um cavalo da minha altura, ao que o Sr. Martin apostou que eu superaria em muito as predições de John.

Naquela noite, quando me despedi, Janyn beijou minhas mãos. Voltei para casa flutuando, como se meus pés tivessem asas.

ERA O INÍCIO de uma vida nova e empolgante para mim. Na manhã seguinte, fui com Janyn e meu irmão John ver a égua. Janyn a fez olhar para mim, de modo que eu pudesse ver como ela era mansa, como respondia bem a um toque delicado. Guiada por ele, alisei seu focinho e seu pescoço, e subitamente estava sendo levantada para sentar de lado sobre ela. Foi só um instante. Ao me pôr de volta no chão, ele deixou que seus lábios roçassem minha face e minha testa. Oh, doce Maria, mãe de Deus, era esta a sensação de ser a bem-amada de Deus? Persignei-me, dando-me conta da blasfêmia contida nesse pensamento, e meu irmão riu, acreditando que meu intento era proteger-me da égua.

Minha mãe encarregou-se de me trazer de volta à vida real assim que cheguei em casa. Ela nada me dissera após o jantar na casa dos Perrers. Nada. E, quando John e eu falamos sobre a égua durante o jantar, ela principiou uma história em voz altíssima sobre sua ida ao mercado e sobre o que planejava mudar no jardim. Quando meu pai não a censurou, senti-me doer por dentro, bem lá no fundo, e imaginei minhas mãos congelada estilhaçando-se contra a superfície da mesa quando a pressionei ao me levantar.

Muitos dias depois, eu soube que a égua agora era minha e que, embora Janyn fosse viajar a negócios e ficar fora por alguns dias, minhas aulas começariam assim que meus pais pudessem me levar até o estábulo, perto de Smithfield. Meu coração desmoronou ante a notícia da ausência de Janyn, mas recuperou-se quando meu pai acrescentou que o casamento fora marcado para o final de outubro.

— Sua mãe ofereceu-se para ajudar Alice a preparar-se — disse minha mãe, dirigindo-se ao meu pai, não a mim. — Para facilitar, sugeriu que nossa filha se hospedasse em sua casa até o casamento. Eu disse a ela que era uma decisão bastante conveniente.

Quase engasguei com a bebida que eu tinha na boca, e olhei para meu pai à espera de uma resposta indignada.

Mas meu pai assentiu.

— Será um arranjo satisfatório para todos os envolvidos se Alice ficar com minha mãe até o casamento. — Ele falou num tom estranhamente suave, evitando olhar em minha direção.

A pequena Mary gritou:

— Quero ir com ela!

— A vovó é quem deveria vir — disse Will, batendo com o punho na mesa.

Se não estivesse chocada, eu riria da impositiva declaração de meu irmão. Partir tão cedo! Até mesmo John perguntou por que nossa avó, ou eu, não poderia ir e vir todos os dias, dado que morávamos tão perto.

Entretanto, meu pai disse:

— Já está decidido.

Pela firme disposição de seu maxilar, compreendi que aquela era a última palavra sobre o assunto.

NA MANHÃ SEGUINTE, ainda na cama, eu esperava que meu futuro exílio não tivesse passado de um sonho, mas eu acabara de afastar as cobertas e pôr os pés no chão quando Nan entrou alvoroçadamente.

— Estou aliviada de ver que você já está se levantando — disse ela. — Will e Mary ficarão no saguão enquanto eu a ajudo a arrumar suas coisas. Não me atrevo a deixá-los sozinhos por muito tempo.

— Terei de partir imediatamente? Antes do desjejum? — exclamei, sonolenta demais para conter meu desespero.

Nan olhou-me por cima do baú que havia aberto.

— Oh, minha querida Alice, é claro que você não partirá sem comida. Seu pai a espera no saguão. Creio que ele espera assegurá-la de que imaginou essa estada com a sua avó como uma fonte de *prazer* para você. Ele me contou que madame Agnes gostaria de fazer isso pela senhorita; mandar costurar belos vestidos e fornecer um ambiente acolhedor para o seu noivo ir encontrá-la.

— Porque ele não é bem-vindo aqui. Tem certeza de que não sabe por que minha mãe odeia tanto Janyn?

— Como entender sua mãe? — Ela sacudiu meu segundo melhor vestido com mais força do que era necessário. — Não quero nem tentar. Deve haver aranhas naquela mente. — Dando-se conta do que acabara de dizer a respeito de sua ama, Nan persignou-se e pediu-me que esquecesse seu comentário. — Estou zangada por ela ter assustado você e por se comportar como se não a amasse. Mas os demônios a perturbam, Alice. Você é a vítima, não a causa de seu espírito maternal tão deficiente. Imagine como você será mais feliz com madame Agnes, hã?

— Mas lá eu não terei você nem Mary e Will, ou mesmo John ou papai.

Isso me valeu um abraço e um beijo solidários.

— Não, não podemos ir com você, minha querida. — A afeição nos olhos de Nan acalmava-me um pouco.

— Vocês me visitarão?

— Acredito que seu pai irá visitá-la, levando sua irmã e irmãos.

— E você?

— Você me verá, prometo, mesmo que eu tenha de ir sozinha.

Dei-lhe um abraço agradecido.

Não era a perspectiva de residir com meus avós Salisbury que me afligia. Ainda que tivéssemos passado pouco tempo juntos até então, eu gostava de minha avó, e ela parecia genuinamente apreciar minha companhia. Era uma mulher vistosa, alta e forte, e eu admirava o modo como atraía todas as atenções em qualquer aposento onde entrasse. Minha mãe era bela de um modo suave, gracioso, as pessoas sempre queriam vê-la sorrir e se ofereciam para levar e trazer as coisas para ela; minha avó era mais elegante do que bonita, e dela emanavam uma autoridade e uma sabedoria que inspiravam as pessoas a respeitá-la e buscar seus conselhos. No entanto, ela podia ser inesperadamente crítica, e sua aguda honestidade sempre feria; mesmo assim, ela estava entre meus adultos favoritos, bem como vovô Edmund, que era gentil e delicado. Eu estava contente por ter sido convidada a residir com eles.

Mas doía ser enxotada de casa, como se minha mãe não pudesse esperar para ver-se livre de mim o mais rápido possível. E meu pai — poucos dias antes ele dissera que, quando eu me casasse, ele perderia a tranquila camaradagem que tínhamos —, agora, igualmente me empurrava porta afora.

Eu estava decidida a aproveitar meus últimos momentos ali em casa ao máximo quando encontrei meu pai e irmãos para comer pão e queijo, acompanhados de cerveja espessa. No entanto, minha determinação foi imediatamente testada, pois Mary começou a chorar e Will declarou não ter apetite algum. Somente John exprimiu inveja.

— Nossos avós lhe darão tudo que você desejar — disse ele. — Eu preciso trabalhar para o meu sustento.

— Eu não me importaria de trabalhar — afirmei. — Sem trabalho, os dias parecem mais longos.

John riu.

— Logo você ficará tão cansada à noite que dormirá o dia inteiro — disse ele.

— John! — vociferou meu pai, seu rosto vermelho de irritação. — Não permitirei que você fale assim à minha mesa.

Ainda que tenha baixado a cabeça e resmungado um pedido de desculpas ao meu pai, a mim e a Nan, John conservou um sorriso malicioso. Eu estava sentada no ângulo perfeito para poder vê-lo. Odiei-o por notar que eu corei quando olhou em minha direção e imitou um casal se beijando.

Mas ele era meu irmão, e eu sabia que toda aquela familiaridade começaria a desaparecer quando já não estivéssemos mais juntos dia após dia. E eu sentiria saudades.

Cedo demais meu pai levantou-se da mesa e declarou que deveríamos partir. Mary caiu no choro novamente, e eu a abracei tão forte que ela chegou a contorcer-se um pouco, para logo voltar a agarrar-se a mim assim que comecei a soltá-la.

— Não vá! — choramingou ela.

Levantei-a e voltei a sentar-me no banco, secando suas lágrimas com a manga do meu vestido.

— Eu amo você, Mary, e queria muito que pudesse vir comigo. Mas você precisa da Nan, e ela não pode residir lá, nem abandonar o Will, entende? De qualquer modo, dentro de poucos meses eu deixaria esta casa, isto é apenas uma antecipação. — Falei confusamente, mas consegui que ela parasse de chorar, e, quando começou a soluçar, fui bem-sucedida em fazê-la rir do ruído. Will começou a rir também. — Viu? Nada mudou, continuamos bobos como sempre!

Mary bateu palmas de alegria. Eu a fiz deslizar delicadamente do meu colo para o chão e me levantei, arrumando a saia. Assumir o papel de mediadora fez com que eu me sentisse estranhamente madura. Com que rapidez eu me desprendia da minha infância! Mas não havia tempo para me desesperar, pois meu pai fez um gesto de cabeça para mim e saímos depressa, seguidos por um criado que carregava meus pertences.

Quando cruzávamos a praça, perguntei se poderia entrar na igreja para fazer uma prece à Virgem Maria.

Meu pai suspirou, impaciente.

— Preciso visitar alguns clientes hoje, Alice. Não podemos demorar. Talvez meus pais a acompanhem à igreja depois. — Ele estendeu a mão para pegar a minha.

Afastei-me dele e estaquei, forçando-o a voltar-se para ver o que se passava.

— O senhor está louco para se ver livre de mim — falei. Eu havia decidido me conter, mas sua recusa em parar na igreja foi demais para mim. — Eu conquistei Janyn, como o senhor queria, e agora sou punida. Por quê?

Ele olhou em volta, para ver se havia alguém capaz de ouvir-nos. Aparentemente, não viu ninguém significativo, porque não me repreendeu, tampouco disse que não responderia.

— Eu lhe suplico, filha, acredite quando digo que faço isso para lhe proporcionar maior tranquilidade, de maneira que você possa aproveitar os preparativos para o casamento. Desejo-lhe apenas a felicidade, minha menina.

— Não foi minha mãe quem exigiu isso?

Meu pai levantou as mãos espalmadas para cima e deu de ombros, numa expressão que era um misto de grande preocupação e mágoa.

— Você me perguntou o porquê de ela estar tão furiosa. Sua mãe está furiosa com a vida, Alice, não com você. Ela precisa de suas orações.

Eu era jovem, estava angustiada, assustada, e sua resposta não soou honesta, mas dissimulada. No entanto, não o enfrentei.

— Vamos — falei —, meus avós esperam por mim.

Recomecei a caminhada, e meu pai acompanhou-me. Quase podia sentir sua frustração, e o desprezei por isso. Eu era inexperiente em emoções que compreendia apenas vagamente.

Meu avô saudou-nos e pediu-me que fosse ter com minha avó no jardim, enquanto ele conversava com meu pai.

Encontrei madame Agnes — assim ela gostava que eu a chamasse — ajoelhada na horta, separando mudas de plantas. Era um prazer para ela cuidar do próprio quintal. "As mãos que conhecem a terra em todos os seus humores conhecem a sabedoria divina", ela costumava dizer, ainda que usasse luvas caras para proteger as mãos e vestisse uma roupa grosseira, que trocava pelos seus usuais trajes elegantes antes de cruzar novamente a soleira. Havia uma cabana de vime, escondida atrás da cerca, para tal fim.

— Converse comigo enquanto termino isto — disse-me ela. — Não vai demorar. Então poderemos começar a fazer nossos planos. Por ora, fale apenas de banalidades.

Contei-lhe sobre minha égua.

Ela sentou-se sobre os calcanhares, batendo a sujeira das luvas e assentindo com uma expressão contente no rosto largo.

— Eu disse a seu pai que Janyn Perrers saberia como tratá-la, e fico satisfeita em saber que tinha razão. Você já deveria estar cavalgando há muito tempo. E sem se sentar de lado. É uma atividade que fortalece as pernas e a ajudará a dar à luz sem o mesmo alarde que sua mãe fez.

Cavalos e partos? Talvez eu fosse ainda mais ignorante do que pensava. Eu vira alguns animais nascerem e sabia que os bebês saíam por entre as pernas traseiras deles, mas qual a necessidade de força?

— As mulheres sentam-se em cadeiras de parto, certo? Por que minhas pernas precisam estar fortes?

Madame Agnes olhou-me por um instante com a testa franzida, e em seguida começou a juntar suas ferramentas de jardinagem enquanto dizia:

— Para carregar o peso da criança, Alice. Agora vamos, quero cumprimentar meu filho antes que ele vá embora às pressas.

Aquela noite, quando minha avó subiu para se certificar de que eu estava confortável no pequenino e belo quarto que ela havia preparado para mim, eu me sentia infeliz. Meus avós haviam deixado claro que eu era bem-vinda e amada, mas ainda assim eu sentia saudades de Mary, Will, John e Nan; até de meu pai. Saber que eu tinha à minha escolha vários travesseiros, feitos do mais macio e mais belo linho, era algo pelo qual eu deveria ser grata — e era. No entanto, por mais confortável que fosse minha cama, eu me sentia muito distante de tudo que conhecia.

— A senhora poderia ficar um pouco mais para conversarmos, madame Agnes? — pedi.

— Amanhã, criança. Você precisa descansar, assim como eu. Amanhã sairemos à procura de tecido e de aviamentos para seus vestidos novos. Talvez também compremos couro, para sapatos.

— Meu amigo Geoffrey Chaucer está passando uma temporada em casa. Ele poderia visitar-me aqui?

— É claro, meu amor. Mande-lhe uma mensagem pela manhã. Convide-o para jantar conosco uma noite dessas, se quiser.

— Obrigada, madame Agnes.

Ela sorriu e beijou-me na testa, aninhando as cobertas sob meu queixo.

— Durma bem, minha bela.

— Que Deus a abençoe e conserve — sussurrei.

Eu não podia arriscar-me a falar mais alto, pois estava à beira das lágrimas, e ela deixara claro que não desejava ser forçada a permanecer ali ao meu lado.

Deu-me outro abraço.

— Que Ele a abençoe e conserve também, querida Alice. — Ao se erguer, ela passou os olhos pelo pequeno cômodo. — Imagine quão majestosos serão os seus aposentos quando se casar. Janyn Perrers será um ótimo marido.

E, com um sorriso de satisfação, ela deixou o quarto.

Debati-me por alguns instantes, encontrando dificuldade em sentir-me confortável. Não era o frio — eu tinha todas as cobertas de que poderia necessitar —, mas a sensação de estar exposta, desprotegida. Por muito tempo eu dormira com Nan, e, depois, com Nan e Mary. Agora, eu me encontrava sozinha em uma cama que devia ser pouco menor do que aquela que nós três dividíamos. Ocorreu-me abraçar um travesseiro. Ajudou, e eu adormeci.

Acordei com minha avó a cantar um hino à Virgem no aposento ao lado. Sua linda voz alegrou-me, fazendo recuar a dor e a solidão do dia anterior.

Só então pensei no que ela havia planejado para aquele dia — *sairemos à procura de tecido e de aviamentos para seus vestidos novos*. Não havia atinado com o fato de que eu poderia ter novos vestidos. Meus próprios vestidos. Enquanto eu permanecia deitada ponderando acerca dessa deliciosa perspectiva, uma criada anunciou-se roçando as unhas na tapeçaria que cobria a porta do quarto.

— Trouxe um pouco de sidra morna e um pequeno pedaço de pão para o seu desjejum, Srta. Alice — anunciou ela.

Mandei-a entrar.

— Não precisava trazer até aqui — falei.

A menos que estivesse doente, eu nunca fora servida na cama.

Ela depositou a xícara e o pão ao meu lado, em um pequeno escabelo, e então passou os olhos pelo quarto.

— Sou Gwen, Srta. Alice. Estou aqui para servi-la. Tem tudo de que precisa?

— Não tenho um pente — falei.

Apenas na noite anterior eu me dera conta disso; nunca havia precisado de um pente só meu.

Sua terna fisionomia iluminou-se.

— Trago num instante, quando vier vesti-la. — E, com uma mesura, retirou-se.

Puxei o escabelo até a pequena janela e abri a veneziana. O sol invadiu o cômodo, e, enquanto eu comia, acompanhei um passarinho que pulava pelo telhado do vizinho. Eu estava feliz. Simplesmente feliz.

Dentro em pouco, Gwen voltou, trazendo um pente de carvalho com dentes de osso. Um objeto simples, mas os dentes eram extraordinariamente lisos e perfeitos.

— Srta. Alice, devo pentear seus cabelos?

Mesmo que seu tom de voz não tivesse sugerido que ela estava ansiosa para fazê-lo, eu teria dito sim, pois sempre adorei que me penteassem. Ela foi delicada e minuciosa, elogiando meus cachos e o volume de meus cabelos.

— E que cores lindas: loiro, ruivo e castanho. Os tons mudam conforme a senhorita se movimenta.

Perguntei-lhe há quanto tempo trabalhava para minha avó.

— Não trabalho para madame Agnes, Srta. Alice, trabalho para o Sr. Janyn Perrers. Estou aqui há poucos dias, a fim de ajudar a arrumar este aposento para a senhorita e dar início ao trabalho de bordar suas camisolas.

Não havia me ocorrido que ela pudesse vir de fora.

— Há quanto tempo trabalha para o Sr. Janyn?

— Fará dois anos no dia da Festa de São Miguel, ama. Eu servia na cozinha e ele me disse que, se me mantivesse asseada e se aprendesse a bordar bem e se atentasse para o jeito como a gente fina se veste e para como gosta de ser servida, então eu poderia ser uma criada de quarto.

Virei-me para olhá-la, mas surpreendi uma expressão de tamanha gratidão naquele rosto doce porém simples que rapidamente desviei os olhos, antes que ela notasse minha intromissão em suas emoções. Fora uma atitude muito distinta da parte de Janyn, pensei.

— Quantos anos você tem?

— Dezessete, ama.

Mais velha do que eu, embora fosse pequena e não fizesse grande figura.

— Como você compararia esta casa com a do Sr. Janyn? — perguntei, ávida por saber mais a seu respeito.

— É calmo aqui, e a senhora é muito gentil e paciente — disse ela.

— Ela é, sim. Mas conte-me mais. A propriedade do Sr. Janyn é barulhenta?

— É uma casa ativa. Estamos sempre atarefadas preparando comida e aposentos e espaço no salão. Ele recebe muitos convidados, mercadores e, por vezes, até gente mais refinada. E, claro, temos apenas a Sra. Gertrude para supervisionar todas nós.

Ela acabara de pentear meus cabelos e agora debruçava-se sobre meu baú de roupas, escolhendo entre os vestidos. Sacudindo o azul-celeste, ela perguntou:

— A senhorita usará este hoje?

Eu não sabia se deveria usar minha única roupa apresentável para ir às compras. No entanto, minha avó não se encontrava ali para aconselhar-me.

— Sim, vou usá-lo. — Poderia trocar, caso madame Agnes a desaprovasse. — Mas então, quem é essa tal gente mais refinada? — perguntei, não querendo deixar morrer uma conversa tão promissora. Ela pareceu temerosa, e eu não saberia dizer se desaprovava minhas roupas ou se considerava inapropriado responder à minha pergunta. — Logo eu serei a senhora daquela casa — insisti.

Ela voltou-se para mim com um sorriso largo.

— Eu sei, e eu serei sua criada de quarto, caso a senhorita me queira.

— Eu hospedarei nobres?

Seu sorriso foi rapidamente substituído por um franzir de sobrancelhas, em sinal de preocupação.

— Fui instruída a nunca ficar de mexericos sobre as pessoas que frequentam a casa.

— Contar-me isso é mexerico? Não foi para informar-me sobre a propriedade que você foi enviada para ser minha criada? Hoje escolherei os tecidos e aviamentos para minhas vestimentas; devo saber o quão dignamente deverei me trajar.

Quase retirei o que disse, por soar tanto como uma tática de minha mãe, presumir que Gwen era mais simples do que eu e usar tal fato para manipulá-la.

Mas a expressão de Gwen desanuviou-se, e ela inclinou-se para sussurrar:

— Por duas vezes a mãe do rei jantou na casa.

— A rainha mãe? Isabel de França?

Gwen assentiu, seus olhos arregalando-se.

— Linda, ela era, não importa quão velha seja.

— Por que razão ela foi jantar com o Sr. Janyn?

— E os pais dele — acrescentou Gwen. — Pareciam todos velhos amigos.

Meu estômago embrulhou-se. Eu jamais estivera na presença da realeza. Nem de muitos nobres, aliás. Ser a senhora de uma casa que recebera Isabel de França, a mãe do rei... seria essa a origem da fúria de minha mãe? Estaria ela com inveja da vida que eu teria como esposa de Janyn?

— A rainha mãe era doce e gentil?

Gwen deu uma risadinha.

— Ah não, ama. Eu não diria isso. Mas ela já foi rainha, e seu pai foi o rei da França, de modo que ela não precisa agradar a ninguém a não ser a si mesma.

— O Sr. Janyn recebe outras pessoas assim importantes?

— Ninguém tão ilustre quanto ela, Srta. Alice.

Calei-me, enquanto ela finalizava minha toalete — tomou o cuidado de arrumar meus cabelos exatamente como Nan fazia, tirando-os de meu rosto e deixando-os cair pelas costas. Senti uma pontada de tristeza ao pensar em Nan, imaginando o que ela, Mary e Will estariam fazendo.

Logo percebi que eu tinha razão para preocupar-me em tentar persuadir Gwen a me dar informações.

Encontrei minha avó em seus aposentos, cercada de um sortimento de tecidos tão generoso que mais parecia o porão de meu pai. Seu próprio vestido naquela manhã — de lã clara e estampada, com pérolas trançadas no corpete e mangas longas e justas — parecia requintado demais para ser usado em um dia dedicado ao planejamento do guarda-roupa da neta. Por outro lado, eu jamais a vira vestindo nada tão simples quanto minhas roupas cotidianas.

Ela notou que eu a observava, a ela e àquele refinamento que a circundava, e contraiu o rosto, enrugando o nariz e franzindo a boca.

— Pecaminoso, eu sei — disse. — Eu coleciono as peças de que gosto e as guardo até encontrar um uso para elas. Aplaco minha consciência ao pensar que tudo isto será dado aos pobres da paróquia depois que eu morrer.

— Teremos mendigos elegantes pelas ruas — falei.

Com um gritinho de surpresa, minha avó desmanchou-se em risadas, e eu não pude senão acompanhá-la. Choramos de rir, o que foi um bom começo.

Depois de termos analisado vários belos tecidos que minha avó julgou serem bons para a confecção de trajes cotidianos, ela mostrou-me um elegantíssimo brocado, num tom claro de vermelho.

— Talvez seja elegante demais para a esposa de um mercador — disse ela. — Para ser sincera, não consegui imaginar uma ocasião em que eu mesma pudesse usá-lo.

Adorei o padrão e a cor, além da textura: era macio e liso, apesar de encorpado. Madame Agnes estendeu-o para mim, comentando que a cor avivava minha compleição.

— Os vestidos feitos com as roupas da sua mãe eram bonitos, mas a sua pele é tão diferente da de Margery que as cores que nela caem bem não são arrojadas o suficiente para você. Isto fica bem.

Sorri e fiz uma mesura.

— Digno de uma rainha — murmurou ela.

— Ou de alguém que vai jantar com a mãe do rei? — sugeri.

Ela pareceu divertir-se.

— Não sabia que você era tão sonhadora. Lady Isabel? E onde você jantaria com ela?

— Gwen disse que... — interrompi-me. — Será que algo assim tão fino seria adequado para a festa de meu casamento?

Entretanto, minha avó não se distraía facilmente.

— O que mais Gwen contou a respeito da residência de Janyn?

— Ela não estava mexericando, madame Agnes. Aliás, ela disse que não deveria falar sobre os convidados de seu amo, mas eu insisti para que me contasse sobre a vida doméstica, de maneira que eu pudesse preparar-me para meu papel como senhora da casa.

Madame Agnes suspirou, assentindo.

— É verdade que é importante saber o que esperam de você. Mas uma serviçal deve ser discreta. Você deve poder confiar que ela, inadvertidamente, não contará nada do que se passa em seu lar. Janyn não ficaria satisfeito em saber que ela mencionou um hóspede sobre quem ele preferiria manter silêncio.

— A senhora não sabia que a rainha mãe já frequentou a casa dele?

Minha avó negou com um gesto, e vi em seus olhos uma expressão enigmática: uma preocupação que beirava o medo.

— A senhora conheceu a rainha mãe? — perguntei, na expectativa de poder definir melhor seus sentimentos.

— Não. Mas, em meus primeiros anos de casada, eu estava na companhia de meu pai quando ele falou com nossa soberana, a rainha Filipa. Ela é uma bênção para este reino, uma dama graciosa e gentil, amada por todos que a conhecem. — Sua expressão endureceu-se. Havia um lampejo em seus olhos e uma aspereza em sua voz, mesmo que ela estivesse sorrindo e tecendo comentários tão doces a respeito da rainha. Minha perplexidade deve ter transparecido, pois minha avó balançou a cabeça. — Nunca se disse nada parecido sobre a rainha que a precedeu. Você soube de sua desonra, imagino? Que ela entrou em guerra contra o próprio marido, o santo e ungido rei?

Eu sabia que às vezes a rainha mãe era chamada de loba, por sua audácia em travar guerra contra o próprio marido e tomar sua coroa. Apesar de seu amante, Roger Mortimer, ter sido executado por sua participação na trama e por ter planejado em segredo o horrível assassinato do antigo rei, Isabel fora apenas encerrada no Castelo de Berkhampstead por poucos anos e em seguida no Castelo Rising, um lugar confortável, onde agora encontrava-se livre para receber seus convidados. E, obviamente, livre para viajar a Londres e jantar com meu futuro esposo.

— Mas o povo apoiou-a na subida ao trono de seu filho, o filho *do rei* — falei.

Minha avó comprimiu os lábios.

— Não direi mais nada a respeito. Ficará a cargo de seu esposo contar-lhe, já que ele a conhece.

Julguei ser melhor voltar ao assunto que mais me interessava, em vez de importunar minha avó com mais perguntas sobre a antiga rainha, uma mulher que ela claramente reprovava.

— Eu gosto de Gwen, madame Agnes. Não quero causar-lhe problemas. Se ela for minha criada, deverá responder a todas as minhas perguntas, certo? Não que eu não possa ser servida por outra pessoa, mas sua indiscrição foi minha culpa, minha responsabilidade.

— Acalme-se, Alice. Levarei isso em consideração.

Por um longo instante madame Agnes contemplou o exterior através da janela.

Quis perguntar-lhe o quanto ela conhecia Janyn, mas não conseguia pensar em um modo de fazê-lo sem parecer desrespeitosa. Não queria tensão entre nós. Precisava de seu amor e de sua confiança.

Toquei o brocado vermelho.

— É tão lindo. Quem sabe um dia eu não tenha um vestido vermelho.

De súbito madame Agnes voltou-se, novamente só sorrisos.

— Terá sim, meu amor. Tenho algo maravilhoso para mostrar a você.

Ela indicou com o dedo que eu esperasse, e saiu do aposento rapidamente. Enquanto a esperava, eu manuseava os vários tecidos que escolhêramos, imaginando os vestidos que poderia fazer com eles. Em breve madame Agnes retornou com Gwen, que carregava um pacote embrulhado com linho sem tingimento. Colocando-o sobre a pequena mesa à qual nos sentávamos, Gwen cumprimentou-nos com uma mesura e saiu. Notei que seus olhos estavam inchados, como se tivesse chorado. Tive certeza de que ela fora repreendida.

— Abra-o — disse minha avó. — É um presente de seu noivo.

— Mais um? — Triste por Gwen, atrapalhei-me com o barbante, mas finalmente desfiz o nó e abri o embrulho. Dentro havia um rolo de tecido tingido de um vermelho sangue, um tom muito mais escuro que o do brocado. — Oh, madame Agnes, que ousado este carmesim! É tingido com quermes? — Tratava-se de um corante caro, extraído de um inseto.

— Sim, Alice.

Levantei um dos cantos do tecido e com ele acariciei minha própria face.

— Tão macio!

— Confesso que não resisti e tive de dar uma espiada. Ele tem bom olho para cores, não?

Embora não fosse tão belo quanto o brocado, pude ver que seria mais adequado para a esposa de um mercador.

— Será feito um vestido com este tecido para mim?

— Para quem mais seria? Ele disse que a maioria das moças não poderia usar este tom sem parecer que está usando a roupa da mãe, mas que você já tem a graça e o porte para sustentá-lo. — Ela cobriu-o com o brocado. — Talvez devêssemos fazer um ornamento para a cabeça com isto, para ser usado sob um véu fino. — Afastou-se para examiná-lo e, finalmente, acenou positivamente com a cabeça.

— Vermelho não é a cor da realeza?

— Há quem diga isso. Não o use se a rainha viúva a estiver visitando, hein? — Minha avó deve ter percebido minha insegurança, pois acrescentou: — Filha, dependendo da ocasião, ou da lista de convidados, muitas mulheres usam esta cor. Janyn saberá orientá-la. Com hóspedes como aqueles enumerados por Gwen, ele deve saber como conduzir-se e governar sua casa.

Governar sua casa. Isso me levou de volta ao problema.

— A senhora admoestou Gwen?

— Sim, falei que eu confiaria nela para não voltar a trair seu amo, e ela prometeu que não o faria.

— Agora ela guardará rancor de mim!

— Os sentimentos de Gwen não são importantes, Alice. Uma criada serve-a. Mas eu disse a ela que você não tinha intenção de prejudicá-la.

Eu estava prestes a dizer que desejava muito que Gwen me perdoasse, mas me contive diante do conselho de minha avó.

— Não posso prometer que não direi nada a Janyn. Refletirei um pouco mais sobre isso. Ela é prendada no bordado, seus pontos são muito bons. Seria difícil substituí-la. Entretanto, uma vez que seu noivo nada me disse sobre ter recebido a progenitora do rei, esperava-se que Gwen se mantivesse calada acerca do assunto; assim, ele deve ser informado de sua indiscrição.

Eu compreendi a seriedade do assunto, mas minha responsabilidade na questão era algo que eu não poderia ignorar.

— Eu responderei por ela. A partir deste momento, serei responsável por sua conduta.

— É uma nobre oferta, Alice, mas alguém como você, tão jovem e inocente, não é capaz de dar-se conta do que ela pode acarretar A família real espera a mais absoluta fidelidade por parte dos que ela apadrinha, e, se seu noivo acreditar que Gwen não é mais confiável, você verá seu apoio a ela tornar-se impossível de se manter. De todo modo, não sei com certeza se falarei com Janyn. E, se eu o fizer, sugerirei que ele converse com Gwen e lhe dê uma segunda chance para que a moça prove sua obediência.

— Obrigada, madame Agnes.

Ela sentou-se ao lado do tecido vermelho e apanhou uma seda verde estampada com listras douradas, finas como fios de cabelo, aproximando-a de meu rosto.

— Ah, esta ilumina o seu rosto. Com pérolas como estas, talvez? — Apontou para as que tinha no próprio vestido. Em seguida, colocando um cacho de meus cabelos sobre a seda verde, disse: — Criança, você ganhou o coração dele. Tenho grandes expectativas quanto ao seu casamento. Ele a proverá, protegerá e saberá ser carinhoso.

Sentei-me e respirei fundo. Parecia um bom momento para externar os sentimentos confusos que eu nutria por Janyn.

— O que há, minha querida?

— Como eu deveria me sentir a respeito de meu noivo? Quando ele está próximo de mim, é normal eu experimentar uma sensação de calor e de estar à beira de um desmaio?

Foi a primeira vez que vi minha avó corar. Ela desviou o olhar.

— Mas que pergunta, Alice!

— Por que eu a embaraço? Nunca se sentiu assim com relação a meu avô? Levantando o tecido, ela tocou-o com as costas da mão.

— Há tanto tempo... — Suspirou, e sua expressão voltou a suavizar-se enquanto ela alisava novamente a seda e a encostava à face, fechando os olhos. — Ah sim, Alice, lembro-me daquela deliciosa sensação. Mesmo naquele tempo, ele não era tão encantador quanto o seu Janyn, mas era alto e forte, e tinha um riso malicioso e um brilho diabólico nos olhos, eu o adorava. Como adoro ainda hoje.

— Vocês escolheram um ao outro?

Madame Agnes riu dissimuladamente.

— Os tempos não mudaram tanto assim. Obviamente não nos foi dada escolha. Mas isso não importou para nós, pois desde o princípio gostamos bastante um do outro. — Ela sentou-se um pouco mais afastada da seda.

— E, parece-me, sucede o mesmo entre você e Janyn. — Seus olhos então encontraram os meus. — O que você descreve seria considerado pecaminoso para muitos, mas eu encarei como uma bênção o fato de sentir-me assim em relação ao seu avô. O amor pode ser uma prática assustadora para uma mulher a quem não agrada o toque do marido.

Eu podia pensar em muitos homens que não gostaria que me tocassem, uma ideia que me dava calafrios. Mas não conseguia imaginar-me algum dia tendo calafrios ao ser tocada por Janyn. Ainda assim, temia que houvesse muito por compreender.

— É verdade que... que dói, madame Agnes?

Ela tomou-me em seus braços, apertando-me contra si.

— Na primeira vez, sim, minha criança. Não mentirei para você. Mas depois dessa primeira vez — ela afagou meus cabelos — será algo muito diferente. E, para lhe ser sincera, lembro-me muito melhor do prazer daquela primeira noite do que da dor. — Ela afastou-me, e pude ver, aliviada, que sorria. — Ele já foi casado, saberá como ser gentil. Imagine o conforto de ser tomada no calor dos braços de seu bem-amado. — Beijou-me as maçãs do rosto.

Mas eu ainda não estava completamente tranquila.

— É como... eu vi os cães... — Minha garganta travou e não consegui continuar, ou mesmo olhar minha avó nos olhos.

Ela segurou minhas mãos.

— Sim e não, Alice. Deus nos elevou da condição de animais, dando-nos uma alma. Quando um homem é cruel com uma mulher, ele nega a alma que recebeu de Deus, rebaixando-se a animal. Quando o homem é gentil e amoroso, não é um ato bestial, não mesmo. E tenho certeza de que seu Janyn será gentil e amoroso com você. Ah, minha pobre criança, suas mãos estão tão frias! — Ela esfregou-as e, em seguida, ergueu meu queixo. — Olhe para mim, Alice.

Obedeci com relutância. Fora preciso toda a minha coragem para fazer-lhe aquelas perguntas.

— O que a assusta?

— Sou um animal sem alma por desejá-lo como o desejo? Por sonhar com seu abraço?

Lágrimas brotaram de seus olhos. Ela balançou a cabeça vagarosamente.

— De modo algum, Alice. Eu continuo a desejar seu avô e a sonhar que ele faça comigo coisas muito mais pecaminosas do que me abraçar.

— É verdade? — Minha voz saiu aguda.

— É verdade. Agora, sente-se e respire profundamente.

Assim o fiz.

Ela esfregou minhas costas em demorados e tranquilizadores círculos.

— Sua tola mãe deveria ter-lhe contado algumas dessas coisas. Bem, não a mencionaremos mais. — Ela deu alguns tapinhas em minhas costas e então levantou meu queixo. — Aquilo que discutimos, seu desejo por Janyn e o meu por Edmund, deverá ficar apenas entre nós duas.

Seus olhos nebulosos incendiaram-se; imaginei que fosse apreensão, dadas a contração em volta de sua boca e a respiração um tanto ofegante enquanto falava.

— Guardarei isso para mim, madame Agnes. Mas por quê? A senhora disse que era algo natural.

— Há quem guarde essa informação para um momento em que ela possa ser usada contra nós. Em público, uma mulher deve ser virginal. Nossa virtude é nossa riqueza. Apenas nossos maridos podem conhecer nossas paixões.

— E nós, uma as da outra.

Minha avó sorriu.

— Sim, minha querida. — Ela acariciou minha face e encostou sua testa à minha por um instante. — Sim, minha querida Alice.

Quando viu que eu respirava mais calmamente, sorriu.

— É bom termos discutido logo esse assunto. Agora podemos nos divertir.

Pelo resto da manhã conversamos sobre adereços de cabelo, véus, joias, vestidos, capas e mobília para casa, até que eu me sentisse novamente aliviada.

À NOITE, EU estava exausta tanto de corpo quanto de espírito. Retirei-me cedo para meus aposentos e me encolhi na cama, onde fiquei saboreando a sensação de flutuar entre a vigília e o sono, quando ouvi as vozes de meus avós. De início, eram apenas um sussurro, uma lembrança reconfortante da proximidade dos dois. Mas gradualmente ficaram mais altas, até que eu podia ouvir boa parte do que diziam.

— Eu pretendia pedir a ele permissão para lhe contar, Agnes — dizia meu avô, em um tom de conciliação.

— Você nunca escondeu nada de mim.

A mágoa na voz de minha avó assustou-me. Eu não me lembrava de já ter ouvido em seu tom algo semelhante.

— Estamos falando da antecessora da rainha, Agnes. Não achei prudente mencioná-la. Suponho que ela tenha espiões em toda parte.

— O que ele tem em mente, Edmund? Por que Janyn Perrers teria alguma relação com ela?

— As indiscrições da rainha mãe foram cometidas há muitos anos, meu amor. Hoje ela é apenas uma velha. Parece um pequeno milagre que ainda esteja viva.

— Não foi essa a minha pergunta. — Agora minha avó parecia irritada. — O que ela quer da família Perrers?

— Ou eles, dela?

— Não, não. É ela quem está no controle, esteja certo disso.

— Juro a você que não sei. Pouco tempo dediquei a ponderar sobre o assunto. É melhor que não o saibamos.

— Mas a nossa Alice está prestes a unir-se àquela família, Edmund. Nossa doce Alice. O que isso significará para ela?

— Que ela não terá uma vida monótona — respondeu ele, com um risinho.

— Esse não é um assunto engraçado.

Por um momento eu nada ouvi, e estava prestes a levantar-me para encostar o ouvido contra a frágil parede que nos separava quando ouvi passos, alguns a cruzar o assoalho.

— Afinal, a menina sobreviveu à negligência de Margery e, posteriormente, à sua imperdoável inveja — disse meu avô.

Inveja. Então eu acertara. Minha mãe ressentia-se por eu contrair matrimônio com um homem de uma família de posses e com relações tão importantes.

— Edmund, ela é apenas uma criança!

— Ela é forte e esperta, Agnes. Sobreviverá a um ou dois encontros com a loba.

Madame Agnes murmurou alguma coisa que não consegui entender, e, em seguida, ambos calaram-se.

Entretanto, por um bom tempo o sono esquivou-se de mim. Minha mente ardia com o que eu ouvira secretamente. Quando por fim consegui adormecer, sonhei com uma loba dourada a devorar todas as flores do jardim interno de madame Tommasa, esmagando as estacas e as vinhas em seu pascer descuidado. Entrei no jardim para expulsá-la. O sangue manchava seu focinho e pingava da língua que pendia de sua boca aberta. Em seus olhos vi que a destruição das plantas fora um ato pequeno quando comparado ao que ela havia consumido antes. Ela virou-se e trotou em minha direção. Não consegui sair do lugar. Devo ter gritado enquanto sonhava, pois acordei envolvida pelos braços de minha avó.

— Minha querida Alice, está tudo bem. Qualquer que tenha sido o seu sonho, nada pode alcançá-la aqui.

Eu estava suficientemente alerta para policiar-me e não descrever o sonho, temerosa de que madame Agnes percebesse que eu por acaso havia ouvido sua conversa; eu apreciava a oportunidade de escutar aquilo que meus avós não me contavam. Quanto à loba não me alcançar no mundo real, rezava para que ela tivesse razão.

Nos DIAS QUE se seguiram, um sapateiro tirou minhas medidas para fazer botas, mostrando-nos couros em uma gama de cores que me fez duvidar de que não eram pintados. Tão macios eram que me imaginei usando-os e me sentindo como se estivesse descalça. Madame Agnes, sua criada Kate e Gwen tiraram minhas medidas várias vezes, e todas juntas iniciamos os trabalhos de corte e costura de minhas vestes, usando, para tanto, uma alcova próxima ao meu aposento, em que as venezianas podiam ser abertas para receber tanto a luz do norte quanto a do sul. Era uma boa época do ano para tal empreitada, pois o clima estava suficientemente agradável para permitir que nos sentássemos sob as janelas abertas, e o sol brilhava quase todos os dias. Enquanto trabalhávamos, madame Agnes falava sobre os deveres domésticos. Sugeriu mesmo que eu a acompanhasse quando estivesse envolvida com a rotina da casa e do jardim, para que eu pudesse aprender enquanto a assistia. A princípio, a complexidade da administração doméstica, bem como a autoridade com que madame Agnes se dirigia aos serviçais, oprimiu-me. Eu não conseguia me imaginar dominando tantos detalhes ou assumindo o comando daquele modo. Entretanto, a repetição das tarefas tornou-se familiar, e, à medida que eu ganhava confiança, encontrava meu próprio tom. A cada dia eu me sentia menos apreensiva quanto à perspectiva de administrar a propriedade de Janyn.

Gwen adotara o que madame Agnes chamou de um silêncio respeitoso, mesmo quando se dirigia a mim. A princípio aceitei-o como um comportamento adequado, mas sua persistência fez-me detectar a existência de uma tensão entre nós e perceber que seu silêncio era a expressão da mágoa. Aquilo não poderia continuar, considerando-se que ela seria minha criada por anos a fio. Era por demais desconfortável. Eu temia que seu ressentimento fizesse aflorar algo mais hostil, o que me impediria de confiar nela. Viver assim não era uma opção.

Na quarta manhã desde que ela adotara o silêncio, eu me pronunciei:

— Gwen, lamento tê-la colocado em uma posição tão difícil na tentativa de me agradar, tendo sido alertada pelo Sr. Janyn a abster-se de mexericos sobre seus hóspedes. Peço desculpas.

Eu não esperava um enternecimento imediato, mas fiquei surpresa de que sua reação tenha sido a de prontamente parar de pentear meus cabelos, dando um passo para trás.

— Sim, senhorita — sussurrou ela.

— Agora deixei-a ainda menos à vontade comigo. O que se passa, Gwen? O que há de errado? — Eu sabia que aquela não era a maneira adequada de dirigir-me a uma criada, mas eu não seria servida por alguém que nutrisse rancor por mim.

— Nunca imaginei que a senhorita contaria a madame Agnes. — Seus olhos estavam baixos, e as mãos pendiam, débeis, ao lado do corpo.

Foi para mim uma dura lição.

— De fato cometi um erro, Gwen. No futuro, não comentarei o que conversarmos. E espero que você seja igualmente leal comigo. Aceita o trato? — Voltei-me para olhá-la e senti-me deveras confiante e madura ao dizer: — Na verdade, você deve olhar-me nos olhos para externar sua decisão. Ou bem confiamos uma na outra, ou eu arranjo uma nova criada de quarto. Você já conhece minhas preferências. O que me diz?

O olhar que ela dirigiu a mim continha uma dose satisfatória de perturbação.

— Eu... — Ela tomou fôlego. — Eu empenho minha lealdade, Srta. Alice. Peço seu perdão. Meu comportamento tem sido desrespeitoso. Estou contente com a senhorita e com o Sr. Janyn. Imploro-lhe que acredite em mim, serei sincera em meu coração e em minhas palavras.

— Acredito em você. Não falaremos mais sobre o assunto. Agora venha, Gwen, penteie meus cabelos.

Naquele dia, senti-me mais confortável quando todas nós nos sentamos com nossos bordados, e, ainda que madame Agnes nada tenha perguntado sobre o que havia ocorrido, notei que ela também percebera uma mudança.

No dia seguinte, nossa rotina sofreu uma alegre interrupção com a presença de Geoffrey ao jantar. Fiquei muito feliz em vê-lo. Havia uma semana que eu não encontrava Nan, meus irmãos e minha irmã, de quem sentia saudades extremas, e ele era o próximo em minha lista de mais queridos — em certo sentido, era o número um, pois para ele eu podia fazer confidências e pedir conselhos, e eu precisava desesperadamente de um confidente.

Enquanto jantávamos, Geoffrey entreteve a mim e aos meus avós com histórias de seus colegas pajens e dos erros embaraçosos que ele aprendia a evitar.

— Não tive educação no que concerne à interpretação do vestuário das pessoas, você sabe. E subitamente esperava-se que eu reconhecesse a classe a que uma pessoa pertence simplesmente por observar sua vestimenta. Eu pensara que podia ler seus rostos, mas não havia tempo para tal. — Ele deu uma olhadela em meu novo vestido verde e disse: — Por exemplo, eu poderia supor que você é uma abastada jovem da realeza, ou a filha de um próspero mercador italiano ou francês. Não uma esposa, uma vez que seu cabelo está solto. Ah, minha boa amiga, você me confunde, pois a conheço bem o suficiente para saber que não se trata de nada disso, você é apenas uma garotinha.

— Não mesmo — retrucou madame Agnes, com um brilho provocador nos olhos —, pois ela está comprometida com um homem de origem italiana pelo lado materno, e que comercializa extensivamente com a Itália e a França!

— Ah, mas é claro, a mãe de Janyn! — Geoffrey assentiu. — Terá minha eterna gratidão, madame Agnes, por me redimir.

Seguiu-se uma acalorada discussão sobre o quão estritamente as pessoas seguiam os códigos de vestuário, e a refeição prosseguiu em grande alegria. Mais tarde, meus avós sugeriram que Geoffrey e eu passássemos alguns instantes apenas na presença um do outro, convidando-nos a passar para o jardim, onde eles poderiam ver-nos mas não ouvir-nos. Senti-me muito grata. Havia tanta coisa que eu queria contar a Geoffrey...

Mas ele estava ainda mais ansioso para contar-me algo que descobrira na noite anterior.

— Seus pais foram requisitados a comparecer no Castelo Rising. Pela rainha mãe, Lady Isabel.

Senti-me gelar, ainda que estivesse sob o sol.

— Meus pais, no Castelo Rising? Por quê? Onde você ouviu isso?

Geoffrey me observava como se estivesse curioso em saber como eu reagiria. Agora ele assentia vagarosamente com a cabeça.

— Pensei que você ficaria tão intrigada quanto eu. Por quê? Não sei, como também não o sabia o homem que me contou. Ele sabe que somos amigos e esperava abertamente ouvir de mim mais detalhes. Mas o que ele me contou é que seu noivo e seus pais são convidados assíduos da rainha mãe, e que seu próprio pai lá esteve em uma outra ocasião, pouco antes do seu noivado.

— Havia me esquecido daquela visita. Meu pai disse apenas que estivera no Castelo Rising, pouco mais que isso. Não imaginei que ele havia de fato entrado lá. Ele seguramente não fez referência à rainha viúva.

Eu me sentia desconfortável por contar mais a Geoffrey, e igualmente desconfortável por não contar.

Comecei a compreender o quanto meu pai ganharia se eu me unisse a Janyn — as conexões com a realeza trariam lucros. Não era de admirar que ele desejasse desafiar minha mãe. Pressionei minhas mãos geladas contra o rosto quente. Geoffrey observava-me com interesse.

— Você acredita que tal convocação tenha alguma coisa a ver com Janyn? — perguntei.

— Há um burburinho acerca da família dele; dizem que eles são mantidos por Isabel. Mas isso não me surpreende, pois ela se empenhou muito para promover a arte lombarda em Londres, e a mãe de Janyn é lombarda.

— Mas não vejo como minha família teria algo a ver com isso.

— Tampouco eu, Alice.

— Será que devo me preocupar?

Sempre prezei a opinião de Geoffrey. Ele me parecia mais apto do que eu para compreender o mundo como um todo, e agora servia uma casa nobre e viajava bastante.

Meu amigo ergueu as sobrancelhas e balançou a cabeça.

— Agora você sabe tanto quanto eu. Confesso minha decepção ao ver que você não tinha conhecimento de nada disso! — Ele deu um risinho, mas vi a preocupação em seus olhos.

— Fui enxotada da casa de meus pais, não estou mais a par de suas idas e vindas. Entretanto, começo a pensar que jamais soube de nada a respeito de suas vidas.

Contei-lhe sobre a aparente fissura aberta entre meus pais a propósito de meu noivado.

— Então, é por causa de madame Margery que você está aqui?

— Acredito que sim. Ou porque meu pai insistiu em meu noivado com Janyn, mesmo contra a vontade de minha mãe. Não sei a quem culpar.

Geoffrey pegou minhas mãos e apertou-as com carinho.

— Vejo que você está magoada e lamento.

— Deus o guarde.

— Está contente com a perspectiva de ser a esposa de Janyn Perrers?

— De minha parte, ah, sim, Geoffrey. Ainda que também a tema. Ele é mais velho e conhece tão melhor o mundo! E eu tenho medo de não ver mais minha família depois de casada.

— No que diz respeito a esse seu temor, é provável que de fato aconteça, não importa com quem você se case. Uma mulher integra-se à família do marido e é por eles resguardada de tudo que possa ameaçar sua honra. No entanto, ele parece ser um homem fascinante a quem se ligar: é bonito, e tão elegante que eu o tomaria por nobre. Vejo que seus avós tencionam vesti-la tão bem quanto ele se veste.

Alisei a manga de seda de meu vestido.

— Não é propriamente uma escolha deles. Janyn ofereceu presentes generosos e providenciou-me uma criada habilidosa em servir uma dama de bom gosto e belos trajes.

— Deveras, esse vestido assenta-lhe bem.

Rodopiei para ele.

— Você também está todo suntuoso — notei, satisfeita ao ver a admiração em seus olhos.

Seu paletó marrom era de uma lã fina, leve; suas botas, de um belo couro vermelho de Córdoba. Eu nunca o vira tão elegantemente vestido. Não me pareceu que fosse um uniforme.

Ele corou.

— Pensei mesmo em gastar certa quantia para sentir-me como um homem de recursos nesse período em que me encontro na cidade.

— Aparentemente, devo vestir-me com escarlate, seda, veludo e couro macio, e ser um ornamento no lar de meu marido.

— O manto de Créssida — disse Geoffrey, com um ar perturbado. Seus olhos expressivos pareciam contemplar algo vasto e distante.

— Quem?

— Um poema da antiga Troia que ouvíamos todas as noites no salão durante o período em que se hospedou na propriedade um cavalheiro que se imagina um bardo. Minha ama apreciava particularmente o trecho sobre Créssida e seus amantes. Ela é mandada de Troia para o acampamento grego trajando um manto mais vermelho do que as rosas, mais branco do que os lírios, decorado com imagens de todos os animais e todas as flores da terra, feito de um tecido encantado e forrado com a pele de um animal fabuloso, cujo pelo tem todas as cores criadas por Deus. A barra é composta do couro de um animal apanhado no rio do Paraíso. No fecho, os dois rubis mais belos que jamais se viram. Sob o manto ela usa uma túnica de seda bordada a ouro e com uma barra de arminho.

A imagem cativou-me. Eu podia ver aquela mulher extraordinária, fabulosamente vestida, iluminada pela fogueira do acampamento, deslumbrando os homens que a imaginavam ser um espectro.

Demonstrando um ânimo menos vivo, Geoffrey fez-me uma mesura.

— Não a importunarei mais.

Não compreendi o porquê de sua menção a Créssida ter alterado seu humor.

— Você tem tido tempo para compor baladas?

— Sempre há um tempo livre para compor mentalmente.

— Está escrevendo uma balada sobre Créssida?

— Ela merece um poeta melhor do que eu. Agora conte-me — disse ele, novamente rindo, o que me confundiu ainda mais —, Janyn a beijou?

A simples pergunta fez-me ruborizar ante a lembrança de nosso beijo. Geoffrey deu um tapa na coxa.

— Ah, por sua perturbação vejo que sim, e que foi muito do seu agrado.

— Seus olhos tinham uma expressão divertida.

Eu ri.

— Sim, ele me beijou, e sim, foi muito do meu agrado. E você, encontrou a dama certa?

— Não, mas os pais não têm pressa em casar seus filhos, apenas suas filhas. E, na verdade, vi poucas mulheres mais jovens do que minha mãe.

Ambos rimos, uma risada de cumplicidade, e eu me senti à vontade como havia muito não acontecia.

— Quando você se casará?

— Antes da Festa de São Miguel.

— Tão cedo? — Ele parecia desapontado. — Nesse caso, não poderei testemunhá-lo. Daqui a dois dias retornarei para meu serviço e só voltarei a Londres no Natal.

— Oh, Geoffrey. Eu tinha tanta esperança de que você estivesse aqui.

— Talvez eu possa ser o segundo padrinho de seu primeiro filho, hein?

— Filhos. Nem comecei a pensar nisso, quanto mais na escolha dos padrinhos. — Janyn certamente escolheria um homem de algum prestígio para ser o primeiro padrinho. — Tenho estado ocupada preparando o enxoval. Sim, Geoffrey, eu gostaria que você fosse o padrinho de nosso primeiro filho... ou filha. — Dei uma risadinha diante do pensamento que cruzou minha mente. — Madame Agnes diz que, ao cavalgar, minhas pernas se tornarão mais fortes para suportar o peso das crianças.

Geoffrey abriu um largo sorriso e tomou minhas mãos por um momento.

— Estou feliz por você, Alice.

— Sinto-me extremamente afortunada, exceto por meus pais hostis e por aquela loba que tudo nubla.

— Sinto muito por seus pais. Mas talvez você não precise preocupar-se com a rainha mãe. Os bisbilhoteiros adoram rotular pessoas que eles temem. Isso os faz sentir que são superiores e que não têm tanto medo. A mãe do rei frequenta a corte assiduamente, agora que se passou tanto tempo desde sua atuação imoral no regicídio. No fim, a população regozijou-se com sua rebeldia. Foi a ganância de Mortimer pelo poder que a amargurou.

— Noites atrás entreouvi meus avós falando dela; eles não pareciam confortáveis por eu estar para contrair matrimônio com alguém íntimo da rainha mãe. Talvez eles não soubessem que meus pais foram chamados a comparecer no Castelo Rising.

— Talvez, na qualidade de protetora de Janyn, Isabel quisesse garantir que sua mãe não criaria problemas. Tenho notado que os nobres costumam considerar os plebeus como se fossem serviçais abastados. Talvez ela sinta como se, de algum modo, o possuísse.

Parei e voltei-me para ele.

— Você tem algum conselho para mim, meu experiente Geoffrey?

Ele tornou-se sério.

— Eu vi pessoas boas serem seduzidas pela riqueza e pelo refinamento a ponto de caírem em ruína. Tenha cuidado, minha amiga.

— Geoffrey, você me dá calafrios.

Ele forçou uma risada.

— Você pediu! Mas não me leve a sério. Você sabe que me compraz ouvir minha própria voz. Você sempre foi mais prática e sensata do que eu. Vai se sair bem.

Fez-se tarde, e, relutantemente, meu amigo partiu. Jurou-me, no entanto, que não se afastaria de mim, e eu acreditei. Naquela noite, já em minha cama, tentei lembrar-me de sua descrição do manto encantado. Animais fabulosos, todas as cores imagináveis, grandes rubis...

PELA MANHÃ, SABENDO que meus pais estavam longe, compeli madame Agnes a acompanhar-me em uma visita a Nan e às crianças. Eu poderia a qualquer momento ter dado uma escapadela para ver meus irmãos, apesar de estarmos muito atarefadas com os preparativos para o casamento, porém, receei encontrar-me com minha mãe. Enviamos uma mensagem, informando sobre nossa ida no dia seguinte — não queria que Nan pensasse que eu estava fazendo uma visita de inspeção, por ela estar encarregada da casa. Com belos retalhos de tecido, eu fizera chapéus novos para meus três irmãos, e estava ansiosa para presenteá-los. Gwen pediu para ir conosco, de modo que as crianças pudessem conhecê-la.

— Assim, quando nos visitarem, não serei uma estranha para elas.

Sentia-me contente por ter feito as pazes com ela.

Eu não antevira o quão estranho seria voltar à casa depois de pouco mais de uma semana fora. Nan saudou-nos à porta, parecendo muitas semanas mais velha, e, embora eu reconhecesse o vestido que usava, dava a impressão de estar mais puído e remendado do que antes. A mobília permanecia a mesma, mas ainda assim era como se o salão tivesse aumentado de tamanho e os móveis, encolhido. Tudo dava-me uma leve impressão de estranheza, como se meu espírito houvesse sido apagado de meu antigo lar.

Depois de um reencontro emocionado com Nan, Will e Mary — John tentaria aparecer mais tarde, se seu patrão o liberasse do trabalho na loja —, eu quis saber sobre as atividades deles todos desde que eu partira.

Mais tarde, enquanto as crianças, com a assistência de Gwen e de madame Agnes, distraíam-se experimentando seus chapéus e procurando um presente que haviam feito para mim, perguntei a Nan o que ela sabia sobre a viagem de meus pais.

Assim que cheguei, a impressão que tive de minha amada governanta foi de que ela estava cansada, com o coração oprimido, o que agora parcialmente confirmava-se por suas palavras:

— Veio um mensageiro: bem-vestido, com ar arrogante, insistindo em esperar pela resposta. A cozinheira o serviu, enquanto o amo e a ama subiram para conversar, a meia-voz e de porta fechada. Quando eu lhes entreguei o bilhete, eles pediram-me que me retirasse da sala enquanto conversavam com o mensageiro, e levasse as crianças comigo para que discutissem sobre a mensagem e, presumo, preparassem uma resposta. Assim que o mensageiro partiu, ordenaram-me que cuidasse das crianças enquanto eles faziam os preparativos para uma viagem, e foi-me dito que eu e a cozinheira ficaríamos encarregadas delas por uma semana ou mais. Um rebuliço, Alice. Seus pais pareciam, a um só tempo, animados e receosos. A cozinheira diz que o mensageiro começou a falar qualquer coisa sobre um castelo, mas que depois mudou a história para Norfolk. Disse que ele usava uma libré com a insígnia real da flor-de-lis. Pensamos no Castelo Rising: Lady Isabel, a mãe do rei, vive lá. Mas por que ela exigiria a presença dos seus pais?

Minha experiência com Gwen ensinara-me a fazer uma pausa para considerar a posição de Nan naquela casa antes de falar qualquer coisa. Julguei ser melhor não lhe dizer o que eu sabia, pois assim ela não teria a responsabilidade de guardar segredo de seus patrões.

— Quisera eu saber o que isso significa, Nan. Parece empolgante. Minha mãe deve ter ficado em êxtase por ter uma desculpa para viajar e ser vista em suas belas roupas. Será que meu pai encontrou um novo sócio para um navio? Ele queria tanto comprar outro.

Como sempre houvera muitas intrigas envolvendo grandes empreendimentos comerciais, Nan pareceu satisfeita com essa hipótese.

— Você parece muito bem, Alice. Madame Agnes tem cuidado da senhorita direitinho.

— Nan, todos os dias venho trabalhando em vestidos e toucados tão lindos! Nunca sonhei que me vestiria tão bem. Mas nada preenche a solidão que sinto por estar longe de vocês.

Demo-nos as mãos e ficamos a nos olhar, observando o semblante uma da outra.

Nan quebrou o silêncio emocionado quando madame Agnes aproximou-se.

— Faça um esforço e sinta-se contente na casa de seus queridos avós, Alice — disse ela, brandamente. E, num tom normal, acrescentou: — Estou vendo como madame Agnes e sua criada a tratam, e não mais me preocuparei com você.

Apesar de minha primeira sensação de estranhamento, o dia revelou-se imensamente prazeroso, e foi duro, muito duro, despedir-me de Nan e de meus irmãos. Estávamos quase à porta quando John entrou correndo. Meu coração pulou de alegria ao vê-lo, e por perceber que ele fizera um grande esforço para me encontrar. Abraçamo-nos com força — pela primeira vez em anos.

Ele deu um passo para trás, olhou-me e em seguida levou-me até o jardim, para longe de todos.

— Você recuperou a cor e um pouco do seu peso. Estou mais do que satisfeito em vê-la vicejar, Alice. Você está muito melhor com madame Agnes; bem que eu disse a nosso pai que seria assim.

— Ele contou a você sobre seus planos antes mesmo de comunicá-los a mim?

— Ordenou-me que mantivesse silêncio a respeito. Eu pedira a ele que tomasse alguma providência quanto ao comportamento de nossa mãe. Você teria rido: eu disse a ele que não toleraria o tratamento a que ela submetia você. — Ele riu para si mesmo, um som melancólico. — Como se estivesse em meu poder fazer alguma coisa para protegê-la.

Fiquei mais comovida do que poderia expressar em palavras.

— Nos últimos tempos, ela foi ainda mais malvada comigo do que de costume.

— Fico contente que você tenha vindo hoje, quando ela está bem longe daqui.

— Por favor, vá jantar conosco um dia desses.

— Um aprendiz vive à mercê dos caprichos de seu mestre, mas eu tentarei. — Ele tomou minhas mãos. — Você não me perguntou se eu sabia aonde foram nossos pais, o que quer dizer que já sabe.

Balancei a cabeça em sinal negativo. Não me importei de mentir ao meu irmão, que tão bom havia sido para mim.

Ele pareceu desapontado, mas acreditou.

— O caráter repentino da viagem assustou Nan e a cozinheira. Eu esperava que você soubesse quem ou o que inspirou toda aquela pressa.

— Na verdade, fiquei tão feliz ao saber que eles estavam fora e que eu poderia ver você, Mary e Will que, ainda que me perguntasse, eu estava agitada demais para me importar.

Madame Agnes veio ao nosso encontro para apressar nossas despedidas, pois se fazia tarde. Mary e Will vieram correndo para mais abraços e beijos molhados, e John e eu apertamos as mãos, enquanto ele prometia jantar conosco em breve.

Naquela noite, chorei até conseguir dormir. Não entendia como eu podia estar ao mesmo tempo alegre e triste com as mudanças em minha vida. Nan costumava dizer que Deus sempre misturava o amargo ao doce, para que não esquecêssemos que todo prazer tem seu preço.

3

E em suma, querido coração e meu único cavaleiro,
seja feliz e reconquiste o entusiasmo
que eu verdadeiramente, com todas as forças,
seu amargor converterei em doçura.
Se eu for a que poderá lhe trazer alegria,
em cada angústia recuperará o êxtase.

— Créssida a Troilo, in GEOFFREY CHAUCER,
Troilo e Créssida, III, 176-81

• 1356 •

PELA MANHÃ, PERCEBENDO QUE meu estado de espírito permanecia lúgubre, madame Agnes sugeriu que eu acompanhasse meu avô à igreja para uma prece tranquila. Ela, Gwen e Kate poderiam dispensar-me do trabalho de bordado por um tempo.

— Você empenhou-se até tarde, e lhe fará bem caminhar um pouco.

A St. Mary Aldemary era mais uma daquelas paróquias para mercadores ricos, e, quando meu avô e eu penetramos a nave, os murmúrios dos padres-cantores soaram evocativamente familiares.

— Irei me ajoelhar no meu lugar usual — disse meu avô. — Vá me buscar quando tiver terminado suas orações.

Ele levara consigo uma almofada finamente bordada — reconheci o ponto de madame Agnes —, e logo se posicionou junto ao altar principal, com o manto escuro a lhe cair graciosamente dos ombros largos. Sua cabeça, aquecida sob um capuz cujas dobras lhe envolviam o pescoço, fora baixada até tocar suas mãos entrelaçadas.

Amei-o profundamente naquele momento. Ele sempre havia sido gentil comigo, uma companhia consoladora.

Dirigi-me imediatamente à imagem de Nossa Senhora e ajoelhei-me no genuflexório diante dela. Despejar meus temores e incertezas sobre a bondosa Mãe de Deus aquietou-me.

No caminho de volta para casa, conversamos sobre o casamento de meu pai.

— Ele não conseguia acreditar que Deus o abençoara com uma esposa tão linda — disse meu avô. Mas não havia alegria em sua voz, e, erguendo os olhos de relance para seu rosto, notei que sua fronte estava vincada e seus olhos, tristonhos.

— O senhor não precisa esconder de mim o desapontamento dele, meu avô. Eu sei como minha mãe é difícil.

Ele me dirigiu um olhar atônito e apertou minha mão.

— Você é uma ouvinte atenta; quase além da conta. Mas essa é uma qualidade que lhe será útil. — Suas vestes escuras davam-lhe um aspecto sombrio, mas seu rosto exprimia bondade. — Por que obrigamos nossas filhas a se casar tão cedo? Esse era o problema deles, acredito eu. Margery sonhara com uma vida que, com meu filho, seria impossível, cheia de luxo e de viagens só ao alcance dos nobres, e que mesmo as mulheres raramente consideram estimulante. — Meu avô apertou-me a mão novamente. — Perdoe-me, estou pontificando.

— Então ela teria se sentido insatisfeita com qualquer um de seu próprio nível? — perguntei.

— Na verdade, o problema é precisamente este.

— Nesse caso, o fato de ser jovem não fez diferença.

Ele resmungou e parou junto ao portão da casa, refletindo, as faces rosadas enrugando-se e encrespando-se ao sabor do pensamento. Eu adorava o modo como seu corpo inteiro participava de tudo que ele fazia, até mesmo rezar.

— Você tem toda razão, minha neta. Toda razão. — Seu rosto se recompôs num sorriso de que tomavam parte seus olhos claros e suas costeletas brancas. — Você me aliviou do fardo de uma culpa que venho carregando por ter precipitado o noivado e o casamento de seus pais. Mas você, Alice, você parece feliz em deixar sua família e abraçar a de seu noivo.

— Fui arrancada do ninho, meu avô.

Seu sorriso tornou-se hesitante.

— Claro. Como fui imprudente.

— Mas estou muito contente com Janyn, e, por ora, em sua companhia e na de madame Agnes.

Ele sorriu, radiante.

— É mesmo um enorme prazer tê-la em nossa casa, Alice. E o seu pretendente é excelente. Você terá uma vida maravilhosa ao lado de Janyn Perrers, eu sei, se os presentes que ele lhe ofereceu até agora servirem de indicação. E sua avó me contou que você tem conhecimento das ligações dele com a rainha viúva Isabel. — Ele levou um dedo aos lábios. — Um segredo de família. — Retomando seu passo lento, acrescentou: — Estou muito aliviado com esta conversa. Deus a abençoe, minha filha.

Havíamos chegado ao jardim. Lá, comendo calmamente uma maçã na mão de minha avó, estava minha égua, acompanhada por um homem de pele bronzeada e grossa como couro, típica de quem passa muito pouco tempo dentro de casa.

— Aí estão vocês! — disse minha avó, acenando para nós. — Alice, este é o Sr. Thorne, seu instrutor de equitação, que veio acompanhá-la numa volta pelo jardim. Assim você poderá adquirir mais familiaridade com sua égua, enquanto ele avalia como começará seu treinamento.

— Sr. Thorne — falei, fazendo uma mesura.

— Senhorita — disse ele, assentindo com a cabeça, seus olhos escuros examinando-me abertamente.

Madame Agnes mandou-me entrar na casa, onde Gwen me auxiliou a trocar minhas vestes por um vestido menos volumoso, de tecido mais fácil de lavar.

Assim que retornei ao jardim, o Sr. Thorne não admitiu qualquer demora. Eu mal notara como minha égua era alta e ele já me ordenava que subisse num toco de árvore; com a ajuda de meu avô, montei. Sentar de lado na sela era esquisito. Era um alívio ter trocado de roupa — tinha agora um volume menor de saias com que lidar. O chão parecia tão longe, e o céu, tão perto!

— O nome dela é Maundy, mas se desejar pode escolher um nome que combine melhor com o seu, senhorita — disse o Sr. Thorne. Ele então fez um pequeno ruído, e a égua começou a andar, muito lenta e muito suave.

Senti-me como se fizesse parte da égua, e ela, parte de mim; a graça com que nos movíamos juntas encheu-me de uma estranha mistura de paz e prazer.

O Sr. Thorne olhou para a égua, depois para mim, e fez um aceno com a cabeça.

— Deus se regozija com a combinação que há entre vocês. Ensiná-la me trará muitas alegrias, Srta. Alice. — E logo ele pediu ao meu avô que me ajudasse a desmontar.

— Preciso levar Maundy para o estábulo, e a senhorita deve encontrar-me lá amanhã bem cedo — disse Thorne. Meus avós abrigavam seus cavalos a pouca distância de nós.

Num impulso, abracei a cabeça da égua. Ela focinhou meu ouvido.

— O nome não combina com ela — falei.

O Sr. Thorne inclinou a cabeça.

— Escolha um outro, senhorita, e nós a faremos acostumar-se.

— Um bom começo — disse meu avô enquanto o Sr. Thorne se afastava com a égua.

— Você tem algum nome em mente? — perguntou madame Agnes quando voltávamos ao saguão.

— Serena — falei. — É serenidade o que sinto em sua presença.

— É um estranho nome para um animal — disse, rindo, a Sra. Agnes —, mas soa lindamente.

O TEMPO VOOU nos dias seguintes, enquanto eu me dividia entre as aulas de equitação e os toques finais de vários vestidos, mantos e anáguas.

— Por que estamos correndo tanto com o enxoval? — perguntei certa manhã. — Teremos semanas sem nada para fazer antes do meu casamento.

Minha avó riu.

— Quando Janyn voltar, pretende acompanhá-la às suas futuras casas para que você possa dizer a ele o que deseja mudar e como. Você estará ocupada demais para cuidar de bordados e tapeçarias para os quartos e os salões. Também planejaremos o banquete de casamento. — Sua cor se intensificava e seus olhos brilhavam com a antevisão daqueles prazeres sociais.

Não falei quase nada, assustada com tudo a minha volta que parecia fugir ao meu controle. Mas consegui pôr de lado minhas preocupações e me integrar a Serena. Cavalgar não era nada do que eu imaginava. Não esperava sentir-me tão ligada ao animal, estar tão à vontade sentada em um ser vivo. O poder de Serena movendo-se sob mim, sua resposta aos meus mais sutis movimentos... Ganhei consciência de meu próprio corpo à medida que aprendia a sentir o dela.

Naquela noite, quando madame Agnes sentou-se ao lado da minha cama para me desejar doces sonhos, confessei:

— Temo estar tendo prazer demais em cavalgar.

— Oh, minha doce Alice — murmurou ela, acariciando-me os cabelos e inclinando-se para me beijar —, muitas outras moças já se sentiram dessa mesma forma. Deus não condena uma ligação inocente com sua égua.

Eu acreditava que ela me amava e que estava me encorajando a ser feliz. Ao mesmo tempo, porém, minha avó queria evitar qualquer coisa que pudesse criar problemas no futuro. Eu via isso em seus olhos, sentia-o em sua voz.

— Rezo a Deus por felicidade, madame Agnes — falei —, para seguir o seu exemplo em administrar uma casa e para ser uma boa esposa para Janyn.

E pela bênção de encontrar alegria em meu companheiro, tal qual ela encontrara em meu avô.

JANYN RETORNOU A Londres alguns dias antes do que madame Agnes planejara, o que a deixou em pânico. Ela insistira para que todas as minhas roupas estivessem prontas quando ele chegasse. No exato dia em que soube de sua presença em Londres, convidou-o para jantar, e ele aceitou o convite para a noite seguinte.

Quando adentrei o salão, senti-me como uma estranha para mim mesma. Eu já estreara meu vestido verde-escuro no dia em que Geoffrey fora me visitar, mas a sobreveste dourada, o cinto de pedrarias e o adorno de cabeça perolado eram novos. Coberta de joias, eu me sentia intocável, como imaginava que uma rainha se sentiria, distanciada de seus súditos pelo ouro e pelas gemas preciosas. Era um sentimento inebriante.

O sol havia escurecido a pele de Janyn, e seu aspecto era maravilhoso, como eu imaginava que seria o de um leão. Quando me aproximei, senti um grande poder ao ver sua expressão de impaciência metamorfosear-se em puro prazer e, depois, algo mais sombrio, uma espécie de fome. Como se ele de fato *fosse* um leão e pretendesse me devorar. Ainda assim, eu não o temia. Eu me sentia brilhar em sua presença; a vida jorrava em mim.

— Minha nossa — disse ele quando me coloquei à sua frente. — Você é uma verdadeira visão, minha querida.

Ele tomou minha mão e beijou-a, demorando-se a soltá-la. O afago de sua respiração roubou-me a minha, mas ao mesmo tempo seu toque firme me trouxe de volta a segurança. Ele era real. Nosso noivado era real. E ele me desejava.

— Senti sua falta, Janyn.

Então ele fitou meus olhos e sustentou-os por um momento, como se avaliasse minha estima. Eu me surpreendi ao ver como ele me parecia familiar.

— O Sr. Thorne contou-me que você cavalga como se o tivesse feito a vida inteira.

— O Sr. Thorne é muito gentil, mas superestima minha habilidade — falei. — Adoro cavalgar, e Serena é uma ótima companheira.

A testa elevada de Janyn franziu-se enquanto ele refletia.

— Você deu à sua égua o nome de Serena? Você é mesmo incrível. — Seus olhos se iluminaram, e em seu rosto bronzeado abriu-se um sorriso provocante. — Mas você não a cavalgará por muito tempo. Ela é lenta, e lhe falta refinamento. Eu a escolhi só para o seu período de aprendizado.

Naquele instante, a maturidade que as vestes deslumbrantes me emprestavam desmoronou, e eu me senti jovem e tola. Eu não suportaria pensar em me separar de Serena. Eu a amava. Senti-me tola por não ter compreendido que ela não era um animal superior. Virei-me para o outro lado e rezei para conseguir reconquistar minha compostura.

— Vamos nos sentar? — disse madame Agnes, indicando a Janyn que se juntasse a meu avô à mesa lindamente decorada. Com a mão debaixo de meu cotovelo, ela me reteve. — Não foi um sorriso maldoso, Alice — sussurrou ela —, e tenho certeza de que ele permitirá que você mantenha a égua em sua casa de campo. Respire fundo e se anime. Você está deslumbrante, e ele a adora.

Eu não imaginara como seria custoso manter o comportamento que agora esperavam de mim. Mas então lembrei que não havia caminho de volta para a casa de meus pais e que eu tinha muita sorte de ter como noivo um homem que tanto me agradava. Garantir esse casamento era algo que valia todo esforço de minha parte.

Inspirei profundamente, tal qual minha avó aconselhara, e a acompanhei até a mesa. A cada passo eu tentava erguer-me e aparentar ainda mais graciosidade, e, embora ainda não sorrisse no momento em que tomei meu lugar à mesa, havia me recomposto.

Madame Agnes dirigiu-me um sorriso que exprimia seu alívio por eu não ter me perturbado.

— O senhor agora exibe a cor acobreada de um homem que esteve nos mares — disse meu avô a Janyn, que, em resposta, inclinou sua elegante cabeça.

— O sol brilhou forte durante o percurso ao cruzar o Canal, é verdade. Os negócios me levaram à França e à Lombardia.

— O senhor cruza o Canal com frequência, Sr. Janyn, ou é mais comum que seus agentes viajem em seu lugar? — indagou minha avó.

— Em minha condição de viúvo, pouca coisa me prendia aqui, de modo que eu fazia as viagens frequentemente. Mas agora — ele olhou para mim —, espero fazer uso muito mais intenso de meus agentes.

Corei.

— Fico contente com isso — murmurei, conseguindo esboçar um sorriso trêmulo.

Isso pareceu agradar a toda a mesa. A conversa seguiu por vias agradáveis, com histórias da viagem e as anedotas de meu avô sobre minhas aulas de equitação.

Janyn convidou a mim e a meus avós para jantar em sua casa londrina no dia seguinte.

— Já que vamos nos casar em menos de um mês, estou ansioso por mostrar a Alice seu novo lar, de forma que ela possa me recomendar o que fazer para garantir seu conforto. Eu ficaria encantado se pudessem acompanhá-la até nossa casa amanhã, Sr. Edmund e madame Agnes. Assim poderíamos discutir nossos planos durante a refeição.

Nossa casa. Janyn tomou minha mão, apertando-a enquanto dizia aquilo, e depois beijou-a, olhando-me nos olhos com uma expressão tão apaixonada que meu coração flutuou.

Meu avô infelizmente deveria ir a um evento da guilda no dia seguinte.

— Mas é madame Agnes e de Alice que o senhor mais necessita, e elas com certeza lá estarão.

MEU FUTURO LAR era muito parecido com a casa dos pais de Janyn, a fachada principal praticamente igual à dos vizinhos, exceto por ser maior e ter mais chaminés. E, assim como a de seus pais, a porta do saguão de Janyn dava entrada a um fantástico mundo de cor e luz. Fiquei sem fôlego, deixando que meus olhos se banqueteassem com as tapeçarias, as almofadas, a madeira delicadamente pintada e os tecidos bordados, as estátuas, as prateleiras e os armários exibindo pratos de estanho, madeira e prata, além de cálices, jarros e frascos de vidro italiano.

Não conseguia imaginar o que eu poderia acrescentar ou mudar. Uma onda de timidez tomou-me depois de poucos passos no saguão.

— Querida Alice, esta será sua casa — disse Janyn. — Imaginei que você estivesse curiosa.

Eu precisava de um pouco mais de encorajamento, pois desejava mesmo explorar o lugar. Achei as almofadas extraordinariamente densas e confortáveis, e os tecidos mais do que agradáveis ao toque. O estanho era tão refinado quanto o que eu vira nas igrejas.

— Aquele é estanho de York — disse Janyn. — O melhor.

— Tudo aqui não é apenas lindo, mas muito bem-cuidado — falei. — Meus cumprimentos à governanta. Eu a conhecerei hoje?

A pergunta aparentemente lembrou Janyn de algo embaraçoso.

— Gertrude está fora hoje, em nossa casa de campo. E nisso reside uma dificuldade. Angelo, o cozinheiro, teve um problema hoje mais cedo, e foi tão diligente em resolvê-lo que agora está muito atrasado para servir o jantar.

Madame Agnes garantiu a Janyn que ela encontraria uma forma de resolver tudo, e, levando Gwen consigo, dirigiu-se à cozinha.

O ar de desconforto de Janyn se dissolveu no momento em que elas desapareceram. Fiquei me perguntando se ele havia criado aquele incidente apenas para que pudéssemos estar a sós.

— Enfim! — disse ele, com um sorriso conspiratório. — Estaremos mais confortáveis discutindo a decoração do quarto de dormir sem uma plateia, não concorda?

Fiquei contente por ter adivinhado corretamente. Ele parecia mais acessível agora, menos misterioso. Era o tipo de situação que Geoffrey e eu poderíamos ter imaginado.

— O que vi até agora é lindo, Janyn. — Sorri para ele e pus a mão em seu braço. — Gostaria de ver o quarto de dormir. — Minha audácia surpreendeu-me.

Quando subíamos a escadaria externa na direção do andar superior, ele disse:

— Antes de voltar a Londres, passei um dia no Castelo Rising, lar de Isabel, a rainha mãe. Ela está ansiosa para conhecê-la, Alice.

Notei um sinal de preocupação em sua voz. Tinha discutido comigo mesma se deveria ou não informá-lo de que eu já sabia de sua amizade com ela e decidira por fingir surpresa, protegendo meu relacionamento com Gwen. Tomei sua leve inquietação como sinal de que havia tomado a atitude certa, que aquele relacionamento pedia discrição.

Chegando ao piso superior, virei-me para ele. Ele tocou minha face com as costas da mão, um gesto suave e amoroso que me pareceu natural. Descobri que ele não era homem que precisasse esforçar-se para demonstrar seu afeto, e eu o amei ainda mais por isso. Pressionei de leve meu rosto contra sua mão. Um gesto sutil. Não me deixei ficar muito naquela posição, permanecendo assim o tempo suficiente para perceber que ele havia sentido que eu correspondia. Eu estava descobrindo que gostava de retribuir um carinho.

— A genitora do rei, Janyn? Mesmo? Como foi que a conheceu? — Eu não precisava simular estar sem fôlego, embora isso pouco tivesse a ver com Isabel.

— Eu a conheço por causa de uma longa ligação entre ela e a família de minha mãe, que negociou, em nome de Sua Graça, a aquisição de objetos de arte e de joias do norte da Itália. Sua Graça aprecia entusiasticamente o estilo italiano.

— Posso imaginar madame Tommasa com aquele lindo manto novo com os corpos celestes, inclinando-se para a rainha viúva. Você caçoou de mim ao dizer que, estando na Itália, ela precisava vestir roupas tão elegantes. Era preciso vesti-las para receber a rainha mãe!

Percebi em seus olhos que meu entusiasmo o encantava. Mas ainda havia um sinal de alguma coisa estranha quando ele disse:

— Não, eu não estava caçoando de você. Ela talvez vestisse aquele manto em Milão.

Janyn sorriu e me puxou para perto de si. Mas fomos interrompidos por uma criada que abriu a porta. Trocamos olhares pesarosos e então caminhamos por uma espécie de antecâmara, a partir da qual portas se abriam. Eu nunca vira uma daquelas num andar superior. A casa era maior do que eu imaginara. A criada abriu outra porta mais adiante e nos deu passagem.

— Senhorita; meu amo — disse ela, com uma pequena mesura e um gesto que indicava a direção dos aposentos.

O quarto de dormir tinha pelo menos o dobro do tamanho do de madame Agnes, e era pleno de luz, que escoava de várias janelas envidraçadas na parede sul. Janelas envidraçadas num quarto de dormir pareciam um luxo restrito aos muito ricos, e talvez mesmo eles apenas ousassem imaginar. A decoração era mais simples que no salão do andar inferior, mas tudo era lindo e parecia bem caro. De imediato comecei a percorrer o local, tocando superfícies, sentindo os tecidos.

Quando a criada já havia voltado à antecâmara, fechando a porta atrás de si, Janyn falou:

— Você jamais adivinhará o que eu descobri, quem é que está visitando Sua Graça.

Enfim chegávamos às notícias que Geoffrey me dera. Eu me perguntara quanto tempo Janyn levaria para confiar em mim.

— O rei e a rainha?

Brinquei de adivinhar. Afortunadamente, minha atividade pelo quarto tornava fácil esconder meu rosto.

— Seus pais.

Eu estava junto à grande cama, correndo as mãos sobre as colchas de seda.

— Ora, mas que milagre é esse? Isabel, a rainha viúva, e os meus pais? — Então eu me virei, e minha expressão deve ter parecido suficientemente surpresa. — Janyn, está caçoando de mim.

Ele abriu um glorioso sorriso e riu, um riso que vinha do fundo da garganta.

— É verdade. Seu pai realmente pensou que se tratava de um milagre quando foi convidado. Veja, com nosso casamento, eu trago boas oportunidades para ele.

— E grande honra — acrescentei.

Janyn assentiu.

— Honra e preferência. Sua família não terá mais o que desejar.

Eu vagava por ali, admirando o magnífico mobiliário, o aposento espaçoso.

— Nem eu! Oh, Janyn, estou feliz por todos nós. — E estava mesmo, especialmente por Mary, Will e John.

Janyn sentou-se na beirada da cama e tomou-me as mãos enquanto eu me mantinha de pé diante dele.

— Mas esta ligação não deve ser mencionada em público. — Sua voz tornou-se subitamente calma, e ele observou meu rosto até que eu o fitasse nos olhos. Ele estava agora terrivelmente sério.

— É claro que o obedecerei nesse sentido, Janyn — falei. — Mas permita-me perguntar: por que isso deve ser um segredo?

— Você conhece a história da rainha viúva?

Fiz um gesto afirmativo com a cabeça.

— Ainda há quem a veja como uma traidora, quem acredite que ela queria o trono para si e não para seu filho.

— Mas isso foi há muito tempo. E o filho dela, o rei Eduardo, é tão amado por seu povo!

— Foi; e, sim, ele é amado. Mas há aqueles de boa memória, que se apegam ao ódio e ao ressentimento, alimentando a dor, ansiosos por ferirem alguém.

Eu não queria saber dessas coisas, queria apenas explorar aquela que seria minha casa. Queria beijar Janyn. Mas ele obviamente desejava discutir o assunto naquele momento. Eu estava decepcionada por ver que fora aquele o motivo para ele ter me levado ao quarto de dormir.

— Eu compreendo, meu amor — falei, esforçando-me para que minha voz não revelasse a decepção. — Mas como aconteceu de meus pais irem ao Castelo Rising?

— A convite de Sua Graça. Ela desejava conhecer os pais de minha noiva.

Se sua intenção fora esfriar meu ardor, ele obteve sucesso. Lembrei-me de Geoffrey ter sugerido que talvez Isabel se sentisse, de alguma forma, dona de Janyn.

— Por que ela se importaria com meus pais? O que eles poderiam representar para ela?

— Não lhe agrada essa atenção prestada pela mãe do rei?

— É claro que me agrada — apressei-me em dizer. — Está além de tudo que eu jamais sonhei.

— É uma honra, e ela é uma senhora nobre e graciosa. Mas eu vejo que está preocupada, Alice. O que é?

— Essa convocação para ir ao Castelo Rising... seria com o objetivo de abrandar minha mãe? De mostrar-lhe que, de algum modo, ela também poderá usufruir de minha boa sorte?

— Eu confiei a Sua Graça minha suspeita acerca das causas para o atraso de nosso noivado, e essa seria sua maneira de ajudar, lisonjeando madame Margery com sua atenção.

— Foi muito gentil da parte de Sua Graça.

— Ela é uma mulher gentil e adorável. Uma grande dama.

— Ela deve dar valor à sua amizade.

Janyn assentiu.

— Até os poderosos necessitam de companheiros confiáveis.

Ele escolhia as palavras com grande cuidado quando falava de Isabel de França, fazendo, antes de dar suas respostas, pausas mais longas do que fizera em qualquer outra ocasião.

Eu esperava uma vida mais simples do que aquela que ele pintava para mim. Era uma sensação esmagadora. No entanto, *era* de fato emocionante estar casada com um homem que convivia com os nobres, imaginar recebê-los, jantar com eles.

— Você ainda parece preocupada — disse ele.

— Rezo para que o silêncio de meus pais seja confiável.

— É só isso? — Ele parecia aliviado. — Então eu posso assegurar-lhe, fique tranquila, meu amor. Sua Graça deixará bem claro que eles precisam ser discretos se desejam permanecer sob seu favor. Você não precisa se preocupar.

— Mas você pareceu sugerir, nessa necessidade de sigilo, um certo perigo para nós todos.

Ele assentiu.

— Eu quis dizer que você não deve se preocupar com a discrição de seus pais. Sim, o sigilo é para nossa proteção.

— Fico feliz que você não procure me proteger da verdade.

Janyn cruzou as mãos sobre o coração.

— Jamais, meu amor. — Então ele indicou as cortinas, as outras peças de decoração, a grande cama na qual estava sentado. — Essas coisas lhe agradam?

— Estou encantada com tudo que vi, Janyn. Vidros nas janelas de nosso quarto de dormir? Eu jamais teria ousado sequer sugerir algo assim. E as tapeçarias de seda, a cama imensa... Nunca pensei que viveria em tamanho conforto. É como eu imaginava os palácios de Paris ou Veneza.

— Trata-se mais, talvez, da moda para mercadores ricos nessas grandes cidades. Mas minha mãe crê que Deus não se recusa a conceder conforto e beleza enquanto damos graças a Ele e garantimos que todos em nossas propriedades compartilhem do mesmo.

— Eu preciso aprender a sentir-me à vontade com tudo isso, então — falei.

— Precisa aprender?

— Parece pecaminoso. — Forcei um sorriso.

— E no entanto os bispos e papas vivem em esplendor muito maior.

Eu ri.

— Oh, Janyn, não tenho qualquer experiência com homens de posição tão elevada na Igreja. Só falei por brincadeira.

Afastei-me dele quando ouvi passos na escada.

Janyn veio em minha direção e puxou-me. Seu sorriso era provocante, mas em seus olhos havia algo mais. De súbito tive medo dele.

— Por que você se afasta de mim quando escuta um criado na escada? — perguntou ele, com voz suave, encorajadora. — Estamos noivos. Podemos fazer o que quisermos em nosso quarto. — Deslizando os braços em volta de mim, ele puxou-me para tão perto de si que meu peito ficou pressionado contra o dele.

— Mas, Janyn...

Ele calou-me com um beijo. Mais que um beijo. Sua língua procurava meus lábios. Eu comecei a resistir, mas então pensei como estava sendo tola. Era isso o que eu queria, e não havia ninguém, nem mesmo Deus, que pudesse me condenar por entregar-me a Janyn, meu noivo. Desmanchei-me em seus braços, e, quando abri os lábios para os dele, ele me apertou tão forte que pude sentir sua excitação.

Audaciosamente toquei-o lá. Ele gemeu e depois me soltou.

— Minha doce Alice. Acho que ficaremos mais do que loucos por esta cama. — Seus olhos estavam estranhos; mais escuros e mais suaves do que eu jamais vira. — Mas deixemos nossa paixão para a noite de núpcias.

— Por quê? Você disse que poderíamos fazer o que desejássemos.

— Prometi ao seu pai, minha raposa, é por isso.

Respirei fundo, sentindo-me confusa e um pouco irritada. Por razões que eu não entendia à época — e o que uma menina de 14 anos entende de desejos frustrados? —, eu quis puni-lo.

— Por que minha mãe é tão contrária a nosso noivado? O que há entre vocês?

— Sua mãe? — Janyn franziu a testa, intrigado, mas, enquanto eu o observava levantar-se e colocar-se a certa distância, seu rosto adquiriu uma expressão de inquietação. — Não falemos de sua mãe.

— Ninguém quer falar de minha mãe, e, no entanto, ela está no centro de tudo que acontece comigo. Até mesmo Lady Isabel percebe isso. Fui mandada para fora de minha própria casa por causa da reação de minha mãe a nosso noivado. Acha que isso não significa nada para mim?

— Isso é dever dos seus pais lhe explicar.

— E se não o fizerem? Isso contamina tudo para mim, Janyn. Eu quero muito ser feliz, mas tenho medo de que haja alguma ameaça oculta à nossa felicidade.

Ele tirou o chapéu e passou a mão pelos cabelos, revolvendo-os, num gesto indicativo de desconforto que eu não havia testemunhado nele até então. Talvez minha aparente falta de delicadeza fosse, na verdade, uma forma de provocar nele alguma reação.

— Eu pensei em falar sobre isso depois que nos casássemos. — Ele sentara-se de volta na cama, as mãos abandonadas sobre as coxas, a cabeça baixa. — Fui egoísta. Temeroso de que você preferisse sua mãe a mim.

Pensei que seria uma grande tola se fizesse isso. Mas nada falei. Precisava ouvir o que ele tinha a dizer.

— Sua mãe é uma mulher infeliz, Alice, e ela culpa os outros, nunca a si mesma, por sua infelicidade. Ela esperava que seu pai a livrasse de seu humor sombrio, e, como ele não o conseguiu, ela passou a ressentir-se dele. Puniu-o dizendo que outro marido teria sido capaz de salvá-la.

— Sim, ela seria capaz de dizer uma pérola dessas a meu pai. E ele, sendo o bom homem que é, sofreria sem reclamar com ninguém.

— Ele é um bom homem e um amigo querido — disse Janyn —, mas madame Margery não enxerga nada além de sua própria fome. Ela não percebe que foi abençoada com um marido amoroso e uma boa vida. Em vez disso, envenenou a própria existência. Escarneceu de seu pai oferecendo-se a seus amigos, de forma a constrangê-lo e feri-lo.

— E você foi um desses homens? — Adivinhei o que se passava pelo remorso em suas palavras, pela dor em sua voz.

— Para meu grande desconsolo, sim.

— Eu escutei meus avós dizendo que ela tem ciúmes de mim. Ela o amou?

— Talvez tenha se convencido de que me amava, mas ela não conhece nada de minha alma nem de meu coração. Acho que é mais provável que inveje a vida que ela imagina que você levará nesta casa, mais interessante que a dela, com mais vestidos, mais joias.

Eu não poderia contradizer a descrição que ele fazia de minha mãe, mas senti que ele prendia a respiração, na esperança de haver dito o suficiente para me satisfazer.

— É por isso que você evitava nossa casa?

Ele agarrou minha mão e a pressionou contra o rosto.

— Sim. Margery desejou-me, Alice, e presumiu que eu a desejasse.

— Em algum momento você a amou, Janyn?

A seu favor, e para meu imenso alívio, ele não se apressou a responder; antes, olhou para dentro de si. Lenta e tristemente, balançou a cabeça.

— Ela é uma bela mulher, e sabe como dar a um homem atenção integral, de forma a aquecer o coração dele. Não tenho dúvidas de que fiz o papel de tolo elogiando-a quando a contemplei pela primeira vez. Mas, em um curto espaço de tempo, compreendi que ela nada tinha a oferecer; ela suga a vida de todos que a amam e acumula esse amor para si, não dando nada em troca. Agradeço a Deus por não ter sido tolo a ponto de me apaixonar por ela. — Ele fitou meu olhos. — Você não precisa ter mais nada a ver com ela, meu amor. Ninguém exigiria isso depois do comportamento desnaturado que ela teve com relação a você. — Aproximando-se, Janyn me puxou para perto de si, prendendo-me no que eu senti ser um feroz abraço protetor. — Imploro que acredite em mim.

Isso explicava todos os segredos concernentes ao meu noivado que meus pais haviam escondido de mim.

— Agora que sei por que eles se comportaram daquele modo, não sinto mais medo.

— Você se arrepende de ter se comprometido comigo, Alice?

— Não. Você nunca deve duvidar de mim.

Ele me manteve contra si por um momento, e eu pude sentir seu coração em disparada. Quando me soltou, afastei-me e respirei fundo.

— Eu conhecerei a rainha viúva? — perguntei.

Janyn pareceu aliviado com a mudança de assunto.

— Sim, e muito em breve. Ela estará a caminho de Londres logo depois de nosso casamento, e sua expectativa para conhecê-la é tanta que passará a noite em nossa casa ao norte da cidade. Evidentemente, nós lá estaremos para cumprimentá-la.

Senti meu coração palpitar. Parecia empolgante. E, talvez, depois de tê-la conhecido, de haver observado o comportamento de Janyn com ela, eu me sentisse segura. Rezei para que fosse assim.

— E os meus avós? Você pretende contar a eles sobre a visita de meus pais ao Castelo Rising e sobre sua amizade com a rainha mãe? Será difícil manter silêncio a respeito, e com certeza meu pai desejará falar sobre isso com eles.

Mais uma vez Janyn hesitou. Temi que sua amizade com a rainha viúva não fosse apenas uma questão de privacidade, mas de sigilo e lealdade, e que ele pretendia guardar esse segredo com sua vida. Janyn tomou fôlego e me assegurou que pretendia abordar o assunto com madame Agnes naquele mesmo dia, durante o jantar. Disse que meu avô já sabia, mas que prometera manter segredo, até mesmo com relação à esposa.

— O perigo *existe*, Alice.

Eu me persignei. Minha avó também teria de prometer segredo, pensei.

E de fato foi o que aconteceu. Madame Agnes ficou indignada quando Janyn falou da importância do sigilo, sentindo-se insultada por ele considerá-la simplória a ponto de não compreender.

— Favorecer a loba — comentou ela, com um muxoxo, quando voltávamos para casa mais tarde. — Questiono o bom senso dele, Alice, e o dos familiares de madame Tommasa. A rainha viúva tem sido um problema desde que pisou nesta ilha. Ele é seu noivo e, por isso, não direi mais nada contra ele. Mas tome cuidado com essa mulher, Alice. Na presença dela, mantenha-se em alerta total.

— A senhora acha que eu me deixarei influenciar por ela facilmente?

Madame Agnes dirigiu-me o olhar, e suas feições se suavizaram.

— Não, querida Alice. E é evidente que Janyn ama você. Isso é tudo o que importa.

Sua confiança pretendia ser afetuosa, mas soava insincera. A rica comida azedou em meu estômago, e eu fui para a cama com uma terrível dor de barriga naquela noite. Mas quando meus pensamentos se voltavam para Janyn, seus beijos, sua boa vontade em responder às perguntas sobre minha mãe, eu me sentia melhor. Fiquei acordada imaginando como seria deitar-me a seu lado naquela cama imensa.

POUCO DEPOIS DE ter jantado em minha futura casa na cidade, Janyn, Gwen, meu avô e eu nos colocamos a caminho da casa de campo, Fair Meadow. A residência aninhava-se num vale suave, cercada por um bosque. O porão era uma construção de pedra, e os andares superiores, de madeira. O que lhe faltava em elegância sobrava em amplitude, e as vistas eram tão maravilhosas que desejei que as aberturas das janelas fossem mais largas. Janyn caçoou de mim quando eu disse isso, apostando que meu intento era que congelássemos no inverno, apenas para que não saíssemos nunca da cama. Seus olhos me acariciavam, e eu ri e beijei suas mãos. Estava muito feliz.

Meus pais jantaram comigo na casa de meus avós várias vezes ao longo do verão. Minha mãe estava branda, e meu pai, loquaz. Janyn estava sempre ocupado com outra coisa. Ser apresentada à rainha viúva aparentemente inspirou minha mãe a voltar a falar comigo. Ela admirava meus vestidos e perguntava sobre o cavalo e a casa de campo, fazendo de tudo para evitar o nome de Janyn. Quando meu pai falou da honra de terem ido ao Castelo Rising como convidados, minha mãe pouco disse, mas seus olhos brilharam. Percebi que ela também tinha vários vestidos novos, um deles de seda, que era como a superfície refletora de um lago e que imaginei ser mais caro do que qualquer coisa que ela jamais tivesse possuído. Meu pai devia estar subornando-a para que se comportasse.

Eu via minha mãe sob outra luz agora, mais como uma igual e não como minha progenitora; via-a como um competidor derrotado. Mas quando meus avós me dirigiam furtivos olhares preocupados, eu me perguntava se um dia não me arrependeria de minha vitória.

4

A razão não me permite nem falar em sono,
pois ele não está de acordo com minha natureza.
Deus é testemunha de que eles pouco sabem a esse respeito.
Mas que seja permitido que esta noite, tão cara a eles,
não passe em vão, e que de alguma maneira
seja ocupada em jogos alegres
e em tudo que soe a suavidade.

— GEOFFREY CHAUCER, *Troilo e Créssida*, III, 1408-14

• **1356** •

O DIA DE MINHAS BODAS amanheceu ensolarado e mais fresco do que qualquer outro dia até aquela altura da estação. Eu dormira pouco e não conseguia comer, pois formava-se um redemoinho em meu estômago só de pensar que iria me deitar com Janyn aquela noite. Fosse o tempo mais quente, ainda assim eu estaria sofrendo tremores e arrepios.

Gwen, Nan, madame Agnes e sua criada, Kate, vestiram-me. O vestido vermelho-escarlate estava tão bem-ajustado que eu poderia me mover livremente, dançar uma giga, esticar-me e curvar-me, mesmo o tecido agarrando-se ao meu corpo como uma segunda pele. A cor conferiu um rubor a minhas faces num dia em que, não fosse por isso, a palidez predominaria. Usei um delicado diadema de ouro e pérolas, presente de madame Tommasa. Meus sapatos eram de cetim vermelho e de um tipo de couro que fora tingido para combinar com o dourado escuro de meu manto, feito com o presente de noivado que eu ganhara de Janyn.

— Você está linda — disse madame Agnes, seus olhos se enchendo de lágrimas e quase fazendo-a sufocar com as palavras.

Gwen segurou um pequeno espelho para que eu pudesse me ver. Virei-me para a frente e para trás, torcendo-me e curvando-me, ficando na ponta dos pés e agachando-me. Eu só conseguia enxergar torturantes fragmentos da vestimenta de cada vez.

— Ah, se tivéssemos um espelho maior! — exclamei.

Quando alguém bateu à porta, Kate foi ver quem era, enquanto as outras três me ocultavam com seus corpos.

— Madame Margery — disse a criada, pondo-se ao lado.

Meu estômago embrulhou. Eu havia me perguntado quando minha mãe apareceria, pois sabia que, independentemente de seus sentimentos a respeito daquele casamento, ela não deixaria escapar uma oportunidade de estar, se não no centro das atenções, ao menos o mais próximo disso.

Todas se afastaram, como se me desvelassem. Minha mãe ficou parada à porta, sem saber se era ou não bem-vinda. Portando seu mais fino vestido de seda e uma *crespinette* salpicada de pérolas, ela parecia uma noiva tanto quanto eu própria, exceto pelo fato de seus cabelos louros não estarem soltos.

Estendi a mão para ela.

— Minha mãe. Fico contente que tenha vindo.

Como se desconfiasse de meu gesto, ela juntou os braços às costas. Aproximando-se alguns passos, seus belos sapatos cinza espiando por debaixo da bainha, ela fez uma pequena mesura. Depois virou-se para madame Agnes e fez o mesmo.

— Eu a deixarei com sua filha enquanto Kate me veste — disse madame Agnes. — Gostaria que Gwen saísse também?

Minha mãe balançou a cabeça.

— Eu preferiria que ela ficasse, como testemunha de que vim em paz.

Sua voz tinha um gume afiado que me era familiar. Ela se sentia tiranizada, desvalorizada, e logo iria açoitar alguém em retaliação. Provavelmente a mim, a pessoa a quem ela aparentemente atribuía a culpa por sua infelicidade.

— Paz? — repeti suavemente. — Não estamos em guerra, minha mãe.

— Seu pai pensa de outro modo, Alice. Venha aqui. — Ela se dirigiu à janela, seu vestido de seda farfalhando ricamente à medida que andava. — Há certas coisas que preciso lhe dizer.

Madame Agnes deixou o aposento juntamente com sua criada. Gwen ocupou-se em pôr em ordem o quarto.

Então minha mãe estendeu a mão para examinar meu manto, sentindo suas duas camadas, depois erguendo um pouco minhas saias para ver meu calçado.

— Você se saiu muito bem, Alice. Tão ricos tecidos, couro excelente, prata e ouro. E pérolas nos cabelos. — Ela franziu as sobrancelhas enquanto acariciava o próprio penteado. — Soube me estudar.

Eu não tivera qualquer participação na escolha das pérolas, mas não valia a pena corrigi-la.

— Não acho anormal que uma filha imite sua mãe — falei, esforçando-me para manter a voz suave, calma.

Ela desconsiderou meu comentário. Seus olhos me perfuraram, duros e cruéis, ao dizer:

— Preciso contar-lhe o que a espera esta noite.

Se eu já não estivesse apreensiva com a ideia do leito nupcial, seu jeito e seu tom de voz teriam se encarregado disso.

— Não é necessário. Madame Agnes já me disse tudo que necessito saber.

Minha mãe ergueu uma sobrancelha.

— Pois então ela disse. Mas ela não conhece o seu noivo como eu.

— O que isso...

Ao me dar conta do que ela insinuava, minha mão voou na direção de seu rosto.

Mas ela me deteve e riu.

— Você não sabia que eu conhecia Janyn? Como pôde pensar que seus pais concordariam em que você se tornasse noiva de alguém que eles não conhecessem?

Por um instante pensei que ela não insinuara o que suspeitei que insinuara: que Janyn a cortejara e, possivelmente, até a levara para a cama, mas então ela espiou Gwen para verificar se a moça estava ouvindo, e então me lembrei de seu desejo de que a criada testemunhasse nossa conversa. Ela me provocava ao escolher com inteligência as palavras de forma que soassem, para Gwen, quase amorosas. Minha mãe era uma atriz talentosa.

— A senhora quer apenas arruinar meu casamento instilando-me a dúvida, minha mãe. Não a ouvirei mais.

— Mas você precisa me ouvir! Precisa saber o que seu pai obrigou Janyn a prometer. Pelo que madame Agnes me contou dos seus sentimentos por seu noivo, temo que você se decepcionará. Vocês não farão amor até que você complete 16 anos. Era a isso que eu me referia; madame Agnes não sabia de nada, por isso não poderia contar a você, não poderia prepará-la.

Dois anos sem fazer amor?

— Então, por que nos casarmos agora?

Minha mãe inclinou a cabeça e brincou com a parte frontal de minha veste.

— Negócios, Alice. Seu casamento resume-se a questões da guilda e de relações comerciais. Mas seu pai garantiu-lhe proteção: vê como ele a ama? Se Janyn quebrar seus votos, levando-a para a cama esta noite, terá seu dote confiscado.

Recusei-me a aceitar sua tentativa de deturpar meus sentimentos por meu pai. Ela sempre se ressentiu de nossa proximidade.

— Janyn é tão rico que não precisa de meu dote — falei.

— Você se tem assim em tão alta conta?

Eu não recuei diante de seu comentário cortante, embora ele tivesse, sim, me atingido. Mas era certo que Janyn tinha toda a riqueza que poderia desejar. Fiquei confusa. Eu estava apreensiva quanto a fazer amor, mas, agora que isso poderia me ser proibido, sentia como se houvesse perdido algo que me era precioso. Ela roubara a animação que a proximidade da cerimônia e da festa vinha me trazendo. Poderia aquilo ser verdade? Janyn dissera que havia prometido a meu pai esperar apenas até aquela noite.

— Você não tem muito a dizer hoje.

Minha mãe usava o véu para ocultar um sorriso, mas eu o vi em seus olhos.

— O que eu poderia dizer?

— Bem, então, vamos. — Ela estendeu a mão para mim. — Desçamos ao saguão.

Balancei a cabeça.

— Gostaria de ficar sozinha por um instante.

Minha mãe suspirou audivelmente e fez menção de segurar minha mão. Eu me afastei dela.

— Deixe-me — falei, sem sombra de respeito na voz, nos olhos, na atitude.

Ela riu, mas eu soube por seu rubor que minha reação não fora a que ela esperava.

— Vamos, minha filha. Não seja ingrata. O tolo do seu pai quer protegê-la. Você é tão nova. Se concebesse imediatamente, sofreria com a gravidez.

— Mulheres da minha idade dão à luz todos os dias. Deixe-me, madame Margery. — Não consegui chamá-la de "minha mãe". — Não sairei daqui ao seu lado.

Com mais um grande suspiro, ela deixou o aposento. Assim que escutei seus passos na escada, virei-me para Gwen, que tinha terminado a arrumação e agora rearranjava os objetos para parecer ocupada.

— Peça a madame Agnes que venha até aqui — falei.

Sentei-me na cama para esperar, lutando contra as lágrimas.

Gwen retornou.

— Ela desceu para o salão, senhora.

—Vá atrás dela.

Encolhi-me, arrepiada pelo golpe final de minha mãe. Prometi nunca mais ouvir o que quer que saísse de sua boca.

Quando minha avó entrou pela porta, o vestido verde de seda ondulando atrás dela e sua face suave enrugando-se de preocupação, caí em seus braços.

Ela apertou-me contra seu peito, depois soltou-me e se afastou um pouco para me olhar.

— O que há? Gwen estava tão pálida que eu tive medo de encontrá-la caída no chão, sangrando. Graças a Deus, você parece não estar ferida. — Aproximou-se. — Foi Margery, eu sei. O que ela disse a você?

Contei-lhe, e, embora demonstrasse estar indignada por seu filho ter exigido uma coisa daquelas, ou que ele pudesse julgar-me tão frágil, ela admitiu não saber se aquilo era ou não verdade.

— Mas, minha filha, não consigo acreditar que Janyn pudesse concordar com uma coisa dessas. Eu os vi juntos. E ele é rico como Creso. — Minha avó afundou num banco e abanou-se, refletindo. — Mas é claro! — disse, repentinamente. — Gwen, quais são suas ordens no que diz respeito à câmara nupcial?

O rosto de Gwen refulgiu:

— Devo preparar a câmara nupcial esta noite para que todos possam brindá-los quando estiverem na cama. Juntos. — Ela voltou-se para mim e, em seguida, para madame Agnes — O Sr. Janyn observaria todo esse ritual se tivesse prometido aquilo que madame Margery sugeriu?

— Esse é o costume, não é mesmo? — perguntei.

— Só mesmo um tolo desafiaria seus votos nupciais a esse ponto — disse minha avó. — Anime-se então, Alice! — Ela ergueu meu queixo e, com um lenço de linho, enxugou delicadamente meus olhos.

Eu não me dera conta de que estava chorando.

— Estou horrível agora?

Gwen levantou um espelho para que eu visse que não estava pior do que antes.

— Estou mortificada por ter duvidado por tanto tempo das reclamações que meu filho fazia de Margery — disse madame Agnes. — Ela é, ponto por ponto, a lâmia pestilenta que ele descreveu.

O restante do dia passou como um nevoeiro, exceto pelos breves encontros com Janyn, que me fitava com tamanha avidez e me beijava com tanto entusiasmo que pensei que ambos enlouqueceríamos se a história de minha mãe fosse verdadeira. Afinal, o argumento de madame Agnes não me convencera do contrário.

Enquanto eu repetia meus votos no pórtico da igreja, meu coração se comprimia a cada promessa de obediência, pensando na ordem de meu pai. Mas, quando cruzei o olhar com o de Janyn, observando-me com felicidade e amor, momentaneamente recuperei a confiança e a coragem.

Ao deixar a igreja, Janyn — meu marido! — tomou minha mão para me acompanhar ao salão da guilda onde ocorreria a festa de casamento, e eu raramente afastei-me dele durante o resto do dia, apesar dos mais de cinquenta convidados disputando nossa atenção individual. Evitei diligentemente olhar para minha mãe, sentada à mesa principal, e também devo ter sido bem-sucedida em calar sua voz, pois não me lembro de absolutamente nada relacionado a ela depois de ter deixado meu quarto na casa de minha avó. Quando saímos da mesa, meu pai beijou-me e abraçou-me por um instante, dizendo que rezara por nossa felicidade e para que a vida me tratasse com generosidade. Hesitei em perguntar-lhe sobre a promessa, ciente de que, se minha mãe houvesse mentido, minha pergunta poderia alargar a fenda que os separava, mas não consegui me conter.

O salão estava muito cheio e repleto de fumaça, e o chapéu de meu pai encontrava-se no ângulo exato para lançar sombra sobre seu rosto, de forma que não identifiquei ao certo sua expressão. Mas suas palavras soaram falsas quando ele disse que considerara pedir aquilo a Janyn.

— Talvez eu tenha falado sobre isso com sua mãe. Mas, afinal, decidi não fazê-lo.

Portanto, minha mãe urdira uma mentira perniciosa, e meu pai a confirmara. Eu não precisava preocupar-me em aumentar a distância existente entre meus pais. Era a distância entre mim e meus pais que aumentara.

Quando chegou a hora de Janyn e eu seguirmos até nossa residência em Londres, meus pais se desculparam e dirigiram-se para casa. Metade da multidão inebriada, porém, nos acompanhou. Eu havia bebido pouco, mas, enquanto Gwen e madame Agnes me despiam, convenceram-me a tomar um pouco de conhaque.

— Para sossegar seu tremor — disse minha avó.

Na verdade, eu não conseguia falar, pois meus dentes batiam demais. O conhaque foi um alívio. Minhas vestes de noite eram finas demais para me garantir aquecimento, e, embora a cama fosse guarnecida de grossas cobertas, meus pés pareciam estar metidos num bloco de gelo. Sentei-me e apoiei-me numa pilha de travesseiros cobertos pelo mais macio dos linhos, com nossas iniciais — *AS* e *JP* — bordadas.

Janyn entrou através de uma porta lateral, portando vestes mais curtas e feitas de um linho mais encorpado que o das minhas. Quando ele se sentou na cama e ergueu as pernas sobre o colchão, concentrei meu olhar nos pelos retos e sedosos de sua panturrilha, na forma surpreendentemente graciosa de seus tornozelos e pés. Ele beijou-me na testa e levantou as cobertas para enfiar as pernas debaixo. Seu calor era agradável e reconfortante, mas o alarde por trás da porta principal do quarto fez-me lembrar o motivo de tudo aquilo. Quando minha avó abriu a porta aos convivas, Janyn deslizou seu braço por trás de mim, descansando-o nos travesseiros, colocando a mão suavemente em concha em meu ombro trêmulo.

— Alice, eu amo você com todo o meu ser — sussurrou ele. — Quando eles se forem, conversaremos. Não me imporei.

Isso ajudou. Consegui voltar-me para olhá-lo, e nos beijamos para que todos os convidados vissem, um beijo delicado.

Nosso beijo foi recebido com aplausos, brindes, gracejos e a exigência de um outro beijo, dessa vez mais apaixonado.

Nós nos abraçamos, e dessa vez o beijo foi intenso e prolongado, e eu não sentia mais frio, não sentia mais medo.

Não me lembro de nada dos brindes em favor de nossa saúde e de minha fecundidade. Só conseguia pensar no momento em que nos veríamos a sós.

E quando por fim nossos convidados partiram, e nos vimos a sós em nosso grande leito, viramo-nos um para o outro e nos abraçamos. Não houve diálogo. Envolvi-o com minhas pernas enquanto ele tomava meus seios em suas mãos. Quando ele me penetrou, eu gemi de desejo e o segurei firme, querendo devorá-lo. Seu riso profundo, surpreso, seus grunhidos e gemidos, suas violentas estocadas finais, tudo era lindo para mim, e eu dava glória a Deus pela bênção que era o nosso amor, nossa paixão.

Posteriormente, a lembrança da dor momentânea surpreendeu-me, bem como as nódoas de sangue que serviam de prova. Fiquei impressionada com o poder da paixão, capaz de entorpecer todos os demais sentidos.

Nós conversamos, cochilamos, nos beijamos e começamos tudo de novo. De manhã, Gwen e a criada de quarto trocaram sorrisos ao verem os lençóis ensanguentados e me banharam com delicadeza. Fui mimada e paparicada por muitos dias, e dormia à tarde, pois nossas noites eram ativas demais para serem repousantes. Eu nunca fora tão feliz. A única sombra daqueles dias era a lembrança da mentira mal-intencionada de minha mãe, covardemente corroborada por meu pai. Mas ela não poderia mais me machucar.

UMA VEZ ESTABELECIDA nossa rotina doméstica, minha paixão por Janyn expandiu-se, tornando-se um amor que a tudo englobava, pois ele se comportava comigo num nível de consideração que eu jamais experimentara. Meu pai contara-lhe que costumava me ensinar suas práticas comerciais e me encorajar a fazer sugestões; disse que eu me tornara uma sócia valiosa. Janyn estava encantado por beneficiar-se desses ensinamentos. Ele me consultava em todos os tipos de assunto — aquisição de propriedades, compromissos sociais, negociações comerciais. A Sra. Gertrude, que servira Janyn como governanta no período de sua viuvez, foi instruída a entregar as chaves e a governança de toda a casa para mim imediatamente. Mas, como é comum entre as mulheres, chegamos a um acordo confortável, que me permitisse aprender tudo o que ela tinha para me ensinar enquanto eu testava minhas próprias habilidades. Eu tinha apenas 14 anos, e tudo era novo para mim.

Descobri que meu ponto forte era determinar as quantidades e as qualidades exigidas para os suprimentos e equipamentos da casa, enquanto Gertrude era muito superior a mim na supervisão dos criados. Eu adorava sentir o peso das chaves penduradas em meu cinto; foi para mim um alívio que Gertrude parecesse não ter qualquer receio de entregá-las a mim.

Embora meus dias estivessem repletos de novas experiências, eu sentia saudades de John, Mary, Nan e Will, acumulando histórias para lhes contar. Duas semanas depois do casamento, Janyn sugeriu que convidássemos minha família para banquetear conosco. Meus avós paternos, meu pai, Nan e meus irmãos compareceram. Minha mãe pretextou estar indisposta. Mary e Will, a princípio contidos pela timidez, logo foram envolvidos por Gwen em brincadeiras de pega-pega no jardim e em volta do salão, e graças a ela aquele dia foi repleto de risos. Meu pai parecia mais à vontade com Janyn do que no dia do casamento, o que indicava que eles haviam se encontrado nesse ínterim para tratar de negócios. Várias vezes eu o surpreendi examinando-me com uma expressão confusa — como se estivesse surpreso de me ver comandando minha própria casa, provocando meu marido afetuosamente, rindo com Nan dos erros que eu cometera nas primeiras vezes que tentara realizar as tarefas que ela normalmente fazia para mim. Foi um dia que eu iria carregar em meu coração por um longo tempo.

Depois que nossos convidados partiram, Janyn perguntou-me se faltara algo naquele dia, algo que eu pudesse ter desejado e que não acontecera.

— Não, meu amor, nada. Todos os meus entes queridos estavam alegres, comeram bem e ficaram felizes por ver nosso contentamento.

Ele me puxou para junto de si e murmurou:

— Will e Mary me levaram a pensar como será quando nossos pequeninos estiverem correndo pelo salão e pelos jardins, fazendo barulho, gritando, rindo.

Ciente do sofrimento por que ele passara quando da morte da esposa durante o parto — também morrera o bebê, pelo qual eles haviam esperado com tanta alegria —, eu sempre moderava o tom quando falava de nossos próprios planos de ter filhos. Então perguntei, com um sorriso provocante:

— Tem medo disso?

— Medo? Acredito que este seria o mais alegre dos lugares, com tal barulho e tal atividade. — Ele deslizou a mão pelo decote de minha combinação e apertou meu seio.

Eu mordi seu lábio.

— Vamos para a cama, meu amor, e façamos um bebê para seu agrado.

Com a voz subitamente rouca, ele ordenou aos empregados que pusessem o salão em ordem e pediu que Gwen me preparasse para deitar, pois eu estava particularmente fatigada depois daquele longo dia.

À MEDIDA QUE se aproximava o momento de irmos para Fair Meadow, eu procurava aprender mais sobre Isabel de França, com o fim de me preparar para encontrá-la. Eu aprendera havia pouco, com Gertrude, que as matas próximas a Fair Meadow consistiam na Floresta de Epping, e que Isabel caçaria ali na manhã do dia em que deveria jantar conosco. Janyn a acompanharia na atividade. A governanta admirava muito a rainha viúva e sua excelente saúde — dizia-se que ela tinha pelo menos 60 anos!

— A senhora deve estudar as preferências dela, minha ama, e seguir sua dieta estritamente. Assim poderá usufruir de uma vida longa e ativa, além de manter sua beleza.

Perguntei a Janyn:

— Devemos contratar menestréis e músicos? Se ela caça, é certo que também dança.

— De fato, ela dança, e seus próprios menestréis e músicos a acompanham por onde quer que ela viaje.

Eu bati palmas e antegozei uma alegre giga.

— Tenho certeza de que ela vai adorar você, meu amor.

— Posso ir caçar também, Janyn?

— Quando tiver caçado comigo uma dúzia de vezes, então poderá integrar a comitiva da rainha viúva. Ela não tem paciência com aqueles que ficam para trás. O que me faz lembrar... Embora eu tenha prometido não separá-la da sua amada Serena, você necessita de um cavalo de caça. Cuidarei disso enquanto estivermos no campo.

Eu iria caçar. Só de imaginar isso comecei a cantarolar durante todos os preparativos para nossa viagem. Os pais de Janyn nos acompanhariam, e, com vários dias de antecedência, transferimo-nos para a casa deles, enquanto nossos pertences eram acondicionados. O quarto em que dormiríamos era separado dos aposentos de meus sogros por uma parede de madeira pouco mais espessa que uma tela. Muito me desanimei ao constatar isso, pois tudo indicava que não poderíamos fazer amor enquanto ali estivéssemos, considerando que nossa paixão não constituía um ato silencioso.

— O quarto não é do seu agrado? — perguntou Janyn ao ver minha expressão.

— Seus pais nos escutarão — murmurei, tocando a parede delgada.

— Você pensa que eles não esperam esse tipo de ruído vindo de nosso quarto, Alice? Minha mãe fará oferendas de ação de graças na igreja, tamanho é seu anseio por ter netos por perto para cobrir de atenção. Os filhos de minha irmã estão muito longe dela.

FORMÁVAMOS UM GRANDE e alegre comboio de carroças e cavaleiros, serpenteando ao sairmos de Londres rumo ao campo numa manhã cinzenta, mas seca. Uma ventania soprara no dia anterior, arrancando das árvores muitas das folhas de outono lindamente coloridas, que agora jaziam encharcadas na estrada, tornando-a escorregadia, embora deixando cor suficiente para manter a magia. À medida que o dia esquentava, um nevoeiro cobria os vales e matas.

Chegar a Fair Meadow como senhora da propriedade era uma experiência muito diferente de minha visita anterior. Havia desta vez uma comitiva de boas-vindas, e os criados me receberam calorosamente. Eu não podia sequer imaginar felicidade maior.

NO DIA EM que caçaria com a antiga rainha, Janyn partiu antes do amanhecer. Rolei para seu lado na cama, a fim de aproveitar o que restara de seu calor e seu cheiro, mas assim que seu lado esfriou eu fiquei indócil, meus pés gelados apesar das cobertas, das cortinas que rodeavam a cama para defender-nos da corrente de ar e do braseiro, que eu podia escutar estalando ali no quarto, próximo o suficiente para manter a friagem longe de nosso leito. O frio em meus pés costumava ser prenúncio de medo, e, embora eu me demorasse na cama tentando convencer-me de que eu não estava apreensiva com o encontro com a rainha mãe, havia dias eu rezava para agradá-la e, assim, agradar Janyn.

A comitiva de caça chegaria no meio da tarde, mas a casa estava pronta Trabalhamos arduamente por dois dias, arrumando tudo que trouxéramos de Londres, planejando as refeições, os arranjos relativos à ocupação dos quartos. Na verdade, Janyn, madame Tommasa e Gertrude não haviam precisado muito de mim, mas eu atentara a tudo cuidadosamente, perguntando e incorporando tudo à minha memória para a próxima vez em que precisássemos fazê-lo. Eu queria assumir seriamente minhas responsabilidades. No dia anterior, um grupo de criados da rainha viúva, incluindo uma dama de companhia e um padre, chegara com vários baús e alguns móveis.

Eu tinha certeza de que Gertrude já estava de pé, conferindo os planos com os criados. Gwen lá estaria, servindo de olhos e ouvidos para mim. Então, por que não voltar para o sono, um sono tranquilizante e reparador? Além de minha ansiedade por agradá-la, eu temia Isabel de França. Parecia que as pessoas andavam pisando em ovos em sua presença.

Filha do rei da França e da rainha de Navarra, ela fora gerada para ser rainha. Seu noivado com o jovem Eduardo de Caernarvon fora recomendado pelo papa como a maior esperança para se obter a paz entre Inglaterra e França. Linda, bem-educada e fabulosamente bem-trajada, de acordo com minha avó, ao chegar à Inglaterra ela descobriu que seu belo e jovem marido já havia entregado seu coração e empenhado sua eterna devoção a seu companheiro de armas, Piers Gaveston. Incapaz de admitir uma derrota, Isabel incitou a animosidade natural dos barões contra Gaveston e devotou-se ao jovem rei, seu marido, tornando-se sua parceira indispensável.

Anos após a execução de Gaveston, outro belo cavaleiro, Hugh Despenser, usurpou de Isabel o papel de parceiro de Eduardo. Despenser, ao contrário de Gaveston, não se satisfazia com a fortuna e o favorecimento, era sedento pelo poder e inescrupuloso para obtê-lo. Isabel viajou para a França, manobrou para que seu filho, herdeiro de Eduardo, lá se juntasse a ela e aliou-se a Roger Mortimer, um barão inglês que Eduardo exilara e de quem confiscara terras e títulos. Ela deitou-se na cama de Mortimer e com ele planejou e executou uma invasão que culminou na execução longa, dolorosa e consideravelmente pública de Despenser e, mais tarde, no assassinato do rei Eduardo, seu marido e pai do atual rei. Mesmo fora do palco, Isabel era uma mulher poderosa, recebendo as famílias que governavam a Europa em seu elegante Castelo Rising, ou em outra de suas residências reais.

Eu não sabia que uma mulher poderia deter tanto poder. E, mesmo que ela o tivesse usufruído como rainha, o fato de ter retido parte desse poder mesmo depois de o amante ter providenciado o assassínio de seu marido, um rei ungido, ia contra tudo o que haviam me ensinado acerca do papel das mulheres na sociedade, ou de nossas habilidades. Eu imaginava genitais masculinos escondidos sob suas saias e um demônio como amigo em seu ombro esquerdo. Mas todos na propriedade diziam que ela era bela, profundamente feminina, graciosa e justa, se não excessivamente misericordiosa.

Pensar em Isabel não estava me tranquilizando. Levantei-me e mandei chamar Gwen, na intenção de cavalgar antes de me vestir para a chegada da rainha viúva. Serena estava encilhada e pronta para mim quando cheguei ao jardim. O pai de Janyn estava ao lado de seu próprio cavalo.

— Sua companhia é bem-vinda, meu pai — falei, ao mesmo tempo em que beijava suas faces —, mas me é suficiente um cavalariço como acompanhante.

— Hoje não, minha querida filha — disse ele.

Em seus olhos felizes eu li que ele se agarrava à oportunidade de fugir à agitação dos arranjos de última hora.

A manhã estava linda, uma concessão de calor — para os fins de outubro — e de sol depois de uma noite tempestuosa. Meu sogro estava loquaz, narrando festas passadas na companhia da rainha mãe Isabel. Notando temeridade por trás de minhas perguntas, ele dispôs todas as suas histórias sob a luz da afeição dela por nossa família.

Mas voltei para casa apenas levemente menos temerosa do que quando saíra.

Gwen e madame Tommasa apressaram-me para que fosse ao meu quarto banhar-me e vestir-me, de forma que pudesse estar presente no salão no exato momento em que o arauto anunciasse a aproximação da visitante real. Apesar de madame Agnes ter me avisado de que eu não deveria vestir vermelho quando recebesse a rainha viúva, minha sogra insistiu na cor, deixando de lado o bem-intencionado conselho e dando-me garantias de que Lady Isabel o aprovaria. Eu trajaria minhas vestes de casamento, mas, evidentemente, desta vez meus cabelos foram presos acima da nuca e parcialmente cobertos pelo lindo ornamento de brocado vermelho. Agora eu era uma mulher casada que daria as boas-vindas à presença de uma grande dama e de sua comitiva em minha casa — a alguém que nunca vira e de quem já sentia medo e desconfiança.

Madame Tommasa manteve o fluxo da conversa enquanto ajudava Gwen, determinada que estava em me ver sorrir.

— É correto e aconselhável que você se sinta apreensiva para que nada dê errado, mas fique segura de que tem a melhor ajuda e que os integrantes desta casa sabem o que se espera deles.

— Sem mencionar as dez criadas, um cozinheiro e uma aia de quarto — murmurou Gwen, com ar de divertimento.

Mas era impossível aliviar meu coração.

— Eu nunca estive na presença da realeza, e agora estou prestes a receber a mãe de meu rei em minha casa e conversar com ela. Sinto-me apavorada, madame Tommasa. — Pronto: eu falara tudo, apesar de ser-me embaraçoso admiti-lo.

A resposta de minha sogra fez-me arrepender de meu desabafo. Ela balançou a cabeça para mim e, com um meio sorriso, disse:

— Você *tinha* que cavalgar esta manhã. Agora está exausta e fazendo tempestade num copo d'água. Sua Graça é uma hóspede, Alice, e você será a mais graciosa das anfitriãs. — Ela esfregou vigorosamente minhas mãos e me deu um tapinha sob o queixo. — Agora preciso terminar de me vestir.

E com um último abraço, que tinha a intenção de me chacoalhar para que eu recuperasse os sentidos, ela abandonou a sala.

— A senhora quer ver os aposentos que preparamos para Sua Graça e como decoramos o salão? — sugeriu Gwen.

Eu me recompus e decidi aproveitar o dia.

— É claro! Primeiro os aposentos e depois o salão.

Seguimos para o andar de baixo, onde um lindo aposento usado por Janyn para suas reuniões com mercadores ou com seu procurador quando queria ter maior privacidade do que a oferecida pelo salão fora transformado num quarto de dormir para a rainha viúva. Uma cama larga e grandiosa havia chegado dois dias antes, juntamente com baús estufados de tapeçarias, roupas de cama e almofadas. Em princípio, eu me ofendera pela insinuação de que não tínhamos nada de luxuoso para oferecer a Sua Graça, mas Janyn me garantiu que Isabel sempre providenciava seu próprio leito e guarnecia o quarto, se possível. Era o costume entre os nobres.

— Mas o que poderia ser mais belo do que aquilo que temos a oferecer? — eu perguntara.

A gargalhada de Janyn fez-me sentir ingênua. Era um riso divertido, saído do fundo da garganta, como se eu tivesse dito algo de muito engraçado.

— Esqueço que você nunca esteve em uma residência real, minha doce e inocente Alice. — Ele me olhou e, em seguida, abraçou-me. — Perdoe-me por rir, minha querida. Deus sabe que eu não quis ofendê-la. Fico encantado com a sua inocência. Lamentarei quando você já tiver visto tudo o que vi, quando eu não tiver nada de novo para lhe mostrar.

Eu agora examinava os filetes de ouro e prata, os pigmentos de lápis-lazúli das tapeçarias, as cortinas do leito e as colchas, e percebia que era verdade; não tínhamos nada assim tão luxuoso. Nos umbrais das janelas, almofadas de índigo bordadas com filetes de ouro e prata convidavam a sentar e contemplar os campos e bosques. Várias criadas costuravam sentadas junto à janela sul, e uma delas mexia algo sobre o braseiro. Lady Jane, a dama de companhia de Isabel — enviada com antecedência para garantir que tudo estaria pronto para Sua Graça —, mantinha-as sob sua estrita supervisão. Durante o jantar da noite anterior ela fora uma agradável companhia, ao contrário do padre, um francês macambúzio, rude e desprezível demais para o meu gosto.

Uma grande banheira de madeira fora colocada em um dos cantos, junto ao braseiro, e por perto ficava um biombo intricadamente esculpido, pronto para proteger Sua Graça das correntes de ar.

— Tudo parece pronto — falei. — Prossigamos.

No salão, havia poucos indícios da agitação frenética dos últimos dias, exceto pela transformação do grande aposento. Diferentemente de nossa casa em Londres, o salão não era ladrilhado, mas revestido de pedras e juncado, uma verdadeira casa de campo. Em meio aos juncos frescos havia ervas aromáticas que suavizavam a sala, no centro da qual um fogo crepitava alegremente. Não havia cães deambulando por ali, e a grande mesa de cavaletes estava arrumada, coberta com um tecido brilhantemente pintado, os bancos guarnecidos de almofadas coloridas.

Gertrude apareceu, seguida por um criado que carregava mais almofadas, tantas que ele parecia prestes a tombar para a frente com todas elas. Eu me perguntei onde ela pretendia colocá-las, até que vi: havia mais bancos enfileirados no salão.

— Serão quantos na comitiva de Sua Graça? — perguntei a Gwen.

— Pelo menos trinta — disse ela —, mas esse número inclui aqueles que chegaram ontem à noite. Ela costumava trazer consigo cinquenta pessoas ou mais.

— Imagino que viaje pouco, se precisa de uma tal comitiva!

Gertrude despachou o criado e se juntou a nós.

— Ama, como está deslumbrante hoje. — Seu sorriso era doce, e ela inclinou-se em um ligeiro cumprimento.

— Estou muito satisfeita com tudo o que você fez — falei.

Era um alívio para mim que ela tivesse experiência em situações como aquela.

Ao soar de um trompete, nós todas nos voltamos para o jardim.

— Deve ser seu arauto — disse Gertrude.

Ela arrepanhou as saias e desapareceu do salão.

Mais uma vez minhas mãos gelaram.

— Onde devo postar-me? — perguntei a Gwen.

Mas foi madame Tommasa que me respondeu, surgindo impetuosamente no salão:

— Você deve estar junto à porta do salão quando a comitiva houver desmontado, Alice. Enquanto isso, sentemo-nos à janela, para aproveitarmos a brisa. — Ela então conduziu-me pelo cotovelo para um dos lados do salão, sob uma longa janela.

Logo Lady Jane juntou-se a nós.

— Oh, madame Alice, está mesmo linda! — exclamou ela, enquanto se abaixava graciosamente para sentar-se ao nosso lado, contemplando a mim e depois ao salão. — Não é de espantar que minha ama adore este lugar. Estive caminhando pelos jardins e não consigo me lembrar de uma manhã tão tranquila e bela como esta.

— Já viu o jardim de madame Tommasa na cidade? — eu perguntei. — É um oásis de paz e beleza em meio a uma Londres barulhenta e tumultuosa.

— Adoraria vê-lo um dia.

— Seria muito bem-vinda — disse madame Tommasa, com um sorriso beatífico. Ela fez uma pequena mesura para mim, em agradecimento.

Meu coração saltava dentro do peito ao som da chegada da comitiva de caça, mas quando ameacei levantar-me, Lady Jane impediu-me, pousando suavemente a mão em meu ombro.

— Eles não desmontarão imediatamente. Insisto que fique tranquila mais um momento.

Embora calmamente sentada, eu estava tudo menos tranquila. Quando finalmente fui conduzida à porta do salão, meus joelhos queriam travar a cada passo. O jardim, tão sossegado da última vez que eu passeara por ali, estava agora cheio de pessoas e animais andando em todas as direções. Então olhei para Janyn, resplandecente em um traje de caça verde. Ele conversava com uma mulher que devia ser Isabel de França, o tranquilo centro de toda aquela gente. Ela estava de pé ao lado de um cavalo negro, semelhante a nenhum outro que eu já vira até então, tão lustroso, tão gracioso embora tão grande, e com uma ponta de ferocidade nos olhos. Isabel usava trajes de luto de qualidade e elegância. Sobre o vestido negro ela portava um manto também negro de couro, com luvas longas e chapéu compondo o conjunto. Imaginei que o couro houvesse sido escolhido para proteger suas roupas do suor do cavalo. O negro como pano de fundo para seus cabelos e pele claros criava um intenso contraste. Ela tinha plena consciência do efeito que provocava, tenho certeza.

Perguntei-me por quem seria o luto, por quem ela pranteava — seu falecido marido ou Roger Mortimer? Ou se o luto era apenas pela posição de rainha que ela perdera.

Como se tivesse sentido que eu a observava, ela se voltou de súbito em minha direção, olhando bem dentro de meus olhos. Embora estivesse a pelo menos trinta passos de distância, senti que seu olhar penetrava-me o coração e que ela percebia meu temor. Dirigindo-me um sorriso frio, a antiga rainha virou-se novamente para Janyn.

Ele e os demais fizeram uma mesura para Isabel e postaram-se de lado à medida que ela avançava pela multidão, todos abrindo-lhe passagem. Será que eles também a olhavam com admiração em suas posições de súditos?, eu me perguntava. Ela deslizava, como se seus pés mal tocassem o chão. Não olhava nem para a direita nem para a esquerda, tampouco para o caminho por onde passava, o que eu certamente faria se estivesse num jardim que não me fosse familiar, tão provável de conter dejetos de cães e cavalos por toda parte. Mas seus olhos pareciam fixos no lintel de nossa porta principal. Quanta confiança de que ninguém a deixaria pisar um chão imundo! Quando se aproximou, ela baixou o olhar para nossa pequena comitiva junto à porta — madame Tommasa, o Sr. Martin e Lady Jane, os três de pé atrás de mim.

Fiz uma grande mesura e consegui dar-lhe as boas-vindas a Fair Meadow, como minha sogra havia ensaiado comigo. Quando ela estava mais perto, dei-me conta, com surpresa, de que Isabel era mais baixa que eu — a distância ela parecera suplantar, e muito, os demais com relação a altura. Seus olhos eram cor de avelã, como os meus, e sua expressão denotava uma impaciência maldisfarçada sob um sorriso educado.

— A caça foi esplêndida, e estamos exaustos, madame Alice.

Só então percebi suas olheiras e notei que sua respiração se dava em curtos arfares.

Lady Jane avançou, oferecendo-se para guiá-la diretamente aos seus aposentos.

À medida que as duas prosseguiam pelo salão, a fila de criados da casa se curvava, alguns deles apressando-se, logo depois, para ir pegar água quente para o banho de Sua Graça.

Então um nobre de aparência estranha, vestido quase tão elegantemente quanto Isabel, aproximou-se de mim.

Janyn apresentou-o como um conde; não me recordo mais de onde era nem qual era seu nome cristão. Só lembro que se curvou e se declarou desolado por seu amigo ter me encontrado antes de ele próprio ter a oportunidade de me cortejar. Temo que isso tenha me lisonjeado um pouquinho, e eu alegremente fui sentar-me com ele e seu mais jovem companheiro, o inglês Sir David, para desfrutarmos de vinho e algumas bebidas geladas. Janyn retirou-se a fim de se vestir para o banquete. Lady Jane havia me informado de que Sir David costumava atuar como mensageiro entre a rainha viúva e Janyn, e que eu o veria com frequência. O conde não tinha um relacionamento tão próximo de Isabel, e por isso eu não precisaria me lembrar dele.

Sir David tinha notícias de meu bom amigo Geoffrey, a quem havia conhecido num torneio. Meu amigo fizera questão de brindar a Janyn e a mim, pois isso se passara no dia de nosso casamento.

— Ele se incorporará à casa do príncipe Leonel e sua esposa, a condessa de Ulster. Leonel é o segundo filho do rei, e a condessa tem sangue quase tão nobre. É uma grande honra.

Fiquei feliz por Geoffrey, e surpresa ao saber que ele já tinha reputação de motejador sábio.

— De fato, todos o têm em grande consideração — disse Sir David —, e ele continuará a ganhar fama entre as famílias nobres. Como a senhora está sob a proteção de Sua Graça, deverá ter a oportunidade de encontrar seu amigo com frequência, eu diria.

— Fico grata por essas novidades tão agradáveis — falei.

Eu pensara que não teria muitas oportunidades de ver Geoffrey agora que nossos caminhos haviam se separado tanto.

Os músicos tinham se instalado num canto do salão, e começaram a tocar uma melodia alegre. Eu sentia que estava sonhando, com o salão tão bonito, as pessoas tão elegantes — eu, inclusive — e a comida e a música prometendo a mais agradável das noites.

Meu encantamento turvou-se assim que a rainha viúva se juntou a nós no salão. Não podia imaginar uma rainha mais resplandecente que Isabel — tive certeza de que sua nora, a então rainha da Inglaterra, devia sentir-se diminuída a seu lado. Absoluta certeza. Eu havia me sentido culpada pelo esplendor de minhas vestes, joias, calçados e véus, mas via agora que eram modestos em comparação com os da realeza — ou, pelo menos, com os de Isabel. O azeviche e a obsidiana que adornavam seu vestido negro de seda e veludo captavam a luz com tal vislumbre que pareciam estar vivos, como se ela tivesse apanhado milhares de borboletas e ordenado a elas que batessem suas asas e a envolvessem enquanto andava. Suas vestes cintilavam tanto que, quando ela se encontrava na sala, nossos olhos eram atraídos continuamente para ela. E ela as trajava com naturalidade e graça, totalmente habituada a seu próprio esplendor.

Para meu grande alívio, Sua Graça pareceu ficar mais calorosa comigo à medida que a refeição avançava. Janyn falava de como eu aprendera a cavalgar rapidamente e caçoava de minha predileção por minha égua de passo lento, contando que eu lhe dera o nome de Serena.

— Mas esse é um nome muito adequado a uma montaria querida — declarou Sua Graça, e virou-se, inclinando a cabeça para o lado, como se me visse pela primeira vez. — Ela a abençoa com serenidade?

— Sim, Vossa Graça. — Procurei alguma coisa para acrescentar: — O barulho em torno de mim parece retroceder quando a monto, e o ar fica mais suave.

Ela me concedeu um lindo sorriso, de tirar o fôlego. Seus olhos se iluminaram, sua pele de marfim se retraiu nas têmporas e uma covinha apareceu à esquerda de sua boca. Como seu rei podia olhar para outra pessoa quando ela estava perto? Eu não conseguia imaginar.

— Seu marido me disse que você deseja caçar. Venha comigo quando tiver adquirido alguma experiência. Agrada-me uma mulher que se sente unida a seu cavalo. Imagino que gostaria também de caçar com falcões.

Um instante depois, ouvi seu comentário para Janyn:

— É uma pena que os pais dela não a tenham treinado com cavalos e falcões, mas eles parecem ser de origem humilde. Foi sorte você ter arrancado o cisne do ninho antes que ela estivesse imersa no nível deles.

Mais tarde, estando sentada ouvindo os menestréis no salão, Isabel caiu no sono, o rosto mole, um fio de saliva escorrendo de um canto da boca. Tanto Janyn como sua mãe pareceram sentir-se extremamente desconfortáveis; não desagradados, mas temerosos. Eu não entendia a preocupação dos dois. Isabel era uma senhora de idade que se impunha uma postura vigorosa, mas que não conseguia sustentá-la. Achei consolador ver esse lado humano dela. A intranquilidade deles me transtornou.

Na cama aquela noite, Janyn foi abundante nos elogios, tanto para Isabel como para mim; foi quase excessivo, como se estivesse desesperado para crer que tudo corria bem. Mas talvez eu é que estivesse sendo sensível demais. Ele fez amor de modo selvagem comigo, o que devia ser um bom sinal. Não falei de minhas ansiedades e incertezas.

No dia seguinte, Janyn e madame Tommasa conferenciaram com Sua Graça em seus aposentos por várias horas, enquanto eu desfrutava de uma cavalgada pela propriedade na companhia do Sr. Martin, do conde e de Sir David.

No banquete que se seguiu, captei fragmentos de trocas de palavras entre Janyn e seu pai a respeito de uma viagem à Lombardia no inverno. Senti que havia uma tensão entre eles, e rezei para que estivesse enganada a esse respeito. Os menestréis cantavam e muitas conversas se desenrolavam, portanto era possível que eu estivesse misturando as palavras de um grupo com as de outro.

Isabel já estava conosco havia vários dias quando voltou a dirigir sua atenção a mim. Depois de me instruir acerca da etiqueta concernente à forma pela qual eu me dirigia a Gertrude, o que me deixou consternada mesmo após ter sido avisada de que ela poderia fazer menções desse tipo, ela declarou que estava feliz por ter garantido que nosso matrimônio acontecesse.

— Fiquei de fato tão encantada com você quanto Janyn me disse que eu ficaria — disse ela. — O esforço para assegurar a união de vocês não foi inútil. — Ela inclinou-se para dizer, em tom conspirador. — Pelo jeito que seu marido olha para você, posso ver que sua atuação na cama é tudo aquilo que ele esperava.

O fato de Janyn ter falado com ela sobre suas preferências sexuais pareceu-me sugerir uma relação inapropriada para alguém da posição social dele, como fora a relação dela com Roger Mortimer. Eu a avaliei, imaginando, com desalento, se aquela incrível ave-do-paraíso não havia sido amante de meu marido. De outro modo, como ela entenderia seus olhares?

— Vossa Graça — falei —, sou a mais feliz das esposas, e estou profundamente honrada com vosso interesse. — Consegui dizer sem me deixar perder a voz por minha súbita suspeita.

Na cama aquela noite, eu estava tensa com tantas perguntas e a ponto de chorar. Janyn percebeu imediatamente.

— Doce Alice, meu amor — sussurrou ele, acariciando meus cabelos —, o que a perturba?

— Qual foi a relação de Sua Graça com o nosso casamento? Como ela pode adivinhar pelos seus olhos que nosso ato de amor lhe é prazeroso?

Por um instante ele se calou, deitando-se sobre os travesseiros e juntando as mãos atrás da cabeça. Os pelos macios e escuros de seu peito atraíam minha mão, mas resisti. Eu queria uma resposta, e, no momento em que eu o tocasse, sem dúvida perderia a oportunidade.

— Ela aprecia meus serviços e sabe que um homem infeliz é um homem inútil. Portanto, Sua Graça queria que eu estivesse mais uma vez bem-casado, com uma esposa adorada e filhos que me inspirassem cautela em minhas viagens, e ela sabia que você era o desejo de meu coração. No que diz respeito a meus olhos, eu não saberia dizer. — Ele deu uma risadinha para o teto. — É estranho que ela tenha falado sobre isso com você. — Então ele se virou de lado, seus olhos acariciando-me enquanto sua mão passeava por meu ventre.

— Vocês foram amantes? — inquiri.

— Está com ciúmes? Que delícia! Mas Isabel de França e Janyn Perrers, um mercador? Não, minha linda Alice.

Ele começou a beijar-me com um ardor a que eu não consegui resistir. Assim se davam, sem exceção, nossas discussões noturnas.

Naquela época eu não via como ele usava o ato de amor para silenciar minhas perguntas, insinuando sutilmente que eu estava pondo em risco minha felicidade ao querer saber mais do que o pouco que ele me contava. Eu tinha apenas 14 anos e estava perdidamente apaixonada.

5

Mas como o sol brilha claro
em março, que muda muitas vezes sua face,
e uma nuvem surge voando no vento
que encobre o sol por um momento,
assim um pensamento sombrio aponta em sua alma
e encobre todos os seus luminosos pensamentos,
e de medo ela quase começa a cair.

— GEOFFREY CHAUCER, *Troilo e Créssida*, II, 764-70

• 1356 •

NO DIA EM QUE a rainha viúva deveria partir, acordei sentindo enjoos. Gwen sugeriu-me pedir a madame Tommasa que me representasse no salão, mas receei insultar a rainha viúva se não comparecesse a sua despedida. Considerando-se o modo como a situação se encaminhou, eu não precisava ter me preocupado. Lady Isabel tomou o desjejum em seus aposentos e lá permaneceu até que sua comitiva estivesse pronta para partir.

Enquanto aguardávamos sua aparição, perguntei à minha sogra se havíamos ofendido Sua Graça a ponto de fazê-la isolar-se naquela última manhã de sua visita.

— Sua Graça está indisposta esta manhã. Quando toma conhaque em demasia, ela é atacada por pesadelos que abalam seu sono.

Conjeturei se ela sonhara com o assassinato de seu marido, mas, antes que eu pudesse levar adiante o assunto, um alvoroço anunciou a partida de Isabel. Ela realmente parecia pálida e exausta, apesar de estar vestida para cavalgar. Um espírito indômito.

UMA VEZ FEITAS as despedidas, permiti-me contemplar a maravilhosa hipótese de estar grávida. Minhas regras, como madame Agnes ensinara-me a chamar meu fluxo menstrual, mostravam-se irregulares desde a noite de núpcias, o que não me permitira ter grandes esperanças. Mas depois de cinco manhãs sentindo enjoos... Descrevi meus sintomas a madame Tommasa.

Com um alegre suspiro, ela me envolveu em seus braços.

— Minha menina preciosa, você deve contar a Janyn imediatamente!

É impossível para mim descrever o júbilo com que meu marido recebeu a notícia. Seus olhos, sempre tão expressivos, pareciam derreter-se de amor por mim. Ele estendeu-me os braços, mas então pareceu hesitar.

— Não vou me quebrar em seus braços, meu amor — tranquilizei-o.

— Na verdade, preciso que você me abrace.

Naquela noite, dormi aninhada em seu corpo, e não me importei por, na manhã seguinte, acordar mais uma vez enjoada. Sentia-me abrigada em um ninho de amor tão intenso que não lamentava nada, nem mesmo a náusea. De fato, embora eu já houvesse percebido que nada me era negado, aquele tratamento até o momento não fora nada quando comparado ao modo como Janyn e seus pais, bem como todos os empregados da casa, passaram a satisfazer cada um de meus caprichos.

Eu lastimava apenas duas coisas: não poder mais cavalgar Serena e retornar a Londres duas semanas após a partida de Isabel. O Sr. Martin não podia mais ficar longe de seus negócios e madame Tommasa julgava ser seu dever acompanhá-lo, mas ao mesmo tempo não desejava deixar-me em Fair Meadow tendo apenas Janyn e os criados para me ajudar a adaptar-me à minha primeira gestação.

Apesar desses pesares, eu rapidamente me animei, pensando em quando fosse partilhar as boas notícias com Nan, Mary, Will e John. Voltei a Londres em uma carroça bem forrada de almofadas e coberta por lona.

Seguimos em um ritmo confortável que compreendia rotina doméstica, igreja e diversão. Janyn não demorou a apresentar-me a seu círculo de amizades. Ele tinha apenas uma preocupação.

— Não comente nada sobre a convidada que hospedamos quando estávamos em Fair Meadow — aconselhou-me.

— Mas as pessoas obviamente sabem que você negocia em nome de Sua Graça.

— Certamente. Mas nunca a mencionam. Os favores reais, Alice, são mais pessoais do que de costume, o que poderia provocar inveja e suspeita.

— Suspeita de quê, meu amor?

— A família real está sempre necessitada de dinheiro para encher seus cofres, e os mercadores e banqueiros, especialmente os banqueiros, que lhe concedem empréstimos, são os mais favorecidos.

— Você emprestou dinheiro a Sua Graça?

— Uma pequena quantia. Mas terminariam por imaginar uma soma muito mais alta, e, assim, concluindo que eu tenho dinheiro de sobra, iriam querer empréstimos também. Eu nada tenho a oferecer!

— Você gasta tudo comigo.

Ele riu.

— É um dinheiro bem-gasto, meu amor. — Ele rapidamente recuperou a seriedade. — Favores implicam preferência, e a guilda estipula regras, ainda que a família real e os altos barões não sejam constrangidos a segui-las. Assim, não falamos sobre tais assuntos.

— E quanto aos serviçais? É claro que alguns comentam por aí; afinal, são humanos.

— O que importa é que nós não digamos nada, meu amor, de tal maneira que restem apenas os mexericos dos serviçais, que não são prova de nada. Você entende?

— Não mencionarei Sua Graça em público.

Ele ficou bastante satisfeito. Na verdade, calar-se a respeito da visita de Sua Graça era tão simples que para mim não representava fardo algum; mas a proibição deu-me arrepios. Receei que tamanho segredo pressagiasse aborrecimentos e temi o que poderia acontecer. O não saber lançou uma nuvem sobre minha felicidade.

Apesar de minha condição de gestante, logo eu estava envolvida nas atividades domésticas. Fazia compras, costurava e até mesmo contratava o serviço de criados adicionais, depois de consultar Gertrude, o cozinheiro Angelo e Gwen. Gostava de barganhar com os mercadores ao escolher novos tecidos para avivar a casa — madame Tommasa instigara-me a isso. No geral, eu julgava minhas obrigações imensamente agradáveis.

Entretanto, a instabilidade de meu humor aumentava, e agradava-me a rotina diária de orações em minha nova paróquia, especialmente depois de haver encontrado um confessor que me confortava. John de Hanneye era um jovem padre que auxiliava o pároco e se preparava para comandar sua própria paróquia. Ele conhecia Janyn e gostava da família Perrers, mas não foi por esse motivo que me aproximei dele. Desde o princípio senti uma forte ligação com Hanneye, uma familiaridade que não conseguia explicar. Gwen também gostava dele, e com grande facilidade afastava-se para tratar de seus interesses enquanto eu conversava com o padre. Assumi o risco de confiar a ele minha ansiedade envolvendo a influência exercida por Sua Graça em meu casamento, meu marido e a mãe dele — tomei a precaução de fazê-lo protegida pelo segredo da confissão. Agradava-me que ele me ouvisse com simpatia, sem, no entanto, oferecer confortos vazios. Juntos pedíamos a Deus que protegesse minha família.

Conheci um grande número de confrades de Janyn na guilda, juntamente com suas esposas, e fiz novos amigos. Mas havia um convidado ocasional para jantar que me desagradava e de quem desconfiei desde o início, um flamengo que respondia pelo nome de Richard Lyons. Por suas maneiras indelicadas e pela rudeza de sua linguagem, era evidente que ele provinha de baixa posição social. No entanto, os mercadores toleravam sua falta de educação por ele ser abastado e muito influente, particularmente no lucrativo círculo da corte. Quando nos conhecemos, ele me olhou com malícia, encarando-me como quem me despisse e violasse. Desejei estapeá-lo.

Mas Janyn apertou minha mão e sussurrou:

— Não se importe com suas maneiras, converse com ele como se ele se comportasse com a cortesia de um cavaleiro das cortes de amor, Alice. Ele me é necessário. Tem a fantástica habilidade de estar no lugar certo na hora certa. Tem influência junto a muitos integrantes da família real e de outras famílias nobres, pois foi um dos primeiros a oferecer-lhes empréstimos quando estavam com seus cofres quase vazios.

Eu era igualmente cautelosa com os financistas e comerciantes lombardos com quem Janyn tinha relações de caráter profissional. Ele não era considerado um membro do grupo, ao qual os londrinos se referiam como a Sociedade de Lucca, mas os conhecia por meio da família de madame Tommasa. Janyn explicou-me que, por comerciar em seu território, precisava certificar-se de sua amizade. Apesar de eles serem elegantes, corteses, cheios de histórias envolventes e constituírem agradabilíssimas companhias, eu não conseguia impedir-me de pensar que conhecê-los era um problema.

O problema era que os comerciantes de Londres os consideravam rivais, e de fato os lombardos desfrutavam de vantagens — tais como taxas mais baixas e outros favores do rei, em troca de empréstimos — que os londrinos não tinham. Os homens da Sociedade de Lucca eram também notórios contrabandistas, e era compreensível que os comerciantes que descartassem potenciais formas de enriquecimento ilícito a fim de seguir a lei da terra e as regras de suas guildas repudiassem os contrabandistas acima de todos os homens. Eu temia que nossa ligação com eles pudesse pôr em risco nossa reputação, mas Janyn disse o mesmo que dissera sobre Richard Lyons: que lhe eram necessários. Entretanto, ao contrário do que acontecia com Lyons, ele apreciava a companhia deles.

No Natal recebemos os pais de Janyn, mas não os meus. Meu pai disse que as relações de Janyn com a Sociedade de Lucca, das quais ele não tinha conhecimento antes de eu me casar, eram consideradas inaceitáveis por sua guilda de merceeiros. Seguramente havia alguma verdade nisso, mas eu sabia que ele e Janyn ainda faziam negócios, ou seja, fora apenas decisão de minha mãe não aceitar minha hospitalidade. Para mim era suficiente que meu pai não proibisse Nan de levar Will e Mary para, semanalmente, passar as tardes brincando e se divertindo nem que o mestre de John o impedisse de cear conosco aos domingos.

QUANDO O INVERNO ia avançado veio um golpe para o qual eu deveria estar preparada, mas, quando Janyn anunciou que dentro de poucas semanas partiria em uma viagem, senti meu coração apertar.

Estávamos sentados à lareira depois do jantar quando ele disse:

— Alice, dentro de 15 dias devo partir para a Lombardia. Queria contar-lhe antes que você soubesse por meus pais ou pelo administrador.

Era a notícia que eu receava. Tudo o que consegui pensar em dizer foi:

— Tão cedo! — E peguei sua mão.

Ele pressionou a minha.

— Você sabia que este dia chegaria. Nunca o escondi de você.

— Mas ainda não é primavera — gemi. — Não seria melhor esperar até a primavera?

— E se eu me atrasasse e não conseguisse voltar a tempo de testemunhar o nascimento do nosso primeiro filho? — retrucou ele.

— Mas viajar em pleno inverno!

Com as mãos em concha, ele segurou meu rosto e olhou-me nos olhos por um longo tempo, depois beijou-me e abraçou-me.

— Meu amor, é preciso que eu vá agora. Já fiz esta viagem anteriormente e voltei antes do verão. — Era a essa altura que eu deveria estar próxima de dar à luz, segundo as previsões de madame Tommasa. — Você deve confiar em Deus. Peça a Ele que olhe por mim.

— É a rainha viúva quem o está enviando, colocando-o em tão grande perigo? — perguntei.

— Em parte. Mas nós concordamos em não falar sobre ela.

— Em público, sim, mas com certeza podemos falar sobre ela aqui, em nosso lar, sem que ninguém nos ouça, não?

— Quanto menos você souber, mais fácil será não dizer nada.

Quando fiz menção de protestar, ele calou-me com outro beijo.

— Isso não se faz — falei, com um amuo.

— O que me diz disto: para compensá-la pelo meu silêncio quanto às viagens que faço para Sua Graça, eu a incluirei cada vez mais em meu trabalho. Discutirei com você todos os meus negócios que não envolvam Isabel, levando em consideração todas as suas sugestões. Farei questão de que você conheça todos aqueles com quem eu faço comércio, para que possa formular opiniões embasadas. — Ele ergueu uma sobrancelha. — E então?

Eu podia ser jovem e inexperiente, mas vi em sua proposta um meio de integrar-me em sua vida sem ser apenas como um animalzinho de estimação.

— Sim, é um bom trato. Mas você terá nosso acordo de paz suspenso caso volte atrás.

Nosso novo acordo nada fez para aplacar meus receios acerca de sua viagem, mas Janyn imediatamente começou a cumprir sua promessa, apresentando-me a um número ainda maior de homens com quem ele negociava e mostrando-me todos os almoxarifados, nos quais ele me explicava o valor dos temperos, das joias, dos tecidos, das estátuas e de todo tipo de mercadoria. Mostrou-me inclusive as listas de contatos que ele mantinha, indicando os pontos fortes de cada um segundo seu julgamento. Havia pouco tempo para ensinar-me mais, mas sua evidente aprovação de minhas perguntas e sugestões dava-me ânimo. Fiquei grata por seus ensinamentos, que provariam ser um presente inestimável.

E então ele partiu.

DURANTE ESSA PRIMEIRA separação, não fiquei apenas deitada a alimentar pensamentos sombrios, ainda que uma parte de mim se mantivesse desatenta aos que se encontravam ao meu lado. Gertrude sofreu uma queda e ficaria presa a uma cadeira por toda a primavera, então eu estava aprendendo a lidar diretamente com os serviçais subalternos a ela. Janyn instruíra seu administrador a consultar-me no que dizia respeito às contas; dom Hanneye escutava com calma e solidária atenção todos os meus temores e esperanças; e as esposas de outros comerciantes incluíam-me nos encontros em que se bordavam almofadas para os bancos dos salões da guilda e da igreja. Fiquei muito honrada com os convites para ser a segunda madrinha das filhas de vários membros da guilda, um importante ritual para o estabelecimento de vínculos entre as famílias.

Membros da guilda e muitos outros da Sociedade de Lucca mantinham-me informada a respeito da rota que Janyn ia tomando, chegando a, ocasionalmente, terem notícias dele por intermédio de mercadores recém-chegados do continente que haviam cruzado com sua comitiva. O Sr. Martin e madame Tommasa jantavam comigo quase todas as noites, e era frequente também a presença de meus avós. Nan continuava a trazer Will e Mary para passar a tarde comigo ao menos uma vez por semana.

AO FIM DA primavera, meu amor voltou. Ele escrevera que esperava navegar pelo Tâmisa no início de junho, mas Deus abençoou sua viagem e ele chegou uma semana antes do que eu imaginara em meus momentos mais esperançosos. Num estágio avançado da gravidez, eu perdera toda a graça e receava que ele me saudasse com uma fria indiferença. Mas não foi o que fez. Apesar de exigirem um posicionamento cuidadoso, nossos beijos foram longos e apaixonados. Concordamos em desconsiderar as recomendações para que dormíssemos separados durante o último mês de gestação.

Na primeira noite, deixamos as velas queimando por mais tempo que de costume, para que pudéssemos contemplar-nos um ao outro demoradamente. Ele estava acariciando minha barriga quando o bebê chutou. Assustado, retirou a mão e ficou observando fixamente meu ventre, que parecia mover-se por conta própria. Peguei sua mão e a levei de volta.

— Não é incrível? — sussurrei. — Nosso filho está vivo dentro de mim, chutando e se esticando e me fazendo saber que logo ele estará entediado e preferirá sair para a luz.

Os olhos escuros de Janyn estavam arregalados e marejados enquanto ele movia as mãos sobre minha barriga, buscando mais contato com nosso bebê.

— Um milagre. Um abençoado milagre — disse ele. — Mas não dói?

Balancei a cabeça.

— O peso causa dor, assim como a expansão dos quadris, mas a partir do momento em que nosso filho se mexeu, eu senti... — procurei uma palavra que descrevesse aquele vínculo — ... senti que ali estava uma parte da vida, não apenas um mero observador.

— Você é uma preciosidade, meu amor — disse Janyn. — Rezo para que você nunca sofra, que Deus a guie e proteja em todos os sentidos.

Quando acordei no meio da noite, eu estava nos braços de Janyn, sentindo-me segura e aquecida, meu coração repleto de amor.

SIR DAVID, QUE fora tão agradável durante sua estada em Fair Meadow como parte da comitiva de Isabel, chegou alguns dias após o retorno de Janyn. Acreditei que fosse uma coincidência, mas logo percebi, por sua conversa, que a rainha mãe estivera ainda mais bem-informada do que nós em relação à viagem de meu marido. Enquanto jantávamos, Sir David exprimiu sua esperança de que meu resguardo ocorresse ao longo de sua estada em Londres, para que ele pudesse ser o primeiro a dar, em primeira mão, notícias de seu afilhado a Sua Graça.

— Afilhado? — Olhei para seu rosto sorridente, e então para Janyn, que mantinha uma expressão cautelosa. Ele observava atentamente minha reação. — Ah, sim, rezo para que esteja chegando a hora — falei.

Parecendo aliviado, Janyn estendeu a mão para apertar a minha. Fiz o possível para esconder meu desconforto, mas foi difícil. Ele podia ter me avisado. Não me agradou aquela novidade, especialmente por não vir de meu marido. Eu odiava a crescente sensação de pertencer à rainha viúva, de ser controlada por ela em cada detalhe de meu casamento, tendo como propósito motivos obscuros. Talvez a gravidez tornasse minha reação exagerada, mas a proteção dela sufocava-me.

Felizmente a conversa tomou outro rumo e, depois da refeição, Janyn e Sir David retiraram-se para a sala que costumavam usar em suas reuniões. Era uma bela tarde, de clima agradável e ensolarada, e madame Tommasa mandara-me um recado dizendo que me encontraria no jardim com uma surpresa. Levei para lá o bordado em que eu estava trabalhando, determinada a deixar de lado meus receios, para o bem daquela criança em meu ventre. Acabei por adormecer encostada a uma treliça, com o sol a aquecer meus pés. Gwen despertou-me quando minha sogra chegou.

— Ela trouxe um carrinho cheio das mudas favoritas da senhora, trazidas de seu jardim.

Pelo resto da tarde eu me entreguei à agitação do planejamento. Apesar de, dada minha condição, eu não poder trabalhar a terra, satisfiz-me consultando madame Tommasa quanto à distribuição das plantas e imaginando como estaria o jardim no verão seguinte. Era uma aposta no futuro, tal como a criança que crescia em meu ventre.

Aquele deleite distraiu-me do comentário inesperado de Sir David, até o momento em que Gwen e minha sogra me ajudavam a subir para meus aposentos. Lembrando-me, contei o que ocorrera a madame Tommasa. Seus olhos encheram-se de lágrimas.

— Que alegre notícia! Menino ou menina, essa criança será amparada ao longo da vida por uma ligação com a família real. Mal posso esperar para contar a Martin. — Entretanto, apesar de meus esforços para esconder meus receios, minha perspicaz sogra notou que eu não estava tão confiante. — Você não está contente?

— Estou ciente da grande honra que ela nos dispensa — falei, inclinando a cabeça mais do que o necessário para que Gwen penteasse meus cabelos.

— E deveria estar mesmo, minha filha.

Eu não poderia permanecer inclinada por muito mais tempo. Endireitando-me, perguntei:

— Mas se seus favores devem permanecer em segredo, como explicaremos tal madrinha? E seremos obrigados a dar-lhe o nome de Isabel se nascer uma menina?

Tommasa abriu a boca como que para responder, mas logo a fechou. Seus grandes e belos olhos varreram a sala, como se buscassem inspiração nos tecidos e na mobília.

— Essa é uma dificuldade que eu não levei em consideração — murmurou, como se falasse consigo própria.

Contive-me para não externar minhas preocupações mais profundas. Depois disso ela ficou subjugada e distraída, e me senti aliviada quando partiu. Eu estava extremamente cansada, de modo que adormeci quase imediatamente.

Era tarde quando Janyn foi se deitar, acordando-me com a tosse que trouxera consigo de sua viagem.

— Sir David já se foi? — perguntei, sonolenta.

— Sim, ele está hospedado nos arredores, na casa da família de sua esposa.

— Correu bem a sua reunião?

— Sim, ele é um homem cortês e agradável. Quando fui ao salão vi minha mãe mexendo no jardim. Você ficou contente com todas aquelas mudas que ela plantou para você?

— Você sabe que sim, e que estou agradecida por tudo que ela tem me ensinado sobre a manutenção de jardins. — Coloquei mais um travesseiro sob minha cabeça, de modo a poder vê-lo melhor ao perguntar: — Por que você não me disse nada sobre a oferta de Sua Graça para ser a madrinha de nosso filho? — Esforcei-me para manter um tom de voz suave.

— Porque eu nada sabia a respeito até que Sir David o mencionou.

— Você imagina quando ela pretende informar-nos? — Meu tom foi mais cáustico do que eu planejara.

Ele pousou a mão sobre minha barriga.

— Se eu soubesse disso, eu a teria preparado, meu amor. Rogo que acredite em mim.

Afaguei sua mão, sufocada pelo temor que agora já me era familiar. Em todos os outros assuntos Janyn era confiante, audaz, mas no que dizia respeito à rainha mãe ele parecia andar em areia movediça, como se soubesse que até certo ponto ele conseguia manter-se à tona, mas que a qualquer momento poderia sucumbir.

— Eu contei à sua mãe que Isabel tenciona ser a madrinha.

— Claro — disse Janyn. — Eu me espantaria se não o tivesse feito. — Sua confiança fora abalada. Percebi pelo modo como ele forçou suas palavras.

— Nós duas nos perguntamos como você e eu faremos para manter o segredo.

— Também eu me pergunto, meu amor.

— Se tivermos uma filha, ela deverá se chamar Isabel?

— Esse é o costume, a criança recebe o nome do primeiro padrinho, mas Sua Graça pode sugerir outro nome, como muitos fazem.

— Estou assustada, Janyn. Ela tem tanto domínio sobre você. Sobre nós.

Ele hesitou por um instante, sua mão em meu ventre movendo-se levemente, como se ele houvesse feito menção de fechá-la e subitamente se lembrasse de que não deveria fazê-lo. Quando voltou a falar, parecia cansado:

— Ela foi a soberana deste reino, e é a mãe de nosso rei. Somos seus súditos, e, se ela nos destaca dos demais com sua preferência, ficamos honrados e obrigados a honrá-la de todas as maneiras.

— Isso soa como uma repetição de algo que sua mãe lhe disse muitas vezes.

Ele forçou uma risada.

— Você já me conhece tão bem!

— Você já se irritou com sua responsabilidade para com Isabel?

— Ela não favoreceu Janet. — Sua primeira mulher. — Solicitou minha presença no Castelo Rising uma semana depois de meu casamento e deixou claro que eu deveria ir sozinho. Eu quis recusar, mas Janet e meus pais convenceram-me de que eu estava agindo de maneira infantil, que eu iria arriscar nosso conforto, nosso futuro, ao desobedecer a rainha mãe. — Ele respirou fundo. — Não nos voltemos aos sofrimentos antigos. O bebê ouvirá e terá uma noite ruim. — Ele beijou-me a mão.

Imaginei se Janet também se atemorizara. Afastei a pergunta quando Janyn apagou a lamparina e aconchegou-se contra as minhas costas, diminuindo as dores que eu sentia na espinha e aquietando o bebê. Dormimos até depois de amanhecer. Aquela era a vantagem de se estar grávida — até as últimas semanas eu dormi bem, não importando o caos instalado em minha vida.

Quando meus avós cearam conosco no período entre a volta de Janyn e meu resguardo, pedi a madame Agnes que estivesse comigo quando eu desse à luz.

— Eu?

— Queria que alguém da minha família estivesse comigo.

— Eu me sentiria honrada, minha doce Alice. É claro que aceito.

— Deus a abençoe, madame Agnes — disse Janyn. — A senhora nos dá a ambos uma grande alegria.

Faltavam 15 dias para o meu resguardo quando a rainha mãe finalmente enviou um mensageiro formalizando sua intenção de ser a madrinha de nosso filho. Se fosse uma menina, obviamente ela seria a primeira madrinha, e nossa filha se chamaria Isabel.

MINHA DOCE ISABEL nasceu no final de junho, depois de um longo trabalho de parto que, eu soube depois, assustou Janyn. Madame Agnes e madame Tommasa estiveram amorosamente presentes ao longo de minha provação, assim como minha querida Nan, Gwen e Felice, uma parteira de quem eu gostava muito.

Minha primeira filha nasceu com bochechas rosadas e cabelos escuros, dedos maravilhosamente longos e o apetite de um agricultor. Desde que eu a segurei em meus braços, e especialmente desde que ela achou meu seio carregado de leite e começou a sugá-lo, eu a adorei. É claro que eu ainda amava Janyn acima de todos os homens, mas, a partir do momento em que ela nasceu, Bel foi o centro de minha vida. Ela foi sempre "Bel" para Janyn, para mim e para toda a família.

Madame Tommasa representou a rainha viúva no batismo de Bel. A esposa do mestre da guilda de Janyn foi a segunda madrinha, e Geoffrey foi o padrinho. Meus avós paternos e meus pais compareceram à cerimônia — presumo que meus pais vieram apenas por se tratar de um evento social, apesar de eu obviamente ainda estar isolada em meus aposentos de resguardo. Minha mãe não se preocupou em driblar o isolamento para ver-me, ainda que as outras mulheres presentes o tivessem feito.

Naquela noite eu chorei enquanto amamentava Bel. É certo que minhas emoções estavam à flor da pele, passado tão curto espaço de tempo desde que eu dera à luz, mas acreditei que o desprezo de minha mãe fora intencional. Felizmente, aquela mágoa não iria, não poderia me consumir, porque algo mais forte me elevava — eu amava a maternidade. Recusei uma ama de leite, pois queria desfrutar tudo relacionado àquele momento, e Janyn não tentou ir contra minha decisão, uma vez que ele também estava fascinado por nosso bebê. Ele muitas vezes ficava sentado ao meu lado enquanto eu a amamentava, seu rosto iluminado pelo amor.

Em julho, foi a vez de os Perrers, meus avós, meus irmãos, Nan e muitos amigos comparecerem à igreja para a cerimônia em que eu acendia velas no altar de Nossa Senhora, em ação de graças por meu parto bem-sucedido. Era uma ocasião elegante, alegre, e além do mais excitante, por marcar meu retorno à prática amorosa na cama. Janyn não suportava mais tempo sem me tocar.

No mês seguinte fomos informados de que Isabel, a rainha mãe, se dirigia para Londres e que dentro de duas semanas iria nos brindar com uma visita de dois dias a Fair Meadow. Obviamente ela esperava conhecer sua afilhada e homônima. Disse a mim mesma que era uma honra e tentei afastar meu já familiar temor mergulhando no frenesi da preparação para a partida.

Só então Janyn insistiu para que eu contratasse uma ama de leite.

— É importante que você comece a confiar Bel a outras pessoas. Como minha esposa, você tem responsabilidades. Preciso de você ao meu lado, para receber a rainha mãe e quem mais for. Virá um dia em que... — Ele se interrompeu, desviando o olhar. — Vejo que você já começou a fazer as malas.

Estendi os braços e segurei-o pelos ombros a fim de virá-lo para mim. Ele baixou os olhos com um sorriso de desculpas.

— Você dizia que virá um dia em que...?

— Alice, venha. — Ele me levou até um banco, ao qual se atirou com um suspiro, e deu tapinhas no assento ao seu lado. — Sou muitos anos mais velho do que você. Um dia, Deus permita que não seja logo, você será a única responsável por nossa filha e por todos os filhos que venhamos a ter. Esse é o motivo do meu interesse em fazê-la conhecer meu negócio e os hábitos das pessoas de nosso círculo, de tal maneira que você possa seguir em frente sem medo. Minha intenção ao insistir na ama de leite não é ser desagradável. — Ele envolveu-me com seus braços.

Encostei a cabeça em seu peito, ouvindo as batidas de seu coração forte. Desejei acreditar que não havia nada em suas palavras além do que ele dissera.

Viajamos lado a lado até Fair Meadow, e minha preciosa Bel não demonstrou indisposição por passar horas longe de mim, seguindo em uma carroça com sua ama de leite. Na verdade, foi adorável ver seu rosto iluminar-se quando me aproximei dela no jardim de nossa casa e ouvir seu murmurar enquanto agarrava meu nariz.

Quando chegamos lá, dispúnhamos de dois dias para realizar os preparativos para a chegada da rainha mãe. Gwen e madame Tommasa alvoroçaram-se com o estado de minhas vestes, costurando pregas — eu parecia ter perdido mais peso naqueles últimos dias — e pedrarias. Meu cabelo foi lavado com uma complicada mistura de óleos e loções, e tive de me sentar no exterior da casa com um chapéu de abas largas e furos no topo, através do qual meu cabelo foi puxado para que, apanhando sol, ficasse mais brilhante. Ao mesmo tempo, meu rosto foi submetido à aplicação de uma pasta de aspecto repulsivo que endurecia e deixava a pele dolorida, cuja função era apagar as sardas que eu havia adquirido ao trabalhar no jardim nas últimas semanas.

— Não me interessa a rainha mãe — protestei, mas minhas algozes não fizeram sequer uma pausa em suas atividades.

Reclamei para Bel e sua ama de leite quando ambas sentaram-se sob uma sombra próxima.

— Não posso imaginar nada que me pareça mais delicioso do que esse alvoroço todo à minha volta — disse Mary, a ama. — A senhora não se sente a própria rainha?

Fitando-a por trás dos fios de cabelo que pendiam do chapéu, irrompi em uma risada. Logo ela também ria, e Bel fez barulhinhos e chutou o ar.

Foi assim que Janyn nos encontrou, e, de maneira brincalhona, caçoou de meu aspecto assustador.

Nosso período em Fair Meadow correu exatamente como eu desejara. Os longos dias do final de verão, o amor que fazíamos devagar e languidamente, as horas passadas a admirar nossa filha e a planejar mais filhos. Como eu amava Janyn e Bel, como éramos felizes! Lembro-me de nosso lar no campo como se estivesse sempre ensolarado. Eu estava determinada a fazer com que fosse assim.

Mas antes que pudéssemos relaxar juntos, vislumbrávamos aquele dia e aquela noite em que hospedaríamos a rainha mãe e seu séquito. Pouco antes de sua chegada recebemos um comunicado de que ela estaria acompanhada de João de Gaunt, seu neto, terceiro filho do rei. Ele não passaria a noite conosco; depois do banquete dirigir-se-ia a uma residência real.

— Será uma grande honra receber o jovem conde de Richmond — disse Janyn. — Ele vai se apaixonar por você. É poucos anos mais velho do que você e muito bonito. Creio que ficarei enciumado.

A diferença de idade entre nós parecia ser uma ideia fixa na mente de Janyn nos últimos tempos.

— Não vejo outro homem em meus sonhos além de você, meu amor — assegurei-lhe.

Embora estivesse tão fabulosamente vestida quanto em sua última visita a Fair Meadow, Isabel parecia menor. Mesmo com a assistência de seu pajem, ela tropeçou enquanto desmontava, e por um instante pareceu trêmula e confusa. Persignei-me quando o elegante João de Gaunt — o conde de Richmond — e Sir David apressaram-se em ampará-la pelos dois lados. Era como se a idade subitamente a tivesse alcançado.

— *Deus juva me* — murmurou ao meu lado madame Tommasa, empalidecendo.

Entretanto, a rainha mãe gentilmente dispensou Sir David com um gesto, reequilibrando-se ao se apoiar de leve na mão que o neto lhe oferecia. Apesar de seus passos não serem mais graciosos como antes, ela não vacilou ao aproximar-se de nós. Janyn correu em sua direção para fazer uma reverência e dar-lhe as boas-vindas em nossa casa, e eu logo depois.

Seu sorriso estava radiante e seus olhos brilhavam ao nos contemplar afetuosamente. Depois de todos os cumprimentos, entramos no salão, e, quando Isabel recebeu em seus braços sua homônima, Janyn radiante ao seu lado, Gaunt presenteou minha filha com uma almofada tecida em seda, avivada com bordados de unicórnios e outros divertidos animaizinhos fabulosos.

— E quando ela estiver pronta, um pônei será trazido para seus estábulos, como presente para minha afilhada — disse Isabel, beijando a testa de minha filha.

Em seguida, Gaunt tocou meu braço, perguntando-me se eu o acompanharia de volta ao jardim.

Seus olhos eram de um azul-acinzentado, com cílios castanho-escuros e sobrancelhas arqueadas; seus cabelos eram loiros; seu maxilar, quadrado e forte. Era um homem alto e de ombros largos, e tão belo que mais parecia um deus do que um mortal. Segui-o porta afora — como recusá-lo? — com apreensão, perguntando-me o que poderia haver de errado.

O pajem de Isabel permanecia no centro do jardim, segurando as rédeas de uma égua magnífica, toda musculosa e lustrosa, de pelo escuro e resplandecente. À medida que nos aproximávamos, ela escarvava a terra compacta e balançava a cabeça com um relincho.

— Lady Isabel afirma ter prometido à senhora uma égua caçadora — disse Gaunt —, e ela manteve sua palavra.

Estaquei, contemplando a linda criatura que agora me olhava com um interesse cauteloso.

— Minha? — perguntei, num sussurro engasgado. De modo algum eu conseguiria controlar aquele animal.

— Gostaria de dar uma maçã a Melisanda, madame Alice? — perguntou o pajem.

Ele fez um sinal com a cabeça para um jovem serviçal postado a uma curta distância, ao que o rapaz correu para mim oferecendo várias maçãs.

Obviamente eu me adiantei, apanhei uma delas, segurando-a atrás das costas enquanto tocava gentilmente a lateral do animal. Melisanda focinhou meu ombro à procura da fruta. Seu treinamento ficou em evidência quando ela, cuidadosamente, tirou o regalo da minha mão aberta.

— Ao dar o nome de Sua Graça à sua filha, a senhora deu uma grande alegria a Lady Isabel. Eu lhe agradeço.

Falei alguma coisa suficientemente educada e agradável, ao mesmo tempo me perguntando como a realeza conseguia expressar-se de maneira tão calma e natural enquanto dizia mentiras evidentes. Uma vez que Isabel decidira ser a madrinha de nossa filha, eu não teria qualquer poder de decisão.

Minha égua caçadora seria agora limpa e então descansaria. Eu estava ansiosa para cavalgá-la, ainda que me sentisse desleal para com Serena e relutasse em cair em uma dívida ainda maior para com Isabel. Estava igualmente constrangida com o olhar que o duque me dirigia — fitando o ponto em que meu colar desaparecia entre meus seios. Entretanto, expressei minha gratidão a ele de maneira floreada, como eu sabia que Janyn gostaria que eu fizesse.

A refeição correu alegre, com gracejos e descrições dos últimos torneios e festins na corte. Soube que nosso rei deleitava-se com espetáculos aparatosos, divertindo-se particularmente em fantasiar-se de heróis lendários. Isabel orgulhava-se dele, e Richmond parecia cônscio de encontrar-se à sombra de um grande homem. Imaginei como seria conhecer o rei — e se algum dia eu teria tal oportunidade. Analisei detidamente o modo como Janyn e seus pais interagiam com a realeza, com o intuito de seguir seu exemplo. Eles pareciam à vontade, exceto por tomarem cuidado para não contradizer ou deixar sem resposta a rainha viúva, assim como seu neto. Naquele momento senti-me orgulhosa de ser uma Perrers e agradecida por tudo o que meu casamento me propiciara.

Depois da refeição todos se retiraram para um rápido descanso. Gwen ajeitara os travesseiros em meu leito para que eu pudesse recostar-me sem desfazer meu penteado. Eu havia apenas cochilado quando ela me acordou.

— A rainha mãe pede sua presença. Ela diz que tem algo para mostrar-lhe nos estábulos.

Mas eu já vira Melisanda. Ela certamente o sabia. Gwen apressadamente vestiu-me com um traje de cavalgada, e eu fui encontrar Isabel no salão. Ela estava vestida como da primeira vez que a vi, com seu traje de caça escuro, e parecia reavivada pelo descanso.

— Finalmente — murmurou ela quando apareci. — Vamos prosseguir!

Já nos estábulos, minha égua fora selada, assim como o lindo cavalo de Isabel e os de Janyn, do Sr. Martin e de Sir David — o duque de Richmond já havia partido para a residência real. Saímos caminhando dos estábulos, os pajens guiando as montarias das senhoras e os homens levando os seus cavalos, e nos dirigimos às gaiolas dos falcões. O falcoeiro apareceu com uma ave de rapina, um esmerilhão, encapuzada sobre seu pulso, seus pequeninos guizos balançando quando ela batia de leve as asas. Ele carregava uma luva.

— Em agradecimento por proporcionar a grande alegria de ser madrinha de sua filha e dar a ela meu nome, eu a presenteio com este esmerilhão — disse Isabel, seu lindo rosto iluminado pelo prazer de estar ofertando um presente fabuloso. Os falcões pequenos, tão caros, eram os favoritos dos nobres. — Que Dido cace bem para você.

— Minha lady — falei, quase sem ar —, a senhora honra minha família. Que Deus a proteja e a abençoe em tudo.

O falcoeiro entregou-me a luva e indicou que eu a calçasse. Assim que o fiz, ele segurou as garras do esmerilhão com os pioses em minha luva, dizendo:

— Quando o capuz for removido, não pisque, pois ela poderá atacar. Se a segurar longe de si ela baterá as asas em sinal de que deve trazê-la para mais perto. — E assim dizendo retirou-se, voltando em seguida com os pássaros de caça dos demais, deixando-me, enquanto isso, a pensar o que fazer para não piscar.

Quando o esmerilhão se moveu, fazendo soar seus guizos docemente, eu voltei-me para ele, aquela criatura bela e poderosa pousada em meu braço. Seu pequenino capuz parecia ser feito de um couro macio, curtido até atingir um suave tom dourado e adornado com petulantes plumas vermelhas e douradas. Com os guizos e o elegante capuz, aquele poderia parecer um animalzinho de estimação mimado, mas seu bico e suas garras

ferozes, acompanhados das poderosas asas, eram lembretes de seu verdadeiro caráter. Amei-a desde aquele primeiro momento.

— Minha Dido — sussurrei —, sou Alice, sua companheira de caçada.

Sir David, o único perto o suficiente para ouvir o que eu dissera, soltou
um risinho.

— Muito bem, madame Alice. A senhora a segura como se já houvesse
possuído muitos outros falcões e se dirige a ela com o respeito que essa
ave merece.

Seus cumprimentos ajudaram-me a relaxar, mesmo que eu ainda receasse
que meu braço não fosse forte o suficiente para suportar o esmerilhão e
ao mesmo tempo cavalgar, especialmente uma montaria que não me era
familiar. Entretanto, este último receio desapareceu, pois, assim que os
demais receberam suas aves, o falcoeiro voltou e tomou a minha, dizendo:

— Eu a devolverei quando tivermos chegado aos campos, senhora.

Janyn postara-se ao meu lado.

Eu estava muda de entusiasmo e também de medo, não tanto do cavalo e
do esmerilhão, mas de fazer papel de tola em meio a tão augusta companhia.

— Venha. — Ele trouxera consigo um banco de montar, e estendeu-me
a mão.

Aceitei sua ajuda com imensa gratidão, e logo estava instalada sobre
minha linda égua de caça. Melisanda era bem-treinada, e, ainda que representasse um desafio, o que a tornava um tanto assustadora, era assim
que deveria ser. Ela era um animal grande e potente, tendo por cobertura
apenas um manto que poderia soltar-se dela a qualquer momento. Eu me
perguntava se o motivo de as pessoas poderosas gostarem tanto de caçar
e de falcoaria era o perigo inerente que havia em cavalgar um animal
poderoso manejando um pássaro selvagem e soltando os cães farejado-
res. Certamente que Isabel resplandecia de vida quando em seu cavalo de
caça, e Janyn movia-se como se formasse um ser único com seu corcel.
Avançamos pela campina em que deveríamos caçar.

Depois de desmontar, tendo meu esmerilhão já sobre minha luva, segui
as meticulosas instruções do falcoeiro, removendo o capuz de Dido. Seus
olhos eram selvagens e penetrantes, e por um instante não consegui respirar, como se ela houvesse ordenado que eu ficasse completamente imóvel
enquanto me analisava. E ela de fato analisou-me. Deus me iluminou, pois

não pisquei durante seu longo exame. Quando a rainha mãe anunciou que estávamos prontos, devo ter me mexido um pouco, segurando Dido um tanto afastada de mim. Ela bateu as asas irritada, acalmando-se quando a trouxe para mais perto.

— Desculpe-me — disse-lhe —, sou novata nisso.

O falcoeiro mostrou-me como soltar os pioses para a caçada. Eu mal havia completado a tarefa quando a ave levantou voo atrás de um pássaro. Minha memória crê que fosse um grou, mas a presa não importa. O que importava era a beleza do voo de meu esmerilhão, seu ataque feroz e, a melhor parte de todas, seu retorno à minha luva quando eu a golpeei de leve, tal como o falcoeiro havia mostrado, oferecendo-lhe um pedaço de carne como chamariz.

Com um gesto de cabeça, tanto Janyn quanto Isabel indicaram sua aprovação. O que igualmente aqueceu meu coração.

PASSAMOS UMA NOITE tranquila no salão, todos agradavelmente cansados, e retiramo-nos cedo para nossos aposentos. Como o tempo estava agradável, as vidraças da casa foram deixadas abertas, e, durante as horas mortas da noite, acordei ao som de vozes vindo do jardim sob minhas janelas. Acreditei tê-las reconhecido como sendo de Isabel e de Lady Jane. Quando fiz menção de levantar-me para auxiliá-las, Janyn deteve-me.

— As serviçais da rainha irão atendê-la, Alice. À noite a rainha viúva sempre fica inquieta. Deixe-a. — Seu tom era ríspido, ainda que sua voz estivesse rouca de sono.

Recostei-me de volta nas almofadas, apesar de estar agora completamente desperta.

— Você acha que ela sabia que seu amante havia ordenado o assassinato de seu marido? Acha que é por isso que ela acorda durante a noite?

— Não falamos sobre isso, meu amor.

Apoiei-me sobre um braço e toquei seu ombro.

— Mas somos tão ligados a ela... Não é natural querermos saber a verdade a respeito de alguém a quem servimos?

— Ela é generosa para com nossa família, Alice. Por que deveríamos questioná-la?

— Você tem tanto medo assim de perder seus favores?

Janyn sentou-se, afastando os cabelos que lhe caíam sobre a testa e esfregando os olhos.

— Por Deus, Alice, deixe o passado para trás. Ela é filha, irmã, viúva e mãe de reis, e nós somos gente comum. Por mais que queiramos saber a verdade quanto ao que houve com nosso rei anterior, e ainda que, acertadamente, pensemos que um melhor conhecimento dessa mulher, que tanto nos favorece, seja do interesse de nossa própria segurança, devemos esquecer tais assuntos. É perigoso demais desafiar a família do rei. Há muito mais em jogo do que a perda de alguns negócios. — Ele bagunçou meus cabelos. — Eu imaginava que você estaria sonhando feliz com esmerilhões e belos cavalos de caça.

— E estava. — Tentei aquietar-me, mas foi em vão. — Por que ela nos favorece tanto, Janyn? Madrinha de nossa filha, o pássaro, o cavalo, sua assistência no convencimento de meus pais a aceitar nosso casamento... O que damos a ela em troca? Há de ser algo mais do que os seus serviços como negociante.

Para minha surpresa, ele começou a rir.

— Não sei como pude imaginar que manteria isso escondido de você. Por tudo aquilo que eu amo em você e por seus conselhos, que tanto valorizo, eu deveria esperar que você se impacientasse com o mistério.

— Você efetivamente sabe mais do que aquilo que me contou.

Ele esticou o pavio da lamparina a óleo para aumentar a luz.

— Ainda há vinho nessa caneca ao seu lado?

Ergui-a da prateleira ao meu lado e entreguei-lhe. Parecia que ele tinha o propósito de acabar com seu conteúdo.

— Você ficará sonolento demais para conseguir falar — provoquei-o.

Ele abaixou a caneca, mas não a devolveu.

— Lady Isabel liderou uma revolta vitoriosa. Ela reuniu uma força formidável, uma imensa força, constituída majoritariamente por súditos do rei. Quando seu próprio filho capturou seu amante, que comandava as tropas, ela temeu que outros de seus partidários tivessem o mesmo destino. Alguns deles fugiram para o continente. Um pequeno grupo de homens importantes se estabeleceu nas proximidades da terra natal de minha mãe. Isabel se corresponde com eles. E a família de minha mãe atua como intermediária.

— Você?

Ele assentiu com a cabeça.

— Atualmente sou o mais ativo aqui.

Persignei-me.

— Mas isso aconteceu há tanto tempo... Trinta anos. Quantos deles ainda vivem? Por que eles ainda temeriam o rei?

— Muitos permanecem vivos. Quanto ao motivo de não retornarem, eu nunca pergunto. — Sua voz tornou-se tensa. — Sou apenas um mensageiro. E a rainha mãe é muito grata por nosso serviço, principalmente por nossa discrição. Agora, vamos dormir. — Ele deitou-se com um suspiro de exaustão, virando-se de costas para mim.

— Obrigada por ter confiança em mim, meu amor — sussurrei, aconchegando-me a ele.

Entretanto, o sono não vinha. Se os soldados permaneciam na Itália por medo da ira do rei ou de outros que teriam apoiado o marido de Isabel, Janyn corria um imenso perigo fazendo papel de mensageiro entre aqueles homens e a rainha mãe. Não era de admirar que fôssemos tão favorecidos, e que exigissem de nós tanta discrição. Eu tremia enquanto orava para que, quando ela se fosse, nós nos libertássemos daquele fardo e pudéssemos viver em paz.

ISABEL LEVANTOU-SE CEDO na manhã seguinte e pediu para ver sua afilhada novamente. Quando debruçou-se sobre minha Bel, comentando sua beleza e seu bom comportamento, eu me senti uma mãe orgulhosa e feliz. Mas, à medida que a rainha viúva se demorava, suspensa sobre meu amado bebê com sua linda roupa negra a brilhar sob a luz da manhã, senti um desconforto passageiro, um momento em que a vi como a imagem da Morte.

Fiquei grandemente aliviada quando seu séquito deixou o jardim.

EM NOSSO RETORNO a Londres, Janyn informou-me que havia adquirido uma propriedade em Oxford em meu nome, "a fim de, com o aluguel, munir você de uma confortável renda, para o caso de algo acontecer com a minha fortuna".

— Você corre perigo, meu amor? — Eu não podia imaginar outra razão para ele dizer tais palavras.

— A cada dia que acordamos nos deparamos com a incerteza, Alice. Não posso prever o tempo que ainda tenho de vida, ou se continuarei a receber as graças da rainha mãe ou de minha guilda, tanto quanto não posso prever a data em que você dará à luz outra criança ou qual será seu sexo.

Dentro de pouco tempo, um incidente veio mostrar o quanto Janyn devia recear. Notei-o porque de repente apareceu-me um preceptor cuja função era a de melhorar minha pronúncia, leitura e escrita tanto no francês quanto no latim.

— Eu o desagradei? — perguntei. Quem não pensaria o mesmo?

Janyn assegurou-me que sua intenção era presentear-me com minha educação, por ser algo que me auxiliaria ao longo da vida, o presente mais precioso em que ele poderia pensar.

Foi numa manhã em que eu me encontrava sentada com o preceptor que madame Tommasa entrou apressada, seus lindos olhos arregalados de medo e alarme. Ela tomou Janyn pelo braço e o levou a uma sala mais reservada. Logo depois minha sogra partiu sem me dirigir a palavra. Ela jamais me ignorara. Durante a ceia, Janyn parecia mais sério, mas não falou nada. Mesmo na cama, aquela noite, ele não falou o que perturbara tanto sua mãe.

— Para mim, o pior é não saber — falei, beijando seu pescoço e ombros —, pois minha imaginação evoca coisas assustadoras quando me preocupo.

— Mais tarde, meu amor. Prefiro não comentar até que eu saiba o que realmente se passou.

Tive sonhos horríveis aquela noite — enchentes, prisões, incêndios, minha doce Bel ardendo em febre, Janyn ferido por uma carroça desgovernada em uma rua estreita.

Na manhã seguinte, apareceram em nossa casa meu irmão mais novo e minha irmã, acompanhados de Nan, e ao meio-dia John juntou-se a nós para uma refeição. Janyn saíra cedo a negócios. Então eu soube que dois de nossos conhecidos dentre os mercadores lombardos alegavam ter sido atacados por um grupo de vendedores de tecido no dia anterior e que acusações estavam sendo trocadas entre a Sociedade de Lucca e a guilda dos comerciantes.

— Eles se feriram muito? — perguntei.

— Você os conhece? — perguntou John, parecendo constrangido.

— Nós já os recebemos em nossa casa — expliquei —, ainda que eu não os conheça bem.

— Amigos perigosos — disse ele.

— É mesmo? — perguntou Nan. — Eu soube que o ataque foi gratuito, não uma reação a uma provocação. Por que um grupo de vendedores de tecido atacaria um grupo de mercadores que nada lhes havia feito? Os vendedores quebraram a paz do rei. Ele não mantém os lombardos sob sua proteção?

— A proteção real torna os lombardos ousados. Muitos deles são contrabandistas de um nível tão alto que nenhum mercador de Londres jamais alcançaria — disse John.

Eu não poderia discutir aquilo, pois era a verdade a propósito de alguns deles — e, ainda que eu devesse corrigir o *muitos* de John, escolhi não fazê-lo, pois não queria ser-lhe hostil. Eu me perguntava se a Sociedade de Lucca tinha relação com os homens de Isabel que viviam escondidos na Itália.

— Os dois lombardos fizeram empréstimos ao rei — falei. — Todos eles o fizeram. É por isso que ele os protege.

— Se eles se beneficiam dos favores do rei, o que os comerciantes londrinos esperam conseguir ao permitir esses ataques? É isso o que me intriga — disse Nan. — O Sr. Martin disse que a guilda nada fez para punir os acusados.

— Não se sabe quem tomou parte no ataque — disse John.

Pude ver, pela expressão de Nan, que ela ouvira algo diverso. Eu não queria sabê-lo, equilibrando-me como estava sobre o muro que separava as duas facções.

Após a partida de minha família, fui tomada pela sensação de lealdade dividida. Janyn e Bel, e tudo o que eu considerava tão querido, estavam ameaçados por algo muito feio, do qual dificilmente poderíamos escapar. Fui à igreja e confidenciei a dom Hanneye meu receio de que o súbito interesse de Janyn por minha educação tivesse alguma relação com a crescente inimizade entre as guildas de Londres e os lombardos e de que fôssemos expulsos da guilda. Ele tentou acalmar-me com as notícias de que alguns vendedores haviam recorrido ao prefeito em apoio às vítimas.

— Não é algo simples como "londrinos e seus inimigos lombardos" — disse ele. — Sugiro que a senhora deixe de lado seus temores e aceite com amor e gratidão o conhecimento com o qual seu marido a presenteia.

Aproveite a oportunidade que ele lhe dá. Poucas mulheres, na verdade poucos homens, são contemplados com tal riqueza. Não pretendo negar a inimizade entre os estrangeiros e os comerciantes londrinos, madame Alice, mas sua família é respeitada nesta comunidade, e seu marido e o pai dele são londrinos por nascimento e integrantes da guilda; eles não são o inimigo.

Fiquei grata por seu conselho. Naquela noite, Janyn falou-me do ataque e eu tive condições de responder com uma maturidade calma que, pude ver, o aliviou. Ele contou-me pouco que eu já não soubesse, mas foi importante colocar-me a par da situação quando considerou ter conhecimento de todos os fatos. Tomei-o como indicação de sua franqueza para comigo. Ainda não me sentia tranquila, mas sua franqueza era para mim um imenso conforto.

ALGUMAS SEMANAS DEPOIS, Janyn aproximou-se de mim no salão quando eu trabalhava em um bordado à luz que esmaecia.

— Você deveria descansar — disse ele, apertando meu ombro. — Terá muito o que fazer nas próximas semanas.

— Nada fora do comum.

Ele deu uma risadinha.

— Mesmo? É todo dia que somos convidados para uma caçada no Castelo de Hertford, onde a rainha mãe fixou residência?

Larguei meu bordado.

— Nós? Convidados a ir ao palácio de Lady Isabel? Para caçar? — A cada pergunta a empolgação aumentava em minha voz.

— Isso é deleite ou desânimo?

Eu iria viajar com meu amor. Levantei-me para abraçar Janyn, beijando-o no pescoço, nas faces e então na boca, um beijo bem demorado.

— Ah, é deleite! — concluiu ele, com um olhar alegre. — Você é tão linda, minha Alice. Traz-me tanta felicidade!

6

Mas tão pouco — ai de mim! o instante —
durou tal alegria; graças à Fortuna,
que parece mais verdadeira quando quer iludir,
capaz de afinar seu canto para os tolos,
a ponto de tê-los presos e cegos, traidora vulgar;
e quando um ser é lançado para fora de sua roda
ela então ri e lhe faz caretas.

— GEOFFREY CHAUCER, *Troilo e Créssida*, IV, 1-7

• 1357 •

MESMO DEPOIS DE TANTO tempo, lembro-me de minha agitação quando partimos para o Castelo de Hertford. Estávamos casados havia um ano, um ano cheio de experiências novas para mim, mas aquela seria minha primeira visita a uma propriedade real. Eu iria conhecer o rei! Na véspera, minha agitação foi abafada pelo meu temor quanto a minha doce Bel, que eu não sabia como ficaria sem mim, ainda que minha ausência fosse durar menos de uma semana. Na verdade, eu estava igualmente temerosa em pensar como *eu* ficaria sem *ela*.

Mas, uma vez montada em Melisanda no revigorante ar da manhã, com Janyn a cavalgar ao meu lado tão elegante e cheio de vida, pedi a Deus que me ajudasse a afastar aquele medo vão. Ele ouviu minhas preces, pois rapidamente me vi envolvida pelo alvoroço das ruas de Londres, que eu absorvia pela visão pela audição e pelo olfato. E então, à medida que saíamos da cidade em direção ao campo, a súbita calma confortou-me. Aproveitei a viagem até notar as austeras muralhas do castelo.

Até aquele momento eu não havia pensado em quem mais estaria no palácio, seja como hóspede ou como residente. Eu já estava suficientemente aterrorizada com a perspectiva de conhecer *o rei* — ainda que igualmente ansiasse pelo momento. Eu me perguntava se ele *pareceria* um rei — mais do que um mero homem mortal sábio e poderoso. Ao cruzarmos o portão exterior e nos dirigirmos ao pátio, ergui os olhos para a elaborada fachada da torre de menagem, uma graciosa obra de cantaria pintada em um delicado tom de vermelho. No exterior, postados a intervalos regulares, estavam guardas elegantemente vestidos. Senti minha própria insignificância, minha origem popular, e me senti derrubada por minha inferioridade. Aquela era tão obviamente uma residência real, e eu nada mais era do que a esposa de um mercador. Em meu entusiasmo, eu não havia considerado isso.

Quando Janyn estava me ajudando a desmontar, agarrei seu braço e sussurrei:

— O que, em nome de Deus, estamos fazendo aqui? Este não é um lugar para nós. Somos mercadores, não cortesãos.

Ele beijou-me na face e gentilmente desvencilhou-se de meu braço agarrado ao seu.

— Você foi convidada, Alice. Esta pode ser uma residência real, mas você é bem-vinda aqui. Fique à vontade. — Ele abaixou meu capuz e beijou-me na testa. — Você está exausta da viagem, daí a sua angústia.

À medida que subíamos as escadas para o salão, minha súbita e dolorosa consciência do abismo que havia entre meu status e o da rainha viúva adicionou um terrível peso às minhas pernas.

O tamanho e a magnificência do interior do palácio deixaram-me boquiaberta. Entramos por um curto corredor, forrado com tapeçarias, archotes e candelabros em ouro e prata, e então adentramos o reverberante espaço do grande salão, onde, sob nossos pés, havia ladrilhos como eu só vira nas mais imponentes igrejas. Serviçais mais bem-vestidos que a maioria dos londrinos alinhavam-se atrás de painéis intricadamente esculpidos ou contra as paredes, como se estivessem a guardar os imensos cofres e armários. Moviam-se silenciosamente, falavam suavemente.

Ao fundo, num estrado, estavam sentados dois homens, absorvidos em uma conversa. Um criado levou-nos até bem perto deles. Tentei não olhar, mas meus olhos pareciam ter vontade própria, de modo que me peguei fitando uns olhos muito azuis, grandes e penetrantes. Pertenciam a um homem com maçãs do rosto proeminentes, um nariz longo e elegante e, ainda que escondido por uma barba branca, um queixo forte. Sua fisionomia bela e bem-proporcionada era emoldurada por um cabelo branco exuberante, ondulado e adornado por uma coroa.

Era o rei. Deus do céu, ele era tudo o que eu imaginara que seria um rei. De seus ombros largos e eretos pendia um manto de seda azul salpicado de flores-de-lis douradas e prateadas. Ele pareceu examinar-me por alguns instantes e em seguida, com um aceno de cabeça, deu-me as costas. Tentei disfarçar minha falta de ar quando inspirei, já que eu havia prendido a respiração durante os momentos em que o olhar do rei Eduardo me contemplara. Meus passos ficaram inseguros, e Janyn amparou-me em seus braços.

— Você está assim exausta, meu amor?

Cheio de uma preocupação que é fruto de carinho, ele me auxiliou enquanto seguíamos o serviçal até outro corredor, tão belamente decorado quanto o saguão de entrada, para sermos levados ao gabinete da rainha mãe — uma joia em formato de sala. As paredes de pedra tinham 1 metro de espessura e por isso comprometiam a luminosidade, mas eram caiadas e decoradas com flores pintadas e cobertas com ricas tapeçarias. Tapetes e almofadas em cores brilhantes atenuavam a sobriedade da mobília e do piso de ladrilhos.

Isabel, a rainha mãe, levantou-se de uma pequena cama onde estivera repousando e nos cumprimentou calorosamente.

— Vocês descansarão por alguns instantes e então encontrarão nossos outros convidados para o banquete no salão. Amanhã acordaremos cedo para caçar.

Eu conseguira dirigir-lhe apenas umas poucas palavras, maravilhada pela magnificência que via. Fomos levados a um aposento pequeno mas luxuosamente decorado, escondido num canto do andar superior. Gwen despiu-me e eu imediatamente mergulhei em um sono profundo. Mais tarde, quando ela me acordou, fiquei confusa ao ver o ambiente que me cercava.

— Onde está meu bebê? Onde está Bel? — exclamei.

Janyn e Gwen garantiram-me que estava tudo bem e me lembraram de onde eu me encontrava. Minha confusão amedrontava-me, mas ambos sugeriram ser consequência da longa jornada, minha primeira experiência em viagens de grande distância. Eu gostaria de acreditar neles, mas, considerando que meu medo poderia ser uma premonição, perguntei se não poderia escapar até a capela para rezar.

— Primeiro deixe que Gwen a vista para o banquete, depois eu a acompanho até lá para uma breve oração. Mas não devemos nos demorar. — Janyn fez uma mesura e foi sentar-se numa cadeira almofadada próxima à porta.

Atrás de um alto biombo trabalhado que parecia contorcer-se com fantásticas criaturas aladas, Gwen havia deixado separada uma nova sobreveste de seda vermelha matizada em ouro e um vestido também de seda, cuja cor era de um azul tão vistoso quanto o lápis-lazúli. Minha *crispenette* era dourada. Em nosso primeiro aniversário de casamento, eu ganhara de Janyn um anel de ouro, prata e lápis-lazúli. Meus sapatos eram igualmente azul-escuros.

Pelo espelho pude ver minha aparência deslumbrante. Eu amava vestir-me com requinte. Ainda assim, meu reflexo me observava assustado. Eu não pertencia a um ambiente real. Não sabia como me comportar.

A expressão de Janyn quando saí de trás do biombo trouxe de volta minha segurança.

— Que formosura você é, minha Alice — sussurrou ele, beijando minhas mãos, meu pulso, meu pescoço...

Gwen lembrou-nos de que dispúnhamos de pouco tempo para ir à capela. Com uma mesura, Janyn escoltou-me na saída do quarto. Percorremos corredores silenciosos graças às tapeçarias que cobriam as paredes — imaginei quanto de sua fortuna Isabel gastara com aqueles reposteiros, pois certamente ela não os encontrara ali ao chegar. Para mim, pareciam refletir o gosto feminino, narrativas míticas e romanescas, nenhuma cena de batalha ou mesmo motivos religiosos. Era como se eu caminhasse em meio a um romance fabuloso.

A capela fazia um severo contraste, com uma pintura da Morte dançando em uma das paredes, a figura do esqueleto ao centro, como uma terrível lembrança de nossa existência mortal. Por medida de proteção, fiz o sinal da cruz. Entretanto, o vitral atrás do altar emanava paz, retratando Nossa Senhora e o menino Jesus. Ajoelhei-me num genuflexório diante de uma imagem da Virgem Maria e me recolhi às minhas orações. Rezei por minha Bel, para que estivesse sendo bem-cuidada e se sentisse tranquila com sua ama. Rezei por Janyn, para que tivesse sempre a proteção de Deus em suas viagens. Rezei para que eu fosse uma boa esposa, tudo aquilo que meu marido desejasse de mim. Rezei para que eu não o envergonhasse ou desapontasse ali na corte de Isabel de França, a antiga rainha e agora mãe do rei. Rezei para que o rei não me julgasse uma mulher deselegante e comum, mas logo em seguida retirei esse pedido, envergonhada de meu orgulho.

Enquanto eu estava ajoelhada, mais alguém surgiu na capela. Senti um perfume sensual quando passou por mim, um aroma que emanava de suas roupas, e então ouvi o genuflexório ranger quando se ajoelhou diante do altar. Ele parou perto de mim, mas eu não me virei para olhá-lo, sentindo-me segura na presença de Janyn.

Meu marido, que se ajoelhara atrás de mim, sussurrou-me que deveríamos ir. Enquanto eu me levantava, virei-me em direção ao altar. Era o rei Eduardo que se ajoelhara ali, a cabeça curvada e pousada nas mãos. Tomei o braço de Janyn e deixei que ele me conduzisse para fora da capela, meu coração disparado. Eu rezara na presença do rei! Seria por isso que eu rezara para que ele não me desprezasse?

— Estávamos em boa companhia — comentou Janyn enquanto verificávamos as condições das vestimentas um do outro. — Era o rei Eduardo em pessoa.

— Eu sei — falei. — O soberano.

Rimos, um riso nervoso, e seguimos em direção ao salão.

Jantamos em seleta companhia aquele dia: Isabel, a rainha mãe; o rei Eduardo; Filipa, sua roliça e alegre rainha — de quem gostei de imediato —; João, conde de Richmond, a quem eu já conhecera; Leonel, conde de Ulster, o segundo filho do rei; sua esposa, Elizabeth, condessa de Ulster; e vários nobres estrangeiros cujos nomes Janyn ainda não sabia. Chegado pouco antes de nós havia alguém que eu não imaginara ver em tão augusta companhia: Richard Lyons.

— O que ele faz aqui? — perguntei a Janyn.

— Imagino que ele seja sempre bem-vindo, levando-se em conta os empréstimos que ele fez tanto à rainha mãe quanto à atual rainha — disse ele. — Ambas gastam muito mais do que podem. Aquela é sua esposa, Isabella Pledour, sentada na ponta da segunda mesa.

Não era uma mulher bonita, mas pesada e de expressão azeda, no entanto estava vestida com roupas caras e de bom gosto.

Fiquei aliviada por estarmos sentados à segunda mesa principal, com pessoas de menor importância — um mercador de St. Albans e sua esposa, dois frades franciscanos, outro casal de mercadores de Londres e, o melhor de todos, meu bom amigo Geoffrey.

— Alice! Você está mais linda a cada vez que a encontro — exclamou ele.

Notei o quanto Geoffrey havia crescido em suas roupas finas, sua conduta, seu modo de falar e seus gestos, mais refinados e confiantes do que antes.

— Trabalhar para a condessa lhe é agradável, Geoffrey? — perguntei, sentando-me ao seu lado.

— Mais agradável seria se à minha senhora agradasse meu trabalho — respondeu ele, e desatou a gargalhar quando aplaudi seu comentário.

Jogos de palavras eram uma antiga brincadeira entre nós, e o fato de ele retomar esse hábito assim que nos encontramos deixou-me imediatamente à vontade. Eu estava começando a sentir que, tendo me tornado a esposa de Janyn e a mãe de Bel, eu deixara de ser plenamente Alice. Quando conversamos, senti aquela antiga parte de mim acordar.

Janyn e Geoffrey trocaram poucas palavras. Em seguida, aparentemente aliviado por eu ter alguém com quem conversar, Janyn deixou-nos para colocarmos um ao outro a par das novidades, voltando-se para o mercador de St. Albans.

— É um homem bonito — disse Geoffrey —, além de cortês, articulado, rico, bem-sucedido. Tem algum defeito?

— Venho procurando, mas temo estar vasculhando os lugares errados, já que ainda não achei nenhum. — Enrubesci.

Geoffrey riu.

— Sem dúvida você tampouco encontrou um defeito em minha afilhada. — Ele inclinou a cabeça e levantou uma sobrancelha, inquisitivo. — O conde de Richmond é muito aberto ao mencionar que sua avó é a madrinha da sua filha, Alice. — Ele suspirou e meneou a cabeça. — Meus pais enganaram-se ao pensar que as suas perspectivas eram limitadas, hein?

Sorri, mas não respondi de imediato, absorvendo aquela notícia de que nossos esforços para esconder os favores da rainha mãe para com nossa família haviam sido minados por Richmond.

— Você não fica contente de saber que ele não procura esconder o fato? — perguntou Geoffrey.

— Fico intrigada, perguntando-me por que o conde o mencionaria a qualquer um. Somos pessoas desimportantes, portanto não é uma forma de se vangloriar, tenho certeza.

— Talvez seja. Ele é muito apegado à avó e a defende ferozmente quando os velhos rumores repetem-se.

— Seu irmão Leonel também é apegado a ela? — Aquele era o irmão que Geoffrey poderia conhecer melhor, pois estava a seu serviço.

— Menos do que João, mais do que Eduardo — disse Geoffrey. — Talvez ela tenha se aproximado mais de seus netos à medida que nasciam, e por isso tenha mais afinidade com mais velhos.

Debruçando-me para aproximar-me dele, confidenciei:

— Na verdade, sinto-me desconfortável com o mínimo contato que temos com a família real. Não acredito que a realeza traga felicidade e contentamento.

— Esse não é o objetivo dos monarcas.

— Ademais, a família real aparenta ser pouco calorosa e amorosa.

— Porque todos querem a coroa!

Rimos. Meu velho amigo era uma presença muito tranquilizadora em meio àquele grupo.

Fiquei aliviada por Lyons ter se sentado longe. Exceto por algumas palavras ouvidas por acaso em momentos de calmaria das outras conversas, pude ignorá-lo, ainda que Geoffrey ironizasse o chapéu reluzente e os erros de pronúncia do flamengo.

— Ele deveria aprender a língua na qual negocia todos os dias — resmungou. — Veja só, até sua esposa treme quando ele fala.

— Ele é mais fluente em francês — falei.

— Mas vive em Londres, minha amiga. E, por favor, não simule inocência comigo. Você o despreza. Vejo que você se arrepia quando ele olha em sua direção, ou você na dele.

— Você me conhece bem demais — falei.

Ele balançou a cabeça.

— Nos últimos tempos, mal a conheço, Alice. Convidada de Isabel de França, mãe da mais bela afilhada da antiga rainha, profundamente apaixonada por seu marido, um mercador lombardo, com uma casa cheia de bens luxuosos que eu jamais poderei ter.

— Ele não é lombardo, Geoffrey, é nascido em Londres.

— Eu não o disse em sentido depreciativo, minha amiga. A mãe dele é milanesa, não é?

— Sim, mas o pai dele, e o pai de seu pai, e o pai do pai de seu pai, todos nasceram em Londres, tal qual Janyn.

Geoffrey sorriu e fez uma reverência.

— Você também está diferente — falei. — Servindo um duque, ceando com a rainha mãe, o rei e a rainha... — Sorri e fiz-lhe uma reverência. — Ambos chegamos bem longe em pouco tempo.

Janyn subitamente entrou na conversa:

— Precisamos encontrar uma esposa adequada para você, hã, Geoffrey?

— Você tem uma irmã bonita? — perguntou Geoffrey, seus olhos iluminando-se. — Eu mereço uma bela esposa.

— Não tenho irmãs solteiras, mas tenho primas... — As sobrancelhas de Janyn dançaram, e seus olhos piscaram.

Amei-o tanto naquele momento! Imaginei que ele tivesse percebido a tensão que se criara entre mim e Geoffrey, vindo em meu auxílio para acalmar os ânimos. Foi um gesto de amor.

Mais tarde, quando eu caminhava no jardim com duas das esposas dos mercadores e um dos frades franciscanos, uma delas disse:

— Aquele não é seu marido, madame Alice, conversando com a rainha Filipa?

Era. Meu coração explodiu de orgulho ao ver como Janyn parecia à vontade em tal companhia.

— Sim, é Janyn. Não é o homem mais bonito do mundo?

As mulheres, ambas mais velhas que eu, caçoaram de mim por estar tão apaixonada por meu marido.

— Deus está sorrindo para a senhora — disse o frade. — Que sua união continue a ser tão abençoada.

Mudamos de assunto — havia muito falatório sobre a presença do rei francês João em Londres, mantido em cativeiro desde a batalha na França, que deveria pagar seu resgate. Dizia-se que ele se sentia obrigado pela honra a aceitar o cativeiro, em vez de ser substituído por um de seus filhos, e que provara ser gentil e cortês como "prisioneiro" — obviamente, sendo rei, ele vivia em grande conforto.

— O povo de Londres o ama tanto que é como se preferisse que ele fosse seu rei — disse uma das mulheres, com evidente desaprovação.

A outra mulher evidentemente adorava colecionar detalhes sobre a vida elegante que o rei francês levava no cativeiro.

— Lady Isabel emprestou-lhe vários dos romances sobre Artur e Carlos Magno que ela tanto aprecia — disse ela. — E a própria rainha Filipa enviou-lhe equipagem doméstica e alimentos finos. Nosso rei o visita. Eles jogam xadrez!

Eu já ouvira muito daquilo, uma vez que vários membros da guilda eram responsáveis por suprir as necessidades do rei João, mas me sentia desconfortável por discuti-lo nos jardins de uma residência real. Tinha ares de censura à decisão do rei Eduardo de suavizar o infortúnio do monarca francês. Mesmo assim, todos falavam do rei estrangeiro como sendo um homem gentil, pio.

— Acredito que seja muito cristão da parte do nosso rei tratar seu par com tanta graça e respeito — falei. — E muito cortês da parte da rainha Filipa assegurar ao rei João que ele tenha conforto.

Os outros nada responderam, mas lançaram olhares aparentemente consternados para algo ou alguém atrás de mim.

— Fico em dívida por seu amável apoio, madame Alice — disse uma mulher atrás de mim.

Virei-me e me deparei com a rainha Filipa. Apesar de ela sorrir para mim, imediatamente me inclinei para a maior mesura possível, assim permanecendo até que Janyn pusesse a mão em meu cotovelo e me guiasse de volta à posição ereta.

— Vossa Graça — falei, pelo menos duas vezes. Não conseguia pensar em mais nada para falar.

Janyn sugeriu que caminhássemos, e assim nós três — meu marido, a rainha e eu — afastamo-nos dos demais.

— A rainha mãe fala de sua afilhada com imenso contentamento — disse Filipa.

Fiquei aturdida por descobrir que até ela sabia a respeito de minha doce Bel.

— Rezo todos os dias para que Deus cubra Lady Isabel, a rainha mãe, de bênçãos por sua benevolência para com minha família, Vossa Graça.

— Tanto quanto estou certa de que ela reza por você e sua pequena família, madame Alice. Seu marido contava-me sobre o jardim que a senhora vem criando em sua casa em Londres. Parece-me que o pai de meu esposo tinha grande satisfação em trabalhar a terra, o solo. Dizia que isso o ajudava a sentir seus pés e suas pernas. Acontece o mesmo com a senhora?

Foi um assunto tão inesperado que eu hesitei, precisando pensar. Senti seus olhos em mim, olhos de um verde profundo, carregados de gentileza e de algo mais calculado. Quase gaguejei uma bobagem qualquer, mas então me lembrei de como eu havia me orgulhado da maneira como Janyn se comportava diante da rainha, apenas momentos antes. Respirei fundo.

— Depois de passar horas de joelhos com as mãos no solo, sou lembrada do milagre da vida, Vossa Graça, e agradeço a Deus pelo presente que é acordar a cada novo dia. O pai do rei deve ter sido um homem sábio.

Por um instante, seus olhos verdes nublaram.

— Diz-se que, em alguns pontos, era superlativamente sábio.

Por um instante ela se concentrou nas pontas de seus sapatos bordados. Quando levantou a cabeça, seu humor mudara: ela brilhava como se a vida a deleitasse. Notei que sua pele era translúcida como as pérolas em seu adorno de cabeça e em sua gargantilha. Eu a imaginara superficial, ainda que elegante no trajar e nos modos, mas agora via que ela irradiava beleza quando sorria.

— Seu marido contou-me que a consulta quanto a assuntos financeiros e que a senhora tem demonstrado ser uma excelente conselheira. Agrada-a tal ocupação?

— Sim, Vossa Graça, sinto-me honrada por meu marido considerar meus conselhos válidos.

— O rei me recrimina por minha falta de interesse nesses assuntos. Eu poderia aproveitar-me de alguma mulher próxima a mim para me familiarizar com tais questões, ou ela poderia ao menos me sugerir o que dizer ao rei para satisfazê-lo. — Ela sorriu para mim, lançou um olhar provocador a Janyn e então mudou de assunto, falando de Milão e outras de suas cidades preferidas.

Fui deixada com minhas elucubrações sobre aquele último comentário, mas voltei a envolver-me na conversa quando me incluíram em uma breve discussão a respeito de crianças. Depois, com um aceno de cabeça, a rainha retirou-se. Janyn felicitou-me por minha conversação e cortesia.

Logo fomos interrompidos pelo mercador de St. Albans, que queria trocar uma palavra com Janyn. Eu precisava de repouso depois daquela conversa inebriante, de forma que fui procurar Gwen, ansiando por sua presença sólida e familiar. Enquanto passeávamos próximo à capela, vimo-nos frente a frente com o rei e imediatamente fizemos reverências.

— Por favor levantem-se, minhas senhoras. Não faço questão de ser objeto de adoração na casa de minha mãe, entre seus amigos. — Seus olhos azuis eram provocadores. — A esposa de Janyn Perrers, eu presumo?

— Sim, Vossa Graça. Alice.

— Disseram-me que a senhora é uma jovem esperta, com talento para os negócios. Assim, eu lhe pergunto: faço melhor ao investir em mobília refinada para decorar meus palácios ou em especiarias?

Naquele momento desejei ser conhecida por minha beleza, não por minha esperteza nos negócios. Havia qualquer coisa em sua voz, em seus olhos, em seu odor. Quis que ele me olhasse com desejo. E esse pensamento fez-me corar. Apenas Janyn havia provocado aquele efeito em mim até então.

— Vossa Graça — murmurei, fazendo uma rápida reverência com a cabeça para me recompor. — Meu conselho seria de que as especiarias lhe trariam mais dinheiro, mas os belos objetos enriqueceriam vossa alma. É similar ao que ocorre com o tecido em ouro e o escarlate: o tecido em ouro acentua vossa imagem de rei poderoso, mas irrita a carne, enquanto a lã fina impressiona apenas aqueles que conhecem seu valor e a reconhecem por seu caimento, além de ser mais agradável ao toque... — Dei-me conta de que estava me prolongando excessivamente, e, o que era pior, minha menção à carne tornou-se um convite para que ele me olhasse como se fosse sua presa. Uma sensação que estava longe de ser desagradável, por isso rezei para que não suspeitasse de que eu flertava com ele. — Perdoe-me, Vossa Graça.

— Pelo quê, madame Alice? Vejo que é de fato hábil. E bastante bonita. — Ele desviou os olhos de meu corpete decotado, dizendo, em um tom amigável: — Sabe caçar? Sabe cavalgar? Amanhã veremos se a senhora possui todas as graças, hã? — E, com um aceno de cabeça e uma risadinha, rumou para a capela, seu pajem seguindo-o apressadamente, com dificuldade para acompanhar as largas passadas do rei.

— Bastante bonita — sussurrei.

— Ele é magnífico, exatamente como dizem — murmurou Gwen.

Pouco tive a dizer pelo resto da noite, emudecida devido ao atordoamento provocado pelo encontro com o rei Eduardo. Eu nunca tinha experimentado uma presença como a dele. Enquanto falava comigo, seus olhos azuis mantinham os meus cativos e sua voz ressoava em minha cabeça, em meu coração, meu ventre e por todos os meus ossos até as extremidades do meu corpo. Naquele tempo eu não tinha palavras para explicar a sensação, mas agora eu a chamaria de enfeitiçante. Senti como se eu realmente tivesse sido infiel a Janyn, e compensei-o com minha paixão à noite, ainda que eu me pegasse a fantasiar que era o rei quem gemia de prazer.

Na manhã seguinte, eu estava desconfortavelmente consciente de ser o objeto dos olhares do rei, mas, assim que aceitei o esmerilhão que o falcoeiro me oferecia, concentrei-me apenas nele. Não era tão grande quanto o meu e, obviamente, não me conhecia. Antes de retirar seu capuz, disse-lhe algumas palavras, para que a ave notasse pela minha voz que eu não pretendia lhe fazer mal. O falcoeiro meneou a cabeça em sinal de aprovação; o rei Eduardo fez o mesmo, o que me desconcertou momentaneamente. Entretanto, uma vez que o esmerilhão alçou voo, não precisei me esforçar para soltar-me junto com ele, para não ver outra coisa senão aquele pássaro. Tivemos algum sucesso, o pássaro e eu, naquela manhã, e eu estava animada quando voltamos ao castelo.

Geoffrey não participara da caçada, mas, quando tomei meu assento a seu lado no salão para o banquete do dia, ele me cumprimentou por minha destreza e por atrair a atenção do rei.

Num relance olhei para Janyn, temendo que ele houvesse escutado, mas meu marido estava entretido em conversar com um frade. Voltando-me para Geoffrey, deparei-me com seu sorriso, mas em seus olhos havia mais observação do que divertimento.

— O que pensa do mais admirável entre todos os reis? — perguntou-me ele.

— Ele é meu rei. Tenho-o em grande respeito e peço a Deus que o abençoe e o proteja de todos os males.

Geoffrey fez um gesto desconsiderando tudo aquilo.

— E como homem?

Ponderei. Se eu me recusasse a fazer seu jogo, Geoffrey deduziria que eu estava encantada por ser objeto da atenção do rei. Se eu lhe respondesse, porém, ele deduziria que eu simplesmente gostava de ser admirada. Tendo passado tanto tempo à sombra de minha mãe, agradava-me mais a segunda opção.

— Eu nunca sentira uma presença como a dele, e também nunca vira olhos azuis como aqueles. Por que você não foi caçar conosco?

Ele levantou as sobrancelhas, numa expressão de surpresa divertida.

— Eu? Você já me viu montando? Sou o cavaleiro mais estabanado que há, e os pássaros todos detestam-me. Juro que é verdade! Reprovam-me e criticam-me até que eu tenha vontade de depená-los. — Ele riu comigo. — Você me renegaria como amigo se me visse em meio aos outros esta manhã. Mas quanto a você, os animais sempre a consideraram tranquilizadora, digna de sua confiança. Fico feliz por Lady Isabel ter lhe providenciado uma égua de caça e um esmerilhão.

Decidi mudar de assunto e perguntei sobre as viagens de Geoffrey com Leonel, conde de Ulster.

Janyn após um tempo juntou-se a nós, e Geoffrey contou-lhe de quando eu, ainda criança, costumava recolher gatinhos abandonados, os quais minha mãe me proibia de ter, e me dedicar a arranjar-lhes bons lares, adulando os vizinhos para persuadi-los a adotar as adoráveis criaturas. Janyn gostou das histórias.

Antes de partirmos para casa, Lady Isabel recebeu-nos por breves instantes.

— Minha nora a considerou muito agradável — observou ela.

— É uma grande gentileza por parte da rainha.

— Meu filho admira o modo como a senhora abandona seu corpo e se eleva no ar com seu falcão.

Corei ante a mordaz observação de Isabel.

— Sua Graça é muito perspicaz — disse Janyn.

Retornamos a Londres de excelente humor.

EM NOVEMBRO VI-ME novamente grávida, um motivo de celebração para mim e Janyn. Pensei que seria o momento perfeito para encorajar meus irmãos Mary e Will a participar mais da vida de Bel, auxiliando-me tanto antes quanto depois do nascimento do bebê. Entretanto, minha mãe foi capaz de engendrar mais um ato cruel, subitamente proibindo Nan de levar Mary e Will a minha casa e igualmente proibindo-me de visitá-los.

Procurei madame Agnes, na esperança de saber como Mary e Will estavam passando.

— Madame Margery não tem qualquer dom para a maternidade — disse minha avó — e nenhum espaço em seu coração tão pequeno para amar alguém que não seja ela própria. Quisera eu que fosse diferente, pelo bem dos filhos dela e do meu. — Ela me abraçou. — Não se aflija por Mary e Will. Vou providenciar para que você os encontre aqui. Margery não ousará desafiar-me. Da próxima vez que vier, traga-me minha bisneta, eu lhe rogo. Ela ilumina meu dia.

Ela me perguntou sobre os dias que passamos no Castelo de Hertford, esforçando-se por mostrar-se curiosa e neutra a respeito da rainha viúva, coisa que muito apreciei. Voltei para casa bem mais animada.

Foi uma gravidez mais difícil do que a anterior. Quando me exasperei com o repouso forçado, sentindo falta das relaxantes cavalgadas, Janyn encorajou-me a me aprofundar nos estudos que ele me proporcionava. De fato passei a gostar deveras da atividade, principalmente do estudo das línguas e da escrita. Meu pensamento iluminava-se, levando-me a ideias muito distantes de meus infelizes pais.

E sempre havia Bel, para me encantar e alegrar.

Mas pesadas nuvens surgiram no horizonte. Em fevereiro soubemos que a rainha mãe estava muito doente em Hertford. Madame Tommasa e eu passamos muitas horas rezando por ela. O excessivo fervor de minha sogra me alarmou. Entretanto, aparentemente nossas preces foram ouvidas, pois em algumas semanas Isabel recuperou-se, retomando suas atividades habituais. Ainda assim, Janyn estava convencido de que a rainha viúva faleceria até o fim do ano, e tal perspectiva parecia sugar-lhe a vida. Eu não conseguia entender. Certamente que ela fora muito generosa para conosco e que as viagens que Janyn fizera em seu interesse haviam sido muito lucrativas, mas, ao rever nossas contas junto com Janyn, vi que nossas finanças estavam saudáveis e que sua atividade comercial era muito mais lucrativa do que o serviço que prestava à rainha mãe. Sua reputação em Londres crescia, e o mestre de sua guilda referia-se a ele como futuro prefeito. Ainda assim, Janyn ficava cada vez mais temeroso, superprotetor, cauteloso a um nível que me assustava.

Nessa época, ele frequentemente me dava as costas quando nos deitávamos, recusando-nos até mesmo esse mínimo conforto.

— Você não me ama mais? — Eu finalmente reuni forças para perguntar quando ele mais uma vez afastou-se.

Ele se voltou para mim.

— Minha doce Alice, eu a amo mais do que é possível expressar com palavras. — Puxou-me para si e me abraçou por um momento. — Rogo a você que me perdoe se lhe causei sofrimento. Minha mente e meu coração estão sobrecarregados. Estou buscando um meio de protegê-la e à nossa filha.

— Proteger-nos de quê?

— Do futuro incerto.

— Você e Deus nos protegerão, meu amado Janyn.

— Você é tão jovem e inocente, Alice. Tão amorosa e crédula. — Ele desviou os olhos, pois sua voz saíra embargada.

Cada vez mais eu sentia que ele me afastava, desapegava-se de mim. Eu vacilava em minha determinação de ser forte e confiar na Providência divina. Passava horas na igreja, rezando e desabafando com dom Hanneye. Nem Deus nem meu confessor ofereciam-me qualquer consolo, além de fazer-me lembrar de que Janyn me amava, assim como eu a ele.

Senti-me quase aliviada quando, em fins de março, Janyn partiu em "uma última viagem" a Milão a serviço da rainha mãe, pois assim eu poderia pelo menos recuperar um pouco de tranquilidade.

— Se alguém perguntar, estou na França — instruiu-me ele. — Não mencione Milão ou a Lombardia.

— Por que devemos mentir a respeito dessa viagem? — perguntei.

— Para nossa segurança.

— Seus pais sabem onde você estará?

Ele assentiu. Seus olhos estavam ensombrecidos e seu hálito cheirava mal. Ele não estava se alimentando bem e bebia mais do que era seu costume, noite adentro.

EM ABRIL, MUITO se falou por toda a cidade sobre uma extravagante celebração do Dia de São Jorge em Windsor. Disseram que nosso rei e nossa rainha compareceram, assim como a rainha mãe, o rei João da França e seu filho Filipe, e que cavaleiros de toda a cristandade participaram do torneio. Eu ansiava por tranquilizar Janyn quando ele voltasse, contando-lhe que estava tudo bem com Isabel.

Foi a essa altura, em um dia como outro qualquer, que uma súbita dor em meu abdome derrubou-me de joelhos no salão. Em poucos minutos eu estava ajoelhada em uma poça de sangue. Contaram-me que meus gritos foram tão altos que os vizinhos acorreram de armas em punho, certos de que eu estava sendo atacada. Madame Tommasa e Gwen logo estavam ao meu lado, mas eu chorava por Janyn. Só queria Janyn. Infelizmente, porém, ele estava no mar, com destino a Milão, acreditando que quando retornasse eu estaria grande e gorda em minha gravidez.

Mas não era para ser. E, com as mudanças no temperamento dele, temi que ainda se passaria certo tempo até que eu concebesse novamente. Pranteei aquela criança como eu jamais lamentara nada em minha vida. Queria muito um irmão para minha pequena Bel, a quem ela pudesse amar e com quem dividisse segredos e tesouros.

— Vocês ainda terão muitos outros filhos, Alice — garantiu-me Tommasa.

Felice, a parteira, concordou:

— O que aconteceu é normal como uma tosse no inverno e não influencia sua próxima gravidez.

Madame Agnes chegou com presentes: comidas, cortinas novas para o leito e uma tisana que, segundo disse, ajudara-a quando ela perdera um bebê. Ela sentou-se ao meu lado e ficou falando sobre coisas alegres, ou então mantinha-se em silêncio, dedilhando as contas de seu terço. Contudo, não obtive qualquer conforto de sua presença nem de qualquer outra pessoa por muitos dias. O afastamento de Janyn, seu pavor do futuro e agora aquela perda... tudo parecia ser mais do que eu podia suportar.

Até que, certa manhã, ouvi minha doce Bel gritando e chamando por mim. O medo de minha filha fez-me levantar da cama e voltar à vida. Ela estava sentada no meio do salão, debatendo-se e recusando-se a ser consolada por sua ama ou pela avó, madame Tommasa, mas suas lágrimas estancaram e um sorriso iluminou seu rosto inchado quando me ajoelhei ao seu lado. Ela me estendeu as mãos e logo eu a segurava em meus braços. Bel descansou sua cabecinha quente em meu peito, dando um grande e trêmulo suspiro. Nunca antes eu tivera algo tão precioso em meus braços.

Por semanas a mantive perto de mim, estivesse eu cuidando do jardim, revisando as contas, estudando ou bordando.

Eu pensara que iria encontrar alguma calma durante a ausência de Janyn, mas minha esperança de subjugar o desassossego não foi sequer remotamente concretizada. Nossos conhecidos não me incluíam em suas reuniões com a frequência que haviam feito no ano anterior, nem pareciam tão amigáveis quando eu estava entre eles. Notei pausas desconfortáveis nas conversas quando eu me aproximava e não fui convidada a ser madrinha de nenhum recém-nascido. Pensei que este último fato se devesse à minha perda, mas depois eu viria a descobrir que isso era apenas uma pequena parte da explicação.

O ponto alto desse horror tomou forma humana num dia de meados de maio. Eu fazia compras com Gwen e com um serviçal quando um estranho aproximou-se de nós, perguntando por Janyn. Ele se vestia de maneira elegante e tinha uma postura militar. Aquele não era um mercador à procura de um parceiro de negócios.

— Rezo para que seu negócio na Lombardia se resolva rapidamente — disse ele.

— O senhor engana-se. Meu marido está em Rouen — falei.

Ele teve a audácia de tocar minha capa forrada de gris.

— A proteção real traz muitos privilégios. E perigos.

— Tire as mãos de minha ama! — exigiu meu serviçal em voz bem alta.

— O senhor obviamente é um louco — sibilei, partindo logo em seguida.

Gwen e o criado mantiveram-se perto, um de cada lado. Não sei como consegui chegar em casa, de tanto que minhas pernas tremiam.

Os pais de Janyn tentaram esconder sua perturbação ao ouvirem meu relato do incidente, mas julguei não se tratar de coincidência quando de súbito eles decidiram que era necessário fazer algumas melhorias em Fair Meadow. Quando partimos para o campo, em fins de maio, eu me sentia contente de deixar a cidade e as sombras que me perseguiam ali. Uma vez instalada em Fair Meadow, aproveitei todas as oportunidades que se apresentaram para cavalgar e caçar. Bel ganhou cor devido ao sol e ficou rechonchuda, mais graciosa do que nunca.

Mas eu tinha um sonho recorrente, do qual acordava com a sensação aterradora de se tratar de um presságio, sensação essa que me perseguia ao longo do dia. No sonho, eu pisava numa poça a caminho do mercado e escorregava para dentro de um mar escuro e incompreensível, afundando sem parar. Acordava em uma cama parecida com a minha, mas, quando me levantava, a criadagem e a família que viviam na casa eram estranhos, e eles que não podiam me ver. Eu fazia tudo o que estava ao meu alcance para atrair a atenção daquelas pessoas, mas para eles eu não estava ali.

A volta de Janyn, ao final de junho, pouco fez por minha tranquilidade, ainda que eu tenha ficado aliviada por ver que seu aspecto estava mais saudável do que na época em que partira, tendo perdido o ar fantasma-górico. Ele só recebera a carta que eu lhe enviara contando que perdera o bebê quando já estava retornando, então, para ele, tratava-se de um pesar recente. Janyn abraçou-me forte, murmurando palavras doces e amorosas. Ainda assim, eu não sentia nele a mesma dor intensa que eu ainda carregava em meu coração. Talvez fosse diferente para um homem, considerando-se que ele não havia gerado a criança. Por outro lado, ao lembrar-me de seu encantamento por Bel, vi-me preocupada com a quieta resignação com a qual ele aceitava nossa perda.

Algo o perturbava. Ele parecia incapaz de se concentrar em qualquer coisa ou de relaxar comigo e com Bel. Ficava impaciente com o ritmo lento do campo e perguntava-se em voz alta quando poderia voltar a Londres.

— Mas você acabou de chegar, meu amor. Pensei que iríamos aproveitar para cavalgar, caçar e passar mais tempo juntos. Talvez plantar uma nova semente. — E apertei meu ventre liso.

Ele beijou-me distraidamente.

— Há muito o que resolver, muito o que planejar. — Ele ainda acreditava que a rainha mãe faleceria antes do Natal. Vira Isabel no Castelo de Leeds, onde ela caíra doente mais uma vez enquanto descansava para voltar para casa de uma peregrinação a Canterbury. — Dizem que ela padece devido a um erro na dose de um remédio, mas acho que na verdade os remédios já não têm mais efeito sobre ela.

— Sua devoção a Isabel é correta e louvável, Janyn, e sinto muito que ela esteja doente, mas nós temos muito mais a agradecer a Deus além de sua proteção. Nossa filha está crescendo e com saúde, e, com um prazeroso esforço e a graça divina, haveremos de ter mais filhos. O mestre da sua guilda vê um grande sucesso à sua frente. E temos nosso amor, Janyn. A tristeza que você sente pela rainha mãe vai passar. A sua vida é o que vem pela frente, não o que ficou para trás.

— Preciso encontrar-me com o mestre da guilda.

Sua frieza me feria.

— É claro. Mas não gostaria de descansar aqui no campo por um tempo? Você está viajando desde o início da primavera.

— É difícil descansar quando há tanto a se fazer.

Mas sempre houvera muito a se fazer. Eu não conseguia entender por que ele agora via tudo com tanta urgência. Nem por que evitava falar de nossa família e nosso futuro.

— Como foi em Milão, meu amor?

— Não posso falar sobre isso, Alice.

— Pode ao menos dizer-me se a viagem correspondeu às suas expectativas?

— Na maior parte, sim. Mas não devemos falar nisso.

E todas essas discussões encerravam-se com ele dizendo:

— O homem que a abordou no mercado. Conte-me tudo de que você se lembra.

Talvez fosse aquele o motivo de ele desejar retornar a Londres: saber mais sobre o estranho. Contei-lhe repetidas vezes tudo aquilo de que me recordava. Sempre que eu descrevia o estranho, Janyn balançava a cabeça, dizendo que não conhecia ninguém que correspondesse a tal descrição, louvando-me por me lembrar de não confirmar que ele estava em Milão.

— Mas o homem sabia. Ou supunha. E fez-me saber que ele adivinhava que você estava a serviço da realeza. O que isso significa, Janyn?

Toda vez que chegávamos a essa questão, ele me garantia que não era nada e se afastava com um olhar profundamente zangado.

Ele estava de volta a casa havia pouco mais de um mês quando recebemos uma mensagem de que a rainha mãe e sua filha Joana, rainha da Escócia, passariam por ali em seu caminho para o Castelo de Hertford e que dentro de poucos dias deveríamos nos apresentar a elas no pavilhão real de caça.

— Por que ela não se hospeda aqui? — perguntei a Janyn.

— Sua comitiva é grande demais para esta casa.

Senti receio.

— Passaremos lá a noite?

— É claro.

— Ela quer que levemos sua afilhada?

— Não, meu amor, esta é uma visita oficial, não social.

— Isso não me soa bem.

— Somos instados a nos apresentar à rainha mãe, Alice. Você sabe que não temos escolha.

O PAVILHÃO DE caça era uma bela casa de pedra e madeira de lei, e pelo menos três vezes maior que Fair Meadow, construída em um parque cuidadosamente conservado para dar a impressão de uma selva domada. Talvez até viesse a ser agradável passar alguns dias num lugar tão belo. Pelo bem de Janyn e para o meu próprio, decidi aproveitar nossa estada.

Mas minha tranquilidade foi imediatamente testada assim que chegamos, quando descobrimos que seríamos levados à presença da rainha Filipa, no salão do pavilhão. Aparentemente, Isabel estava exausta da viagem e nos veria pela manhã, depois de ter descansado.

Voltei-me para Janyn.

— A rainha? — murmurei, sobressaltada.

— Eu não havia sido informado de que a rainha Filipa estaria aqui.

Algo em sua postura indicava que, apesar de não ter sido informado, ele não estava surpreso, o que me assustou mais do que o fato de simplesmente encontrar a rainha de maneira inesperada.

Resplandecente dentro de uma seda verde com acabamento dourado, decorada com pérolas e botões em ouro filigranado, a rainha Filipa fazia uma imponente figura. Entretanto, ela nos saudou com palavras amigáveis e um sorriso gentil, perguntando a respeito de nossa viagem, de Bel e apresentando suas condolências por meu aborto. Isabel devia ter lhe contado a respeito, já que eu não estava grávida em meu último encontro com Filipa em Hertford.

— Gostaria que viesse a meus aposentos ao anoitecer para uma refeição leve — disse-me a rainha. — Seu marido jantará com os demais. Será agradável fazer uma refeição tranquila com você e Joana.

— Vossa Graça — consegui dizer, fazendo uma reverência.

OS APOSENTOS ONDE jantei com as duas rainhas abriam-se para o parque e eram guarnecidos de muitas janelas, o que os tornava arejados, deixando entrar todos os delicados aromas do verão. Próximo à janela havia sido posta uma mesa. Ao lado, um braseiro crepitava para espantar qualquer friagem que viesse com o anoitecer. A rainha Joana estava bonita de um modo delicado — lembrou-me minha mãe, o que não a tornava querida para mim. Sua personalidade também era suscetível. Mas ela tratou-me de modo cortês e foi agradável o suficiente. Falamos de crianças, casas, do preço da seda e do couro, o tipo de coisa de que as mulheres falam quando estão juntas, relaxando. Foi apenas depois de a comida ter sido retirada da mesa que Filipa entrou no assunto que a interessava.

— A rainha mãe fala frequentemente da senhora. Ela me disse que eu poderia tirar proveito de seus talentos se a tivesse a serviço de minha casa.

— Em vossa casa?

— Como uma dama de companhia, assistindo-me em meu vestuário e, espero, ensinando-me o valor do dinheiro.

Enquanto ela falava, eu me recordei de nossa conversa no jardim do Castelo de Hertford, de seu comentário desconcertante de que alguém como eu lhe seria útil. Mas vestir a rainha? Ela claramente o considerava uma grande honra. Entretanto, em minha experiência, apenas criados vestiam pessoas adultas. Criados.

— Vossa Graça, nunca imaginei tal honra — respondi.

Mas Janyn imaginara, subitamente dei-me conta disso.

— Em Hainault, minha terra natal, era costume os nobres e mercadores banquetearem e festejarem juntos. Acreditávamos que isso era importante para que compreendêssemos uns aos outros. Eduardo e eu desejamos ter uma ligação mais profunda com a classe dos mercadores de Londres. Precisamos entender o modo como vocês veem o mundo. Seu marido concorda com isso.

Com tais palavras, ela apagou qualquer possível dúvida acerca de um conluio com Janyn.

— Vossa Graça, tenho uma família, duas casas, uma filha... — comecei, buscando desesperadamente uma forma de fugir ao convite.

— Você os verá sempre, eu prometo.

Ela levantou-se e estendeu a mão para que eu a beijasse. Eu o fiz.

— Meu marido ficou igualmente encantado com você. Creio que todos nós nos beneficiaremos com este arranjo. — Ela acenou com a cabeça para que um criado me acompanhasse até a saída.

Consegui retirar-me sem maiores percalços, ainda que com dificuldade para respirar.

— Madame Alice, o que se passa? — disse Gwen quando entrei às pressas em meus aposentos.

Janyn levantou-se de uma mesa perto do fogo, inclinando a cabeça como fazia quando tentava entender o que estava vendo.

— Está triste, meu amor?

— Estou sendo requisitada pela corte. Para viver na corte. Longe de você, longe de Bel. Serei uma criada de Sua Graça. Você sabia! Sabia e não me preveniu. Como pôde deixar que eu o descobrisse desse modo? Por que está fazendo isso comigo?

Mergulhei na cama com o rosto para baixo, enterrado entre os braços, e deixei virem as lágrimas.

Senti Janyn sentar-se na beirada da cama, mas ele não me tocou. Depois de alguns instantes, quando virei o rosto de lado para respirar, Gwen delicadamente tocou meu ombro e perguntou se poderia ajudar-me a me despir.

Eu me voltei, sentei-me e, sem dizer uma palavra, submeti-me à ajuda da querida Gwen. Apenas depois de ela ter se retirado é que tornei a fitar Janyn.

— É isso o que você quer para nós?

Ele parecia fatigado, como se tivesse subitamente envelhecido.

— Se o mundo fosse um lugar mais seguro, não. — E ergueu a mão para indicar que me calasse quando comecei a falar. — Esta é uma grande honra, Alice. Sua posição será muito parecida com a de seu amigo Geoffrey, mas você será ainda mais próxima do rei e da rainha.

— Por que você não me preparou para isso? Por que não discutiu comigo sobre essa decisão?

— Olhe para você agora, Alice, sua resistência. Você teria vindo até aqui se soubesse?

— Ouça o que você mesmo diz! Você lançou mão de uma trapaça. Confiei em você, Janyn. Obedeci-o em tudo, e é esta minha recompensa? Você me trai?

Ele passou as mãos pelos cabelos, respirando com dificuldade.

— É melhor assim, meu amor.

— Melhor para você. Agora me diga, você pediu à rainha mãe para que providenciasse esse acordo?

— Sim.

Afastei-me dele enquanto, em minha mente, eu ligava todas as coisas misteriosas acontecidas nos meses anteriores.

— O tutor... Era tudo uma preparação para isso?

— Sim.

— Por quê, Janyn? Você se cansou de mim?

— Ah, meu amor. — Ele puxou-me para si. Senti seu coração batendo forte. — Fiz isso por você. E por Bel.

Tentei libertar-me, mas ele me segurou mais forte e começou a cobrir-me de beijos. Ele sabia onde beijar, conhecia meus pontos vulneráveis, e tornou minha resistência impossível. Meu corpo foi tomado pelo desejo. Precisava satisfazer a luxúria que me dominava. Depois, fiquei irritada comigo mesma por ter sucumbido à minha paixão, por parecer ter aceitado sua traição. Mas talvez houvesse esperança; rezei para ter concebido naquele instante. Eu tinha certeza de que, se estivesse grávida, não me concederiam a honra de vestir a rainha.

UMA CAÇADA LOGO cedo pela manhã me animou um pouco. A mata era linda. Entretanto, mais tarde, em nossa conversa com Isabel, a rainha mãe, pude ver claramente que a expressão de qualquer coisa que não fosse gratidão pela posição conquistada entre a criadagem de sua nora seria recebida com fúria régia.

Sempre obediente, contive minhas palavras. Sofri num silêncio solitário e desesperado. E o mais doloroso era o logro de Janyn. Percebi que eu estaria sempre à mercê das decisões alheias. Como eu manteria minha fé, como educaria minha própria filha sentindo-me tão impotente, isso eu não conseguia ver.

MINHAS REGRAS VIERAM logo depois de retornarmos de nossa visita às rainhas. Chorei amargamente e recusei-me a me levantar da cama por um dia, pois minha esperança de que a determinação da corte fosse suspensa se esvaíra. Madame Agnes abraçou-me com força e, quando balbuciei uma justificativa qualquer para o motivo de eu estar tão desesperada para conceber, ela murmurou suas preces.

BUSQUEI O CONSELHO de Geoffrey. Ele ouviu-me com uma expressão grave.

— A única hipótese que faz sentido para mim é a de que haja algum perigo para a sua família por trás disso, Alice. Estar próximo de Isabel de França, a rainha mãe, não é necessariamente uma boa coisa. Há muito sangue em seu passado.

— Da última vez que nos falamos, você me garantiu que eu não precisava temê-la.

— Eu sei, mas a sua situação agora indica que eu estava errado.

Baixamos nossas cabeças, momentaneamente em silêncio.

Entretanto, eu tinha perguntas demais para manter-me assim por muito tempo.

— Em sua experiência, os casais veem-se muito na corte?

Geoffrey não respondeu de imediato, aparentemente refletindo.

— Se o desejarem, sim. A família real prefere que haja o menor número possível de relações ilícitas na corte, a menos, é claro, que essas relações envolvam membros da própria realeza.

Eu me persignei.

— Realmente entendo sua infelicidade, Alice. Janyn escolheu um caminho perigoso. Mas talvez a corte seja seu único porto seguro.

— E quanto à minha filha? Você acredita que me permitirão ver Bel com frequência?

— Isso será mais difícil. Creio que você deve resignar-se a vê-la apenas ocasionalmente.

Meu coração doeu.

— Por que a obediência é algo tão doloroso?

— Se não fosse, não haveria necessidade de insistir tanto nela. — Então Geoffrey fez algo inesperado. Tomou-me em seus braços, abraçou-me e beijou-me a face. — Você foi duramente testada nestes últimos anos. Saiba que tem em mim um amigo, sempre. Se chamar por mim, eu irei, se puder.

— Se puder. Essa é a triste verdade de nossa posição, não é? Somos serviçais, ainda que todos nos vejam como pessoas abençoadas com uma grande fortuna. Somos atrelados, de corpo e alma, a nossos senhores ou senhoras. Tanto quanto Janyn o é, e tanto quanto seus pais o foram antes dele.

LIVRO II

A CRIADA DA RAINHA

7

Como poderiam jamais ser lidas ou cantadas
as queixas que ela fez em sua angústia?
Não sei, mas quanto a mim, com meu verso modesto,
se fosse descrever seu pesar
apenas faria sua tristeza parecer menor
do que era, e desfiguraria infantilmente
suas altas queixas, e, por isso, não o faço.

— GEOFFREY CHAUCER, *Troilo e Créssida*, IV, 799-805

QUANDO TIVE EU A *escolha de ser diferente do que fui? A rainha mãe e Janyn decidiram que eu seria uma dama da corte, e, embora desejasse fugir de tudo, tive de aceitar o plano. Eles disseram que era para o meu próprio bem e para o bem de minha filha.*

E o meu coração? Janyn prometeu que me visitaria com frequência e que teríamos tempo para estar juntos, nós dois e Bel, em nossas casas, quando a rainha estivesse por perto. Meu marido me visitaria — eu queria viver com ele. Eu queria viver com minha filha, para fazer dela a mulher que eu desejava que fosse.

Não gostei do fato de essa separação ter sido planejada provavelmente muito tempo antes; ela levou Janyn a contratar uma ama de leite. Na verdade, o primeiro passo foi ter a rainha como madrinha de meu bebê. Eu me perguntava por que Janyn me buscara, por que quisera se casar comigo, afinal. Odiava a forma como essas perguntas maculavam minhas preciosas lembranças.

• 1358 •

DURANTE TODO AQUELE verão mal ousei respirar, como se assim eu pudesse ser esquecida pela família real. Quando os campos estavam amadurecendo para a colheita, ousei ter esperanças. E então Janyn e eu fomos convocados ao Castelo de Hertford. Eu estava assombrada uma vez mais por meu sonho com o lobo dourado, o sangue de minha família escorrendo de seu focinho, gotejando de sua língua. Rumei para o Castelo de Hertford com um pavor tão evidente que tanto Janyn quanto Gwen temiam que eu estivesse doente.

Em nossa chegada, fomos avisados de que a rainha mãe me veria a sós. Algo na expressão de Janyn indicou-me que ele já esperava essa ordem. Segui o pajem com passos de chumbo.

Quando entrei no quarto de Isabel, notei imediatamente quão doente ela estava, como se encontrava perto da morte. Seus olhos estavam fundos, sua coluna, antes reta, dobrara-se. Ela se mantinha sentada amparada por uma pilha de travesseiros, e sua mão tremia quando ela a estendeu para que eu a beijasse. Nem todos os óleos aromáticos que queimavam no ambiente conseguiam mascarar o mau cheiro da doença. Ela deu tapinhas no lugar que ficava ao seu lado.

— Eu não tenho fôlego. Sente-se aqui perto de mim, Alice.

E então mandou que os serviçais nos deixassem sozinhas.

— E se precisardes de ajuda, Vossa Graça? — Eu não estava confortável em ser responsável por uma dama tão importante.

— Então você os chamará. Eu queria apenas ter um momento de liberdade para conversar com uma amiga sem ser espionada. — Ela pousou os olhos encovados em mim. — Sei que você não está feliz por ter sido convocada para servir a Filipa — disse ela lentamente, puxando o ar com esforço doloroso.

— Trata-se de uma honra que eu não desejava — admiti, não tendo razão para dissimular a verdade que ela já adivinhara.

— Tomei tal providência para assegurar que você esteja a salvo, assim como sua filha. Sobretudo ela.

Fiz o sinal da cruz para me proteger do mal, do terrível lobo dourado que assombrava meu sono.

— Que perigo nos ameaça?

— Eu não lhe direi tudo, pois eles simplesmente arrancariam tudo de você quando eu partisse.

Essas palavras não poderiam senão me fazer arrepiar.

— Eles? Quem, Vossa Graça?

Ela fez um gesto com a mão, pedindo paciência para que recobrasse o fôlego.

Esse era o momento que eu tanto desejava quanto temia. Eu saberia a verdade pela boca da própria rainha mãe. Juntei as mãos e rezei ferozmente por ela e por minha família. Quando sua respiração pareceu menos difícil, abri os olhos.

— A mãe de Janyn e os pais dela salvaram alguém muito precioso para mim — começou ela —, à custa de um grande risco para si mesmos. A família continua a proteger essa pessoa, ainda com grande risco. Por gratidão a eles, prometi salvar você e minha afilhada. Por seu marido, que a ama como à própria vida.

Essas palavras apertaram-me o coração:

— E quanto a Janyn? Ele corre perigo?

— A todo momento. — Ela procurou minhas mãos. Ofereci-lhe uma. Ela tomou-a entre as suas. — Jamais duvide do amor dele. — Ela estava muito fraca, as mãos secas e frias.

Embora eu tremesse de emoção e estivesse desesperada para ouvir tudo que ela sabia, forcei-me a ser paciente.

— Vossa Graça — consegui dizer.

— Você precisa tomar cuidado e ser orientada por outras pessoas. — Ela apertou minha mão. — Reze por minha alma, Alice. Não me amaldiçoe.

Eu não poderia prometer aquilo. Quando beijei sua mão, senti que a raiva tomava o lugar de minha angústia e meu medo. Raiva por todos os planos, tudo o que fora resolvido pelas minhas costas.

— Preciso descansar — disse Isabel. — Chame meus serviçais. Vá ter com seu marido.

Quando levantei da cama, eu mal me equilibrava sobre as pernas, mas consegui chegar ao corredor e chamar os criados de Isabel. Janyn aguardava-me ali, e eu me lancei em seus braços, necessitando desesperadamente de sua força. Ele me conduziu a uma parte calma dos jardins, onde caminhamos por um tempo de braços dados, sem falar, apenas unidos.

Quando me senti segura para me expressar de forma sensata, falei:

— Sei muito pouco além de que estamos correndo perigo. Ela disse que se eu soubesse de tudo "eles o arrancariam" de mim quando ela morresse. *Quem* arrancaria? E quem você está protegendo? Por que pessoas tão desesperadas acreditariam que eu não sei de nada? Não se trata de uma justa com regras civilizadas, Janyn, isto é a minha vida, nosso casamento, nossa família.

Faltou-me o ar, pois eu estava subitamente tão furiosa que achava difícil respirar. Quem era essa pessoa que Janyn visitava tão regularmente na Itália? Não os soldados que haviam apoiado Isabel, como ele dissera, mas alguém "precioso" para ela. Dei-lhe as costas. Ele não poderia me consolar, pois fora ele próprio, e sua família, quem me levara àquele ponto em que eu compreendia que tudo o que eu amava oscilava, na iminência de um desastre.

Janyn puxou-me para si.

— Você estará segura servindo a rainha.

Aceitei seu abraço sem retribuí-lo, recusando-me a ceder.

— E o que será de nossa filha? O que será de *você*?

Ele me soltou.

— O plano era Bel permanecer aqui, com sua madrinha.

Minha raiva amainou ao notar o toque de perturbação que havia na voz de Janyn e ao ver como ele apertava as mãos. Talvez Bel estivesse a salvo no seio da família Salisbury se Isabel morresse.

— E se a minha avó, madame Agnes, cuidasse dela?

Janyn tomou minhas mãos.

— Olhe para mim, Alice. — Quando meu olhar encontrou o dele, vi uma súplica em seus olhos. — Pelo bem de nossa filha, devemos mantê-la longe de minha família, e também da sua.

— Eu não pensaria em permitir que ela fosse criada por meus pais. Eu...

— Escute-me, Alice. Olhe para mim. — Eu desviara o olhar. — Poderá chegar a hora em que eu pedirei para você fazer uma coisa — começou ele. Quando teve certeza de que obtivera minha atenção, continuou: — Será, creio, a coisa mais difícil que você jamais terá de fazer. Você precisará se afastar não somente de mim, mas de nossas famílias.

Eu não podia acreditar no que ouvia.

— Afastar-me de todos a que estou ligada por amor? Jamais abandonarei minha filha!

Janyn balançou a cabeça.

— O rei e a rainha prometeram encontrar uma maneira de você estar com Bel. Um dia. Um lar adotivo será encontrado...

— Lar adotivo? Escute o que você próprio está dizendo! Como suporta a ideia de mandar nossa Bel para longe? *Nossa* amada filha?

Ele fechou os olhos por um momento e então disse, baixinho:

— Quando for seguro, ela estará com você na casa real.

Embora sua frieza me desse arrepios, segui na direção daquela luz no fim do túnel.

— Pelo menos isso, graças a Deus. — Persignei-me. — Mas afastar-me de você? Por que, Janyn?

— Isabel contou-lhe tudo o que você precisa saber. Agora, escute. Se alguém entregar a você estas contas — ele segurou seu rosário favorito, de pau-rosa —, você saberá que é hora de ir embora. Este é o sinal.

— Janyn, não posso! Eu nunca poderia fazer isso.

— Eu amo você mais do que minha própria vida, Alice, e desejo a você e a Bel que tenham uma vida longa e maravilhosa. Minha família, há muito tempo, concordou com algo tolo que lhes trouxe riqueza, mas a um preço de que eles não podiam nem suspeitar à época. Como seria terrível... Como poderia destruir nossa família... Eu não quero que você sofra por isso.

— Mas sem você eu *vou* sofrer, Janyn.

— Então pense em nossa Bel.

— O que poderia ser tão perigoso, meu amor?

— O saber, Alice. Não direi mais nada. Nunca duvide de que amo você e Bel. Tenho sido muito feliz com vocês.

Tremendo de raiva e frustração, afastei-me dele balançando a cabeça.

— Como pôde fazer isso conosco? O que se apoderou de você e o fez casar-se se você sabia que isso nos esperava mais adiante? Que direito você tinha de trazer essa maldição para mim e para nossa filha inocente?

— Shhhhh... Calma, Alice, meu amor. — Janyn veio em minha direção. — Eu pensei que a rainha mãe teria uma vida longa. Ela parecia forte e bem-disposta.

Eu me dividia entre a vontade de fugir dele e de procurar consolo em seus braços. Enquanto eu hesitava, as lágrimas vieram, e ele me agarrou, abraçando-me forte enquanto eu chorava. Ficamos tão firmemente enlaçados que na manhã seguinte eu vi as marcas tanto nos meus braços quanto nos dele. Implorei a Deus, a Sua Mãe e a todos os santos que nos livrassem daquele fardo. Que concedessem um milagre que nos salvasse.

Poucos dias depois de nosso encontro, a rainha mãe exigiu uma grande dose do medicamento que estava tomando e morreu em paz. Nós já retornáramos a Londres. Quando o mensageiro chegou de Hertford com as notícias, Janyn e Tommasa, que jantava conosco, davam a impressão de terem ouvido a notícia da iminência da própria morte. Pálidos e rígidos, receberam as novas com um terrível silêncio, tão imprevisto que os criados olharam para eles, assim como eu, apavorados.

QUANDO FUI CONVOCADA para ir ao Castelo de Windsor logo após a morte de Isabel, pensei que meu coração se estilhaçaria, tamanha era a dor de deixar Bel e Janyn. Mas, vendo como minhas emoções os afetavam, esforcei-me corajosamente para conter-me. Eu encontraria uma maneira de unir novamente minha família. Até lá, lutaria para encarar aquilo como uma aventura. Faria com que Janyn e Bel se orgulhassem de mim.

Eu achara Hertford esplêndido, mas era modesto se comparado ao grande palácio do casal real. Senti-me oprimida por sua vastidão, desnorteada com sua opulência, alucinada pela magnificência da cor e da luz ali dentro. Minha resolução fraquejou diante de uma residência tão única. Em nossos primeiros dias na corte, Gwen e eu nos perdíamos com frequência no labirinto de corredores e edifícios. Quando a rainha Filipa compreendeu por que eu sempre chegava atrasada à sala de costura ou aos seus aposentos para servi-la, designou para mim um jovem pajem, Stephen, que estava na corte havia tempo suficiente para conhecer cada recanto e reentrância. Toda noite eu chorava até adormecer.

Durante aquele primeiro outono e inverno, vivi apenas eventualmente na corte, pois no breve espaço de tempo decorrido entre meu encontro com a rainha Filipa no pavilhão e a minha incorporação ao pessoal da corte ela caíra do cavalo durante uma caçada com o rei. Sofreu dores tão terríveis na região lombar e nos quadris que ficou presa à cama, incapaz de tomar parte das cerimônias oficiais, necessitando de um menor número de auxiliares.

Ciente de que as visitas se tornariam mais curtas e menos frequentes quando meu papel na comitiva da rainha estivesse definitivamente estabelecido, eu vivia para meus períodos em casa, valorizando ao máximo cada momento com Bel e Janyn. Mas a instabilidade de nossa situação me assombrava e confundia a criadagem. Nossa governanta Gertrude e a nova ama-seca ajudavam Janyn a cuidar de Bel quando eu era chamada à corte, e ele contava também com o auxílio da mãe sempre que possível, de forma que relutavam em mudar sua rotina quando eu estava em casa. Minha doce Bel, em seu segundo ano de vida, era alegremente adaptável. Eu não tinha a mesma sorte. Ficava tanto em torno dela que minha filha se tornava mimada quando sob minha atenção.

As coisas pouco melhoraram em relação a Janyn. Desde a morte de Isabel ele parecia distante. Insisti em cortejá-lo, desesperada para ter outro filho, agarrando-me à esperança de que, se eu engravidasse, seria dispensada do serviço da rainha e tudo ficaria bem com minha pequena família.

Minhas obrigações na corte ficaram mais regulares em abril, quando a rainha Filipa insistiu em participar ativamente das celebrações anuais que marcavam a Festa de São Jorge em Windsor, durante as quais os membros da Ordem da Jarreteira se reuniam para justas e torneios. A ordem fora fundada dez anos antes pelo rei Eduardo, após a gloriosa vitória em Crécy. Uma comitiva de 26 cavaleiros jurara lealdade ao rei e uns aos outros. Eles se encontravam para uma grande celebração a cada ano, no Dia de São Jorge, 23 de abril, em Windsor, onde o rei estava construindo-lhes um novo salão.

Para essas festividades, as comitivas tanto do rei como da rainha vestiam as mesmas cores que seu patrono e *patronesse*, o que, para os membros da Jarreteira, significava tons de azul-celeste e ouro. Parecia-me frívolo gastar tanto tempo e dinheiro em trajes especiais, mas naquele tempo tudo o que dizia respeito à corte me desgostava, e eu me encontrava num estado de espírito particularmente sombrio. Minha querida Bel fora mandada havia pouco para viver com a rainha Joana, no Castelo de Hertford.

A rainha Filipa informou-me dessa decisão numa manhã em que eu trabalhava a seu lado na sala de costura.

— E de lá ela irá para a Escócia? — gemi. — Tão longe!

— É improvável que Joana volte para a Escócia com o marido — disse a rainha, baixinho, para que somente eu ouvisse.

Eu forcei-me a falar igualmente com brandura, ainda que por dentro eu gritasse:

— Por que ela tem de ser levada de sua casa?

— Você sabe por quê, Alice. Para a segurança dela, assim como o seu silêncio sobre como veio para cá tem como objetivo a sua própria segurança.

O mais novo dos oito filhos vivos de Filipa, Tomás, tinha não mais que 3 anos, não muito mais velho que minha Bel. Suas duas filhas mais novas, Margarida e Maria, de 12 e 14 anos, estavam sempre em Windsor, e mesmo Isabel, de 26 anos, vinha com frequência. A rainha tinha adoração pelos filhos; ela poderia compreender meu desespero para ter minha filha junto a mim.

— Se ela ao menos pudesse viver comigo na corte... — Fiquei mortificada ao me dar conta, pela expressão da rainha, que eu dissera aquilo em voz alta. — Vossa Graça, imploro, perdoe meu rompante.

— Você está aqui para servir a mim, e não à sua filha. O procedimento é o mesmo com todas as minhas auxiliares. — Ela balançou a cabeça com irritação. — A filha de uma plebeia sendo criada em minha propriedade... — Ela espetou com a agulha o tecido. — Isso atrairia mexericos. Mexericos perigosos.

— Sim, Vossa Graça.

Havia dois níveis de mulheres bem-nascidas a serviço da rainha: aquelas de nós que tinham um nascimento superior ao das criadas, mas ainda sem sangue nobre, a vestíamos e arrumávamos, e as nobres serviam de acompanhantes e às vezes de mensageiras. Durante todo o dia, eu era uma das responsáveis por aprontar as vestes da rainha para suas variadas atividades — vestidos, toucados, joias, sapatos e mantos — e também cuidava da limpeza dos itens e de ajustes, quando necessário. Dedicava-me ainda, na maior parte dos dias, aos enfeites dos trajes novos. Eu prestava serviço também quando a rainha consultava os costureiros, desenhando seus vestidos e as roupas dos que a acompanhavam nas festas e cerimônias de estado. E, de maneira geral, estávamos disponíveis para servir-lhe comidas e bebidas, acompanhá-la à capela, caminhar a seu lado quando se sentia disposta, eventualmente ler para ela quando não estava bem. As obrigações não eram árduas, tampouco desafiadoras como comandar o serviço de uma casa. Na verdade, eu me sentia entediada, o que agravava minha desolação.

Fora-me permitido levar Melisanda para a corte comigo, e eu fugia para os estábulos sempre que possível para estar com ela. Sonhava com um futuro em que ela poderia viver mais uma vez em meus próprios estábulos. Mas sentia que aquela vida se afastava cada vez mais, perdida ao longe no passado. E o porvir era uma nuvem cinzenta. Até mesmo o estatuto de "madame" havia sido tirado de mim, já que a rainha se referia às mulheres de minha condição apenas como "senhoras".

Oprimida pela estranheza da corte, confundida por seus rituais e insegura acerca do que se esperava de mim, eu cometia erros e exagerava em meus esforços.

Esqueci-me de minha posição num dia em que a rainha Filipa pediu minha opinião a respeito de um tecido estendido a sua frente sobre a ampla cama de seus aposentos. Um tecido feito de ouro, sedas e lãs ricamente tingidas, intricadamente desenhado... e, embora se tratasse da mais cara peça que eu já vira, senti-me à vontade pela familiaridade com tudo aquilo. De tecidos eu entendia. Perguntei que tipo de traje ela planejava fazer, para que ocasiões, e então dei algumas sugestões.

Já era tarde demais quando percebi o som de um cochicho indicando que as nobres recriminavam-me por minha audácia.

A rainha também o notou e, virando-se para elas, declarou:

— Ouçam o que a Sra. Alice diz e aprendam. Ela é tudo o que eu esperava que fosse.

A partir daquele momento, elas se tornaram minhas inimigas mortais.

Sentavam-se numa extremidade do amplo quarto de costura, manobrando preguiçosamente suas agulhas enquanto fofocavam. Seus elegantes ornatos de cabeça tremiam quando se inclinavam na direção ora de uma, ora de outra, em movimentos que pretendiam disfarçar um momento de diversão ou indignação. Do outro lado do chão ladrilhado, nós, mulheres de condição mais modesta, aplicávamo-nos ferozmente, encantadas por manipular o tecido suntuoso; a linha de seda e até mesmo o fio de ouro e prata que nos cortava os dedos recebiam nossa admiração. Comentávamos a qualidade do material, e eu me distraía expondo as virtudes dos variados tecidos com os quais trabalhávamos, sua trama, seu tingimento e acabamento.

— O padrão desta trama de tafetá é brilhante, não? Em cada fileira, o terceiro fio é puxado, depois o sexto, o nono, e novamente o terceiro — eu comentava, com entusiasmo.

— São todos da mesma cor. Você estragará seus olhos com uma contagem dessas — dizia Lady Ann, com uma gargalhada lenta. Os outros ornamentos de cabeça tremiam de alegria.

Ao admirar uma bainha de cetim que costurávamos num corpete de seda, eu exclamava:

— Olhem como o azul dos fios do índigo se molda ao vermelho da seda trabalhada. — Não conseguia me conter.

— Que olho para cores, Sra. Alice — dizia Lady Eleanor. — Muito perspicaz da sua parte. É assim, com tais descrições sutis, que os mercadores de tecidos convencem as esposas de seus companheiros, fazendo-as se endividar?

Eu não me dera conta de que os muito bem-nascidos orgulhosamente fingiam ignorar tais detalhes.

— E como se chamaria este azul, Sra. Alice? É caro? Ou a esposa de um pescador poderia comprá-lo? — perguntava Lady Mary.

Os olhares divertidos que trocavam quando me espezinhavam por revelar as profundezas de meu conhecimento de mercadora plebeia acabariam por me silenciar.

Entre meus semelhantes, eu era considerada arrogante. Entre os nobres, eu era considerada inferior, uma plebeia que não sabia seu lugar, tratada como criada na ausência da rainha. Mantinha um comportamento humilde, rezando para que com o tempo eu conseguisse ser aceita.

O sarcasmo das outras mulheres aumentou meu desconsolo quanto à augusta criação que minha filha recebia tão distante de mim. Eu me sentia desgraçada, aterrorizada com o fato que minha filha pudesse um dia ter vergonha de mim ou, ainda pior, esquecer-me. Quando eu pensava em como ela acenava alegremente quando partia com a comitiva da rainha Joana, a dor me partia o coração.

Apenas Filipa parecia satisfeita comigo. Embora o que ela havia declarado ser o propósito de minha admissão no rol de mulheres a seu serviço — aconselhá-la acerca de considerações práticas nas quais eu havia sido instruída como uma mulher da classe mercantil — estivesse comprometido desde o início em função de sua tendência à extravagância, ela continuava a consultar-me em tudo que se referia a vestimenta. A rainha referia-se à classe mercantil como uma gente prática e prudente, embora se ligasse apenas aos mais abastados membros dessa classe, aqueles que participaram das festas e justas com sua família em Hainault. Assim, em vez de aprender comigo como fazer escolhas práticas, era ela quem me ensinava a me libertar de minhas inibições e a ceder a meus desejos, ao meu gosto natural por todo tipo de luxos. Nas minhas roupas, eu esbanjava em vestidos de seda, de escarlate, chegando a adquirir um de seda aveludada, e me deleitava ao sentir os suaves tecidos acariciando-me a pele; isso tudo além de sapatos e botas do couro mais flexível, que pareciam tornar mais leve cada um de meus passos.

Janyn encorajava esses gastos, considerando-os um sinal de que eu estava me integrando à nova vida, e, na verdade, era recompensador ver o brilho em seus olhos quando eu girava em meus mais novos vestidos, mostrando-lhe minhas aquisições. Ele me levantava pela cintura e dançava comigo pelo salão, e eu esquecia todas as apreensões quanto à minha situação naquele período, em nome da alegria daquele momento ao lado de meu amor. Aquele sentimento, no entanto, não poderia substituir sua companhia todos os dias, a intimidade de viver com ele.

Dois invernos se passaram sem que eu concebesse a criança que, em minhas preces, seria capaz de reunir minha família. Em meu desespero, consultei um frade dominicano, dom Clovis, cujo nome circulava entre as mulheres a serviço da rainha. Pedi a ele que recomendasse uma poção do amor para mim e Janyn. Clovis criou um feitiço com palavras sagradas e óleo aromático, que, no entanto, não diminuiu nosso estranhamento. Eu percebia Janyn cada vez mais ansioso, e ainda assim fora de meu alcance.

Em meio a tudo isso chegaram as horríveis notícias de que Geoffrey fora capturado pelos franceses. Passei semanas seguidas na igreja com seus pais, rezando para que ele fosse libertado em segurança. Quando, em março, chegou-nos a informação de que o rei havia pagado um resgate por ele, Janyn e eu demos uma festa na sede da guilda para celebrar a boa-nova. Contudo, embora eu estivesse exultante, Janyn nem sequer parecia estar presente.

POR OCASIÃO DO terceiro aniversário de Bel, em junho, passamos um maravilhoso mês em família em Fair Meadow: Janyn, Bel, madame Tommasa, o Sr. Martin e eu. A ocasião representou para mim uma verdadeira dádiva, depois de 17 meses na corte. Bel tornou-se mais próxima de Janyn durante esse tempo, e ele a presenteou com um pônei e a ensinou a montar. Eu também cavalgava com minha filha, mas ela preferia conquistar a admiração de seu belo e adorado pai. O clima estava esplêndido, e todos pareciam determinados a aproveitar o ar livre, cavalgando, caminhando, empenhando-se em jardinagem. À noite, para minha surpresa e contentamento, Janyn e eu retomamos nosso amor com uma paixão renovada. Foi um período feliz, que me encheu de novas esperanças. Retornar ao serviço da rainha, em julho, foi uma das coisas mais difíceis que eu já fizera.

Depois do feliz mês em companhia de minha família, a solidão me atormentou mais do que nunca, e, embora eu soubesse que era um pecado, não consegui subjugar a autopiedade. Até mesmo meu confessor habitual me fora tirado, já que dom Hanneye havia sido mandado a Oxford. Meu novo confessor, dom Creswell, era um homem da corte. Amável em seu aconselhamento, ele percebia minha infelicidade e demonstrava solidariedade, ao mesmo tempo em que gentilmente sugeria que, não tendo eu escolha, poderia ou ficar arrasada lamentando o que eu havia perdido ou aprender a me contentar com o que tinha. Eu reconhecia que o conselho era sábio. Madame Tommasa me concitara a fazer o mesmo quando eu chorara em seus braços amorosos, mais cedo naquele mesmo ano.

Era inegável que eu estava circundada pela beleza, e tudo que eu tinha a fazer para concretizar praticamente qualquer um dos meus desejos materiais era pedir. A música enchia os meus dias, assim como a poesia, as baladas, os contos de terras longínquas. Havia muita dança, e eu gostava muito de aprender novos passos, encantada pela sensação de ser transportada pela música e pelos meus parceiros de dança. Havia semanas inteiras de festas, com convidados provenientes de casas reais e ascendência lendária, e caçadas, falcoaria, cavalgadas, espetáculos de justa e torneios. No sossegado intervalo entre uma festa e outra, nós bordávamos com os fios mais preciosos nos mais belos dos tecidos e rezávamos nas igrejas mais esplendorosamente decoradas, os criados sempre a postos com mantas e cobertas para as pernas se sentíssemos frio.

Ainda assim, meu coração gritava por meus doces lares, na companhia de Janyn e Bel, e, apesar de nosso feliz entendimento em junho, ele e eu ainda não começáramos uma nova vida. Parecia que Deus tinha outros planos para mim.

EM SETEMBRO, JANYN partiu numa viagem a Milão. Era para ser breve, e ele prometeu mandar notícias por meio de comerciantes que estivessem voltando a Londres. Mas quando novembro chegou sem que eu tivesse qualquer notícia dele, fiquei atemorizada por meu amado e por toda a família, incluindo Bel e eu mesma. Apesar de seu desapego, eu não imaginava que daquela vez ele não retornaria.

Quando o pessoal do serviço da rainha estava em Sheen, tão perto da cidade, pensei em sair e ir a Londres para visitar madame Tommasa e o Sr. Martin, na esperança de obter notícias de Janyn. Certamente àquela altura alguém em viagem pela Lombardia devia ter voltado à cidade e contado tê-lo visto. Abordei a rainha num momento de distração e ela concordou, desde que os guardas escoltassem a mim e a Gwen.

Meu pajem, Stephen, acompanhou-nos até a cidade, e dois guardas nos seguiram a uma distância discreta. À medida que eu me aproximava da casa dos Perrers, ficava cada vez mais horrivelmente ansiosa, minha mente engendrando histórias de terror. Parei na St. Mary Aldermary para me recompor. A igreja estava abençoadamente calma, e eu me ajoelhei diante do altar da Virgem. Gwen cobriu-me com uma capa quente e retirou-se para sentar-se com Stephen num banco logo atrás de mim, longe das correntes de ar. Fiquei ali ajoelhada por um longo tempo, rezando para ouvir boas notícias — qualquer notícia — de Janyn, rezando por minha filha, por meu marido e por toda a nossa família.

Meu coração finalmente se aquietou. Senti que conseguiria seguir até em casa. Quando eu me preparava para levantar, notei uma mulher andrajosamente vestida e com um bebê nos braços junto a um dos lados do altar, de pé, bem perto de mim. Ao me erguer, devo ter esbarrado nessa senhora, pois ela deixou cair as contas de seu rosário. Vendo que seria complicado para ela abaixar-se para pegá-lo com o bebê no colo, decidi fazê-lo em seu lugar. No meio desse movimento, minhas mãos congelaram. Que Deus me amparasse: eram as contas de pau-rosa de Janyn, o sinal para que eu me afastasse dele e de nossa família. Senti-me tonta ao pegá-las. Eu devia estar enganada. Eu havia me convencido de que o desastre estava próximo, e assim vira o que temia ver. Fiz um gesto para devolver-lhe as contas com as mãos trêmulas.

— A senhora deixou cair isso.

— Muito gentil de sua parte, madame Alice — disse a mulher, estendendo a mão com a palma para a frente num gesto de recusa —, mas fique com as contas. Por meio delas a senhora saberá de onde vem a minha mensagem. Ele e a mãe atravessaram o Canal da Mancha em segurança. Não voltarão. Ele a deixa sob a proteção da casa que a senhora serve, e implora-lhe que o perdoe e o esqueça. Como a senhora prometeu.

— Perdoe e esqueça? — repeti, olhando fixamente para as contas em minhas mãos. — Como isso chegou até a senhora?

Quando levantei os olhos para receber minha resposta, ela se fora, e Stephen, já ao meu lado, perguntava se a mulher havia me machucado. Balancei a cabeça e levei as contas ao nariz, inalando-as na esperança de captar o odor de Janyn. Mas eram apenas contas de pau-rosa, que, no entanto, tinham agora um peso terrível, o que me impediu de segurá-las por mais tempo nas mãos. Subi até onde estava a imagem de Nossa Senhora e enrolei o fio de contas em seu pulso, até que se fundisse com as outras oferendas que a adornavam.

— Santa Maria, Mãe de Deus, cuidai de meu amado. — Olhei em torno à procura de alguém na igreja que pudesse conhecer a mulher, mas Gwen, Stephen e eu éramos os únicos à vista. — Não é estranho que uma igreja em plena cidade esteja vazia para nós? — falei, mais para mim do que para meus acompanhantes.

— A senhora a conhece? — perguntou Stephen.

Sentia-me presa num pesadelo. Não me surpreenderia se Gwen e Stephen não houvessem visto aquela mulher ou as contas de pau-rosa.

Stephen repetiu a pergunta:

— Sou responsável por seu bem-estar, Sra. Alice. Por que ela lhe deu o rosário? A senhora a conhece?

— Trata-se de uma completa estranha. Eu não notei que havia derrubado o rosário. Eu esqueci que o tinha nas mãos — menti, pois precisava de tempo para pensar, para compreender o que se passara. Não queria que

Stephen e os guardas insistissem em que retornássemos ao palácio sem que eu me encontrasse com o Sr. Martin. — Sigamos nosso caminho até a casa dos Perrers.

Agora eu corria, ansiosa para ouvir do Sr. Martin o que ele sabia, ansiosa por sua confirmação. Não queria acreditar que as contas assinalassem minha separação de Janyn. Mas no instante em que pisei a soleira da porta do salão, senti uma ausência, um vácuo no espírito do lugar, e soube que algo de terrível ocorrera. O criado que nos recebeu despachou-se imediatamente, indo contra seus hábitos. Ele geralmente perguntava a respeito de Bel e implorava para ouvir as maravilhas que eu vira na corte desde a última vez que nos víramos. Enquanto eu esperava, percebi que havia desordem e poeira, e que faltavam alguns dos mais coloridos tecidos com que Tommasa costumava cobrir mesas e bancos. O criado voltou em silêncio, e ainda em silêncio me conduziu até onde estava meu sogro, sentado a um canto do salão em que trabalhava no registro de seus negócios, separado por uma divisória.

O Sr. Martin levantou-se de sua cadeira com esforço, movendo-se como se suas juntas estivessem emperradas. Tinha o olhar entorpecido.

— O que aconteceu, meu pai? — perguntei ao nos abraçarmos. Ele cheirava a azedo, como se já tivesse bebido além da conta, embora ainda não fosse nem meio-dia.

— Foi embora. Minha Tommasa. Primeiro meu filho, agora minha esposa. Meu Deus do céu, o que vou fazer? Como viverei?

Ele me segurava com tanta força que eu sentia cada uma das pontas de seus dedos sob as minhas várias camadas de roupa. Aquele era o Sr. Martin, sempre uma fonte de força e de sabedoria em minha vida. Vê-lo assim era mais um passo em meu calvário.

— Meu pai, o que está me dizendo?

Ele me soltou e cambaleou para trás. O criado, que esperava em silêncio atrás de mim, auxiliou o patrão a chegar até a cadeira e então, depois de se curvar para mim com a expressão solene, sumiu atrás da divisória. O Sr. Martin cobriu o rosto com as mãos e balançou a cabeça.

Agachei-me à sua frente.

— O senhor está me assustando, meu pai. Rogo que esclareça o que quer dizer. O que aconteceu aqui?

Com um gemido, ele descobriu o rosto e olhou para mim.

— A mensagem chegou. Depois de todos esses anos, eu não imaginava que um dia chegaria. Mas chegou. "Fujam." E Tommasa disse que precisava partir imediatamente. Sem mim. Ela disse que Janyn devia ter recebido a mesma mensagem antes, ou talvez soubesse que ela viria. Ela deu graças a Deus por ter a rainha mãe encontrado proteção para você e para nossa neta.

— Fugir... sem o senhor? E Janyn também recebeu tal mensagem?

O Sr. Martin fez que sim com a cabeça apenas uma vez, e suspirou profundamente, estremecendo.

— O que o senhor quer dizer com "depois de todos esses anos"?

— Quando nos casamos, eu concordei com isso. Acreditei tolamente que este dia jamais chegaria.

Coisas assim não aconteciam com a minha gente. Éramos simples comerciantes, comuns a ponto de nos tornarmos invisíveis. Tementes a Deus, membros valorosos das guildas comerciais. Mas logo que formulei esse pensamento lembrei-me de que não éramos mais comuns, pois havíamos sido amaldiçoados por nossa ligação com Isabel de França.

— Madame Tommasa não questionou a mensagem em nenhum momento? — indaguei. — Seu coração, ao menos, não protestou? Não é possível que tenha sido fácil para ela abandoná-lo. — *Ou Janyn a mim!*

— Ela agiu como se não tivesse dúvida do que deveria fazer. — Ele perscrutou meu rosto na esperança de que eu pudesse saber algo mais.

— Quem trouxe a mensagem?

— Um criado, de capuz e capote. Tommasa disse que não o conhecia, mas sabia que era a pessoa por quem ela estava esperando.

— Como ela sabia?

— Ela disse apenas que sabia.

— E o senhor não exigiu uma explicação melhor? Ela é sua esposa, Sr. Martin. O senhor deu-lhe permissão?

Ele vacilou como se eu o tivesse atingido com um golpe.

Eu só queria entender o que ele me dizia. Contei-lhe o que se passara na igreja, descrevendo da forma mais detalhada que pude a mulher que me entregara as contas de Janyn.

— Ela lhe parece familiar? — perguntei.

Os olhos do Sr. Martin se encheram de lágrimas à simples menção das contas de pau-rosa do filho, mas disse que não, a mulher não lhe era familiar.

Contei a ele o significado de ela me dar o rosário:

— Então você havia sido alertada, como eu.

— Por que o senhor não me avisou nada, meu pai?

Ele apenas balançou a cabeça.

— Como posso encontrar aquela mulher? — continuei. — Talvez se eu descobrisse como ela soube que eu estaria lá...

— Deixe-o ir, Alice. Ele já se foi. Eles se foram.

— O senhor não tem necessidade de saber?

— Não nos traria bem algum.

— *Aonde* eles foram?

— Para casa. Para Milão. Ou para onde quer que a família dela os tenha escondido. *Se é* que conseguiram chegar lá a salvo.

— Preciso ir correndo a Milão.

— Não, Alice. Você não deve chamar atenção sobre eles.

— Eu não posso simplesmente ficar aqui esperando!

— Esperar? Não há o que esperar. Eles se foram, Alice. Não voltarão. Voltar seria a morte.

Levantei o olhar para ele, momentaneamente incapaz de falar. Sempre convivi com a possibilidade de Janyn algum dia falecer em uma de suas viagens, mas eu nunca imaginara que ele seria forçado a escolher entre voltar para mim ou permanecer escondido, mas vivo.

— Tommasa disse que poderíamos nos considerar viúvos, você e eu. — E, dizendo isso, o Sr. Martin irrompeu em soluços.

— Viúva? — sussurrei, horrorizada com a palavra.

Levantei-me, postei-me atrás dele e, absorta, comecei a massagear seus ombros e sua nuca, necessitando tocar outro ser humano, dar ou receber consolo. Eu estava à beira do abismo da compreensão: temia dar um passo adiante, pois resistia à ideia de mergulhar na realidade.

— O senhor soube algo de Janyn desde setembro? — indaguei.

O Sr. Martin persignou-se.

— Nenhuma palavra, nenhum sinal. Que Deus os proteja. — Sua voz ficou embargada, e ele lutou para manter o autocontrole. — Que Ele os mantenha sob Sua amorosa proteção.

Fiz também o sinal da cruz e murmurei:

— Amém. — Mas depois me arrependi de fazê-lo, porque parecia re-signação. — O que o senhor vai fazer?

— Viver como um viúvo. Dou graças a Deus por meu outro filho estar seguro, sob a proteção da Igreja, e por minha filha morar na Lombardia. Você deve nos esquecer, Alice. Procure uma vida nova na corte. O filho e a filha de nossa benfeitora têm a obrigação de proporcionar uma boa vida a você e a sua filha, a melhor que possa ser arranjada.

Arranjada. Tudo aquilo havia sido arranjado com grande cuidado. Os outros filhos de Tommasa estavam fora do alcance do perigo, e a mulher e a filha de Janyn sob a proteção da família real. Seus corações não haviam se partido por serem forçados a abandonar suas famílias?

— Como ele pôde suportar deixar para trás a mim e a Bel? Será que Janyn não nos ama como nós o amamos?

— Eles nos deixaram *porque* nos amam. Para que assim nos salvemos.

— Quem eles protegeram para a rainha viúva, meu pai?

Ele balançou a cabeça:

— Nunca soube. — Ele se levantara e estava agora remexendo ao acaso os pergaminhos e registros sobre a mesa à sua frente, como se o movimento o acalmasse. — Houve rumores há alguns anos. Falava-se de um homem que nosso rei Eduardo conheceu numa viagem a Roma. Chamava-se William de Gales, e diziam que ele alegava ser o pai do rei, ou seja, o antigo rei Eduardo, marido de Lady Isabel, que todos acreditávamos ter sido assassinado.

Eu me persignei.

— O que fez o nosso rei? Mandou que o executassem?

— Não. Essa era a parte da história que provocava minha incerteza. O rei convidou esse homem a acompanhá-lo no restante do percurso.

— Então o homem era mesmo o pai dele?

— Não sei. Nunca consegui fazer com que Tommasa falasse sobre isso. Era como se ela temesse dizer mais do que deveria. — Ele empurrou um pergaminho para o lado e ficou ali vendo-o deslizar pela mesa e cair nos ladrilhos abaixo.

Alguém muito precioso para mim. O marido a quem Isabel tanto prejudicara, ligando-se a Roger Mortimer, o marido que ela forçara a abdicar? Seria possível que ele houvesse se tornado novamente "muito precioso" para ela? Eu não poderia julgar, pois passara a ver a família real e seus vassalos baroniais como pessoas totalmente diferentes daquelas entre as quais eu crescera, como se fossem uma raça totalmente distinta, tal como pássaros e cães. A família real vivia como se seus membros já fossem personagens lendários. Nada era caro demais, nada estava além de seu alcance. Como eles se sentiam uns em relação aos outros, isso eu não poderia nem imaginar.

Meu sogro me aconselhara a encontrar uma nova vida entre essas figuras, pois eles me deviam isso, graças à maldição lançada sobre meu marido por Isabel. Eu não o negava. Mas não me imaginava obtendo alegria duradoura de uma vida como aquela.

— O senhor ficará aqui? — perguntei. — Nesta casa que ecoa as vozes deles, seus passos?

O Sr. Martin passou os dedos entre os cabelos ralos e olhou em volta, como se visse o passado em cada objeto que o circundava.

— Como eu poderia ir embora? Este foi o cenário de toda a minha felicidade.

— O que será de minhas casas? — perguntei-me em voz alta. — Tenho direito a elas? — Senti-me mesquinha por indagar isso, mas eu precisava de algo em que me agarrar, algo familiar.

— Eu vou... vou investigar a situação de sua casa de Londres e a aviso. Fair Meadow foi um presente da rainha mãe. Talvez você pudesse inquirir mais facilmente sobre essa propriedade na corte.

Falar de meus lares como se fossem propriedades comuns arrancou-me o coração do peito.

— Eu não posso acreditar nisso. É um pesadelo. Meu pai, eu imploro, diga-me que é um pesadelo. Sacuda-me e me acorde.

Os olhos do Sr. Martin encheram-se de lágrimas e ele baixou a cabeça; imaginei que para rezar, mas quando ele se endireitou tinha a expressão de quem tomara uma resolução e não aceitaria qualquer argumento contrário. Seus olhos, embora ainda marejados, eram duros, e ele tinha os dentes cerrados.

— Minha querida Alice, você precisa deixar para trás sua antiga vida, abandonar os sonhos que compartilhou com Janyn. Meu filho providenciou para que você tivesse segurança financeira. Eu honrarei todas as suas providências. — Seu tom era áspero e impaciente, como se eu estivesse sendo inconveniente. — Abrace a oportunidade de começar uma vida inteiramente nova na corte. Você deveria ser grata pela generosidade da rainha.

Dei-me conta de que ele queria que eu fosse embora.

— Que Deus o acompanhe, Sr. Martin. — Cambaleei ao me levantar para ir. Stephen e Gwen apoiaram-me.

— Que Deus a acompanhe, querida Alice.

O Sr. Martin não fez qualquer esforço para disfarçar seu alívio.

GWEN SEGUROU MEU braço durante todo o percurso até o barco que nos esperava no Tâmisa, mas só perguntou o que acontecera quando nos vimos a sós aquela noite.

— Como aquela mulher na igreja tinha em seu poder o rosário do Sr. Janyn?

Relatei nossa breve conversa. Era difícil pronunciar as palavras. Não mencionei que Janyn me alertara de que chegaria este dia, nem falei da dúvida que se formava em meu coração.

— Quisera eu saber mais.

Minha querida Gwen, que era para mim mais uma companheira e uma protetora do que uma criada, enrolou uma manta quente em meus ombros e voltou a encher de vinho meu copo. Eu era grata por seus cuidados atenciosos.

Eu estava agoniada pensando se deveria confidenciar à rainha Filipa o incidente na igreja e as terríveis notícias dadas pelo Sr. Martin, e decidi que era melhor fazê-lo. Achava — na verdade esperava — que ela tinha me permitido fazer aquela visita por ter ciência do que eu viria a saber, e que portanto ela agora poderia me contar mais.

Aquela noite, quando acompanhava Sua Graça ao salão, contei-lhe sobre minha tarde. Seus passos ficaram mais lentos à medida que eu falava, e a aflição que transparecia em seu rosto me alarmou.

— Vossa Graça?

— Temos um espião entre nós, Alice. Um espião! De que outra maneira aquela mulher poderia saber que você iria à cidade hoje? Você não deve mais ir a Londres. Nunca.

— Mas e Janyn, Vossa Graça, e o desaparecimento de meu marido?

Ela balançou a cabeça.

— Isabel... aquela maldita mulher — murmurou ela, olhando para as próprias mãos cheias de anéis, não para mim. — Você ouviu o Sr. Perrers, Alice. Está segura aqui, e você e sua filha têm muitos recursos. Tudo ficará bem. Garanto isso a você. — E, recobrando o ritmo de seus passos, afastou com um gesto minhas tentativas de prosseguir no assunto.

Eu atravessava os dias numa névoa de dor e autorrecriminação. Desejava ardentemente reverter o tempo, voltar à vida que eu, Janyn e Bel levávamos — um tempo tão curto que temi acreditar, um dia, não ter passado de um sonho. De certa forma, fora exatamente isso. Mesmo enquanto éramos uma família, Janyn previra nossa separação; aquilo que parecera permanente para mim nunca o havia sido para ele. Eu me torturava pensando que ele teria se recusado a deixar-me para trás se me amasse mais, se eu fosse uma esposa melhor, se eu tivesse feito algo a mais para agradá-lo. Eu ainda rezava fervorosamente para que Deus me mostrasse o que fazer para merecer a felicidade, para reaver Janyn e Bel. Mas também temia enxergar nos olhos de Janyn não o amor, mas o cálculo. Temia ver que ele havia se casado para agradar a rainha viúva. Que eu havia sido para ele apenas uma diversão.

Enquanto isso, Bel e eu só podíamos contar com minhas próprias forças. Nunca fui tão grata pela amizade da rainha Filipa, pois ela tentava me animar incluindo-me em todos os divertimentos noturnos, mantinha-me junto a si no quarto de costura, protegia-me daquelas mulheres e seus ornatos de cabeça trementes, e, sobretudo, pediu ao rei que me incluísse entre as mulheres que cavalgavam em sua companhia de tempos em tempos, nas caçadas e na prática da falcoaria. As florestas no entorno do Palácio de Woodstock eram perfeitas para as grandes caçadas.

Eu não acreditava em minha sorte por receber tanta proteção. Eu estava determinada a provar que a fé depositada em mim não fora em vão. Mantinha distância do rei, raramente falando com ele desde que nos conhecêramos no Castelo de Hertford. Agora eu estava a um só tempo animada e assustada com a possibilidade de cavalgar em sua companhia.

Consegui permanecer convenientemente em segundo plano até a manhã em que o rei João da França cavalgou conosco. Fiquei surpresa quando ele elogiou meu chapéu de caça verde enfeitado com uma pena de pomba, que madame Agnes fizera para mim. Mas ele logo deixou-me à vontade e conversamos sobre a habilidade necessária para se escolher o tecido adequado para uma determinada peça de vestuário.

O rei Eduardo juntou-se a nós.

— A Sra. Alice é modesta demais para falar de suas próprias habilidades. Embora esteja na corte há apenas dois anos, tornou-se indispensável à rainha em tudo o que concerne ao seu guarda-roupa. A rainha deposita total confiança em seus conselhos. — Ele sorriu para mim. — Seu pai percebeu esse dom e ensinou-lhe bem.

Corei diante dos elogios e da aprovação dos dois reis. E fiquei surpresa, além de lisonjeada, ao notar que o rei Eduardo sabia há quanto tempo eu estava na corte e conhecia meus encargos a serviço da rainha. Mas eles chamaram excessiva atenção sobre mim. Lady Eleanor, em especial, observava-nos com tanta atenção quanto o falcão que carregava no braço.

Ao longo do dia, o rei Eduardo permitiu-me relaxar, instruindo-me no manejo dos falcões e discutindo aspectos da equitação. Meu prazer nessas duas atividades aumentava à medida que eu ganhava confiança, e a libertação que elas me proporcionavam contrastava com o comportamento constantemente comedido que eu costumava demonstrar em quaisquer outros momentos, o que talvez me deixasse um tanto temerária. Embora eu seguisse todas as formas de conduta apreciadas, eu me deleitava na magnificência predatória de meu falcão e na minha ligação com aquela criatura selvagem e agressiva, e exultava com a força e a graça de Melisanda quando cavalgávamos. Se eu aplaudia o ataque e a morte levada a cabo por meu falcão, o rei aplaudia comigo. Se cavalgava intensamente, eu o encontrava no mesmo ritmo ao meu lado, e, quando ele captava meu olhar, eu sentia que partilhávamos a realeza do poder de nossas montarias. Ele encorajava um lado meu que em outras ocasiões eu reprimia, e era-lhe grata por isso.

Talvez grata até demais. Certa manhã, eu não conseguia esconder a devastação causada pelas lágrimas que eu derramara po' causa de um sonho em que eu me transformava numa madressilva à procura de Janyn. No sonho, eu fazia com que a planta em que me transformara se estendesse de leste a oeste, com brotos que se espalhavam para o sul e para o norte, crescendo regada por minhas lágrimas. Num momento de intimidade, o rei observou o jeito gracioso como meu cabelo escapava de meu chapéu verde e disse que a cor que minha pele adquirira apagara completamente todos os sinais de minha tristeza. Peguei-me contando-lhe o sonho.

Ele se declarou tocado no coração pela fidelidade que aquele sonho revelava.

— Nunca encontrei uma devoção tão cheia de lealdade como a sua. Como seu marido inspirou na senhora lealdade tão amorosa, Sra. Alice?

Preciso saber como, para fazer o mesmo. — Sua voz profunda me acariciava, seus olhos me atraíam para si, como se ele quisesse sinceramente saber.

Desejei ter segurado a língua, ou melhor ainda: ter evitado a caçada daquela manhã. Deixei-me cair em seu feitiço novamente, como já caíra em Hertford.

• Natal de 1360 •

AS FESTIVIDADES OFICIAIS de Natal tiveram lugar em Woodstock aquele ano, com a presença da maioria dos filhos e filhas do rei Eduardo com a rainha Filipa, assim como suas famílias, além do rei João da França. Havia tantos convidados que a maioria dos criados dormia em "casas" improvisadas que eram pouco mais que cabanas, e alguns, principalmente guardas e atendentes, em tendas de campanha. Favorecida pela afeição da rainha Filipa, eu estava entre a meia dúzia de mulheres que partilhavam seus aposentos no palácio, o que era muito mais agradável do que ficar no dormitório junto com as outras damas, que era onde eu dormia todos os outros dias. Graças ao grande número de pessoas tomando parte nos festejos natalinos, eu obtivera uma paz superficial, pela qual agradecia a Deus. Fazia agora quatro meses que Janyn havia partido, e, devido a toda a preocupação decorrente do incidente e às lembranças do que ele dissera, que eu revivia a todo momento, meu ânimo faltava com facilidade. Ademais, eu sentia falta de Bel. A rainha Joana havia preferido evitar as festividades durante o período de luto por seu matrimônio fracassado. Pelo menos me livrara da tarefa terrível de explicar a minha filha o desaparecimento de seu pai. Eu escrevia cartas sucessivas, mas ainda não tivera coragem de contar-lhe sobre sua perda.

No dia de Natal, o rei Eduardo entrou nos aposentos de sua esposa, a rainha, para acompanhá-la à missa que antecedia as festividades no salão, e eu quase deixei escapar uma exclamação ao reconhecer o desenho de seu lindo manto. Bordadas em ouro e fios de seda viam-se duas madressilvas entrelaçadas sobre o cetim negro, e, em fio de ouro, lia-se a divisa "À procura, como a madressilva".

Geralmente era o rei quem determinava os motivos dos torneios, justas e festas, pois ele preferia escolher aqueles que continham divisas moralizantes ou os contos de Artur, que havia muito fora rei da Inglaterra. Mas aquele ele extraíra de mim e não avisara à rainha, de forma que ela não pôde portar o mesmo motivo que ele.

Ao perceber que eu o observava, ele murmurou:

— Inspiração sua. — E olhou rapidamente para baixo, para o próprio manto.

Rezei para que o pouco de vinho que eu havia tomado estivesse transtornando minha mente, mas parecia claro que o manto de madressilva era um aviso de que sua gentileza para comigo não tinha intenções inocentes. Rezei para que fosse uma ilusão de minha parte a fim de me autovalorizar, para que seu intento fosse apenas simbolizar, com aquele motivo, seu casamento notoriamente feliz com Filipa, no qual fora abençoado com vários filhos, e talvez para homenagear minha fidelidade ao meu marido. Mas ele não compartilhara o tema com Filipa.

Eu nunca procurara chamar a atenção do rei. Estava muito vulnerável. Temia pôr em risco meu lugar na corte, ou o de Bel na casa da irmã da rainha, se demonstrasse outra coisa que não obediência e gratidão a Filipa. Tinha-lhe grande afeição e não pretendia feri-la flertando com seu marido.

Eu ansiava por um confidente, mas meu velho amigo Geoffrey não poderia substituir uma irmã ou uma avó a quem eu pudesse abrir meu coração. Eu me sentia feliz por ele estar seguro em seu lar. Depois de seu cativeiro, Geoffrey fora mandado de volta à linha de fogo, levando mensagens através do Canal entre seu senhor, Leonel, o filho do rei, e sua comitiva. Mas ele era alheio a todo sentimento mais profundo.

Quando se sentou ao meu lado no dia de Natal, desfrutando do grande banquete, meu amigo procurou divertir-me — e, dessa maneira, eliminar a ameaça de que eu me perdesse em confidências — com as melhores passagens de um antigo livro que era popular na corte, a explicação de um clérigo sobre a arte do amor cortês. Era inteligente e universal, embora não para o meu gosto, mas, em gratidão pela amizade de Geoffrey, simulei interesse ao ver que ele considerava a obra imensamente perspicaz.

— "Ninguém pode amar a menos que seja impelido pela persuasão do amor." — Geoffrey fez uma pausa, levantando a cabeça com arrogância, um sorriso bobo no rosto, como se dissesse *Ouse refutar.*

O que arrancou de mim algumas risadinhas.

— Isso parece óbvio.

— "Todo enamorado empalidece regularmente na presença do ser amado."

Passei a rir alto.

— Isso é estúpido, Geoffrey. Todos sabemos que os enamorados na verdade enrubescem, adquirindo um tom vermelho-escuro.

Ele fez uma mesura em aquiescência.

— A essência da arte, de acordo com esse clérigo, é o desejo amoroso por alguém que não seja seu marido ou sua mulher, alguém "não-tão-inatingível".

Isso me perturbou.

— Por que todos querem viver em sonhos, Geoffrey, ou como atores em cenários elaborados? Nenhum deles experimentou a alegria de um amor simples? De um casamento entre um homem e uma mulher que honram um ao outro?

Por que o rei brinca comigo? Não era possível que ele fosse sincero em seu flerte; afinal, eu estava tão abaixo dele! Ele revolvia sentimentos os quais não pretendia retribuir. Coisa que nem eu queria.

— Foi um amor simples, Alice, seu amor por Janyn?

— Mas ele é meu marido. — Lutei contra as lágrimas.

Tornando-se sério, Geoffrey segurou minhas mãos, pressionando-as enquanto se desculpava.

— Minha língua muito frequentemente se agita antes que minha inteligência acorde. Perdoe-me, querida amiga, eu só queria animá-la, e olhe o que acabei fazendo. Minha intenção era apenas fazê-la rir, sugerir-lhe uma maneira de encontrar alguma alegria.

Seu olhar era tão gentil e, graças a Deus, tão familiar! Eu sabia que ele apenas se deixara levar por sua perspicácia descuidada.

— Tenho estado muito suscetível, Geoffrey, mas você é o melhor remédio que esta corte pode me oferecer, e eu não vou me privar de sua companhia nutrindo alguma ferida imaginária.

Ele beijou-me a mão.

Sorri e fiz uma expressão afetada.

— Talvez eu devesse praticar esse amor divertido com você.

— Comigo? — Ele balançou a cabeça tão violentamente que quase perdeu seu radioso chapéu vermelho. — Não sou merecedor. O rei, quem sabe? — Seus olhos me provocavam. — Madressilva... não é a flor que você tem costurada em tudo que possui? Por que ele decidiu incorporá-la a sua nova divisa? Você lhe contou o sonho que narrou para mim?

Eu queria negar, mas ele viu a verdade em meu rosto.

— Alice! — Ele parecia confuso. — Ele a cortejou? Vocês cavalgaram sozinhos? É daí que vêm os rumores sobre o seu favoritismo?

— Não! Ele é gentil comigo, sabe da minha tristeza.

— Só isso? Pense melhor, minha amiga. Você não seria a primeira conquista dele depois da rainha. Você sabe disso. Toda a corte sabe.

Eu não queria pensar no assunto. Nos últimos tempos eu sentira que era assombrada pela história de Troilo e Créssida, o conto que eu ouvira de Geoffrey pela primeira vez e que escutara com frequência desde que chegara à corte.

Quando Troia foi sitiada pelos gregos, o vidente troiano Calcas fugiu para o acampamento inimigo, deixando para trás sua filha Créssida. Troilo, que era filho do rei de Troia, apaixonou-se por ela, e ela, por ele. Mas quando um guerreiro troiano foi capturado pelos gregos, Créssida foi oferecida em troca. Ela prometeu ao amado que retornaria, mas, quando chegou ao acampamento grego, o rei Diomedes, desejando-a, disse que ela deveria esquecer Troilo e jurar fidelidade a ele. Ela aceitou seu pedido. Troilo, sabendo da traição, foi para a batalha, lutando com tanta temeridade que terminou por ser morto. Créssida foi responsabilizada e acusada de enganá-lo, de dar sua palavra e depois abandoná-lo, partindo seu coração e fazendo-o perder a vontade de viver.

A cada vez que ouvia essa história, eu imaginava o horror de estar no lugar de Créssida, de pagar caro pela obediência. Ela fora entregue ao inimigo, desejada por um rei cujo afeto ela não havia procurado, e obedecera. Por isso, e por sua beleza, ela fora condenada. Eu percebera a acusação nos olhos dos cortesãos que participavam da festa do rei a cada vez que ele me dirigira a palavra, e eu entendia perfeitamente como Créssida devia ter se sentido.

Peguei a mão de Geoffrey e olhei em seus olhos, desejando que ele se mantivesse sério por um momento, já que tinha o hábito de recorrer ao humor ao menor sinal de desconforto.

— Lembra-se da história que você me contou, a de Créssida, da magnífica capa e do vestido de seda que ela vestia quando deixou Troia e Troilo?

Ele pareceu confuso.

— Qual a relação disso com a sua madressilva?

— Quando você me contou a história, disse que Créssida foi acusada de estar tão ricamente vestida que seu propósito parecia ser conquistar um amante. Mas ela estava sendo *enviada* para o acampamento dos inimigos, *negociada* em troca da libertação de um guerreiro capturado. Ela não escolheu ir; pelo menos, foi desse modo que você contou a história. Duvido muito que ela tivesse qualquer possibilidade de escolha em relação ao traje que usaria em sua missão. Ainda assim, *ela* foi condenada, não aqueles que a enviaram. *Ela* foi acusada de trair Troilo. Mas ela teve outra opção? Quando Diomedes, um rei, disse-lhe que ela deveria esquecer Troilo, não foi uma ordem?

Geoffrey balançou a cabeça, franzindo a testa.

— Ainda não compreendo, Alice. O que quer dizer?

— O rei, sem meu conhecimento, copiou meu emblema, e você está achando que fui eu que o seduzi, não está?

— Estou? — Ele parecia dirigir a pergunta a si mesmo.

— Entende o que eu quero dizer sobre Créssida? — indaguei, não em tom de censura, mas como uma simples pergunta.

Meu velho amigo, em suas elegantes roupas vermelhas e pretas, segurando a taça do ótimo vinho fino que tomávamos, rodeado de toda aquela refinada gente comendo, bebendo, rindo e fofocando, estava completamente paralisado, digerindo minhas palavras. Senti-me estranhamente leve, como se minha capacidade de mostrar a ele que Créssida fora injustamente acusada pudesse mudar meu destino. Eu estava desesperada para fazê-lo compreender isso, como se fosse possível que *todos* compreendessem se apenas *ele* o fizesse. Por fim, ele assentiu.

— Sim, compreendo que, caso se tratasse de uma história ocorrida com alguém conhecido, seria uma grande injustiça acusá-la. Mas trata-se de poesia, Alice, um exemplo de mulher inconstante. Um símbolo, percebe?

Meu ânimo foi por água abaixo.

— Não, Geoffrey, não é assim tão simples. Ela não foi inconstante por opção, e não posso crer que você esteja cego quanto a isso. As pessoas ouvem essas acusações nas histórias, e acusam as pessoas que elas conhecem do mesmo jeito. Eu inocentemente contei meu sonho ao rei, ele usou meu emblema e de repente eu sou acusada de persegui-lo.

— Oh! Sim. Sim, compreendo.

Ele parecia tão abatido que eu quase o consolei, mas percebi que estava sendo tola.

— Estou sendo julgada, Geoffrey.

— Sim. É verdade. E ouso concluir que muito pouco é dito em sua presença. Você não tem ideia do que se diz sobre você.

— Eu queria ser apenas uma discreta engrenagem no mecanismo do serviço da rainha, sem chamar nenhuma atenção. Mas qualquer alegria que tenho é notada. Vejo a censura nos olhos das pessoas. O que posso fazer? O que Créssida poderia ter feito?

— Você não pode confrontar o rei por ele ter feito um uso indiscreto do seu emblema.

— É claro que não. Mas, Geoffrey, conte-me o que você ouviu.

— Como você adivinhou, todos creem que você busca a atenção dele, Alice. Eles reparam em cada olhar entre vocês, cada nova peça de roupa que você veste, se está usando as cores prediletas dele.

— E como posso me proteger dessas ilusões? Dessas mentiras?

— Não pode, Alice. A corte é um lugar perigoso para aqueles que inspiram inveja.

A filha de um comerciante sendo alvo de inveja? Eram todos loucos. Decidi parar de cavalgar na companhia do rei.

— Sou muito ignorante nas maneiras da corte. Meu caro Geoffrey, você tem que ser meus ouvidos no futuro. Promete contar-me o que falam por aí?

— Prometo, desde que você não me castigue por minhas observações. Lembre-se de que eu apenas repetirei a você o que ouvir e que não faço parte dos círculos de fofocas.

— Basta você me lembrar disso e eu desistirei de jogar pedras em você.

Geoffrey sorriu, beijou minha mão e em seguida ficou sério.

— Teve notícias de Janyn?

Balancei negativamente a cabeça. Eu não ousava mencioná-lo em público, embora estivéssemos falando baixinho e o ambiente barulhento, cheio de música, canto e conversas pudesse encobrir nossas vozes. Devido ao perigo que minha família corria, não valia a pena nem mesmo o consolo de partilhar minha história e receber a solidariedade de Geoffrey. Eu lhe contaria tudo assim que surgisse uma oportunidade melhor.

Geoffrey estava me contando uma de suas aventuras ao atravessar o Canal quando percebi um silêncio instalando-se ao redor. Eu estava segurando nossa taça compartilhada de vinho e olhei para baixo, temendo tê-lo derramado no vestido índigo que fora o último presente de Janyn, mas não vi nenhuma gota. Levantando os olhos, vi o rei Eduardo de pé no lado oposto da mesa, com uma expressão feliz. Ele inclinou-se e estendeu a mão cheia de anéis.

— Dance comigo, *Sra*. Alice!

— Minha Nossa... — sussurrou Geoffrey.

— Vossa Graça — murmurei, levantando, e imediatamente um pajem surgiu atrás de mim para ajudar-me a pular o banco e ir até o rei. Não sei como consegui fazê-lo com as pernas tremendo. Falei para mim mesma que aquilo não queria dizer nada, que ele tinha pena de mim por eu ter perdido meu marido e, sem dúvida, sentia que deveria animar-me, uma vez que fora sua mãe quem trouxera tantos problemas para minha família. Mas o desenho de madressilva me insultava.

Quando o rei Eduardo tomou minha mão, senti um calor me transpassar. Tenho quase certeza de que deixei escapar algum ruído, alguma exclamação, mas ele acenava para os músicos para que recobrassem o tempo da música enquanto, de mãos dadas, nos apressamos em direção aos outros dançarinos. A partir daquele momento, a alquimia do toque do rei, de sua presença, de seu vigor, incidiu em mim, contagiou-me com sua alegria. O rei, apesar de suas quase cinco décadas, era ágil e hábil com os pés. Eu nunca dançara com um parceiro tão hábil e gracioso.

— Gostou do meu emblema para esta ocasião? — disse ele em voz alta, passando a mão livre sobre sua linda túnica. — Minha inspiração foi você! — Seu sorriso era brincalhão, mas seus olhos demoravam-se com uma intensidade ávida no meu corpete decotado.

— De uma simples planta, Vossa Graça, o senhor criou uma maravilhosa alquimia. Ouro e prata! Mas, meu senhor, está sendo injusto. Tivesse sido eu avisada, poderia ter desenhado um manto equivalente para Sua Graça.

— E perder o prazer de ver a sua surpresa? — Ele balançou a cabeça, rindo.

Quando nos reaproximamos, voltei a sentir seu poder de atração extraordinário. Eu voltara a ser uma garotinha leviana, querendo apenas ser desejada.

Dancei como se estivesse livre de qualquer preocupação neste mundo, e ri e respondi a seus elogios com uma facilidade que não acreditava ser possível. De fato, ele me encantara. Ou me enfeitiçara, talvez. A maioria diria que eu é que o enfeitiçara. A música era tudo de que meu corpo precisava para conduzi-lo nos movimentos da dança, mas a presença do rei proporcionou uma faísca que eu não sentia desde a última vez que dançara com Janyn. Éramos parte de uma estampa, feita de um turbilhão de cores, e nossas joias refletiam as luzes das tochas, aumentando o encantamento.

Depois da dança, o rei se curvou em reverência a mim e o pajem me acompanhou de volta ao meu lugar, ao lado de Geoffrey. Depois que recuperei o fôlego, olhei em volta de relance e vi que todos os olhares se voltavam para mim, que as pessoas sussurravam umas com as outras.

— Estou arruinada — falei, assombrada com minha atitude depois que despertei do feitiço do rei.

Eu era uma mariposa à luz de sua presença, apesar de tudo que eu dissera a Geoffrey. O que eu sentia de verdade era decepção por aquele momento mágico e delicioso ter acabado.

Geoffrey, é claro, escutou apenas minhas palavras, e não meu escandaloso pensamento. Pegou minhas mãos e disse:

— Não, Alice. Foi apenas uma dança. O rei já fez muito mais com várias outras mulheres que despontaram aqui na corte e hoje permanecem de cabeça erguida. Ficou evidente que você foi pega de surpresa. Na verdade, a princípio seu terror era visível, e eu notei nos olhos dele como você o agradou de imediato ao se submeter ao seu encanto.

Submeter ao encanto dele? Era o que havia acontecido. Oh, Deus, perdoe-me, pois eu me submeti. Mas a razão voltou a se fazer presente.

— As mulheres de quem você fala têm sangue nobre, Geoffrey. Eu serei condenada por ultrapassar os limites de minha posição na ordem das coisas.

— Mas você gostou da dança — disse ele, passando-me a taça que dividíamos.

— Gostei. Ah, Geoffrey, eu gostei. Disso sou culpada.

Partilhamos uma risada medrosa, com um quê de inconsequente.

E era aí que residia minha fraqueza. Eu sabia no fundo do coração que não apenas eu não ousaria desafiar o rei se ele me convidasse para dançar novamente; eu não queria fazê-lo. Uma coisa era estar em um grupo numeroso, caçando com o rei, e ocasionalmente trocar algumas palavras com ele; outra coisa era tocá-lo, sincronizar meu passo de acordo com o seu, dividir a intensidade de uma dança com ele.

Falei para mim mesma que ele dançara com todas as mulheres jovens e bonitas da corte, especialmente aquela Yuletide, quando se celebraram as pazes com a França. Mas me ressenti ao pensar nisso. Eu queria ser única para ele. Ele reacendera algo em mim que eu não sentia desde os tempos felizes com Janyn, um prazer em meu poder como mulher. Eu compreendia perfeitamente; estava sozinha, sedenta de afeição. Eu já fora antes a mariposa a circular uma chama — a chama de Janyn. Ele me levara para a corte, pusera-me ao lado de uma chama ainda maior. Eu me perguntava se ele tinha consciência do perigo em que me colocara. Mas teria ele levado em conta plenamente o risco que eu corria ao se casar comigo? Será que ele já sabia que um dia me abandonaria? Fiz o sinal da cruz, atemorizada por esses meus pensamentos desleais.

Depois do banquete, temi pela reação da rainha Filipa. Será que ela tinha visto o poder que seu marido exercia sobre mim? O quanto eu me deliciava ao tocá-lo? Como eu o provocara? Eu não ousava olhar na direção da mesa principal para ver como ela recebera minha dança com o rei. Mas eu não podia evitá-la, já que naquela noite era a minha vez de levar-lhe o leite de amêndoas de que ela gostava quando se recolhia a seus aposentos depois de ter pés, mãos e ombros massageados com óleos cálidos e aromáticos. A tarefa incluía aquecer o leite no braseiro do quarto e ouvir a rainha relembrar comigo os acontecimentos do dia, interessada em saber minhas impressões. Eu ansiava por essas noites. Mas não desta vez.

Reclinada sobre uma pilha de almofadas forradas de seda brilhante, seu corpo grande e enrugado envolvido num robe largo de seda dourada, uma cor que não lhe caía bem e que no entanto ela adorava, a rainha parecia estar de bom humor. Ela ria com Lady Neville. Quando segurei a xícara sobre o braseiro, mexendo o leite, elas trocaram algum comentário divertido, e então Lady Neville deixou o quarto.

— Você dançou lindamente com Sua Graça — disse a rainha enquanto eu colocava a taça com o leite de amêndoas quente a seu lado. À medida que ela se mexia dentro do robe largo, os óleos aromáticos sobre sua pele perfumavam o ar em volta de si.

— Vossa Graça é muito gentil. Assim como Sua Graça, o rei. Fiquei profundamente honrada com sua benevolente cortesia.

— Benevolente cortesia? — A rainha sorriu para si mesma. Fiquei aterrorizada pela possibilidade de ela ter *visto, percebido.* — Ele me contou sobre o seu sonho com a madressilva, e o que significava para você. — Seu sorriso murchara e seu ar tornara-se pensativo. — Ele achou algo encantador, um grande testemunho de lealdade amorosa. Considerou-me cruel por reclamar que você se recusa a aceitar as coisas como são. Mas é melhor que você aceite. Precisa esquecer sua antiga vida, Alice. A antiga rainha deixou-a em farrapos com sua morte, como fez com tantas outras vidas. Não gosto de tecer críticas aos mortos, mas agora você está sob minha responsabilidade e necessita de conselhos.

— Vossa Graça, eu...

— Eu não terminei. Isabel de França controlava todos nós. Ela retardou minha coroação por tanto tempo que comecei a pensar que só seria rainha depois que ela morresse. Ela se sublevou contra o homem que não apenas era seu marido como um rei consagrado por Deus, não só forçando sua abdicação como ameaçando colocar seu amante no lugar dele. Meu doce Eduardo teve de tomar o comando nas mãos ainda jovem, muitíssimo jovem. Por causa dela. — A rainha falava num tom calmo e pesaroso, mais resoluta do que zangada.

— Perdoe-me, Vossa Graça.

Eu sentia-me desgraçada e me ressentia de ser tratada como uma criança por ela.

— Mas anime-se. Meu marido e eu estamos proporcionando a você uma nova vida, não é mesmo, meu bem?

— Sim, Vossa Graça, e sou muito grata por isso. Mas eu seria uma criatura desalmada se esquecesse meu marido.

— Não me contradiga. Eu sei o que é melhor para você.

Um tom irritado pontuava agora sua voz. Eu apenas curvei a cabeça. Sabia o quão facilmente ela poderia romper meus laços com Mary, Will e John.

Eu acreditava que ela estivesse sinceramente preocupada com meu bem-estar. Mas ela era a rainha e, antes disso, a filha de um conde, de forma que sua visão de mundo estava muito além da minha.

Evidentemente lisonjeada com minha aquiescência, ela sorriu e bateu com a mão na cama, indicando o lugar ao seu lado, o que me recordou meu último encontro com a rainha viúva Isabel, quando ela me fizera sentar em sua cama para me falar do perigo que minha família corria com sua morte. O que dissera Filipa? Isabel deixara minha antiga vida em farrapos. Era verdade que toda a minha dor derivava do que quer que Janyn e a família de sua mãe fizeram para ela.

Assim que me sentei a seu lado, Filipa tomou minhas mãos nas suas e olhou em meus olhos por um longo tempo, sem piscar, como se estivesse me testando.

— Você é uma jovem de caráter forte, Alice, que não se dobra facilmente. Aprecio isso numa mulher a meu serviço, pois você reside numa corte propícia a toda sorte de tentações que arrastariam os fracos. Seja verdadeira comigo e com Eduardo, e nós provaremos ser fiéis e generosos.

Esperei que ela prosseguisse, porém a rainha parecia estar esperando minha resposta. Suas mãos roliças apertavam as minhas. Seu olhar fixo me desconcertava. Pressenti que ela queria me comunicar algo da maior importância, mas que eu ainda não conseguia entender.

— Não entendo, Vossa Graça. Fiz algo para que duvidasse de minha lealdade? Se esse foi o caso, imploro que me perdoe, pois não tive a intenção.

Filipa estendeu a mão para tocar meu rosto.

— Eu esqueço que você não foi criada para isto. Por ora, tente ser feliz, Alice. Esqueça o passado, aproveite a honra e a alegria de estar na corte. Você é jovem, bonita e conquistará muitos corações. Mas lembre-se de que sua lealdade deve-se antes ao rei e a mim. Era apenas isso o que eu queria lhe dizer. Se for necessário escolher entre nós e mais alguém, lembre-se de quem a protege. — Ela deu um tapinha em minha mão. — Agora pode ir. Estou pronta para dormir. Amanhã você conhecerá alguém que também perdeu o marido. Minha querida Joana de Kent.

— Perdeu? Tivestes notícias de meu marido, Vossa Graça?

— É claro que não. Eu não a informaria?

Eu me perguntava como responder honestamente à pergunta quando ela continuou:

— Eu criei Joana, como você sabe, depois da horrível execução ordenada pelo amante de minha sogra. A mãe dela não servia de nada, estupidificada por poções que embotaram tanto seu discernimento quanto sua dor. Você conhece a história do casamento de Joana? O escândalo?

Eu sabia que não deveria mudar de assunto, pois assim irritaria ainda mais a rainha.

— Conheço. Ela se casou em segredo com Sir Thomas Holland, que partiu em busca de sua fortuna. Ela era muito nova, tinha uns 11 anos, talvez, e não ousou contrariar seu tutor quando ele a ofereceu como noiva a seu filho e herdeiro, Montague.

A rainha fez um ruído que parecia algo entre um riso e uma demonstração de pouco caso.

— É desse modo que os mercadores de Londres compreendem o que aconteceu? Na verdade, Holland não era o par que desejávamos para ela, e, quando seus tutores perceberam seu amuo e a insistência por aquele que ela desejava, eles me consultaram e à mãe dela sobre o que deveria ser feito. Todos concordamos que ela deveria desposar William Montague imediatamente. Mas Holland era astuto, não fazíamos ideia disso. Por sete anos ele esperou, até que tivesse fama e posses que lhe permitissem ir ter com o papa. Sete anos Joana viveu como esposa de Montague, apenas para ser devolvida a Holland. Escandaloso! O papa só fez isso para nos contrariar, todos sabemos disso. Eu seria capaz de jurar que o coração de Joana pertencia a Montague, mas ela parecia muito mais feliz com Holland.

Mulher de sorte, pensei.

— Ai de mim! — Filipa suspirou. — Holland morreu há alguns dias. Se o amor fosse capaz de mantê-lo vivo, ele ainda viveria graças à força de Joana. Disseram-me que ela está num luto profundo e desesperado. Agora eu acredito que seu coração foi dele desde o momento em que ela o viu na casa de seu tutor. Vocês duas terão algo em comum, já que ambas perderam um grande amor.

Pelo menos ela compreendia o que Janyn representava para mim.

— Sim, Vossa Graça.

— Você e Janyn foram unidos pelo amor? Tiveram de contrariar seus pais?

— Não, Vossa Graça, mas eu o amava do fundo do meu coração.

— Bom, bom. Conto com sua obediência.

Deixei seu quarto aquela noite em grande agitação.

A MANEIRA CALOROSA com que Joana de Kent foi recebida pela rainha Filipa e sua nora, Branca de Lancaster, desvaneceu rapidamente quando fomos apresentadas. Eu não me dera conta de que a condessa tinha boas razões para evitar quem fosse amigo da falecida rainha viúva, uma vez que seu pai fora executado pelo amante de Isabel.

— Sra. Alice — disse ela, com um pequeno cumprimento de cabeça. — Gente de Isabel — murmurou quando se sentou ao lado da rainha.

— Joana!

— Vossa Graça? — disse ela com fingida inocência, sua compleição rosada e láctea ganhando súbita coloração e sua expressão voltando a ser amigável.

Ela tinha um jeito de arregalar os olhos quando sorria que também me fazia sorrir, apesar de seu desdém. Entendi por que dois homens valorosos como Thomas Holland e William Montague a haviam desejado.

— Alice merece sua solidariedade, não sua censura, Joana.

E então a rainha Filipa começou a contar toda a minha história, de como meu pai, contrariando minha mãe, arranjara para que eu me unisse, por meio do matrimônio, à família Perrers e de como Janyn me abandonara com uma filha pequena.

A rainha sabia muito mais do que eu imaginava. Era uma agonia para mim ouvi-la narrar minha vida. Mas era também evidente que ela sabia exatamente como persuadir a condessa.

— Peço-lhe que perdoe minha descortesia, Sra. Alice — implorou Joana, indo até mim e tomando minhas mãos entre as suas. — Sejamos amigas.

É evidente que respondi com entusiasmo, muito embora duvidasse de que ela sequer se lembrasse de mim depois que eu deixasse a sala. Uma pena, porque eu de fato gostara dela. Parecia ter muito mais conteúdo do que qualquer outra mulher da realeza, ser muito mais viva.

POUCO DEPOIS DAS festividades de Natal, numa época de clima ameno, pedi para sair da corte a fim de ver Bel.

Ainda na cama ao meio-dia, descansando dos eventos, Filipa disse:

— Foi pena que nossa irmã Joana, rainha dos escoceses, não tenha vindo à corte e assim proporcionado a você o consolo de ver sua filha querida. Não precisarei muito de você até o domingo. Posso providenciar sua partida.

— Fico extremamente grata, Vossa Graça. Não vejo minha filha desde o início do verão, e cartas pouco me confortam.

Ela tocou minha mão e olhou-me longamente nos olhos.

— Você sofre por seu marido e pela separação de sua filha. Não estou cega a sua tristeza, Alice. Sim, minha querida, você pode ir vê-la.

Minha preciosa Bel crescera tanto naqueles seis meses que haviam se passado desde que eu a vira pela última vez que senti ainda mais intensamente que sua infância me estava sendo roubada.

— Onde está o papai? — indagou Bel. Ela se parecia cada vez mais com Janyn, na cor da pele e em suas vastas e escuras mechas de cabelo cacheado. — Por que ele não trouxe o meu pônei?

Abracei-a com força e confessei que não sabia onde estava seu pai, mas jurei que estava procurando por ele. Ela se afastou um pouco, olhando por sobre os meus ombros, buscando-o. Senti exatamente o mesmo que sentira quando fora forçada a deixá-la ir, uma sensação terrível de separação, como se uma parte de mim tivesse sido arrancada. Temi que ela passasse a me odiar, a ver-me como eu via minha mãe. Precisava saber a verdade sobre Janyn, não apenas por mim, mas também por ela.

8

Pois por sua vida temia de fato
como se não soubesse o melhor a fazer;
pois tanto era viúva como solitária,
sem amigos a quem ousasse confiar seus lamentos.

— GEOFFREY CHAUCER, *Troilo e Créssida*, I, 95-98

• Primavera de 1361 •

FOI UM INVERNO DE funerais para o casal real, e, ao testemunhar sua tristeza, compreendi que nem mesmo eles estavam imunes ao sofrimento. A morte do marido de Joana de Kent, Sir Thomas Holland, fora um golpe para o rei, pois, apesar de seu casamento imprudente, ele era um dos oficiais de confiança de Eduardo. Seguiram-se, rapidamente, as mortes de mais dois de seus capitães. E então veio o golpe mais cruel de todos, a morte de Henry de Grosmont, duque de Lancaster e pai de Branca, esposa do terceiro filho do rei, João de Gaunt. Tanto a rainha Filipa quanto o rei Eduardo, e também a maioria dos barões, consideravam o duque o mais destacado comandante do reino, tendo sido ele um grande amigo do casal real. Compareceram a sua missa fúnebre todas as famílias nobres, e, embora se tratasse de um magnífico espetáculo, foi muito solene. O próprio rei contribuíra com um caro tecido para os paramentos e librés, além do brocado dourado de Lucca para o pálio. Alguns disseram, à boca pequena, que o brocado de Lucca poderia estar infectado com a peste, pois havia rumores de que a doença voltara, movendo-se a oeste e a norte a partir do Mediterrâneo, tal como acontecera antes.

Eu não era mais que uma criança de 7 ou 8 anos quando a peste assolou a cristandade pela primeira vez. Mais tarde, meu pai contou-me histórias sobre aquele tempo: fugíramos para a casa de sua irmã em Smithfield a fim de nos distanciarmos do rio, que, dizia-se, era o portador do miasma mortal, apenas para descobrir que tanto ela quanto seus filhos haviam sucumbido. Na sala de costura da rainha, éramos como uma só pessoa, unidas por nosso medo, falando em sussurros sobre pesadelos cheios do horror das pústulas, do mau cheiro, dos cadáveres empilhados nas ruas. Pela primeira vez eu era bem-vinda e aceita, já que enfrentávamos um inimigo comum.

Muitas semanas depois de os rumores sobre a peste alcançarem o palácio, a rainha Filipa mandou-me chamar depois da missa matinal. Ela estava sentada sozinha ao pé do fogo, sem a companhia de nenhuma de suas damas, no espaçoso aposento conhecido como salão da rainha. Branca de Lancaster encontrava-se sentada distante, perto dos altos caixilhos, acariciando um cãozinho e contemplando a neve que começara a cair subitamente lá fora. Umas poucas serviçais arrumavam o outro extremo da sala. A rainha fez-me um cumprimento com a cabeça quando entrei, batendo de leve em uma almofada ao seu lado para indicar que eu me sentasse ali. Nossa privacidade e a designação de um lugar tão próximo dela alertaram-me de que a rainha estava prestes a contar-me algo que não queria que as outras ouvissem.

Respirei fundo e empertiguei-me ao máximo, de tal modo que eu não parecesse tão pequena e sozinha como de fato me sentia ao cruzar o salão para sentar-me ao lado daquela que tinha minha vida em suas mãos.

Seus olhos estavam tristes, sua voz, suave, e rezei para que ela não tivesse recebido más notícias sobre Bel, pois dizia-se que as crianças estavam particularmente vulneráveis à peste naquela nova investida. Persignei-me e pedi forças.

— Recebemos notícias do Sr. Martin Perrers. — A rainha depositou sua mão roliça e cheia de anéis em meu antebraço e fitou-me com um olhar tão solene que seus olhos tristes transpassaram meu coração. — Você deve ser forte, Alice.

— Eu lhe rogo, Vossa Graça, que mal acometeu o Sr. Martin? — Entretanto, duvidei que fosse o pesar pelo Sr. Martin a causa para suas maneiras estarem tão suaves para comigo.

— Tanto a esposa quanto o filho dele, seu marido, sucumbiram à peste em Milão.

— Não. — Respirei fundo. — Não!

Branca de Lancaster levantou-se e trouxe seu banco para mais perto. Supus que sua cumplicidade fora ensaiada e que aquela era sua deixa para juntar-se a nós. Suas sedas farfalharam, mas mesmo assim ela sentiu necessidade de pigarrear para nos prevenir de sua presença. Eu disse algo nesse ínterim, mas minha impressão era a de que os sons e os movimentos do céu e da terra haviam sido suspensos por um longo instante.

— Sra. Alice, também eu lamento — disse Lady Branca. — Perdi meu pai.

— Mas como pode ter acontecido...? — falei. — Meu marido e sua mãe estavam saudáveis, eram adultos... As crianças e os enfermos...

Parei, ouvindo-me falar sem coerência. Meu amado e sua mãe estavam mortos. Eu não conseguia respirar. Uma escuridão caiu sobre mim vinda de todos os lados, e a face redonda da rainha girava em meio à escuridão que se formava.

SONHEI QUE ACORDAVA *em um grande aposento, habitado por inúmeros segredos. Lá em cima no teto, eles espreitavam nos cantos, tremeluziam nas sombras, esvoaçavam além da minha vista, e o leve adejar das asas dos que eram mais agitados soprava os pequeninos pelos do meu antebraço. Eu pressentia segredos murmurando logo além do meu campo auditivo. Os segredos alados lançavam provocações, como se em parte quisessem ser ouvidos. Já os murmurantes eram escuros, pesados, assustadores. Muitos destes, portando belos trajes de viúva, pertenciam à antiga rainha. Outros tantos eram segredos dos atuais rei e rainha, e estavam coroados e gloriosamente paramentados. Alguns pertenciam à corte, e até mesmo clérigos conservavam segredos — grosseiramente vestidos — naquela sala. Segredos que ninguém podia admitir conhecer. Segredos inconvenientes. Segredos perigosos, que espalhavam a morte entre os excessivamente curiosos. Tentei encolher-me no leito, mergulhar entre as penas dos travesseiros, deslizar sob eles e escapar. Eu não sabia como chegara até aquela sala assustadora. Não precisava de segredos, não os desejava.*

Ao acordar naquela noite, vi-me presa da insônia, pois tal sonho parecia mais vívido do que o normal. Certa ocasião, Nan me dissera que os sonhos dos quais nos lembramos tão vivamente como se fossem lembranças de acontecimentos reais eram significativos, enviados para nos prevenir.

Fiquei deitada no escuro, pensando em naves de igreja e capelas com gárgulas, cabeças esculpidas, detalhes ornamentais, estátuas. Lembrei-me da mulher que deixara cair o rosário de Janyn e de mim mesma enrolando-o nos braços de Nossa Senhora. O sonho deturpara tais imagens. Eu tinha a impressão de que meu ventre estava pesado, cheio de pedras frias, muito frias, e eu me sentia pregada ao colchão, incapaz de expandir as costelas para respirar.

Eu venderia minha alma em troca do corpo quente de Janyn ao meu lado, da dádiva que seria sua presença. O pesadelo da maldição de Isabel continuava. Eu aceitava que Janyn e Tommasa estivessem mortos, mas não que houvessem morrido da peste. Eles haviam fugido para se esconder, estavam em perigo. Essa explicação tinha o objetivo de me calar, evitando mais perguntas.

Gwen, a querida Gwen, inclinou-se sobre mim, oferecendo-me um gole de conhaque.

— Beba, senhora. Devagar. Devagar.

Tomei um gole.

— A rainha Filipa e a duquesa Branca têm enviado mensageiros a toda hora para saber notícias suas. Assim como a condessa Joana. Eu... Ah, Madame Alice, eu sinto tanto! — Seus olhos estavam inchados e vermelhos de tanto chorar.

Segredos. A história que o Sr. Martin contara poderia indicar que o marido de Isabel, Eduardo, o pai do atual rei, sobrevivera à prisão no Castelo de Berkeley e escapara, indo esconder-se na Lombardia. Lombardia. Milão. A família de Tommasa. Alguém querido que era protegido. Se Janyn e Tommasa soubessem disso, talvez não fosse suficiente eles simplesmente desaparecerem. Talvez precisassem morrer. Ou pelo menos o rei e a rainha deveriam crer que estivessem mortos. Meus pensamentos rodopiavam e reviravam-se até que desejei estar inconsciente.

Por toda a minha vida eu obedecera àqueles que não se importavam com meu bem-estar, com minha felicidade, que não me amavam minimamente. Janyn seria um deles? Eu dera a ele e à nossa filha tudo que eu tinha a oferecer, esperando unicamente prosseguir em minha adorável vida simples, ter mais alguns filhos e envelhecer ao lado de meu amado marido, nada mais grandioso que isso. Agora eu não tinha nada.

Exceto Bel. Eu não abandonaria Bel. Eu fora abandonada por todos que amara e jamais faria isso com minha filha. Eu sabia que precisava reunir minhas forças. Tomei um grande e demorado gole de conhaque. E mais outro.

Ao longo dos dias que se seguiram, meus sonhos assustadores foram gradualmente abrandando, mas meus pensamentos quando acordada ainda eram assombrados. Quase lamentei que minha cama no dormitório que eu dividia com muitas outras mulheres tivesse sido transferida para um canto separado por um biombo, para minha privacidade, mas próximo a uma grande janela, para que o ar fresco do campo me animasse, pois tal privilégio isolava-me com meus pensamentos sombrios.

Eu me sentia à deriva na corte, como se o solo firme que fora minha vida tivesse sido retirado de sob meus pés e eu agora me encontrasse sobre um vasto vazio, sustentada apenas por cordas que a rainha e o rei seguravam. Agora eu dependia mais do que nunca da proteção de ambos.

Quando estava mais forte, lembrei-me da missa solene pelo velho duque de Lancaster e senti-me menos martirizada. Eu não estava sozinha em meu sofrimento; era o legado de Isabel que me mantinha afastada. Eu não podia sucumbir ao desespero. Ergui o queixo para receber a suave brisa que entrava pelas janelas abertas. Eu queria ocupação, distração.

Para meu imenso alívio, as visitas começaram a aparecer: primeiro a rainha e a duquesa, depois algumas das damas que haviam me desprezado, mas que agora viam em mim uma trágica figura — meu marido e sua genitora vítimas da peste, e ainda por cima tão longe. Vinham e traziam consigo presentes: amêndoas confeitadas, tâmaras, frutas exóticas.

Mais bem-vinda foi a chegada de Geoffrey. As outras demonstravam curiosidade em ver como eu estava me comportando, até que ponto meu sofrimento havia me transformado, e tinham o intento de convencer-me de que minha vida estendia-se à minha frente, mais promissora impossível. Mas nos olhos de Geoffrey eu vi minha dor espelhada. Até aquele momento, apenas ele e Gwen pareciam compreender a enormidade de minha perda, talvez porque apenas eles soubessem que minha existência na corte estava longe de ser o que eu sempre desejara. Ele esteve ao meu lado durante a missa fúnebre para Janyn e Tommasa. A rainha Filipa organizara-a na capela e comparecera com Branca, assim como muitos dos que a serviam.

Eu poderia duvidar da explicação que a rainha me dera para a morte de meu marido e minha sogra, mas confortou-me seu amável gesto.

— Rezo para que você encontre novamente a felicidade — disse Geoffrey, alguns dias depois. — E, até lá, que seu amor por Bel a sustente. Não quero perdê-las, minha mais antiga e querida amiga.

Ele segurava minha mão, sentado ao lado do leito no qual eu me reclinava, apoiada em uma pequena montanha de travesseiros que Gwen ajeitara para meu conforto.

— Sinto tanta saudade dele, Geoffrey. Eu ainda tinha esperanças.

Pude ver na face expressiva de meu amigo o quanto ele lutava para dar-me alguma tranquilidade, mas ele não era do tipo que mentia para alegrar um amigo. Por fim, Geoffrey levantou sua xícara e brindou:

— À sua coragem. — E bebeu.

Coragem. Eu me perguntava até que ponto a coragem me sustentaria, se seria suficiente para me manter acima do abismo sem cair.

— Ao seu renascimento como dama da corte.

Senti-me desamparada depois de sua partida e lamentei ter perdido tanto tempo de sua visita com lágrimas. Sua amizade era preciosa para mim. Bel era preciosa para mim. E Gwen. E meus avós. Minha irmã e irmãos. Havia ainda muitas pessoas prendendo-me a esta vida. Senti-me encorajada ao pensar assim.

Lembrei-me do segundo brinde de Geoffrey: "Ao seu renascimento..." Talvez, ao passar pela agonia de perder Janyn, eu de fato *houvesse experimentado* um renascimento. Recordei sermões em que se explicava como aquele tipo de experiência era sagrada e que o renascido fora divinamente abençoado com um propósito. Qual seria, então, meu propósito?, eu me perguntava. Talvez aquele fosse o caminho que me cabia seguir: aceitar que eu renascera e descobrir o motivo. Uma vez que tal ideia se enraizou em mim, senti uma calma pouco familiar.

Na capela, parei de rezar para que me fosse permitido voltar ao passado, à minha vida como era antes, e, em vez disso, eu entoava: "Santa Maria, Mãe de Deus, ajoelho-me humildemente diante de ti e peço vossa orientação. Como posso servi-la melhor?" Abri-me para a graça divina. Gradualmente, ao longo dos dias, eu me senti ser preenchida com uma sensação de paz e imaginava a mão translúcida da Virgem Maria repousando sobre minha cabeça. Acreditei que seria guiada pela graça.

Quando a rainha ordenou-me que eu retomasse minhas obrigações, deixou claro que eu deveria abandonar meus atavios de viúva.

— Respeito seu luto, Alice. Todos os que me servem compareceram à missa fúnebre em honra a seus entes queridos. Permiti que você se afastasse por 15 dias para prantear e rezar. Agora você precisa olhar para o futuro, e usar luto só prolongaria o seu vínculo com o passado. Por algum tempo você poderá usar suas vestimentas mais simples.

Humildemente concordei, rezando para que, se Janyn olhasse para mim lá do céu, me compreendesse.

Quando de meu retorno aos salões da rainha, suas damas expressaram alegria diante de minha recuperação, dando-me boas-vindas com uma aparentemente sincera amizade. Encarei isso como um sinal divino de que eu estava no caminho que Ele escolhera para mim.

A rainha Filipa encontrava-se em meio a bancos cobertos de tecido drapeado, fitas e botões enfileirados, remexendo impacientemente com seu cetro as lindas pilhas de materiais e murmurando imprecações. Seus modos atenuaram-se quando me viu.

— Venha, Alice, precisamos começar os preparativos para nossa ida a Windsor por ocasião da Festa de São Jorge. O rei deseja que o torneio e a festa sejam esplêndidos, para suavizar o coração dos que estão de luto e o medo da peste. Temos um tema a planejar e trajes a desenhar. Diga-me se qualquer uma destas coisas vale meu aborrecimento. — Ela bateu de leve em meu braço quando me aproximei. — Pela manhã devemos começar.

À medida que passávamos em revista as amostras, descartando algumas, pondo de lado outras para posterior consideração, eu relaxava, deixando-me envolver por aquela atividade familiar.

Por fim, fatigada, a rainha procurou seu leito, para um descanso antes da ceia no salão.

— Louvado seja Deus por você estar de volta — disse ela, beijando-me na face quando lhe estendi o cetro.

WINDSOR ESTAVA RELUZENTE naquele mês de abril, e as festividades, desafiadoramente grandiosas e celebrativas contra o latente medo da peste, fizeram efeito. Aqueles que ainda conservavam o luto pela morte dos grandes cavaleiros no último ano usavam belos trajes em vermelho e preto, enquanto os demais integrantes dos cavaleiros da Jarreteira usavam o azul e dourado de sua ordem.

A rainha dependia muito de mim para trocar seu suntuoso vestuário várias vezes ao dia. Trabalhávamos com esplêndidas sedas e veludos, muitos com intrincadas estampas que incluíam jarreteiras e flores-de-lis. Esgotei minhas estratégias diplomáticas ao aconselhá-la em sua escolha dos tecidos. Sua figura roliça e cada vez menos uniforme exigia um uso estratégico dos drapeados e das camadas de tecido, e era necessário evitar muitas estampas, pois realçavam suas formas, especialmente quando se tratava dos vestidos mais ajustados ao corpo.

Durante todo o tempo, seis mulheres eram mantidas ocupadíssimas despregando pérolas, joias e fantásticos botões de ouro, prata e estanho — alguns com pérolas e pedras preciosas — de uma peça de roupa para costurá-los em outras, e, como sempre, algumas das estampas que escolhêramos não ficavam bem quando confeccionadas, de forma que o trabalho precisava ser desfeito e refeito. Também descobrimos que muitos dos vestidos novos da rainha tinham a barra comprida demais, formando um aglomerado de tecido aos seus pés quando ela se levantava; isso até era moda à época, mas, considerando-se sua situação, acreditei que fosse má ideia. Insisti para que as barras fossem refeitas, pois a rainha tinha um andar pouco firme e corria o risco de tropeçar. Eu gostava da responsabilidade de garantir que nossa amada Filipa comportasse em cada centímetro de sua pessoa uma perfeita aparência de rainha.

Quando eu não estava ocupada vestindo Sua Graça, eu tinha boas oportunidades de ver Geoffrey, o que fazia bem ao meu coração. Conhecendo-me bem como ele conhecia, meu amigo conseguia me tirar do mais profundo desespero com suas provocações, ainda que ele jurasse estar passando noites em claro pensando em como conseguir me fazer rir. Ele não era o único homem que tentava me alegrar.

Richard Lyons, um dos executores indicados por meu marido, ofereceu-se para afiançar a casa de Janyn em Londres até que eu tivesse condições de resgatá-la.

— Pensei que a senhora fosse desejar mantê-la, já que planejou o jardim. E Bel iria gostar de vê-lo.

Eu estava descobrindo um lado amável dele que não conhecera antes.

A pessoa que com maior sucesso poderia ter me seduzido de volta à vida, que Deus me perdoe, foi quem notadamente manteve distância desde a notícia das mortes de Janyn e Tommasa: o rei Eduardo. A morte de seus companheiros de armas e a peste que se aproximava eram as explicações da rainha para suas frequentes ausências da corte e, quando presente, para seu relapso em participar de atividades esportivas, mas eu o vi caminhando com um sortimento de nobres jovens e belas e suspeitei de que fora simplesmente descartada. Tentei me convencer de que estava aliviada, de que seu flerte sempre fora um jogo ilegítimo, mas meu coração não concordou.

No entanto, havia alguém pronto para flertar comigo no lugar do rei, e era Sir William Wyndsor, um homem com certa reputação militar, belo e ligeiramente arrogante. Ele tornou difícil para mim ignorá-lo pelo modo como me devorava com seus grandes olhos cor de avelã e como me fazia elogios sempre que nos encontrávamos, o que acontecia com muito mais frequência do que se poderia atribuir ao acaso. Durante as festividades em Windsor, ele tirou-me para dançar várias vezes.

— Sra. Alice, a senhora é um banquete para os olhos. Como se explica que não nos tenhamos conhecido antes?

— Acredito que seja porque o senhor anda ocupado em construir sua reputação no campo de batalha, Sir William, e eu tenho estado seguramente ocupada prestando serviço à rainha.

Tal era o teor de nossas conversas, mas eu me admirava por conseguirmos dizer tanta coisa enquanto dançávamos. Eu gostava ainda mais de dançar com ele quando o rei estava presente.

— Há rumores de que ele será o capitão do conde de Ulster na Irlanda — contou-me Geoffrey depois de uma de minhas danças com Sir William. — Ele já é estimado pelo rei e, se sobreviver à ida à Irlanda e mantiver Leonel vivo, pode galgar alguns degraus na corte. Com o tempo você poderá começar a considerá-lo um valioso marido e um pai para Bel. Existem opções bem piores do que se casar com William Wyndsor.

Seus comentários tiveram o efeito de confundir-me, o que tentei esconder protestando:

— Eu estou de luto, Geoffrey, apesar da ausência de meus atavios de viúva.

— Perdoe-me, estou simplesmente indicando uma possível maneira de você escapar da corte.

— Geoffrey!

Ele apertou minha mão.

— Ouse ser feliz, minha amiga. Ao menos sonhe em sê-lo.

— Não estou cega para a beleza e para a graça que me circundam — assegurei-lhe.

A condessa Joana veio fazer coro com Geoffrey em seu encorajamento, ainda que com uma mensagem menos otimista:

— Não importa o que pensa a respeito das mortes de seu marido e da mãe dele, saiba que está segura na companhia de Sua Graça — disse-me ela uma tarde, quando caminhávamos pelos jardins.

Ao fazer amizade comigo, ela me contara tudo sobre seu passado escandaloso. Especificamente naquele dia, ela começara por confidenciar-me que, enquanto estava casada com William Montague, tomara precauções para não engravidar, ainda que eles tivessem vivido como marido e mulher por sete anos.

— Você sabe como evitar a concepção? — perguntei, pois já ouvira falar sobre tais coisas, mas nunca conhecera alguém que as houvesse de fato colocado em prática.

Joana tornara-se séria, olhando para os lados para ter certeza de que ninguém nos poderia ouvir. Vendo que estávamos sozinhas, ela disse:

— Logo você perderá seu coração para um dos cavaleiros que a perseguem, estou certa disso. E também estou feliz por você!

Comecei a protestar, mas ela ergueu a mão para indicar que me calasse.

— O que quero dizer é que, se você vier a necessitar da precaução que eu usei com Montague, procure-me imediatamente. Você deverá beber uma mistura de ervas antes e depois do ato. — Ela bateu de leve em meu rosto. — Você já sofreu bastante com sua muda obediência. Agora é hora de tomar o controle da própria vida.

Agradeci-lhe pelo conselho, ainda que eu considerasse impossível segui-lo.

Ela era verdadeiramente uma mulher muito bela que se divertia com a vida, vestindo-se e movimentando-se para exibir seu corpo sensual, mergulhando de coração naquilo que a interessava no presente, como se o amanhã pudesse não vir nunca. Essa forma de encarar a vida estimulava aqueles à sua volta, levantando os ânimos e criando possibilidades onde antes não parecia haver nada. Como princípio geral, ela falava o que pensava e não fazia esforço algum para ser agradável — era preciso *merecer* sua amizade.

— Nós, mulheres, somos tratadas com menos cortesia do que os homens tratam seus cavalos, cães e falcões — disse-me Joana. — Deus concedeu-nos almas, assim como aos homens, e mentes, com as quais discutimos nosso caminho para a graça, ainda que esperem de nós que não pensemos por nós mesmas, nem nos importemos de sofrer com desprezo e negligência. Consideram-nos animais domésticos e acham-nos irritantes se agimos de outra forma, se questionamos suas ordens ou colocamos em dúvida sua sabedoria. Devemos ser obedientes até a morte e gerar muitos filhos. Afora o fato de, claro, os padres e frades temerem-nos porque nos desejam e têm pouco controle sobre seus próprios apetites, então acusam-nos e nos chamam de pecadoras, pois não podem admitir a própria fraqueza. Não entendo por que Deus não nos dá amparo.

Não discordei dela, embora eu tenha considerado pecaminosa minha própria raiva contra tais coisas e jamais a exprimisse em voz alta. Ela abriu-me os olhos para a possibilidade de confiar em minha própria sabedoria, algo sobre o qual Isabel, a rainha viúva, também me falara. Entretanto, eu pensava, Isabel fora tanto contra as leis de Deus quanto contra as da natureza ao destruir seu marido e rei. O modo de Joana honrar a própria sabedoria era para mim muito mais palatável. Talvez eu voltasse a encontrar a felicidade. A vida na corte muito contribuía para melhorar meu ânimo. No entanto, bastava ouvir alguém mencionar uma criança para eu morrer de saudades de Bel.

DEPOIS DA FESTA de São Jorge, o rei partiu para a Ilha de Sheppey, a fim de consultar os operários e encarregados de obra a respeito do Castelo de Queenborough, que ele estava construindo para a rainha Filipa. Para grande pesar da rainha, os excessos da festa a haviam fatigado tanto que ela cancelou seus planos de acompanhá-lo ao local da construção. Concordara com seu médico que a longa viagem de Windsor até o norte de Kent era demais. Mas isso não significava que ela estivesse disposta a abrir mão de opinar sobre o projeto do palácio, ao que ela teve a ideia de enviar-me como integrante da comitiva do rei, por ser eu uma mulher em cujo gosto ela confiava. Eu viajaria com o rei. Meu coração disparou ao ouvir a notícia. Eu seria uma das várias damas do séquito da rainha na comitiva, mas ela distinguiu-me, tratando comigo demoradamente dos detalhes aos quais eu deveria dar maior atenção.

— Onde está seu sorriso de entusiasmo, Alice? Você será encarregada de projetar um palácio para a sua rainha. Criar beleza. Eu a estou honrando ao confiar-lhe algo que é tão caro a mim.

Na verdade, eu me sentia oprimida pela enorme carga de honra e confiança que ela depositava em mim. Forcei um sorriso. A rainha era sempre impaciente com qualquer insegurança.

— Vossa Graça, eu estava concentrada em memorizar todos os detalhes do que discutimos. Rogo que me perdoe.

Foi a desculpa certa. Ela sorriu.

— Está perdoada.

— Confesso que também estava pensando como seria mais agradável se estivéssemos juntas lá.

Ela apertou minhas mãos, satisfeita, e logo passou para outros assuntos — seu lamentável estado de saúde, o encanto de ter engravidado tantas vezes e a falta de atividade física da qual sofria desde seu acidente e que parecia empurrá-la em uma espiral descendente. Essa conversa acabou por cansá-la; ela então desculpou-se — creio que com genuíno pesar —, dizendo-me que fosse tratar dos preparativos para a viagem.

Gwen imprimiu um entusiasmo aos preparativos que eu raras vezes a vira demonstrar. Esforçou-se por aprender tudo o que pôde a respeito da ilha e da rota que seguiríamos, para garantir que eu tivesse uma boa quantidade de roupas quentes.

— Dizem que lá é úmido, com manhãs de neblina espessa — explicou ela.

— Bem, é uma *ilha* — observei.

Pude notar, pela posição de seus ombros quando ela retomou o trabalho, que minha indiferença a desapontara.

— Estou animada, Gwen, mas, ao mesmo tempo, consciente de meu grande dever para com Sua Graça. Temo esquecer as instruções da rainha ao me preocupar com os detalhes da viagem.

Era verdade. Eu rezava para manter-me firme, para não desapontar a rainha, o que arruinaria o futuro de Bel.

Na véspera da partida de nossa comitiva, a rainha solicitou minha presença em seus aposentos consideravelmente tarde da noite. Gwen imediatamente começou a inquietar-se, imaginando que a viagem fora cancelada ou adiada, e eu também me vi rezando para que os planos não tivessem sofrido alteração. Apesar de todo o meu medo de desapontar a rainha, eu esperava ansiosamente pela viagem.

Levantando-me apressada, cedi aos esforços de Gwen para apagar os sinais de que eu já estava entregue ao sono e então precipitei-me pelo corredor. Diminuí a marcha quando notei vários pajens do rei parados em frente à porta. Eu não desejava interromper uma visita conjugal. Entretanto, ao ver-me, um serviçal bateu duas vezes à porta e entrou por um momento para anunciar minha chegada. Ouvi a rainha ordenar-lhe que me conduzisse para dentro dos aposentos, e a porta abriu-se completamente. Lá dentro, encontrei uma aconchegante atmosfera doméstica, o rei e a rainha sentados, numa posição relaxada, a uma mesa próxima de um braseiro. A rainha Filipa fez sinal para que eu tomasse o assento vazio que havia entre eles.

— Eu não poderia dormir até me certificar de que vocês dois entendam que você, Alice, deverá representar *meus* interesses em Sheppey — disse ela. — Naturalmente, você estava deitada, aproveitando todo o sono possível antes da viagem. — Fazia muitos dias que ela não exibia uma aparência tão boa; sua cor estava mais suave, e seus olhos, iluminados. Até sua voz tinha mais vida. — No entanto, todos os cortesãos que não acompanharão Eduardo a Sheppey acabaram por atrasá-lo, pedindo conselhos de última hora, diretivas, favores, não é mesmo, meu esposo?

O rei deu-lhe tapinhas nas mãos rechonchudas, que a rainha conservava frouxamente entrelaçadas sobre a mesa, mas olhou-me nos olhos.

— Perdoe-me pela hora avançada. Como você diz, meu amor, na véspera de uma viagem a corte dá-se conta de que deixou tudo de lado por muito tempo e quer recuperar o atraso antes de dormir. — Ele bateu palmas, ao que um criado trouxe-nos canecas de madeira adornadas com joias e cheias de vinho. Erguendo sua taça, o rei continuou: — Discutamos o que for preciso, antes que este clarete fino faça-nos cair no sono.

Fiquei feliz ao ver que ainda partiríamos no dia seguinte. Mas sentar-me entre meu rei e minha rainha intimidava-me. Felizmente, o vinho fora delicadamente preparado e aquecido o suficiente apenas para confortar. A rainha lançou-se em uma lista de considerações, agora já familiares para mim, acerca do que seria essencial para um castelo bonito, convidativo, considerando-se que Sheppey era particularmente pantanoso.

— Alice, quando você percorrer o terreno com os operários e o encarregado das obras, ordeno que inspire o ar e preste atenção à umidade. Observe também seus pés. Guie os homens para longe dos piores lugares. Mantenha-os na parte mais alta. Meu esposo, tome conta da Sra. Alice.

— Meu amor — interrompeu o rei —, o local em que será construído o palácio já está definido. Será a mesma área do antigo castelo.

— Recordo-me dele como uma construção abismalmente úmida e lúgubre, ainda que houvesse belos lugares nas imediações. Meu esposo, você sabe muito bem que é melhor não duvidar de minha memória nesses assuntos.

A risada do rei iluminou a sala e aqueceu meu sangue. Mas meu coração doeu ao reconhecer nas faces de ambos o profundo e persistente amor que eu um dia partilhara com Janyn.

Filipa seguia descrevendo um jardim murado por roseiras para se passear e se sentar nos dias amenos — "mesmo próximo do mar, é certo que haverá tardes cálidas e ensolaradas" — e aposentos especialmente para ela e suas damas, que deveria incluir um salão grande o suficiente para abrigar música e dança — "pois, apesar de eu não dançar mais, agrada-me assistir aos outros".

Isso arrancou de Eduardo uma risada vigorosa. Era uma risada profunda, que tomava todo o seu corpo, uma risada verdadeiramente real.

— Meu amor, quando penso na saúde de nossos cofres, fico sempre cauteloso ao planejar qualquer coisa com você! O que se inicia como um simples castelo para visitas rápidas, ocasionais, transforma-se em um magnífico edifício antes mesmo de começar a ser construído.

Filipa deu de ombros de uma maneira que devia ser charmosa quando ela era mais jovem, com seu sorriso radiante e sua risadinha leve.

— Então não me consulte, meu amor, e você alegremente construirá, com êxito, um castelo simples, nada convidativo, úmido e sem vida, a salvo dos ladrões, porque ninguém ousará deixar qualquer mobília ali, embolorando.

Eles riram juntos. Esvaziei o restante de meu clarete e pedi mais. Num instante um criado adiantou-se para encher minha caneca novamente.

Filipa bateu na mesa, perto de onde repousavam minhas mãos.

— Vinho em demasia tornará a viagem de amanhã mais cansativa.

— Mas há a agitação, meu amor. Sra. Alice talvez precise da bebida para dormir.

Eles olharam para mim esperando uma resposta.

Forcei uma pequena risada, um som patético.

— Ambos têm razão. Beberei só mais um pouco, ainda que seja uma pena desperdiçar este vinho.

— Vinho nunca é desperdiçado — disse Filipa. — Os serviçais tomam tudo que sobra nas taças antes de as lavarem. Você faz deles seus amigos ao deixar sempre um pouco.

O rei bocejou, a rainha levou a mão à boca para conter também um bocejo, e, depois de mais alguns comentários sobre amenidades, o rei propôs que fôssemos logo nos deitar. Segui cambaleando para o meu quarto, um tanto bêbada e sentindo tantas saudades de Janyn que chorei até adormecer.

MESMO SENDO PRIMAVERA, o ar estava úmido e frio na Ilha de Sheppey. Chegamos no fim da tarde, com a algazarra de nossa comitiva sendo subjugada por rivais como o clamor do vento, das ondas e das aves marinhas. De tão plana e baixa, a terra dava a impressão de que as ondas que arrebentavam passariam por cima de nós. Apesar de ter vivido toda a minha vida em Londres, nas terras baixas próximas ao Tâmisa, os edifícios sempre me cercaram. Eu nunca tinha visto a terra, o mar e o céu tão juntos.

Dormi no pequeno convento, em um quarto abarrotado de catres para as damas da rainha. Nenhuma de nós sentia-se confortável ou feliz. Naquela primeira noite, escapuli para ir procurar a capela. Embora frio, o lugar sagrado era abençoadamente calmo. Ajoelhei diante do altar e rezei pelo alívio do meu luto, por sabedoria para proporcionar uma boa vida para minha filha e pela graça de cumprir bem o meu dever para com a rainha. Uma serviçal encontrou-me ali logo antes de amanhecer e me fez voltar ao quarto de dormir apinhado. Fiquei aliviada por sair novamente ao ar livre depois da missa e do desjejum simples, composto de pão e cerveja fraca.

Uma das criadas do convento levou-me até um lugar perto do antigo castelo, onde o rei e vários outros homens caminhavam. Na plana ilha pantanosa, os homens pareciam gigantes, sendo o rei o mais alto de todos. Ele se movia de cabeça erguida, as costas retas mas não rígidas. Era realmente a imagem da graça em movimento.

— Vossa Graça! — Tive de gritar, pois o vento rugia em meus ouvidos e fazia estalar minhas roupas. Fiz-lhe uma reverência.

Para minha grande confusão, o rei estendeu-me uma das mãos enluvadas, mas, conforme inclinei-me para beijar seu anel, ele sacudiu a cabeça e me ergueu.

— A ventania está tão forte que receio que a senhora levante voo, Sra. Alice — disse ele com genuína alegria, embora a expressão em seus olhos fosse mais calma, suave. — Minha esposa jamais me perdoaria se eu a perdesse para o vento e as ondas. — Ele tomou minhas mãos firmemente entre as suas. — Serei sua âncora.

Sua expressão surpreendeu-me. Senti que ele verdadeiramente me via, me reconhecia como Alice Perrers, não como uma criada anônima ou uma das inúmeras damas do séquito de sua esposa. Por muito tempo eu sentira que ninguém me via, e sim a *Alice*. Lembrei-me de que, antes do casamento, eu temera perder-me em meu amor por Janyn.

— Caminhe ao meu lado e me diga aquilo que imagina que minha Filipa estaria dizendo.

Apesar de sua proximidade me confundir a ponto de eu recear me dissolver em risinhos nervosos, a gentileza que eu vira em seus olhos deixava-me à vontade. Minha boa memória serviu-me bem e consegui repetir as prioridades da rainha, expressar descontentamento quando o chão empapava sob nossos pés e satisfação quando estávamos num plano mais alto e a ilha pantanosa estendia-se longe, como um mar verde e castanho. Mas, durante todo o tempo, minha mente argumentava contra a esperança que ele acendera em mim de que eu poderia não me perder por completo na corte, de que eu conseguiria provar ter algum valor e de que, mesmo sem Janyn, eu encontraria alegria na vida.

Subitamente, o rei estacou. Havíamos nos adiantado em relação aos demais e estávamos sozinhos com as gaivotas e o vento.

— Por que essa expressão carregada, Sra. Alice? Hei de ver seu sorriso antes que o dia termine.

— Vossa Graça — falei com uma reverência, o que era complicado de se fazer estando sobre rochas. — Eu estava pensando o que mais Sua Graça gostaria que eu apontasse. — Eu poderia jurar que estava sorrindo. Mantive os olhos baixos.

— Talvez. — Dedos enluvados e cobertos de anéis estenderam-se e levantaram meu queixo. — Doce Alice, a senhora tem muito com que se angustiar, eu sei. Mas tem a vida toda pela frente, e eu espero proporcionar-lhe a oportunidade de vivê-la por completo, com graça e alegria, livre de preocupações. Devo-lhe isso, pois foi por obra de minha mãe que a senhora perdeu seu marido e sua sogra. Prometo-lhe que, tão logo eu esteja seguro de que seu envolvimento no assunto foi esquecido, providenciarei para que sua filha seja levada para viver mais perto da corte, de modo que a senhora possa vê-la mais frequentemente.

— Meu senhor! — Nada mais pude dizer, pois a emoção sufocou-me. Ele inclinou a cabeça, avaliando-me.

— A senhora é uma jovem das mais belas, Sra. Alice. Encontrará alegria com outro homem.

Para meu alívio, fomos interrompidos pela aproximação dos outros, o que me poupou da necessidade de responder; felizmente, pois eu não conseguia recuperar minha voz. Ele me achava bela e me prometera que Bel ficaria mais perto de mim.

— Vossa Graça — consegui dizer, enquanto os outros nos alcançavam e nos arrebatavam de volta à casa onde o rei e seus cavaleiros estavam alojados; chegando lá, sentamo-nos para uma refeição simples.

Senti que foi mais fácil permanecer na cama aquela noite, escutando o sussurro e o ronco das demais mulheres. Pela manhã, Gwen me acordou quando quase todas as outras ainda estavam deitadas.

— O rei a convoca para a falcoaria! — Seus olhos brilhavam de entusiasmo pelo convite.

Deslizei para fora das cobertas com uma alegre expectativa.

Lá fora o ar estava frio, tomado pela neblina matinal, que se arrastava em torvelinho e produzia estranhas cores sob a luz do alvorecer.

— O dia hoje será quente — disse Gwen.

— Só mais tarde, não agora — falei, desapontada.

Um falcão não voaria com um tempo como aquele. Mas de dentro da neblina saíram o rei e um criado a cavalo, trazendo mais uma montaria. Eles não traziam falcões consigo.

Dirigimo-nos à praia e então posicionamos nossos cavalos o mais próximo possível, contemplando os redemoinhos da neblina.

— Ontem eu afirmei entender sua angústia, sua dor — disse o rei. — Quero contar-lhe uma história sobre um jovem, mais jovem do que a senhora, que descobriu que o sonho de sua infância era apenas isso, um sonho. — Ele então contou-me do momento em que descobrira que seus pais, o rei e a rainha da Inglaterra, estavam em guerra entre si. Sua mãe, minha velha conhecida Isabel, a rainha viúva, embarcara para a França, sua terra natal, onde seu irmão reinava. Estava furiosa com seu marido por ele favorecer o animalesco, conivente e ambicioso barão Hugh Despenser em detrimento dela. A rainha enganou seu marido ao enviar o filho dele, o Eduardo que agora me contava a história, como representante dele ao casamento do irmão, pois ela sabia que o rei não pretendia comparecer por medo de que, em sua ausência, os barões se revoltassem contra ele. Assim, ela manteve o filho na França, apesar das cartas cada vez mais furiosas de seu marido exigindo o retorno do príncipe. — E eis que eu tive de escolher entre os dois — concluiu Eduardo.

— Que crueldade da parte deles. — Irrefletidamente, estendi a mão para tocar seu braço, a fim de expressar minha solidariedade, mas rapidamente voltei atrás, constrangida por minha presunção de quase tocar o rei. — E o senhor escolheu? — perguntei, um tanto ofegante.

— Eu disse a mim mesmo que não estava escolhendo, que me recusava a escolher. Mas em meu coração eu sabia que havia escolhido minha mãe. Eu escolhera a traição. Escolhera o caminho que levou à violenta morte de meu pai, o sacrílego assassinato de um rei divinamente ungido. E eu sabia que escolhera minha mãe porque a temia... ela, que tinha o apoio de seu irmão, o rei francês... eu a temia mais do que temia meu pai; e eu odiava Hugh Despenser mais do que odiava Roger Mortimer, o amante de minha mãe.

— Foram tempos sombrios.

— Foram.

— Madame Tommasa, mãe de meu marido, contou-me que sua mãe suportou muita coisa, e que sofreu.

— Sim. E, em sua dor, ela levou a cabo uma terrível vingança. Nunca mais encontrou alegria. E nunca imaginei que tampouco eu encontraria algum dia. Mas eu encontrei. Encontrei alegria e propósito. — Ele procurou minha mão. — E a senhora também encontrará, Sra. Alice, tenho certeza. — Ele sorriu. — Eu insisto nisso!

— Agradeço vossa bondade, Vossa Graça — falei, sentindo o calor que emanava de sua luva. — Mas confesso que não me permito a esperança de que terei outra chance de experimentar a alegria que eu tinha com meu marido, com nossa pequena família. Não creio que Deus contemple pessoa alguma com tal alegria duas vezes.

— Minha mãe usou cruelmente a família do seu marido. A senhora sofreu por isso. Mas rezo para que volte a encontrar alegria.

—· Que Deus vos abençoe, Vossa Graça. — Permanecemos em silêncio por um instante, nossas mãos unidas entre nossas montarias. — Suplico que não interprete erroneamente esta pergunta, Vossa Graça, mas me ajudaria se eu soubesse. Quem era a pessoa que a família de meu marido protegia para Lady Isabel, a rainha mãe?

Ele desviou os olhos, e suspeitei de que ele não queria que eu visse seus verdadeiros sentimentos a respeito de minha pergunta. Comecei a compreender que ele não era hábil em esconder o que sentia.

— Não agora. Mas um dia eu lhe contarei, prometo. Quando tivermos confiança um no outro. — Ele ajeitou-se sobre a sela. — Venha, vamos cavalgar um pouco.

O nevoeiro começara a ceder e o mar estendia-se à nossa frente, brilhando sob a luz do sol, vibrando conforme era agitado pela maré.

O falcoeiro do rei avançou para nos acompanhar além da praia, onde o nevoeiro se dissipara e poderíamos caçar. Ele mantinha as aves ali. Falcoamos um pouco, e depois as damas e cavaleiros juntaram-se a nós para um longo banquete regado a vinho. Em seguida, o grupo caminhou em torno do castelo antigo e arruinado, comentando como ficaria bonito em breve.

O tempo que passei a sós com o rei foi notado. À noite, as damas com quem eu dividia a cama deram-me mais espaço do que haviam me concedido anteriormente e abstiveram-se de me enviar como mensageira. Mas deixaram de ser amigáveis. Voltei meus pensamentos para os momentos que eu passara com o rei na praia.

Um dia eu lhe contarei, prometo. Quando tivermos confiança um no outro. E ele traria minha Bel para mais perto da corte. O rei me prometera. Era um começo, algo a que me agarrar, e adormeci abraçada a essas promessas.

9

Ele via sua senhora algumas vezes, e também
ela com ele falava, quando ousava ou podia;
E por ela ambos concordaram, como era melhor,
em estipular cautelosamente, no que precisavam
e no que ousavam, como procederiam.

— GEOFFREY CHAUCER, *Troilo e Créssida*, III, 451-55

• Verão de 1361 •

PROMETI SEGUIR À RISCA o gentil conselho do rei e encontrar alegria em minha vida. Era mais fácil prometer do que cumprir, mas eu estava determinada a tentar. Para manter minha filha a salvo, eu precisava conservar a proteção e a afeição do casal real.

A PESTE MINAVA os esforços do rei Eduardo em tranquilizar seu povo. Os tribunais eram fechados, reabertos, fechados novamente. No meio do verão, estávamos retidos em Sheen, ainda que os responsáveis pelo serviço da casa real considerassem a possibilidade de fugirmos para algum recanto ainda mais no interior do país. Leonel, conde de Ulster, permanecera em Sheen após o casamento de sua irmã Maria, e junto com ele, é claro, aqueles a seu serviço, de forma que eu desfrutava da companhia de Geoffrey durante muitas das refeições. Era um prazer agridoce, pois ele estava honrando a promessa de ser meus olhos e ouvidos na corte, e por ele eu soube dos rumores segundo os quais eu me deitava com o rei. Não me surpreendi ao ouvir isso — desde Sheppey as outras mulheres tratavam-me com uma fria precaução —, embora a falsidade de tais boatos devesse ser óbvia devido ao fato de eu dividir o leito com pelo menos uma mulher todas as noites, num quarto compatilhado com outras seis pessoas. Por ser a única entre elas a dormir naquele quarto todas as noites, eu seria talvez a única a saber que somente eu, dentre todas, permanecia casta. Mas, embora não me surpreendessem, esses rumores me assustavam *sim*. Eu nem imaginava o que aconteceria se chegassem aos ouvidos do rei, ou, ainda pior, aos da rainha. Será que lhes ocorreria que eu não tinha o poder de silenciar esse tipo de comentário? Será que acreditariam que eu nada dissera que justificasse tal falatório?

Eu rezava para que alguém me mostrasse como limpar meu nome, pois na corte não havia ninguém a quem eu pudesse recorrer em busca de aconselhamento. Na esperança de que talvez já tivesse passado tempo suficiente desde a morte da rainha viúva, certa manhã pedi que me fosse dada permissão para ver minha avó.

Mas a rainha comprimiu os lábios e balançou a cabeça como se eu fosse uma criança a decepcioná-la, agindo de forma intencionalmente estúpida.

— Mesmo que eu julgasse ser possível você ir até Salisbury para ver seus parentes sem levar-lhes o perigo, eu nunca permitiria que se arriscasse naquela cidade quente e assolada pela peste. Não, não dou permissão. Nós juramos protegê-la e a protegeremos.

Ela se abanou com um vigor que mais esquentava que refrescava. No calor úmido do alto verão, ela suava profusamente sobre as almofadas, trocando-as por outras, secas, numerosas vezes ao dia e mesmo à noite. As lavadeiras rosnavam de raiva.

Eu tinha poucas companhias com quem me distrair. Havia duas jovens irmãs que viviam na corte, órfãs de um cavaleiro menor que fora conterrâneo da rainha, com as quais eu gostava de passar o tempo, ainda que fossem apenas meninas. Elas tinham uma graça mais natural do que as outras crianças que viviam sob os cuidados da rainha. Sempre havia dez ou mais meninos e meninas ali, alguns dos quais faziam companhia às crianças da família real; outros, órfãos que haviam sensibilizado o coração da rainha. As duas meninas de Hainault chamavam-se Catarina e Filipa de Röet; encantadoras, curiosas e ávidas por aprender, eram lembranças doces e, ao mesmo tempo, amargas de minha querida irmã Mary.

Minha outra companheira eventual era Elizabeth, uma das damas da rainha, que me tratava com gentileza. Nós caminhávamos pelos jardins, e ela me falava de sua felicidade conjugal perdida. Seu marido, um cavaleiro, sofrera em batalha um grave ferimento na cabeça, deixando-o tão debilitado que ele agora vivia numa abadia do oeste, onde cuidavam dele. Enquanto ela vagava por suas lembranças, descrevendo como o conhecera, o casamento e sua esperança de ter muitos filhos, eu revisitava as minhas próprias.

— Você é uma ouvinte perfeita, Alice — exclamava ela com frequência —, mas eu devo incitá-la a falar também de seus sonhos perdidos.

Eu dava de ombros e dizia preferir ouvi-la. Ela balançava a cabeça, perguntava qualquer coisa, só por perguntar, e então retomava sua narrativa.

Ela tinha uma irmã casada que vivia no campo, próximo a Canterbury, e que lhe enviava longas cartas. Eu adorava que ela as lesse junto comigo, em voz alta.

— Mas a vida dela é tão aborrecida! — protestava Elizabeth.

— É dessa vida que eu sinto falta. Adoro ouvir falar de plantações, criação de animais e crises domésticas. A vida na corte nada tem a ver com a minha antiga vida, tão simples.

Foi ao ouvir o teor dessas cartas que comecei a perceber como eu tinha sorte por estar na segurança da corte. Como os tribunais haviam sido fechados por precaução enquanto a peste assolava o país — todo evento público que reunisse muita gente era considerado perigoso —, muitas recém-viúvas não tinham a quem recorrer caso seu tutor lhes arranjasse um casamento para o próprio proveito ou decidisse que os bens delas estariam mais bem-protegidos se eles próprios se apropriassem dos rendimentos.

— Oh, Alice, você precisa tomar cuidado! — exclamou Elizabeth, em meio a um desses tristes relatos.

— Não parecem ser essas as intenções do rei para comigo — assegurei-lhe. — Ninguém proibiu Richard Lyons de proteger minha casa em Londres em meu nome.

Eu era profundamente grata por isso. Envergonhava-me de minha mesquinhez ao lembrar-me de minha resistência devido à péssima aparência de Richard, pois ele provara ser um amigo bom e leal. Embora ele se mantivesse ausente enquanto a peste se espalhava pela cidade e o verão avançava, em junho ele passara a trazer-me buquês de flores dos meus próprios jardins de Londres. Eu sentia que o havia julgado extremamente mal.

— E quanto às suas terras no campo? — perguntou Elizabeth, interrompendo meu discurso interno de arrependimento. — Fair Meadow, não é isso?

— O rei entendeu que não havia razão para tirá-las de mim. Um de seus procuradores administra a residência em meu nome, e assim o fará até o dia em que eu puder encarregar-me da propriedade novamente. Sinto que Deus olha por mim ao conceder-me esses dois lares.

— Você é de fato singularmente favorecida por nossa senhora e por Sua Graça — disse ela, com um olhar de soslaio que me desconcertou.

WILLIAM WYNDSOR VOLTARA à corte e agora prestava maior atenção em mim do que na primavera, chegando a convidar-me para caçar com falcões numa comitiva que incluía Geoffrey e Elizabeth — ambos posteriormente caçoaram de mim pela incapacidade de William de se concentrar no falcão. Foi algo inocente e agradável. William tinha os cabelos escuros como Janyn, mas a pele clara e olhos cor de avelã. Ele fazia despertar novamente meu lado passional com aquele olhar intenso, e era um maravilhoso par para a dança, embora me deixasse sem fôlego e com os joelhos fracos demais para poder participar da contradança seguinte.

João de Gaunt também dançava frequentemente comigo, assim como seu irmão mais velho, o príncipe Eduardo.

Mas acontecia também de Gaunt encontrar-me nos jardins com frequência muito maior do que seria razoável atribuir aos caprichos do acaso.

— Não acha significativo que sempre escolhamos os mesmos caminhos, Sra. Alice? — brincou ele comigo uma vez.

Gaunt era um dos homens mais bonitos que eu já vira, mas não somente já era casado como estava além do meu alcance, tanto quanto o próprio rei. Sua atenção me perturbava. Na verdade, muitas vezes suas palavras feriam, sugerindo que seu jogo não era assim tão amigável. Uma vez, quando eu discorria nervosamente sobre as variadas flores ao longo do caminho que percorríamos, ele me interrompeu:

— Ah! Então a senhora é tão versada nos mistérios dos jardins quanto nos da alta alfaiataria, Sra. Alice. Não é uma filha de mercador como as outras.

Eu não sabia como agir com ele.

Era seu pai que tantas vezes habitava meus devaneios luxuriosos, sorrindo para mim quando dançávamos ou caçávamos. Mas desde Sheppey eu não falara com o rei, nem estivera em sua presença a não ser em meio a muitas outras pessoas. Eu não mais o surpreendia me olhando, e, embora eu implorasse pela sabedoria de sentir-me grata por isso, o fato era que eu não sentia qualquer gratidão. Quando o via com outra mulher que não fosse a rainha, meu coração se retorcia de ciúme.

Apesar de meu luto por Janyn, eu não podia ignorar que meu corpo estava novamente despertando, que ansiava, mais uma vez, pelo amor de um homem. Talvez por isso não me desagradassem de todo as notícias trazidas por Elizabeth de que William Wyndsor lhe perguntara se eu estava noiva. Ela se entusiasmava por mim.

— Não consigo pensar em um homem mais bonito. Exceto, talvez, João de Gaunt, mas, como este já é comprometido, Wyndsor é o mais bonito dos homens *disponíveis* — disse ela. — Você aceitaria se ele pedisse sua mão à rainha?

O efeito de Sir William sobre mim sugeria que nos daríamos bem na cama, e, se eu me casasse com um cavaleiro, os prognósticos para Bel seriam melhores. Mas eu não sabia quais eram minhas possibilidades, se a rainha permitiria que eu me casasse e abandonasse a corte, deixando os domínios de sua proteção. Ou talvez o rei e a rainha tivessem em mente outro pretendente — imaginar isso só me deixava nervosa. E, acima de todas essas complexidades, pairavam minhas próprias emoções contraditórias quanto à ideia de me casar novamente menos de um ano depois de ter perdido Janyn — além de meus sentimentos pelo rei.

Para evitar que Elizabeth fizesse mais perguntas, tentei fazê-la distrair-se pensando em outros homens disponíveis. Mas ela insistia em conduzir nossa conversa de volta para William. Eu soube que tanto o pai quanto o avô dele haviam apoiado Thomas, conde de Lancaster, em sua oposição ao rei Eduardo II antes mesmo de Isabel e Roger Mortimer armarem sua rebelião, e que suas famílias haviam sofrido por isso. A dele era mais uma das que arriscara tudo para apoiar alguém que desafiara o rei, exatamente como fizera a família da mãe de Janyn. Talvez isso não fosse assim tão incomum. Talvez eu e William fôssemos almas gêmeas em nosso desconforto na corte.

Eu não me iludia pensando que isso era amor, mas de fato desfrutava de sua companhia e da sensação de estar viva quando na presença dele.

A dádiva de tal atenção residia no fato de ela me despertar para todos os prazeres que me circundavam — minhas belas roupas, os maravilhosos palácios em que eu vivia, minha Melisanda, a música no salão, e a dança, que me fazia ir para a cama prazerosamente exausta. Nos jardins, eu bebia da beleza ao meu redor. Gostava particularmente de caminhar com a jovem Filipa de Roët, chamada de Pippa, e Catarina, indicando-lhes os nomes das plantas, encorajando-as a se lembrar do jardim de sua casa em Hainault. Elas quase não se lembravam de nada, já que haviam sido trazidas para a Inglaterra quando ainda muito pequenas, mas surpreendiam-se com pequenos fragmentos de recordações e pareciam verdadeiramente felizes nesses momentos. A rainha percebeu que meu ânimo se renovara, que eu enchia de vida suas atividades diárias.

Também Geoffrey notara que eu melhorara e acusou-me de estar apaixonada por William. Eu ri na mesma proporção em que neguei, de forma que ele presunçosamente se declarou correto em sua suposição. Eu me recusava a sentir qualquer apreensão ou culpa pelo despertar de meu coração.

Em agosto, terríveis notícias de mais mortes em função da peste foram amenizadas pelo rumor de que o príncipe Eduardo havia se casado secretamente com sua prima, a condessa Joana. Estando em contato tão próximo com a rainha, quase imediatamente constatei que devia ser verdade, pois era-lhe impossível esconder de nós sua raiva. Seu corpo emanava fúria.

"Aquela puta" era como Joana, antes tão querida por ela, passara a ser referida nos aposentos de Filipa. A ofensa parecia mais grave por Joana ter sido criada na corte, pois ela devia "saber se comportar". Durante todo o ano, representantes do rei estiveram envolvidos em negociações, com vistas a um casamento entre o príncipe e Margarida de Flandres, a jovem, rica e bela filha única do conde de Flandres e sua esposa, a viúva do duque da Borgonha. O noivado teria unido flamengos e ingleses num momento crucial. Mas logo fomos informados de que um mensageiro havia ido ao encontro do papa para anular os votos clandestinos de Joana e Eduardo, assim como para garantir as dispensas necessárias para que os primos pudessem casar-se formalmente. Quando a situação estivesse regularizada, o rei concluiria as providências necessárias. Começaram, então, os planos para um casamento no outono.

— Que extravagância... Subornar o papa! Festejar! E ela nem traz qualquer aliança com outra casa real... — resmungava a rainha. — Aquela puta.

Eu me via em um conflito de lealdade, pois Joana havia demonstrado interesse por mim. Confundiu-me a percepção de que, mesmo falando dos homens com tanta raiva, ela estivesse se apaixonando pelo príncipe

Eduardo. Eu a examinava agora com vivo interesse, procurando entender como ela havia conseguido, conjuntamente, amar um homem e assegurar sua honra.

Rezava para ter a sabedoria de perceber quando era melhor ser como Joana e quando era melhor ser submissa. Sentia que, durante toda a minha vida até então, eu tinha sido mais dessa segunda maneira — ah, sim, eu exprimira minhas paixões para Janyn e Geoffrey e para poucos outros bem próximos a mim, e ainda sim obedecia. Eu sempre obedecia. E ganhara com isso apenas sofrimento. Mas eu também percebia que tinha algo em mim que atraía as pessoas, pois eu fora abençoada de muitas maneiras. Eu me sentia mais acolhida pelas damas da rainha ultimamente; Geoffrey me era leal; Richard Lyons demonstrava ser um guardião cuidadoso de minhas finanças; e dom Hanneye sempre me enviava cartas com orações e conselhos.

Acredito que eu não teria tido a coragem de fazer o que fiz logo depois se a influência da condessa Joana não houvesse acendido uma chama dentro de mim.

NUMA TARDE DE agosto assolada por tempestades, um pajem anunciou que Geoffrey esperava para falar comigo junto à capela, no pequeno átrio. Quando deixei as mulheres com quem costurava, implorei a Deus por forças para suportar o que meu amigo pretendia me contar. Afinal, ele escolhera me encontrar num lugar em que não poderíamos ser ouvidos — a tempestade afastaria os passantes —, e, por isso, eu sabia que seriam terríveis notícias.

O peso da água da chuva fazia com que suas perneiras parecessem estar caindo, e, embora ele vestisse uma peça finamente acolchoada em volta do peito, ainda assim havia um aspecto curvado em seu tórax que indicava tristeza. Ele tinha o queixo erguido, como se analisasse as figuras esculpidas que adornavam o portal. À medida que me aproximava, eu via que não apenas suas perneiras estavam flácidas e sujas, mas também que sua sobreveste, antes de um vermelho brilhante e um preto profundo, precisava ser seca e escovada.

— Veio de longe?

Ele abaixou a cabeça para me olhar, e percebi a intranquilidade em seus olhos expressivos.

— Não muito. Fui a Londres e voltei. Mas permaneci lá por alguns dias

— Geoffrey, você esteve na cidade? Desafiou a peste?

— Estava preocupado com a minha família.

— Quem faleceu? — indaguei, dando vazão à pergunta mais presente na cabeça de todos quando alguém chegava de Londres.

Ele persignou-se.

— Sinto lhe dizer, Alice, mas sua mãe, seu irmão Will e o Sr. Martin Perrers foram todos levados pela doença.

— Mas tantos! — arfei.

Eu teria caído de joelhos se Geoffrey não tivesse me segurado pelos ombros e me puxado para si.

Lembro-me dos estrondos da chuva no telhado do átrio sobre nós, e que meus pés ficaram gelados devido à água que caía na soleira. Tive uma dessas estranhas ideias práticas que se intrometiam em tempos de notícias repentinas e horríveis: quando eu voltasse ao salão, minhas lágrimas pareceriam gotas de chuva, e ninguém faria comentários.

— Sinto tanto, Alice, sinto muitíssimo. Queria lhe contar assim que eu soube.

— Faz quanto tempo?

— Will morreu ontem; sua mãe e o Sr. Perrers, alguns dias atrás.

— Vou ter com meu pai — declarei, apoiada em seus ombros.

A perda seria um golpe terrível para ele. Mas eu me preocupava ainda mais com minha irmã, Mary.

Ele me deu tapinhas nas costas.

— Ele tem sua irmã para consolá-lo.

— Mas quem a consolará?

Minha cabeça latejava, e, enquanto eu lutava para respirar, soluços subiram e me dominaram. Geoffrey sustinha-me o tempo todo, embora o vento soprasse e o telhado sobre nós proporcionasse pouca proteção. Eu parei de chorar, e ele me conduziu para o interior da capela e tirou os sapatos para deixar escorrer a água que havia neles.

Eu não me importava com minhas roupas molhadas, apenas ajoelhei-me para rezar pelas almas que haviam partido, assim como pelos sobreviventes — meu irmão John e minha irmã Mary. Não vi quando Geoffrey ajoelhou-se ao meu lado, nem quando Gwen chegou para me cobrir com um manto e ajoelhar-se do meu outro lado. Mas ambos estavam ali quando finalmente levantei a cabeça. Gwen insistia em que eu voltasse rapidamente para o quarto a fim de trocar de roupa, mas eu ignorei suas preocupações.

— Geoffrey, você precisa me contar tudo o que sabe. Podemos ir até o salão e nos sentarmos junto ao fogo.

— Não, preciso ir vestir roupas limpas e secas. Se alguém me vir neste estado, deduzirá que estive na cidade e serei mandado para longe daqui. Na verdade, não desejo voltar a Londres neste momento.

— Você não me levará até lá?

Ele me olhou aterrorizado, como se eu tivesse lhe pedido que engolisse um rato vivo.

— Alice, não é possível que você queira ir à cidade! E se a rainha soubesse que você esteve lá? Ela a mandaria embora. E então para onde você iria?

Ela certamente compreenderia minha necessidade. Tratava-se de minha família.

— E quanto a você? Você correu o risco.

— E trouxe notícias da sua família, de modo que você não precisa ir. Além disso, o perigo ainda a ameaça.

— Às vezes me pergunto se não exageram esse perigo.

Geoffrey procurou dissimular cuidadosamente sua expressão, mas percebi que ele não tinha mais dúvidas.

— Há algum rumor que você esteja escondendo de mim? — perguntei.

Percebi, refletida em seu rosto expressivo, a luta que se travava dentro dele, mente versus coração. O coração venceu.

— O Sr. Martin Perrers jantou com membros da guilda no dia de sua morte, e parecia muito bem na ocasião, sem mostrar sinais de doença.

Minha garganta se fechou. Mais uma vítima do amaldiçoado segredo de Isabel?

— Ele foi assassinado?

— Isso é o que vem sendo sugerido.

Persignei-me com a mão trêmula.

— Em que condições se encontrava o corpo?

Geoffrey meneou a cabeça.

— Não sei. Os mortos são enterrados tão rapidamente...

— Você acha que teve a ver com Isabel de França?

— Ou talvez ele tivesse outras ligações perigosas. Um amigo contou-me que o Sr. Martin andava amedrontado ultimamente. Viajou para o estrangeiro com dois homens fortes para protegê-lo.

— E onde estão eles agora?

— Os criados não os veem desde que encontraram o corpo no gabinete do patrão.

Que enorme perda. Meu coração pesava de tristeza.

— Que Deus lhe conceda paz — murmurei.

— Então agora você entende por que não deve ir ter com o seu pai. — Geoffrey contorceu-se em suas roupas encharcadas. — E nem deveria querer ir. Dizem que ele é um homem mudado; taciturno, desconfiado, malcuidado.

Senti que, enquanto permanecia ali parada, arrancavam de mim a infância, meu passado inteiro.

— Ele está doente?

— Não. Mas, como muitos outros, não consegue lidar com o horror de tantas mortes e parece ter perdido o juízo; fala sem controle e sem sentido.

— Pobre Mary! Se meu pai está tão mudado, como deve ser para ela?

— Ela tem Nan, não tem?

Sim, tinha, eu imaginava, embora nem mesmo isso eu pudesse saber ao certo.

— Rezo para que madame Agnes cuide de Mary.

Minha avó poderia até entender ser sua obrigação, mas talvez estivesse ocupada demais, protegendo a si mesma e a meu avô da doença, para agir. Eu ansiava por ir ter com Mary, minha doce e preciosa irmã, que estava agora tão sozinha.

No salão, durante o jantar, peguei-me imaginando o que Joana faria se estivesse em meu lugar. Mas ela jamais se encontraria no meu lugar. Ninguém a impediria de ir ter com um membro de sua família se ela sentisse necessidade disso. Naquele dia fui uma péssima companhia para os que estavam sentados próximos de mim.

Quando me levantei da mesa, William Wyndsor aproximou-se, indagando a que se deviam minha palidez e meu ar triste. Mesmo em meio à dor eu notei como ele estava elegante vestido de verde-escuro e ouro. As cores destacavam seus olhos, que me observavam com afeto e preocupação. Eu desejava poder abrir meu coração para ele. Achei que podia pelo menos contar-lhe o suficiente para que não pensasse que eu o estava evitando.

— De fato estou de luto, Sir William, por minha mãe e por um irmão.

— Eu sabia que tinha notado uma grande tristeza em seus olhos e nos seus modos, minha querida Sra. Alice. Que Deus conceda paz aos seus familiares. — Ele fez uma mesura e persignou-se, depois tomou-me pela mão e levou-me para longe das pessoas, até um canto mais calmo do salão. — Eles morreram da peste? — perguntou, em voz baixa.

Hesitei em admitir a terrível verdade, como se, de alguma maneira, aquilo não fosse de fato a realidade enquanto eu não a pronunciasse. Mas eu precisava encará-la, aceitá-la.

— Sim, a peste levou-os. — Senti um aperto no coração.

Sua expressão solidária ameaçava minha compostura.

— A senhora irá ao encontro de sua família?

— Não, não posso.

— Mas eles estão em Londres, não estão? Tão perto... Certamente que a senhora deseja vê-los, não?

Aquilo era demais para mim. As lágrimas vieram e eu solucei.

— Sim, quero vê-los, mas a rainha me proíbe.

— Mesmo? — O tom de sua voz tornou-se irritado. Aquilo era suficiente para me distrair da autopiedade. — O rei nos deixa agir como se não houvesse perigo, mas a rainha proíbe seus próximos de entrar na cidade? — William elevara muito a voz.

Ele era famoso por seu temperamento, mas aquela era a primeira vez que eu o testemunhava. Eu não queria chamar atenção.

— Podemos caminhar ao ar livre? Minha cabeça dói.

Fugimos para o jardim do castelo, onde o calor úmido e pesado, combinado à fumaça de várias tochas, tornou ainda pior o latejar em minha cabeça. Tomei a frente, conduzindo-nos por entre pares que passeavam, bandos de homem agachados sobre jogos ou insultando uns aos outros, bêbados, passando pelos guardas armados e posicionados a intervalos regulares, em direção a um caminho que levava até um jardinzinho murado onde chegava, fraca, a luz das tochas do castelo e do jardim, de forma que me era possível encontrar o caminho. William mantinha a mão sob meu cotovelo.

Dentro do pequeno jardim, escolhi um banco próximo à entrada, o mais distante possível de um casal que se encontrava mais adiante, envolvido num abraço. O ar estava mais fresco agora que nos afastáramos do jardim e do salão, e pude respirar com mais facilidade.

— Quando soube da sua perda? — indagou William, segurando minha mão e acariciando-a suavemente.

— Hoje mesmo, depois do almoço — respondi. — A rainha Filipa é muito gentil comigo. Mas ela teme a peste, e com razão.

William observou-me por um longo tempo enquanto eu permanecia sentada, no silêncio do meu luto. O ar úmido não era tão refrescante quanto eu esperava, e dei-me conta de que minha roupa poderia estar absorvendo a umidade do banco. Quando me levantei para sentir como estava minha vestimenta atrás, William surpreendeu-me ao me puxar para seus braços. Por um instante ele apenas me segurou contra si. Fiquei tentada a entregar-me ao consolo de sua força, ao som tranquilizador de seu coração batendo. Mas, quando ele se curvou para beijar minha testa, livrei-me de seu abraço.

— Eu não estava pedindo compaixão — falei, sacudindo a saia.

Ele levantou as mãos, as palmas voltadas para mim.

— Imploro seu perdão se cometi uma transgressão, Sra. Alice. Mas não posso evitar entristecer-me com seu sofrimento. Eu a amo. Não é possível que não saiba de meus sentimentos. E, por amá-la, fico triste por seu luto.

— Amor? Não estamos falando de amor.

Afastei-me. Eu não podia confiar em mim mesma, em meu discernimento, quando minha mente estava tão transtornada pela dor, mas, além de seu charme, aquela declaração de amor perturbou-me. Era apressada demais.

— Perdoe-me. Não tive a intenção de me aproveitar de suas aflições. — Ele recuou alguns passos, mas depois voltou-se, com um ar decidido. — A senhora precisa ir ver sua família em Londres.

Ah, se fosse assim tão simples saber do que eu precisava e resolvê-lo eu mesma...

— A rainha não permitirá.

— Eu a levarei até lá.

Meu coração disparou, mas a razão rapidamente interveio.

— Não posso deixar que se exponha à ira da rainha por minha causa.

— É disso que a senhora precisa, e é o que lhe ofereço. Sou o homem de confiança de João de Gaunt. Ele pode testemunhar a meu favor, se duvida de minhas intenções.

Ele era um cavaleiro. A rainha poderia enxergar nisso um motivo para me perdoar, já que eu estaria indo com alguém capaz de me proteger. A condessa Joana parecia sussurrar em meu ouvido: *aceite*. Assim o fiz, e, apesar de minha apreensão acerca de sua sinceridade, não perguntei o que William buscava ganhar arriscando-se de tal forma.

NA MANHÃ SEGUINTE, bem cedo, saímos às escondidas do palácio, acompanhados por Gwen e Alan, criado de William. Um cavalariço esperava-nos com três cavalos; William não tinha certeza se Gwen sabia montar, então ela iria na garupa de Alan. Seguimos rio abaixo, na direção da barca que estaria à nossa espera. Fiquei impressionada ao ver como William planejara a viagem em tão curto espaço de tempo. Eu podia ver, pela expressão de Gwen, que ela estava comovida por ele se arriscar tanto por mim e surpresa por ele ter tomado tantas providências a fim de garantir-nos conforto. Senti-me aliviada por ele me deixar com meus amedrontados pensamentos enquanto cavalgávamos.

Como era estranho voltar ao meu lar de infância depois de todo aquele tempo. Lembro-me de que tudo me parecia ao mesmo tempo maravilhosamente familiar e perturbadoramente mudado. Decerto eu é que havia mudado. Por eu ter vivido em palácios por muitos anos, achei o quintal acanhado, e o salão, sombrio e roto. Mas era tudo precioso para mim ainda.

Nan rompeu em lágrimas ao ver-me, assim como Mary, que era agora uma linda jovem. Eu ria e chorava enquanto as abraçava bem apertado. Meu pai manteve-se a uma pequena distância, curvado pela dor, os olhos estupidificados. Aproximei-me e o abracei, mas ele apenas me deu um tapinha nas costas, como se reconhecesse minha presença e apreciasse meu esforço, mas nada tivesse para me oferecer em retorno.

— Margery não conseguiu aguentar, ela não esperou por mim. Sua mãe não esperou por mim.

Vendo-o tão alquebrado, eu não conseguia mais sentir raiva dele por ter me impelido a Janyn ciente de que isso afastaria minha mãe de mim. Eu o via como o homem fraco que ele sempre fora.

— Sinto muito por não estar aqui para ajudar quando ela adoeceu, meu pai.

— Ela não a aceitaria em casa, Alice. Quis mandar chamá-la, mas ela não queria sua presença aqui.

Mary colocou o braço à minha volta e me levou para fora.

— Ele não tem a intenção de magoá-la — sussurrou ela. — Desde que mamãe adoeceu ele vive sempre confuso.

— Como vai John?

— Está bem. Você se lembra de que ele tem um mestre muito gentil, com uma família numerosa? Creio que ele desposará uma das filhas desse senhor quando seu período de aprendizagem tiver passado. Ela se chama Agnes, como nossa avó, e é uma mulher agradável que zela pelo bem-estar dele. — Seus olhos brilhavam de afeição.

Como me alegrava estar com minha irmã! Meu coração parecia um pouco mais leve em sua presença.

— Como você tem se arranjado desde a morte de Janyn? — indagou ela. — Eu queria, à época, poder ir ter com você, para consolá-la.

— Que Deus a abençoe, Mary. — Eu mantinha a voz baixa, pois não queria expor tais sentimentos a William. Gwen desaparecera com Alan na direção da cozinha, mas William permanecera no salão, de pé, olhando pelas portas entreabertas para o jardim adiante, com suas belas flores apesar da chuva. — Arranjei-me como toda viúva de luto se arranja. As manhãs são o pior momento do dia, quando acordo e gradualmente relembro por que razão estou dormindo ao lado de outras mulheres. Janyn e eu passamos apenas quatro anos juntos, mas mesmo assim tenho a sensação de que sempre dividimos o leito. Não compreendo o modo como funciona meu coração. Ele tem sua própria noção do tempo.

Mary apertou minha mão.

— Ele é bonito, o seu amigo — disse ela, olhando de soslaio para William.

— Este não é Janyn — disse subitamente meu pai. Ele devia estar observando Mary.

— Não, meu pai, Janyn não está mais entre nós. Este é meu amigo, Sir William Wyndsor. Graças a ele é que me encontro aqui hoje. Ele providenciou a barca e me acompanhou até aqui.

— Quem lhe contou sobre a morte da sua mãe? — indagou ele, ignorando William.

— Geoffrey me contou ontem que minha mãe e Will haviam morrido.

Eu não considerava meu pai, naquele seu estado de depauperamento, um protetor adequado para Mary. Nem podia suportar a ideia do que devia ser para ela viver naquela casa enlutada, um lugar assombrado por um sofrimento tão recente. Concebendo um esquema para resgatá-la, levei-a para um canto mais afastado e perguntei-lhe o que achava de nossa avó, madame Agnes. Quando minha irmã respondeu que gostava muito dela, decidi seguir com meu plano. Eu a levaria, juntamente com Nan, até madame Agnes e pediria que minha avó cuidasse das duas. Os criados poderiam cuidar de meu pai; madame Agnes se asseguraria disso.

Com essa ideia em mente, nós seis percorremos a pé a curta distância que nos separava da casa de minha avó.

Madame Agnes envelhecera, mas com graça, e, embora parecesse não ter certeza do que fazer ao me reconhecer, logo estava me abrigando em seus braços e chorando de alegria.

— Você parece bem de saúde, e está linda, minha Alice. Estava preocupada com você, por padecer todas essas perdas longe da sua família.

— Senti tanto a sua falta, e também me preocupei com a senhora. Com todos vocês — falei. Quando julguei ter-lhe respondido suas perguntas o suficiente para que ela se satisfizesse momentaneamente, fiz-lhe minha proposta.

Ela assentiu.

— Eu mesma havia pensado nessa solução. Não gostei nada do que vi por lá. — E olhou para Mary por sobre meu ombro. — O que você acha da ideia da sua irmã?

Mary olhou-me em busca de um sinal de como responder.

— Eu fui muito feliz vivendo aqui — falei. — E penso que você também poderá ser.

Mary sorriu timidamente.

— Então eu gostaria de vir.

Madame Agnes bateu palmas.

— Está resolvido! A querida Nan pode tanto cuidar de você, Mary, como me auxiliar nos cuidados com a casa.

Senti que o alívio substituíra o medo nos olhos de Mary e de Nan, e abracei madame Agnes com toda a minha força.

— E você, Alice? — disse ela, segurando-me com os braços esticados e olhando no fundo dos meus olhos. — E quanto a você? Nós a veremos mais vezes?

Expliquei-lhe que a rainha ainda achava perigoso visitar a cidade, com a peste a assolar a todos.

Minha avó assentiu e me abraçou.

— Então espero que, quando tudo isso passar, possamos vê-la com mais frequência. Talvez você se case novamente, não? — Ela fez um gesto de cabeça, indicando William, que havia se acomodado em silêncio num banco junto ao fogo, as longas pernas estendidas na direção da fonte de calor seco. Uma criada levara-lhe cerveja, pão e queijo, e ele se contentava com aquilo enquanto conversávamos. — Um homem bonito. Você o chamou de "Sir". É de família nobre?

— Sou extremamente grata a Sir William por correr o risco de se expor à ira da rainha para trazer-me aqui hoje, mas somos apenas amigos.

— É um bom começo. — Madame Agnes e Mary trocaram olhares.

William não percebeu que eu olhava para ele, mas ergueu os olhos quando madame Agnes se aproximou dele com as mãos estendidas. A expressão reservada que ele mantinha revelava sua atitude de vigilância, o que enfatizava a meus olhos a generosidade de seu gesto ao conduzir-me até ali, até o seio da família que a rainha me proibia de ver. Eu não podia evitar especular mais uma vez sobre quais seriam suas motivações.

Ele se levantou para tomar as mãos de madame Agnes.

— Deus o abençoe por tudo que fez por minha Alice — disse ela — e por todos nós.

— Meu coração estava pesado de ver o padecimento dela ontem e de saber que ela estava proibida de visitar a família, madame Agnes. Sinto-me contente por ter testemunhado este encontro. — Ele fez-lhe uma mesura, e o sorriso que havia em seu rosto quando voltou a erguer a cabeça iluminou o salão.

Uma batida na porta interrompeu nossa conversa.

Uma criada anunciou um pajem que vinha em nome do rei. Ele se curvou diante de madame Agnes, e em seguida diante de nós, informando que o rei enviara uma comitiva para levar-me de volta a Windsor a salvo. O rei! Meu joelhos fraquejaram, aterrorizada que fiquei ao pensar o que aquilo poderia significar. Não apenas fôramos descobertos, como o rei em pessoa ordenara nosso retorno. Olhei para William, que simplesmente me dirigiu um aceno de cabeça, mantendo a expressão neutra. Aquilo em nada aliviou meu pânico.

Madame Agnes interrogava-me com os olhos, mas em voz alta apenas ofereceu ao enviado do rei um pouco de cerveja na cozinha, enquanto eu me despedia de minha irmã. William foi com o pajem na direção dos homens da comitiva.

— Ele é muito bonito — repetiu Mary.

— Um pouco como Janyn? — indagou madame Agnes, aparentemente para si mesma.

Elas falavam amenidades, fingindo que nada fora do comum acontecera. Abracei Mary.

— Seja feliz, minha querida irmã!

Minha mente estava a toda, percebendo que havíamos sido seguidos e imaginando o significado latente naquela comitiva enviada pelo próprio rei Eduardo. Pelo menos algum bem eu fizera. Não tinha dúvida de que Mary estaria em mãos amorosas e competentes na casa de minha avó. Ela era tão linda, com uma índole tão boa, que em breve minha avó se dedicaria a ela como se dedicara a mim.

Nan me abraçou com força, chorando de alegria por estarmos juntas mais uma vez, mas também pela dor de ter sido por tão pouco tempo.

— Tentarei voltar outras vezes — falei, minha mente já em outras coisas.

Eu temia o que a ira da rainha poderia significar para Bel e me amaldiçoava por ter corrido aquele risco. Mas eu ajudara minha família e rezava para que aquilo me valesse alguma graça aos olhos de Deus.

Ao despedir-me de madame Agnes, vi que ela também estava comovida; ela tocou meu rosto.

— Você está tão bem, tão linda! O Sr. Martin Perrers nada nos explicou. Foi seu amigo Geoffrey Chaucer que finalmente me contou por que você nunca nos visitava.

Eu não conseguia imaginar que tipo de explicação ele dera, pois Geoffrey sabia como a verdade seria perigosa para eles.

— O que ele lhe contou?

— Que o veneno de sua mãe a assustou, afastando-a — disse minha avó, balançando a cabeça como que garantindo que compreendia tudo. — Ela era uma louca.

Dei graças pela esperteza de Geoffrey em conceber uma explicação.

William e eu quase não tivemos oportunidade de nos falar enquanto os homens do rei nos apressavam pelas ruas barulhentas rumo à barca, a própria barca real, que se encontrava ancorada onde estivera a nossa. Já navegando, perguntei discretamente a William o que ele soubera pelos homens quando estivera na cozinha.

— Serei punida? Expulsa?

— Nosso rei não está bravo com a senhora, mas com a rainha. — Ele observou minha reação.

— O que quer dizer com isso?

— O que eu disse. Ele ouviu as arengas da rainha sobre sua vinda a Londres, no intuito de ver sua família, e ouviu-a enquanto ela dizia que você deveria ser proibida de voltar, pois levaria a peste consigo, isso e mais um pouco. Ele então a silenciou com um comentário tranquilo. O pajem disse que a proteção do serviço da rainha jamais será negada à senhora. — Ele tomou minhas mãos, ainda examinando meu rosto. — Concorro com o rei por seu amor?

— Não! — Perturbou-me o fato de ele sequer pensar nessa possibilidade. — Sou grata pela proteção do rei, mas eu diria que sua irritação com a rainha tem outras motivações e que fui, para minha sorte, um argumento conveniente. — Toquei a mão de William. — Não me lembro de algum dia ter recebido de um amigo um presente mais valioso que este que o senhor me deu hoje. Rezo para que um dia eu possa lhe dar em troca algo tão precioso quanto isso. Deus o abençoe pela paz de espírito que o senhor me concedeu.

Ele pegou minha mão e beijou-a, depois puxou-me para si e me beijou na boca. Era como se eu beijasse Janyn de novo: ondas de calor percorreram meu corpo e me deixaram, ao final, sem fôlego. William sentiu minha reação e sorriu satisfeito.

— Você será minha esposa, Alice. Eu juro.

Aquela era a mais inesperada das declarações, e eu não tinha capacidade de refletir sobre aquilo tendo meu interior turvado por tantas emoções decorrentes de ter revisto minha família. Escolhi minhas palavras com cuidado, pois eu era grata a William:

— Quanto a isso, não posso dizer. Mas rezo a Deus que lhe conceda felicidade.

Infelizmente, sua única resposta foi um silêncio taciturno que durou toda a nossa jornada. Não tendo com que me distrair, entreguei-me ao meu medo de encarar a rainha e o rei.

Quando chegamos à doca de Windsor, fui conduzida ao gabinete privado do rei. William insistiu em me acompanhar, e eu apreciei seu gesto. Apesar do que ele ouvira do pajem, eu sabia como o rei e a rainha podiam mudar rápido de ideia.

Magnífico em dourado e vermelho, o rei Eduardo levantou-se de seu assento para agradecer a William por garantir minha segurança e o dispensou. Depois, parecendo genuinamente preocupado, convidou-me a sentar-me ao seu lado, tomar junto com ele um pouco de vinho e fazer uma refeição leve enquanto eu lhe contaria detalhadamente tudo o que ocorrera. Elogiou-me por retirar Mary daquela casa infeliz e perguntou se poderia fazer algo por minha família a fim de tranquilizar ainda mais meu espírito.

— Vossa Graça, eu gostaria de ver minha filha amada.

— E por que não? A rainha Joana não vive tão longe daqui.

Meu coração regozijou-se.

— E assim que considerardes seguro, Vossa Graça, também gostaria de visitar minha irmã Mary com mais frequência. Logo ela estará em idade de se casar, e eu adoraria testemunhar esses seus últimos anos de infância.

Colocando suas mãos cheias de anéis sobre meus ombros, ele prometeu providenciar que eu visitasse minha irmã assim que considerasse seguro.

— Pois eu não a faria ir deliberadamente ao encontro do perigo, mas também não quero prolongar essa ausência de companhia fraterna. E eu não me esqueci da promessa de trazer sua filha um dia para residir perto de você. Mas por que não me procurou para expor seu temor pelo que poderia acontecer à sua família, Sra. Alice?

— Não julguei apropriado, Vossa Graça. Respondo apenas a Sua Graça, a rainha Filipa.

— Lembre-se de Sheppey, Sra. Alice. Lá eu prometi que você seria feliz.

Ele me beijou nas duas faces. Para meu alívio, ele ainda estava segurando meus ombros, pois, se não fosse por isso, eu teria caído de joelhos.

Um pajem conduziu-me de volta ao meu quarto.

Gwen encontrou-me à porta e me deu um abraço apertado, depois empurrou-me para dentro do quarto e fechou a porta, apoiando-se contra ela. Eu via, por sua expressão devastada e pelo pano torcido em sua mão, que ela tinha passado o tempo todo chorando e se desesperando.

— Perdoe-me, ama, mas preciso saber: seremos punidas por desobedecer Sua Graça?

— Como eu lhe disse na barca, o rei está do nosso lado. Na verdade, ele compreende tudo. — Mas eu ainda estava insegura a respeito de como a rainha me trataria. Ela tinha seus próprios métodos de castigo, baseados na sutileza. — Nós fomos convocadas?

— A senhora é quem vai preparar seu leite de amêndoas esta noite.

Uma conversa em particular. Era o que eu temia.

— Mas a senhora deve se banhar, e todas as vestes que usamos devem ser queimadas, para que assim a peste não alcance os aposentos de Sua Graça. Eu já me banhei e me troquei.

Depois do jantar, segui Sua Graça até seus aposentos, completamente trêmula. Mas ela não expressou senão alegria por eu ter conseguido levar consolo a minha família, e nada mais acrescentou acerca do incidente. Eu imaginava ao menos sentir em seu comportamento alguma irritação comigo, ainda que ela nada dissesse, mas não detectei tal animosidade. Achei aquilo muito estranho, considerando como ela fora inflexível em sua recusa a me deixar ir à cidade para ver minha família. Mesmo que o rei a tivesse convencido de minha necessidade de fazê-lo daquela vez, eu esperava encontrar algum ressentimento. Mas ela tratou-me como se eu não lhe tivesse causado o menor desgosto. Expressei meu profundo remorso por desobedecê-la. Ela disse que compreendia e falou da tristeza que sentira ao perder inúmeros amigos e parentes.

Naquela noite, pranteei minhas perdas e as da rainha, e rememorei os momentos preciosos que eu vivera com meu irmão Will, um menino de vida tão breve.

Como que para compensar tal padecimento, também sonhei com William Wyndsor; que me deitava com ele e explorava seu corpo nu. A lembrança do sonho me excitava e me confundia, porque eu conseguia me imaginar deitando-me com ele, e deliciava-me em imaginar isso, mas à luz do dia não conseguia vê-lo como pai adotivo de Bel. Havia algo nele que não me parecia confiável o bastante para que eu lhe permitisse conviver com minha preciosa filha. Ou talvez eu ainda estivesse deslumbrada com a gentileza do rei.

PARA MEU ASSOMBRO, daquele momento em diante o rei voltou a notar-me, muitas vezes parando para falar comigo depois da missa matinal. Ele escolhia assuntos triviais, como o clima ou a música que fora tocada no salão na noite anterior. Eu reagia com gratidão humilde, de olhos baixos, desesperada por esconder minha fascinação. Eu não precisava vê-lo para sentir seus olhos sobre mim. Todos os meus sentidos pareciam estar sintonizados em sua figura. Sua atenção era para mim um maná em meio à minha solidão. Eu rezava para ter a sabedoria de não transformar aquilo em algo maior do que de fato era.

No final do verão, a rainha Filipa prostrou-se em seu leito por vários dias seguidos, pois a peste levara suas duas filhas mais novas, Margarida e Maria. Era um golpe terrível contra a rainha, ver ceifadas, com um mês de intervalo entre uma morte e outra, suas duas meninas, ambas recém-casadas e mal começando uma vida nova. Ela ficou inconsolável. Nunca fora próxima de sua única filha viva, Isabel, a favorita do rei. Margarida e Maria eram a alegria de seu coração.

Na segunda manhã em que assisti à missa sem ela, o rei Eduardo parou no corredor, como havia se tornado seu hábito, mas, em vez de uma breve troca de trivialidades, convidou-me para a falcoaria. Nossa comitiva incluiria apenas o falcoeiro e dois cavalariços além de nós.

— Imaginei que nem eu nem a senhora desejaria suportar o barulho de um grupo grande — disse o rei.

Fiquei contente por ter, pouco antes, diminuído a cintura de minha veste de equitação verde-escura, como era moda então, e colocado em meu chapéu penas novas, mais brilhantes. O rei e eu falávamos pouco, absortos em nossos falcões e cavalos, de forma que o bosque e os pássaros sublimes pudessem confortar nossos espíritos. Eu tinha consciência de que ele me observava falar com minha ave, mas não me virava em sua direção. À parte minha atração por ele, eu sentia haver também outro tipo de laço a nos unir quando cavalgávamos pelo bosque, ao vento, livres para gritar, para rir com abandono, para nos maravilharmos com a perfeição da beleza, da graça e do poder desmedido exibidos por nossos pássaros. Longe da corte, sentíamo-nos à vontade estando juntos sem falar, iguais em nossa apreciação da magnífica criação divina. Em paz.

O rei convidou-me novamente na manhã seguinte, e na outra. Na quarta manhã, depois de caçarmos, falamos um pouco sobre nossas tristezas recentes. Eu ficaria feliz em poder amenizar a dor do rei da mesma maneira que ele amenizara a minha. Estávamos lado a lado no meio de um lindo prado. O falcoeiro recolhera nossos pássaros e fora embora. Apenas os cavalariços permaneciam conosco, mas afastados, segurando nossos cavalos à entrada do bosque.

— Em um ano perdi muitos homens que lutaram ao meu lado, de quem eu dependia e em quem confiava plenamente para defender meu reino.

Eram meus irmãos de armas e de coração, meus mais queridos amigos. E agora perdi duas de minhas preciosas filhas, ambas tão jovens!

Ele mantinha os olhos fixos nas árvores, como se temesse perder o controle se olhasse para qualquer outra coisa ao expressar em voz alta sua dor.

Sem pensar, peguei uma de suas grandes mãos e a apertei. Não sei o que me inspirou tamanha audácia. Surpreso, ele olhou para baixo em minha direção e me dirigiu o mais triste sorriso que eu já vira.

— Não posso abrir meu coração para muita gente, Sra. Alice. Até mesmo minha rainha vive me lembrando de que sou rei e não posso demonstrar fraqueza alguma.

— Ninguém saberá, Vossa Graça — prometi. — Na verdade, não entendo como alguém pensaria mal do senhor por lamentar a perda de suas filhas.

— Um comandante deve lamentar a perda de seus homens de armas, e de mais ninguém.

— Não compreendo como Deus quer que conduzamos nossas vidas — falei, lutando para manter a compostura. — Ambos nos esforçamos para ser pessoas boas, para cumprir nossas obrigações. Não entendo Seu propósito em nos testar com tantas perdas.

O rei então puxou-me e beijou-me na boca, um breve toque apenas, depois beijou minha testa, mantendo-me junto a si por um momento. Eu ouvia seu grande coração batendo forte e levantei a mão para tocar seus cabelos claros. Ele ergueu meu queixo e agradeceu por minha amizade, e então me soltou.

— Vossa Graça, sou vossa boa e leal amiga.

Fiz-lhe uma reverência, curvando-me, embora ele não olhasse em minha direção. Fiquei aliviada por não identificar em minha voz o terror que eu sentia.

Ele assentiu, ainda sem olhar para mim. Perguntei-me o que ele estaria pensando.

— Nossos cavalos estão esperando — disse ele, afastando-se a passos largos.

Eu o segui, meu coração se expandindo de prazer. Ele me beijara, ele me tivera em seus braços. Meu bom senso interveio rapidamente, gritando advertências. Eu não deveria tê-lo tocado; se não fosse por isso, eu duvidava que ele tivesse me beijado, mesmo tendo sido um beijo tão casto. Mal podia acreditar que eu realmente tivera a imprudência de tocar seu cabelo. Eu seria expulsa da corte. Seria separada dele. Isso eu não suportaria. Rezei por um sinal divino que me indicasse o que fazer, como evitar as tentações futuras. Era pecado cobiçar o marido alheio. Eu não podia trair sua esposa, que era minha rainha e senhora. Ainda assim, não conseguia parar de pensar na sensação de estar em seus braços, de sentir seus lábios em minha pele. Cada parte de mim o sentira intensamente, em extrema excitação.

Ele não compareceu à missa na manhã seguinte. Tanto melhor, falei para mim mesma. De fato, essa era minha salvação. Era óbvio que eu necessitava de um par, de um marido. Talvez Geoffrey tivesse razão a respeito de William Wyndsor — ele bem que serviria a esse papel. Poderia salvar-me de minha perigosa e tola obsessão pelo rei. Naquela noite, procurei por William no salão. Não o via desde nossa viagem a Londres e temia que ele soubesse de minhas manhãs com o rei, sendo esse o único motivo que eu via como provável explicação para seu afastamento. Lembrei-me de suas suspeitas quando os homens do rei chegaram à casa de madame Agnes. Acabei sabendo, por um de seus amigos, que William fora enviado para o norte, para a fronteira com a Escócia. Recebera tais ordens no dia seguinte ao de nossa excursão. Era um posto honroso, mas inesperado. Senti-me decepcionada por não ter tido a oportunidade de desejar-lhe boa sorte.

Deus me perdoe, mas eu quase dançava de alívio por saber que William não estava mais ali para me salvar do rei.

10

*Ai de mim! Até o fim do mundo
jamais ninguém escreverá ou cantará
uma boa palavra, pois esses livros me censurarão.
Oh! Rolarei por muitas línguas!
Pelo mundo todo meu sino soará!
E as mulheres me odiarão mais que a todos.
Ai! Que destino me coube!*

— GEOFFREY CHAUCER, *Troilo e Créssida*, V, 1058-64

• Outono de 1361 •

TIVE POUCAS OPORTUNIDADES PARA refletir sobre meus sentimentos pelo rei. A rainha passou a dedicar a maior parte do seu tempo — e do meu — ao planejamento da união oficial entre o príncipe Eduardo e a condessa Joana. Ela estava determinada a deixar de lado seu desapontamento em relação ao casamento e a tirar o melhor proveito daquela situação. Quanto às festividades, seu séquito ganharia um novo vestuário, de tal maneira que todos pudessem contribuir com a definição do tema. Verde e branco eram as cores do príncipe, então, embora o casamento fosse acontecer em outubro, as cores escolhidas sugeriam a frescura e a promessa da primavera em vez de ecoar a generosidade e os tons próprios da estação.

Precisei de toda a minha argúcia para ajustar-me e reajustar-me às imperiosas exigências e às mudanças de humor da rainha. Ela estava emocionada por ver seu filho e sua filha adotiva tão felizes, mas furiosa por andarem se encontrando na casa da antiga cunhada de Joana, uma mulher que também contraíra núpcias escandalosas, pouco tempo antes.

A rainha parecia aliviada por ter uma desculpa para elevar seu ânimo e o de todos na corte com um festim extravagante, embora se ressentisse de que ali não haveria qualquer ganho político. Aquela era uma união que não propiciaria à família nenhuma nova aliança estratégica. Provou-se ser impossível para mim predizer se seria a alegria ou o ressentimento que predominariam. Eu assistia ao menor gesto ou mudança de tom da rainha tentando corresponder ao que seria mais seguro para o momento. Toda noite eu caía na cama exausta. Entretanto, também havia ocasiões em que Filipa expressava seu apreço — e isso era uma grande compensação. Ela podia ser muito generosa, tanto em presentes quanto em elogios.

No final de setembro tomei parte no séquito da família real que acompanhou os caixões de Maria e Margarida à Abadia de Abington. Embora o povo acorresse para honrar a solene procissão real à medida que passávamos pelas vilas, seus modos eram graves e muitas vezes assustados — cadáveres de vítimas da peste, por mais que fossem da realeza, deveriam ser temidos. Mas, obviamente, os aldeões ficavam cheios de admiração ao ver seu rei e rainha, o que estava nítido em seus olhos quando me encaravam também, imaginando quem eu seria, em minha capa forrada de pele e em minhas belas botas de couro, cavalgando um magnífico corcel. A ocasião fez-me lembrar de como as pessoas de fora da corte deviam considerar o lugar que eu ocupava no séquito da rainha. Era uma posição honrosa, e minha sorte ia além do imaginável.

Eu ainda me sentia à deriva entre os cortesãos. Mas, quando tentava dormir, via novamente as faces daqueles aldeões e, em minha imaginação, eles me observavam enquanto eu retirava do baú a camisola delicadamente bordada da rainha e atravessava pisos de pedra salpicados com flores perfumadas e juncos frescos. Eu vivia cercada de abundância e beleza, em conforto e segurança. Aquelas faces ensinaram-me humildade e gratidão.

Eu mandara uma mensagem a dom Hanneye por meio de um criado que fizera parte da comitiva e que seguiria viagem para Oxford. Esperava que meu adorado confessor — a quem eu encontrava apenas ocasionalmente, quando ele acompanhava seu bispo a Londres — pudesse encontrar uma maneira de ver-me em Abington. Para meu imenso alívio, ele chegou um dia antes de darmos início à nossa viagem de retorno, e a rainha dispensou-me para que pudesse passar algum tempo com ele.

A cada nova perda em minha vida dom Hanneye tornava-se mais querido, pois conhecera todos por quem eu sofria. Ele perdera peso; seu rosto, antes redondo como o de uma criança, parecia carregado, como se não estivesse dormindo bem. A princípio recordamos aqueles que eu perdera, pranteamos e abraçamo-nos. Apenas depois de os mortos terem sido amorosamente honrados eu pude perguntar aquilo que pesava em minha consciência.

— O senhor crê que Deus e a Mãe Santíssima olham-me com desprezo, como a mulher mais ingrata sobre a Terra, já que tenho tanto aqui?

Quando dom Hanneye assegurou-me de que qualquer um na minha situação se lamentaria, meu coração acalmou-se.

— Eu a observei na capela, quando estava com Sua Graça, atendendo-a em todas as suas necessidades e tratando-a com respeito e amor. A senhora cumpre seus deveres com compaixão e graça, madame Alice. Não vejo em que possa ser culpada.

Ele sugeriu o mesmo que antes, que eu buscasse o caminho da aceitação, procurasse contentar-me com alegrias simples e oferecesse meu sofrimento a Deus.

— Como fazem os monges e as freiras durante suas tarefas diárias — disse ele. — Só que gozando de um conforto muito maior. — Seu sorriso maroto suavizou a aguilhoada.

— Estou muito agradecida por ter vindo. A confiança que o senhor me transmite reconforta-me como ninguém mais consegue. Mas diga-me, como obteve permissão e veio até mim tão depressa?

Como ele fizesse uma pausa, aparentando organizar seus pensamentos, vi que tinha algo a me contar.

— Para simplificar, eu diria que pedi permissão muitos dias antes de receber sua mensagem.

— Mas como sabia que eu estaria na comitiva?

— Richard Lyons esteve em Oxford, onde chegou pouco antes de a comitiva alcançar Abington. Por meio dele eu soube que a senhora estaria na procissão funeral. — Ele pareceu preocupado quando me mexi em meu assento, murmurando o nome de Lyons. — Sei que a senhora nem sempre gostou dele, mas Lyons provou ser um bom amigo.

— Sim, provou ser muito generoso. Mas o que ele queria *do senhor*?

— Fui eu que o consultei, desejando saber se a senhora poderia adquirir outra propriedade perto daquela que já possui em Oxford. Pensei que seria uma boa oportunidade para investir o patrimônio de Janyn. Lyons insistiu em ir a Oxford para ver o local. Estou certo de que ele desejava certificar-se de minha competência no assunto. — Ele inclinou a cabeça por um momento, entrelaçando os dedos de um jeito e depois de outro.

Dom Hanneye cuidava de minha propriedade em Oxford. Como meu representante local, ele recolhia aluguéis, providenciando e inspecionando o necessário para a manutenção da propriedade, além de negociar todas as transações monetárias. Pontualmente fazia a prestação de contas, sempre pormenorizada e perfeita. Eu era sempre grata e, ao mesmo tempo, fazia questão de que o vissem como meu representante.

— Rezo para que ele não o tenha insultado — falei, percebendo seu desconforto.

— Ficou claro que ele pensou que um padre não tem cabeça para negócios. — Ele deu de ombros.

— Então ele não o conhece.

Dom Hanneye riu.

— Agora conhece.

— Bom, eu gostaria de ver a propriedade — falei.

— Gostaria? — Dom Hanneye pareceu surpreso. — Deseja tomar parte na decisão?

— Sim. Desejo envolver-me mais em meus investimentos. — Na situação em que eu me encontrava, sentia-me mais à vontade com os negócios do que com qualquer outra coisa; eu tinha ideias mais claras sobre dinheiro do que jamais parecera ter sobre os homens. — Os aluguéis reverterão em uma renda que servirá para o meu sustento e o de Bel, além de aumentar o dote que Janyn reservou para ela. — Era a única área em que eu tinha alguma possibilidade de escolha, algum poder sobre minha vida. Sentia-me frustrada porque o rei ainda não havia cumprido sua promessa de eu poder ver minha filha, mas eu podia cuidar de seu futuro. — Perguntarei à rainha se é possível que eu volte a Oxford com o senhor e me demore um ou dois dias por lá.

— Tenho certeza de que Richard Lyons a acompanharia de volta a Londres.

— Isso seria bastante conveniente.

Infelizmente, não pareceu conveniente para a rainha.

— Não, Alice, não posso dispensá-la. Você bem sabe quanto ainda temos a fazer antes do casamento. Não, você retornará comigo.

Compreendi sua preocupação com o evento que se aproximava, mas não podia acreditar que haveria um colapso se eu retardasse minha volta em um dia. Talvez fosse egoísta de minha parte desejar ir a Oxford, mas tal perspectiva alçara-me do estado melancólico em que eu me encontrava nas últimas semanas. Tentei explicar isso a ela, mas sua posição foi inflexível.

O auxílio veio de uma parte inesperada. A rainha dispensou suas damas no fim da tarde, de modo que pudesse descansar para a viagem. Elizabeth e eu buscamos a quietude pacífica do jardim. Caminhávamos por ele falando pouco, pois simplesmente agradava-nos o sol de fins de setembro, bem como a tepidez adorável que espantava a friagem de morte. Foi então que apareceu o pajem do rei.

Fosse o pajem da rainha, eu me ressentiria da convocação. Mas o do rei... Meu coração batia em disparada enquanto eu o seguia até a capela, onde ele abriu a porta e, com um movimento de cabeça, indicou-me que entrasse. O rei Eduardo encontrava-se sentado em um banco logo à entrada, tendo as costas apoiadas na parede e as pernas distendidas à sua frente — a própria imagem da despreocupação. Não creio que jamais o tivesse visto assim até então. Por um instante ele era apenas um homem, não um rei, ainda que um homem imponente, de grande estatura. Ao invés de ficar intimidada, senti apenas prazer ao vê-lo e ser vista por ele.

— Venha, Sra. Alice. Sente-se comigo e me conte sobre essa propriedade em Oxford. — Seu tom era amigável, agradável.

Respirei fundo e tentei acalmar-me enquanto me sentava ao seu lado.

— Filipa contou-me que o seu antigo confessor veio de Oxford para discutir sobre a possibilidade de investir em uma propriedade, e que é seu desejo vê-la pessoalmente. Está interessada em adquirir terras?

— Sim, Vossa Graça. Meu falecido marido comprou um imóvel em meu nome para que eu pudesse ter um rendimento caso... — Não soube como continuar, temendo insultá-lo. — Caso eu me encontrasse em dificuldades. — Praticamente sussurrei a última parte, e de olhos baixos.

— Louvável. Entretanto, ele deveria saber que nós não a abandonaríamos.

— Vossa Graça.

Inclinei a cabeça em sinal de respeito, enquanto pensava que ele era tão cego acerca de seu comportamento inconstante quanto era sua rainha, e quanto fora sua mãe.

— Minha mãe, Lady Isabel, falou-me da sua esperteza. Que seu marido a consultava a propósito dos negócios.

Ele se moveu ligeiramente, ao que seu odor de especiarias e couro tornou-se mais forte. Era um cheiro intoxicante de tão delicioso.

— Sim. E, antes dele, meu pai o fazia também, sentando-me ao seu lado no porão para me explicar os livros de contas e frequentemente permitindo-me acompanhar as discussões comerciais.

Interrompi-me, percebendo que eu dissera mais do que me fora perguntado. Sua alquimia estava funcionando comigo, do mesmo modo que funcionava com todos os outros, puxando-me pela língua, e eu me via tentando agradá-lo. Parecia que eu não podia estar em sua presença e não querer mais. Um beijo, um toque.

— Vejo que sua destreza para a falcoaria e sua graça na dança são apenas indícios dos seus talentos, Sra. Alice. Beleza e cabeça para os negócios, caça e dança... o que mais devo saber a seu respeito?

Senti-me corar com seus cumprimentos, mas, para meu alívio, a luz era fraca e estávamos lado a lado, de maneira que ele podia ver pouco de mim.

— Vossa Graça, não sei o que mais eu poderia dizer. Não sou mais do que aquilo que os outros desejam que eu seja. — Arrependi-me de minhas palavras no momento em que as pronunciei.

O rei dobrou as pernas e virou-se no banco, encarando-me. Tomou minha mão direita, virou-a, olhou a palma e, com um dedo guarnecido de anel, percorreu a linha que ia do espaço entre meu polegar e meu indicador até meu pulso.

— Com tanta facilidade eu a toco — murmurou ele enquanto o fazia —, tão imprudentemente a convoco, provoco-a e pego sua mão. Quão descuidadamente tanjo suas cordas, como se a senhora não passasse de um alaúde.

A intimidade de seu toque e sua voz e a sugestão de me tocar como um alaúde excitaram-me muito além do que era seguro.

Ele soltou minha mão e tocou meu queixo gentilmente, ah, tão gentilmente, enquanto me olhava nos olhos. Eu não tencionara olhá-lo, mas não consegui evitar.

— Perdoe-me se a fiz sentir tão usada, Alice.

Eu não confiava em mim mesma para falar nada; minha carne queimava ao seu simples toque.

— Você me perdoa? — sussurrou ele.

— Vossa Graça. — Foi tudo o que consegui dizer.

— Eduardo. Meu nome é Eduardo — disse ele, num sussurro que era pura intimidade.

Balancei a cabeça, num movimento embaraçosamente tolo.

Ele endireitou-se. Subitamente o clima entre nós se alterou, descarregando-se a tensão.

— Obviamente você deve ir a Oxford com dom Hanneye. Mas nós partimos amanhã. Tem algum plano para sua escolta de volta a Londres?

Eu não conseguia mudar tão rapidamente. Como ele podia? Eu era apenas um brinquedo para ele?

— Richard Lyons retornará a Londres dentro de alguns dias, Vossa Graça — falei, odiando-me por soar tão ofegante.

Ele inclinou a cabeça como se ponderasse, e então assentiu.

— É um homem digno de confiança. Enviarei uma mensagem a ele, dizendo que sua vida lhe será ceifada caso algo aconteça a você. — Ele tomou minha mão e a beijou, olhando-me nos olhos. — E não é brincadeira.

Eu tremi e puxei minha mão.

— Sou grata por vossa permissão, Vossa Graça.

— Eduardo. — Ele sorriu.

— Eduardo — sussurrei, e saí correndo da capela antes que eu fizesse algo tolo como beijá-lo em agradecimento. Pois eu entendia que, pelo menos de minha parte, nenhum beijo entre nós poderia ser inocente.

Mais uma vez, como na altura em que o rei enviara uma escolta de Londres para mim e William, a rainha não expressou qualquer irritação diante de meu plano de deixar sua companhia por um breve período.

— Confio que você retornará apenas um dia depois de nós — disse ela.

— Um dia e meio, no máximo. — Ela então sorriu e dispensou-me para que eu fosse arrumar minha bagagem.

Dom Hanneye e eu fizemos uma viagem sem percalços até Oxford e no fim da tarde encontramos Richard Lyons para visitarmos ambas as propriedades: a que eu já possuía mas ainda não conhecia, e a outra, na mesma rua, que eu talvez fosse adquirir. As casas e anexos eram alugados a artesãos e estudantes da universidade, uma heterogeneidade que me era favorável, já que eu não dependeria de uma única classe como inquilinos. As construções estavam em condições satisfatórias, certamente nada grandioso.

— O senhor continuará a supervisioná-las para mim? — perguntei a dom Hanneye.

— Enquanto eu estiver na cidade, para mim será um prazer servi-la, madame Alice.

Notei que ele me chamava de senhora apenas quando havia outras pessoas por perto. Esse sinal secreto de respeito comoveu-me profundamente.

Naquela noite ceamos com Richard Lyons num cômodo privativo de uma estalagem próxima ao convento onde Gwen e eu pernoitaríamos. Examinamos as propriedades detalhadamente.

— A aquisição triplicaria seus rendimentos aqui em Oxford — disse dom Hanneye.

— Se acrescentarmos algumas salas de estudos e oficinas, o rendimento será ainda maior — sugeri.

Discutimos o quanto aquelas adições e algumas melhorias custariam. Richard e dom Hanneye expressaram satisfação e olharam para mim, aguardando minha decisão.

— Estamos combinados. Organizem a compra — declarei — e as melhorias.

Foi com um renovado sentimento de confiança em meu discernimento e minha habilidade para o comércio que me deitei para descansar em uma cama pequena mas confortável, tendo Gwen, minha fiel criada e amiga, a meu lado.

De um golpe fui acordada por um som, seguido do horror de sentir um trapo oleoso ser apertado contra meu rosto. Não conseguia respirar, estava aterrorizada. Abria a boca, arfando para tentar gritar. Antes que eu conseguisse emitir algum som, meu agressor enfiou o trapo em minha boca, e o fez com tanta força que senti uma súbita dor na mandíbula de minha face direita. Em pânico e amordaçada, eu o chutei e agitei os braços, agarrando tudo o que conseguia alcançar, mas veio outro homem em seu auxílio, e eles rapidamente prenderam meus tornozelos, jogaram-me de bruços, puxaram meus braços para as costas e amarraram minhas mãos. Subitamente tudo tornou-se escuridão quando um pano malcheiroso me envolveu. Gwen protestava em algum lugar ali perto. Soltei um protesto abafado quando fui erguida sobre os ombros de um homem e levada embora como um cordeiro amarrado. Imagino que tenha sido num batente de porta, numa manobra malcalculada, que bati a cabeça. Senti uma dor aguda e então mais nada por um bom tempo.

Quando voltei a mim, achei-me deitada sobre almofadas macias, muito mais macias do que aquelas em que adormecera. Movi o pé e a dor percorreu minha perna. Minha cabeça latejava acima da orelha direita.

— Onde estou? — Minha voz estava fraca e meu maxilar doía tanto que eu apenas murmurava as palavras. Mas alguém me ouviu.

— Ela acordou. — Era a voz de uma mulher. — Deixe que cuido dela agora.

— Deixe-a comigo, eu lhe suplico. Minha senhora ficará atemorizada com uma estranha depois do que sofreu.

Meu coração deu um pulo. Gwen estava ali. Ela estava viva. Seu adorado rosto apareceu acima de mim.

— O que aconteceu? Quem…?

— Sra. Alice, a senhora está a salvo. Richard Lyons provou ser um bom amigo, e o rei está enviando uma escolta para nós. — Ela levantou minha cabeça e ajudou-me a beber alguma coisa com sabor de mel, mas que esquentava como conhaque. — Está sentindo muita dor?

Eu me perguntava o mesmo a seu respeito — seu pulso esquerdo estava enfaixado e um dos olhos, inchado e ferido. Cautelosamente toquei o lado direito de minha cabeça. Meu cabelo estava desfeito, mas não havia ataduras. Senti uma leve protuberância.

— A senhorita se machucou, mas não chegou a sangrar.

Só então percebi que meus pulsos estavam enfaixados.

— As cordas eram velhas e grosseiras, e nos amarraram com muita força — disse Gwen. A força e a firmeza em sua voz garantiram-me que estávamos a salvo, mais do que se eu tivesse confiado em um sem-número de palavras.

Uma estranha apareceu, pairando por trás de Gwen. Era uma mulher alta, com olhos escuros e expressivos. Naquele momento, ela parecia ávida por me observar. Seu cabelo estava envolvido em um lenço branco encrespado, e suas vestes eram simples, mas não se tratava de uma freira.

Gwen notou que eu olhava para além dela e virou-se.

— Esta é madame Juliana, uma curandeira. Dom Hanneye mandou chamá-la. Ela tem sido muito gentil.

— Deus a abençoe — falei.

Foram poucas palavras, mas que causaram uma dor aguda em minha mandíbula. Cobri-a com a mão, que estava gelada, aliviando a dor.

Juliana manifestou-se:

— Em breve a senhora estará bem, Deus seja louvado — disse ela. — Machucaram seu maxilar?

Assenti.

— Eles enfiaram um trapo fedido na sua boca. — Juliana franziu o cenho tão raivosamente que teria sido cômico em outras circunstâncias. — Fico feliz por terem sido mortos.

Mortos? Voltei-me para Gwen, sabendo que ela leria a pergunta em meus olhos.

— Os homens do Sr. Richard, junto com dom Hanneye e um beleguim, surpreenderam dois homens levando-nos do convento e os atacaram. Muitos outros saíram das sombras — disse ela. — Foi uma luta assustadora, ainda mais porque a senhora jazia imóvel ao meu lado e eu não podia abaixar-me para ouvir se seu coração estava batendo.

— Você? — perguntei.

— Meu pulso e meu olho estão feridos, mas vão melhorar rapidamente, graças aos cuidados de madame Juliana. Eles colocaram na minha boca um trapo bem menos sujo que o da senhora.

Fiquei contente.

— E os outros?

— O Sr. Richard sofreu um ferimento profundo no braço esquerdo e dom Hanneye quebrou o nariz. Quatro dos homens que tentaram nos levar estão mortos. O quinto está sendo interrogado.

Senti-me constrangida por cair no choro, mas depois que comecei não pude mais me conter. Meu coração já havia sofrido muito pelas mortes dos que me eram caros, mas aquela terrível noite fora o golpe final. As duas tentaram me acalmar por algum tempo, e então, exceto por meus soluços finais, tudo se aquietou. Finalmente exausta, dormi. Acordei algumas vezes em meio à escuridão, as cortinas cerradas em torno do meu leito, Gwen a dormir ao meu lado.

Pela manhã, Richard Lyons e dom Hanneye foram ver por si próprios como eu me recuperava. Dom Hanneye foi o primeiro a se aproximar, abençoando-me e garantindo que, apesar de seu nariz e olhos sugerirem que sentia grande dor, ele estava melhor a cada dia.

— Creio que, quando eu estiver completamente curado, terei uma expressão facial mais interessante, mais confiável em sua imperfeição. — Apesar da estranha contorção em seu sorriso, provocada pelo inchaço, ele parecia o mesmo.

— Deus é misericordioso — falei. Também eu me sentia melhor e conseguia falar mais facilmente do que no dia anterior.

Dom Hanneye afastou-se em direção a um banco e, sentando-se, imediatamente baixou a cabeça em oração.

Com seu braço ileso, Richard Lyons puxou uma cadeira para perto de meu leito. O braço ferido ele mantinha atado junto ao corpo.

— Sra. Alice — disse ele, inclinando a cabeça —, Deus ouviu nossas preces.

— Como está seu braço? — perguntei.

— Ficará bom. Está sentindo muita dor?

— Hoje me sinto melhor. Quem eram eles?

— Não sei. Disseram-me apenas que o rei nos elogia por termos salvado sua vida e a de sua criada, e que os homens tinham clara intenção de matá-la. O enviado do rei afirma que as informações que possui são apenas para os ouvidos da senhora.

Seus modos eram muito mais humildes do que de costume; percebi nele um misto de cansaço e desconforto.

— O enviado do rei? Mas foi apenas ontem que a comitiva partiu de Abington para Londres.

— Isso foi há muitos dias, Sra. Alice. A senhora foi atacada três noites atrás.

Três noites.

— Eu dormi todo esse tempo? — Não era nada tranquilizador saber que eu havia perdido tanto tempo.

— Disseram que a senhora dormiu por um dia, acordou brevemente e em seguida dormiu de novo. Durante esse período, um mensageiro foi ao encontro do rei e retornou com Richard Stury, seu mais fiel escudeiro, e um pequeno destacamento. Stury virá falar-lhe mais tarde.

Persignei-me ao ouvir tais notícias e orei para que Deus me protegesse. Stury era um escudeiro da câmara do rei que subira da posição de valete graças à sua lealdade a toda prova ao seu senhor, à sua destreza e ao fato de que seu avô estivera no corpo diplomático do pai do rei. Os cortesãos ficavam desconfortáveis quando Stury estava por perto, pois havia rumores de que ele espionava a mando do rei, como antes dele fizera seu avô, a serviço do rei Eduardo precedente. Se o rei mandara um homem como Stury, ele devia crer que o ataque tinha relação com o segredo de sua mãe, aquele assunto que levara tantas coisas de mim. Estaria eu algum dia livre da maldição de Isabel? Imaginei que eu seria interrogada por meus raptores e então, quando eles estivessem satisfeitos por eu nada saber, seria assassinada, como o Sr. Martin, Janyn e a Sra. Tommasa. Nunca me convenci de que suas mortes tivessem sido causadas pela doença.

— Não há nada a temer agora, Sra. Alice — disse Richard. — A senhora está bem protegida. Retornaremos ao Castelo de Windsor com uma escolta reforçada.

Eu poderia acreditar que não tinha nada a temer se eu fosse o alvo. Um homem que pensasse em me violentar saberia agora que eu contava com protetores poderosos. Mas o segredo de Isabel, fosse qual fosse, parecia ter um poder próprio, e eu já não podia duvidar do perigo em que me encontrava. Eu era prisioneira nos domínios da rainha. Não importava que minha prisão consistisse em palácios reais; ainda assim era uma prisão.

Richard esperava uma resposta. Senti-me humilde ao ver o perigo que ele correra por minha causa.

— Conte-me o que aconteceu — pedi. — Quem gritou por socorro? Como vocês souberam que deveriam vir?

Gwen interrompeu, trazendo uma mezinha que ela insistiu que eu bebesse de imediato. Era desagradavelmente espessa e viscosa, com um sabor de verdura podre e terra lodosa. Tentei devolver-lhe a taça depois de um gole, mas ela balançou a cabeça negativamente, recusando-se a recebê-la.

— Madame Juliana disse que um ferimento na cabeça como o seu, que não pode ser sangrado, deve ser desinfetado com uma mezinha forte. Isto restaurará sua força e sua memória. Não acha que vale o gosto ruim que sentirá por alguns instantes?

Bebi, ainda que aquele fosse o líquido mais desagradável que eu já havia empurrado garganta abaixo. Gwen recompensou-me com vinho quente, que de fato apagou os vestígios do gosto ruim.

Richard aguardava pacientemente.

— Em resposta à sua pergunta, todo o tempo havíamos planejado guardar o convento. Mas, ah, reunimo-nos tarde demais. Eles já deviam estar lá dentro quando vocês chegaram. No instante em que apareceram no jardim, caímos sobre eles.

— Reconheceram alguém?

— Não.

— O que os levou a montar guarda? — Mais uma vez, admirei-me com a prova de sua coragem agindo em meu interesse.

Ele deu de ombros.

— O desaparecimento do seu marido, da mãe dele logo em seguida, o mistério envolvendo a morte do pai dele, sua inclusão, senhora, no séquito da rainha, enquanto sua filha é abrigada na casa da rainha da Escócia... está claro para mim que seu matrimônio a enlaçou a uma família que se destaca por algum motivo, muito provavelmente por seu leal serviço a Lady Isabel. — Ele fez um gesto com a mão saudável e fez um movimento com a cabeça em minha direção, como se eu tivesse começado a contar-lhe tudo, ainda que eu não houvesse aberto a boca. — Confesso que não me importo em saber mais por medo de comprometer minha própria vida. Mas, por essas razões, dom Hanneye e eu acreditamos que precisávamos protegê-la.

Ele recostou-se na cadeira e apanhou a taça de vinho a seu lado, contemplando seu conteúdo.

Senti-me grata por sua cortesia, pela oportunidade que ele agora me dava para dominar minhas emoções. Richard tinha medo de saber nosso segredo, e com razão.

— Rezo para que não sofra por ter vindo em meu auxílio.

O rubor que se alastrou por seu rosto até suas orelhas sugeriu que ele tinha um lado vulnerável que eu não vira até então.

— Agradeço a Deus pela previdência de estar lá e de incluir o beleguim em nossos planos.

Então minha vista turvou-se e a voz de Richard pareceu vir de muito longe. Quando acordei novamente, havia um estranho sentado ao meu lado. Por um instante imaginei que ele houvesse sido conjurado pela viscosa bebida profana que eu obedientemente bebera. Cabelos e olhos castanho-escuros, capa preta, um pesado gibão verde, meias e botas marrons.

— Sra. Alice — disse ele, fazendo uma reverência com a cabeça. — Sou Richard Stury, escudeiro do rei.

Só então o reconheci. Temi que a mezinha houvesse piorado meu estado, em vez de melhorá-lo.

— Sim, já o vi na corte, Sr. Stury.

Por um momento pensei que estivéssemos sozinhos no quarto, e estava prestes a pedir que Gwen fosse novamente admitida quando ela se aproximou, oferecendo-me uma taça, que relutei em aceitar até que ela me garantiu ser apenas vinho com água, não mais uma mezinha. Ela rapidamente retirou-se para um assento próximo à porta.

— Sua criada é de inteira confiança? — perguntou Stury.

— Sim.

Sorvi o vinho enquanto ele explicava os motivos de estar ali, a maior parte dos quais eu já ouvira de Richard Lyons. Enquanto ele falava, eu o avaliava. Com seu corpo alto e magro e suas feições contraídas, ele mais parecia um oficial de justiça. Sua boca parecia manter-se numa perpétua careta, e, ainda que pelos meus cálculos ele devesse ter no máximo dez anos a mais que eu, já havia profundas rugas entre suas sobrancelhas — que ele mantinha unidas, aliás, mesmo quando proferia um comentário mais agradável ou fazia uma pausa para refletir. Suas mãos estavam pousadas no colo, como se forçadas a permanecer paradas.

— Sou muito grata pela preocupação do rei — falei. — Sei que o senhor está entre seus mais fiéis escudeiros.

Ele inclinou a cabeça em sinal de agradecimento pelo cumprimento.

— Sua Graça não teve dúvidas de que os agressores sabiam dos serviços prestados pelo falecido marido da senhora à mãe do rei, Lady Isabel. É por isso que estou aqui; sou um entre os poucos do séquito aos quais foi confiada a informação acerca da relação entre a família da senhora e a antiga rainha.

— O senhor conhece os homens que me atacaram?

— Eu sabia da existência deles, embora só tenha vindo a conhecê-los na condição de cadáveres.

— Pensei que um deles ainda estivesse vivo.

— Morreu esta manhã. — Em seus olhos escuros não havia uma centelha sequer de emoção.

Fiz o sinal da cruz e rezei.

— Eu não rezaria tão fervorosamente pela alma desse homem, Sra. Alice. Pouco lhe adiantará. Não tenho dúvidas de que sua intenção era interrogá-la e em seguida deflorá-la, antes de matá-la.

Levei a mão ao pescoço, tremendo diante do que poderia ter acontecido.

— Para quem eles trabalhavam, Sr. Stury?

— A senhora não precisa saber isso. Tenho ordens para simplesmente garantir-lhe que está tudo resolvido.

— O senhor está louco? Como posso me defender se não conheço meus inimigos?

— O rei a protege, Sra. Alice.

— Não foi o rei que salvou a minha vida e a de minha criada.

— Não há nada a temer.

— Por quê? O senhor pretende ir tirando a vida de meus possíveis inquiridores à medida que eles forem se revelando, antes que tenham a oportunidade de me atacar?

Stury levantou-se.

— Nós a escoltaremos até Windsor pela manhã. Rogo que descanse antes da viagem. — À porta, ele estacou e então virou-se para dizer: — Na corte, para todos os efeitos, foi dito que bandidos atacaram seu grupo de viagem. Rezaram-se missas pela senhora e por seus salvadores. — E, com uma rápida mesura, ele se retirou.

E assim conheci os limites da prisão que eu habitava. Temi que a partir daquele momento eu não fosse mais livre para transitar fora da corte.

Comecei a me perguntar: seria eu a protegida ou a isca? Por que aquela pergunta me ocorria de repente? Rezei por coragem. Rezei pela segurança de minha filha.

DURANTE A VIAGEM senti um peso, como se eu estivesse retornando à corte em desgraça. Se não podiam confiar em mim para contar-me o nome de meus inimigos, que valor eu tinha? Entretanto, obtive uma pequena vitória ao convencer os homens de que estaria mais confortável no lombo do cavalo do que me ferindo ainda mais com os sacolejos da carroça. O tempo esfriara e uma garoa mantinha-nos a todos encapuzados e calados, de forma que não se notou meu sombrio silêncio.

Richard Lyons fora deslocado para a companhia de Stury. Ele me cumprimentara pela manhã, depois deixou-me para que eu me despedisse de dom Hanneye. Meu confessor pretendera voltar conosco para comparecer ao casamento do príncipe, mas recebera a frustrante notícia de que seu bispo optara por sua permanência em Oxford.

— O senhor está sendo punido por me defender? — perguntei, tocando delicadamente a pele descorada entre suas sobrancelhas.

— Para minha surpresa, estou sendo promovido para um posto melhor aqui em Oxford, em troca de não falar a respeito do incidente. — Ele fez uma reverência com a cabeça.

— Fico contente pelo senhor, ainda que esta promoção seja uma forma de cativeiro.

Ele deu de ombros.

— Eu voluntariamente fiz um voto de obediência. Nunca hesite em chamar-me se for preciso, madame Alice.

Pensei em nossos sedosos elos por todo o percurso até Windsor. A promoção de dom Hanneye em troca de seu silêncio, um aprisionamento da mente, uma restrição da palavra — se não do pensamento — a custódia protetora sob a qual eu viajava e, uma vez de volta aos domínios da rainha, minha limitação ao palácio mais do que confortável, onde todas as minhas necessidades físicas eram supridas com o que havia de melhor, mas onde mesmo assim eu estava engaiolada. Todos a quem eu amava eram inalcançáveis, intocáveis.

CANSADA E ABATIDA, com a cabeça martelando e os ferimentos a latejar, cheguei ao ponto mais interior do pátio do castelo com o desejo apenas de me deitar. Gwen e eu caminhávamos lentamente, de braços dados. Minha cabeça, meus tornozelos e a base das minhas costas reclamavam, mas eu estava satisfeita por me movimentar sozinha. No salão da rainha fomos recebidas por um serviçal que nos guiou para além dos aposentos reais, passando pelos que eu dividia com as demais damas de companhia até um quarto bonito e privativo que me era estranho, exatamente em frente à porta de acesso à parte do castelo ocupada pelo rei.

— O Sr. Adam, médico de Sua Graça, foi informado da chegada da senhora. Ele pede que envie um serviçal para buscá-lo assim que a senhora tiver se refrescado e descansado.

Ele se foi. Um instante depois, uma criada chegou trazendo vinho, frios e pão.

— Necessita de algo mais, Sra. Alice?

Quando ela se retirou, Gwen e eu permanecemos por um momento no calor do braseiro, contemplando as tapeçarias da parede à nossa volta, que representavam homens e mulheres jovens envolvidos na falcoaria, e admirando o grande leito cercado por cortinas douradas e verdes e coberto com meus melhores lençóis. Ao lado de uma chaleira fumegante havia uma bacia.

— Será este o seu quarto a partir de agora? — perguntou-se Gwen em voz alta.

— Certamente que não. Talvez tenhamos sido conduzidas até aqui para facilitar o trabalho do médico, de forma que fiquemos sozinhas e próximas dos aposentos do rei.

Mas eu realmente cogitei a possibilidade de aquele ser um sinal de que mesmo no palácio eu estava em perigo, e, por isso, era mantida perto da guarda de Sua Graça. Afastei meu medo, cansada demais para levá-lo em conta.

— O médico do próprio rei!

Gwen suspirou, e eu li em seus olhos o receio de que eu estivesse mais ferida do que madame Juliana lhe confiara.

— Não se preocupe, Gwen. Veja como eu cavalguei tranquilamente e como caminhei até aqui depois.

De fato, no dia seguinte o Sr. Adam declarou-me suficientemente recuperada para praticar minhas atividades usuais, contanto que eu descansasse à tarde. Naquela noite Sua Graça solicitou que eu preparasse seu leite com amêndoas. Enquanto eu me sentava ao seu lado, uma serviçal mostrou-me os tecidos a serem usados nas festividades do casamento e fiz sugestões a propósito dos acabamentos, um agradável passatempo. Felizmênte eu havia voltado antes das festividades.

— Decidi que, após meu filho mais velho e sua nova esposa estarem definitivamente casados e terem partido para Berkhampstead, nós nos divertiremos com a montagem de um guarda-roupa inteiramente novo para você — disse a rainha, com um sorriso enigmático.

Eu levara comigo, de minha vida de casada, o que considerava ser uma deslumbrante coleção de vestidos, capas, adereços de cabeça, sapatos, joias e outros acessórios apropriados para a esposa de um mercador abastado, e já aumentara essa coleção durante meu período na corte até então.

— Sua Graça, minhas vestes a desagradam?

— Eram adequadas, Alice, mas agora você é uma mulher da corte. — Ela parecia prestes a dizer algo mais, mas então apenas acenou para que eu me retirasse. — Para a cama. Precisarei de você amanhã, então descanse.

— Sua Graça, chamei um serviçal para transportar meus pertences de volta ao meu quarto e ele me disse que eu devo permanecer nos aposentos privativos. Creio que haja alguma confusão.

— Não há confusão alguma. Agora, direto para a cama! — E me espantou para fora de seus aposentos.

Na tarde seguinte, depois de tirar um cochilo, senti-me muito revigorada. Relatei a Gwen os planos da rainha quanto a novas roupas para mim.

— Este aposento, o médico do rei, vestidos novos...? — Ela balançou a cabeça. — Parece que a sua tribulação motivou o rei e a rainha a reexaminar a responsabilidade deles na separação da sua família, e agora estão tentando compensá-la por isso.

Nossa provação comum parecia ter acabado com qualquer reserva que ainda houvesse entre senhora e criada.

— Você é uma das minhas maiores bênçãos, Gwen — eu lhe disse.

Seus olhos encheram-se de lágrimas, e seu sorriso tornou-se trêmulo.

— Deus me abençoou ao me colocar na sua casa, senhora.

Depois de uma análise cuidadosa dos meus vestidos, admitimos que alguns deles haviam sido refeitos muitas vezes — botões, pérolas e fitas retirados e substituídos com tamanha frequência que o tecido estava gasto de maneira desigual, permanecendo os furos e marcas do que fora retirado, apesar dos esforços de Gwen para encobri-los. Por fim, lá ficamos contemplando a pilha de tecidos sobre a cama.

— E então, o que mais? — perguntei.

Gwen enrugou o nariz.

— Algumas das peles estão mortas há tempos.

Esse simples comentário nos provocou risadas.

Mais tarde, quando descíamos apressadas em direção ao salão da rainha, certas de que minha ausência fora sentida, descobrimos Richard Stury andando de lá para cá próximo à condessa Joana, que jogava dados com minha amiga Elizabeth. A condessa estava residindo no castelo aqueles últimos dias antes de seu casamento.

— Sra. Alice, esta noite a senhora ceará com Sua Graça, o rei — disse Stury. — Estarei nos seus aposentos uma hora antes, para acompanhá-la. Meu senhor gostaria de falar-lhe, antes que cheguem os demais convidados, a propósito do recente incidente em Oxford. — E, com uma reverência, ele se retirou.

Meu coração disparou ante o convite. Cear com o rei. Estar tão perto dele! Recompus-me para ir falar com minhas amigas.

Joana ergueu as sobrancelhas, um lampejo nos olhos.

— Parece que você está convertendo a má sorte em boa. Uma refeição nos aposentos reais! Estou deliciada por você. Imagino quem mais estará lá... — Ela afastou a barra feita de pele de seu vestido quando se voltou para mim.

Também eu tentava imaginar.

Elizabeth observou-me minuciosamente, até que sua expressão se suavizou com um sorriso.

— É bom vê-la com um aspecto alegre. Muito melhor do que eu esperava, na verdade. Imagino que esteja dormindo bem melhor sem Jane e Agnes roncando nos seus ouvidos.

Eu não estava de todo surpresa por ver que as notícias sobre minhas novas acomodações haviam se espalhado rapidamente entre as subordinadas à rainha.

— Estou mesmo.

Sentei-me ao seu lado.

— Você deve aproveitar esta oportunidade para pedir a Sua Graça, o rei, pelo retorno de William — disse Elizabeth.

— Um amante? — perguntou Joana. Encantava-a tudo que se relacionasse a assuntos amorosos.

— Não, não, apenas um bom amigo — falei.

Elizabeth enrugou o nariz, dando uma curta risada e balançando a cabeça para demonstrar que não acreditava na minha honestidade. Pareceu-me uma traição de minha confiança. Eu não conhecia esse lado dela e fiquei sentida e desapontada. Acreditava que ela fosse minha amiga, mas uma amiga não falaria de William quando eu não o tivesse mencionado.

— Você se refere a William Wyndsor? — perguntou Joana.

— Sim, ele — confirmou Elizabeth. Tentei chutar seu pé sob a mesa para silenciá-la, mas ela prosseguiu: — E ele declarou sua intenção de desposá-la!

Fiquei perplexa. Eu sabia que ele lhe perguntara a respeito de minha disponibilidade, mas não que o tivesse feito naqueles termos. E eu certamente não havia confiado a Elizabeth os planos de William de desposar-me.

Agora Joana estava muito interessada, inclinando-se à frente para sussurrar:

— Você falou sobre sua intenção de se casar com ele, Alice?

Balancei minha cabeça negativamente.

— Não. Garanto-lhe que não estamos noivos.

— Que pena que seja Wyndsor. — Ela franziu o cenho em solidariedade. — Porque o rei precisa dele na Irlanda, para garantir que Leonel consiga convencer os irlandeses a se comportarem. Wyndsor integra o destacamento que está navegando até lá a fim de preparar o caminho para o duque e seu grupo. — Joana observava-me de perto enquanto falava. — Você tem certeza de que não correspondeu ao interesse demonstrado por ele? Você poderia estar oficialmente noiva.

— Não correspondi.

— É claro que você poderia se casar com ele e continuar no séquito de Sua Graça desde que não engravidasse — disse Joana.

Garanti a ela que eu não tinha considerado desposar Sir William. Ela me observou com uma expressão curiosa.

— Você alguma vez já jantou com Sua Graça, o rei? — perguntou Elizabeth na longa pausa que se seguiu.

Indiquei que não com a cabeça.

— Mas vocês têm ido sozinhos praticar a falcoaria, não é verdade? — O olhar de Elizabeth e seu tom de voz eram desafiadores.

— Costumávamos fazer isso, mas não por muito tempo.

Pedi licença e me retirei.

Quando passei por Joana, ela tocou meu braço e disse baixinho, para que apenas eu pudesse ouvi-la:

— Sou sua amiga. Venha me procurar se estiver confusa.

Deixei o salão num redemoinho de emoções. Uma vez fora dali, eu não conseguia pensar em um lugar onde pudesse encontrar tranquilidade. Eu vira em Elizabeth uma amiga, a única no séquito da rainha. Mas agora parecia-me que ela se aproximara de mim apenas visando aos mexericos, o que muito me desapontou. Eu deveria ter notado seu tipo de conversa antes, as perguntas incisivas, o modo como ela me contava sobre si apenas o suficiente para me manter por perto. Por outro lado, a gentileza da condessa Joana me alegrava. E as notícias sobre a partida de William me trouxeram alívio. De fato, era uma grande sorte para ele que estivéssemos separados, pois o incidente de Oxford tornara-me alerta, consciente do perigo que eu representava para qualquer um que se ligasse a mim. Fora bondoso da parte da condessa Joana contar-me sobre ele, e muito gentil oferecer-me sua amizade, mesmo que eu não pudesse imaginar o motivo de ela me encorajar a procurá-la se estivesse confusa. Como poderia ser minha amiga uma mulher prestes a casar-se com o futuro rei? Em poucos dias ela seria a *princesa* Joana. Mais uma vez eu estaria só.

— Madame Alice? — Gwen estava atrás de mim, segurando um manto leve. — Vai passear pelos jardins?

— Queria que Geoffrey estivesse aqui. Ou minha irmã Mary. — Estendi a mão. — Venha comigo, Gwen, seja minha amiga.

Caminhamos enquanto eu relatava a conversa.

— Sinto por Elizabeth ter demonstrado ser falsa — disse Gwen. — Mas que gentileza a da condessa.

— Quero crer que seja gentileza, mas não ouso contar com ela, pois logo será uma princesa. Por que ela se interessaria em me ajudar?

— Não é possível que alguns da corte sejam sinceros?

Logo chegou a hora de eu me aprontar para a noite. Escolhi meu vestido mais bonito — o corpete justo vermelho com mangas num padrão trançado e a saia num tom cereja. Os botões do corpete e das mangas eram prateados. Gwen arrumou meu cabelo em coques suaves em torno de minhas orelhas, reunidos sob uma *crespinette* prateada e presos por um filete de prata.

Em frente à porta que se abria para a sala de visitas do rei, Stury estendeu a mão para barrar Gwen.

— Você vai esperar comigo aqui fora — disse ele. — Mandarei vir um pouco de comida e vinho, além de um braseiro para aquecê-la.

Gwen ajeitou meu vestido mais uma vez.

— Talvez eu não devesse ter vindo. Talvez não seja apropriado.

Apertei-lhe a mão e em seguida fiz um sinal de cabeça para o pajem, indicando que estava pronta para ser anunciada.

Esplêndido em um curto gibão verde bordado com fios de prata num motivo plantageneta, o rei atravessou a sala a passos largos em minha direção e abraçou-me, beijando-me na testa.

Como sempre, sua intimidade fácil me desconcertou. Seguramente ele percebeu como eu me sentia a seu respeito, como ele me afetava.

— Minha doce Alice. Deus seja louvado. — Ele me segurou com os braços esticados. — Ouvi dizer que foi uma terrível provação. Mas você parece bem. Mais do que bem. Está muito bela esta noite.

— Vossa Graça, estou honrada por ter sido convidada a cear com o senhor.

Eu não ousava olhá-lo nos olhos; em vez disso, encarava as longas pontas de seus sapatos.

Ele pôs as mãos em meus ombros — sem luvas dessa vez — e eu senti o calor que delas emanava, o calor de seu olhar.

— Ninguém vai machucá-la novamente, Alice. Eu lhe prometo. A maldição de minha mãe, lançada sobre você, acaba agora.

Ele me puxou para mais perto de si e inclinou a cabeça para beijar minha testa novamente, mas então, levantando meu queixo, beijou-me na boca. Delicadamente. Ah, tão delicadamente. No entanto, suas mãos deslizaram de meus ombros, acariciando-me nas costas de uma maneira que era tudo menos casta.

— Meu senhor — sussurrei quando ele me soltou. Eu ainda não ousara olhá-lo no rosto. Minha cabeça girava de desejo, medo, tristeza. — Vossa Graça, o que pretende? — Aquilo soou muito rude. Como eu ousava questionar o rei? — Por obséquio, Vossa Graça, estou confusa.

— Olhe para mim, Alice. — Sua voz era suave. — Olhe para mim.

Finalmente levantei o olhar, encarando-o, e o que vi foi uma grande ternura e algo mais, desejo. Seu olhar não me deixava, e pressenti grande perigo. Senti como seria fácil perder-me de corpo e alma, como voluntariamente eu poderia sucumbir ao seu desejo.

— Você sabe o que pretendo. O que nós pretendemos. Começou com a falcoaria. Somos almas gêmeas, Alice.

Sim, éramos — entretanto, precisei fazer minha cabeça voltar ao lugar.

— O senhor é meu rei.

Se fosse qualquer outro homem eu não estaria tão amedrontada, não me importaria com o efeito de seu toque em mim.

— Mas em meus momentos privados sou um homem como qualquer outro. Você precisa ver isso.

— Vossa Graça — murmurei, confusa e amedrontada demais para conseguir dizer outra coisa.

Eu não queria ser uma de suas amantes passageiras. Segundo suas palavras, éramos almas gêmeas, mas por quanto tempo? Até que ele descobrisse uma mulher que partilhasse de outros interesses seus — música, talvez? Quem sabe uma cantora cuja voz casasse perfeitamente com a dele? E então o que aconteceria comigo? Certamente a rainha Filipa sabia das atividades do marido. O que aconteceria a Bel se eu me desgraçasse?

Ainda assim, o que ele sugeria não podia deixar de me excitar.

— Quando estivermos a sós, quero que me chame de Eduardo.

Eu apenas assenti, não confiando em minha voz. Se ele não fosse rei...

Ele me puxou para si mais uma vez, beijando-me nas faces. Suas mãos em meus ombros eram delicadas, mas incisivas, e seus olhos estavam carregados de desejo.

— Alice, não tenha medo de mim. — Finalmente, ele beijou-me as mãos, afastando-se em seguida. — Agora, antes que os demais cheguem, você deve me contar tudo de que se lembra a respeito daquela noite.

Quão facilmente ele mudava para uma conversa normal! Minha mente e meu coração não conseguiam fazer uma mudança tão suave e graciosa. Fiquei olhando suas botas estupidamente, esmerando-me para acalmar meus pensamentos.

— Eles chegarão em breve, Alice. — Ele forçou sua voz a manter-se calma, mas eu senti sua impaciência.

— Lembro-me de muito pouco. — Contei-lhe tudo de que me recordava. — Minha criada permaneceu consciente durante o ataque e poderá contar-lhe muito mais. Ela me aguarda na antecâmara, com o Sr. Stury.

— Chame-a.

Gwen parecia muito mais composta do que eu ao descrever o ataque e o contra-ataque. Eduardo fez algumas perguntas, que ela respondeu. Quando estava satisfeito, cumprimentou-a por seu relato e sua lealdade a mim e em seguida dispensou-a.

Eu ousara olhá-lo mais perto do que antes. Notei o modo como ele devotara a Gwen sua mais completa atenção. Notei também as finas linhas ao redor de seus olhos e outras, mais profundas, sob sua barba, que radiavam da ponta de cada narina até os cantos da boca. Sinais de idade. A rainha falara havia poucos dias que ele estava próximo dos 50 anos. Poderia ser meu pai, mas não era nada parecido com ele. Tão vivo, tão excitante.

— O Sr. Stury contou-me pouca coisa. Quem eram aqueles homens, Vossa G...?

Ele balançou a cabeça, articulando seu nome mudamente.

— Eduardo — corrigi-me, e a palavra quase ficou presa à minha garganta.

Eu temia estar cruzando uma barreira sem me sentir preparada ainda. Temia meu próprio desejo de ser tocada por ele.

Ele sorriu do modo como eu dissera seu nome, mas em seguida ficou sério.

— Como era o costume de seu falecido marido, eu lhe direi apenas o necessário. Para protegê-la. — E inclinou a cabeça, olhando-me firmemente com um ar de quem esperava que eu me satisfizesse com tal resposta.

Apesar do medo, eu confiava nele. Nunca duvidei de sua sinceridade. Entretanto, se éramos amigos de fato, bem, nesse caso, ele deveria conhecer-me em toda a minha teimosia.

— Como eu costumava discutir com Janyn e com Lady Isabel, aqueles que desejam fazer mal à minha família não têm motivos para acreditar que eu nada saiba. Eles virão atrás de mim para descobrir o que desejam saber. Como fizeram em Oxford.

Eduardo fez uma reverência com a cabeça, as mãos cruzadas nas costas. Prendi a respiração, esperando pela revelação que iria explicar o tormento que eu vivera ao longo dos últimos anos. Temi que fosse algo excessivamente trivial para ter custado tantas vidas; temi que fosse significativo a ponto de eu ser forçada a suportar uma vida inteira de sofrimento.

— Em seu devido tempo, Alice.

Abri a boca para protestar. Ele pôs um dedo em meus lábios.

— Eu lhe contarei o seguinte: por todos os lados, a família de seu marido estava cercada, tanto por aqueles que cuidavam para que ela mantivesse o pacto de sigilo quanto pelos que a coagiam a quebrá-lo. Em ambos os lados há membros da minha família e barões influentes, bem como mercadores abastados à espera de fazer alianças poderosas. Mas, agora que todos sabem que você está sob minha proteção, eles desistirão.

— Por isso meus agressores precisaram morrer?

Ter aqueles inacreditáveis olhos azuis tão intensamente fixados em mim dava-me a sensação de sufocamento. Quando ele repentinamente quebrou o feitiço, balançando a cabeça, arfei em busca de ar.

— Você certamente não esperava que eu permitisse que eles fossem soltos, esperava? Qual punição teria preferido? Que morressem aos poucos em uma masmorra, privados de comida e água, de sol e dos sacramentos? Seria a morte imediata um castigo suave?

— Não! — Fiz o sinal da cruz ante os horrores que ele descrevera. — Entretanto, eu teria preferido conversar com eles primeiro, interrogá-los a respeito de meu marido e seus pais.

— Não cabe a você esse papel, Alice.

Seu ar de inflexível decisão enfureceu-me.

— E minha filha? E se alguém a raptar com a intenção de me chantagear? Como posso viver sentindo tal medo, Eduardo?

— Você não tem nada a temer, doce Alice. Minha irmã entende perfeitamente o perigo que sua filha corre. — Ele me trouxe para junto de si. — Já lhe disse, eles não farão mal a você ou a sua filha. Os que ousaram morreram na tentativa; o sobrevivente foi executado. Isso servirá como alerta àqueles que pensarem em experimentar fazer uma coisa dessas novamente.

Dessa vez eu não respondi, simplesmente entreguei-me ao seu abraço. Não entendia como era possível que eu ao mesmo tempo me excitasse com sua proximidade e me enraivecesse com seu controle. Quando ele se afastou, perguntei se poderia retirar-me para meu aposento.

— Não, Alice. — Seu tom ao dizer isso não foi irritado, mas sua expressão era séria e sua voz, firme. — Quero que meu séquito e aqueles que eu prezo como amigos a conheçam melhor.

Mas, e quanto a sua rainha? Apresentar-me ao seu séquito... Eu não teria qualquer privacidade, qualquer escolha. Apresentada naquelas circunstâncias, eu estaria marcada para sempre.

Ainda que, de fato, já acreditassem que eu havia tomado o rei como amante. Desde Sheppey. Eu já fora julgada e condenada.

Em meio ao pânico que eu sentia, concentrei-me em respirar. Disse a mim mesma que aquilo era o que meu coração verdadeiramente desejara, que eu haveria de agradecer pelo que acontecia comigo e até mesmo naquilo tudo encontrar prazer.

No FESTIM DE suas bodas, o príncipe Eduardo e sua noiva, a princesa Joana, brilhavam em suas vestimentas verdes e brancas, cobertas de pedras preciosas e pérolas. Seus séquitos usavam as mesmas cores, que eram também as das vestes dos filhos que Joana tivera com Thomas Holland. Dançando, o casal exalava felicidade. Foi para mim um dia doce e amargo, por evocar lembranças do meu tão alegre casamento, e, ao mesmo tempo, deixar-me feliz por Joana. E mais feliz ainda por mim mesma, pois Eduardo cumprira sua promessa de que Bel acompanharia o cortejo de sua irmã, a rainha Joana. Fazia meses que eu não via minha filha.

O rei ignorou-me durante os festejos, não me dirigindo o olhar uma vez sequer, ou ao menos não que eu notasse. Vendo-o em seu papel oficial — o rei de cabelos brancos, glorioso em suas vestes com os signos heráldicos, abençoando seu herdeiro —, perguntei-me como eu pudera imaginar que ele me desejasse. Com certeza, tudo não passara de um sonho.

Meu único prazer era a presença de minha filha Bel, que desta vez demonstrou grande felicidade em ver-me, abraçando-me com todo o calor e amor que eu poderia desejar. Quatro anos e meio pareceram-me uma idade encantadora. Geoffrey declarou ser ela a criatura mais bela de todo o salão, ao que ela ria e rodopiava e deleitava-se em fazer cortesias de agradecimento. Passamos apenas alguns dias juntas, tão pouco tempo, e então ela foi levada de volta a Hertford.

FIEL A SUA palavra, a rainha Filipa passou a dedicar-se ao planejamento de minha nova indumentária tão logo se recuperou do casamento real, acompanhando as sessões de prova e inspecionando o trabalho antes da finalização. Com exceção de algumas peças de seda e veludo, opus-me a tudo, mas ela me desconsiderou. Escolheu para mim tons de vermelho entre o rosa e o roxo, bem como dourados de tons escuros e o índigo. Eu vibrava ao pensar em como agradaria a Eduardo. Minhas confissões e orações estavam cheias daquele prazer culpado que eu sentia diante daqueles tecidos sensuais de cores esplêndidas. Dom Creswell parecia divertir-se com minha ânsia reprimida. Eu não ousava chegar ao ponto de revelar os verdadeiros pecados que estavam em meu coração, minha traição à rainha em cada sorriso que eu dirigia ao rei.

Foi então que teve início um período em que o rei e eu nos lançamos a um estranho jogo de gato e rato, que evoluía com uma estranheza crescente. Fui incluída em suas sessões matinais de falcoaria e em jantares informais em seus aposentos, dos quais participavam integrantes de seu séquito. Mas ele não me beijava, não me tocava. Sua presença embriagava-me, e aterrava-me a imensidão do que parecia estar por vir.

Durante esse período, nunca ficávamos a sós. Ele era sempre cortês e lisonjeiro, nada mais.

Eu duvidava de que ele notasse minha nova elegância, ainda que tenha enviado o Sr. Adam para indagar sobre a causa de minhas olheiras e de meu peso reduzido.

Dei ao médico uma resposta qualquer — não podia confiar a ele a angústia provocada pelo conflito entre minha crescente paixão pelo rei e minha lealdade à rainha. Meu estado de espírito encontrava-se agitado. Restringi minha explicação, alegando serem apenas efeitos de minha provação em Oxford. Pela primeira vez em minha vida, meu sono era tão leve que o menor ruído acordava-me, e, uma vez desperta, assaltava-me o medo de que estranhos estivessem em meus aposentos. Apesar de meus quase sequestradores estarem mortos, eu ainda temia que, como acontecera antes, eu pudesse ser atacada novamente. O Sr. Adam sugeriu uma bebida para dormir.

— Então é porque estou realmente desamparada.

— A senhora está a salvo. Encontra-se sob a proteção do rei.

Olhando-me de cima de seu grande nariz aquilino, ele claramente pensava que eu era tola por duvidar de minha segurança.

— Eu estava sob a proteção do rei quando fui atacada, Sr. Adam.

Ele grunhiu. Eu não tomei a bebida.

Minha perda de peso e meu aspecto insone haviam sido igualmente notados pela rainha Filipa. Ela ouvira minha explicação com solidariedade e em seguida dividiu comigo os motivos de sua própria melancolia — sentia tantas dores na pélvis que jamais daria à luz outra criança, e que ela e o rei viviam como irmãos, não como marido e mulher. Então, declarou que encontraria algo que alegrasse a nós duas.

Eu ouvira as damas de companhia da rainha especulando que o acidente que ela sofrera durante a cavalgada arruinara seu prazer sexual e que pouco depois sua menstruação cessou de descer. No entanto, eu jamais a ouvira tocar no assunto. Senti-me honrada pela confiança que ela depositava em mim, triste por sua situação e angustiada pela sensação de que ela me absolvia de minha culpa. Os trajes novos e essa confiança faziam-me crer, cada vez mais, que eu estava sendo preparada para me tornar a amante de Eduardo, uma percepção a um só tempo excitante e assustadora.

No período em que nos preparávamos para as festividades de Natal, a inspiração da rainha para nos animar foi a de que ambas deveríamos deslumbrar a corte, atraindo a atenção de todos por onde quer que andássemos. Alegraram-na nossas discussões, nosso planejamento, a escolha das joias e dos tecidos vibrantes, cheios de brilho. Ela me abraçava com frequência. As mulheres notavam. Na presença da rainha, faziam questão de conceder-me pequenas gentilezas, mas deixavam-me de lado quando ela estava ausente. Aos poucos meu sono se regularizou. Não o atribuo ao trabalho, ainda que me agradasse, mas à afeição da rainha. Senti-me mais integrada à sua vida do que antes, como uma parte de sua família expandida. Aquilo fez mais por mim, no sentido de dar-me segurança, do que qualquer outra coisa.

Entretanto, havia ainda um perigo de natureza diferente. Não a maldição de Isabel, mas o desejo de Eduardo, e o meu. Certa manhã de novembro, adentrei meus aposentos e descobri um corte da mais bela lã carmim, macia e ricamente tingida, acompanhado de um bilhete do rei, fechado com um selo que eu conhecia bem: *Que melhor cor para a falcoaria? E.*

O rei era um caçador astuto.

Como eu.

DURANTE AS FESTAS de Natal, a rainha usou vestes adornadas com tantas joias e pérolas, no intuito de atrair a luz, que realmente pareceu radiante. E eu fiz o mesmo. Geoffrey contou-me sobre o persistente burburinho em torno dos planos da rainha para mim e perguntou-me diretamente se eu estava sendo ofertada ao rei.

Suas palavras confirmaram meu temor de que todos na corte notassem as intenções do casal real para comigo. Obviamente percebiam que Filipa vestia-me como uma versão mais jovem de si própria. Obviamente sabiam que eu frequentava os jantares de Eduardo e que nos dedicávamos juntos à caça e à falcoaria, às vezes sozinhos. Assegurei a Geoffrey que nos últimos tempos Eduardo e eu nunca ficávamos a sós, mas que eu me sentia como Créssida, sendo vestida para impressionar o rei. E quem era meu Troilo? Janyn? Será que ele olharia para mim lá do céu e me veria como uma esposa infiel? Aquilo para o qual eu estava sendo arrastada era pecado, por mais sincero que fosse meu amor por Eduardo, pois ele jamais poderia desposar-me.

A rainha Filipa obteve sucesso em seu plano escuso. Eduardo parecia completamente imerso em meus corpetes decotados e não fazendo questão de esconder o desejo em seus olhos quando se demoravam em mim. De fato, ele frequentemente atraía minha atenção, encarando-me por um momento para, em seguida, baixar o olhar novamente para meus seios. Ele sabia o que estava sendo tramado. Se ele fosse ousado o suficiente para levantar minhas saias, teria me encontrado pronta para a rendição, valha-me Deus.

Janyn se fora. Eu afinal acreditava. Eu tivera um casamento muitíssimo feliz, assim como um longo período em que me sentira muitíssimo abandonada. Meu corpo ansiava pela atenção de um homem, e esse homem era meu rei.

Então, naquele fatídico dia do início da primavera, quando cheguei às gaiolas dos falcões e ali encontrei unicamente Eduardo, eu soube aonde nos levaria nossa manhã dedicada aos esportes. Que Deus me perdoe, porém eu estava mais do que pronta, estava ansiosa.

Naquela manhã eu trajava vermelho, sob uma capa em tom de verde-escuro, forrada de pele de gris, porém o que mais chamava atenção eram minha saia e meu chapéu vermelhos. Vermelho-sangue, o tecido com que Eduardo me presenteara. Ele usava jaqueta e perneiras de um roxo profundo, púrpura. Ficava-lhe bem. Brilhávamos como joias enquanto cavalgávamos através do bosque até o pântano. Era começo de abril. Aproveitávamos nossos últimos dias em Sheen antes de voltarmos a Windsor para as comemorações do Dia de São Jorge. Uma névoa de início da manhã girava em torvelinho sobre o chão, contribuindo para que eu imaginasse que cavalgava em direção a um sonho, a um espaço fora do tempo.

Caçamos com falcões naquela manhã. Ao tocá-lo, meu falcão encarou-me por um átimo com um olhar atento e, em seguida, virou-se para contemplar ao longe, pronto para a caça. Como sempre, ao olhá-lo nos olhos, sentindo sua selvageria e pressentindo a potencial destruição que ele poderia desencadear com seu bico e suas garras, vibrei com o laço que nos unia, dois predadores que muito facilmente poderiam matar um ao outro, unindo-se para a caçada. Não podíamos nos falar, não podíamos fazer um pacto e, no entanto, confiávamos um no outro, tocávamo-nos, estremecíamos diante do poder que tínhamos em comum.

O falcoeiro e um menino haviam seguido na frente para escolher a melhor área do pântano, enquanto outro menino, com os cães, esperava conosco. Os dois primeiros voltaram com notícias de que havia garças e patos bem próximos dali. Fomos cautelosos ao nos aproximarmos, a necessidade do silêncio aumentando nossa ansiedade. Meu falcão localizou os pássaros antes de mim, subitamente inclinando-se naquela direção. Senti sua tensão. Os cães isolaram uma garça. Prendi a respiração, e meu coração disparou quando soltei o falcão. Observei-o subir no ar, e então descer. A garça se ergueu, muito desajeitada até alçar voo e, depois, muito graciosa. Quase lamentei a habilidade de minha ave ao vê-la avançar em sua investida. O falcoeiro enviou o mais hábil nadador para apanhar a presa. Meu falcão retornou à minha luva, suas penas trêmulas, sangue em suas garras e em seu bico. Num murmúrio, manifestei minha admiração.

Naquele momento o pássaro de Eduardo voava alto, mergulhando em direção a um pato; então, rapidamente, apanhou uma garça como a minha e voltou a perseguir outro pato. Sorrimos e nos cumprimentamos com os olhos. Eduardo certa vez me dissera que a ausência da voz humana durante a caçada lhe dava uma estranha sensação de paz — estranho encontrar paz em meio à brutalidade da morte repentina. Mas eu entendia... os gritos dos pássaros, o bater das asas, o ofegar dos cães, o cerco repentino.

Como o falcoeiro e seus meninos estavam ocupados com as presas, Eduardo aproximou-se de mim, seus olhos a brilhar. Ele estava magnífico de púrpura, com seu longo e revolto cabelo branco sob o chapéu, o rosto corado pela friagem matinal e pela cavalgada, extremamente concentrado, a postura ereta como a de um soldado. Ele inclinou-se para mim e acariciou minha face — um emaranhado de penas caiu em meu colo.

— Puro-sangue — disse ele, levando à minha coxa a mão firme e olhando-me bem nos olhos, como que em desafio.

Eu ri, sentindo-me despreocupada e viva.

— Sua selvageria me atrai, Alice, você sabe disso. Quando você se torna uma só criatura com seu falcão e seu cavalo, à vontade no bosque... são esses os momentos em que eu mais a desejo.

Apesar de o medo fazer minhas entranhas se contraírem, lentamente abri um sorriso, pois não podia negar para mim mesma que gostava do modo como ele me tocava. Gostava muito.

Vendo agora tão claramente que eu não tinha escolha, que a escolha fora dele, pensei que eu deveria ao menos agir com todo o meu coração ao cavalgar, ao caçar. Rezei para manter o juízo. Havia tempo nos aproximávamos daquele momento, mas em meus sonhos mais desvairados a Alice que o rei despia e acariciava era mais velha, mais sábia, mais experiente. Eu não era senão eu mesma, insegura e subjugada pelo poder daquele homem, daquele rei, empunhada contra gente mais poderosa do que eu jamais seria. Em meus devaneios eu *escolhia* deitar-me com ele. Mas compreendi, pelo modo como ele me tocou e me olhou, que a escolha na verdade era dele; e vi que ele dedicara um longo período a me atrair, sutilmente, pacientemente e, ah!, muito habilmente.

Se havia um modo de resistir a um rei, eu não o aprendera. E não o aprenderia.

Depois da caçada, Eduardo simplesmente declarou que iríamos nos retirar para seus aposentos. Enquanto retornávamos ao palácio, ele me entreteve com seu humor e alguns trechos de música — sua voz era encorpada, grave. Em seus aposentos, ele ofereceu-me conhaque. Pareceu-me uma bebida forte para ser ingerida no meio da manhã — e excessivamente quente, pois, apesar de estar frio no pântano, eu sentia um fio de suor a escorrer sob minhas vestes e sabia que meu rosto estava ruborizado pelo calor do meu próprio corpo. No entanto, alguns goles ajudaram-me a acalmar meu tremor, até que ele me tomou em seus braços, beijando-me com uma paixão tão violenta que me enlangueceu de medo e desejo, uma combinação tão cheia de poder e confusão que eu me desvencilhei de seu abraço, dando-lhe as costas.

O que estou fazendo?, perguntei a mim mesma, numa espécie de pânico. Deitar-me com o marido de minha senhora, o marido de minha *rainha* — a seriedade daquilo deteve-me.

O rei despira sua jaqueta. A camisa de linho que havia por baixo deixava entrever pelos brancos em seu peito, salpicados de outros em um tom de louro-escuro. Com seus cabelos e barba claros, ele recebia a luz irradiada pelo fogo e parecia mais do que humano. Ele estendeu-me a mão.

— Tenho medo, Eduardo.

Ele pôs as mãos em meus ombros e me sacudiu de leve.

— Olhe em meus olhos e me diga que não quer que eu faça amor com você.

Olhei em seus olhos e me senti navegando rumo às suas profundezas. Senti-me acolhida, segura. Apesar do medo, inclinei-me em sua direção.

Ele acariciou meu pescoço como fazia com seu falcão.

— Alice — sussurrou ele, deixando pender as mãos e dando um passo para trás. — A primeira divisa que usei em um grande torneio foi "Seja como for". Eu aceitava o que Deus colocasse em meu caminho. Fiz votos de que eu enfrentaria sem hesitar tudo que Ele me apresentasse e de que encontraria a melhor maneira de conquistá-lo. Seria sábio de sua parte se você procedesse como eu. Você é uma jovem, bela, sábia e desejável viúva que conquistou o coração de seu rei. Aceite-o e trate-o bem, Alice. Receba-o com alegria em seu coração e em seu corpo e ele cuidará de você com tanta devoção e sentimento que você jamais se arrependerá. Ele o promete.

— Meu senhor, de coração e de corpo eu o desejo, não duvide disso. Entretanto, o dever me prende à rainha. Como posso traí-la deste modo? Pois esta parece ser a pior traição.

Ele inclinou a cabeça. Quase estendi a mão para tocar os sedosos fios prateados do seu cabelo.

— Minha amada Filipa está sendo consumida pela dor. Deitar-me com ela seria o mesmo que atormentá-la, o que, de minha parte, equivaleria a um grave pecado. Ela sabe que eu ainda sou homem, Alice. Minha rainha não é nenhuma tola.

Ele pegou minhas mãos, levou-as até seu peito para que eu pudesse sentir as batidas de seu coração.

Suas palavras lembraram-me a bênção velada que Filipa dera a nossa união. Eu fora preparada para aquilo sem que ninguém me perguntasse se me agradava ou não. Eu continuava a ser um fantoche. Mas, ao olhar o rei e perceber seu desejo, compreendi que eu ainda tinha algum poder.

Tal poder deu-me coragem para dizer o que se passava em meu coração.

— Eu conservo a lembrança de um amor que para mim ainda não faz parte do passado, Eduardo. Você pode me dar garantias de que Janyn faleceu? E promete que minha filha Bel será trazida para a corte, onde poderei criá-la?

Ele fechou os olhos e fez um som estranho.

— Pode também prometer que não me descartará em questão de semanas?

Ele puxou-me para perto de si, suas mãos movendo-se para a base das minhas costas.

— Você barganha comigo, Alice, como a esposa de um mercador?

— Eu *sou* esposa de um mercador, Eduardo.

Ele me repeliu tão repentinamente que perdi o equilíbrio e caí sentada em uma cadeira.

— Você é a *viúva* de um mercador, Alice — disse ele, numa voz ríspida de frustração. Nunca antes eu o vira tão furioso, os olhos azuis pálidos em meio à face enrubescida, os longos cabelos brancos em desalinho. Fiquei assustada. — Janyn Perrers está morto. Você acertou ao duvidar de que ele fora vítima da peste... ele morreu pelas mãos de um assassino, estrangulado e em seguida apunhalado no coração. — Ele cuspia as palavras, como se fosse sua vez de apunhalar alguém; a mim.

Embora eu o temesse, enfureceu-me o modo como ele me contava aquilo que eu implorara para ouvir. Levantei-me e esbofeteei a face de meu rei. Dei-lhe o tapa mais forte que consegui. Ele agarrou meu pulso, tomou-me no colo, carregou-me para além das cortinas até seu quarto, atirou-me na cama e grosseiramente explorou o que havia sob minhas saias. Eu prendi sua mão. Seus olhos queimavam-me.

— Meu senhor! — gritei.

O fogo em seu rosto apagou-se. Ele me soltou.

— Se me quer, que seja como amante. Nus, ambos. Como iguais no ato de amor.

Por um longo momento encaramos um ao outro, gradualmente nos acalmando.

Por fim, ele disse:

— Como iguais no amor.

Ele sorriu e levantou-se para despir a camisa e as perneiras. Seu corpo forte, admirável, não era tão belo quanto o de Janyn. Cicatrizes repuxavam sua pele, que a idade tornara um tanto flácida. Mesmo assim eu o desejava.

Saí da cama e despi-me, empurrando suas mãos quando ele me apressava, sorrindo e balançando a cabeça.

Finalmente ele me levantou e eu o envolvi com minhas pernas. Ele me penetrou facilmente, gemendo enquanto eu, acompanhando-o, me movia. Muito cedo satisfez-se, muito cedo.

Depois, ele colocou-me sobre si e segurou meus seios entre as palmas de suas mãos, beijando-os e beliscando meus mamilos com os dentes até que, ardendo de desejo, eu gemesse. Só então me penetrou novamente e me possuiu.

Ele nada prometera além de que eu seria grata. Entretanto, uma vez que eu experimentara seu corpo, não conseguia afastar-me dele.

11

*Seus braços delgados, suas costas estreitas e macias,
seus flancos longos, carnudos, macios e brancos
ele começou a acariciar, aos poucos mas sempre,
seu pescoço níveo, seus seios redondos e pequenos.
Assim, nesse paraíso ele começou a deleitar-se...*

— GEOFFREY CHAUCER, *Troilo e Créssida*, III, 1247-51

• Primavera de 1362 •

DEPOIS DA PRIMEIRA VEZ que fizemos amor, ambos levados por poderosas ondas de paixão, fúria e liberação, voltei a mim. A imagem do que ele me dissera sobre a morte de Janyn transtornou-me, e eu dei as costas a Eduardo, carregada de tristeza.

— O que foi, doce Alice? Machuquei-a? — Ele afagava meus cabelos.

Sua carinhosa preocupação derreteu o gelo que envolvia meu coração, e minhas lágrimas começaram a rolar. *Janyn, Janyn, meu primeiro amor, meu marido. Assassinado. Seu lindo corpo privado de ar e depois despedaçado.* A dor de imaginar a agonia de seus últimos momentos deixou-me sem ar.

— É pelo que eu lhe contei sobre o seu marido?

Chorei, e Eduardo abraçou-me.

— Não há vergonha em sentir pesar por um ser amado — disse ele.

Adormeci e, ao acordar, deparei-me com aqueles olhos incrivelmente azuis pousados em mim.

— Alice — sussurrou ele, afagando meus seios, minhas coxas.

Respondi a seu toque, e ele deslizou sobre mim. Fizemos amor lenta e gentilmente. Senti-me reconfortada.

— Prometo nunca abandoná-la — disse ele após o ato. Ficamos deitados lado a lado, de mãos dadas, em um silencioso contentamento. — E, quando o momento chegar, Bel estará com você.

No MEIO DA tarde, Gwen foi convocada a vestir-me para que eu pudesse caminhar até meus aposentos pelo interior do palácio, evitando dar ainda mais combustível às intrigas já existentes sobre meu relacionamento com o rei. As mãos de Gwen tremiam enquanto ela me auxiliava na troca de roupas, mostrando seu medo. Ela retirou meu toucado cuidadosamente e recolocou-o de tal forma que encobrisse as laterais de minha face e meu pescoço, ocultando os sinais deixados pela barba do rei em minha pele macia.

Uma vez de volta ao meu quarto, Gwen me perguntou, sua voz falhando:

— O que a rainha fará à senhora?

— Não sei, mas eu acreditei em Sua Graça quando ele disse que cuidaria de mim.

Tirei o toucado e deixei-me cair em um banco junto à pequena janela. Fiquei sentada ali por um bom tempo, uma taça de vinho na mão, olhando os pássaros perseguindo uns aos outros. De alguma forma, os detalhes violentos da morte de Janyn haviam renovado o meu luto, como se até aquele momento eu tivesse me agarrado à esperança de que ele miraculosamente reapareceria. Eu invejava os pássaros. Afinal de contas, era temporada de acasalamento, e eu era como uma daquelas fêmeas. O que será que eles faziam quando perdiam um parceiro? Dizia-se que os cisnes escolhiam um único par para toda a vida. Eu fora tola ao pensar que, como eles, eu seria apenas de Janyn. Sempre fora provável que ele falecesse antes de mim, já que era vinte anos mais velho. Eu evitara pensar no tempo que estaria além da nossa felicidade juntos.

Quando notei que, enquanto caminhava pelo quarto, Gwen lançava olhares preocupados para mim, pensei que era melhor repassar-lhe as terríveis notícias.

— Sua Graça contou-me que Janyn foi assassinado; estrangulado e esfaqueado no peito. Não sei se algum dia terei a coragem de contar a Bel como seu pai morreu. Ou se seria melhor deixá-la acreditando que ele morreu de peste.

Naquele momento, chorei. Gwen sentou-se comigo no banco, rezando e pranteando, como se ela também tivesse contido toda a extensão do seu pesar até aquele momento. Rezamos pela alma de Janyn e depois compartilhamos lembranças, falando de suas muitas virtudes e graças.

Quando levantei de nosso réquiem privado, foi como se meu coração tivesse se aberto e eu pudesse ao mesmo tempo lamentar a morte de Janyn e me alegrar com a perspectiva da volta de Bel. Eu hesitava em regozijar-me com a afeição do rei. Tentava não nos imaginar fazendo amor novamente, mas é claro que meus pensamentos vagueavam exatamente nessa direção, e meu corpo respondia como se ele estivesse realmente me tocando. Eu sentia-me como uma flor ressequida que fora regada. Sentia-me parte da vida novamente.

No FIM DA tarde, a rainha convocou-me para, junto com ela e várias outras mulheres, trabalhar no bordado de um paramento litúrgico. Os olhos de Gwen, enquanto me vestia, eram como os de um cãozinho ameaçado. Eu também estava assustada. Não sabia o que esperar.

A rainha cumprimentou-me com afeição. Não me perguntou sobre os vestígios de lágrimas. Indaguei a mim mesma se ela já havia falado com o rei e, portanto, sabia que a causa era minha viuvez, um dos assuntos que não discutíamos diante de outras mulheres.

Contudo, as outras demonstraram compaixão, perguntando se eu me sentia mal ou se recebera más notícias. Com a chegada da primavera, todas temíamos a volta da peste.

— Tive um pesadelo — falei.

A rainha sorriu para si mesma ao se inclinar sobre seu bordado.

Visitei-a naquela noite. Ela não mencionou Eduardo, mas sabia que haviam me contado como Janyn morrera.

— Que ele descanse na paz da salvação — disse ela, beijando-me na testa. — A rainha Joana, claro, não dirá nada sobre isso à jovem Bel; ela o saberá por você, no devido tempo.

A ideia de que Bel soubesse da verdade sobre a morte do pai por alguém que não fosse eu nunca cruzara minha mente.

— Você poderá encomendar as missas de um ano da morte de Janyn em nossa capela.

Eu me sentia como se estivesse fora de meu corpo, assistindo a nossa discussão sobre missas em nome da alma de meu marido. Parecia impossível que fizesse apenas 19 meses que ele havia desaparecido. Tanta coisa se passara que eu me sentia mudada para sempre.

Eu imaginava se Filipa acabara de receber a notícia de como Janyn havia morrido ou se estivera evitando contar-me até que alguém distraidamente me falasse algo.

— E a mãe, madame Tommasa? — perguntei. — Sabe como ela morreu, Vossa Graça?

Remexendo suas almofadas, um sinal, dirigido a mim, de que eu não estava me ocupando de seu conforto, ela disse:

— Sei tanto quanto você, Alice. Não falemos mais de morte. Temos festividades para planejar.

Curvei-me para arrumar os travesseiros. Seu comportamento me deixara preocupada, sem saber se ela tinha conhecimento do que acontecera entre mim e seu marido. Seu marido. *Meu Deus!* Eu tremia quando me sentei ao lado da rainha, fingindo avaliar os tecidos e as joias.

Enquanto olhávamos um tecido vermelho, com estampas pequenas, similares a uma vinha, ela disse, bem casualmente:

— Você estava a visão da feminilidade e da maturidade naquela veste de montaria em vermelho, Alice. Devemos vesti-la de vermelho mais vezes. E pérolas. Apesar de plebeia, você é muito bela e preciosa para nós.

Ela apertou minha mão, mas não levantou os olhos do tecido.

Em algum momento ela me vira com Eduardo. *Devemos vesti-la... Maturidade... Preciosa para nós.* Eu não podia acreditar que ela pretendesse tranquilizar-me, deixando claro que eu estava agindo de acordo com sua vontade, mas não sabia de que outra maneira interpretar suas palavras.

NA NOITE SEGUINTE, logo depois de eu ter me retirado para o meu quarto, o pajem do rei veio chamar-me para ir ter com Eduardo. Felizmente eu ainda não havia me despido.

Gwen estava fora de si — como eu iria repousar, como ela poderia me preparar para dormir? E era verdade: como? Tudo aquilo estava fora de qualquer tipo de vida para a qual eu havia sido educada. Apesar de empolgada, eu estava cheia de insegurança. Seria eu agora o joguete dele, sempre à sua disposição, sem vida própria? Ele me encorajara a abrir as asas, mas como eu poderia fazê-lo? Eu temia que suas algemas pudessem destruir tudo o que ele dizia amar em mim.

Os serviçais estavam arrumando as camas de campanha para os sargentos de armas que dormiam em uma câmara afastada. Eles me olharam de relance e rapidamente desviaram os olhos. Quando minha presença foi anunciada ao rei em seus aposentos, ele já vestia apenas um simples roupão e estava descalço. Atravessou o quarto em minha direção, pegou-me no colo e carregou-me até a cama. Deitou-se ao meu lado e guiou minha mão para sua virilha, mostrando-me como seu corpo estava ansioso pelo prazer que estava por vir. Pediu que eu me despisse. Lentamente. Junto ao fogo, para que eu ficasse iluminada. Quando eu estava nua, Eduardo veio até mim e levantou-me. Envolvi-o com minhas pernas, e ele deslizou para dentro de mim com tanta facilidade que ambos rimos. Risos pecaminosos, devassos.

— Somos aves de rapina, Alice, meu amor, sem consideração pela vida espiritual. Há apenas a carne. A nossa carne. A nossa fome.

Pela manhã, Gwen acordou-me. O rei já havia se levantado. Sobre seu travesseiro havia uma grande pérola e um bilhete: *"A primeira de muitas. E."*

ALGUNS DIAS DEPOIS, a corte mudou-se para Windsor, a fim de se preparar para as festividades do Dia de São Jorge. Como muita gente era esperada, dividi um quarto com Elizabeth e outras damas de condição mais elevada cujos esposos não poderiam estar presentes. Elas cochichavam a respeito das telas colocadas ao redor da pequena cama que eu dividiria com Gwen — duas camas grandes seriam suficientes para elas seis, suas criadas teriam de se contentar com estrados colocados no chão quando suas senhoras estivessem deitadas.

Minha cama ficava próxima de uma pequena porta que se abria para uma passagem, que por sua vez levava aos aposentos de Eduardo. Desse modo, nas noites em que eu era chamada, podia sair dali sem tropeçar nos estrados das criadas. Quando eu voltava cedo pela manhã para me vestir para a missa, as mulheres incluíam-me em sua tagarelice sonolenta; nenhuma delas, nem mesmo Elizabeth, perguntava-me onde eu havia passado a noite. O fato de serem tão cautelosas em seus olhares e no que diziam enfatizava para mim a posição de meu amante.

Enquanto estávamos em Windsor, Eduardo e eu caçávamos e jantávamos juntos, fazendo companhia um ao outro. Eu achava excitante surpreendê-lo me olhando. Mas, uma vez longe dele, eu era acossada por dúvidas e temores, sem qualquer paz de espírito, muito embora sentisse que o laço que nos unia era forte e verdadeiro.

Quando Joana chegou com o príncipe Eduardo, chamou-me para caminhar com ela pelos jardins. Estava mais bela do que nunca, as faces radiantes e a roupa revelando sutilmente que ela esperava uma criança.

Ela notou que eu percebera, e seu rosto se abriu no mais beatífico dos sorrisos, ao mesmo tempo em que ela levava a mão à barriga.

— Com a graça de Deus, creio que estou gerando um futuro rei.

Ela me beijou nas bochechas, e então recuou para me observar melhor. Levei um susto quando ela apertou minha barriga.

— Você não está grávida, está? Se bem que seria cedo demais para saber.

— Você soube sobre mim e o rei?

Joana não estivera na corte desde o Natal. Mas, mesmo antes de ouvir a resposta, pensei como eu fora tola ao cogitar que ela poderia não saber.

— Que o rei a tomou como amante? Oh, claro que sei. Os dois Eduardos enviam mensageiros de lá para cá com notícias sobre os assuntos oficiais e suas atividades diárias. — Ela beijou-me afetuosamente no rosto. — O pai de meu Eduardo parece uma criança gabando-se de você. Fique feliz. Permita que seu coração se regozije. — Então ela tornou-se séria. — Preciso falar para minha criada dar à sua Gwen a receita de uma poção que você deve tomar antes e depois de se deitar com ele, e uma outra caso, apesar dessa precaução, você engravidar. Você não vai querer um bastardo real.

Assustou-me saber que mensageiros levavam notícias sobre nossa relação. Ainda tinha a esperança de que, enquanto nada disséssemos, aquilo permaneceria sendo um simples rumor. Eu implorara a Eduardo que não falasse sobre nós dois a ninguém. Devo ter feito alguma expressão estranha, que Joana julgou mal.

Ela balançou a cabeça.

— Você não pode se dar ao luxo de ser tola. Mesmo com meu sangue real, embora jamais tenha negado meus desejos carnais, sempre prestei atenção aos perigos e fiz tudo o que pude para me proteger. Eu sentiria muito se a visse sofrer.

Na verdade, meu coração e minha mente estavam em guerra naquele assunto. Eu temia que tais precauções pudessem roubar a paixão com que fazíamos amor, além de me deixar doente. Mas também não desejava que um filho meu fosse um bastardo.

Joana afagou a barriga novamente.

— É claro que você tem somente 19 anos e sonha com mais filhos. Garanto-lhe que essas poções não a arruinarão para um futuro marido.

Agradeci a ela pelo conselho e conduzi a conversa para a lista de convidados que chegariam para as festividades. Eu me dera conta de que era inconcebível para Joana qualquer sentimento de minha parte que não fosse gratidão por ter sido escolhida pelo rei. Tamanha era a distância entre nós, tamanho o desnível de nossa união, que acabava por solapar nosso amor — o poder que Eduardo tinha sobre mim.

Que estranho, portanto, ter sido ele a me tranquilizar quanto a esse ponto. Uma noite, depois de fazermos amor, ele me viu mordendo os lábios.

— Você se preocupa, mas não confia em se abrir para mim. Como posso consolá-la se não sei o que a perturba?

— Temo pelo que acontecerá comigo quando você me descartar.

Ele me puxou para si, beijando-me a testa.

— Alice, minha doce Alice, por que tem tanta certeza de que eu serei assim tão leviano?

— Dizem que você já descartou mulheres depois de duas semanas, vezes seguidas. Não consigo imaginar por que comigo seria diferente.

— E você acredita nas fofocas?

Seu tom triste me deteve. Eu não pensara em questionar os rumores. Ergui-me num dos cotovelos, de maneira que pudesse olhá-lo nos olhos.

— Não é verdade?

A pele em torno de seus olhos enrugou com seu sorriso afetivo e tranquilizador.

— Já me desviei de minha rainha antes, mas raramente. Embora tenha sempre apreciado a companhia de belas jovens, a maior parte delas decepcionou-se com o modo casto como jantávamos e conversávamos. As poucas com que fiz amor ainda desfrutam de minha proteção e discrição.

— Ele enxugou minhas lágrimas com a coberta e depois beijou-me na boca. — Você sempre estará próxima de mim, meu consolo e meu prazer — declarou ele.

— E quando se cansar de mim?

— Jamais me cansarei de você.

Eu queria tanto acreditar naquilo!

— Mas e se acontecer?

— Então encontrarei um marido para você. Alguém que a mereça. Mas não gosto de pensar nisso.

Sua voz tornara-se mais aguda, e foi essa mudança de tom, mais do que todas as palavras tranquilizadoras, que me fez acreditar nele, ou ao menos aceitar que ele acreditava que não se cansaria de mim.

— Estarei em grande débito com você se esse dia por acaso chegar, pois sinto que você me devolveu a juventude e o vigor, Alice. Mas meu débito se deveria a muito mais do que isso. Temo não ter sido tão discreto acerca de nossa ligação como fui com outras amantes. Na verdade, não quero ser. Gabei-me de você junto a meus amigos íntimos, de como você me renovou.

Senti-me subitamente nauseada.

— E as pérolas são parte de sua penitência?

Para cada noite que passávamos juntos, Eduardo me presenteava com uma grande pérola, ou várias pequenas.

— Não, não são uma oferta de penitência — respondeu ele. — Já lhe disse o que desejo. — Ele desejava que eu as usasse em meus vestidos, meus toucados, meus sapatos, ou em meus cabelos, de forma que sempre que me visse ›le saberia que eu o estimava. — São mais um presente para mim do que para você. Portanto, diga-me o que devo dar *a você*, qual é o desejo do seu coração.

— O desejo do meu coração? — Eu não conseguia pensar no que pedir.

— Busque em seu coração, minha doce Alice.

O que eu queria verdadeiramente era estar com Bel e dar-lhe irmãos e irmãs, filhos legítimos de um homem que fosse livre para se casar comigo. Mas no momento em que formulei esse desejo já me senti dividida, pois eu era tão feliz com Eduardo! Como poderia não estimar seu amor? Que coisas poderia pedir para além das lindas roupas e joias, dos falcões e dos cavalos, daqueles arredores fantásticos? Eu tinha Fair Meadow, e Richard Lyons cuidava da casa de Londres por mim, e, embora eu não pudesse usar nenhuma das duas como lar até que Eduardo considerasse ser um momento seguro, eu me sentia tranquilizada com a perspectiva de que poderia voltar a minhas residências algum dia. Dos aluguéis em Oxford provinham os recursos necessários para manter minhas casas. Além disso, para garantir que Bel tivesse as oportunidades que eu e Janyn desejávamos para ela, eu precisava construir sobre a fundação que ele me legara, servindo-me, para tanto, do ensinamento que eu obtivera graças a ele.

Eu refletia sobre a ênfase de Janyn na aquisição de terras. Ele acreditava que, mesmo que um homem possuísse ouro, joias, sedas e especiarias, se não tivesse terras, se não tivesse construções alugadas, não passaria de um mercador. A terra trazia respeito e voz nos assuntos públicos. Segundo Janyn, a única fraqueza de meu pai era ter descuidado dessa parte de seu potencial. Um homem que não adentra a arena pública é um irresponsável. Egoísta. Embora, na condição de mulher, não houvesse lugar para mim nos assuntos públicos, grandes propriedades me garantiriam uma posição que atrairia pretendentes dignos para minha filha. Era essencial que eu conquistasse uma boa posição com meus próprios meios, capaz de encobrir qualquer mácula advinda de minha ligação com o rei.

— Propriedades — falei, da vez seguinte em que estive com Eduardo. — Desejo mais propriedades e casas para locação na cidade, em meu nome. Para mim e para Bel.

Por dentro eu sentia repugnância pelo modo como eu soava ambiciosa, mas procurei lembrar-me da queda de minha reputação por causa daquele relacionamento.

Estávamos deitados na grande cama de Eduardo, envoltos por roupas de cama de seda delicadamente perfumadas, com uma das janelas largamente aberta para dar as boas-vindas ao som suave da chuva de primavera. Ele se apoiou em alguns travesseiros e olhou para mim. Permaneci deitada, afagando meus membros. Ele correu a mão desde o meio de meu esterno até os pelos macios entre as minhas pernas, depois começou a acariciar distraidamente minha coxa mais próxima a ele.

— Estou feliz que você tenha pensado sobre o assunto. Você é tão jovem... Viverá por muito tempo depois de minha morte, e quero deixá-la com rendimentos confortáveis, dignos de uma amante do rei. Eu concederia a você uma vida com facilidades. Não havia pensado em propriedades, mas de fato parece ser exatamente aquilo de que precisa. Você fala dessas coisas com confiança. Eu me recordo de seu orgulho ao mencionar o quanto aprendeu sobre negócios com Janyn e com seu pai. O que mais aprendeu com seu falecido marido?

Mesmo naquele momento, estando segura do amor de Eduardo, cheguei a prender a respiração, já prevendo a dor inerente ao ato de conjurar aqueles tempos felizes, que me remetiam rapidamente ao passado remoto.

— Antes de nosso noivado, eu jamais montara a cavalo ou segurara um falcão.

— Que inocente!

— Nem jamais estivera fora de Londres.

— Ele abriu o mundo a você.

— Ele tinha pavor do momento em que não teria mais nada para me mostrar. — Um tempo que ele não viveu para ver.

Eduardo tomou minha mão e a beijou.

— Você o amava muito.

— Com toda a minha alma e meu coração — sussurrei.

— Peço que me perdoe pela maneira como lhe contei sobre seu assassinato.

Respirei fundo para acalmar minha voz.

— É a ausência dele que me aperta a garganta, a ideia de ele ter sofrido, não a forma como isso me foi contado.

Conversamos noite adentro sobre como minha vida mudara após meu noivado com Janyn. Foi uma noite que nos aproximou como amigos, em que comemos e bebemos, rimos, até mesmo provocamos um ao outro, e que para mim representou um momento decisivo, deixando-me mais tranquila. Eu sentia que representava uma segurança extra para mim ser companheira de Eduardo, alguém com quem ele gostasse de estar, tanto na cama como fora dela. Acreditava que ele seria mais fiel a uma amiga que a uma amante.

— Incluirei você mais amiúde em meus jantares com mercadores — disse ele. — Será muito útil para mim ouvir suas impressões.

Comecei então a compreender como eu poderia me encaixar em seu mundo, o que era um consolo para mim. Eu também passei a beber com regularidade a mistura amarga, que Gwen aprendera a preparar, para evitar uma gravidez.

Eu não via Eduardo todos os dias, na tentativa de encontrar um equilíbrio, uma forma de viver o que parecia uma vida dupla, dividida entre o público e o muito privado. Voltei a notar os outros, prestando novamente atenção a meus amigos Geoffrey, Richard e às irmãs de Röet, as quais, embora tendessem a mostrar-se bobas com sua nova obsessão pelo sexo oposto, ainda eram cândidas e curiosas a respeito de tudo. Até mesmo algumas das outras mulheres dos aposentos da rainha tornaram-se mais suaves diante de mim quando nos reuníamos para atender nossa senhora.

Infelizmente, ficava cada vez mais claro para toda a corte que Sua Graça estava sofrendo. Fazia agora mais de quatro anos desde que ela sofrera o acidente ao cavalgar, e sua longa luta contra a dor estava visivelmente cobrando seu preço. Até onde eu sabia, ela nunca fora bela, sempre um pouco mais rechonchuda que o ideal, com movimentos desajeitados e uma voz que chiava e estalava em função de tosses e catarros crônicos. Mas com uma boa pintura no rosto e vestimentas e véus habilmente desenhados, sempre parecia agradável, muitas vezes até radiante, e jamais algo menos que real. Ficava agora cada vez mais difícil disfarçar os veios de seu rosto, o passo irregular e a postura arqueada. Ela tinha 47 anos, era dois anos mais nova que Eduardo, mas parecia uma década mais velha.

Ela não se permitia iludir-se pelas platitudes e negações tranquilizadoras manifestadas por várias de suas damas.

— Suas pausas reforçam a dignidade, Vossa Graça — havia declarado, certa vez, Lady Eleanor.

— Como se eu não estivesse ofegando alto a ponto de abafar a música dos menestréis — retrucou a rainha. — Você também está ficando surda?

A rainha preferia falar abertamente sobre seu envelhecimento.

— Você não vai mais evitar sentar-se sob o sol com tanta veemência quando suas juntas estiverem velhas e gastas como as minhas — disse ela certa vez, provocando Catarina de Röet.

— Mas meu rosto fica bronzeado, é muito inconveniente — protestou Catarina.

— Peles mais escuras escondem melhor as rugas — retrucou a rainha, com um riso provocativo.

De fato, ela havia pouco antes encomendado seu túmulo, e agora me falava com frequência de seu desejo de ser enterrada lindamente vestida e com joias, para assim esperar Eduardo, que jazeria a seu lado.

Essa conversa sobre morte lembrava-me meu próprio futuro, tão incerto. Quando Filipa se fosse, será que Eduardo tomaria uma nova esposa, e estaria ela disposta a dividi-lo comigo? Também me perturbava o espectro que ela erigia da morte futura do próprio Eduardo.

Independentemente de sua saúde decadente, contudo, a rainha insistia em participar de todas as festividades da Ordem da Jarreteira nos dias próximos da Festa de São Jorge, mesmo aquelas que exigiam que ela percorresse certa distância sobre solo irregular, ou que ficasse de pé por longos períodos de tempo, ou que se sentasse em cadeiras desconfortáveis durante boa parte do dia até a noite. Seu rosto estaria pálido como alabastro quando a auxiliássemos a se deitar, e ela gritava alto ou gemia de modo lamentável enquanto procurava uma posição em que se sentisse confortável. Seu médico misturava infusões potentes para amenizar suas dores e induzir um sono restaurador. Ele a instava a reservar um dia para o descanso. Mas a cada manhã ela insistia em que o sono operara seu milagre. O que evidentemente era mentira.

Assim como todas as demais damas da rainha, eu estava inteiramente absorvida na tarefa de assisti-la durante todo o tempo que duravam suas atividades, e só tomava conhecimento da chegada daqueles que interessavam especificamente a minhas companheiras e a Filipa. Dessa forma, fui tomada pela surpresa quando ergui os olhos da plataforma do salão onde arrumava as almofadas na cadeira da rainha, preparando-as para sua entrada nas festividades, e vi William Wyndsor vindo vigorosamente em minha direção, em meio a um mar de serviçais. Ele hesitou ao me alcançar. Embora sorrisse, havia algo resguardado em seus olhos. Pegou minhas mãos.

— Você está mais linda que nunca, Alice. — E tentou puxar-me para perto de si.

Dei um passo para trás e tentei soltar as mãos, mas ele as segurou com rapidez e encarou-me com uma ousadia de que não gostei.

— Pensei que estivesse na Irlanda — falei.

— Participei das campanhas no norte. Mas logo embarcarei para a Irlanda. Você precisa me dizer que será minha esposa, Alice. Eu a amo mais que nunca. Não esperemos mais.

— Isso é impossível, William.

Ele pousou as mãos em meus ombros e perscrutou meu rosto, franzindo ainda mais as sobrancelhas.

— Você foi prometida a outro?

— Você não sabe? — Seria possível que um homem supostamente apaixonado por mim não houvesse feito perguntas, não tivesse ouvido nada sobre minha relação com Eduardo? Afastei-me com ele para longe de onde os serviçais arrumavam as taças de vinho, de forma que não pudessem nos ouvir. — O rei me tomou como amante. — Achei que a verdade nua e crua, dita da forma mais honesta, pudesse, ao fim, proporcionar um rompimento honesto.

Ele se manteve imóvel por um momento, um dos mais longos da minha vida. Então começou a sair um som de sua garganta, como o rosnar baixo de um animal selvagem que gradualmente elevasse o tom.

— Ele não tem o direito!

— Silêncio, William, eu imploro! — Alguns dos serviçais nos observavam com interesse. — É evidente que ele tem esse direito. Ele é o rei. E eu o amo.

Um comentário imprudente. Ele ergueu o braço para me bater, mas conteve-se e foi embora apressadamente, empurrando os serviçais em seu caminho à medida que avançava. Quando o vi chutar para longe uma mesinha e sumir de vista, senti-me aterrorizada.

Minha intranquilidade durou até o anoitecer. Não vi William novamente e nem soube mais nada dele. Naquela noite, quando eu estava deitada observando Eduardo em seu sono, perguntei-me se não fora uma tola ao afastar William de mim. Um marido poderia me tirar da corte e proporcionar-me uma vida irrepreensível. William me fizera um grande favor levando-me até minha família durante a peste, correndo grande risco. Mas mesmo pensando nessas coisas, eu sabia que aquele não era um refúgio possível para mim. Eu amava Eduardo. Não conseguiria abandoná-lo.

Ao longo dos dias seguintes, procurei por William na multidão, lembrando-me de sua raiva, temendo o que ele poderia fazer. Emoções como essas raramente dão lugar à pacificação resignada. Por três dias fiquei inquieta.

Rendi-me à tarefa de cuidar do conforto da rainha em tempo integral aliviada por não ter muito tempo para pensar, pois a grandiosidade dos nobres que enchiam o castelo me humilhava, deixando muito clara a distância que havia entre mim e Eduardo.

Na intimidade de nosso quarto, ou nos pântanos, com nossos cães e falcões, Eduardo e eu éramos apenas um homem e uma mulher que gostavam de estar juntos, satisfazendo mutuamente nossos apetites e dividindo histórias. Mas os grandes cortejos, os torneios e as justas, o esplendor e o sentido dos rituais antigos e do sangue nobre que envolviam a Festa de

São Jorge e a Ordem da Jarreteira, tudo isso subjugava-me além da posição de rei divinamente sagrado que Eduardo ocupava. Eu me sentia pequena, vulgar, ingênua, solitária.

Ele parecia sobre-humano quando cavalgava à frente dos 26 cavaleiros da Jarreteira, o cabelo branco esvoaçando sob a coroa. Todos portavam as vestes cerimoniais índigo e ouro da ordem, mas seu manto era o mais magnífico, guarnecido de arminho. Eles cavalgavam em cerimônia solene em torno do campo de justa, como se fossem uma família, companheiros de cavalaria, arcebispos, bispos, atendentes, copistas e criados. A rainha permanecia orgulhosamente postada no centro de uma plataforma, trajando um vestido também em índigo e dourado, uma dama honorária da Ordem da Jarreteira. Sua filha, Isabel, e as esposas de seus filhos a circundavam, enquanto as mulheres dos cavaleiros permaneciam atrás da família real. Eu era uma entre meia dúzia das damas de Filipa que esperavam à sombra da plataforma, prontas para acorrer a ela com almofadas, peças de roupa e bebidas. O som das trombetas causava-me tremores na espinha, assim como os vivas e aplausos animados em resposta. Eu vibrava por testemunhar tamanha magnificência, mas não me sentia parte daquilo.

Filipa e suas filhas, tanto as de sangue quanto aquelas por matrimônio, impressionavam-me tanto quanto os cavaleiros em seus altos corcéis. Pareciam tão altas, transpirando realeza dos pés à cabeça! Foi nessa manhã que a doce Branca recebera a devastadora notícia da morte de sua irmã Maud. Filipa, Joana, Isabel e Elizabeth, condessa de Ulster, reuniram-se em torno da devastada dama para consolá-la, dividindo lágrimas e lembranças, e então, como uma única pessoa, decidiram nada dizer da tragédia até que se encerrassem as festividades.

— Então anunciaremos a triste notícia, para que todos possam rezar pela salvação da alma de Maud e prestar-lhe luto.

A rainha Filipa prometeu a realização de missas fúnebres por toda a realeza.

Branca concordara, ansiosa por trazer sossego para aqueles à sua volta, particularmente sua sogra, e compreendendo que papel lhe cabia. Ali de baixo eu a observava na plataforma, via sua aflição e sua palidez, a indiferença em seus gestos, via o quão frequentemente ela se deixava afundar na cadeira mesmo quando tanta gente a impedia de ver seu marido e seus companheiros, cavaleiros da Jarreteira, no campo. Meu coração lamentava por ela. Eu não era a única que sofria em função das restrições da vida na corte. Mas a família real sabia muito bem como dissimular a dor.

Eu me lembrava de tê-los considerado lendários em sua essência, e me sentia uma tola por imaginar que um deles poderia nutrir amor por mim.

Mais tarde naquele mesmo dia, deixei meus afazeres de lado por uma hora para estar com Geoffrey, que chegara no dia anterior em companhia da condessa de Ulster.

— Em breve você estará na Irlanda — falei, pensando em William —, com seu amo.

— Talvez não. Acho mais provável que eu permaneça aqui, junto àqueles que tomam conta do patrimônio de Leonel. — Ele riu de minha expressão de compaixão. — Na verdade, estou aliviado. Tenho amizade por vários dos cavaleiros do rei e tenho esperanças de integrar o serviço de Sua Graça na qualidade de escudeiro. — Ele me observou com atenção e acrescentou: — Ouvi dizer que talvez você exercesse grande influência sobre o rei. É verdade, Alice? Você é amante dele?

Abaixei a cabeça, mais uma vez abatida ao perceber minha ingenuidade.

Ele pousou a mão nos meus ombros e curvou-se para mais perto de mim, a fim de ver minha expressão.

— Não está feliz?

Incapaz de escapar de seus olhos curiosos, ergui a cabeça. Ele fez um ruído de compreensão e enxugou uma das lágrimas que rolavam pela minha face.

— Tenho sido tão tola, Geoffrey! Entreguei minha honra a um homem de quem eu jamais estaria à altura e iludi-me ao pensar que ele me amava.

— Que bobagem é essa, Alice? O rei deve considerar você à altura dele, já que a escolheu dentre todas as mulheres da corte. Ainda está pensando em Créssida?

— Sim. Mais do que nunca. — Levantei uma das mangas do vestido para mostrar-lhe: seda bordada com pérolas, formando o desenho de uma videira. As pérolas de Eduardo. — Minhas vestes magníficas.

— Dificilmente é algo mágico. Mas eu entendo, de verdade.

Para minha surpresa e consolo, Geoffrey abraçou-me, num silêncio que lhe era raro. Pelo menos *ele* ainda me considerava uma amiga, e eu o amava por isso.

No QUARTO DIA, William abordou-me quando eu caminhava pelos jardins com as irmãs de Röet.

— Podemos falar reservadamente?

Não consegui decifrar seu tom de voz.

Abobadas como sempre ficavam na presença de um cavaleiro bonito, as meninas me instaram a atender seu pedido.

Enquanto procurávamos um lugar tranquilo para conversar, percebi que ele estava extenuado. Sentamo-nos num dos limites do jardim em que não poderiam nos ver. Ele observou meu rosto como se decorasse minha fisionomia.

— Você foi embora num tal estado... — falei. — Você deixou a corte? Ele grunhiu.

— Cavalguei até não poder mais. Bebi até não conseguir mais. Amaldiçoando o rei. Amaldiçoando a mim mesmo por ter esperado que nos conhecêssemos melhor. Você não entendeu que juramos fidelidade um ao outro? Que é minha esposa?

— Isso não é verdade. Eu não lhe fiz qualquer promessa.

Os músculos de seu maxilar ficaram rígidos, revelando seu esforço em controlar suas emoções.

— Então você não me ama, Alice? — Seu belo rosto tornou-se obscuro pela indignação. Ele não esperou por minha resposta. Suas mãos se fecharam em volta das minhas. — Você o ama verdadeiramente?

— Sim, William, mais do que a qualquer outro homem.

Seu rosto contorceu-se de emoção, e ele baixou a cabeça por um instante, lutando para manter-se composto. A tensão tornava pesado o ar em torno de nós.

Tentei pensar numa maneira de encerrar aquela discussão, mas subitamente ele se aprumou e sua expressão tornou-se cuidadosamente neutra.

— Ele se cansará de você. Tudo o que temos a fazer é esperar.

Eu teria rido de seu galanteio inepto se não estivesse ciente da tensão em que ele se encontrava. Era aquilo que o galante William tinha decidido durante sua cavalgada seguida de bebedeira: que o rei se cansaria de mim. Ele esperava que eu ficasse grata por ele ter a intenção de me esperar.

— Não espere por mim, William. Eu o libero desse voto. Meu destino está nas mãos do rei.

— Eu a terei, Alice. Você é a minha esposa.

288

Ele veio em minha direção, como se fosse me beijar, mas o som de passos se aproximando o impediu.

— Eu *não* sou sua esposa, William — falei, o mais tranquilamente que minha frustração permitiu.

— Direi ao rei que somos noivos e que estarei esperando por você.

— Você não pode tomar qualquer atitude desse tipo.

Não era possível que ele fosse ingênuo a ponto de imaginar que uma declaração dessa despertaria a simpatia de Eduardo. O que ele tinha em mente? Eduardo dissera-me que, caso se cansasse de mim, encontraria um homem para tomar-me como esposa. Mas eu duvidava muito de que ele me dividiria com alguém antes disso. Nem eu gostaria que ele o fizesse.

— Sua Graça me disse que jamais se cansaria de mim. Ele não receberia com prazer suas palavras, sua sugestão de que ele não será constante.

Balançando a cabeça, William riu como alguém que julgasse ter finalmente compreendido todas as intenções de uma outra pessoa.

— Ele é um velho desesperado por recuperar a juventude, Alice. A primeira vez que falhar em realizar o ato, o rei a descartará para afagar seu orgulho. Mas eu não direi nada. Você deve me enviar uma mensagem imediatamente quando esse dia chegar. Sempre saberá onde me encontrar.

— Não espere por mim, William. Case-se com outra. — E que Deus a ajude.

Despedimo-nos então. Pippa e Catarina fizeram-me tantas perguntas que eu reclamei, bem-humorada, que estavam me deixando tonta, mas a verdade é que eu estava irritada com aquela conversa com William. Ele era arrogante e estava procurando problemas. Eu ansiava por ter um marido, mas o homem por quem ansiava não era William: eu desejava o impossível, um Eduardo livre e que me pedisse em casamento. Embora eu tenha dançado com William muitas vezes nos dias seguintes — recusar seria abrir as portas para a curiosidade alheia —, não tivemos muita oportunidade de conversar, e meus sentimentos a seu respeito permaneceram intranquilos. Ele agia como se tivesse direitos sobre mim, como se não tivesse ouvido nada do que eu dissera.

Entretanto, logo seria Eduardo, meu lar, minha âncora, um objeto de preocupação muito maior do que William. Comecei a notar que no seio da família real muito se falava sobre a decisão do rei de entregar a seus filhos mais velhos o governo de algumas partes de seu reino. As mulheres acreditavam ser este um sinal de que Eduardo, embora não desse mostras visíveis de doença alguma, estaria tão concentrado na ideia de sua morte iminente quanto Filipa, que vivia obcecada com o próprio fim.

— Papai está velho — disse sua filha Isabel uma noite. — Assim como minha mãe, ele está se preparando para partir. Ambos estão.

A rainha havia se retirado para seu descanso ao fim da tarde. As mulheres de sua família, assim como muitas de nós que as servíamos, nos demorávamos em seus aposentos, exaustas, mas ainda agitadas.

A princesa Joana lançava-me olhares provocativos e não participava dos comentários erráticos sobre como o rei raramente dançara, ou como necessitara de descanso após participar dos torneios. Fiquei profundamente perturbada com essa conversa. Eu estivera tão absorta em minhas obrigações para com a rainha e tão aterrorizada com a possível retaliação de William que nem sequer notara a condição em que meu amado se encontrava.

Quando as outras se levantaram para dirigirem-se aos seus aposentos, Joana deixou-se ficar para trás e sinalizou para que eu fizesse o mesmo.

— Isabel e Elizabeth parecem não saber que o rei se deita com você — disse ela, rindo. — Se soubessem, certamente uma delas teria dito alguma coisa, ou ao menos lançado um olhar de soslaio na sua direção.

— E quanto a Branca?

Joana levantou-se e aqueceu as mãos junto ao braseiro.

— Branca sabe, tenho certeza, mas não se dá ao trabalho de pensar nisso.

— Minha senhora, por que me diz isso?

— Por amizade, e me chame de Joana quando estivermos a sós, Alice. Somos amigas, não somos?

— É uma honra chamá-la de amiga. E de Joana.

— Ótimo! Não é verdade que o rei está prevendo a própria morte, é?

— Nunca o ouvi falar sobre isso. — Procurei falar com confiança, mas algo em minha expressão ou postura traiu meus temores.

— Você precisa aprender a dissimular seus sentimentos, Alice. Os punhais na corte são afiados, mas raramente se encontram embainhados. Tenha cuidado.

— É muito complicado para mim, Joana.

Ela serviu-me, e também a si própria, um pouco de vinho e, sentando-se ao meu lado, pôs o braço em torno de mim num leve abraço.

— Gosto muito de você, Alice, e tudo que desejo é dar-lhe os conselhos de que você necessita, já que não teve a vantagem de ser criada na corte. O rei tem sido indiscreto a seu respeito. Como Isabel e Elizabeth podem não saber do relacionamento de vocês dois, não faço ideia, mas muito em breve saberão. E então a invejarão. E a inveja é uma emoção muito feia. Inspira crueldade. Maldade.

Persignei-me.

— Às vezes tenho tanto medo que não consigo suportar.

— Mas o que predomina em seus sentimentos é o encantamento em aquecer-se ao brilho do amor do rei, não é mesmo?

Assenti, com relutância. Era verdade.

— Ele é um homem maravilhoso, amado por seu povo; incluindo a maior parte da corte. Assim como a rainha. Se algo de ruim acontecer, você é uma das pessoas que serão acusadas. Porque não tem conhecidos. Porque ele a ama. E o rei é impetuoso. Eu não diria que você seria a única a ser acusada. Falarão de algum dos filhos dele também; embora não de meu Eduardo, pois é um herói e o futuro rei.

— O que devo fazer, então?

— Deleite-se com seu amor, mas fique de olhos abertos. A todo momento, lembre-se de quem você é, de onde está, de quem ele é. Encontre e cultive a amizade de algumas pessoas confiáveis. Mas não confie nelas cegamente. Assim como não deve confiar cegamente no rei. Ele é um homem, assim como William Wyndsor é um homem. Aliás, o seu William está zangado, eu percebi. Ele pode ser sua salvação se algo der errado, mas se por acaso casar-se com ele, procure manter parte de suas propriedades em segredo. Por precaução.

Deus me livre. Não gostei de ela se referir a ele como *meu* William, mas madame Agnes sempre me admoestava por discutir com alguém que tentava me dar conselhos úteis, então não a contradisse.

— É assim que você vive?

Ela tomou um gole de vinho, os olhos perdidos na escuridão do quarto.

— Sim. Sempre fui fiel ao amor que habita meu coração, mas com os olhos bem abertos. Meu pai, Edmundo, foi executado pela lealdade a seu meio-irmão, o avô de meu Eduardo. Executado pelo amante de Isabel, a avó de meu marido. Quando criança, ouvi várias referências aos defeitos de meu pai, especialmente sua lealdade, como se ele fosse culpado e merecesse morrer. A maioria das pessoas vive em função do medo, não do amor. Meu pai foi destemido no amor por seu irmão. Era também um pai amoroso, sempre tinha tempo para mim. Lembrava-se de tudo que eu lhe dizia. — Ela estava prestes a romper em lágrimas.

— Agora, tendo se tornado princesa, você está protegida.

Ela balançou a cabeça.

— Não, Alice, não estou. Meu querido Eduardo não passa de uma criança em alguns aspectos e tem um temperamento como o do seu William. Como o do rei.

— Ele não é o *meu* William. Deixei isso muito claro para ele.

Joana deu de ombros.

— Você me deu muitas coisas em que pensar — falei.

— Que bom. É com amor que as ofereço.

Ela abraçou-me mais uma vez e então levantou-se, desaparecendo do quarto com um farfalhar de seda.

Deixei-me ficar ali, olhando para o braseiro, pensando em tudo que Joana dissera. Os detalhes eram novos, mas o aviso não. Eu fora ingênua ao pensar que poderia confiar inteiramente em Eduardo ou em qualquer outra pessoa. Decidi seguir os conselhos de Joana.

12

Então começou ela a imaginar mais que antes
mil vezes, e seus olhos baixaram.
Pois nunca, desde o tempo em que nascera,
desejara conhecer algo tão rapidamente...

— GEOFFREY CHAUCER, *Troilo e Créssida*, II, 141-44

• 1362•

DEPOIS QUE OS CONVIDADOS partiram, transferimo-nos para El-tham, onde as comitivas reais poderiam descansar após as festividades. No dia posterior à nossa chegada apareceu dom Francisco, um padre italiano. Filipa fez-nos vesti-la para recebê-lo, apesar de sua evidente exaustão pela viagem e das terríveis dores — ela caminhava com tão pouco equilíbrio que todas tememos que seu antigo ferimento houvesse piorado, pois agora nada parecia aliviar seu desconforto e ela precisava fazer um grande esforço para manter-se ereta. Encurtei a barra de sua veste na frente e deslocamos seu toucado um pouco para trás, para disfarçar o quanto ela oscilava em seu andar. Sua dignidade e seu comportamento bondoso mesmo enquanto sofria dores tão terríveis eram inspiradores.

Ela e Eduardo retiraram-se com dom Francisco e permaneceram reclusos durante a maior parte do dia. Em seguida, reuniram todos os integrantes dos séquitos, que deveriam deixar suas obrigações para juntar-se a eles em oração na capela do rei. Parecia ser uma missa fúnebre em honra a um membro da Igreja, mas não sabíamos quem. De cabeça baixa, Eduardo ajoelhou-se, mantendo os olhos cobertos com uma das mãos quase o tempo todo. Filipa esteve como sempre contrita, pia em sua devoção; não parecia muito tocada pela cerimônia. Quem quer que tivesse morrido, era

Eduardo quem estava em grande luto. O padre fez alusão ao sangue real do falecido, o que provocou grande agitação em ambos os séquitos, mas não foi nada comparado a meus convulsos pensamentos. Eu obviamente conjeturei se o falecido não seria a tal figura tão preciosa para Isabel, por quem tantos Perrers haviam morrido, alguém que vivia na Itália e a quem Eduardo um dia convidara a juntar-se a sua comitiva — aquele que os rumores diziam ser seu deposto pai. Se assim fosse, eu poderia finalmente estar livre para deixar a corte.

Agora que eu não mais *desejava* deixar a corte, deixar Eduardo.

Eu queria poder consolá-lo. Nunca o vira tão desolado. Estava igualmente desesperada para perguntar-lhe se agora ele poderia revelar o grande segredo que destruíra minha felicidade conjugal. Não traria Janyn de volta, mas eu ao menos saberia por que ele morrera. Quando Eduardo passava por mim na saída da capela, notou a espiral de pérolas semeadas em minha manga e levantou a cabeça para dirigir-me um lânguido olhar. Pressionei as mãos contra meu coração e ele fez o mesmo, ainda que, nesse momento, já tivesse me deixado para trás.

Naquela noite não fui solicitada, nem pelo rei, nem pela rainha. Pensei que talvez eu estivesse enganada, talvez as notícias não tivessem relação alguma com minha família. Entretanto, Filipa e Eduardo deveriam saber que eu imaginaria tal possibilidade, e poderiam ter me facultado o conforto de uma palavra, de alguma explicação. Dormi mal, tive sonhos febris e incompreensíveis. Acordei várias vezes durante a noite com meu coração martelando em meu peito. Por fim, desisti de tentar dormir e ajoelhei ao lado da cama, onde tentei rezar. Mas minha mente apenas evocava imagens de pesadelo: o corpo ensanguentado de Janyn, sua agonia, sua morte.

Pela manhã, vi os cavaleiros preferidos pelo rei e seus serviçais no jardim, bestas de carga sendo carregadas e várias carroças já cheias. Enquanto vestíamos Filipa, ela nos informou que Eduardo seguiria para um de seus pavilhões de caça. Meus dedos moviam-se desajeitados por seus botões, as lágrimas brotando em meus olhos. Eu tivera a esperança de que ele mandasse me chamar, de que me desse a oportunidade de consolá-lo — e talvez me contasse quem havia morrido. Fiquei arrasada ao saber que ele faria uma viagem sem nem dirigir-me a palavra. Temi que aproveitasse a oportunidade para me descartar. Eu mal havia decidido me dedicar arduamente a manter seu amor e ele agora me desconsiderava.

— Ele precisa de descanso e de orações –– disse Filipa. — Como todos nós.

Eu preciso de respostas!, gritei para mim mesma. *Pelo amor de Deus, permitam-me saber de tudo, para que eu possa parar de agonizar em minhas especulações.* Mas nada falei, pois notei, pelo inchaço de sua face, que durante a noite ela tomara uma dose extra de mezinha. O que ela ouvira, fosse lá o que fosse, a enfraquecera. Mesmo assim, ela insistiu em vestir-se para ir à missa. Depois de um almoço frugal, Filipa pediu-me para acompanhá-la quando fosse novamente falar com o padre italiano.

Talvez por fim eu conseguisse saber alguma coisa. Minhas pernas tremiam tanto que me senti aliviada por haver dois serviçais dando assistência à rainha em seu vacilante caminhar até a sala de visitas. Tentei afastar minhas fantasias motivadas pela impaciência observando o modo como seu vestido de seda cinza claro assentava-lhe — mal. Em menos de um mês ela perdera peso e altura. A alteração da bainha de seu vestido feita no dia anterior garantia apenas segurança a seu caminhar.

O padre já se encontrava na sala de visitas. Levantou-se e fez uma reverência respeitosa quando Filipa surgiu. Era esbelto e gracioso, de olhos pálidos que pareciam quase leitosos em contraste com as sobrancelhas escuras e a pele levemente morena.

Filipa dispensou os serviçais que a haviam assistido. Assim que me apresentou a dom Francisco, ele deitou aqueles olhos misteriosos sobre mim com uma intensidade desnorteante.

— Madame Alicia. — O padre honrou-me com uma leve inclinação de cabeça. — Sua Graça, o rei, instruiu-me para que eu a informasse de minha missão, particularmente no que concerne à história do homem cuja morte constitui o motivo de minha viagem.

A rainha assentiu com a cabeça e recostou-se, uma taça de vinho nas mãos, como se à espera de ouvir uma longa história.

Sentei-me, sentindo um arrepio.

A estranha história de um tal William de Gales sendo trazido à presença do rei Eduardo 24 anos antes agora ganhava corpo. Ele fora o guardião de uma criança levada a uma abadia nos arredores de Milão quando bebê. Uma criança que deveria ser escondida e protegida — o filho da rainha Isabel com Roger Mortimer, seu amante.

A tal pessoa que lhe era preciosa era um menino, não o rei deposto. O rebento ilegítimo que a rainha tivera de seu amante. Os Perrers haviam mantido segredo sobre seu conhecimento a respeito dessa criança.

Depois da captura e execução de Mortimer, Isabel foi mantida em reclusão durante o resguardo e mesmo na missa de ação de graças pelo nascimento da criança. Não se tratava de um simples bastardo, mas do filho de uma antiga rainha, alguém que poderia ser usado por barões ou por forças estrangeiras para desafiar o rei em exercício — alguém que mesmo *ela* poderia usar. Ela se armara contra o marido; não era inconcebível que não fizesse o mesmo contra o filho por ele ter executado seu amante, ameaçando substituí-lo no trono pela criança que tivera com Roger Mortimer.

A família de Tommasa providenciou que o bebê fosse enviado à Itália, e minha sogra foi sua ama de leite durante a viagem. A partir de então, sua família passou a ser um corpo de mensageiros de cartas e presentes trocados entre mãe e filho até que meu Janyn se tornou o mensageiro principal.

— Mas meu sogro jurou não saber a quem eles protegiam. — Não era minha intenção falar.

Dom Francisco não pareceu surpreso com meu rompante.

— É verdade. Pelo que informaram ao Sr. Martin, e ele aparentemente escolheu acreditar nisso, a viagem de sua esposa dizia respeito a uma emergência de família. — A irmã de Janyn, a quem Tommasa ainda amamentava na mesma época, também fez a viagem.

— Veja o terrível segredo que eles guardavam — disse-me Filipa, com um olhar surpreendentemente suplicante. — Lady Isabel recompensou-os com propriedades, dinheiro e com sua proteção, em agradecimento pela dedicação e pelo silêncio deles.

Duvidei de que Isabel houvesse voluntariamente abdicado de seu filho. Ela não era mulher de renunciar ao controle de nada que lhe fosse importante. Mas tanto o padre quanto Filipa insistiram em afirmar que Isabel jamais considerara a hipótese de manter a criança na Inglaterra. A pronta aceitação de ter seus filhos criados em outras casas talvez fosse uma das muitas coisas que eu jamais entenderia no tocante à família real. Eu me perguntava se eles tinham a dimensão da minha dificuldade em aceitar viver separada de Bel.

— O senhor sabe o que houve com meu marido e seus pais? — perguntei quando o padre parecia ter acabado sua história. Minha voz não passava de um sussurro, pois era difícil respirar. Temi ouvir novamente aquilo que Eduardo me contara, mas também temia saber que ele mentira.

Os olhos pálidos de dom Francisco pareciam estar sobre mim, mas quando Filipa sutilmente balançou a cabeça, o padre deu de ombros e ergueu as mãos como que a desculpar-se.

— Conheço apenas a parte da história concernente à abadia. Sinto muito.

Não acreditei nele, mas se a rainha não desejava que eu soubesse mais do que aquilo, eu estaria perdendo meu tempo e testando sua paciência se insistisse em perguntar.

— E agora esse filho de Isabel está morto, vítima de uma febre, e o segredo não mais representa um perigo — falei.

Tarde demais. Cinco anos atrasado. Senti náuseas.

— Você obviamente compreende que não deve jamais falar sobre isso — disse Filipa. — Exceto a sua filha, quando ela for suficientemente crescida; talvez você possa explicar a ela o precioso segredo guardado por seu pai e toda a família dele. Mas não falará sobre isso a mais ninguém. Não há como saber de que formas inescrupulosas essa informação pode ser usada.

— Sou sempre sua criada, Vossa Graça. — Quase engasguei nas palavras.

O padre levantou-se.

— Minha missão está agora completa. *Benedicite,* Vossa Graça. Que Deus vos proteja e a toda a vossa família e séquito. — Ele a abençoou e em seguida a mim. Uma criada acompanhou-o à porta.

A rainha não se moveu. Alguns criados entraram e dispuseram mais vinho, algumas frutas, queijo e pão. Levantei-me e permaneci por um instante a olhar pela pequena janela, forçando-me a manter-me em silêncio, à espera de que a rainha falasse. Rezava para que ela expressasse remorso da parte de Isabel e Eduardo. Meus pensamentos eram desordenados, agitados. Desejei poder correr para os estábulos. Ansiei por cavalgar velozmente, o vento em meu cabelo, gritando minha raiva contida por onde ela não prejudicasse ninguém. Eu poderia cavalgar para sempre, sem destino, pois ninguém estaria a minha espera, ninguém me aguardaria no fim. Ninguém. Um soluço escapou.

— Não pense que eu ignoro a dor que este encontro ressuscitou em você Alice. — A voz da rainha levou-me de volta àquele cômodo azul e dourado

Vagarosamente, concentrando-me em recuperar o fôlego, voltei a meu assento, aceitando com gratidão a taça de vinho que um serviçal me ofereceu. Tomei um longo gole, tentando me acalmar.

Filipa fez um gesto indicando ao criado que se retirasse.

— Sua condição penalizou-me desde o momento em que Lady Isabel pediu-me que a incorporasse ao meu séquito. Eu a culpo por sua infelicidade. Nutri grande raiva por ela ter trazido tanta dor também a meu marido e sua família, e a sua situação, Alice, deu-me uma causa pela qual lutar. Mas, depois de horas de preces e reflexão, tive de admitir meu próprio papel nesta triste história. Fomos eu e Eduardo que insistimos para que a criança fosse tirada clandestinamente do país e escondida. Tomamos as providências para tanto. Depois, até ela ser levada a nós em nossa viagem a Roma, esqueci-me da criança. Pobre menino, abandonado entre completos estranhos.

"Meu coração teve um pressentimento quando o conheci. Eu acabara de dar à luz Leonel. Passava por um momento difícil sentia muita falta de carregar um bebê dentro de mim e era levada às lágrimas com grande facilidade, por qualquer motivo, mas especialmente pela ideia de entregar meu filho a uma ama de leite. Ver o filho de Isabel, um menino de 7 anos, tímido e meigo, fez-me rezar pelo perdão, por minha crueldade contra ele e sua mãe. Ele falava um pouco de francês, mas era fluente em italiano, então eu entendia pouco do que dizia e ele não compreendia absolutamente nada do que eu falava. Era belo, o mais parecido com Isabel dentre todos os seus filhos. Nunca comentei sobre essa visita com a própria rainha mãe."

Filipa baixou a cabeça.

Eu também deixara pender a cabeça e a ouvia apenas parcialmente, mas, à medida que a rainha prosseguia, vi-me encarando-a. Seria ela realmente digna de desprezo pela forma como tratara aquela criança? Mas Isabel fizera pior, muito pior. Minha fúria contra Filipa não durou. Ela estava extremamente doente e, em alguns aspectos, era admirável demais para que eu a odiasse. No entanto, conforme eu assimilava a triste narrativa de adultos que, temendo o poder do filho bastardo de uma ex-rainha, usaram a família de meu marido como escudo, encontrei pouca compaixão em meu coração.

— Como Janyn e Tommasa morreram? Foram assassinados por não traírem seu voto de silêncio?

— Sim. Tommasa foi forçada a assistir à tortura de seu filho e a seu subsequente assassinato. Seus captores nada sabiam sobre o problema cardíaco dela. Seus esforços para que ela falasse a mataram. Misericordiosamente, penso eu.

Comprimi o estômago com as mãos, mas era meu peito que parecia estar sendo esmagado.

— Vejo em seus olhos por que meu marido não desejou ser ele a contar-lhe isso — disse Filipa. — Você nos condena.

Consegui interromper uma visão de Janyn sendo torturado e do tormento a que fora submetida Tommasa a tempo de dizer:

— Estou longe de ser santa, Vossa Majestade. Perdi muita coisa. E por quê? Porque a mais poderosa família do reino tinha medo de um menininho. Uma santa talvez conseguisse ver um desígnio divino nisso, mas eu não consigo. Meu amado marido torturado. Minha gentil sogra forçada a testemunhar tal atrocidade. O bastardo de Isabel deveria ter morrido há anos!

Tomei o que restava do vinho e levantei-me para pegar mais. Apesar de minha raiva, servi Filipa igualmente de vinho e comida. Senti-me um pouco melhor ao me movimentar, ao manter as mãos ocupadas. Apesar de ela ser rainha e assim poder supor que eu apenas cumpria minha obrigação, Filipa agradeceu-me, com uma expressão de vulnerabilidade e ternura no rosto. Algo nesse momento fez-me recuar, impedindo-me de adotar uma postura perigosamente temerária, e eu me lembrei da deferência que devia àquela mulher ali diante de mim. Por maior que fosse sua parcela de responsabilidade em minhas perdas, eu era sua criada, dependia dela para quase tudo, e ela havia sido generosa para comigo. Além disso, eu estava sempre desconfortavelmente consciente de que, aos olhos da maioria das pessoas, eu seria vista como a usurpadora de seu marido.

— Vossa Graça, eu lhe rogo, perdoe meu rompante. A senhora tem sido boa para comigo e para com minha filha. Muito lhe devo.

Seu olhar sustentou o meu enquanto ela dizia:

— Você pode ter perdido muito, mas considere o quanto ganhou. — Ela levou as pontas dos dedos à testa, num gesto indicativo de que tinha dor de cabeça, mas, em vez de anunciar que se sentia mal, disse: — Ainda assim, porém, você merece um pedido de desculpas. Rezo para que algum dia você nos perdoe.

Caí de joelhos diante dela. Ela pôs a mão sobre minha cabeça.

— Que haja paz entre nós. — Ela insistiu para que eu me alimentasse um pouco. — Tenho algo mais a dizer. Depois, você estará livre até a manhã. — Sua fala saía entrecortada. Ela precisava parar frequentemente para respirar. O colapso de seu organismo tornava-lhe tudo difícil, até mesmo o ato de respirar.

— Vossa Graça — sussurrei, levantando-me.

Eu não tinha apetite, mas ocupei-me cortando em quatro uma pálida maçã de inverno.

Ficamos sentadas em silêncio por alguns instantes, ambas fingindo comer mas apenas mexendo na comida dentro das tigelas. O som da respiração difícil de Filipa fazia-me sentir tanto vergonha quanto alívio — vergonha por substituí-la no leito conjugal e alívio por ver que ela não mais conseguia encontrar prazer deitando-se com Eduardo. Peguei-me rezando para que esse segundo fator compensasse o primeiro. Mas e se ele não mais me desejasse? E se, agora que eu podia viver livremente, agora que o segredo da preciosa pessoa não era mais uma ameaça a ser usada contra o rei, e se ele se sentisse liberado de seu dever para comigo? Eu estaria livre, mas com o coração em pedaços.

Depois de um tempo, Filipa deixou de fingir que comia.

— Você demonstrou ser uma habilidosa costureira, disfarçando minha prostração física e protegendo-me da humilhação. E tem se mostrado uma companheira constante e digna de confiança diante de um acordo confuso e sempre difícil. Poucas mulheres poderiam ter feito tanto. Como uma lembrança de minha gratidão, eu a livraria de um desconforto desnecessário falando de coração.

Vi-me tremendo enquanto ouvia sua fala entrecortada. Não conseguia imaginar como ela poderia me livrar de um desconforto desnecessário. E qual seria o desconforto necessário? Ela fizera uma pausa para tomar um pouco de vinho.

— Vossa Graça, não é recomendável cansar-vos.

Ela balançou a cabeça.

— Não farei nada além daquilo que eu desejar, Alice.

Mesmo sabendo que eu já tomara vinho suficiente, servi-me de mais um pouco, apenas para não ficar parada.

— O amor entre marido e mulher muda com o tempo — continuou Filipa —, por necessidade. Você não viveu tempo suficiente com Janyn para passar por isso. — Seu sorriso era triste e bondoso. — No ano anterior àquele em que você contraiu matrimônio, eu dava à luz meu último filho, Tomás. Rezei para que ele fosse o último, pois achava que enlouqueceria se me visse novamente grávida. Tantos meses de desconforto... antes e depois do parto. Em meu egoísmo, pedi que Deus fizesse minhas regras cessarem, para que eu pudesse viver mais sossegada o resto de meus dias. — Ela persignou-se. — Meu ventre não pôde completar a criança concebida em seguida, e eu a perdi. Então sofri a queda. Aquela parte de meu matrimônio ficava para trás. Deus sempre age de formas insatisfatórias. — Uma risada amarga, e então: — Você não está tirando nada de mim, Alice. Ele me ama de todas as maneiras ainda possíveis.

De olhos fechados, ela reclinou a cabeça na cadeira por um instante.

— Amar um rei, Alice, é como dançar uma música estonteante, girando em sua direção, girando para longe dele. — Após um suspiro profundo, ela acrescentou, numa voz extenuada: — Agora, chame as serviçais para me acompanharem até meus aposentos de dormir, e você está dispensada até amanhã.

— Vossa Graça, obrigada por permitir que eu falasse com dom Francisco, e...

— Agora vá, Alice. Já dissemos o suficiente.

COMO SEMPRE ACONTECIA quando eu não sabia o que fazer com minha mente incontida e minhas emoções tumultuadas, busquei conforto em Melisanda. Gwen insistiu em me acompanhar. Passamos a maior parte do que restara da tarde cavalgando. À medida que galopava, eu abria meu coração e minha alma às emoções que ferviam em meu interior, permitindo-me sentir meu sofrimento, o terror das últimas horas de Janyn e Tommasa e a fúria que se formava dentro de mim quando imaginava tudo aquilo. Eu estava furiosa por Isabel e Eduardo terem usado minha família, furiosa com Eduardo por não ter tido coragem de estar presente quando eu soube a verdade, furiosa por sua partida insensível. Apesar de Melisanda estar acostumada a carregar-me enquanto eu chorava ou gritava ao vento, naquele dia minhas emoções estavam tão violentas que a amedrontaram algumas vezes, levando-me de volta à razão. Eu me refreava, recompunha-me e a tranquilizava. Desse modo, cavalgamos em círculos de fúria e calma.

Quando o pajem insistiu que meu cavalo precisava descansar, voltamos em direção aos estábulos. Então Gwen e eu caminhamos pelos jardins até o rio, e eu por fim confidenciei à minha companheira de longo sofrimento tudo que o padre e a rainha Filipa haviam me contado. Senti a necessidade de contar tudo de uma só vez, e sabia que poderia confiar no silêncio de Gwen. Eu esgotara minha fúria por ora. O que experimentei enquanto falava foi uma ânsia desesperada por outra verdade, um desfecho diferente. Tivesse o bastardo de Isabel morrido antes, minha vida poderia ter sido muito feliz. Mas aquela criança chegara à idade adulta, e a família de meu marido sofrera por ela. Agora, também eu e minha preciosa Bel sofríamos.

— Ao menos a senhora sabe que Sua Graça, a rainha, não tem intenção de expulsá-la.

— Entretanto, não conheço o coração de Eduardo. — Eu pensara que sim, mas então ele partira sem dizer uma palavra. — Embora ele tenha dado a ela a incumbência de me contar, temendo que eu os odiasse.

Uma dança estonteante, dissera Filipa.

No dia seguinte recebi uma convocação para ir ao Castelo de Hertford, a fim de passar alguns dias com minha filha. Quando pedi permissão à rainha Filipa, ela se mostrou confusa por eu não ter adivinhado que fora dela a sugestão.

— Com o bastardo de Isabel morto, você pode ir visitar sua filha em segurança. Não há mais segredos a proteger. Garantimos que a notícia chegasse aos ouvidos certos.

Em minha torrente de grande alegria, não consegui pensar em nada mais eloquente para dizer além de:

— Deus vos abençoe, Vossa Graça.

Ela parecia comprazer-se em dar-me ainda mais boas notícias: de que Fair Meadow estava sendo preparada para mim e para quaisquer outros membros de minha família que porventura eu desejasse convidar. Uma vez que os arranjos levariam cerca de um mês, ela e Joana pensaram que seria uma boa ideia se eu fosse logo ao encontro de Bel, para que passássemos um tempo juntas. Ela me dispensaria por alguns meses durante o verão.

Filipa apoiou-se pesadamente em meu braço para adentrarmos a ensolarada antecâmara onde as damas dedicavam-se a seus bordados em silêncio, na esperança de ouvir o que conversávamos do outro lado da porta fechada.

— A Sra. Alice nos deixará por um tempo para estar com sua família durante o verão — anunciou ela.

Os toucados tremularam quando as mulheres se entreolharam — suas expressões equivaliam a códigos secretos. Elas ardiam de curiosidade para saber o que se passava em minhas reuniões privadas com a rainha nos últimos dias. E o que dizer desse período que eu passaria com minha família no verão? Podia significar tantas coisas! Tanto recompensa quanto punição! E o que eu teria feito para merecê-lo? Eu podia sentir suas mentes girando sem parar, e, quando me voltei para meu próprio bordado, vi-me respirando profundamente, como se desse modo pudesse acalmar-nos a todas.

Quando por fim retornei a meu quarto para preparar-me, abracei Gwen e gritei:

— Estou livre, Gwen! Livre para estar com Bel, livre para estar com minha família sem colocá-las em risco! Agora pensarei apenas nisso, nessa módica liberdade. — Não iria pensar nos meus temores de que Eduardo desistisse de mim.

Na verdade, enquanto escolhíamos as roupas para a viagem, meu coração transbordava de alegria antecipada em ver minha filha querida. Inquietei-me por não ter tempo de fazer um belo vestido para ela. Gwen calmamente sugeriu que pegássemos um dos meus vestidos antigos para que nós três o transformássemos em uma peça para Bel durante o tempo em que estivéssemos juntas. Fiz muitas preces de agradecimento naquela noite, um bom número delas por Gwen.

Nada me recordo acerca da viagem pelo rio, apenas que o campo me pareceu mais belo do que jamais havia sido, e que isso me fez chorar.

Bel estava em uma idade na qual mesmo o período de poucas semanas poderia operar nela grandes mudanças. À medida que eu me aproximava do castelo, temi não reconhecê-la, mas, ao entrar no jardim em que as crianças brincavam, imediatamente a identifiquei, pois seu cabelo escuro e encaracolado e seus olhos grandes eram os mesmos de sua avó, madame Tommasa. Ela era alta para sua idade, além de esguia e graciosa. Faria 5 anos em questão de semanas, embora me parecesse mais madura e mais reservada do que Mary, Will e eu própria fôramos naquela idade.

Suas largas sobrancelhas franziram-se confusas quando corri para ela e me agachei à sua frente.

— Mãe — disse ela, com uma pequena reverência de cabeça, tocando em seguida as pérolas em minhas mangas. — A ama disse que podemos ficar juntas de novo.

— É isso mesmo, minha doce Bel.

Algo mudou em sua expressão, e percebi que ela lutava para conter as lágrimas.

— Meu pai me chamava de Bel.

— Sim, meu amor, e eu também a chamava. Chamo ainda.

— Sua Graça me contou que ele morreu. E também as minhas avós.

O medo em seus olhos disse-me mais a respeito do clima naqueles domínios do que eu saberia se ela perguntasse.

— Muitas outras pessoas da sua família estão vivas e ficarão muito felizes por vê-la este verão. Lembra-se da linda casa em que seu pai e eu a ensinamos a cavalgar um pônei?

Levou algum tempo para nos sentirmos à vontade uma com a outra, mas, depois disso, os dias que passamos juntas foram adoráveis. Fizemos um belo vestido e um toucado, planejamos festas e longos passeios ao campo, e, quando chegou a hora de minha partida, Bel agarrou-se a mim e eu a ela. Jurei a mim mesma que moveria céu e terra para garantir que ela não voltasse a morar com a rainha Joana.

Eu faria 20 anos naquele mês de setembro, uma idade madura. Eu era mãe fazia quase cinco anos, esposa por aproximadamente seis, duas mudanças que haviam me levado da infância à idade adulta. Vivia na corte fazia mais de três anos. Ainda assim, algo de inocente sobrevivera em mim — ou, melhor dizendo, eu me apegara a uma ingenuidade que agora entendia ser preciso preservar, pelo meu bem e pelo de Bel. Era hora de agir, de ganhar minha filha, fazê-la voltar para mim.

A perda de Janyn mantinha-se irreversível, mas eu sentia que seria possível encontrar alguma felicidade se eu pudesse estar com Bel e com minha família de tempos em tempos. Eu perdera tantas coisas — anos da vida de minha querida filha, anos de felicidade com seu pai, anos das vidas de meus irmãos. Rezei para que Eduardo ainda pudesse, por muito tempo, manter-me como amante e cuidar de mim, pois agora, ao fechar as portas para o passado e para meus antigos sonhos, mais do que nunca eu tinha necessidade de seu amor.

LIVRO III

A AMANTE DO REI

13

"Ai", disse ela, "que palavras me trazes?
O que meu amado coração vem mè dizer
que eu temo nunca mais ver?
Terá ele queixas ou lágrimas antes de minha partida?
Eu as tenho de sobra, se ele delas precisar!"

— GEOFFREY CHAUCER, *Troilo e Créssida*, IV, 857-61

EU PASSARA DOIS ANOS prendendo a respiração, em parte acreditando que Janyn reapareceria, em parte temendo o que a rainha Filipa pensaria de meu crescente amor por seu marido. Achava a corte opressiva — tão grandiosa, tão complexamente estratificada. Encontrara um mínimo de tranquilidade focando minha atenção em minha função de cuidar do guarda-roupa da rainha, ser a melhor companheira possível para ela e, nos últimos tempos, amar meu rei.

Pensei que ele poderia me servir de âncora. Mas, na verdade, ele era muito mais uma sereia que uma âncora. Filipa dissera que amar um rei era uma espécie de dança, uma dança que me conduzia a Eduardo e ao mesmo tempo afastava dele. Eu ainda precisava aprender direito os passos dessa dança — num movimento, ser atraída para ele, numa sujeição irresistível, e no seguinte ser lançada violentamente para longe, em triste solidão. Eu experimentaria momentos de prazer e ternura deslumbrante, sentindo que éramos um só corpo, um só coração, mas também experimentaria um máximo de solidão, vazio, quando ele se tornasse uma figura, inatingível, intocável, indecifrável. Eu precisava de um equilíbrio particular a cada movimento daquela maré estonteante.

Quando tive eu a escolha de ser diferente do que fui?

EM UMA DAS primeiras vezes que meu pai convidou-me a descer ao subsolo, lembro-me de ter conhecido um mercador de Ormuz especializado em pérolas. Ele trouxera consigo uma pequena broca para perfurá-las, prometendo mostrar ao meu pai como eram feitas, e meu pai, acertadamente, pensou que seria algo de que eu jamais me esqueceria. A princípio fora o próprio mercador que me fascinara, tão bronzeado pelo sol que sua pele lembrava couro batido, cheio de rugas que se espalhavam desde o canto de seus olhos escuros até as dobras de seu turbante branco e prateado. Ele tinha os dentes mais brancos que eu já vira e os mostrava bastante, sorrindo para mim. Suas mãos tinham duas tonalidades, de um marrom escuro na parte de cima e, na de baixo, aquilo que eu chamava de "cor da pele". Usava vários anéis lindos. Quando se movimentava, perfumava o ar com anis, canela e sândalo. Perguntei-me, então, como seria viver numa terra em que todos os homens cheiravam tão bem e se vestiam com tal riqueza.

Quando ele pegou uma pérola bonita embora não tão perfeitamente redonda, que mudava de cor à medida que ele a movimentava sob a luz, perguntei o que ele fizera com os buraquinhos, já que é bem sabido que todas as pérolas têm buraquinhos por meio dos quais elas respiram sob a água. De início ele arregalou os olhos, tanto que eu pude ver o branco deles, tão branco quanto o de seus dentes.

— Então as pérolas têm de respirar? — repetiu ele, arregalando os olhos ainda mais. Em seguida, seu rosto inteiro se enrugou e ele jogou a cabeça para trás numa gargalhada que lhe saía do fundo da garganta, uma gargalhada com cheiro de anis.

E seu turbante não caiu.

— Alice, quem lhe contou uma história dessas sobre as pérolas? — perguntou meu pai, evidentemente constrangido.

— Eu pensei que fosse assim.

O mercador — cujo nome não me recordo — perguntou-me se eu já vira uma ostra. Ele retirou uma concha deformada da algibeira. Envolvendo-a com suas mãos escuras e cheias de anéis, ele pediu que eu a examinasse com cuidado. Aproximando as mãos da luz, abriu-as, de forma que a concha também se abriu, e em cada palma surgiu um recipiente revestido de pérolas, como se várias delas houvessem derretido e flutuassem sobre sua superfície grosseira, recobrindo-a de beleza.

Toquei-a timidamente, com a ponta do dedo, imaginando que seria gelada como neve num galho de árvore. Mas era tão somente fria. E sólida.

— É chamada de madrepérola — informou-me meu pai.

O mercador me disse que a ostra produzia um líquido para revestir a concha.

— Para seu conforto! — disse ele. — Não é um milagre? — E quando um grão de areia ou alguma outra partícula dura se inseria naquela casca, a ostra a revestia também com seu líquido perolado, tornando todo elemento estranho mais regular e liso de modo a não causar qualquer desconforto.

— Para nós é uma pedra preciosa, mas para a ostra é um colchão de penas. Ou talvez um colchão de penas revestido de seda.

— Não é inteligente? — perguntou-me meu pai. — Agora ele vai nos mostrar como perfurar esta pérola.

O mercador pegou uma fina broca de aço movida por uma roda de chumbo, e aproximou a pérola. Era fácil ver como funcionava o processo, mas eu me encolhi ao ver algo tão lindo ser perfurado, esperando um desastre. No entanto, só saiu um pouquinho de pó. Ele alargou o furo usando um arame e um pouco de areia e, em seguida, enfiou a pérola num fio de seda.

— Deus abençoe a ostra — falei. Não me lembro de ter dito isso, mas meu pai, depois, contou essa história vezes sem fim. Ele dizia que nem ele nem o mercador tiveram coragem de completar a explicação lembrando-me que a ostra acabava por ser comida.

Eduardo aplaudiu quando lhe contei a história de como eu aprendera a verdadeira natureza das pérolas. Estávamos sentados numa linda campina, nossos cavalos pastando ali por perto, e ele acabara de me dar o mais refinado pente para cabelos: feito de osso revestido de madrepérola e vários discos de lápis-lazúli enfileirados, como se houvessem sido espargidos com gotas de um lindo líquido naquele tom. Depois de me mostrar o pente, ele pedira que eu retirasse meu adorno de cabelo, observando-me com prazer enquanto eu corria os dedos sobre as pérolas e o lápis-lazúli, para que o prendesse em meus cabelos. Era um gesto tão íntimo, tão carinhoso, depois de tanto medo de que ele me abandonasse, que tive medo de meu coração explodir.

Passáramos vários dias juntos no pavilhão de caça, e a cada dia ele me oferecera pérolas ou objetos decorados com elas. Eu não perdera meu discernimento, tinha consciência de estar sendo comprada, mesmo que aquele fosse apenas o jeito dele e seus presentes fossem dados de coração. Preferi ficar grata por aquela amorosa generosidade. Compreendi que o fato de ele ter me deixado em Eltham fora uma amostra de como nossa vida seria. Um passo de dança.

— Você é a pérola da minha vida, Alice, meu consolo, minha alegria, uma criatura de beleza e luz.

Caí em seus braços, apertando-o o mais forte que conseguia. Eu lhe pedira para conversarmos logo sobre as revelações feitas por dom Francisco relacionadas ao grande segredo que a família de Janyn havia protegido. Não queria que desperdiçássemos aqueles nossos dias tão preciosos remoendo aquele assunto, temerosos. Graças a Deus, Eduardo desejava favorecer-me. Fora uma conversa difícil, mas eu pedira ao Senhor que me iluminasse, e senti que Ele guiava meus passos no impulso de ser honesta com Eduardo, de revelar-lhe a dor e a confusão que afligiam meu coração. Ele demonstrou remorso por tudo o que eu perdera em nome da proteção de sua coroa, mas assegurou-me que esconder a criança fora a única solução possível, tanto para ele quanto para o menino. Um filho de uma linhagem daquelas jamais estaria em segurança se não escondido entre camponeses ou numa comunidade fechada como uma abadia — uma abadia de um país estrangeiro.

— Ainda assim, sua mãe deveria ter aberto mão de qualquer contato com o filho, poupando minha família daquelas viagens perigosas.

Ele assentiu.

— Foi a escolha dela. Em todo assunto, minha mãe pensava primeiro em si mesma, e só muito depois, quando não era mais possível evitar, dava-se conta de que outros também haviam sido afetados. Ela nunca pedia perdão ou demonstrava remorso.

— O que está feito, está feito. Para que Bel e eu possamos florescer, eu preciso procurar a luz, e não apodrecer nas trevas.

O alívio nos seu olhos e o sutil relaxar de seu corpo foram minha recompensa por tê-lo absolvido. Eu o entretive então com uma descrição do feliz encontro com minha filha, e manifestei a alegria que me trazia a antevisão de estar com ela, minha irmã e meus avós em Fair Meadow no verão.

Ele me ouviu em silêncio, contente, e depois me falou sobre seus filhos, sobre os planos que tinha para os três filhos homens mais velhos, concedendo-lhes parte do reino para que se mantivessem ocupados e satisfeitos.

— Apesar de pressentir que minha Filipa pretende deixar esta vida em breve, eu não tenho a mesma intenção. Eduardo está se distraindo com Joana por enquanto, mas logo se impacientará por ocupar meu lugar. A Aquitânia fica para ele. A Irlanda vai para Leonel. — Ele acreditava que os filhos considerariam suas novas responsabilidades algo desafiador. João logo seria aclamado duque de Lancaster; teria grande poder ao norte. — Então terei mais tempo para descansar. Gostaria de ter mais momentos sossegados para ficar com você, para falar de coisas simples, cotidianas.

Também eu desejava ter mais tempo para ficar com ele. Ali longe da corte, estando nós dois sozinhos, sem o medo que eu sentia de trair Filipa, eu me apaixonei profundamente. Quando abri meu coração para Eduardo, ele reagiu confiando em mim e se tornando mais curioso a respeito de meus sonhos e preferências. Nossos laços aprofundaram-se e se estreitaram.

Passávamos a maior parte do tempo no quarto que ele ordenara aos serviçais que decorassem para mim. Estava repleto de almofadas revestidas de seda coloridas como joias; do dossel da cama pendiam cortinas de índigo bordadas com fios de prata; o teto era pintado como um céu noturno, com uma deslumbrante lua prateada, e as paredes, adornadas com tapeçarias representando a deusa Diana caçando com um arco. Passávamos muitas horas felizes naquele quarto, fazendo amor, conversando, jogando xadrez, tecendo sonhos de uma vida conjunta.

Quando não estávamos no meu quarto, cavalgávamos pelo campo. Numa tarde particularmente quente, suspirei ao nos dirigirmos ao pavilhão.

— É uma pena que tenhamos de entrar.

Enquanto eu me lavava para tirar a poeira da longa cavalgada, Eduardo ordenou que se erigisse uma tenda no relvado. Que maravilha representou para mim, que crescera na cidade, dormir ao ar livre aquela noite e acordar com o canto dos pássaros e o orvalho fresco da manhã. Eu não queria que aquele interlúdio com ele terminasse.

Mas é claro que terminou. Certa manhã, acordei aos ruídos da criadagem preparando-se para a partida. Eduardo já dissera que não se intrometeria no tempo que eu passaria com minha família em Fair Meadow. Olhei em volta de meu lindo quarto — cada item já evocava uma lembrança feliz.

Enquanto Gwen supervisionava a arrumação das malas, Eduardo levou-me para o jardim, onde me presenteou com um anel de sinete. O entalhe era feito sobre uma ametista e mostrava a Virgem e seu filho, simbolizando a mim e minha filha, e o ouro que o sustentava trazia as iniciais *A* e *E* gravadas.

Ele o colocou em meu dedo e beijou minha mão. Seu olhar sustentava o meu quando ele disse:

— Dentro há um talismã para protegê-la. Escreva-me se for necessário. Todo o meu pessoal saberá que uma carta com esse selo deverá ser levada diretamente a mim. — O selo dele, uma coroa trançada com uma madressilva e com nossas iniciais, serviria para identificar as mensagens enviadas por ele a mim.

— Posso escrever se tiver problemas? — perguntei. — E não só para lembrá-lo de mim?

— Meu amor, eu não preciso ser lembrado. Penso em você a cada vez que respiro. — Ele beijou minhas mãos. — Escreva apenas se precisar de mim ou desejar algum aconselhamento. Estou determinado a não alimentar as fofocas. Confio que saberá escrever apenas quando precisar. E eu responderei o mais rápido que puder.

O anel, as combinações, tudo aquilo parecia mais substancial, mais seguro, do que tudo que se passara anteriormente. Eu estava contente, ainda que cautelosa, e seguia tomando preventivamente a infusão de Joana, pois não pretendia arriscar minha posição no serviço da rainha.

MEUS AVÓS HAVIAM contratado criados e tomado todas as providências para que minha casa pudesse ser ocupada. Fair Meadow. À medida que nos aproximávamos do solar, lembranças de Janyn invadiam-me a mente. Eu já esperava que a alegria daquela época fosse me assombrar ao voltar àquela casa. Mas, ao passar pelo vilarejo que costumava servir de referência para mim, indicando a proximidade de meu lar, senti-me esmagada pelas lembranças e descobri que eu não estava tão preparada quanto pensara.

Meu tormento era uma dor profunda em meu interior, apesar de meu amor por Eduardo e de minha renovada alegria de viver.

Aquela dor estaria lá para sempre; era uma parte de mim. Meu coração sustentava tanto a alegria como o sofrimento.

O ar estava fresco e soprava suavemente sobre os tranquilos campos de Fair Meadow. Quando desmontei ao chegar à casa, Bel saiu correndo porta afora e eu me abaixei bem a tempo de recebê-la de braços abertos. Ela já cheirava a sol e a terra, a mato e flores e cavalos. Eu estava fortalecida em minha resolução de retirá-la da casa emocionalmente estéril da rainha Joana. Ali ela poderia ter uma infância de verdade. Conheceria o amor e saberia amar. Seríamos uma família completa e feliz: meus avós, Mary, Nan, Bel e eu.

As mãos que conhecem a terra em todos os seus humores conhecem a sabedoria de Deus. A sabedoria de minha avó era um bálsamo para mim naquele momento. Com minhas amadas Bel e Mary, plantei flores, especialmente as rosas que meu avô trouxera do jardim de madame Tommasa: Quando a casa dos Perrers se esvaziara após a morte do Sr. Martin, meu avô havia entrado sorrateiramente nos jardins e recolhido mudas de vários arbustos.

— Guardei-as para quando você voltasse para casa, Alice.

Meu avô permanecia junto às mudas com um ar de insegurança. Ele me conduzira da mesa de jantar até ali para mostrá-las a mim. Estavam arrumadas em pequenos vasos colocados ao longo dos parapeitos das janelas de meu quarto.

Aquilo me comoveu de tal forma que fiquei sem palavras. Colocando os braços em volta dele, beijei seu rosto e em seguida aconcheguei a cabeça em seu ombro.

— Este é o melhor dos presentes, meu avô.

Bel dormia com Nan no mesmo quarto que eu e Gwen, e raramente estávamos separadas. Ela ficara tímida depois daquela recepção tão efusiva. Vacilante, preocupada, sem saber ao certo seu lugar. Em nossa primeira noite juntas, acordei em plena escuridão e encontrei minha filha sentada, roendo as unhas e com uma respiração curta, assustada. Nada perguntei, apenas a tomei nos braços e cantei suavemente para ela. Lentamente seu corpinho relaxou e logo ela estava dormindo agarrada a mim. Pela manhã, não toquei no assunto. Perguntei se ela não queria me ajudar a plantar as rosas. Trabalhar lado a lado no jardim cultivou minha relação com minha filha tanto quanto as flores e folhagens de que tratávamos com tanta alegria.

Meu coração se aquecia ao ver minha irmã ficando tão bela e forte. Às vezes ela falava sobre nosso pai, que se casara novamente e agora ocupava-se com um filho pequeno e uma esposa devota demais para aceitar o convite de ir visitar sua enteada meretriz. Mary tentava amenizar tudo ao falar dele, mas não era tarefa fácil.

— Vamos deixá-lo de lado — eu disse a ela, finalmente. — Tenho belas lembranças dele anteriores ao meu noivado.

Minha avó se mantinha levemente afastada de mim. Senti-o no momento em que a abracei. Mas seu comportamento era afetuoso, e cuidávamos juntas do jardim, assim como tirávamos as medidas de Bel para trajes novos. De uma arca cheia de tecidos enviada por Richard Lyons — mercadorias salvas do patrimônio dos Perrers e de meu antigo lar com Janyn —, escolhíamos lindas sedas e lãs para ela.

Foi um comentário fora de hora de minha parte que finalmente revelou o que minha avó lutava por ocultar. Vários dos antigos parceiros de negócios de Janyn haviam batido à nossa porta; alegavam que, ao passarem por ali, desejaram apresentar seus cumprimentos. Em todas aquelas ocasiões, a conversa acabava sendo conduzida de tal forma que eles mencionavam terem ouvido falar de meu "favorecimento" dentro da casa real, e portanto esperavam que eu pudesse agora apoiar suas petições ou recomendar seus produtos e serviços aos fornecedores reais. Eu me empenhava em ser graciosa ao assegurar-lhes que não tinha tamanha influência na corte, mas que, no caso improvável de alguém me solicitar uma recomendação, evidentemente colocaria à frente os parceiros de meu falecido marido e os membros da guilda.

— Todos sabem! — gritei uma noite. — Fui tão tola ao pensar que meu relacionamento com o rei era sabido apenas na corte... Quem poderá acreditar que não fui para lá por vontade própria, que não procurei os favores do rei deliberadamente?

— O que mais você esperava quando iniciou sua relação de adultério com ele, sendo uma das damas pertencentes ao serviço da rainha? — indagou madame Agnes. Ela controlava cuidadosamente o tom de voz para que não parecesse acusatório, mas suas palavras feriam. Ela não me encarava.

Dei graças a Deus que só estivessem ali presentes Nan, Mary e minha avó. Tremi — ela tinha dado voz a minha vergonha. Repliquei da maneira mais calma que pude:

— Lamento que me desaprove. De minha parte, eu tinha a esperança de que a senhora entenderia que não tive muita escolha quanto a isso. Imploro que nunca fale sobre meu relacionamento com o rei com Bel, nem mesmo permita que ela ouça algo a esse respeito.

Disse a mim mesma que ela não me julgaria tão severamente se soubesse toda a história que me obrigava a estar sob a proteção do casal real. Tampouco ela sabia da cumplicidade da rainha. Tal como julgara a rainha viúva, assim ela me julgava.

— Você não pode proteger Bel das fofocas — disse ela, com os olhos frios.

— Isso é um aviso de que não posso confiar em sua discrição?

Encaramos uma a outra em choque, vendo a dor contida que nos separava. Percebi em seus olhos o mesmo horror que eu carregava em meu coração.

Mary se interpôs entre nós.

— Parem com isso! Finalmente estamos juntas, algo pelo qual todas nós rezamos. Não estraguem tudo com essas palavras raivosas. Vocês se amam. Alice não teve opção. Imploro que se lembrem do amor que sentem uma pela outra. — Tendo pegado a mão direita de cada uma de nós, ela as uniu.

A boca de madame Agnes tremia. Ela estava prestes a romper em lágrimas quando disse:

— Ah, Alice, eu tive tanto medo. Você não pode imaginar. Com o desaparecimento de Janyn, depois de madame Tommasa... Os rumores sobre o assassinato do Sr. Martin...

Então Geoffrey não fora o único a ouvir dizer que o Sr. Martin estava saudável quando de sua súbita doença fatal. Soltei sua mão e a abracei.

— Eu sei, eu sei.

— Você o ama? Ele é bom para você?

— Sim. Eu amo o rei, e ele é muito bom para mim. Eu não tinha me dado conta de que a senhora fora obrigada a escutar essas coisas em público, a se envergonhar de sua família, madame Agnes. Peço desculpas.

Caímos de joelhos e rezamos por nossa família. Mary juntou-se a nós ali. Com isso conseguimos certa paz.

Utilizei meu sinete para escrever a Eduardo, perguntando se Bel poderia morar com madame Agnes ou alguma outra boa família de mercadores em Londres. Ele me respondeu dando permissão para que ela permanecesse com minha avó até que pudéssemos discutir a questão pessoalmente.

Bel, Mary, Nan e meus avós muito se alegraram quando lhes contei isso, pois por enquanto Bel continuaria com sua família. Isso tornou meu retorno à corte mais fácil para eles, embora não tanto para mim, pois eu gostaria de tê-la ao meu lado. Contudo, a rainha me convocara, e eu precisava obedecer. Não era apenas com Eduardo que eu continuava rodopiando naquela dança.

DE VOLTA à corte, a vida caiu numa rotina. Eu permanecia com minhas obrigações diurnas com a rainha, assim como nas festas e celebrações, ajudando principalmente com suas vestimentas. Quando ela não necessitava de mim, eu ficava livre para passar restauradoras semanas com minha família ou períodos de encantamento com Eduardo, onde quer que ele estivesse. A rainha Filipa raramente se aventurava fora de Windsor, pois as viagens haviam se tornado muito dolorosas para ela. Eduardo só permanecia em Windsor para negócios de Estado, celebrações e dias de festa.

Quando, em novembro, Eduardo comemorou seu quinquagésimo aniversário, testemunhei, na qualidade de uma das mulheres a serviço da rainha, a investidura de Leonel como duque de Clarence, de João de Gaunt como duque de Lancaster e de Edmundo como conde de Cambridge. Do ponto de vista privilegiado da comitiva da rainha Filipa, ouvi os cochichos dos barões e suas damas sobre as intenções do rei de preparar os filhos para governar em nome dele. Muito se louvou a sabedoria do príncipe Eduardo ao anexar a Aquitânia à Inglaterra em seu futuro governo — ele transferiria toda a família, incluindo a princesa Joana e os serviçais, para a França no final da primavera. A honorabilidade dos irmãos, estando tão evidente durante as festividades de aniversário, inspirava no povo a esperança de um futuro glorioso e forte para o reino. Apenas eu não gostava de pensar naquele futuro.

Filipa temia não serem poucos aqueles que rezavam pela rápida partida de Eduardo pai para dar lugar ao glorioso Eduardo filho.

— Quem me dera meu filho já estivesse atravessando o Canal — disse ela —, pois seu ego talvez fique tão inflado com as loas do povo que ele correrá o risco de nele tropeçar. — Ela se dirigia ao topo da minha cabeça, pois eu estava fazendo algumas pregas de última hora em seu manto. — Seria tão bom se Leonel fosse o primogênito... Ele é tão mais modesto!

Embora ela tivesse grande afeto por todos os filhos, Leonel era seu favorito entre os que ainda viviam. Ela considerava Eduardo ambicioso demais e de temperamento excessivamente irrefletido.

— Todos se referem a ele como o mais nobre dos cavaleiros, mas um grande guerreiro não deveria orgulhar-se de seu autocontrole? — João estava muito absorvido em se deitar com todas as mulheres que o atraíam. Isabel, a filha mais velha, inquietava Filipa com sua contínua recusa de pretendentes. — Se ela tivesse a inclinação para tanto, eu pensaria que sua intenção é ingressar num convento e fazer os votos a Deus. Mas Isabel é tão dada aos prazeres carnais quanto seu irmão João.

Os filhos representavam para Filipa um porto seguro, assim como Bel para mim, e ela parecia gostar de partilhar com suas damas algumas de suas preocupações e sonhos que nutria em relação a eles.

Minhas conversas com Eduardo ficaram ainda mais pessoais, e também mais práticas, como as conversas dos que são casados. Meus esforços anteriores de aprender sobre a guerra com a França e outros assuntos da Coroa colocavam-me agora em boa posição quando ele me confiava segredos. Eu me sentia honrada por merecer sua confiança — Eduardo jamais expressara qualquer reserva em relação à possibilidade de eu revelar algo à comitiva da rainha.

Ele buscava meus conselhos em assuntos financeiros e em suas negociações com mercadores e financistas. Eu buscava os dele no que dizia respeito a falcões, cães de caça e cavalos, já que notara o quanto ele gostava de me ensinar essas coisas.

Eu hesitava em consultá-lo em assuntos mais sérios, tais como a etiqueta que me era apropriada tendo em vista minha posição ambígua na casa real. Tais perguntas atiçavam seu mau humor. Uma vez, quando estávamos sentados no salão em Sheen desfrutando de uma frugal refeição noturna, eu casualmente perguntei se ele sabia que um dos convidados que chegaria no dia seguinte havia acabado de perder vários dentes e só poderia comer alimentos moles.

— Você deve avisar ao cozinheiro.

— Não estou em posição de fazer isso, Eduardo.

— Como? É claro que está em posição.

Ele então ordenou ao pajem que chamasse o cozinheiro e declarou àqueles que ali estavam:

— Madame Alice é quem governa a casa quando não estamos em Windsor. Você, assim como todos os meus criados, deve se reportar a ela.

Não havia discussão. Eu sabia muito bem que as coisas não eram simples assim. Vi os sorrisos maliciosos de todos quando o cozinheiro se aproximou.

— Madame Alice — disse Eduardo, sinalizando com a cabeça em minha direção.

O cozinheiro olhou para as minhas mãos, postas sobre a mesa a minha frente, e então encontrou meu olhar com uma tal animosidade que me fez corar, ainda que eu não recuasse.

— Sir Rupert necessita de alimentos moles no momento: caldos, sopas, o mais macio dos pães.

— Sir Rupert prefere assados com molhos fortes.

— Carnes picadas, então.

Com o queixo cerrado, ele dirigiu-me uma mesura cerimoniosa.

— Madame Alice — disse, ao curvar-se, e, em seguida, curvou-se também para seu amo. — Estou às vossas ordens, Vossa Graça.

Os criados encontravam formas sutis de me insultar. Eu cultivava maneiras compassivas mas firmes, e oferecia-me ao desprezo deles como compensação por meus pecados. Os oficiais de mais alto escalão e os nobres da comitiva de Eduardo tratavam-me com respeito, mas atrasavam-se inexplicavelmente para realizar o que eu pedia, pelo que Richard Stury estava o tempo todo se desculpando.

— Verei o que está acontecendo, madame Alice. Deus a abençoe por sua paciência.

Na corte eu ficava muito mais confusa acerca de minha posição. As tramas entre todos ali ainda me confundiam, e eu suspeitava de que seria sempre assim, pois em todas as ocasiões fora de Windsor eu permanecia deslocada, uma espécie de membro extraoficial da comitiva do rei, polidamente ignorada. Já em Windsor, eu era apenas uma das damas que davam assistência à rainha. Nas dependências de Eduardo, eu era "madame" Alice; nas de Filipa, "senhora" Alice. Com certeza eu não era a única a considerar minha posição desnorteante.

O mais útil e insistente conselho de Eduardo tratava da necessidade de eu cultivar fortes amizades na corte.

— Você não terá sucesso se não contar com aliados entre meus cortesãos, Alice. Encontre uns poucos homens poderosos o bastante para socorrê-la no caso de precisar deles. — Para me ajudarem e, quando estivesse com Filipa, para manter-me informada sobre o rei.

Percebi que essa fora a maneira encontrada por Jean Froissart, um flamengo bajulador, para imiscuir-se na comitiva real no ano anterior. Ele presenteara Filipa com a crônica das primeiras vitórias de seu marido, e ela enxergara nele uma utilidade futura. Agora ele integrava a corte como membro permanente, sendo os olhos e ouvidos de Filipa, que, no entanto, quando a sós com suas damas, reclamava do orgulho presunçoso dele.

Felizmente, Geoffrey e eu estávamos sempre juntos nos últimos tempos, já que ele fora deixado na Inglaterra, na qualidade de escudeiro encarregado das propriedades do duque de Clarence próximas a Londres. Tinha também cada vez mais encargos no serviço do duque de Lancaster, já que Gaunt administrava propriedades agora extensas. Geoffrey sempre era uma fonte confiável de informações.

Meu outro bom amigo na corte era William Wykeham, um clérigo que em matéria de construção e de organização de grandes projetos impressionara tanto Eduardo que recebia cada vez mais encargos. Geoffrey também o admirava, tornando-o ainda mais recomendável aos meus olhos. Eu conversara com Wykeham em diversas ocasiões e descobrira que tínhamos interesses comuns em decoração e na arte do equilíbrio e da proporção. Ele me ensinara que aquilo que eu concebia de forma puramente visual era baseado na matemática. Wykeham parecia gostar de me fornecer exemplos que comprovavam sua afirmação.

Agora que eu obtivera a posse de minhas casas, desenvolvia um grande interesse por cuidar delas — de fato, levava minhas responsabilidades de proprietária de terras muito a sério, encontrando nelas o lastro de que eu necessitava, além de um propósito em meus dias. Wykeham demonstrou ser muito útil ao aconselhar-me sobre as melhorias que eu desejava fazer na casa e nos celeiros de Fair Meadow, a ponto de ter cavalgado comigo até lá em várias ocasiões para dar suas sugestões. Eu apreciava sua companhia. Ele se desculpava por seus enormes discursos tratando de variados aspectos de construções e reformas, depois ria prazerosamente quando eu o abarrotava de novas perguntas.

— Mas eu aplaudo sua curiosidade ávida, madame Alice. São bem poucos os proprietários de terra que têm tamanho interesse.

Em uma de nossas excursões ele testemunhou minhas dificuldades com Peter, o administrador escolhido por meu avô para Fair Meadow. Peter balançava a cabeça, afirmando nunca ter sido informado de "que isso fosse feito dessa maneira, senhora" quando eu sugeria uma melhoria, e continuava trilhando penosamente o caminho antigo.

— Os deveres desse homem se colocaram além de suas capacidades, madame Alice — afirmou Wykeham. — Há pouco precisei contratar um homem, anteriormente administrador de terras da rainha Joana, que está sendo desperdiçado em meus projetos pequenos. Ele seria excelente para os propósitos da senhora, floresceria à medida que suas propriedades se expandissem.

Ele sabia de minha resolução de prover a mim e a minha filha com a renda proveniente de aluguel e de plantações, bem como de meu interesse por novos métodos de administração de propriedades. Eu adquirira havia pouco tempo um outro pequeno solar, no norte de Londres.

— Concordo acerca das limitações de Peter, Sr. William, mas como se trata de homem de valor, um trabalhador bom, honesto, preciso encontrar um administrador que o deixe à vontade numa posição secundária. Para conseguir algo assim, é preciso ter um caráter diplomático, e a situação deve ser resolvida tanto pelo novo administrador como por mim mesma, em pessoa.

— Robert Broun é esse homem — disse Wykeham. — Mas não se fie apenas em minha palavra. Eu o trarei comigo em minha próxima visita, e a senhora poderá decidir por si mesma.

Os dois chegaram a Fair Meadow num dia ensolarado de fim de verão. O clima estava bem fresco ao amanhecer, mas esquentara sob o céu limpo. Peter e eu vínhamos discutindo sobre a possibilidade de acrescentar um segundo cavalariço ao corpo de criados. Por semanas eu reparara num garoto rondando os estábulos quando não precisavam dele na cozinha.

Vendo como os animais reagiam bem a ele, ordenei que o cavalariço o treinasse quando o rapaz tivesse concluído suas outras tarefas. Logo ele se mostrou indispensável. Mas Peter reclamava que não havia trabalho suficiente para dois cavalariços e que não tinha tempo para supervisionar o treinamento do rapaz.

Eu vagava pelo jardim, imaginando como lidar com Peter, quando Wykeham chegou a cavalo. O estranho que vinha com ele estava sentado tranquilamente em sua montaria, nitidamente encontrando prazer na conversa e na viagem. Ele tinha cabelos claros e era bronzeado, um homem que passara a maior parte do verão ao ar livre. Quando Wykeham o apresentou, o sorriso franco de Robert Broun e os elogios específicos que fez ao que ele vira do solar até ali garantiram minha aprovação. Pensei em testá-lo imediatamente, explicando o desacordo sobre o cavalariço.

— Não há dúvida de que ele é homem para apenas uma propriedade — disse Robert. — Como a senhora adquiriu recentemente mais uma, ele oferece resistência por temer não ser capaz de lidar com a responsabilidade adicional.

Ofereci a Robert a posição de administrador de todas as minhas propriedades se ele conseguisse costurar um arranjo atrativo para Peter. Em poucas horas, o normalmente moroso Peter estava de lá para cá mostrando-lhe a propriedade, com um semblante radiante e relaxado. Eu estava mesmo em débito com Wykeham.

Mas um homem da corte, que eu não podia contar entre meus aliados, continuava a me perseguir a distância por meio de cartas eventuais. Lidas uma vez, eu raspava o pergaminho para fazer minhas contas. Não confiava em William Wyndsor.

No outono, Eduardo sofreu seu primeiro ataque de gota. Seu médico, o Sr. Adam, consultara vários colegas de profissão antes de fazer suas recomendações. Eduardo foi aconselhado a montar, caçar e caminhar mais, e beber e comer menos. Os médicos asseguraram que a gota não era nada com que ele tivesse de se preocupar, sendo uma enfermidade que reagia bem às mudanças prescritas na dieta e nas atividades. Mas Eduardo a tomou como um anúncio da velhice, e tinha pensamentos conflituosos sobre o que deveria fazer quando voltasse a sofrer do mal. Quando determinado a diminuir a circunferência de sua cintura e viver uma vida longa e ativa, ele me mantinha a seu lado, enchendo-me de roupas e de joias, e fazia amor comigo como se quisesse provar que ainda era capaz. Na verdade, havia vezes em que ele não conseguia, e era nesses momentos que parecia mais absorto em si mesmo do que o habitual.

Era esse o caso naquele outono. Havíamos aproveitado a manhã clara e ensolarada para cavalgar com os falcões. Em seguida, a caçada estendeu-se para um considerável banquete, incluindo a apreciação de um conhaque excelente. Quando nossos convidados se retiraram, Eduardo tornou-se amoroso. Revezamo-nos tirando as roupas um do outro entre risos, já que a bebida tornara nossos dedos inábeis para os botões e nos roubara o equilíbrio; mas, por fim, desabamos sobre a cama, beijando-nos, fazendo cócegas um no outro e rolando juntos de um lado para outro. Assim que nos aquietamos, e eu estava prestes a montar nele, Eduardo resmungou e se afastou de mim.

— O que foi, meu amor? Está sentindo dor?

— Falta-me a virilidade — vociferou ele. — Deus me amaldiçoa.

Trazida à sobriedade por seu tom abjeto, sufoquei minha decepção.

— Isso não é nada, querido. Também estou tonta por causa da bebida, e ficarei feliz em poder aconchegar-me às suas costas largas e quentes para dormir um pouco.

Mais tarde naquela noite, quando o descobri sentado junto ao braseiro olhando fixamente para as próprias mãos, enrugadas e cheias de veias saltadas, os nós dos dedos grossos, jurei-lhe que as atividades na cama não eram condição para o nosso amor.

Mas o que ele pensava me surpreendeu:

— Ofendi a Deus com nossa relação adúltera e com minha negligência para com minha legítima esposa.

Pela manhã ele mandou-me embora e correu até Windsor para ficar com Filipa.

Então iniciou-se uma dança recorrente.

Assustavam-me as dores de Eduardo, tanto as físicas quanto as espirituais. Eu tentava não me sentir ferida por sua inconstância, mas sim compreendê-la.

Dediquei-me aos cuidados de minhas propriedades, a única área na qual eu tinha tanto o controle quanto a habilidade para agir, e à construção de um lar para Bel. Pensei em matriculá-la em uma escola em Londres, na

322

qual ela travaria relações com outras famílias de mercadores, e comecei a preparar a casa de Janyn na cidade — agora minha — para uma ocupação mais efetiva.

No entanto, por mais que eu me empenhasse nessa tarefa, não conseguia esquecer por completo minha ansiedade, pois entendia essas separações não como algo normal, mas como sinais de que Eduardo tinha dúvidas quanto a manter-me junto a si.

Quando a rainha convocou-me para trabalhar em seus trajes para as festividades de Natal, ela percebeu meu estado de espírito e gentilmente aconselhou-me a dar tempo ao tempo.

— Trata-se de um pouco de rabugice ao próprio corpo por estar enve-lhecendo, Alice, nada mais. Seja paciente.

Paciência. Obediência. Eu tentava acalmar o espírito rezando e traba-lhando, e, quando longe da corte, passava todo o tempo possível com minha família. Bel aliviava meu coração. Madame Agnes e eu recuperávamos a intimidade, e meus irmãos Mary e John tornaram-se minhas companhias preferidas.

· Inverno de 1364 ·

No INÍCIO DO inverno, meu pai nos surpreendeu ao anunciar que preten-dia prometer Mary em noivado a um membro de sua guilda que perdera a esposa no ano anterior e tinha três filhos pequenos que necessitavam de uma mãe. Eu odiava a ideia de perder a companhia de minha irmã. Mary, a doce e obediente Mary, obviamente ficou muito descontente, mas acredi-tava ter de aceitar. Ela havia se encontrado com Thomas Lovekin em várias ocasiões e o considerava um velho decrépito. Seus filhos tinham 10, 11 e 12 anos; não estavam tão carentes de uma mãe quanto meu pai alegava.

— Mas o que posso fazer? Você teve escolha, Alice?

Evitando esse assunto específico, lembrei minha irmã de que a Igreja insistia em que as duas partes deveriam concordar livremente em se unir.

— Não se esqueça disso quando for apresentada a ele após a missa de domingo. Não diga nada que possa ser inferido como uma aceitação até que você tenha certeza de que o considera aceitável.

Lembranças de minha apresentação na missa assaltavam-me enquanto eu, Agnes e Gwen trabalhávamos no novo vestido de Mary para esse seu aparecimento público. Era um prazer costurar roupas para ela. Com aqueles seus cabelos ruivos e claros, ela ficava melhor nas cores preferidas por minha mãe, azul-claro e verde. Escolhemos um xale de tafetá trançado em tonalidades de verde e uma capa curta lindamente arrematada, de cor azul-clara para combinar com seus olhos. Em acréscimo, ela usaria um toucado verde, adornado com várias pequenas pérolas espalhadas e bordado em prata. O bordado ficou tão lindo que acrescentamos uma réplica na capa. Ela ficou lindíssima naqueles trajes. Mas era tão jovem! Mais nova do que eu quando fora apresentada na missa de domingo.

Deus olhava por Mary. O tal Thomas revelou-se ser o sobrinho do homem do qual ela se lembrava; ele tinha apenas pouco mais de 30 anos e era muito agradável e apresentável. Seus filhos tinham 2, 4 e 5 anos. O coração de Mary foi conquistado por eles. Em poucas semanas ela estava noiva, com o casamento marcado para princípios de maio, após meu retorno de Windsor e as festividades anuais da Ordem da Jarreteira.

Deus também olhava por mim. Quando o desconforto de Eduardo com a gota amenizou, ele me acolheu novamente em seu coração e em sua cama, com todo o calor que me faltara durante aqueles tenebrosos outono e inverno. *Deo gratias.*

UM ANO SE passou pacificamente, exceto por uma desagradável mudança na atitude de Eduardo perante minha independência financeira. Subitamente, ele procurou de forma sutil controlar meus negócios. Uma noite, durante uma de minhas estadias em Eltham, ele me chamou depois de eu ter me retirado para a cama. Encontrei-o andando de um lado para outro, agitado — em uma disposição nada amorosa.

— Parece-me que Richard Lyons demonstra muito interesse nos seus negócios — começou ele, mantendo a mão erguida para me impedir de responder. — O papel dele de executor do testamento de seu marido seguramente já se encerrou há muito tempo.

— Sim, mas eu o mantive como conselheiro. Não entendo por que você ficou tão interessado nessas coisas, meu amor. E por que tratar disso agora? Richard o ofendeu hoje? — Ele comparecera ao jantar.

— Interesso-me por tudo aquilo que diz respeito a você. Sei que ele também tentou interferir quando John Mereworth enfeudou seu solar em West Peckham a você e a dom Hanneye. Ele esquece qual é seu lugar.

Fora uma honra que eu insistira em aceitar, a confiança de um cavaleiro. Mereworth era um homem honrado e oferecera um valor substancial para pouco mais que minha assinatura e a de dom Hanneye. Eu ficara lisonjeada por ele ter me escolhido.

— Richard não gosta de Sir John, mas minha vontade prevaleceu, meu amado.

Richard de fato ultrapassava seus limites às vezes, geralmente num esforço bem-intencionado, mas equivocado, de proteger-me. Mas eu me mantinha firme quando sabia que estava certa. Tudo isso parecia uma preocupação um tanto trivial, mas a hora da noite indicava que Eduardo não concordava com isso, o que me preocupava.

— Lyons requereu ao papa que anulasse o casamento dele. Um ato desonroso. Não gosto de vê-lo associado a você.

Fiquei em choque. Aquilo era novidade para mim. Mas também não parecia merecer a atenção do rei. De fato, eu me perguntava com base em que argumentos Eduardo julgava Richard quando ele próprio não fora fiel a seu contrato matrimonial.

— Ele sempre foi um bom amigo e eu confio em seus conselhos. Não concordamos sempre, mas aprendo muita coisa em nossas discussões.

Eduardo manteve-se inflexível. Não falei mais nada, na esperança de que o assunto fosse esquecido.

Alguns dias depois, tendo retornado a Londres, fiquei mortificada ao saber por meu avô que Eduardo expedira uma ordem para que Richard Lyons me deixasse em paz e não interferisse em minhas vontades, fosse a serviço do rei, fosse em meus negócios pessoais. Uma ordem anunciada publicamente e registrada em caráter oficial, com a força de lei. Apesar dos meus sinceros esforços para convencer Eduardo de que eu considerava Richard um verdadeiro amigo, senti-me responsável por esse constrangimento tão público. Ofendi-me com a interferência de Eduardo na pequena fração de minha vida sobre a qual eu tinha certo controle.

Imaginei que seria isolada por todos em Londres em função desse incidente, o que certamente atrapalharia minhas possibilidades de negócio. Mas eu subestimara o prestígio de minha posição como amante e associada comercial do rei. Os membros das guildas, mercadores e cavaleiros menores permaneciam me cortejando em grande número. O único que me evitava era Richard.

Como o tempo passava e meu caminho não cruzava com o dele, fui à missa em sua paróquia, desejando fazer as pazes. Aproximei-me dele depois do culto. Ele estava sozinho. Sua expressão estava retraída, é claro. Simplesmente falei:

— Richard, eu não sabia que o rei pretendia proclamar aquela ordem. Eu sabia que ele desejava que eu estivesse livre para agir por minha própria conta, mas não fazia ideia do que ele tinha em mente no que diz respeito a você. Sempre me referi a você como um amigo de confiança.

Para meu alívio, a expressão de Richard se mostrava mais calorosa à medida que eu falava. Ele estendeu os braços, tomou minhas mãos e as apertou.

— Fico feliz em ouvir isso. Eu não conseguia imaginar como a ofendera e por que razão você não havia me procurado para discutir o problema.

Percebi muitos olhares voltados para nós: os mercadores mais abastados e suas esposas, obviamente esperando faíscas. Ficaram decepcionados.

— Eu o teria procurado se pudesse ter previsto a ação do rei. Você tem sido um bom amigo, para mim e para minha família, durante todos esses anos.

— Admito que em princípio fiquei ultrajado. Eu não dera o menor motivo para que o rei Eduardo atacasse minha honra. Mas quando minha raiva amainou, percebi que eu de fato *havia* ultrapassado o limite de minha posição algumas vezes. Obrigado por me procurar, Alice. Recomecemos do zero nossa amizade.

Ele convidou-me para um jantar dentro de alguns dias em honra de alguns mercadores que visitavam a cidade, e aceitei-o com alegria.

Foi ótimo ficar em Londres após o casamento de minha irmã. Thomas recebeu-me bem em seu lar, e alegrava-me ver Mary florescer no amor de seu marido e de seus enteados e testemunhar o entusiasmo deles em imaginar o primeiro rebento. Numa rara manhã de sol em janeiro ela deu à luz uma menina de rosto bonito e na melhor das disposições.

Somente após a missa de ação de graças por Mary é que eu me permiti examinar um fato que estava evitando. Eu tomava a beberagem de Joana escrupulosamente, apegando-me ao fato de que jamais falhara com ela.

Mas havia dois meses que minhas regras não vinham, meus mamilos tornaram-se subitamente tão sensíveis que eu distraía Eduardo quando ele procurava beijá-los para me excitar. Embora eu tivesse me recusado a pensar nisso enquanto Mary precisava de mim, assombravam-me as lembranças de ter me sentido tal qual minha irmã ao receber as atenções de Janyn quando grávida de Bel. Eu agora não enjoava pela manhã, mas com certeza trazia um filho dentro de mim. O filho do rei.

Eu estava aterrorizada, e, em meu terror, hesitava em contar a Eduardo. Não tinha ideia de como ele receberia a notícia. Temia que ele me mandasse para longe. Na corte, a prática aceita era a de arrumar um casamento apressado para uma mulher solteira de boa família que engravidasse de um nobre, de modo que seus filhos bastardos pudessem ser plausivelmente considerados legítimos — por todos exceto o marido, que teria sido estimulado financeiramente para que a consciência do pai verdadeiro fosse aplacada. Eu tinha medo de que Eduardo assim dispusesse de mim.

Joana advertira-me a não conceber, e eu havia feito de tudo para evitar que acontecesse. Mas não fora suficiente.

O comportamento carinhoso de Gwen para comigo sugeria que ela sabia de minha condição e que estava apenas esperando que eu lhe confidenciasse a notícia para exteriorizar sua preocupação. Percebendo que manter aquilo só para mim apenas aumentava meus temores, escrevi a Eduardo solicitando um encontro. Naquela mesma noite, contei a madame Agnes e a Gwen, e vi o temor aflorar em seus rostos. Minha avó levou as mãos à garganta, como se imaginasse um enforcamento. Gwen deu um gritinho e apertou as mãos a ponto de os ossos das suas articulações ficarem visíveis sob a pele esticada. Embora parecesse que ela já suspeitava de minha condição, a confirmação foi visivelmente chocante para ela.

— Mas e os remédios? — murmurou ela. — A princesa foi protegida. Eu os preparei exatamente como me foi ensinado.

Alcancei a mão de Gwen para apertá-la, tranquilizando-a.

— Você não tem culpa. Fiquei protegida por um longo tempo. Deus deve ter um propósito ao torná-los subitamente ineficazes. — Eu lutava para manter o controle, embora por dentro estivesse tão assustada quanto ela.

— O que você vai fazer? — perguntou minha avó.

— Enviei uma mensagem a Sua Graça solicitando um encontro. — *E estou rezando, rezando.*

— Ele não virá até aqui, virá? — indagou Gwen, olhando em volta como se visse uma choupana

— Duvido muito, mas, se fosse o caso, eu teria orgulho de recebê-lo em meu belo lar.

Passei os dias seguintes caminhando e rezando sem parar.

Então Richard Stury surgiu em minha porta como um arauto do destino, reluzindo em seus trajes escuros. Eduardo convocara-me para ir a Eltham. Stury me acompanharia. Partiríamos no dia seguinte. E portanto Stury se foi, cavalgando pela neve que caía. Fiquei aliviada por ter tantos preparativos para a viagem, pois assim não desperdiçaria meu tempo preocupando-me ainda mais. Bel precisava ser agasalhada e enviada à casa dos avós; meu procurador, Robert Broun, precisava ser colocado a par dos negócios que eu não tivera tempo de concluir; Gwen precisava arrumar as malas; os criados precisavam ser informados. Eu precisava ir ao encontro de Mary, em sua casa, e procurar um momento em que as crianças estivessem entretidas para contar sobre minha gravidez e avisar que eu logo partiria. Precisava descansar um pouco.

Mas foi difícil descansar depois de minha conversa com Mary.

— Como você vai explicar a Bel um irmãozinho? — indagou ela.

Eu não sabia. Essa era mais uma preocupação que eu estava feliz por não ter tempo de lamentar. Mas Mary me pressionou para que eu inventasse uma explicação ali e agora.

— Não consigo pensar nisso agora, Mary. Já tenho coisas demais com que lidar antes de contar ao rei. E à rainha. Quanto ao que dizer a Bel, decidirei mais tarde.

Bel talvez tivesse de enfrentar muito mais coisas além da intrigante existência de um irmão, se Eduardo e Filipa não reagissem bem.

Eu com certeza seria banida do serviço da rainha. Como poderia não ser assim? E então, o que seria de Bel e de mim?

— Você é rica, Alice — lembrou-me Mary, com um risinho.

— Mas sou uma mulher sozinha.

Ela me abraçou.

— Perdoe-me. Entendo que você está assustada. Rezo para que o rei esteja à altura do seu amor e da sua lealdade.

EMBORA BEM AGASALHADA para a viagem com um casaco revestido de pelo de esquilo, achei que morreria de frio naquela barca. Gwen me cobrira com uma manta de pele, e ainda assim eu tremia. Não era meramente culpa do tempo, é claro. Era o medo que me enregelava até os ossos. Eduardo e eu jamais discutíramos a possibilidade de uma criança. Eu não sabia o quanto os homens conheciam acerca da prevenção da gravidez, mas imaginei que fossem deliberadamente — e felizmente, para eles — ingênuos, ou seriam mais responsáveis ao espalhar suas sementes. Eu chorara na noite anterior, lembrando como tudo fora tão diferente ao descobrir que esperava Bel. A alegria de Janyn me fizera atravessar flutuando todos os longos dias em que sentia dor ou enjoava. Fora um tempo de júbilo, e depois de seu nascimento eu ansiava por um outro filho. Agora, eu estava aterrorizada com o que me pudesse ser ordenado fazer.

A neve amaciava os bosques e os parques em volta de Eltham. Era um lindo palácio, e eu fora muito feliz ali. Mas agora eu me aproximava dele como de um tribunal, o lugar em que tomaria ciência de qual seria minha pena. Richard Stury não ajudava com aquele silêncio austero. Como se ele soubesse de algo. Mas, é claro, não poderia saber.

Gwen e eu fomos conduzidas ao meu quarto habitual, já confortável graças ao resplandecente braseiro, às grossas tapeçarias que bloqueavam as correntes de ar e às pedras aquecidas prontas para serem enroladas e colocadas sob nossos pés assim que sentássemos para tomar um vinho forte e comer pão fresco, ainda morno do forno, com um guisado cheiroso e quente. Era um daqueles momentos em que eu dava graças a Deus por ser a amante do rei. Tomei cuidado com a quantidade de vinho que consumia, pois precisaria de todo o meu discernimento quando Eduardo me chamasse.

A convocação chegou quando eu lançava olhares desejosos para a cama, arrumada com muitos cobertores e colchas revestidas de pele; eu ansiava por um cochilo, alguns momentos de inconsciência. Era um alívio ter como acompanhante um pajem, e não Stury. Um momento de graça. Eu escolhera um dos vestidos preferidos de Eduardo, de brocado vermelho sobre uma anágua azul-marinho, e as tranças tecidas sobre minhas orelhas estavam presas por uma rede de ouro, adornada de minúsculas pérolas. Eu usava também um anel e brincos, e a maior das pérolas que ele me dera pendia de um cordão de ouro em meu pescoço.

Eduardo vinha de uma cavalgada. Seu rosto estava vermelho do frio, e seus olhos, claros e brilhantes. Senti o cheiro do ar fresco quando ele cruzou o quarto em minha direção e me levantou pela cintura.

— Minha adorada Alice. A cada vez que a vejo, acho-a mais linda do que antes. Como isso é possível? — Ele beijou-me e pôs-me de volta no chão. — Sofri de saudades de você por dias. Esta noite você ficará comigo.

Era este o meu amado, meu querido Eduardo, e ele me amava. Como eu pudera achar que ele não iria querer nosso filho? Que não prezaria nosso filho? Mas ele era o rei, e eu não era sua rainha. Nosso filho seria um bastardo.

Forcei-me a ficar alegre.

— E vigorosa e robusta é sua aparência, meu senhor. Você estava cavalgando na neve. Sinto o cheiro do ar fresco em seu cabelo e em suas roupas. — Levantei uma de suas mãos e a cheirei. — E em sua pele.

Beijei a palma de sua mão.

Ele a ergueu até meu rosto, acariciando-me, e então me ergueu, envolvendo-me num abraço e aquecendo-me com um beijo apaixonado. Pôs-me de volta no chão com um riso.

— Veja o meu desejo! Venha, vamos recuperar o tempo perdido.

Senti a esperança acender-se em meu ventre, acariciando nosso filho.

Sentamo-nos junto ao fogo. Um criado serviu vinho e se retirou. Os longos cabelos brancos de Eduardo brilhavam contra o fogo e a luz, mas em seus olhos havia cautela.

— Então, minha querida, o que há de tão urgente que você precisava me ver imediatamente?

Respirei fundo. Eu decidira falar direta e rapidamente, sem criar maior suspense.

— Eduardo, estou grávida.

Ele fez um som esquisito, um pequeno gemido ou suspiro, tão suave e fugidio que nem tive certeza de tê-lo ouvido.

— Há quanto tempo?

— Alguns meses.

Ele fez uma longa pausa, observando o fogo. Eu precisava me lembrar de respirar.

— É meu?

A pergunta me deixou atônita.

— Não há dúvida disso, Eduardo. Meu corpo pertence somente a você.

Ele estendeu o braço e pegou em minha mão por um instante, apertando-a, observando meu rosto. Tinha uma expressão de afeição triste. Meu coração acelerou.

— Quem sabe?

— Minha aia, minha irmã, minha avó.

Ele assentiu.

— Preciso pensar, Alice. Mandarei chamá-la.

Todo o calor me abandonou. Levantei-me e deixei seus aposentos, impressionada por meus passos me sustentarem. Gwen lançou um olhar para mim, depois me despiu e meteu-me na cama com pedras aquecidas. Não protestei. Permiti-me um copo grande de vinho com especiarias e, contra todas as expectativas, caí num sono profundo.

— Madame Alice, a senhora está sonhando. — Gwen se inclinava sobre mim. Segurava uma de minhas mãos junto ao peito. — Rápido, a senhora precisa se levantar e vestir-se. O rei a está chamando.

— Já é de manhã?

— Acaba de anoitecer. A senhora dormiu apenas alguns instantes.

Quando fui introduzida no quarto, Eduardo estava de pé, mãos na cintura, pernas bem afastadas, olhando através de uma janela. A postura de um rei.

— Vossa Graça — falei, ajoelhando-me diante dele.

Ele se virou para mim.

— "Vossa Graça"? Você está esperando um filho meu, maravilha das maravilhas, e me chama de "Vossa Graça"? — Eduardo agachou-se, um movimento nada fácil para ele, e tomou minhas mãos. — Levante-se, minha bela. Tenho um presente para você.

Ele ofereceu-me um conjunto de broche e anel em rubi, pedras enormes em formato de coração, rodeadas de pérolas, montadas em folhas de prata com delicadas filigranas com hastes que se entrelaçavam. Corações de rubi entrelaçados em madressilva.

— Eu estava esperando o momento certo, e este é sem dúvida tal momento.

Eu chorava enquanto ele prendia o broche em meu vestido e colocava o anel em meu dedo.

— São lindos, Eduardo. Coração e madressilva.

— Sim; o sangue de nós dois vai nutrir essa criança. Nós agora estamos ligados como pai e mãe. Não é o maior dos milagres?

— Então você está contente com a criança que ganha vida dentro de mim? — perguntei, perscrutando seu rosto. Vi apenas alegria em sua expressão; e amor.

— Contente? Eu estou em júbilo, Alice. Nosso amor foi abençoado. Deus nos concedeu Sua graça. Sou jovem de novo. Potente. Como poderia estar senão satisfeito? Ultimamente eu sentia que você hesitava antes de fazermos amor. Estou aliviado por saber a causa.

Então eu o preocupara. Talvez aquilo explicasse sua atitude diante de Richard Lyons.

Fizemos amor lenta e lindamente naquela noite. Mais tarde, acordei e encontrei-o alisando minha barriga e me observando. Sentei-me na cama, desejosa de conversar um pouco. Mas primeiro ele quis envolver-me em peles e mostrar-me a neve que caía suavemente lá fora sobre o bosque.

— Não é maravilhoso o silêncio da neve no campo? — perguntou ele.

— Nosso filho passará toda a infância no campo. A cidade não é lugar para crianças.

Meu amor por Eduardo naquele momento era tamanho que meu coração parecia prestes a explodir.

— Eu só conheci o campo quando já estava noiva.

Virei-me para ele e logo estávamos de novo deitados, fazendo amor.

Já amanhecera quando eu finalmente consegui fazer-lhe a pergunta que assombrava meu espírito.

— E quanto a Sua Graça? Quando ela souber... e é impossível que não saiba... dificilmente vai querer que eu permaneça a seu serviço.

Eduardo surpreendeu-me ao sorrir e balançar a cabeça. Ele estava envolto em uma manta de pele de esquilo, os cabelos esvoaçantes, a barba despenteada e aqueles olhos penetrantes de um azul-claro que contrastava com sua face endurecida pelo clima. Parecia-se com a imagem que eu tinha dos senhores da guerra antigos, cujo maior êxtase se encontrava em cavalgar para ir caçar ou guerrear. Ele sempre falava de batalhas do passado com um nó na garganta e um brilho de fogo nos olhos. Ganhara peso no último ano, um constrangimento para seu orgulho –– seu cinturão predileto fora alargado por seu alfaiate apenas alguns meses antes e ainda o machucava —, mas continuava a ser uma figura bela e imponente. Ali, sentado junto de mim na cama, ele sorriu e balançou a cabeça, e eu me senti muito nova e não inteiramente confortável com seus pés fazendo incursões entre as minhas coxas.

— Você é inocente em nossos assuntos, Alice. Achou que Filipa não estivesse preparada para isso?

— Mas eu não consigo imaginar esposa alguma que pudesse desejar ver uma outra mulher grávida de seu marido.

— Nisso você tem razão. Até a missa de ação de graças, o melhor é que você fique afastada da corte.

Agora que eu estava ali, ele desejava que eu estivesse longe. Como a pesada nevasca tornava traiçoeiras as marchas a cavalo, o médico de Eduardo, o Sr. Adam, proibiu-me de cavalgar. Mas meu amor ordenou que abrissem alguns caminhos no jardim, de forma que pudéssemos caminhar juntos ao ar fresco.

Outro dos médicos do rei, John Glaston, surgiu à porta de meus aposentos na manhã do dia em que Eduardo receberia alguns cortesãos e mercadores num banquete. Era um homem agradável, gentil e tranquilizador. Olhou pelo quarto e aproximou-se do braseiro, aparentemente para verificar se estava bem abastecido. Examinou a janela e em seguida voltou-se para mim.

— Estou às suas ordens, madame Alice. — Dirigiu-me uma mesura cortês. — Sua Graça contou-me o que se passa com a senhora e pediu-me que cuidasse de qualquer desconforto que necessitasse de tratamento até que uma parteira seja chamada.

— Sua Graça é muito gentil. Estou muito bem. Mas não hesitarei em mandar chamá-lo se necessitar de seus serviços.

— Fique à vontade para retirar-se das festividades de hoje a qualquer momento, e saiba que seu vinho terá a quantidade correta de água e que sua comida não estará excessivamente temperada. Cuidarei disso pessoalmente.

— Fico-lhe muito grata — murmurei.

Ele se curvou novamente e partiu em silenciosa dignidade, suas roupas escuras fazendo um ruído suave quando ele atravessou a porta aberta.

Eu estava comovida com as providências que Eduardo tomara, tão cuidadosas, embora encarasse o evento com terror. Lembrando-me da indiscrição de meu amado no que dizia respeito a nossa ligação, supus que ele teria espalhado também a notícia de minha gravidez.

De fato, Simon Langham, bispo de Ely e novo lorde chanceler de Eduardo, estava tão atento à mesa principal que certamente já sabia de meu estado. Felizmente, desde que ele ascendera àquele posto, demonstrara ser um bom amigo para mim. Tratava-se de um homem agradabilíssimo, estudioso brilhante, e em demorados jantares anteriores nas dependências de Eduardo havíamos estreitado nossos laços pelo amor que tínhamos em comum à poesia, à música e à falcoaria. Meus temores de que agora ele se sentiria ofendido por minha presença demonstraram ser infundados. Parecia que sua afeição por Eduardo ultrapassava qualquer coisa. Ele se manteve tão cortês e gentil quanto havia sido desde o início.

Também estava presente nas festividades um casal que eu conhecia apenas de passagem, Sir Anthony de Lucy e sua mulher, ambos também estranhamente atentos.

Eu de certa forma esperava que Eduardo dissesse algo de indiscreto, mas, para meu grande alívio, ele não o fez. Eu aprendera aos poucos a apreciar essas pequenas reuniões, nas quais eu observava Eduardo à vontade entre amigos. Mas aquela noite, a despeito da cortesia de todos, eu estava dolorosamente ciente de que não tinha o direito, fosse por nascimento, matrimônio ou posição oficial, de estar entre eles. Retirei-me o mais cedo que seria possível sem parecer deselegante.

Horas depois, já deitada, fui despertada com uma convocação para comparecer ao quarto do rei. Um serviçal segurou minha mão para ajudar-me a manter o equilíbrio enquanto passássemos entre os homens que dormiam na antecâmara. Até os guardas pareciam serenos.

Eduardo desculpou-se por me acordar. Ele também estava descalço e sem sua roupa de gala, apenas com um robe simples, sinal de que se preparara para dormir antes de decidir me chamar. Envolveu-me em peles e levou-me para junto do fogo, onde me ofereceu uma caneca ornada de joias que continha vinho com especiarias.

Ele sentou-se numa cadeira acolchoada tão perto da minha que nossos joelhos se tocavam. Curvando-se sobre mim, com olhos amorosos ainda que examinadores, ele perguntou:

— Agora diga-me, que incômodo a levou a retirar-se tão cedo? Não se sentia bem?

Eu tremia, apesar das peles.

— Estou grávida de um filho seu, meu amor, mas não sou sua esposa. Tive medo da censura deles e de causar constrangimento a você.

— Alice, minha amada, você não precisa ter vergonha. — Ele deu um profundo suspiro e me puxou para seu colo. — Você é preciosa para mim. Vocês — sussurrou em meio aos meus cabelos.

Segurei sua grande cabeça de leão entre as mãos e o beijei na boca.

— Você é precioso para nós.

Ele pôs as mãos sobre as minhas.

— Você está fria. — Pegando as peles, ele as enrolou em meu ombro novamente. — Talvez dom Hanneye possa atuar como seu confessor quando você for se retirar para o parto. O que me diz?

Meu coração se aquecia com os cuidados amorosos de Eduardo.

— Eu gostaria muito. Mas o que quer dizer com "se retirar"? Pensei que eu fosse ficar em Londres.

Ele balançou a cabeça.

— Não, Alice. Ordenei que Simon Langham procurasse uma boa casa de campo na qual você pudesse se afastar da corte e de todos que pudessem desejar feri-la ou que tivessem a esperança de ganhar meu favorecimento buscando o seu. Você precisa descansar.

— Desejar ferir-me? — Eu havia temido a reação da rainha, e de mais ninguém.

— Não se preocupe. Você está sob a minha proteção. Venha. — Ele me levou de volta à cadeira e postou-se à minha frente mais uma vez. Tomou minhas mãos. — Você espera o filho do rei, Alice. Um bastardo, sim, mas um bastardo real.

— Eu não pensei...

O rosto de Eduardo se enrugou num sorriso carinhoso.

— Não permitirei que lhe façam mal algum, meu amor. A nenhum de vocês dois.

Senti-me pequena e ignorante, e tive medo. Eu subestimara o significado de minha condição: eu estava esperando um filho do rei. Subitamente fiquei assustada. Isabel fora muito longe para proteger seu bastardo. Pessoas haviam morrido para preservar o segredo de sua mera existência. Lembrei-me da sensação de vulnerabilidade que eu tive quando a gravidez de Bel já se encontrava em estágio avançado, de minha falta de jeito, meus súbitos cansaços. Que bom que Simon Langham estava preparando um santuário para mim — para nós.

— Minha avó pode estar comigo quando chegar a hora do parto?

— Quem você quiser; dentro do razoável, é claro. Quando Simon tiver encontrado a casa, algum lugar junto ao pântano perto de Ely, onde ele tem influência como bispo, saberemos quantas pessoas você poderá acomodar. Fique tranquila, meu amor. Você é o meu tesouro. Cuidarei de você com carinho. Estará bem protegida.

Por fim, passamos a noite juntos. Mas, embora ele aquecesse meu corpo, meu coração permanecia gelado devido à nova compreensão que eu tinha das coisas. Gerar o filho de um rei não era um assunto banal e puramente pessoal.

14

Há muito se foram os medos e tristezas;
os dois, julgo eu, tiveram, e o sabiam,
a maior alegria que o coração pode conceber.

— GEOFFREY CHAUCER, *Troilo e Créssida*, III, 1685-87

• 1365 •

BEL, NAN, DOM HANNEYE e Gwen ficaram comigo em Southery desde o começo, e Mary iria também para lá em setembro, a tempo do parto. Madame Agnes desejara ir também, mas meu avô sofrera uma queda no início do ano e machucara as costas tão severamente que talvez não voltasse a andar; o lugar dela era, evidentemente, junto a ele. Ela havia sugerido que Bel permanecesse em sua casa para poder continuar frequentando a escola, mas eu valorizava tanto os momentos que tinha com minha filha — na verdade, guardava cada instante com a avareza de um sovina — que combinei com dom Hanneye para que ele atuasse como seu tutor enquanto estivéssemos ali.

Nan parecia revigorada pela responsabilidade de substituir madame Agnes no comando da casa quando eu não me sentisse bem. Eu estava com 22 anos pelos meus cálculos, Nan tinha 60, mas ainda assim ela se levantava junto com o sol todas as manhãs para assegurar-se de que os serviçais haviam abastecido o fogo e que a cozinheira houvesse aprontado algo quente e nutritivo com que eu e Bel pudéssemos satisfazer nosso apetite. Gwen não tivera a oportunidade de conhecê-la muito bem antes de nossa estada em Southery, e agora observava com admiração como ela lidava sagazmente com os serviçais.

— Nada é insignificante demais a ponto de escapar a sua atenção, e os criados sabem disso. Eles se comportam tão bem que eu poderia jurar que não são as mesmas pessoas que estavam aqui quando chegamos.

A casa tinha um solário acima do salão, mas, como só era acessível por degraus similares aos de uma escada de mão, todos íngremes e estreitos, difíceis de subir em meu estado, contratei um marceneiro local para criar, com anteparos, um cômodo para Gwen e para mim em um recanto do saguão. Ele se revelou talentoso e entusiasmado, criando um conjunto de anteparos intricadamente esculpidos em que figuravam as estações e os pássaros daquela região pantanosa, numa faixa que atravessava a parte superior do conjunto de madeiras. Nosso quarto temporário ainda deixava no salão um amplo espaço para atividades e refeições. Bel e Nan dormiam em uma parte do solário e dom Hanneye em outra, junto com meu administrador, Robert Broun, quando ele estava na propriedade.

Robert tornara-se uma presença constante e bem-vinda em minha vida, tanto como administrador quanto como amigo, demonstrando repetidas vezes ser confiável. Conduzia-se de maneira muito tranquila e confiante, falava com autoridade sobre a atividade pastoril e amava o campo. Dava-se maravilhosamente bem com Bel, a todo momento convidando-a para acompanhá-lo nas suas cavalgadas por nossas terras. Seu sorriso iluminava um rosto bonito — loiro, claro, de olhos azuis.

Ele passava a maior parte do tempo em minhas outras propriedades, supervisionando projetos, dando ordens aos operários e voltando mensalmente para prestar contas a mim. Dom Hanneye e Richard Lyon também passaram a respeitar suas opiniões, sempre o convidando para acompanhá-los em visitas às propriedades que pensávamos em negociar. Eu queria ter certeza de que nada faltaria a Bel e à criança que eu agora esperava. Não pretendia ficar na mera dependência de Eduardo quanto ao futuro de nosso filho, pois lembrava-me das advertências da princesa Joana de que eu poderia vir a amaldiçoar o dia em que fizesse isso. Eu abrigava o conselho dela no coração, pois compreendia que ela já havia pensado muito nos caprichos do amor.

A CASA FICAVA numa pequena colina junto ao pântano, elevando-se sutilmente acima dos campos molhados, vastas extensões de junco e gramado que lançavam sussurros no ar. O terreno tão plano parecia-me estranhamente ameaçador. Sentia-me muito exposta e não confiava numa terra firme que tão subitamente cedia lugar ao pântano. A luz tinha uma qualidade inquietante, trêmula, e as aves aquáticas dominavam os céus com seu voo de asas amplamente abertas e seus chamados solitários.

Mas Bel estava fascinada com aquela paisagem desconhecida e guiou-me pelos arredores da casa até que me acostumasse. Minha filha representava para mim uma alegria constante e expressava contentamento pelo longo período de tempo ininterrupto que passávamos juntas. Observando-a com seu tutor — dom Hanneye revelava-se muito hábil — e com os outros, eu passara a conhecer minha filha melhor do que quando ela era uma criança; essa oportunidade de um novo começo era preciosa para mim. A julgar por sua reação ao saber que eu trazia no ventre o filho do rei, ela parecia nada ver de errado nisso — o que ao mesmo tempo me alegrava e preocupava. Mas dom Hanneye garantiu-me que ela era uma menina devota e com caráter moral; ela apenas confiava em que sua mãe era uma boa mulher.

Seria eu uma boa mulher? Segundo dom Hanneye, Deus sabia que eu me mantivera como uma noiva para o rei, e, portanto, nossa união era abençoada. Deus sabia que o que nos separava era obra do homem, logo, não representaria Sua lei. Eu tinha consciência de que meu confessor seguia por argumentos tortuosos, a fim de manter-me tranquila, longe do desespero. Como a esposa de Eduardo ainda era viva, seu argumento não se sustentava. E eu temia a reação de Filipa quando soubesse de minha gravidez. Eduardo havia me garantido que lhe faria essa revelação apenas no momento em que estivesse mais aberta a recebê-la com equanimidade.

Mas aqueles longos dias de verão sem nada para fazer me exasperavam. Eu passara a amar a rainha, a ansiar pelas longas horas que passávamos conversando sobre tecidos, joias, fitas, couro, botões, véus, plumas. Sentia saudade dela, dos momentos em que ríamos como meninas e desafiávamos uma a outra a atingir novos níveis de extravagância, cumprindo nossos próprios desafios, e, quando ela estava sendo arrumada, fazíamos um grande espetáculo inclinando a cabeça simultaneamente para apreciar os resultados obtidos pelas costureiras. Eu tivera muita sorte com minha senhora. A rainha era uma mulher sábia e piedosa, merecedora de todo o amor que seu povo lhe dedicava.

Eu era menos confiante quando se tratava de mim mesma. Faria 23 anos em setembro, mês para o qual meu bebê era esperado, e sentia-me menos responsável por minha própria vida do que imaginava estar naquela idade. Era como se, ao ir para a corte, eu tivesse voltado aos meus últimos anos de infância. Durante minha primeira gravidez, eu admitira para madame Tommasa que o que mais me assustava era o fato de me sentir nova e inexperiente demais para ser uma boa mãe. Ela tranquilizou-me dizendo que, à medida que o bebê fosse amadurecendo dentro de mim, também eu amadureceria, de forma que, quando a criança estivesse pronta, também eu estaria. *É assim que nos tornamos sábios, vivendo a cada dia de acordo com as lições que Deus coloca em nosso caminho.* Como eu sentia falta da presença calma de madame Tommasa. Mais uma vez eu estava sendo dominada pelo medo de não ter sabedoria suficiente para criar aquela criança que estava em meu útero, pois desta vez o bebê tinha sangue real, ou ao menos metade real. Ao tentar me tranquilizar, dom Hanneye apenas me trazia novas inquietações. Ele dissera que se fosse um menino eu não teria muita influência em sua criação, e que se fosse menina eu poderia criá-la como bem entendesse, já que o rei não se interessaria por mais uma filha mulher. De um jeito ou de outro, parecia que aquele filho me traria tristezas.

No início do verão, fui convidada para ir à residência do bispo de Langham, próxima a Ely — Eduardo passaria duas semanas lá. Ele viu a oportunidade como um encontro secreto entre amantes, e insistiu em que dividíssemos um quarto.

A maior parte do tempo nós caminhávamos, conversávamos e dormíamos enlaçados nos braços um do outro. Como dividíamos o grande cômodo com sargentos de armas e criados, que dormiam numa antessala criada por anteparos de madeira, não nos permitíamos fazer amor entusiasmadamente, embora tenhamos conseguido algumas tardes para isso. O simples fato de eu ter concebido satisfazia Eduardo e o revigorava.

Em nosso último dia juntos, ousei falar de meus temores quanto ao futuro.

— Não me surpreendo com sua preocupação, doce Alice. Mas o único comentário de Filipa ao receber a notícia foi pedir-me que mandasse providenciar para você os melhores cuidados.

Eu admirava a máscara de reserva da rainha, mas sofria ao pensar nos sentimentos que ela tão elegantemente dissimulava.

— Sua Graça é a mais gentil das pessoas.

Eduardo deu-me um tapinha na mão.

— Enquanto a criança for pequena, você não verá muito a rainha. Terá uma ama de leite e todos os criados que solicitar. Quando estiver com a rainha, precisará de alguém que cuide da criança numa casa em Windsor. Quando estiver comigo em Sheen, Eltham, Havering ou onde quer que seja, tanto Bel quanto nosso filho devem estar por perto, para que você possa vê-los com frequência. Isso é de seu agrado? Basta você pedir para ter o que deseja, Alice.

Que você pudesse ser meu marido, pensei.

— Sim, meu amor. — Apressei-me em encobrir meus pensamentos com os planos mais práticos e realistas que ele pudesse esperar, pois eu estava comovida por sua consciência a respeito de minhas preocupações com meus filhos. — Gostaria de fazer maiores reformas em minha casa de Londres, e talvez utilizar algumas das dependências que dão para a rua como oficinas de trabalho ou moradias, para locação. Para melhorar o dote de Bel.

Ele apertou minha mão.

— Esta é a minha Alice.

O problema era que eu não gostava de tudo o que ele percebia em *sua* Alice; não gostava do papel de espiã. Ele pretendia indicar-me o nome de alguns mercadores para que eu os abordasse quando retornasse a Londres, e perguntara sobre outros com quem eu jantara na cidade ou em outros lugares desde a última vez que tivéramos a chance de conversar. Fui cuidadosa ao contar tudo o que sabia sobre os primeiros e tudo de que tinha notícia em relação aos últimos, mas me senti mal. Rezei a Deus, pedindo forças para aceitar minha nova situação. Eduardo tinha suas razões, e era não somente meu senhor como também meu amante. Eu não poderia esquecer isso jamais.

Fiquei feliz em voltar a Southery e isolar-me em meu delicioso casulo.

QUANDO MARY CHEGOU para o meu parto, em setembro, trazia a notícia de que Geoffrey havia se tornado noivo de uma jovem dama que fora criada no serviço da rainha, a irmã de um cavaleiro flamengo.

— Que formidável! Não está feliz por ele, Alice?

— Seria Filipa de Röet?

Mary pareceu ficar decepcionada.

— Você já sabia.

— Não. Mas ela é a única jovem dama solteira de ascendência flamenga no serviço da rainha atualmente.

— E então, o que você acha? Ela é bonita?

— É adorável. Muito espirituosa. — De forma alguma o tipo de dama que eu imaginara agradar ao gosto de Geoffrey.

— Andam dizendo que o noivado já está consumado e que ela espera um filho.

Rezei para que fosse de Geoffrey, e não um bastardo do duque de Lancaster. Houvera anteriormente rumores sobre Pippa e Lancaster. A notícia do noivado agora mexera demais com minhas emoções, confundindo-as, de forma que perguntei a Mary se poderíamos conversar sobre outra coisa enquanto eu pensava a respeito.

Pedi a Deus que fossem felizes. É claro que as conexões e o berço nobre de Pippa eram exatamente o que os pais de Geoffrey sempre haviam desejado para ele.

No FINAL DE setembro dei à luz um menino, e o parto correu bem.

— Um menino. — Lágrimas encheram os olhos azuis de Eduardo.

Lágrimas. Eu não esperava isso dele. Ele tinha cinco filhos vivos.

— Desde que apresentei Eduardo, Leonel, João e Edmundo ao mundo, sinto muito a falta deles. Tomás está louco para ir pelo mesmo caminho, e eu não posso retê-lo por muito tempo. Agora não preciso me desesperar, pois tenho um novo filho a quem ensinar.

— Ele terá a pele clara como a sua. — Eu já podia ver. Bel era mais morena. Linda, mas diferente. — Sua felicidade é um bálsamo abençoado derramado sobre mim, Eduardo.

Ele chegara não mais que dois dias após o nascimento de nosso filho, surgindo em meu quarto como um deus antigo, imenso, barulhento e irresistível. Depois, com a maior das delicadezas, pegou nosso bebê em suas grandes mãos e murmurou:

— Você é um milagre, meu filho.

Eu chorava e ria ao mesmo tempo.

Mas estava claro que eu não desfrutaria da companhia de meu filho por muito tempo. Seus padrinhos seriam o duque de Lancaster e João Neville, então seu nome seria João, como o do duque. Fiquei desapontada que Eduardo houvesse ignorado minha sugestão de que meu irmão John fosse o segundo padrinho de nosso filho. Meu irmão era um excelente jovem, cuja companhia me agradava enormemente. Amadurecera e tornara-se um homem seguro e generoso, e eu desejava poder tê-lo homenageado dessa forma. Mas Neville era um barão do norte, peça-chave para a defesa da fronteira, e eu entendia por que o desejo de Eduardo de honrá-lo. Ao menos eu conseguira que a madrinha fosse minha irmã Mary. Mas eu sabia que tal concessão fora apenas uma cortesia. Nosso filho seria criado numa casa apropriada a um filho do rei, e nem eu nem Mary exerceríamos grande influência em sua vida. Ainda assim, como eu poderia entristecer-me pelo fato de seu pai amá-lo tanto?

O PRIMEIRO COMUNICADO que recebi da rainha Filipa após o nascimento de João foi uma convocação para as festividades de Natal em Kenilworth, o palácio do duque e da duquesa de Lancaster. A rainha desejava fazer logo a viagem. Todas as ocasiões em que Branca falava de Kenilworth, sua voz deixava transparecer lembranças felizes e seus olhos brilhavam. Se não fosse pelo medo que eu tinha de que a rainha estivesse com raiva de mim e pela dor de deixar João com a ama de leite, eu estaria animada por ter sido incluída no evento.

De Southery até Londres fui acompanhada de minha comitiva, depois dirigi-me a Windsor e de lá para Kenilworth. Eu queria poder ficar com madame Agnes para consolá-la, já que meu avô morrera pouco depois do nascimento de João. Mas ela encontraria conforto na presença de seus netos. Eles amenizariam seu luto.

Geoffrey e Pippa estavam em Londres, na residência dos pais dele. Fiz-lhes uma visita antes de ir para Windsor. O lar dos Chaucer sempre fora um dos meus lugares prediletos: bonito, quente e habitualmente movimentado durante as refeições. Os pais de Geoffrey adoravam um salão cheio de gente falando, bebendo e comendo — seu pai, afinal de contas, era um mercador de vinhos. Eu ansiava por vê-los e tentava adivinhar se meu amigo estaria bem ou mal.

— Como vai nosso pequenino? — indagou Geoffrey.

— João não é tão sossegado quanto Bel, mas conquistou meu coração. E o de Bel. Ela é uma irmã amorosa.

— Soube que o rei está muitíssimo feliz com você. Você foi esperta ao dar-lhe um filho.

— Esperta? Essa é a sua opinião ou o que dizem as fofocas?

— As fofocas, é claro. Acha que sou tolo a ponto de acreditar que você poderia determinar o sexo de seu filho? Presumo que esteja indo para as festividades de Natal.

— Sim.

— Nesse caso, sinto que é meu dever, como bom amigo, alertá-la para tomar cuidado com aqueles que a elogiarem e que procurar em seu conselho ou apoio. Todos a veem como uma escada para o rei. Ele não manteve a promessa feita a você de ser mais discreto sobre o seu relacionamento e seu filho. — Geoffrey parecia muito desconfortável em me contar isso.

Dei-lhe um abraço afetuoso.

— Fique tranquilo, meu amigo. Eu já sei.

— Não é apenas por causa do seu filho. A notícia da humilhação pública de Richard Lyons correu de tal maneira que todos a veem como uma parceira de negócios da família real.

Franzi a testa.

— Agradeço-lhe pelo aviso. — Se é que alguém merecia agradecimentos por notícias perturbadoras. Mas eu *pedira* a ele que fosse meus ouvidos.

— E como estão as coisas com Lyons? — indagou Geoffrey.

— Ele sabe que não fui eu quem provocou aquilo, que ainda prezo sua amizade. Na verdade, eu o mantive na qualidade de conselheiro. Mas eu lhe imploro, Geoffrey: o que você tem ouvido sobre Sua Graça? Como ela recebeu a notícia sobre meu filho?

— Você teme o encontro com sua senhora?

— Já gastei as contas do terço rezando para que houvesse paz entre nós. O que você soube?

Geoffrey deu de ombros.

— Nada. Ela tem mantido silêncio sobre o assunto.

Eu me persignei.

Assim que Pippa se aproximou, mudei de assunto:

— Mas falemos de coisas mais alegres. Como está indo com o bebê?

Ela tocou a barriga e fez uma expressão ao mesmo tempo feliz e pesarosa.

— Eu não imaginava que já me sentiria tão grande!

— Isso não é nada, comparado ao que sentirá daqui a pouco...

Falamos sobre crianças, sobre como compor um corpo de serviçais, uma conversa agradável.

Lamentei não poder ficar mais tempo em Londres. Quem dera eu pudesse voltar ao meu útero em Southery, ao delicioso verão envolto em sonhos com meu filho. Mas não podia mais adiar meu encontro com a rainha.

EMBORA MEU CORAÇÃO estivesse pesado durante minha viagem até Windsor, assim que passei pelo portão meu humor melhorou, pois senti-me chegando em casa. Eu caminhava com cuidado, seguindo o pajem que conduzia a mim e a Gwen ao nosso familiar quarto, e comecei a relaxar enquanto aquecia as mãos e os pés junto ao braseiro e aplacava minha sede com vinho misturado a água, de olho na cama macia. Gwen estava aquecendo pedras para os meus pés quando chegou um pajem para me levar aos aposentos da rainha. Minha alegria momentânea dissolveu-se. Não era típico de Filipa chamar às pressas alguém que acabara de chegar fatigado de viagem. Eu sussurrava ave-marias enquanto Gwen me vestia.

— A senhora está tão esbelta! Dá até para esquecer que deu à luz há menos de três meses — murmurou ela.

— Sua Graça não esquecerá.

Para chegar ao quarto de Filipa, eu precisava passar por entre as damas reunidas na antecâmara. Elas me saudaram com uma variedade de mesuras, acenos de cabeça, olhares maliciosos, sorrisos afetados e desejos de boa saúde. Eu tremia no momento em que atravessei o umbral da porta e curvei-me diante de minha senhora.

— Fique ereta, Alice, deixe-me vê-la — ordenou Filipa, enquanto acenava para o pajem indicando que se retirasse e fechasse a porta atrás de si. — Vire-se. — Ela resmungou com satisfação. — Você está muito bem. Ótimo. Temos muito o que fazer.

Voltei a ficar defronte a ela, entristecida ao notar os desgastes que minha rainha sofrera no último meio ano. Seu rosto, pescoço e mãos estavam vermelhos e intumescidos, e sua respiração lhe era difícil. Quando se levantou da cadeira, seus membros se enroscaram sob as dobras volumosas de seda, e eu corri para ajudar sua criada a sustentá-la. Meu rosto estava a não mais que poucos centímetros do de Filipa quando ela se endireitou. Testemunhei o jogo de emoções — medo, relutância e, ao registrar minha proximidade, reserva real.

— Vossa Graça, sou sua serva mais fiel — murmurei.

Quando percebi que ela conseguira se equilibrar, coloquei-me ao lado.

— Você percebe a enormidade da tarefa que tem diante de si — disse a rainha, com clareza.

Hesitei em responder, sem saber o que dizer, incapaz de adivinhar seu humor.

Ela levantou uma dobra de seda.

— As costureiras acham que estou em uma posição tão elevada que meus pés não necessitam mais tocar o chão. Só você sabe fazer a bainha de minhas roupas. — Sua face suavizou-se num sorriso provocador.

Deus é piedoso, pensei, soltando o ar.

— Verei isso imediatamente, Vossa Graça.

— Pode ser amanhã, querida Alice. — Ela estendeu a mão, e eu me ajoelhei para beijá-la.

E então reassumi minhas funções no serviço da rainha. A figura curvada de Filipa era agora impossível de disfarçar, e a escolha de Eduardo por um tema de falcoaria resultou em trajes com camadas de plumas que chacoalhavam com seus tremores intermitentes e destacavam sua compleição agora baixa e larga. Ela parecia um frango assustado, e não uma rainha. Falei em particular com Eduardo — *Você é alto e tem membros longos, assim como uma postura ainda maravilhosamente ereta, mas Sua Graça...* — e recebi permissão de apresentar os emblemas da falcoaria de Filipa em bordados e pedraria de cores que imitavam as das penas dos pássaros de rapina. O drapeado das suas peças ganhava cada vez maior importância, e as costureiras haviam cortado tudo muito reto e muito comprido.

Temi que a viagem para Warwickshire acabasse sendo demais para ela. Quando chegamos ao lugar em que pernoitaríamos no primeiro dia, seu rosto estava comprimido e sua respiração era curta. Ela ofereceu sua dor em expiação pelos pecados dos entes amados que haviam morrido. Quando finalmente chegamos ao lindo Palácio de Kenilworth, Sua Graça estava tão desgastada que só depois de vários dias pôde aparecer em público, e mesmo então foi levada ao grande salão numa liteira, permanecendo apenas por um breve instante. Minha azáfama com a bainha de seus trajes demonstrou ser desnecessária.

Na graça de seu desenho e na riqueza do mobiliário, o Palácio de Kenilworth ofuscava qualquer um dos grandiosos lares reais exceto Windsor. E que luminosidade! A quantidade de luz que entrava pelos longos vãos da janela no grande salão, mesmo no mais profundo inverno, deixava-me pasma durante o dia. À noite, uma multidão de tochas, velas e candeeiros expulsava a escuridão. As roupas coloridas e as joias dos cortesãos ficavam deslumbrantes sob aquele brilho, criando uma rodopiante floresta de encantamento.

A inatividade da rainha permitia-me percorrer as festividades e me divertir mais do que eu imaginara. O motivo de falcoaria que eu usava era um toucado com plumas que eu enfeitara com pérolas, e um adorno de plumas preso a uma das extremidades de uma curta capa verde que ao longo dos dias eu usava sobre um vestido verde-escuro ou sobre um outro, de brocado verde-claro. Ao rígido miolo das plumas eu acrescentara pequenas pérolas, e espalhara-as também sobre o corpete dos meus vestidos.

Nossos anfitriões, o duque e a duquesa de Lancaster, haviam me cumprimentado calorosamente, em minha chegada, e me dado presentes para João e Bel. Eu não tinha a expectativa de ser bem-recebida apenas, como Alice, uma integrante inconspícua da comitiva da rainha. Lady Branca foi gentil, dividindo suas mais recentes experiências de gravidez e perguntando sobre meu conforto. Jamais, nem mesmo uma vez, ela aludiu ao fato de o pai de meu filho ser o rei. Lorde João, por outro lado, provocou-me dizendo que agora eu estava ligada à família real de alguma forma e garantiu-me que o pequeno João se sagraria cavaleiro no devido tempo. Eu deveria estar feliz por meu filho, mas a cada honra que lhe era concedida pelos Plantagenetas, a família de Eduardo, eu me sentia mais angustiada por pressentir que ele estava mais próximo de um lar que não o meu, um lar onde eu nunca o veria. Seria treinado e educado para elevar-se bem acima de mim.

Mas quando olhava o salão suntuosamente ornamentado, os homens que haviam lutado por seu rei na França e em outros lugares e que agora ostentavam orgulhosamente suas cicatrizes, as mulheres elegantes que criavam seus filhos e mantinham suas famílias unidas quando os maridos estavam longe, e, acima de tudo, quando olhava o pai de João, o rei, seus meios-irmãos e sua meio-irmã de João e seu pai, o rei, eu sabia que nunca conseguiria justificar a atitude de afastá-lo daquele destino para o qual nascera, ainda que tivesse tal poder. Meu filho era um Plantageneta, mesmo que Eduardo optasse por fazê-lo conhecido como João de Southery. Eu decidira esforçar-me para sentir-me feliz por ele.

Geoffrey tinha razão — como mãe de João, eu não tinha mais a invisibilidade que tanto apreciava em tais festas no passado. Era persuadida a dançar quando preferia ficar sentada nas sombras observando, era convidada a caminhar ao ar livre com damas que antes me ignoravam. Mas não era livre para estar com Eduardo, e meu coração apertava-se a cada vez que meus olhos o viam dançar com alguma linda jovem que brilhava sob o esplendor do sorriso dele.

Talvez fosse algo bom o fato de tantos cortesãos buscarem meu conselho e minha participação em negócios, fosse no comércio, fosse na aquisição de terras, pois tais distrações permitiam-me suportar tranquilamente as festividades, evitando que minha inveja aumentasse a ponto de interferir no meu interlúdio seguinte com Eduardo. Minha possessividade em relação a ele surpreendia-me; a gravidez transformara nosso relacionamento de formas inesperadas.

No curso do ano seguinte, à medida que meu filho João engordava e ficava travesso, eu me via cada vez mais rodeada por possíveis parceiros — que buscavam negócios, não amor. Sir Anthony de Lucy, por exemplo, desejava oferecer-me o usufruto e os rendimentos vitalícios de seu solar em Radstone em troca de uma soma suficiente para equipar um parente para a guerra, de modo a deixar sua marca na batalha que ocorria no continente. Negócios como esse pareceriam repugnantes a meu pai, que procurava valores sólidos em navios e mercadorias, mas a própria rainha me recomendara que eu escolhesse judiciosamente algumas ofertas e as aceitasse.

— Dessa forma você cria um laço com os cortesãos que poderão se revelar úteis algum dia no futuro. É assim que se faz.

Dentre todas as pessoas que de súbito passaram a procurar minha amizade, a mais surpreendente foi Richard Stury, o austero braço direito de Eduardo. Em princípio julguei que seus elogios e suas pequenas gentilezas, como dar-me assento junto a um braseiro nas festas e informação sobre a chegada de pessoas amigas, fossem simplesmente ordens de seu amo. Mas uma tarde ele me chamou para discutir com ele um assunto um tanto delicado. Eu me acostumara com seu novo comportamento, suas tentativas de sorrir para mim, mas a deferência que ele demonstrava em garantir meu conforto e a verdadeira delicadeza da situação que ele me confidenciou — um desacordo familiar a respeito de crédito — convenceram-me de que ele mudara em relação a mim. Ele pedia meu aconselhamento, e eu lhe dei uma opinião cuidadosa. Ele fez indagações em vários pontos e por fim expressou gratidão.

— Entendo por que Sua Graça confia na senhora quando se trata de seus negócios — disse ele. — A senhora é capaz de enxergar um caminho reto naquilo que parece ser tortuoso e desviante em relação às leis e aos costumes, e tem um pensamento claro. Fico imensamente grato por seu conselho.

— E eu lhe sou grata por tudo que sempre faz por mim.

Senti-me como costumava me sentir na qualidade de esposa de Janyn e de filha de meu pai quando eles discutiam comigo questões referentes aos seus negócios. Era uma sensação boa que me fazia crer ter um propósito.

Mas aprendi a ter cuidados com esses sentimentos, principalmente quando estava com Eduardo. Ele reagia rapidamente a comentários que eu pronunciava de maneira distraída, e geralmente de formas inesperadas e indesejáveis. Um exemplo: eu estava extremamente sensibilizada com a desolação de Geoffrey diante da morte do pai. Assim que mencionei isso a Eduardo, ele decidiu, naquela mesma hora, oferecer a meu amigo uma incumbência para testar se ele poderia ser útil em seu serviço. Não fora minha intenção pedir isso a Eduardo. Eu vivia intranquila com sua generosidade repentina, pois ouvira os cortesãos cochichando sobre como aquilo tudo se devia a minha ambição. Nesse caso, o comentário veio de um dos companheiros de Geoffrey, que o cumprimentara por manter certos amigos de infância que eram hábeis em obter favores.

Eu dava graças a Deus que jamais ousariam dizer essas coisas a Eduardo.

Quando o rei estava indisposto, cobria-me de presentes — afora as pérolas ubíquas —, e cada vez em maior quantidade. Ele ofereceu-me a outorga vitalícia de dois tonéis de vinho da Gasconha, por meus serviços à rainha. Foi um presente muito especial, que apareceria nos registros da casa. Ele queria documentar os serviços devotados que eu prestara a Sua Graça.

Mais pessoal foi ele me regalar com um palafrém branco e marrom chamado Rouxinol.

— É meu desejo, há muito tempo, que você cavalgue sem que a sombra de minha mãe paire sobre o seu coração — disse ele, com tanto fervor nos olhos que fui tomada pela emoção.

Eu nem imaginava que ele se lembrasse de onde viera minha amada Melisanda. Eu a amava tanto que jamais me ressentira ao pensar quem a havia me dado. Mas ultimamente eu vinha percebendo como ela se cansava rapidamente, e sabia que era chegada a hora de deixá-la correr livre pelos prados de minha casa de campo, onde ela seria muito bem-tratada.

Em outra ocasião, ele me ofertou vários falcões e um falcoeiro para Fair Meadow.

— Ou o solar de Radstone — acrescentou, com um leve sorriso maroto.

Eu não conseguia esconder nada dele. Esse era um novo jogo em nosso relacionamento que eu achava constrangedor.

— Você sabe da oferta de Sir Anthony? — Forcei-me a dizê-lo com indiferença.

— Você está construindo bem seu ninho, Alice. Ardington: essa é outra propriedade em que você poderia ficar ocasionalmente.

— Você mandou que vigiassem o que eu faço quando não estamos juntos? Não confia em mim? Sei que essas propriedades são oferecidas a mim por sua causa, mas digo a mim mesma que sou a protetora das viúvas e dos órfãos.

Ele pegou meu queixo como se eu fosse uma criança, um gesto que me desagradava.

— Para demonstrar meu amor por você, recomendei o seu amigo Geoffrey Chaucer para uma missão que não costumo confiar a alguém não experimentado em meus serviços. Mas a verdade é que você não é a única a tê-lo em alta conta. Tanto Leonel quanto João estão altamente satisfeitos com a dedicação dele.

Quando Eduardo descreveu-me a missão para a qual enviava Geoffrey, meu ânimo desmoronou. Ele fora encarregado de trazer de volta de Navarra soldados ingleses que haviam sido contratados pelo lado errado em uma disputa entre o rei legítimo de Castela e seu meio-irmão. Era uma missão delicada e perigosa.

Lamentei por Pippa.

E por mim. Parecia que a cada presente de Eduardo minhas orelhas queimavam mais intensamente com as fofocas.

APESAR DE MEU constrangimento e meu sobressalto contínuo com as sutis mudanças de comportamento de Eduardo, por um tempo minha vida assumiu um ritmo que me era confortável. Em quase todos os sentidos, ele e eu nos tornávamos mais íntimos à medida que nosso filho se desenvolvia — João muitas vezes me acompanhava nas visitas a seu pai, assim como Bel, pois seu meio-irmão era mais dócil quando em sua companhia.

Meu papel no serviço de Filipa voltara a ficar tranquilo, e seguíamos rumo a uma amizade afetuosa. Estávamos agora tão acostumadas com os gostos e desgostos uma da outra que quase não precisávamos discutir, simplesmente apontávamos os itens que seriam mais adequados a nós duas e sorríamos em cumplicidade. Tornara-se um costume nosso projetar uma linda liteira que complementasse seus trajes, e, à medida que sua estatura regredia, acrescentávamos mais ouro, mais pedras preciosas, qualquer coisa que atraísse a luz e fizesse da rainha uma presença reluzente em pleno salão lotado. Seu apetite por beleza jamais decaía.

Nem o apetite de Eduardo por extravagâncias. Felizmente ele envelhecia com muito mais graça que sua esposa. Sua altura compensava o gradual aumento de sua circunferência, assim como as gloriosas capas de tecido de ouro com bordados brilhantes e intrincados, casacos forrados com pele de arminho com debrum em pele e chapéus com navios de velas enfunadas ou falcões em tamanho natural, tudo agregado com simplicidade a sua imagem real. Com aqueles cabelos brancos esvoaçantes, a barba branca e os olhos azuis penetrantes, ele era sempre uma figura longilínea a marchar — ele nunca meramente caminhava — pelos salões.

Mas os dias impetuosos de nosso amor haviam passado. Talvez Janyn e eu tivéssemos nos tornado, com o tempo, mais amigos que amantes, mas duvido que isso teria me incomodado, pois estaríamos legalmente unidos.

NA PRIMAVERA DO segundo ano de vida do meu João, vi William Wyndsor pela primeira vez em quatro anos ou mais. Ele estava prestes a assumir a posição de condestável do Castelo de Carlisle e juiz supremo de

Cumberland, mas quando ainda estava no sul da Inglaterra foi visitar-me em Fair Meadow. Estava lindo como sempre e fez questão de ser encantador, mas eu não confiava mais nele agora do que antes. Tendo eu ignorado suas cartas, eu não conseguia entender por que ele ainda me perseguia.

William estava hospedado perto de meu solar, mas não comigo. Entretanto, ainda assim assegurei-me de que Robert Broun permanecesse na propriedade enquanto William estava na região, e o incluía à mesa sempre que William jantava conosco. Para ser justa, ele tratou-me com respeito e mostrou-se útil, oferecendo assistência em um problema relacionado aos limites com terras vizinhas e aconselhando-me em vários projetos. Seguindo suas indicações, consegui encerrar as brandas mas prolongadas desavenças com o tal vizinho, pelo que fiquei muito grata a ele. William era também amável com Bel — quando prestava atenção nela. Era evidente que tinha pouca experiência com crianças, de forma que muitas vezes caía em histórias indecentes ou excessivamente violentas em sua presença.

Mas, cada vez que me olhava daquele seu jeito, eu ficava intranquila. Ele encontrava-se na região havia uma semana quando recebi a convocação da rainha para ir a Windsor cuidar dos preparativos da Festa de São Jorge. Foi uma semana antes do que eu esperava, mas muitas vezes Filipa se agitava a um tal grau que necessitava agir bem antes do que era necessário. Era um dia frio de fins de março. O degelo da primavera se iniciara, deixando o campo enlameado e desagradavelmente úmido, mas eu não permitia que essas condições me prendessem dentro de casa quando estava fora da corte. Fiquei contente por Bel ter recusado o convite de ir comigo quando, num repente, as nuvens romperam, encharcando-me enquanto eu procurava ansiosamente por abrigo. Encontrei um galpão abandonado e, com meu cavalo amarrado em um canto do interior de teto baixo, sentei-me no que provavelmente fora uma plataforma usada para dormir, a esperar pelo fim da tormenta. Eu estava pensando como poderia produzir fogo para me aquecer quando escutei alguém cavalgando naquela direção.

William apareceu, em pleno domínio de seu cavalo. Quando o prendeu ao lado do meu, disse:

— Você foi insensata em cavalgar sozinha.

— Parece que julguei mal ao pensar que estava cavalgando sozinha. — Não gostei de que ele tivesse me seguido. Nem um pouco. — Eu precisava de tranquilidade para planejar as coisas, pois parto pela manhã. Fui chamada a Windsor antecipadamente.

— Eu vi o mensageiro.

Ele se sentou na plataforma e subitamente me tomou nos braços, beijando minha testa e procurando minha boca.

— Pare com isso! — Eu tentava me soltar.

Mas ele me segurava com força junto a seu corpo.

— Venha para o norte comigo. Poderemos viver abertamente como marido e mulher.

— William, eu não sou sua esposa e nunca serei.

Ele me beijou com tanta força que conseguiu enfiar a língua em minha boca enquanto eu ofegava e o empurrava.

Ele riu.

— Como pode me comparar àquele velho murcho, cheio de cicatrizes e tremores com quem você dorme? Você é jovem e bonita, Alice. Merece ter prazer. — Ele me pressionava contra a plataforma e apalpava o corpete de meu vestido.

Dei um jeito de chutá-lo e rolei para escapar.

— O que o possuiu?

Mas ele ficou repentinamente alerta, à escuta de algo. Levantou a mão, pedindo-me silêncio. Eu também ouvia — um cavaleiro.

Um homem gritava nossos nomes. Era Robert Broun, que entrava em nosso campo de visão. E bem ao seu lado, Richard Stury. Meu coração pesou.

Stury curvou-se para nós dois do alto de sua sela.

— Quando cheguei, seu administrador estava prestes a sair para procurá-la, levando um casaco seco, madame Alice. — Ele voltou-se para William. — O duque de Lancaster o encontrará antes que vá para o norte. Estou aqui para acompanhá-lo até lá. Ele está próximo. Se partirmos assim que tiver juntado seus pertences, chegaremos antes de a noite cair. — Não nos olhou nos olhos.

Tampouco Robert. Quando chegamos ao solar, Gwen lançou-me um olhar e me levou ao quarto apressadamente.

— Não aconteceu nada, Gwen — falei quando estávamos totalmente a sós.

Ela me olhou de alto a baixo.

— Seus botões, seu chapéu e seus cabelos. — E balançou a cabeça.

— Eu sei. Tenho medo de que Eduardo, se souber disso, não acredite na minha inocência. — Eu lutava contra lágrimas de ódio. — Esse homem é um veneno para mim! Sua imprudência poderá me arruinar, destruir o que restou de minha família e de minha honra. — Desabei na cama. — Peço a Deus que Richard Stury seja discreto. Não foi um mero acidente termos sido convocados hoje, nós dois. Como eles souberam?

— A senhora está pensando que Sir William tinha a intenção de ser pego?

Olhamo-nos interrogativamente.

Eu sentia como se um nó me apertasse em volta do pescoço. Quando retornamos ao salão, Stury e William já haviam partido, e Robert desaparecera. Fiquei aos prantos até adormecer naquela noite. Chorei pelas memórias de meus primeiros dias com Eduardo, que a paixão de William reavivara em mim. Amaldiçoei-o.

Mas também temi o que ele poderia fazer, rezando para que estivesse errada em minhas suspeitas de que houvesse uma conexão entre a persistência canina de William e o fato de ele ser o homem de confiança do duque de Lancaster. Se o príncipe o encorajara a me perseguir, aquele dia provavelmente teria desdobramentos mais perigosos para a minha família do que teria o simples caso de um homem recusando-se a aceitar uma rejeição amorosa.

DE VOLTA à corte, nem Filipa nem Eduardo fizeram menção ao episódio com William, um silêncio que achei mais assustador à medida que o dia avançava. Fiquei aliviada ao saber, por meio de Geoffrey, que William assumira seus deveres no norte, mas o estrago já estava feito. Eu era devotada a Eduardo e Filipa, mas, embora houvesse aprendido a ignorar as perguntas sutis e os insultos das demais damas da rainha, meu próprio sentimento de culpa me assombrava. Os murmúrios e os olhares furtivos preocupavam-me muito mais agora do que antes, e eu não tinha qualquer confidente que pudesse me dizer o que de fato os outros sabiam.

Mas nada aconteceu, e, passados alguns meses, comecei a respirar mais aliviada. Eduardo e eu ficáramos ainda mais íntimos, apesar de fazermos amor com muito menos frequência. Finalmente ele parecia compreender que eu adorava sua companhia, não importava o que estivéssemos fazendo.

Nos dias claros, eu o acordava ao amanhecer para irmos caçar com falcões ou cavalgar — um vinho quente ou uma cerveja espessa à mão, para que se sentisse tentado a levantar. Em seus trajes e botas revestidos de pele e seu chapéu, ele logo estaria aquecido pela caminhada até os estábulos ou gaiolas. Nossos cavalos e pássaros eram nossos amigos de maior confiança. Ambos nos sentíamos livres cavalgando, nossos risos soando em meio aos desafios que lançávamos um ao outro. Com nossos falcões no braço, desfrutávamos de silêncios cúmplices, nossas cabeças se movendo em uníssono para admirar nossos pássaros sublimes ao som da música familiar dos sinos presos em suas patas. Depois, geralmente dormíamos um pouco, ou nos deixávamos ficar à mesa, comendo uma refeição leve e relembrando as aventuras passadas. Esses eram nossos momentos mais felizes.

Eduardo sempre pedia que eu lhe falasse de minhas atividades cotidianas quando estava longe dele, imaginando uma outra vida ao ouvir minhas histórias sobre as propriedades, as crianças, o vaivém dos comerciantes de Londres — uma vida livre das preocupações de governar um reino. Eu compreendia que ele gostava de mim em parte porque eu lhe trazia notícias de um outro lugar, de uma vida que ele nunca experimentaria.

Dormíamos na mesma cama mais regularmente do que quando nosso amor fora mais passional. Mesmo nas noites em que não queria fazer amor comigo, ele insistia para que eu me deitasse com ele, nua e perfumada.

— Preciso de você mais do que nunca, meu amor. Preciso acordar com o seu cheiro, sentir seu calor ao meu lado.

Essa sua necessidade tanto me acalmava quando me inquietava. E quando os problemas lhe ensombreciam o humor, voltava-me a velha sensação de cordas de seda amarrando-me.

Os ANOS QUE se seguiram foram um tempo muito difícil para o rei, um período de grande perda e padecimento. Meu papel era ser seu abrigo contra a tormenta.

O primeiro desastre familiar envolveu o príncipe Eduardo, que fez uma inapropriada promessa de apoiar Pedro de Castela em sua batalha contra seu meio-irmão, Henrique de Trastâmara, pela Coroa de Castela. Embora o príncipe Eduardo tenha vencido a Batalha de Najera, os homens da Aquitânia que haviam lutado com ele não foram pagos, pois Pedro sequer podia nutrir esperanças de levantar a soma que devia. E pior, a doença varreu o campo de batalha, causando muitas mortes; o príncipe Eduardo contraiu a doença e, ainda muito enfermo, foi levado de liteira, na companhia das suas tropas sobreviventes, através dos Pirineus.

O efeito disso sobre o rei apavorou-me. Ele ficou furioso com o príncipe, mas também angustiado ao ouvir os testemunhos da fragilizada condição de seu herdeiro e da crescente alienação dos senhores da Gasconha. A influência usualmente tranquilizante da rainha Filipa pouco fazia para apaziguá-lo.

Eu tentava compreender o significado daquilo tudo.

— De que maneira isso aumenta a ameaça representada pela França? — perguntei-lhe uma noite, quando, em vez de jantar, ele estava andando de lá para cá, remoendo a situação.

— O príncipe prometeu a seus vassalos na Aquitânia que pagaria por esta guerra, mas esperava receber uma soma de Pedro, soma essa que não virá. Agora o rei Carlos pode suborná-los para integrá-los a seu serviço, o que deixa meu filho ferido, Joana e seus filhos pequenos vulneráveis a traições e indefesos. Não posso deixá-los lá... mas chamá-los de volta significará abrir mão da Aquitânia, isto é, meu ponto de apoio na França. Meu filho me arruinou! Ele preferiu fazer o papel de herói quando, como governante, deveria ter sido prudente e sensato.

O duque João voltou com descrições da fragilidade de seu irmão que me fizeram ir direto à capela para rezar pelo príncipe Eduardo, por Joana e por seus filhos, Eduardo e Ricardo.

Meu envelhecido e debilitado rei começou a falar em liderar um exército até a França para reclamar a Aquitânia. Pedi a Deus que acontecesse algo capaz de distraí-lo. Eu escutava, consolava, rezava. Talvez eu tenha sido eficiente demais como seu escudo e confidente, pois Eduardo insistia para que eu estivesse presente em encontros oficiais com seus barões ou quando presidia as deliberações — com uma frequência maior do que eu considerava adequado. Eu sentia que não pertencia àqueles lugares. E, de fato, Geoffrey me contara que agora as fofocas a meu respeito abundavam, não só na corte como em todos os lugares.

Por um breve momento, o espírito de Eduardo reviveu ante a perspectiva do casamento iminente de seu filho Leonel, duque de Clarence, com Violante Visconti, a filha fabulosamente rica e supostamente linda de Galeazzo Visconti, senhor de Pavia. Ele se casariam em Milão.

Mas em apenas um ano Eduardo estaria de luto tanto por Branca de Lancaster, sua amada nora, como por seu filho Leonel, que sucumbiram a doenças em plena juventude.

— Estamos amaldiçoados? — Eduardo com frequência levantava-se no meio da noite fazendo-se essa pergunta. Eu o consolava, servia-lhe vinho, massageava-lhe as têmporas. Às vezes fazíamos amor. Às vezes ele encontrava consolo simplesmente em abraçar-me.

Uma vez, em um de seus momentos mais sombrios, ele perguntou-me como William Wyndsor fizera amor comigo. Perguntou amargamente, como se sofresse ao imaginar.

— Ele nunca fez amor comigo, Eduardo. Eu não o permitiria.

— Nem naquele dia de tempestade?

Minha respiração ficou presa na garganta.

— Não. Ele me acariciou e exprimiu seu desejo, mas eu o recusei. Foi isso o que aconteceu.

Foi a única vez que Eduardo mencionou aquele dia, passado mais de um ano desde o incidente, e isso me arrepiou. Menos pelo que ele pudesse ter ouvido, mas pelo fato de ter nutrido aquela informação dentro de si, onde ela inflamara como uma ferida até vir à tona num momento de grande sofrimento.

— Quem lhe contou sobre aquele dia? — perguntei. — Richard Stury? Ou o senhor de William, seu filho João?

Eduardo não respondeu. Naquela noite ele tomou-me rudemente, como se concretizasse uma vingança ao forçar sua semente dentro de mim. Não foi um ato de amor. Não consegui dormir depois, sentindo-me mal com sua bestialidade. Quando Eduardo acordou de um sono leve, mais tarde naquela mesma noite, ele disse:

— Foi João quem me contou. Ele alertou-me para manter William longe de você. E eu vou fazê-lo, Alice, eu vou. Ele não a terá.

— Você não precisa ser rude para me reivindicar, meu senhor.

— Meu amor, perdoe-me. — Ele estendeu as mãos para mim, mas eu me esquivei. — Eu a amo além de qualquer razão, Alice — disse ele. — Tive ciúme. Ciúme e medo de que você desejasse um homem mais jovem. Meu amor, permita-me compensar isso. Juro que nunca mais tocarei em você dessa forma. Apenas com amor.

Aconcheguei-me em seus braços e derramei copiosas lágrimas — de vergonha, de medo, pelos dias crepusculares do nosso amor, pelas tristes verdades reveladas nesse pedido de desculpas.

Poucos meses depois descobri que novamente esperava um filho. Pedia a Deus que fosse uma menina. João tinha agora 3 anos, e Eduardo sempre falava em colocá-lo em alguma das comitivas de Percy. Rezei por uma filha, pois talvez não a tirassem de mim.

Entretanto, mesmo com a alegria de esperar um filho, eu estava assustada. Quanto mais fundo as mágoas empurravam Eduardo em seu poço de sofrimento, menos decidido ele ficava, mais aberto à influência de outros. Muitos se ressentiam abertamente de mim. Geoffrey contou-me que segundo alguns rumores eu influenciava o rei na avaliação de meus amigos e eu recorria a seus cofres para comprar e arrendar minhas propriedades. Até aquele momento eu estivera confiante de que, se Eduardo se cansasse de mim, eu poderia me retirar para minhas propriedades tranquilamente. Mas agora eu percebia como estava vulnerável, dando-me conta de que meus inimigos poderiam odiar-me a ponto de me arruinar, em vez de simplesmente deixar-me desaparecer. Eu não tinha poder, nem qualquer homem para me dar apoio, se Eduardo decidisse mandar-me embora, ou, pior ainda, se ele morresse. E meu medo de João de Gaunt aumentava — eu não conseguia perceber o que ele pretendia, empurrando William Wyndsor para mim e depois contando a Eduardo. Estaria ele tentando minar a confiança de seu pai em mim? Eu lutaria contra ele.

Eu amava Eduardo, não queria ninguém mais, mas necessitava de um paladino em minha defesa. Tendo amado homens como Janyn e Eduardo, eu não conseguia imaginar casar-me com alguém simplesmente por segurança, não depois de ter experimentado o excelso prazer do amor.

William Wykeham continuava sendo um dos meus mais confiáveis amigos. Ele havia subido do posto de secretário de Eduardo para tornar-se bispo de Winchester e lorde chanceler da Inglaterra. Eu acreditava ser ele a pessoa em quem Eduardo mais confiava, portanto procurava seu conselho em todos os assuntos concernentes ao rei, desde que não fossem íntimos demais. Ele concordava com a ideia de que eu deveria proteger minhas riquezas, resguardando-me para o dia em que o rei morresse ou em que eu perdesse minha posição junto a ele.

— Nunca imagine que se encontra em terra firme na corte, Alice. Estamos todos prestes a cair na areia movediça.

Até Wykeham, elevado à posição de lorde chanceler, sabia que sua fortuna poderia mudar a qualquer momento, dependendo dos caprichos do rei. Ele acreditava que seria o melhor para meu filho João ser criado pelos Percy. Eles eram a mais poderosa família do norte da Inglaterra, crucial para Eduardo por conta do papel que exerciam nas campanhas do norte, particularmente contra os escoceses. João tiraria proveito da proteção adicional resultante da ligação com um homem assim tão poderoso.

— E para sua filha Isabel, um cavaleiro menor como marido ou um convento respeitável. Qualquer um dos dois seria possível.

E quanto a uma filha bastarda do rei, ou um segundo filho? Não contei a Wykeham sobre a vida que se formava em mim.

O medo começou a ser meu companheiro constante durante aquela difícil gravidez. A rainha Filipa jazia doente em Windsor, e eu rezava noite e dia para que ela se recuperasse. Desejava muito ir ter com ela, animá-la com belos objetos e tecidos brilhantes, fazê-la recuperar a saúde. Mas eu estava no meu sétimo mês e não iria ostentar meu ventre protuberante na sua frente — nem poderia viajar de forma confortável e segura. Eduardo não acalmava meu espírito, ameaçando pegar um navio para Bordeaux e liderar pessoalmente um exército contra o rei Carlos da França.

Eu não conseguia dormir, pensando que o casal envelhecido que tomara minha vida em suas mãos estava escapando de mim. Vivia obcecada com meu destino caso Eduardo morresse na Gasconha ou se Filipa morresse e Eduardo se casasse novamente. Agora eu é que era consolada pelo rei, e ele sabia apenas que eu estava sofrendo com pesadelos.

Então, mesmo com seus cuidados e seu amor, eu perdi meu filho. Um menininho, nascido precocemente, um mês antes do tempo. Eduardo e eu sentimos nosso espírito murchar com essa perda. Ele me abraçava e consolava. Mandou chamar minha irmã e meus filhos. Nesse sentido ele me conhecia bem, pois os três ajudavam a lembrar-me que eu tinha muito pelo qual ser grata.

— Teremos outros filhos, minha amada — murmurou Eduardo para mim na escuridão da noite.

E nunca mais falou de qualquer campanha francesa em minha presença.

Num dia quente mas nublado de julho, Eduardo, Mary e eu estávamos nos estábulos vendo Bel e João brincarem com uma ninhada de cãezinhos. Mary e Eduardo tinham a esperança de que aquilo me animasse. Mas, embora amasse meus filhos, eu só via nos cãezinhos a promessa de uma nova vida que me fora negada. É a maior das dores, perder um filho gestado com carinho no útero.

Gritos no jardim chamaram nossa atenção. Eduardo suspirou quando viu um mensageiro com as armas da rainha aproximando-se, sem fôlego e suado.

A despeito de sua óbvia exaustão, o homem se pôs sobre um dos joelhos para transmitir sua mensagem.

— Vossa Graça está sendo chamado a Windsor com toda pressa.

A rainha Filipa caíra mortalmente doente, e os médicos acreditavam que lhe restava pouquíssimo tempo de vida.

Eduardo agarrara minha mão ao ouvir a mensagem. Richard Stury, que saíra correndo do palácio à chegada do mensageiro, ofereceu-se para conduzi-lo ao interior da casa e fazer os preparativos. A face cinzenta e os olhos vazios de Eduardo assustaram-me quase tanto quanto o fascínio vicioso que me prendia ao seu lado. Eu jamais o vira daquele jeito. Percebi, no terror que ele sentia pela morte iminente da esposa, que ele a amava tão profunda e completamente quanto eu amara Janyn.

— Meu amor, eu irei com você — proclamei.

Ele balançou a cabeça.

— Não. Você ainda não está bem, Alice. Não quero que se arrisque numa viagem tão cedo. Você será tudo para mim quando Filipa... — Ele soltou minha mão e me tomou nos braços. — Preciso ter certeza de que você estará aqui esperando por mim, segura e saudável.

Era verdade que eu ainda me encontrava ferida no coração, no corpo e no espírito, mas lamentava não poder estar com a rainha em seus últimos dias. Meu luto por ela foi quase tão profundo quanto o que dediquei a meu filho. Eu aprendera muito sobre dignidade e graciosidade em seu serviço. Ela também instilara-me respeito por meus talentos. E eu a amava. Assim que Eduardo partiu para Windsor, retirei-me para Fair Meadow, entregando-me às preces por Filipa: que ela pudesse falecer de forma tranquila e que a salvação eterna lhe fosse garantida. Ela vinha sofrendo havia muitos anos, e eu imaginava que estivesse preparada para morrer, exceto pela preocupação que tinha com o marido e os filhos. Bel juntou-se a mim nas preces.

Segundo Eduardo contou-me depois, quando ele chegou, Filipa estava ansiosa, querendo desesperadamente que ele lhe prometesse que cumpriria três pedidos — que pagaria todas as dívidas dela, um valor considerável; que se encarregaria de entregar todos os seus legados e doações para as igrejas e para todos que estiveram a seu serviço; e que ele fosse enterrado ao lado dela em Westminster, que não se deixasse ser convencido a um sepultamento em outro lugar. Ele chorou e prometeu-lhe tudo que ela pedia.

Ele e seu filho Tomás de Woodstock estavam com Filipa quando ela deu seu último suspiro, no dia 15 de agosto, a Festa da Ascensão, no 42º ano do reinado de Eduardo.

Requiescat in pace, nobre e amada rainha.

A MORTE DA rainha me apavorava. Ela concedera sua bênção à minha relação com seu marido. Se o rei agora fosse compelido a casar-se novamente, eu não poderia esperar por um acordo tão complacente com sua nova mulher.

Chorei por Eduardo, chorei pelo reino, que perdia uma rainha tão graciosa, chorei por mim mesma e pela incerteza que agora enfrentava. *Deus juva me.*

15

Você bem sabe, o nome dela ainda
entre o povo está, dir-se-ia, santificado:
pois ainda não nasceu o homem, eu posso jurar,
que a tenha visto praticar o mal.

— Pândaro a Troilo, GEOFFREY CHAUCER,
Troilo e Créssida, III, 267-70

• 1369 •

EU NÃO CONSEGUIA IMAGINAR o Castelo de Windsor sem a risada gutural da rainha Filipa, suas exclamações de deleite enquanto escolhia os tecidos e adereços para seus vestidos, sua impaciência quase infantil ao aproximar-se o momento de uma celebração por um longo tempo planejada. Não podia imaginar a cerimônia da Ordem da Jarreteira sem ela. Na verdade, eu não conseguia visualizar o funcionamento da corte sem as ordens de Filipa. A princesa Joana ainda estava na Aquitânia. Embora a princesa Isabel houvesse retornado à corte depois que seu marido, De Coucy, voltara à França, basicamente a abandonando, eu não conseguia vê-la dirigindo a corte.

Mas, acima de tudo isso, eu temia que uma parte de Eduardo pudesse ter morrido com Filipa, e que agora ele estivesse assustadoramente vulnerável. Jurei protegê-lo, ampará-lo ao abrigo do meu amor.

QUANDO SE DEU conta de que ficaria em Windsor por algum tempo, Eduardo liberou-me para ir ficar em uma de minhas casas assim que eu me sentisse bem o suficiente. Durante a viagem a Fair Meadow, testemunhei o quanto a morte da rainha Filipa havia lançado uma mortalha sobre todo o reino. Até mesmo no interior vi o luto em comerciantes, no pároco local, em vizinhos, meus próprios inquilinos e serviçais, como se a rainha fora a mais querida amiga de todos eles.

Em minhas frequentes idas a Londres para tratar de negócios, notei um sentimento de perda tão palpável que chegava às raias do insuportável. Nas igrejas, os padres oravam pelo rei e toda a sua família, enumerando as perdas sofridas nos últimos três anos — a morte da rainha era o ponto culminante de um longo período de sofrimento. Eu não imaginei que o povo soubesse da doença do príncipe Eduardo, mas sabia-se, e todos receavam o que poderia acontecer com a morte do rei. Parecia que o falecimento da rainha despertara no povo a consciência acerca da mortalidade do próprio monarca. Perguntavam-se como o príncipe haveria de reinar caso não recuperasse completamente suas forças, mas temiam que, se ele morresse, o reino fosse governado por alguém mais jovem do que o rei quando de sua ascensão ao trono. Se o príncipe Eduardo não tivesse nenhum herdeiro homem até lá, talvez fosse o duque de Lancaster quem passasse a reinar. O povo não sabia ao certo como se sentia em relação ao duque, mas ao menos ele era forte, bem-disposto e maduro. Consideravam um infortúnio o fato de Eduardo e Joana terem dois filhos ainda praticamente crianças a precederem Lancaster na linha sucessória.

Geoffrey contou-me que havia especulação em torno de um novo casamento do rei — o avô dele havia se casado uma segunda vez. Eu tentava não pensar nisso, argumentando para mim mesma que meu amado estava numa idade já bem avançada, que tinha filhos em número suficiente. Mas nas horas mais escuras da noite eu ficava deitada planejando febrilmente o que fazer com o objetivo de preparar-me para ser abandonada, simplesmente porque a dor de uma possível separação era intolerável para mim.

Num dia azul e dourado do início do outono, quando eu e Bel explorávamos os jardins de nossa propriedade de Ardington, aproveitando a tarde cálida e a visão que tínhamos do lindo jardim que planejávamos construir, ouvimos vários cavaleiros aproximarem-se da casa. Eu não esperava ninguém, e, à exceção de dom Hanneye e de meu procurador, ninguém sabia que eu estava em Berkshire. Ninguém a quem *eu* contara.

Ansiosa para saber quem chegara, Bel correu na frente. Observei-a correr com suas pernas longas, toda veloz e graciosa, suas saias suspensas a uma altura ousada, e senti um rubor de alegria. Sua beleza espelhava uma natureza gentil, amorosa. Ela era amada por todos: criados, amigos, família. Eu não podia acreditar que ela tivesse 12 anos. Parecia que havia sido ontem que eu a segurara pela primeira vez em meus braços e contara seus dedinhos das mãos e dos pés.

Ela alcançou o serviçal que se apressava a ir ao meu encontro e correu de volta para anunciar:

— É o lorde chanceler em pessoa, mãe! Em pessoa!

Seus olhos escuros estavam arregalados na face enrubescida pela corrida. Ela não a pronunciou, mas eu sabia qual era a pergunta que tinha em mente. *Problemas? Outra morte?*

Agarrei sua mão e rapidamente entrei em casa com ela.

William Wykeham permanecia praticamente imóvel no centro do modesto saguão. Sua escura jaqueta de viagem a trabalho, as meias e as botas de montaria nada tinham do que se esperaria de um bispo ou de um chanceler; eram ricas e bem-feitas. Parte do cordão de ouro maciço, indicativo de sua condição, escapava por entre os botões sob a gola-capuz. Ultimamente ele desenvolvera um estilo mais elegante, uma encantadora pista do orgulho que sentia por ter alcançado dois altos cargos, tanto no mundo clerical quanto no secular.

— *Benedicite*, madame Alice, Srta. Isabel. Lamento interromper a tarde tranquila das duas.

Seu sorriso era caloroso, genuíno, o que de algum modo amenizou minha preocupação acerca de sua visita.

Bel fez-lhe uma reverência com a cabeça.

— *Benedicite*, meu lorde bispo — sussurrou ela.

Eu ecoei sua saudação, acrescentando:

— Bem-vindo a Ardington. Gostaria de uma bebida?

— A senhora é muito gentil. Um pouco de vinho, somente. Não posso me demorar. — Seu sorriso desbotara.

Bel afastou-se para ir buscar um serviçal.

Wykeham acomodou-se em uma cadeira próxima a uma pequena mesa e começou a tirar as luvas com um vagar meditativo, como se aproveitasse aquele tempo para organizar seus pensamentos. Quando finalmente as tinha deposto sobre a mesa a seu lado, tirou o chapéu de aba larga e empurrou para trás seu capuz, esfregando as sobrancelhas. Mas não tirou a capa que usava sobre os ombros, o que indicava uma visita verdadeiramente curta. Raramente eu o vira tão pouco à vontade.

— Então o senhor veio a propósito oficial? — perguntei. — Algo que acredite ser desagradável?

Quando seus olhos cruzaram com meu olhar questionador, ele assumiu um ar de desculpas.

— Estou aqui para convocá-la a King's Langley. Sua Graça, o rei, necessita de sua presença.

— Agora? — Eu não esperava ser convocada antes do sepultamento da rainha, que fora protelado para depois do Natal. — Não mesmo. Não é apropriado que sua amante vá até ele durante seu período de luto.

Pude perceber, pelo conflito que seus olhos expressavam, que Wykeham concordava, mas ele disse:

— Entretanto, é isso mesmo. Ele é o rei, e a convoca. — Fez uma pausa para aceitar a caneca de vinho que um criado lhe oferecia. — O duque de Lancaster insistiu em que eu garantisse sua presença ao lado do rei. Escreveu-me ele que Sua Graça fica melhor quando tem a gentil orientação de uma mulher e que, neste momento, a senhora é essa mulher, madame Alice. O rei fica mais tranquilo em sua companhia, mais... controlado. — Ele fez uma pausa para tomar um longo gole.

— *Neste momento* eu sou essa mulher. — Respirei fundo. — Há planos para o rei voltar a se casar?

Wykeham soltou um resmungo.

— Rogo-lhe que perdoe minha escolha de palavras. Nada ouvi a respeito de tal projeto. É meu entendimento que Sua Graça esteja satisfeito e que seus filhos não vejam necessidade de ter... rivais.

— O senhor me dirá se houver mudanças?

Com a mão no coração, ele se inclinou em uma mesura.

— Deus olha por mim ao conceder-me sua amizade, meu lorde. — Pus de lado aquele temor... por ora. — *Como* está Sua Graça exatamente? O que devo esperar?

— Muita falcoaria, muita cavalgada, muita bebida e muito jogo. Como se ele quisesse deixar para trás a angústia que o persegue. Esperamos que a senhora o ajude a aceitar o luto.

Observei uma abelha que explorava a borda de minha taça e que em seguida voou para longe. Desejei também poder voar para longe. Eu começara a aguardar com expectativa o outono, quando trabalharia em minhas propriedades, aproveitaria a companhia de meus filhos e cuidaria de minha avó, que envelhecia. Contudo, eu também sentia saudade de Eduardo. — Alguém da família real seria mais adequado.

— Com a princesa Joana na Gasconha e a princesa Isabel amuada em algum lugar que desconheço, a senhora de fato parece a escolha óbvia. Lembrará a Sua Graça um tempo feliz. — Seus olhos imploravam-me.

— Claro, estou às ordens de meu rei. — Tocando meu coração, dirigi a Wykeham uma leve reverência de cabeça. — Posso... posso levar as crianças?

— Sua Graça sugeriu que elas seguissem em outra hora. Neste momento, ele quer apenas a senhora. — Ele pôs de lado a caneca, com um olhar de desgosto, e se levantou com um suspiro. Só então vi como estava exausto. — Dentro de dois dias Richard Stury virá para escoltá-la. Onde a senhora estará?

Meus pertences estavam espalhados por toda parte.

— Fair Meadow. Minhas roupas estão lá. O senhor poderia descansar aqui durante um tempo, meu lorde.

Ele pegou suas luvas.

— Que Deus a abençoe. Eu o faria se pudesse. Mas há outras pessoas que preciso ver até o anoitecer.

Ele beijou minha mão, abençoou-me e se foi, antes que eu pudesse perguntar o que ele sugeria que eu fizesse para ajudar Eduardo a "aceitar o luto". O estado que ele descrevera como o do rei no momento... Eu estava acostumada a esse humor de Eduardo, mas, apesar de frequentemente ter sucesso em dissipá-lo por um tempo, na presente circunstância não sabia o que poderia confortá-lo.

Bel reapareceu antes que eu tivesse tempo de pensar em como contar-lhe que eu partiria novamente em poucos dias.

— A senhora vai ver o rei? — perguntou ela.

Ela deixou-me sem fôlego, minha linda criança, tão perspicaz, tão ágil, tão acostumada a ver sua mãe ser convocada pela família real.

Eu me curvei — quando ela tinha ficado tão alta que eu não precisasse me agachar? — e a abracei.

— Sim, minha linda Bel. Mandarei buscá-la assim que Sua Graça o permitir.

— Às vezes eu desejo que ele encontre uma rainha de quem goste tanto quanto gosta da senhora — sussurrou Bel em meu ouvido. — Assim eu poderia tê-la só para mim.

— Ah, Bel, ele não tem sido bom para nós?

— Não quando nos separa.

Eu não poderia explicar-lhe minha necessidade de estar com ele.

DE PÉ NO salão de King's Langley, ao tirar a poeira da estrada e abrandar minha sede com uma caneca de vinho misturado com água antes de seguir para meus aposentos para limpar-me, eu me maravilhava ao pensar no tempo que eu já passara com Eduardo. Um tempo tão prolongado que eu me sentia à vontade para dar ordens a sua criadagem. Mandei que um serviçal retirasse o bando de cães de caça que rosnavam à volta de um osso e os levasse ao canil.

— Mas Sua Graça trouxe-os para dentro, madame Alice — disse o jovem.

Eles me lembraram das facções que se formavam na corte, rosnando por favores, pela escolha de cargos, esperando granjear o maior número possível deles enquanto Eduardo ainda vivia, temerosos das mudanças que o príncipe poderia trazer.

— Onde se encontra Sua Graça neste momento? — perguntei.

— Na casa de banho.

Devia estar se lavando para mim. Esquecendo-me temporariamente de que fazer amor poderia não estar entre suas intenções, sorri ao imaginá-lo tomando banho e fiquei tentada a juntar-me a ele. Mas lembrei-me de minha resolução de respeitar o decoro durante o período de luto, de modo que ninguém encontrasse motivo para nos separar.

— Diga aos pajens que retirem os cães e reponham os caniços que eles estragaram.

Esperei até que o serviçal fizesse sua reverência e se retirasse para só então subir ao meu quarto. Lá chegando, permiti que Gwen me despisse, limpasse o pó da viagem com panos úmidos e me reconfortasse com óleos perfumados. Então dormi um pouco.

Quando acordei, Eduardo estava deitado a meu lado, sob um fino lençol de linho e mais nada, observando-me.

— Pensei que você não fosse acordar nunca — sussurrou ele. Então ajoelhou-se, afastou a coberta e penetrou-me com tamanha facilidade que eu devia estar sonhando exatamente com aquele momento. — Bom seria se todo o meu corpo seguisse meu pênis e descansasse dentro de você pelo resto dos meus dias e noites — disse ele, gemendo de prazer.

Senti a torrente de seu sêmen inundando-me, e em seguida gozamos juntos. Diferentemente do que nos era costume fazer — ele adormecia e eu continuava desperta a seu lado, ouvindo sua respiração regular —, eu também adormeci, um sono profundo e reconfortante. Quando acordei, acariciei-o até que ele se excitasse novamente, e então, apesar de Eduardo estar apenas semiacordado, montei nele e o recebi em mim tão profundamente que nossos ossos se tocaram. Éramos um só ser, um ser a se mover, respirar, pulsar, e não precisávamos de mais ninguém, de mais nada. Depois, lavei-o com um tecido embebido em água de lavanda e ele fez o mesmo comigo. Ele não era mais minha sereia, e sim minha âncora. Dava-me estabilidade em meio às tempestades da corte, nosso amor tão humano, nossa apaixonada familiaridade. Acariciei seus braços e suas costas enquanto ele se inclinava sobre mim, meu bem-amado.

Cochilamos lado a lado até o amanhecer.

Quando seu serviçal bateu à porta, Eduardo suspirou.

— Preciso comparecer à missa em memória de Filipa. — Ele balançou a cabeça, impressionado. — Pensei que uma parte de mim havia morrido com ela, mas sinto-me inteiro novamente. — Beijou minha testa, meus seios. — Meu amor por você nunca diminuiu meu amor por Filipa, minha rainha. Ela era meu socorro e minha salvação. Ensinou-me como conquistar o coração de todos os meus súditos, desde o povo simples até os barões e arcebispos. Deu-me filhos magníficos e filhas honradas, eu a amava de coração e alma. Agora você é tudo para mim, Alice.

— E você para mim, Eduardo.

De modo algum eu sentia ciúme de sua declaração de amor a sua rainha. Nunca poderia substituí-la; ninguém poderia. Estava satisfeita por ter seu amor naquele momento.

Minha sensação de ter uma união profunda com Eduardo, de ser para ele seu conforto e abrigo, como ele era para mim, foi algo a que me apeguei nos meses e anos subsequentes, quando parecia que o reino todo condenava nosso amor, recusando-se a aceitá-lo como tal. Desejava poder provar, de alguma forma, nossa sinceridade, mas não sabia como se "prova" uma coisa dessas.

Tinha certeza de que havia concebido naquela noite, o que me alegrava. Afastei as preocupações de Gwen, sua insistência para que eu bebesse a poção de costume, a fim de interromper o que quer que houvesse se iniciado. Se Deus tivera um propósito para que eu concebesse naquela noite de amor e união, eu experimentava apenas alegria e gratidão, pois em breve teria novamente aquela sensação intensamente íntima e miraculosa de uma criança a florescer em meu ventre.

Minha intuição provou estar correta. A alegria iluminou meu mundo. Dava graças pelo bem-estar que eu extraía da beleza ao meu redor e do conforto das capelas de qualquer um dos lugares em que ficava com Eduardo, comprazendo-me com o encantamento dele por virmos a ter outro filho.

A época mais difícil foi a do Natal. João, duque de Lancaster, bem como Edmundo e Tomás, os filhos mais novos de Eduardo, foram ter conosco por um tempo em King's Langley. Sentia-me uma fraude, uma usurpadora, quando sentada à mesa no salão ou na sala de visitas. Eu raramente estivera em companhia dos dois filhos mais jovens do rei enquanto Filipa era viva. João recebeu-me bem, mas Edmundo e Tomás ficaram ofendidos com minha presença e não fizeram qualquer esforço para ocultar seus sentimentos. Tomás vira-me pouco com Eduardo. Até a morte de sua mãe, vira-me apenas como uma das damas da rainha, apesar de certamente ter ouvido mexericos a respeito de mim e de seu pai. Aos 16 anos, tinha menos controle de suas emoções do que o irmão mais velho, de forma que a pior opinião e o pior comportamento eram os seus. Ele fazia questão que eu o ouvisse expressando a Edmundo seu grande desejo de que seu pai voltasse a se casar, pois então eu seria solenemente chutada para fora de sua cama e de seus domínios.

Era ainda pior para mim que Bel e João, meu próprio filho, não houvessem sido convidados e tivessem de passar o período natalino com madame Agnes, uma Nan debilitada e Betys, substituta de Nan como ama-seca das crianças.

Fui salva dessa atmosfera desagradável pelo enterro da rainha Filipa. Seu sepultamento fora retardado até que a capela ficasse pronta e houvessem passado o Advento e o Natal. Quando a procissão fúnebre que acompanhava o féretro a Westminster partiu de King's Langley, foi permitido que eu me retirasse para Londres. Richard Stury e William Latimer, um homem novo no séquito de Eduardo, escoltaram-me.

Meu João, então com 4 anos, recebeu-me com alegria regada a lágrimas, de tal forma que minha emoção me deixou sem palavras. Não precisamos dizer nada, bastaram os abraços e beijos. De boa vontade Bel aguardou sua vez, e então atirou-se em meus braços abertos.

Naquela noite, enquanto Nan, minha avó, Gwen e eu tomávamos um pouco de vinho com especiarias em meus aposentos antes de nos recolhermos, soube que Henry, lorde Percy, lhes fizera uma visita, acompanhado de várias parentes, avaliando em qual propriedade João seria mais bem-criado. Eduardo nada me dissera a respeito de tal visita, portanto minha primeira reação foi de fúria.

— Como ousam vir aqui sem meu consentimento? Ele é meu filho!

Era óbvio que eu sabia que João provavelmente seria criado pelos Percy, mas amedrontá-lo com a possibilidade de o levarem enquanto eu estivesse fora era imperdoável. Eu não conseguia mais ficar sentada e quieta, comecei a dar passos raivosos de lá para cá, segurando a barriga.

— Tenha cuidado — disse Gwen, cobrindo meus ombros com um manto de lã macia.

— Não pensei que fossem tirá-lo de nós tão cedo.

Madame Agnes esfregou os olhos. Desde a morte de meu avô, minha pequena família transformara-se em seu socorro e deleite, a beneficiária de todos os seus bordados e de todas as suas preocupações.

— Eu a teria prevenido se soubesse que era iminente. E teria encontrado uma maneira de preparar João.

O pior era que eu não me dava bem com Henry, lorde Percy, tampouco confiava nele. Para mim, parecia ser um homem que saíra a campo para fazer expandir a força de sua própria família, não importando quem caísse sob seu avanço. Tão ostensivo desrespeito pelos sentimentos de João e pelos meus era prova disso. Entretanto, Eduardo definitivamente confiava em Percy.

— Sua vida não lhe pertence para que você disponha dela, não é assim, Alice? — perguntou Nan. Doce, ela poderia estar envelhecida, frágil, mas ainda via o que lhe era apresentado com mais clareza do que qualquer outra pessoa que eu conhecesse.

— Que mulher detém o direito sobre sua propria vida? — perguntou madame Agnes.

— Mas penso que seja pior para a amante de um rei — disse Nan. — Não é mesmo, Alice?

Suas palavras evocaram lembranças do ressentimento que eu sentira quando fora pela primeira vez para a corte, a sensação de ser tratada como criança.

— É verdade. Eu comando serviçais, vivo nas mais belas casas, tenho propriedades e as administro, sou amada pelo rei... poderia parecer que tenho tudo. Mas o preço que pago é que minha vida não é minha para que eu a controle. O rei ordena e eu obedeço.

— As mulheres raramente têm opinião no ofício de seus filhos homens — disse madame Agnes para me consolar —, e muitas das mais ricas famílias de mercadores enviam seus meninos para serem educados em casas com boas relações. Eu não esperava que fossem nos deixar criar o pequeno João de Southery em Londres. Mas detestei ver as crianças desassossegadas com a presença do orgulhoso lorde Percy e suas mulheres arrogantes.

Depois de uma noite de sono inquieto, perguntei a Bel sobre o incidente.

— Eles assustaram João, pegando-o no colo e perguntando se não gostaria de morar com eles. E ficaram discutindo sua aparência, seu jeito de falar, seu comportamento, como se pensassem que ele não fosse entender. Ele pensou que a intenção deles fosse roubá-lo. À noite, quando ele não me vê, ou a Betys, ele ainda chora.

Meu doce filho, quando lhe perguntei o que achara dos Percy, cerrou as mãozinhas, como se desejasse mostrar-se forte, e os declarou arrogantes, descorteses. Mas seu lábio inferior o denunciou, e vieram as lágrimas. Segurei-o contra mim, garantindo-lhe que o amava — assim como seu pai.

Eu não podia imaginar que Eduardo houvesse concordado com o tratamento dispensado a nosso filho. Despejei minha raiva e frustração em uma carta, certa de que ele concordaria comigo, a qual lhe mandei selada com meu sinete. Enviei-a a Westminster por um mensageiro antes que a dúvida tomasse conta de mim, a dúvida quanto ao meu direito de exigir qualquer coisa para João. Então, rezei para que eu conseguisse desviar minha mente daquele assunto e aproveitasse a companhia de meus filhos. Para isso, precisei da cooperação de Nan e de madame Agnes, que, embora relutantes em calar sua irritação, lembraram-se de que era mais fácil conviver com uma mulher em minha situação se fizessem sua vontade.

Um de meus novos prazeres era descansar com meu filho à tarde. O hábito começou durante um de seus rompantes de irritação, parecidos com os de Bel, quando, apesar de muito cansada, ela ficava também muito teimosa, recusando-se a descansar. Deitei-me em minha cama e convidei João a ficar ali comigo. Encolhido a meu lado, com a cabeça na minha barriga, ele dormiu no mesmo instante. Sentindo seu calor, que era para mim como um calmante, consegui deixar de lado meus temores por um breve espaço de tempo e acabei por adormecer também. No dia seguinte ele esperava que fizéssemos o mesmo após o almoço, e eu fiquei encantada em aceder. Novamente ele adormeceu, novamente eu o segui no sono. Assim, aquela tornou-se nossa rotina.

UMA SEMANA APÓS eu ter escrito a Eduardo condenando o comportamento de Henry Percy e sua família, um mensageiro enviado pelo rei informou-nos que, no dia seguinte, João, Bel e eu seríamos escoltados até a Torre Branca, na cidade. O rei Eduardo desejava mostrar às crianças os animais exóticos ali abrigados, presentes que ele recebera vindos de toda parte — tigres, leões, macacos e muito mais. Fiquei deliciada pelas crianças e animada também. Mais tarde, naquele mesmo dia, entretanto, comecei a preocupar-me por ter sido tão impessoal a resposta de Eduardo, pois, em vez de sentir raiva dos Percy, ele poderia estar com raiva de mim. Entretanto, eu estava determinada a não deixar que minha gratidão pelo dia de aventura, ou mesmo minha preocupação, suavizasse minha postura quanto ao comportamento autoritário da família Percy, principalmente quanto à manobra a que haviam recorrido de ir ao encontro de João quando eu não estivesse na casa.

A Torre Branca era uma torre de menagem alta, cercada por prédios de madeira menores distribuídos em jardins ao longo do rio Tâmisa. Os altos muros fortificados que circundavam toda a área impediam que se aproveitasse qualquer vista do rio, exceto a partir de alguns andares superiores ou do topo do muro, mas seu interior era adorável.

— O muro foi construído para que os animais não escapassem? — perguntou João quando entrávamos na ala interna, depois de passarmos pela guarita.

— Não, isto foi construído há muito tempo, para proteger a família real em tempos de guerra. Os animais vieram depois.

Naquele momento ele avistou seu pai e começou a pular, agitando os bracinhos. Eduardo, até ali sisudo ao lado de seu filho Tomás de Woodstock, relaxou ao ver os modos engraçados de seu filho mais novo, e em sua expressão refletiu-se um intenso amor paterno que abrandou minha raiva um pouco. Tomás veio cumprimentar-nos junto com o pai e em seguida retirou-se, exibindo uma cortesia muito maior do que em nosso encontro à época do Natal.

Como eu senti meu amor por Eduardo ao trocarmos cumprimentos, notando seus olhos calorosos e receptivos! João clamou por ser notado. Mas quando levantou os braços, na esperança de ser alçado por seu pai, o rei, foi-lhe oferecida apenas uma das mãos.

— Venha, meu filho, você já passou da idade de ser carregado. Vamos caminhar. — Eduardo estendeu a outra mão. — E minha querida Bel, por favor acompanhe-nos. Consultemos o encarregado do zoológico real! — Ele piscou para mim e avançou em direção à área de onde vinham sons animais que me deixavam desconfortável.

Segui com a ama-seca, Betys, que estava boquiaberta com a grandiosidade do lugar.

Como sempre, Eduardo deleitava-se ante a animação das crianças. Era amável com Bel e João, ambos fascinados com as criaturas que viam, ainda que João preferisse não colocar a mão na jaula para tocar a juba do leão quando o encarregado o convidou a fazê-lo. Bel tocou-a, declarando que era áspera e imunda. Eduardo riu, encantado.

— Você fala o que pensa, como sua mãe. Vai dar um belo baile nos jovens, doce Bel!

Eu era grata por ele tratá-la de maneira tão afetuosa. A admiração de minha filha pelo rei a fizera estimar tais momentos, mais do que os ricos presentes que recebera dele. Eu entendia, lembrando-me da ocasião em Sheppey em que ele me reconhecera, em que fizera eu me sentir verdadeiramente "vista".

Enquanto as crianças e a ama conversavam com o encarregado, Eduardo conduziu-me a um banco, onde poderíamos descansar e conversar.

— Meu amor, hoje você está linda como sempre — disse. — Sente-se bem? Não está sendo muito cansativo? Você está pálida. — Ele tocou minha face.

— Sinto-me confortável — garanti-lhe. Então repeti a história dos terrores noturnos do pequeno João, provocados pela impensada visita de lorde Percy e companhia.

— Peço desculpas pelo comportamento deles, Alice. Pensei que seria mais fácil para você se eles fossem conhecer nosso filho em sua ausência. Tenho consciência de sua relutância em deixá-lo ir. Lamento por isso. Amo-os, a ambos, você sabe disso.

Dizer que fiquei desapontada por ter sido de Eduardo a ideia da visita quando eu estava ausente seria um eufemismo.

— Você não tem coração, Eduardo? Henry Percy *aterrorizou* nosso filho. Isso não o enfurece?

Eduardo riu.

— Ele é terrivelmente desajeitado. Mas o que está feito, está feito; e ele ficou impressionado com o modo como você criou João até agora. — Ele beijou minha mão.

Eu estava muito zangada para ser enfeitiçada por seu charme.

— Então, mesmo depois dessa transgressão de cortesia, João será criado por um Percy? Você poderia ter seu próprio sortimento de famílias nobres.

— Ele irá com Percy, Alice. João pode ser bastardo, mas é meu filho, e como tal será criado, conhecendo seus deveres para comigo e para com a realeza, capaz de transitar com desembaraço entre reis, imperadores, arcebispos, barões, papas... e Percy. — Ele notou que eu não achei graça na brincadeira. — Você não o impedirá, e aqui se encerra o assunto. — Espantou-me a frieza em seu tom de voz, e ele de súbito soltou minha mão.

Não dissemos mais nada, ficamos apenas sentados observando as crianças. Foi um alívio Eduardo não insistir para que nos demorássemos mais quando João começou a ficar cansado e impaciente.

É claro, eu sempre tive consciência da existência de dois Eduardos, um que era rei e me tratava como sua súdita, e outro que era meu amante, que necessitava de mim, tratava-me com carinho e me protegia. Às vezes, tal dualidade apavorava-me tanto que eu procurava me tranquilizar agarrando-me a ele. Sempre funcionava, pois o inspirava a lembrar-se do outro eu e suavizava sua postura. Mas aquele não era o lugar para esse tipo de comportamento, de modo que eu me vi desejando escapar à sua presença.

Realmente, pela primeira vez em um bom tempo eu ansiava por estar longe de Eduardo. Depois escrevi uma longa e amorosa carta de desculpas, explicando que eu queria apenas proteger nosso filho. Prometi não mais argumentar contra o fato de ele ser criado por lorde Percy. Eduardo exprimiu sua satisfação com meu gesto enviando pérolas e uma capa forrada de pele de esquilo para recompensar-me por minha obediência, e concordou em que eu passasse o resto do inverno em Fair Meadow, à espera do nascimento de nosso filho.

No início de fevereiro, eu já me estabelecera em minha amada propriedade. Por mais que isso soe como sacrilégio, senti como se Deus houvesse retardado a neve até que eu estivesse bem-instalada, para só então descer sobre o mundo por vários meses um cobertor de neve, resguardando-me. João e Bel estavam comigo, bem como madame Agnes, Nan, Gwen e minha criadagem, incluindo Betys e Robert. Eduardo concordara também em que eu escolhesse minha parteira, ao que imediatamente convoquei Felice, que havia me assistido no nascimento de Bel. Ela iria residir conosco quando o momento estivesse próximo. Satisfeita, permiti-me perder no sonho de que aquela minha vidinha caseira permaneceria imperturbada por um bom tempo.

Robert e eu tornamo-nos mais próximos durante o inverno e a primavera. Ele acabara de perder a esposa, com quem estivera casado por alguns anos, de forma que lhe foi conveniente a oportunidade de se ausentar de sua casa — próxima a Londres —, onde cada cômodo evocava memórias do sofrimento de sua mulher. Ela caíra da escada no início da gravidez, perdendo a criança e, por fim, a própria vida. Sob os cuidados da mãe, ela passara meses presa à cama, mal podendo mover-se e falando pouco. Conversamos sobre nossos cônjuges perdidos até que gradualmente ele pareceu ter dito tudo que desejava sobre o assunto, abordando então outros, como a criança que estava para chegar, Bel e João, e o trabalho a ser feito em minhas propriedades e na sua — ele começara a adquirir um modesto patrimônio. Eu sentia que podia compartilhar qualquer coisa com ele. As crianças o viam como um tio. Eu o considerava um amigo em cuja companhia poderia ficar à vontade. Foi um tempo feliz.

Enquanto durou a neve, durou também minha onírica vida de conforto e paz. Mesmo quando o degelo ia adiantado, não recebemos visitas nem mensageiros. Mas no início de abril, próximo ao fim da Quaresma, recebi uma carta de Eduardo anunciando que chegaria uma escolta para nosso filho João no pavilhão de caça real, perto de Fair Meadow, na véspera do Festival da Colheita — 1º de agosto. Meu filho partiria para longe de mim em quatro meses.

Outro baque deu-se pouco depois da Páscoa, em fins de abril, quando Nan caiu de cama, recusando-se a comer ou beber, e em poucos dias simplesmente parou de respirar. Não houve uma só pessoa na propriedade que não pranteou a perda de sua doce presença.

Bel foi a primeira a perceber que Nan morrera: ela pressionou o ouvido contra o peito encolhido de Nan e em seguida, ao levantar sua mão, notou que estava gelada e sem vida. Seu grito fez-me ir correndo até ela. Depois do sepultamento, minha filha parecia passar seus dias a rezar, seus lábios movendo-se incessantemente, enquanto desempenhava suas tarefas domésticas. Ela só interrompia esse arrebatamento para ter aulas. Ainda que eu também sempre houvesse encontrado conforto na oração, temia que a religiosidade de Bel pudesse ser o resultado da dor que ela experimentara na infância, de minha ausência enquanto ela sofria pelo amado pai.

Mas seu exemplo fez-me recuperar o hábito das preces diárias, primeiro pela alma da querida Nan, mais tarde por mim, minha família e todos aqueles que se encontravam em minha propriedade. Vi-me cada vez mais incluindo Robert em minhas orações, apreciando a segurança que ele proporcionava a minha família. E Bel estava sempre comigo na capela, tomada pela devoção.

Não deveria ter sido surpresa para mim quando, em seu 13º aniversário, em fins de junho, ela exprimiu o desejo de fazer os votos a Deus. Mas ela o anunciou apenas um mês antes de o pequeno João deixar nossa casa, o que provocou em mim uma terrível sensação de perda.

— É por vocação, meu amor, ou por alguma outra coisa? — perguntei. — Você já considerou tudo aquilo a que renunciará ao fazer os votos? O amor de um marido? A alegria de ter filhos?

Bel era tão bonita que parecia um sacrilégio encerrá-la entre velhas amargas que jamais haviam conhecido a vida ou viúvas chorosas em busca de um porto seguro. Eu temia que ela tivesse apenas uma vaga percepção daquilo a que renunciaria e do tédio que seria sua vida se ela um dia descobrisse que sua vocação era uma ideia sem substância.

Ela abaixou a cabeça e olhou-me com o cenho franzido, como Janyn fazia quando eu não respondia de acordo com o que ele esperava.

— É tão difícil crer em mim? — perguntou ela.

Desejei não estar tão pesada e sem jeito por causa da gravidez para poder abraçá-la.

— Não, Bel, não é esse o motivo da minha pergunta. Eu simplesmente... — Interrompi-me. Não queria falar sobre meu medo de que minha aliança profana com o rei a tivesse assustado ou envergonhado. — Honrarei seu desejo, se é a vontade de seu coração.

POUCOS DIAS APÓS o aniversário de Bel dei à luz mais uma filha, Joana. Uma filha. Não foi surpresa que dessa vez Eduardo demorasse uma semana para ir ver o bebê. Que necessidade tinha ele de uma filha ilegítima? Ele passou um dia comigo e, ao partir, deixou presentes em forma de joias preciosas: prata e ouro para Joana e pérolas para mim. Lindas, é claro, mas o que eu desejava era ele. Queria que ele me abraçasse, que abraçasse sua filha. Assuntos oficiais o chamavam, alegou ele. Eu estava apreensiva, temendo que meu silêncio durante os meses em Fair Meadow houvesse esfriado seu ardor. O período passado longe da corte fora tranquilo, propiciando-me a oportunidade de me reacostumar comigo mesma. Na verdade, durante nossa separação, ao contrário de meu resguardo anterior, Eduardo não me chamara ou visitara, ainda que escrevesse cartas — eu me sentira mais e mais confortável, num repouso de que não havia gozado ao longo dos 12 anos nos quais a corte fora meu lar. A calma de Fair Meadow sugeria outro tipo de vida, que me atraía. Mas não fora minha intenção afastá-lo. Lutei contra a mágoa provocada por sua falta de interesse em Joana e alegrei-me com seu nascimento. Ela era minha, só minha. Não havia perigo de que fosse criada longe de mim. Tranquilizei-me dizendo a mim mesma que havia julgado mal Eduardo.

Minha filhinha tinha os cabelos dourados da cor do trigo e os olhos azuis como os do pai, e eu a adorei. Também me lembrava sua primeira madrinha, a princesa Joana. Com o nascimento de João, Joana concluíra que eu não seguira seu conselho de prevenir a gravidez e abraçara o inevitável, exigindo ser a madrinha de nossa primeira filha. Entre os membros da família Plantageneta, era ela quem melhor me aceitava, admitindo que eu era uma mulher que completava a vida de seu sogro de um modo que era bom e necessário para a realeza. Ela me considerava uma amiga, cuja companhia apreciava.

O significado de sua amizade para mim era impossível de ser expresso em palavras, e eu sempre me lembrava dela durante minhas preces.

A bebê Joana tornou-se o centro de nosso pequeno mundo de Fair Meadow. Bel comprazia-se em ajudar Betys, a mim e a ama de leite, Ann. Nas tardes cálidas, todas as mulheres sentavam-se no jardim e se dividiam nos cuidados com o bebê. Robert brincava dizendo que ela cresceria acreditando ter várias mães.

Ele a contemplava com tanta ternura que me perguntei se não ansiaria por se casar novamente. Tal pensamento entristeceu-me, lembrando-me de um episódio ocorrido algumas noites antes. Eu saíra da casa no frio ar da noite e o flagrara admirando as estrelas.

— A majestade de Deus — sussurrei, aproximando-me dele.

Ele escorregou um braço em volta de minha cintura e eu apoiei a cabeça em seu ombro, sentindo-me imediatamente em paz e satisfeita. Permanecemos assim por um longo instante, observando o céu em silêncio. Pareceu-me um momento de grande intimidade.

E então, abruptamente, o interlúdio terminou. Eduardo convocou-me a Sheen uma semana antes de João partir para sua nova casa. Bel e Joana ficariam hospedadas em uma casa próxima ao palácio, e João ficaria conosco durante alguns dias antes de sua partida. Senti um imenso alívio por Eduardo ainda me querer, apesar de ter sido difícil deixar Fair Meadow. Pela primeira vez eu conseguira imaginar, sem me aterrorizar, uma vida longe de Eduardo.

O tempo passado tranquilamente em minha propriedade estimulou em mim o desejo de uma existência mais ordeira. Inclusive de ter um marido. Sabendo que jamais poderia ser Eduardo, caí de amores pela fantasia de uma vida com alguém como Robert, um homem da terra, sem quaisquer ligações com a corte, imaginando sua face sorridente ao cumprimentar-me a cada manhã, ou ao me observar enquanto eu amamentava nosso filho. Realmente me perguntava se, com uma família e uma vida mais comuns, Bel ainda se sentiria chamada pela Igreja.

Não obstante, eu fora convocada pelo rei, e, enquanto Gwen e eu escolhíamos meus vestidos e começávamos a refazê-los, gradualmente fui deixando de lado meus devaneios. Eu ainda não estava pronta para aquele tipo de vida, não enquanto Eduardo me desejasse. Mesmo assim, ao costurarmos os trajes de seda, veludo e escarlate, eu sentia uma estranha letargia. Um dia eu vira o tempo passado com Eduardo como um sonho, só paixão e beleza, mas agora ele era sempre assustador, havia deixado de ser meu porto seguro.

Eu não me sentia confortável para viajar a cavalo pouco mais de três semanas após o parto, mas felizmente a maior parte da viagem até Sheen se fazia por barca. Junto com os empregados, preparei uma plataforma firme, acolchoada, que, ajustada à sela de amazona, facilitaria minha cavalgada até a barca, e viajamos vagarosamente campo afora. Ainda confusa diante do comportamento incoerente de Eduardo para comigo, eu não queria parecer fraca viajando de liteira, em nenhuma parte do trajeto.

Dar adeus ao meu filho foi imensamente mais debilitante do que a viagem. Senti uma parte de mim sendo arrancada quando o perdi de vista, saindo em cavalgada com a comitiva de lorde Henry.

PORÉM, TIVE POUCO tempo para me desesperar. Ao chegar a Sheen, descobri que uma crise amadurecia. A situação na Aquitânia se deteriorara, de acordo com o que Eduardo predissera, e o príncipe Eduardo e sua família deviam retornar à Inglaterra no outono. Meu Eduardo levava adiante um plano de liderar uma expedição militar à França, formulando seu pedido de aumento de impostos ao Parlamento para financiar seu esforço. Os barões e arcebispos alertavam sobre possíveis resistências. Os proprietários de terra ainda não estavam recuperados da recorrência da peste, e as constantes exigências da Coroa por mais fundos para a guerra eram recebidas como uma grave ofensa. Eduardo necessitava de uma esplêndida vitória para inspirar a confiança de que os recursos seriam bem-gastos, embora antes precisasse desse dinheiro para organizar as tropas que perseguiriam tal vitória. Eu entendia a gravidade da questão financeira, mas minha maior preocupação era com o próprio rei.

Eu não sabia quantas pessoas estavam a par dos males que o rei sofrera ao longo de todo o inverno e primavera, recuperando-se para a Páscoa e a Festa de São Jorge, mas logo em seguida caindo prostrado por semanas. O Parlamento com certeza relutaria em acatar seu pedido de novas taxas se soubesse de sua saúde instável. Eu definitivamente não soubera antes a gravidade de sua situação. Não estava ciente, à época, do grau de esforço que lhe exigira aquela viagem a Fair Meadow após o nascimento de Joana.

Por sorte eu não o havia confrontado, expondo os ressentimentos e dúvidas que eu acalentava naquela altura. Ele realmente precisava de mim. E não tinha qualquer condição de comandar um exército em batalha.

Amando-o como eu o amava, devotei-me a ele. Assumi a incumbência de fazer com que comesse bem e bebesse mais moderadamente do que era seu hábito, e levava-o para passear, cavalgar e caçar o maior número de vezes possível. Embora ele se irritasse com a quantidade de água que eu acrescentava a seu vinho, no geral parecia revigorado, reconfortado por meus cuidados e encorajamento. De fato, as pessoas que lhe eram mais próximas exprimiram alívio diante da melhora de sua saúde e de seu comportamento; algumas chegaram a ter a delicadeza de me cumprimentar por meu papel naquela transformação.

Geoffrey parabenizou-me por eu ter passado tanto tempo longe da corte, o que me fizera ser esquecida pelos rumores e fofocas.

— Embora estejam agitados com o fato de seu filho ser uma ponte entre a família Percy e o rei, não mencionam seu nome, dizem meramente que o filho bastardo do rei, João de Southery, deverá ser criado por Henry, lorde Percy. O rei teve sucesso em impressionar a todos com sua habilidade em ainda gerar filhos homens. Quem ouve pensa que ele conseguiu não apenas prover o sêmen como também parir o menino! Você foi absolvida de qualquer relação com o assunto. — Eu nada falei, ao que ele notou meu descontentamento. — Não está feliz por ter sido esquecida?

— Pelas más línguas, não por meu filho.

— Você não acha mesmo que isso um dia acontecerá, acha?

Eu achava.

Nos dias em que minha paciência estava curta, irritava-me o modo como Eduardo sempre levava o crédito por nosso filho, mantendo-se indiferente a Joana e Bel. Discutimos sobre meus receios acerca da vocação de Bel. Eduardo impacientemente ordenou que eu acabasse com aquelas inquietações e escolhesse um convento que fosse adequado a ela. Mas, na verdade, até mesmo João, se não estivesse longe, a salvo, sentiria a indiferença de Eduardo, pois ele era impaciente com tudo o que desviasse minha atenção. Minha vida longe dele não o interessava nem um pouco.

Ou talvez não completamente. Ele me sobrecarregara com uma enfadonha tutoria que, esperava, daria segurança a nosso filho. Eduardo encorajara o responsável pelas finanças da corte a assinar em meu favor a cessão da tutela de Mary, filha da falecida Joana de Orby, e de seus bens. Joana fora a madrasta de Henry, lorde Percy. De acordo com a lei e com a tradição, as tutorias eram uma fonte de renda para o monarca, pois, enquanto o herdeiro ou herdeira estivesse em sua minoridade, os rendimentos advindos das terras eram destinados ao rei, bem como os honorários pagos pelas eventuais permissões de casamento e quaisquer outras transações financeiras relacionadas a ele, com exceção do dote. Era uma tutoria desejável, e Eduardo acreditava que a herdeira, a jovem Mary Percy, poderia ser um bom partido para nosso filho João.

Eu estava apreensiva, desejando certificar-me junto a Robert da possibilidade de somar-se tão grande patrimônio às suas responsabilidades. Igualmente preocupava-me o modo como a corte — e mesmo o povo — interpretaria esse súbito incremento. E, apesar de eu chamá-lo de incremento, tratava-se de uma ação comercial que me custaria uma soma considerável se a terra de fato estivesse sendo tratada segundo os rumores que eu ouvira. Mas Eduardo impacientou-se com o que chamou de minha hesitação, insistindo para que eu a aceitasse sem embargos. Com que facilidade ele gastava meu dinheiro! Quando abordei o assunto com Robert, ele tranquilizou-me, dizendo que éramos perfeitamente capazes de aceitar tal desafio, e conseguiu acalmar-me.

Talvez percebendo que havia exagerado, Eduardo suavizou minha carga logo depois que cheguei a Sheen, presenteando-me com os imóveis do espólio da falecida De Orby e algumas de suas propriedades.

— Em honra ao nascimento de nossa filha Joana.

Fiquei tocada por seu gesto, mas o enorme aumento em meus arrendamentos seria dispendioso até que fossem organizados.

Nosso relacionamento começava a tornar-se complicado, meu papel nessa relação ficando mais e mais confuso. Até que eu voltasse para Eduardo após o nascimento de Joana, havíamos sido amantes e companheiros em atividades de que ambos gostávamos — cavalgadas, falcoaria, caçadas, amor, dança, música, xadrez. O tempo que passávamos juntos era, antes, um refúgio para nós dois. Agora, porém, Eduardo agarrava-se a mim na privacidade de seus aposentos, e em público eu era colocada cada vez mais no papel de guarda. Antes de cada evento, instruía-me a manter afastados dele esse bispo ou aquela dama.

— Mas como, meu amor?

— Segure meu cotovelo e puxe-me para longe, ou sussurre algo em meu ouvido.

— Mas eles são superiores a mim, Eduardo. Não posso fazer isso, por minha honra!

— Não peço que você faça nada que Filipa não fizesse.

— Mas ela era a rainha, Eduardo. Eu não sou.

— Você fará isso, Alice.

Ele não aceitava nada além de minha cooperação.

Eu não tinha o direito de assumir os papéis que haviam sido da rainha. Nem mesmo deveria tê-lo acompanhado a reuniões nas quais ouvi além daquilo a que eu deveria ter acesso. Eu me encolhia diante dos olhares de reprovação, na verdade de descrédito, sendo quase sempre a única mulher na sala.

Agir como enfermeira e guardiã de Eduardo mais do que nunca fez com que eu me sentisse sua concubina. Minha presença era muito pública agora. Parecia uma atitude bem mais insolente e que com certeza me colocava em um perigo muito maior. Geoffrey cumprimentara-me por ter sido esquecida; não por muito tempo.

No FINAL DO verão, somente um mês depois de eu ter retornado para Eduardo, estávamos novamente de luto. O jovem Eduardo, filho mais velho e herdeiro do príncipe Eduardo e da princesa Joana, morreu na Gasconha. Sofri por Joana; considerando a saúde debilitada do príncipe, eu duvidava que ela tivesse mais filhos. O filho mais novo deles, Ricardo — agora com 4 anos —, era agora o segundo na linha de sucessão do trono, depois de seu pai. Parecia uma crueldade que isso acontecesse justamente quando eles se preparavam para retornar à Inglaterra.

Durante os 12 anos que eu passara no corpo de servidores reais, Eduardo perdera muitas pessoas queridas — familiares, amigos de juventude, os comandantes em quem mais confiava —, mas a morte de seu neto, o excelente menino que seria o segundo na linha de sucessão, foi o peso que fez naufragar sua confiança no que o futuro reservava a seu reino. A longa doença do príncipe Eduardo e seu comportamento errático como lorde da Aquitânia haviam contribuído, eu tinha certeza, para a angústia de meu amado. O rei obviamente tinha consciência de que muito provavelmente Joana e Eduardo não teriam outro herdeiro. O jovem Ricardo deveria retornar à segurança da corte.

Enviei um mensageiro a William Wykeham perguntando se ele poderia deixar de lado suas obrigações para ir ao encontro de Eduardo. Sua principal ocupação era na corte, atuando como chanceler do rei e seu mais próximo conselheiro, mas ele era também bispo de Winchester, um clérigo pio e motivador, e, naqueles momentos dolorosos, eu acreditava que seus dons espirituais tirariam dos ombros de Eduardo o peso da preocupação. Wykeham apressou-se a ir a King's Langley, onde passou duas semanas, sentando-se com o rei noites adentro, ouvindo, rezando, consolando.

Aproveitei a oportunidade para confessar a Wykeham meu próprio desassossego a propósito de meu crescente papel público na vida do rei.

— O que importa é que Sua Graça encontra conforto e tranquilidade na sua pessoa, o que lhe confere a força necessária para governar seu reino — disse-me Wykeham. — Sei que não é fácil para a senhora, mas Deus a recompensará por sua devoção ao rei. Não posso acreditar que Ele a desampararia.

— Uma vez o senhor aconselhou-me a recordar a incerteza própria de minha posição, afirmando que todos na corte caminham sobre areia movediça.

— O que não se alterou. Mas disso eu não preciso lembrá-la. Aliás, louvo-a por sua diligência ao pensar em sua futura segurança financeira e na de suas filhas. — Alguma coisa em seus olhos e na sua evidente tensão me dizia que ele não estava expressando tudo que pensava.

— Há algo mais em que poderia me aconselhar?

— Não. Fique em paz.

Seu conselho de fato acalmou-me. Não importavam quais fossem minhas dúvidas, meu dever era claro. Eduardo pareceu igualmente recuperado pela visita de Wykeham.

Todos os meus filhos, incluindo João, foram ter comigo na corte para as festividades de Natal. Eduardo cobriu-os de presentes e atenção, o que fez com que eu me sentisse realmente abençoada. Confortou-me ver que João vicejava com os Percy, e também me agradou observar que ele ainda gostava de receber minha atenção. Aquela temporada natalina foi de uma grande riqueza para mim.

QUANDO, NAQUELE INVERNO, reuniu-se o Parlamento, insisti em ficar em minha casa de Londres, em vez de permanecer em Westminster com Eduardo. Para financiar sua investida contra a Aquitânia, ele precisava do apoio dos comuns, que, no entanto, eram os mais propensos a julgar mal nossa relação. Era melhor que nos mantivéssemos afastados enquanto estivéssemos entre eles, que me vissem cuidando de meus negócios em Londres, frequentando a paróquia.

Minha avó e Mary, minha irmã, ocupavam-se de Joana, enquanto eu dava atenção a Bel. Em Sheen, Wykeham sugerira vários conventos, sendo o Priorado de Santa Helena e a Abadia de Barking os mais próximos.

— Barking é para os bem-nascidos — objetei.

— Sua filha é afilhada de uma antiga rainha, e seus meios-irmãos têm o rei como pai. Com uma doação generosa, que a senhora já se declarou disposta a providenciar, ela seria bem-recebida lá.

Wykeham escrevera uma carta de recomendação para Bel. Em um dia lúgubre de janeiro, dirigimo-nos à abadia, acompanhadas por Robert. A beleza da igreja e de suas cercanias, combinada à serenidade da abadessa e das noviças que Bel e eu conhecemos, acalmou-me, mas o que me convenceu de que aquele era o lugar certo para ela foi sua reação à abadia. Ali ela resplandeceu de alegria e, de maneira respeitosa, fez perguntas tão pertinentes que eu compreendi o quanto ela havia refletido sobre aquela decisão.

A abadessa, a quem minha filha simplesmente encantou e impressionou, sugeriu que ela vivesse no convento durante um ano, período em que avaliaria se aquele modo de vida era de fato o que almejava. Bel desejava muito fazer como lhe fora recomendado. A abadessa garantiu-me que eu e a madame Agnes poderíamos visitá-la algumas vezes ao longo daquele ano.

Meu coração estava pesado durante a viagem de volta a Londres, sem minha filha. Robert tentou distrair-me com detalhes sobre suas visitas de inspeção às minhas propriedades durante o outono. Sua amizade era preciosa para mim.

Como sempre, minha paz teve pouca duração. Richard Lyons, Geoffrey e Pippa jantaram comigo poucos dias depois, todos agitados pela clemência concedida ao assassino de Nicolas Sardouche, um mercador lombardo que Janyn conhecera havia tempos. Eu não sabia do incidente, que acontecera em Cheapside pouco antes do Natal. Sardouche discutira com um merceeiro que lhe devia mais de 100 libras esterlinas. O merceeiro, acompanhado de outros dois que alegaram não o conhecer, surraram Sardouche até a morte.

— Merceeiros londrinos contra mercadores lombardos: já ouvimos essa história muitas vezes — disse Richard. — Até meus confrades flamengos tomam precauções quando atravessam a cidade à noite. As guildas de Londres reclamam que o rei favorece injustamente os estrangeiros.

— Todos os três foram liberados sem punição — disse Geoffrey.

— Como a corte pode ser tão cega? — perguntei.

— Você tem passado muito tempo na companhia do rei, minha amiga — disse Geoffrey. — Esquece as correntes de fúria que passam pelo mercado.

— Parece que essa fúria foi levada ao Parlamento — disse Pippa. — Dizem que os comuns atacaram o rei.

A notícia do que ocorrera no Parlamento correra pela cidade. A população agitou-se, vendo aquilo como uma vitória. Os comuns haviam acusado os conselheiros do clero pelo fracasso do esforço de guerra contra a França, particularmente Wykeham e o tesoureiro, Thomas Brantingham, bispo de Ely. Em troca da aprovação do novo imposto, insistiram em que os dois fossem substituídos por seculares. Eduardo submeteu-se às exigências. Quando me encontrei com ele, minha tensão ultrapassava a prudência e a cortesia.

— Você pediu a William Wykeham que se rebaixasse? Mas Eduardo, ele é seu bom amigo e seu conselheiro de confiança. Veio até você há pouco, guiando-o em meio ao luto. Você louvou suas qualidades de chanceler para mim. Não consigo compreender por quê, *como* você sucumbiu a essa exigência.

— Alice, meu amor, de fato eu não espero que você compreenda como um rei deve governar. Wykeham ainda é bispo de Winchester, ainda é meu melhor conselheiro. Falei com ele em particular. Ele concordou, pelo bem do reino. Assim como Brantingham.

As palavras de Eduardo eram corajosas e objetivas, mas a veia que pulsava em sua têmpora e a umidade em sua pele davam testemunho de seu desapontamento e de sua raiva, uma raiva proveniente da frustração. Eu temia, como Lancaster temia quando me mandou chamar após a morte de Filipa, que a idade do rei o estivesse tornando progressivamente vulnerável. Ele necessitava de um de seus filhos mais velhos ao seu lado. Edmundo e Tomás eram muito inexperientes para aconselhá-lo.

— Prometa-me que você realmente aceitará o aconselhamento de Wykeham — implorei.

Eu temia por Eduardo. Não entendia aquele novo poder dos comuns — sim, porque eles deviam ter poder, para ter conseguido coagi-lo a romper com Wykeham.

Ele levantou meu queixo e me beijou.

— Já disse que aceitarei. Não se preocupe, Alice.

Mas eu me preocupava, ainda mais com novas mudanças rapidamente se impondo. Eduardo fez de William Latimer seu camareiro e de João Neville de Raby, o segundo padrinho de nosso filho, seu procurador. Não me importei com a nomeação de Neville, mas não conseguia entender o que Eduardo via de positivo em Latimer. Eu o conhecia pouco por intermédio de Richard Lyons, durante o tempo que ele passara na corte, e o considerava um oportunista, mais adequado para assuntos alfandegários e a casa da moeda do que ao trabalho junto ao rei. Não era possível que ele tivesse sido uma escolha de Eduardo. Meu amado parecia não mais estar no controle.

Aliviou-me saber que o príncipe Eduardo e a princesa Joana haviam chegado em solo inglês e que a qualquer momento eram esperados na corte. Por um momento eu esquecera o motivo que os fizera deixarem Bordeaux, e então rezei para que conseguissem se recuperar. Mas tive minhas dúvidas quando os contemplei. Diante da imagem do filho mais velho sendo trazido ao salão em uma liteira, Eduardo buscou minha mão e a apertou com tanta força que meus olhos se encheram de lágrimas. A princesa Joana caminhava ao lado de seu marido enfermo, majestosa e elegante mesmo depois da longa viagem. Assim que instruiu os carregadores sobre como deveriam proceder, ela avançou para prestar reverência ao rei. Cutuquei Eduardo para que ele erguesse os olhos de seu filho alquebrado e prestasse atenção à nora.

Quando ela se ergueu e permitiu que um criado retirasse seu manto, ficou nítido o peso dos anos passados em Bordeaux. Seu belo rosto estava cheio de rugas de fadiga e tristeza, e seu corpo, outrora ágil, estava agora roliço. Mesmo assim, ela superava a todos no salão; seus olhos bondosos e seu sorriso radiante iluminaram-me por dentro quando ela cumprimentou-me com sincera simpatia. Uma aliada retornava.

Mais tarde, após um rápido descanso, o príncipe conseguiu caminhar de seus aposentos até os do rei para o jantar de boas-vindas. Ele apoiava-se em um braço de Joana e no de um pajem, mas esforçou-se para endireitar-se e fazer uma leve reverência ao pai antes de tomar seu lugar à mesa. A conversa girou em torno de travessias do Canal da Mancha e dos preparativos, a cargo de João, para o funeral do jovem Eduardo, a realizar-se na Catedral de St. Andrew, em Bordeaux. Lancaster permanecia na França.

Eduardo chorou em meus braços aquela noite.

— Ele era o mais bravo de todos nós, meu glorioso filho e herdeiro! Agora é uma criatura inchada, disforme, aleijado pela humilhação.

CEDO NA MANHÃ seguinte a princesa Joana ajoelhou-se ao meu lado na capela quando a missa começava. Era reconfortante tê-la ali, exalando um perfume ao mesmo tempo floral e picante, sussurrando preces suavemente enquanto tocava nas contas de marfim e azeviche de seu terço. O rei sentava-se no alto, na parte que lhe era privativa, confortavelmente agasalhado. Ele dormira pouco.

Após o serviço religioso, Joana perguntou-me se poderia me acompanhar a meus aposentos.

— Há quanto tempo não nos falamos! Quero saber sobre sua filha Joana, minha homônima, e o que João está achando da propriedade dos Percy. E sobre a linda Bel: é verdade que ela está em Barking?

Quando exprimi minha dor pela morte de seu filho, ela apertou minha mão.

— Não falemos de meus problemas, não esta manhã, Alice. Preciso encontrar um modo de recuperar a alegria.

Em meus aposentos, peguei meu mais recente tesouro, um espelho comprido que eu ganhara havia pouco de Eduardo. Gwen rapidamente tornara-se especialista em segurá-lo de tal modo que, se eu me virasse dessa ou daquela maneira, pela primeira vez na vida conseguia ver-me praticamente por inteiro.

Eu também ganhara um pouco de peso nos últimos tempos. Não tanto quanto Joana, mas o suficiente para ser preciso fazer ajustes em todos os meus vestidos. Postei-me diante do espelho e franzi a testa diante de meu reflexo.

Joana riu.

— Você é tão adorável, Alice, e tão jovem! Divirta-se enquanto é tempo, minha amiga. — Ela deu um passo à frente. — Agora segure-o para mim, Gwen, por favor.

Joana estava linda aquela manhã. Seu vestido fora engenhosamente ajustado para realçar seu busto e esconder sua cintura mais larga.

— A costura está perfeita; já o corpo, é chocante o quanto envelheceu — disse ela, com um franzir de testa exagerado. — Desse jeito não se recupera alegria nenhuma! — Suas sedas ciciaram quando ela sentou-se à janela e deu uma pancadinha nas almofadas a seu lado. — Agora venha, fale-me sobre seus bem-amados.

Conversamos por uma hora ou mais. Eu não ria tanto havia um bom tempo. Ela descreveu-me magníficos banquetes e torneios, lordes e damas ridículos, jardins e cursos d'água exuberantes. Quando saiu, senti como se eu conhecesse um pouco de Bordeaux e entendesse por que ela amava tanto o local. Exceto pela perda que aquela cidade havia cobrado como tributo de sua família.

PARA MEU IMENSO desconforto, o príncipe Eduardo convocou-me para ir a seus aposentos mais tarde naquela manhã, no intuito de saber tudo que pudesse a respeito da saúde e do estado de espírito de seu pai. Parecia que pai e filho estavam assustados ao ver um no outro as mudanças operadas pelo tempo.

— Meu senhor, com todo o respeito, seria melhor que o senhor fizesse tais perguntas a Sua Graça, seu pai, e aos médicos dele. Tanto não sou qualificada para discutir a saúde de Sua Graça quanto não tenho liberdade para tanto.

— Quem seria melhor? — retrucou o príncipe Eduardo, com uma risada alta e irritada. — Aposto que você tem mais familiaridade com seu corpo e seus humores do que qualquer pessoa no reino! Ele plantou duas crianças em seu ventre... ou serão três?

Corei ao dar-me conta do quanto os filhos do rei deviam falar de mim. De nós. Desejei que a princesa Joana ainda estivesse presente.

— Ele ainda consegue comparecer, hein?

E você não?, tive vontade de retrucar, mas mordi a língua.

Meu silêncio pareceu reprová-lo. Sua face inchada adquiriu uma expressão preocupada.

— Perdoe-me. O desconforto torna-me cruel. Rogo-lhe que fique à vontade e não me julgue mal. Conto com você como minha aliada.

Ele falou-me sobre sua prolongada doença e, com amargor, descreveu o crescente desrespeito de que fora objeto por parte dos lordes da Gasconha. Em sua versão, não teria sido sua falta de discernimento nem seu temperamento brusco os responsáveis pelo abandono a que o relegaram os gascões, mas a recusa destes em aceitar sua autoridade devido à fragilidade nele provocada pela doença — um lorde que não pode montar um cavalo em uma campanha não precisa ser obedecido.

— Isso não pode acontecer aqui. Meu pai, o rei, não pode demonstrar fraqueza. Os barões nunca devem pressentir que podem ganhar ascendência sobre ele.

Seu rosto intumescido queimava de ultraje, ainda que sua voz não passasse de um sussurro.

— Meu senhor, não vi nenhuma evidência de tal desonra ou deslealdade.

— E o que me diz desse Parlamento? Como se atrevem a questionar a autoridade do rei para aumentar os impostos apenas para defender suas vidas patéticas? — Alterado, ele teve um acesso de tosse. Um serviçal apressou-se a trazer uma bebida quente.

— Meu senhor, não tenho conhecimento das atividades do Parlamento. Talvez o bispo de Winchester possa informar-lhe melhor.

— Wykeham? — O nome saiu como um rosnado. — Sua incompetência foi o que nos levou a esta crise! Não fale de Wykeham em minha presença.

Você então é um grande tolo, pensei.

— O que deseja que eu faça, meu senhor?

— Fique ao lado do rei o máximo que puder. Verifique sua indumentária. Recomende que ele se retire e não encontre ninguém quando estiver mal.

— Meu senhor, o que descreve é a figura de um inválido. Sua Graça está longe disso. Ele cavalga, ele caça e preside reuniões com seu conselho.

— O que me leva de volta à minha pergunta anterior: ele ainda é sexualmente ativo?

Nunca tive simpatia pelo príncipe, mas naquele momento gostei ainda menos dele. Felizmente, seu médico acabara de entrar no recinto.

— Seu médico o aguarda, meu senhor. Que Deus o acompanhe.

Fiz uma reverência e retirei-me.

Uma coisa era obedecer o rei, mas eu não podia suportar a ideia de ser um títere manipulado por seus filhos. Depois de apaziguar minha fúria em uma longa cavalgada, acabei me sentindo mal, portanto recolhi-me à minha cama, onde passei o resto do dia. Entocar-me sob as cobertas e cochilar não foi agradável como poderia ter sido, pois minha mente estava agitada. Eu podia afastar a malícia e a mordacidade do príncipe, mas não sua preocupação de que Eduardo devesse aparecer firme e forte todo o tempo diante de seus cortesãos e do público. Ele não dera tal impressão a seu filho? À medida que o dia passava eu ficava mais e mais atemorizada com a possibilidade de Eduardo estar em um declínio que eu não identificara antes. Senti a areia movediça movendo-se sob mim. Eu queria ser sua amante, não sua ama. Teria aquilo me cegado para a extensão das mudanças pelas quais ele passava?

Entretanto, eu sabia que precisava conseguir ser gentil com o príncipe. Não podia correr o risco de ofendê-lo. Eu deveria fazer o que ele me pedia, embora sentisse que ele me via como pouco mais que uma serviçal.

Mas assumir uma responsabilidade ainda maior pelo bem-estar de Eduardo poderia ser difícil pelos nove meses seguintes. Gwen soltou um resmungo quando eu me senti mal por dois dias consecutivos.

— Pelo menos a senhora vai parar de vociferar para o espelho — disse ela. — Agora sabe por que sua cintura está aumentando. A senhora se enganou ao pensar que seu fluxo estava atrasado pela perturbação que o comportamento dos comuns lhe causara.

Semanas depois, quando eu já tinha certeza e poderia dar a notícia a Eduardo, ele se vangloriou para o filho de ter semeado mais uma criança.

O príncipe Eduardo deu uma piscadela para mim.

A princesa Joana subitamente sugeriu que deixássemos os homens a sós, para que pudessem conversar. Ela acompanhou-me a meus aposentos, sentando-se em minha cama e convidando-me a sentar ao seu lado.

— Meu marido tem estado bravo com o mundo, doce Alice. Rogo-lhe que não dê atenção aos seus modos. Ele não tinha o propósito de insultá-la. — Ela inclinou-se para perto de mim e alisou o cabelo em minha testa, beijando minha face. Ela cheirava a lavanda e sândalo. — Você deu muita alegria ao rei. Ele está tonto de orgulho e novamente confiante em sua masculinidade.

— Acha que ele está muito mudado?

Ela afastou-se e inclinou a cabeça para me observar, deixando de sorrir.

— Está preocupada com ele?

— Seu marido está. — Contei a ela sobre as sugestões do príncipe Eduardo.

Joana respirou fundo.

— O rei está envelhecendo, Alice. Ele parece, sim, mais velho do que quando o vi pela última vez, mas eu esperava que fosse pior. Eduardo perdeu Filipa, Leonel, Maria e Margarida, Branca... a lista é infindável, não? E a Aquitânia. — Ela desviou o olhar por um momento, como que para recuperar-se.

— Então devo ouvir os conselhos do seu marido?

Ela estremeceu como se despertasse de um sonho e sorriu para mim.

— Continue agindo como sempre agiu, Alice. Não ouvi falar de ninguém que tenha demonstrado desrespeito ao rei.

Daquela vez, Eduardo insistiu para que eu ficasse com ele até um mês antes do início do que eu imaginava ser meu período de resguardo, e eu não discuti. Foi como se o príncipe Eduardo houvesse retirado um véu de sobre meus olhos. Eu agora percebia melhor os lapsos de meu amado. Numa manhã no final do verão, ele acordou sem conseguir sentir seu braço direito. Massageei-o e o fiz executar movimentos simples até que ambos estivéssemos seguros de que, qualquer que houvesse sido o problema, já tivesse passado. Entretanto, depois disso eu muitas vezes notava seu braço molemente pendurado, tocando-o para lembrá-lo de que estava ali.

— Você deve fazer um esforço para usá-lo mais, meu amor, ou vai atrofiar.

Um de seus médicos nos havia alertado para isso. Ele julgara ser consequência de um antigo ferimento que voltara a incomodar enquanto o rei caçava.

— Tome conta da criança em seu ventre, não de mim — reclamou Eduardo.

QUANDO CHEGOU o momento de começar meu resguardo, mudei-me para um local próximo, uma bela casa junto ao rio, em Windsor. Minha avó não ficou comigo para me acompanhar naquele parto. Mesmo uma tão curta viagem representava para ela um esforço muito grande. Mas Felice, a parteira, estava ao meu lado, assim como Gwen, Mary e minha filha Joana.

Em novembro dei à luz minha linda Jane. A pequena Joana ficou extasiada por ganhar uma companheira. Eduardo, desapontado.

— Você realmente favorece o sexo feminino, meu amor. Talvez devêssemos consultar um alquimista sobre a possibilidade de transformarmos mulheres em homens no ventre.

— Você passou tempo demais na companhia do seu filho, o príncipe — falei. —Seus ditos espirituosos carecem de humor e graça.

Eduardo lançou-me um olhar furioso e partiu, mas algumas horas depois retornou, alegando ter sido apenas uma brincadeira. Cobriu-me de pérolas, rubis e diamantes e insistiu para que eu passasse as festividades de Natal com ele, na corte, em King's Langley. João e sua nova duquesa estariam lá.

A rejeição de Eduardo a Jane tanto me deprimiu quanto me indignou. Mesmo a chegada de meu querido Robert, carregado de presentes para Jane e para mim, não foi suficiente para me consolar por completo. Mas a gentil presença de meu administrador representou, como sempre, um grande conforto.

16

Não há em todo este mundo coração tão cruel
que a tendo ouvido queixar-se de tristeza
não chorasse por suas dores atrozes;
tão ternamente pranteava na aurora e no crepúsculo
que não precisava emprestar lágrimas de ninguém!
E esta era a pior de suas penas:
não havia ninguém com quem pudesse queixar-se.

— GEOFFREY CHAUCER, *Troilo e Créssida*, V, 722-28

• Natal de 1371 •

EM TRAJES FEITOS DE tecido de ouro e ornatos de cabeça decorados com navios de velas enfunadas — o cordame feito do mesmo fio de ouro e com a mesma trama que havia em meu longo casaco e em seu manto —, Eduardo e eu deslumbramos os convidados na corte de Natal. Os toucados representavam a intenção do rei de navegar até a França no verão para reconquistar a Aquitânia. Esmeraldas e diamantes engastados em ouro salpicavam nossos trajes e acessórios. A urdidura do tecido que usávamos era verde, assim como era verde, bordado a ouro, o uniforme do serviço real. O príncipe Eduardo e a princesa Joana usavam mantos e adereços semelhantes, e muitos cortesãos vestiam-se com motivos marítimos e marciais. Tanto Eduardo como sua nora, Joana, consideravam que o ouro e o verde seriam o sol sobre as águas tempestuosas do Canal; agradava-lhes imaginar como o grupo seria visto do teto do salão — uma esquadra navegando um mar dourado de sol.

Embora não pudesse negar que o efeito de nosso vestuário fosse impressionante, eu lamentava que Eduardo insistisse na missão, pois parecia-me quase certo que aquilo redundaria em derrota. O rei Carlos da França demonstrara inesperada eficiência em atrair de volta os senhores da Aquitânia. Muitos julgavam ser tarde demais para que Eduardo ou qualquer outro monarca conseguisse exercer influência nos episódios locais.

Eu temia, além disso, a censura da corte pela parte que me tocava naquele espetáculo. Não integrando a família real nem tendo sangue nobre, eu devia ter sido menos proeminente.

— Eu sou o rei — argumentava Eduardo. — De mim, o que se espera é magnificência. E você é a mãe de meu filho e filhas mais novos. A corte que ouse criticá-la.

Ele não acreditaria se lhe dissessem que em breve os comuns também o forçariam a pedir a Wykeham que deixasse o cargo de chanceler. Sua recusa em ver o quanto ele perdera do antigo controle frustrava-me. Temia que isso acabasse se revelando nossa ruína. E de fato, em retrospectiva, vejo que talvez tenha sido esse nosso primeiro equívoco grave.

No início de fevereiro, a cidade de Londres e toda a corte deram as boas-vindas à nova noiva do príncipe João, a duquesa Constança. Ela era morena, angulosa, não exatamente feia, mas tampouco bonita. Tinha uma dureza de movimentos, e seu caráter não agradava a todos, pois seus olhos negros sempre transbordavam censura.

Quando fomos apresentadas, ela sequer olhou em minha direção; mudou de assunto e afastou-se. Eu me sentia desestabilizada por sua hostilidade, ainda que não fosse declarada.

A princesa Joana garantiu-me que todos desgostavam de sua arrogância espanhola.

— Você não precisa da aprovação dela. O duque João é seu amigo, tanto quanto o príncipe — disse ela. — Você sabe disso, não sabe? Eles têm plena consciência do quanto devem a você, pelo cuidado que tem com o pai deles.

— Eu sei disso, Joana. O que não implica que eu tenha paz de espírito.

Ela deu tapinhas em minha mão e observou que o rei olhava em nossa direção, aparentemente desejando que eu fosse para junto dele.

— Você parece muito mais uma rainha do que Filipa jamais pareceu — disse ela enquanto eu me afastava.

Aquilo me gelou por dentro. Eu rezava para que ninguém mais pensasse daquela maneira. Joana parecia uma rainha, o que lhe era apropriado. Ela seria uma rainha magnífica, em seu devido tempo. Eu pedia a Deus para que seu marido se recuperasse, sendo novamente capaz de governar sabiamente e sem o amargor que ensombrecia seu caráter ultimamente.

O que seria de mim quando aquele momento chegasse?

No FINAL DO inverno, faltando apenas alguns meses para a data que Eduardo marcara para o embarque rumo à França com o príncipe e uma grande esquadra, o rei teve vários lapsos de memória, tão alarmantes que implorei que ele consultasse seus médicos. A princípio ele resistiu, embora eu soubesse que estava tão assustado quanto eu.

O primeiro desses episódios, encarei inicialmente como desdém por nossa filha Jane. Ela estava no quarto comigo. Quando Eduardo chegou, pareceu surpreso em vê-la ali.

— De quem é essa criança?

— De quem? Eduardo, esta é Jane, nossa filha.

Ele me lançou um olhar cáustico, como se eu houvesse ousado insultá-lo.

— Não tente enganar-me, Alice. Nós temos um filho e... — Ele hesitou, sua mente visivelmente confusa ou vazia. — Também temos uma filha? Sim, acredito que sim... mas é mais velha do que esta bonequinha. Quem é esta?

Entreguei Jane à babá, sinalizando para que se retirasse. Eduardo, aparentemente vestido para ir caçar, sentou-se ao meu lado e começou a falar de seus planos para construir mais balneários em Eltham, um projeto que já fora levado a cabo muitos anos antes. Não o corrigi, apenas ouvi e assenti, como era apropriado. Subitamente ele bateu nas próprias coxas, levantou-se e exclamou:

— Por que estamos falando disso? Já faz um ano ou mais que desfrutamos de banhos por lá. — Ele olhou em torno. — Jane não estava por aqui? — Coçando as têmporas, ele então pareceu reparar nas próprias roupas. — Eu estava indo caçar.

Quando ele deixou o quarto, fui atrás. Fingi ter alguma insignificância para discutirmos, a fim de acompanhá-lo até os estábulos — eu temia por sua segurança. Ele agora parecia mais normal, intrigado com a babá de

Jane por ter levado embora nossa filha antes que ele tivesse a chance de vê-la direito. Mas havia também algo de selvagem em seu olhar.

— Eu gostaria de cavalgar com você, meu senhor — falei, tentando parecer casual e desejosa de aventura.

— Eu não preciso de babá — resmungou ele, e com um gesto dispensou minha companhia.

Embora eu lamentasse tê-lo irritado, compreendi que ele percebera algo errado, sentindo-se intranquilo a respeito, talvez até mesmo assustado. Rezei para que isso o tornasse mais propenso a aceitar minha sugestão de ir consultar seus médicos.

Incidentes semelhantes aconteceram novamente no espaço de alguns dias e semanas. Por sorte, o duque João testemunhou o terceiro desses episódios e apoiou minha sugestão de que os médicos do rei fossem informados daqueles eventos, com detalhes que só eu poderia fornecer.

Os ombros de Eduardo pareciam encurvar-se enquanto ele escutava nosso conselho e examinava nossas expressões. Mas eu deduzira corretamente: ele tinha consciência de que algo estava errado, e, de má vontade, concordou em fazer o que pedíamos. Idade, vinho demais, atividade física insuficiente, sono demais, sono de menos, comida demais, comida de menos (do tipo que poderia equilibrar seus humores)... Eduardo passou vários dias recebendo tantos conselhos conflitantes que ameaçou banir os três médicos, mas afinal decidiu seguir os conselhos do mais hábil em amenizar suas dores de cabeça, argumentando que a memória residia justamente aí, na cabeça. A proposta era Eduardo adotar uma dieta apropriada para equilibrar seus humores, fazer mais atividades e tomar menos vinho.

Pedi a Deus para que ele estivesse certo em suas prescrições, mas temia que Eduardo tivesse de aceitar uma existência mais tranquila, talvez permitindo que seus filhos participassem mais da administração do reino — o que ele planejara, mas não chegara a implementar de todo. Ele ainda se apegava ao governo de sua ilha. Eu o adverti para que olhasse antes para seus filhos do que para Latimer, Neville e tantos outros cortesãos e financistas que se amontoavam em torno dele, entre eles Richard Lyons. Eduardo achou curioso que eu o advertisse contra homens com quem eu havia, por opção própria, feito negócios.

Eu não fizera negócios com todos eles, mas não era essa a questão. Não discuti, apenas concentrei-me em meu propósito.

— Eles são eficientes no comércio, meu amor, não na direção de um reino.

Quando ele desconsiderou risonhamente minha opinião, senti que perdera minha voz. Muito tempo antes eu temera que, de tanto amar um homem, eu pudesse me perder. Mas aquilo era pior. Nada do que eu dizia parecia ser levado em conta. Eu era repreendida por expressar opiniões se fossem apenas minimamente contrárias às dele.

O duque João e o príncipe Eduardo instruíram-me a permanecer ao lado do rei quando nenhum deles estivesse presente, guiando-o caso sua memória falhasse, fornecendo desculpas caso ele necessitasse de uma interrupção ao tratar com cortesãos que não estivessem entre seus homens de confiança.

— Eles ficarão ressentidos. E se os cortesãos e barões se virarem contra mim?

— Confie em nós, madame Alice — disse o príncipe Eduardo. Nos últimos tempos, ele se tornara gentil e muito mais cortês comigo; por influência de Joana, eu imaginava, embora aquilo também pudesse se dever a uma melhora súbita de saúde. — Eu e João a protegeremos — assegurou-me ele.

Mas é claro que eles diriam isso. Diriam qualquer coisa que me forçasse a ficar. Mas a verdade é que eu não tinha escolha.

Minha vida estava longe de ser uma desolação naquela época. Por mais problemas e desacordos que eu e Eduardo tivéssemos durante o dia, nossas noites eram amorosas e afetivas, às vezes ainda cheias de paixão, e ainda cavalgávamos ou caçávamos juntos de manhã bem cedo. A despeito das rugas e das suas reclamações de dores nas juntas, Eduardo sempre se vestia para aparentar estar na melhor das formas e ainda montava seu cavalo com graça, elegância e domínio. Jogávamos mais xadrez do que antes, e em muitas tardes eu lia para ele — cartas, documentos, mas principalmente sermões e poesia — ou ficávamos sentados de braços dados ouvindo um menestrel ou assistindo às evoluções de um acrobata.

Quando podia, eu fazia cavalgadas mais desafiadoras do que aquelas com Eduardo, saindo sem rumo, desejando nada além de vivenciar a alegria de me sentir integrada a um animal magnífico, desafiando meu corpo, tragando o ar. Isso me ajudava a esquecer por alguns instantes o medo que eu sentia por meu amado e pelo meu próprio futuro.

O NOME DE William Wyndsor estivera em todas as bocas durante as festividades de Natal, graças à controvérsia em torno da forma como ele executava suas funções de governador de Eduardo na Irlanda. Ele impusera teimosamente uma medida impopular que obrigava os senhores de terra ingleses a se responsabilizar pela defesa de suas propriedades na Irlanda, sob pena de confisco pela Coroa, o que acabou irritando o conde de Pembroke, os Mortimer, os Despenser e outras famílias poderosas. Eduardo de fato tomou muitas das terras em custódia — o que em minha compreensão implicava cumplicidade —, pois necessitava de fundos para formar a força que estava reunindo para atacar a França. Mas ele afinal curvara-se ao clamor crescente entre as famílias nobres, convocando Wyndsor a Westminster para responder às acusações.

Foi Geoffrey quem me contou a maior parte disso. Eu e Eduardo não falávamos de William.

— Ele deve retornar na primavera — contou-me meu amigo. — Que bom que você não seguiu meu conselho de se casar com ele. Parece ser um homem fadado a fazer inimigos.

Eu estivera confiante de que William ficaria na Irlanda, já que ninguém mais iria querer seu posto. Todos desejavam a glória e os despojos prometidos por uma expedição à França.

— *Deus juva me* — murmurei, persignando-me. — Rezo para que aconteça algo capaz de cancelar sua convocação.

— Por quê? Ele certamente já a esqueceu.

— Não, não esqueceu, e em parte a culpa é minha, por eu insistir em retribuir o que sentia ser uma dívida que eu não queria ter.

— Pagar uma dívida é uma ação louvável — disse Geoffrey —, mas fico estupefato ao saber que você se arriscou a dever-lhe algo, por mínimo que fosse.

— Ele resolveu uma disputa com um vizinho a qual havia um bom tempo pesava em minha mente. Meses depois, escreveu da Irlanda pedindo minha ajuda para vender algumas terras que ele possuía perto de Winchester, pois precisava do dinheiro. Devendo-lhe um favor, aceitei fazê-lo. Suas cartas, desde então, tornaram-se cada vez mais inoportunas. Eu o ignorei. Mas se ele vier para cá... Não confio nele. Tenho medo dos rumores que pode espalhar.

Geoffrey balançou a cabeça.

— Os fofoqueiros têm rumores mais interessantes para digerir. Estão dizendo que Sua Graça deu a você as joias da falecida rainha.

Instintivamente levei a mão às joias em meu pulso, rubis rodeados de pérolas.

— Estas não eram de Sua Graça.

— Dizem que você usou joias da família durante as celebrações do Natal.

Senti-me tentada a mentir. Eu jamais questionara de onde vinham as joias que Eduardo me dava. Nos últimos meses ele me dera menos pérolas e mais pedras preciosas, as quais insistia em que eu usasse. Geralmente eu o ignorava. Temia represálias se exibisse adornos melhores que os de mulheres superiores a mim em posição, e expliquei isso a ele. Mas no Natal ele alegara que eu estragaria seus planos com minha humildade.

— Sua Graça insistiu em que eu usasse algumas das joias da falecida ʳainha — admiti. — Mas eu tinha consciência de que jamais seriam minhas. O que mais dizem de mim?

— Que você controla o acesso ao rei, e que o serviço dele agora está cheio de amigos seus.

— Geoffrey! Isso não é verdade. — Talvez a primeira parte fosse, até certo ponto, mas não a segunda. Aqueles que apontavam como meus amigos eram exatamente os homens a respeito dos quais eu advertira Eduardo. — Eles nos ligam porque fazemos negócios juntos.

Geoffrey levantou uma das mãos.

— Eu sei disso, e muita gente também. Mas eles preferem falar sobre bobagens como essa em vez de cavar mais fundo, onde poderiam descobrir o fato perturbador de que Sua Graça não é mais o homem que era, tampouco o é seu herdeiro. É provável que Ricardo, o filho do príncipe Eduardo, seja o próximo rei, mas ele é tão novo... novo demais... e parecido demais, para o gosto deles, com a falecida rainha mãe Isabel.

Eu me preocupava por Joana. Também eu já ouvira o que se dizia sobre seu filho mais novo.

— Pobre criança, já criticada por uma semelhança sobre a qual não tem o menor controle.

A IMINENTE PARTIDA de Eduardo para a França assombrou todo o séquito durante a primavera, já que os oficiais, pajens e cavalariços — todos os seus homens — embarcariam junto com ele e o príncipe. Dois homens de saúde precária enfrentando uma raposa astuta em seu próprio terreno — eu temia por nossos dois Eduardos. Planejava isolar-me em uma de minhas casas de campo com minhas filhas e minha avó, se conseguisse persuadir madame Agnes a fazer a viagem. Ela demonstrara estar frágil e confusa em minhas últimas visitas, mas eu me perguntava até que ponto seu afastamento da sociedade não era responsável por tudo isso. Ela raramente saía de casa agora, no máximo atravessava a praça para ir à igreja. Eu também tinha a esperança de que João ficasse um tempo conosco; lorde Percy estava considerando minha solicitação de ter meu filho comigo por alguns meses.

Nem toda a azáfama da preparação da viagem foi capaz de encobrir meus pensamentos temerosos. Apesar de saber o quanto aquela campanha significava para Eduardo, eu rezava para que acontecesse algo de benigno capaz de impedi-lo. Ele contava que uma vitória sobre Carlos levaria embora suas dores e padecimentos, rejuvenescendo-o, corrigindo todos os erros dos últimos anos. Mas não havia vitória ou derrota que pudesse mudar a verdade: ele era um rei envelhecido com um herdeiro problematicamente debilitado. Eu temia as consequências de sua desilusão após uma possível vitória ainda mais do que a derrota.

Passaram-se meses desde a última vez que ele conseguira fazer amor comigo, embora continuássemos a dar prazer um ao outro de outras maneiras satisfatórias. Eu tentava convencê-lo de que nosso amor e nossa paixão permaneciam os mesmos, mas sabia que ele se sentia diminuído. Uma noite ele exigiu que eu procurasse poções amorosas capazes de reabilitá-lo a fazer amor comigo. Meus argumentos de que ele *estava* fazendo amor comigo em todos os sentidos que importavam apenas o irritavam.

— Eu tenho medo do tipo de pessoa que mexe com poções e feitiços, meu amor. E se alguém descobrir e nos condenar?

— Eu sou o rei, Alice. Quem ousaria me condenar?

Era melhor que certas perguntas ficassem sem resposta, mas no fundo do coração eu duvidava de que ele estivesse tão seguro quanto pensava estar.

No FINAL DE julho, reuni minhas filhas e madame Agnes, que se bene-ficiara com os dias quentes de verão, e começamos nossas viagens com a curta jornada até a Abadia de Barking, para passar um dia com Bel, agora noviça. Eu já a vira no começo da estação, quando de seu aniversário, e deu-me muito prazer testemunhar seu contentamento. Como eu esperava, também madame Agnes estava consolada por vê-la assim.

Em seguida, continuamos na direção do solar de Tibernham, em Norfolk. Essas terras eram uma parte da tutela dos De Orby, nas quais eu investira uma grande soma de dinheiro e do tempo de Robert, contando em torná-las novamente produtivas. Henry, lorde Percy, sugerira que sua meia-irmã, Mary, minha tutelada e herdeira da propriedade, pudesse acompanhar João, visitando o lar em que passara seus primeiros verões. Ela era alguns anos mais nova que ele, e, como Eduardo ainda a conside-rava uma possível esposa para nosso filho, concordei, pensando que valia a pena observá-los juntos. O solar era bem próximo ao mar. Eu não gostava da ideia de fazer uma viagem longa com minha avó estando fragilizada e com Jane sendo ainda muito pequena, mas no final a animação de Joana ante a perspectiva de ver o irmão acabou por vencer minha resistência.

Era uma bela casa, e madame Agnes adorava sentar-se no jardim, sen-tindo a fresca brisa marinha sob o sol quente no final da tarde. Eu, porém, sentia falta das manhãs iluminadas de Fair Meadow ou de Ardington. Assim tão perto da costa, as manhãs eram muitas vezes embaçadas pela neblina.

Logo distraí-me com uma visita inesperada. Numa manhã enevoa-da, quando eu estava no salão olhando para aquilo que, do lado de fora, parecia ser uma sólida parede cinzenta sob o pórtico, duas figuras mon-tadas emergiram da neblina. Minha primeira sensação foi medo: talvez algo houvesse dado errado em Sandwich. Em junho, a esquadra de lorde Pembroke, navegando para La Rochelle, na Gasconha, e carregando uma pequena fortuna destinada a pagar o apoio militar dos senhores gascões e de seus homens, fora completamente destruída por uma esquadra espanhola. Depois da histeria inicial, o silêncio no qual o palácio mergulhou foi mais aterrorizante que os gritos, urros e acusações com que as notícias foram recebidas. Eu e muitos dos que estavam ligados ao serviço de Eduardo investíramos pesado na guerra, como uma demonstração de confiança. Ficamos atônitos com aquela perda. Os planos de embarque em Sandwich foram retomados com uma sensação de urgência desesperada. Tanto a princesa Joana quanto o príncipe Eduardo deixaram forte impressão em mim sobre quão devastadora fora a perda de nossa esquadra e de nossas riquezas, e sobre como era essencial retaliar. Pediram-me que eu me encontrasse com Richard Lyons para solicitar mais apoio financeiro, o que eu fiz, com grande apreensão. O rei, meu amado, não estava forte o suficiente, nem de corpo nem de espírito, para uma aventura daquelas.

Persignei-me e fiz uma prece para que aqueles visitantes não pressagiassem más notícias. À medida que os homens se aproximavam, outro terror manifestou-se — o cavaleiro mais alto montado no melhor cavalo era William Wyndsor.

— O que ele faz aqui? — silvou minha avó às minhas costas.

Eu não havia percebido sua presença.

— Não sei. Rezo para que não sejam más notícias sobre a esquadra. — Voltei-me para ela, encarando seus olhos diáfanos. — Mas como a senhora consegue reconhecê-lo daqui?

— Sinto o cheiro dele, do rato que fez nossa família em pedaços. Amigo da mulher-demônio!

Ela pensava que fosse Janyn.

— Não é meu marido, ele já morreu, minha avó. Trata-se de Sir William Wyndsor.

Ela pareceu confusa.

— De longe, os cabelos escuros e a altura poderiam me enganar também — falei. As regras da cortesia exigiam que eu o convidasse a entrar no salão. — Vamos recebê-lo?

Mandei que um criado escolhesse um cavalariço que fosse até William e seu companheiro, convidando-o a entrar. Cheguei aos aparadores que protegiam o salão das correntes de ar exatamente quando William entrava, sacudindo sua capa molhada.

— Por Deus! Você está mais bonita do que nunca, Alice!

— Aconteceu algum problema?

— Não. Vim agradecer por sua ajuda.

— Como escrevi naquela altura, não é preciso agradecer-me. — Seria possível que ele não soubesse que não era bem-vindo em minha casa?

Encaminhei seu pajem para a cozinha, onde encontraria algum alimento e cerveja.

Minha avó cumprimentou William com uma cortesia cuidadosa. Mary Percy, João e Joana levantaram os olhos da brincadeira com que estavam ocupados para avaliá-lo, como só as crianças sabem fazer, observando abertamente, sem dar-se ao trabalho de ocultar seu desinteresse ao ver que ele não sabia fazer nenhum truque.

Mas William foi até eles e se agachou.

— Sou William Wyndsor, acabo de chegar da Irlanda. Com quem falo?

— Mary — disse ela, ciciando e com o dedo no nariz.

— Joana.

— João de Southery — respondeu meu filho, apressando-se para levantar e fazer uma mesura.

William expressou grande prazer em conhecê-los, e então notou Jane nos braços da babá quando se levantou.

— E esta criança adorável?

— Jane.

— São todas suas?

Como ele sabia pouco da minha vida.

— Mary não. Sou sua guardiã, embora ela não resida sempre comigo. João está sendo criado pelo meio-irmão dela, Henry Percy.

William ergueu uma sobrancelha.

— Os outros três são filhos do rei?

— Mas é claro.

Senti-me enrubescer, embora soubesse que provavelmente se tratava de uma pergunta inocente, não da sugestão de que eu tivesse outros amantes.

— Todos o enaltecem. Mas onde está Bel?

— Ela agora é noviça na Abadia de Barking. Por escolha própria.

— Uma menina tão bonita...

— Sim, ela é. Agora venha, William. — Conduzi-o até o pátio iluminado, então virei-me para ele e perguntei: — Como soube onde me encontrar?

— E isso importa?

— Sim, William, creio que sim.

— Perguntei. Discretamente. Tenho apenas alguns dias, Alice, e em seguida preciso voltar a Westminster. Eu precisava vê-la.

— Muito gentil de sua parte. E agora, tendo cumprido sua missão, sinta-se à vontade para tomar alguma bebida antes de continuar sua jornada.

— Você me mandaria embora tão rapidamente?

— Sim. Descanse aqui no jardim. Uma criada lhe trará comida e cerveja.

— Que tal sentar-se comigo por um momento?

— Não posso. Preciso cuidar das crianças.

Corri para dentro da casa.

Poucos instantes depois, Robert veio me dizer que William e seu criado haviam partido.

— Foi Sua Graça que o enviou? Alguma notícia? — indagou ele.

— Nada disse a respeito de Sandwich. Supostamente, ele fez toda essa viagem apenas para me agradecer por tê-lo ajudado a vender uma propriedade; aquela de que você se encarregou por mim. Mas como ele sabia onde me encontrar? E por que vir até tão longe? Não gosto disso. Que tipo de homem insiste assim, mesmo com tão pouco estímulo e aceitação? Qual é o jogo dele? Quem o terá mandado aqui?

Robert pegou minhas mãos.

— Se ele voltar, deixe-o comigo.

Apertei as mãos dele também.

— Ele não é um fardo seu, meu amigo.

— Nem deveria ser seu.

Tirei forças da atenção que Robert me dedicava. Mas continuei preocupada. Eduardo não podia saber da visita de William, por mais inocente que tivesse sido. No frágil estado em que se encontrava, suas reações eram imprevisíveis, muitas vezes imprudentes. Pedi a Robert que se informasse a respeito das fofocas entre os inquilinos. Dias depois, não tendo ele sabido de nada, comecei finalmente a ter esperanças de que a aparição de William não teria consequências.

— Seus novos arrendatários se beneficiaram com as melhorias que você fez, Alice — assegurou-me Robert. — Mesmo que tenham notado algo de estranho, duvido que falariam mal de você.

Infelizmente, eu logo viria a saber que Henry, lorde Percy, tomara conhecimento da visita de William. Como não queria chamar mais atenção sobre o incidente, não procurei saber se João e Mary haviam comentado aquilo com ele, tal qual as crianças costumam fazer, ou se fora o próprio Henry Percy quem dissera a William onde me encontrar. Eu não havia levado em conta essa última hipótese, mas sabia como Percy era ambicioso, e podia imaginá-lo muito bem guardando a informação do interesse de

William por mim como algo possivelmente útil no futuro. Eu não sabia dizer se minha inquietação com a saúde abalada de Eduardo e com sua intenção precipitada de liderar um exército me deixava tão preocupada com meu futuro a ponto de fazer-me ver inimigos onde não havia, ou se eu estava certa em sentir o cerco se fechando ao meu redor. Por todo o restante de nosso período em Norfolk eu andei envolta por uma neblina de temor e ansiedade, que ofuscou a alegria de ter meus filhos e madame Agnes comigo num lugar tão bonito.

Só voltei a ver William quando retornei a Westminster — o que se deu muito mais cedo do que eu esperava.

No FINAL DO verão, o clima tornou-se traiçoeiro. O rei, o príncipe, os barões e todos os seus homens, navios e suprimentos ainda esperavam em Sandwich até que os ventos e tempestades cessassem, para que pudessem cruzar o Canal rumo à França; foi quando chegou a notícia de que a cidade de La Rochelle, mantida pela Inglaterra, havia caído diante das tropas de Carlos. O clima derrotara os dois Eduardos, pai e filho. Em meados de outubro a força expedicionária havia sido desbaratada sem ter conquistado nada nem ido a lugar algum, a um custo enorme. Foi um desastre financeiro, uma vez que as guerras baseavam-se na suposição de que os resgates e despojos reabasteceriam os cofres. Não havia a menor esperança de que isso acontecesse naquele outubro soturno. E o pior: o grande reino da Aquitânia estava totalmente perdido — nas mãos inglesas restara pouquíssimo além de pequenas faixas de terra na costa. O sonho de Eduardo, de ser o rei tanto da Inglaterra como da França, estava morto.

Agradeci a Deus quando ele retornou a Windsor, mas ele voltara velho e abatido, ávido por encontrar uma fuga no sexo, na caça, na falcoaria e na dança, mesmo que privado de vontade sequer para se levantar da cama. Na verdade, ele sofria de um desespero tão debilitante que eu concordava com o príncipe Eduardo quanto a protegermos o rei de ser visto publicamente em seus piores dias.

A situação financeira desesperadora exigia a calma sensatez de Wykeham e a precaução prática de Brantingham. Mas o príncipe Eduardo negava-lhes acesso ao pai, alegando que os dois bispos haviam tido a oportunidade de aconselhar o rei e fracassaram. Todos na corte que ainda tinham recursos fizeram empréstimos, a fim de abastecer a Coroa com algum dinheiro imediato.

Ignoro se um rei mais jovem e um príncipe mais saudável teriam feito a investida contra a França naquele fim de verão. Às vezes Eduardo tinha certeza de que falhara com seu povo; se ele sentisse que o príncipe lideraria o povo melhor, teria deixado o caminho livre para ele. Mas o horror da situação era que seu herdeiro também falhara. Outras vezes, Eduardo imprecava contra os ventos e as marés, a ineficiência de seus capitães, a lentidão do progresso de seu filho até Sandwich.

Ele passou a se refugiar no passado, falando obsessivamente do meio-irmão que encontrara na Itália, o filho bastardo de sua mãe e Roger Mortimer. Falava de como se arrependera por não ter feito o esforço de vê-lo novamente depois daquele único encontro, quando o menino tinha por volta de 8 anos.

— Meu meio-irmão... Que tipo de homem terá ele se tornado? Amargo? Satisfeito?

Ele também pensava muito sobre os rumores de que seu pai escapara do Castelo de Berkeley e se afastara secretamente do mundo, vivendo o resto de seus dias na paz de um monastério.

— Talvez eu devesse fazer o mesmo. Um rei velho não é bom para o reino.

Gradualmente, um aspecto sombrio infiltrou-se nesses seus planos; ele começou a esquecer com cada vez mais frequência que seu pai na verdade morrera em Berkeley e que aquela história do monastério não passava de um rumor. Repetia para si mesmo que seguiria a "sabedoria" de seu pai, reconhecendo quando um monarca deveria abdicar com honra. Eu procurava distraí-lo, levando-o para uma cavalgada rápida ou, se não estivesse disposto, pelo menos para um passeio até os viveiros, para ver os falcões. Minha esperança era de que o ar do campo e a possibilidade de movimentar-se livremente o trouxessem de volta ao presente. Eu lembrava com que inquietação Tommasa e Janyn haviam testemunhado o declínio da rainha viúva, e como tinham razão em temê-lo; rezava para que o destino deles não fosse também o meu.

COMO A SAÚDE de Eduardo continuava a deteriorar-se no decorrer do inverno, era cada vez mais difícil dissimular sua condição. Um momento que eu vinha temendo havia muito tempo aconteceu durante uma festa em Windsor. Eduardo estava sentado na plataforma, à vista de todos, quando subitamente desabou adormecido na cadeira. A princesa Joana e eu rapidamente o ocultamos, fingindo estar discutindo algo sobre as joias de sua coroa. Tão repentinamente quanto perdera a consciência ele voltou a abrir os olhos, endireitou-se e nos mandou parar com aquele espalhafato. Com mais frequência, ele perdia momentaneamente o controle de um braço ou uma perna. Cada vez mais eu adotava o hábito de permanecer bem perto dele e de disfarçar o quanto eu o ajudava a sentar-se ereto e a manter o braço em uma posição natural.

Eu ressentia-me da tranquilidade com que Joana e o príncipe se retiravam para seu palácio em Kennington para repousar e com que João desaparecia com sua amante Catarina ou sua esposa Constança, deixando-me encarregada de Eduardo dia e noite. Evidentemente, ele era rodeado por seus administradores, cavaleiros e serviçais, mas todos recorriam a mim em busca de direção quando o rei os confundia.

Quando madame Agnes estava em seu leito de morte, deixei João Neville encarregado do rei, com dois dos médicos de Eduardo cuidando de assuntos de natureza mais pessoal, mas ainda assim me preocupava constantemente com ele durante as semanas em que fiquei junto de minha avó. Para ser franca, quando estava à cabeceira dela, eu me imaginava ao lado de Eduardo em seu leito de morte. Aos 30 anos, todos os meus pensamentos haviam se voltado para a morte de meus entes queridos mais velhos.

Nas raras ocasiões em que me via livre de obrigações na corte, eu buscava minhas filhas na casa de minha irmã Mary, chamava Robert, caso ele não estivesse muito distante, e todos desfrutávamos um período de descanso em Londres ou em Fair Meadow. Cavalgava sempre que possível e buscava consolo na falcoaria quando a estação era propícia. Quando libertava meus falcões de suas gaiolas, pedia que eles voassem muito alto e me imaginava em seu lugar, livre, desfrutando da exuberante subida no ar, elevando-me até voltar para a luva de meu senhor. Mas esses interlúdios eram breves e raros.

Meu tempo com Eduardo agora era doce e amargo, pois seu declínio físico e mental lembrava-me de que meus dias com ele estavam contados.

Meu coração sangrava quando eu pensava na vida que tivera com ele. Ao perder Eduardo, eu perderia não apenas um amante e um senhor, mas também um confidente, um bom guardador de segredos. Eu nada esperava de sua família depois que ele se fosse, exceto a posição que ele havia jurado conceder a nosso filho João — ser sagrado cavaleiro no ano do jubileu de Eduardo, a grande celebração dos seus 50 anos de Coroa, que aconteceria dali a quatro anos. Ele fizera o príncipe Eduardo e o duque João darem sua palavra de que levariam a cabo a sagração caso ele morresse antes daquela data. Quanto a nossas filhas, Eduardo estava certo de que o patrimônio que eu adquirira garantiria excelentes dotes para Joana e Jane, o suficiente para que elas se casassem com cavaleiros menores ou ricos mercadores.

— Por que você ama menos nossas filhas que a João? — perguntei a ele.

— Como pode me acusar disso, Alice? Eu as trato com a mesma afeição com que trato João. E acredito que eu tenha dado mais presentes a elas do que a ele.

— Mas ele será um cavaleiro, respeitado e honrado como seu filho. Elas não usufruirão da mesma posição. Você não poderia reconhecê-las como suas, Eduardo? Conceder-lhes o benefício da nobreza?

— Você era feliz com Janyn Perrers?

— Você sabe que eu era.

— Por que elas não poderiam ser felizes com casamentos semelhantes?

— Porque elas sabem que são filhas do rei. Seu sangue corre nas veias delas, Eduardo. Elas terão o seu orgulho.

Nesse campo, ele não cedia. E, Deus me perdoe, eu não conseguia perdoá-lo pelo desprezo com que ele tratava as filhas.

E mesmo assim eu ainda o amava, embora não como antes. Sentia uma ternura por ele, uma afeição, o sentimento que eu imaginava predominar nos últimos anos de um longo casamento. Seus cabelos brancos rareavam, suas carnes pendiam, flácidas, num esqueleto ainda reto mas sempre dolorido. Suas juntas inchavam se ele permanecesse muito tempo sentado. Ele babava ao dormir. Contudo, quando se levantava e trajava suas vestes reais, ainda era uma impressionante figura masculina, e, na maior parte dos dias, sua mente era clara e astuta, sua sabedoria, profunda, seu amor por mim, constante.

No 46º ANO do reinado de Eduardo, quase quatro anos após a morte de Filipa, meu amor presenteou-me com diamantes, rubis e esmeraldas que haviam pertencido à rainha. Alguns faziam parte de peças de que eu me lembrava bem: um diadema com uma flor-de-lis montada com diamantes e rubis; um anel de ouro com uma imensa esmeralda engastada, ladeada por inserções de lápis-lazúli; um cinto de ouro e prata entrelaçados, salpicado de diamantes — para mencionar meus favoritos. Outras eram pedras soltas, para somarem-se a todas as pérolas que ele já me dera — e que ainda me dava. Lembrei-me do aviso de Geoffrey a respeito das fofocas em torno do fato de eu ter usado joias reais numa celebração do Natal, mesmo sendo as mais difíceis de serem reconhecidas. Como eu usaria aquelas novas, eu não sabia. Eduardo estava alheio ao perigo de tais presentes. Era loucura.

CERTA MANHÃ EM Havering, quando eu voltava de uma cavalgada desacompanhada, deparei-me com William Wyndsor no salão, seus ombros curvados desafiadoramente, o semblante tomado pelo ódio. Ele vinha da direção em que ficavam os aposentos de Eduardo. Estava tão absorto que não me notou, até que parei à sua frente e disse seu nome, bem alto e claro. Só assim ele estacou, erguendo o olhar.

Embora eu preferisse evitá-lo, não poderia; portanto, vesti minha máscara de cortesia.

— William, o que houve?

Ele vociferou alguma coisa, balançou a cabeça e afastou-se de súbito, mas depois de uns poucos passos virou-se de volta em minha direção.

— Já basta o que você fez. Deixe-me em paz! — disse ele, no tom impaciente que usava com cães desobedientes; e ele não gostava de cães.

Tendo sido acusada de algo que eu nem sabia o que era, fui atrás dele. Uma vez no pátio, agarrei-o pelo ombro e indaguei:

— Se é para ser acusada, tenha ao menos a cortesia de dizer-me o que fiz.

— Sua Graça retirou as acusações contra mim e enviou-me de volta à Irlanda.

Quase ri diante da maneira brusca com que ele me dava notícias tão boas.

— Pensei que fosse isso o que você desejava.

— Volto como tenente do rei, não como governador.

Olhei dentro de seus belos olhos e pude enxergar neles um menino mimado e ganancioso.

— Títulos pouco significam, William. Você foi inocentado de todas as acusações e poderá reassumir seu posto. Deveria estar comemorando, e não me repreendendo.

Com um olhar que me gelou por dentro, ele retirou minha mão de seu ombro e afastou-se. Não posso dizer que fiquei desapontada ao vê-lo ir embora, mas estava intrigada. Senti-me também sutilmente ameaçada, embora não pudesse identificar a fonte da ameaça. Percebi então que ele não explicara o que acreditava ser meu envolvimento com tal notícia.

Naquela noite, Eduardo contou-me de sua decisão concernente a William. Ele estivera charmoso e amoroso durante toda a tarde. Demos uma longa caminhada pelos jardins, demoramo-nos numa deliciosa refeição, descansamos juntos — ele insistiu para que eu me juntasse a ele — e, desde que acordara, estava tomando vinho com água e desfiando reminiscências de nossos anos juntos. Quando me contou sobre William, pareceu estranhamente alegre, como se congratulasse a si mesmo por levar a melhor sobre alguém. William, imaginei. Embora não gostasse de falar dele com Eduardo, não consegui resistir:

— Perdoe-me, meu amor, mas não consigo entender seu humor — falei. — Você está feliz por não ter precisado punir um dos seus administradores de confiança, e ainda assim parece sentir que o lesou.

Eduardo deu uma gargalhada grave e satisfeita.

— Ele afirma que você é noiva dele; que estão noivos há anos. Desejei-lhe toda a felicidade do mundo depois que eu estiver morto. Por ora, você é minha, e ele deverá permanecer longe.

Achei que eu sufocaria, pois subitamente tornara-se muito difícil respirar. Senti-me mais do que traída por William: senti-me desonrada.

Ainda sorrindo, Eduardo buscou minhas mãos, olhando-me nos olhos.

— Alice, eu a amo demais para dividi-la com outro homem. — Ele beijou minhas mãos. Quando levantou a cabeça novamente, havia parado de sorrir. — Eu a estou protegendo de um homem que não a merece. Ele é astuto e ganancioso e tem ódio do mundo por imaginar que é menosprezado.

— Eduardo, meu amor — eu recuperara o fôlego —, concordo com tudo o que disse dele. Já percebi o que há por trás de seu charme vazio há muito tempo, e jamais prometi casar-me com ele. Eu o repudiei. Amo você. Só a você.

— Eu não a culpo por procurar prazer com um homem mais jovem. — Ele ergueu a mão para deter meu protesto. — Soube que você esteve com outro quando longe de mim.

Eu me encolhi ante esse golpe. Ele já dissera em várias ocasiões que sua indiferença quanto ao futuro de nossas filhas devia-se à dúvida de que elas fossem de fato dele. Eu fizera todos os juramentos imagináveis de que suas suspeitas eram totalmente infundadas, de que era impossível não serem dele. Joana, com seus finos cabelos dourados e seus olhos azuis, parecia-se tanto com Eduardo que ele muitas vezes jurava que sua incerteza era apenas a respeito de Jane. Nossa filha mais nova se parecia comigo, de estrutura óssea mais suave que a dele, o cabelo um pouco mais escuro, os olhos verde-acinzentados. Essas dúvidas o assolavam apenas nos dias em que ele acordava confuso. Nos seus dias mais coerentes, ele às vezes declarava que reconheceria Joana e Jane.

— William é uma criatura de meu filho João, Alice. — Ele riu e beijou minhas mãos mais uma vez. — Já insisti em que ele casasse Wyndsor com uma beleza morena do serviço de Constança e o mandasse a Castela em alguma missão perigosa, mas ele só me dá desculpas, finge ter esquecido. Cuidado, meu amor.

De todas as acusações e desprezos que eu suportara, esse foi o mais amargo. Eu fora impecavelmente fiel a Eduardo e ele não acreditava.

— Por que eu teria contado a você sobre como ele me importunava se tivesse algo a ocultar? Eu não me deitei com nenhum outro homem além de você desde Janyn. Ele disse que nos deitamos juntos?

— Não foi preciso.

Fiquei furiosa por me sentir tanto insultada como ignorada por aquele homem que conquistara meu coração exatamente por me fazer vista e ouvida.

NA PRIMAVERA DO 47º ano de reinado de Eduardo, ele batizou um navio com meu nome, *La Alice*. Era lindo, e fiquei tocada pela alegria que ele sentiu em vendar-me e conduzir-me ao longo do cais. Ele me cumprimentara aquela manhã com um ar de feliz ansiedade, e a portentosa embarcação que estava diante de mim definitivamente superava todas as minhas expectativas. Mas tratava-se de uma honra pública demais, o tipo de gesto extravagante que só poderia me fazer mal.

Da vez seguinte que encontrei o duque de Lancaster, ele me disse:

— Dê graças por seus momentos com meu pai, Alice, mas lembre-se de que ele é velho, está em declínio, e, quando tiver morrido, você precisará de um novo protetor, tenha ou não um navio atracado no Tâmisa com seu nome.

— Vivo com uma aguda consciência do precipício que está bem diante de minha vista, meu senhor. Dou graças por poder contar com sua amizade.

Eu considerava imperativo fingir que ainda o considerava um amigo, dissimulando o fato de que me tornara ainda mais precavida contra ele.

O duque pareceu satisfeito.

— Fico contente com isso.

Esse encontro gelou-me por dentro. Eu não sabia por que ele considerara ser necessário me advertir. Havia poucas pessoas na corte com quem eu sentia que poderia sempre contar. Na verdade, naquele momento só consegui pensar em uma, a princesa Joana. Eu ainda tinha ao meu lado a amizade de Wykeham, mas sua influência era agora restrita. Apesar do conselho de Eduardo, eu não conseguira criar fortes laços de amizade na corte; minhas relações eram todas vazias, baseadas em negócios e não na confiança.

Com as palavras de Lancaster ecoando em minha cabeça, segui pelos corredores do palácio com os olhos baixos, evitando os olhares frios, os sorrisos maliciosos.

NA PRIMAVERA DO ano seguinte, Eduardo planejou aquele que seria seu último grande torneio, um evento que confirmaria de vez quão justificada era minha crescente sensação de terror. A ser sediado em Smithfield no início de maio, o evento se estenderia por sete dias de justas, torneios e banquetes, em celebração à glória do reino e da realeza de Eduardo. Fiel ao prazer de toda uma vida dedicada a criar elaborados temas para tais festividades, Eduardo escolhera ser o Rei Sol, e eu, a dama de sua predileção, seria a Senhora do Sol. Esses eventos sempre começavam com desfiles pela cidade, e eu estava habituada a ter algum papel neles, mas dessa vez ele queria que eu fosse à frente das damas da corte, conduzida por uma carruagem dourada. Eu imaginava Lancaster, ou melhor, todos os cortesãos, olhando-me com escárnio.

— Como minha Senhora do Sol, Alice, você será tão nobre e tão bela quanto esse magnífico pássaro. — Eduardo estava sentado com a cabeça jogada para trás, admirando um falcão em pleno voo.

— Não, Eduardo, é impossível que eu faça tal papel. É melhor que a princesa Joana seja sua dama nesse evento.

Eu o arrastara para fora a fim de observar o falcoeiro treinando as novas aves; minha esperança era distraí-lo enquanto eu argumentava contra seus planos. Estávamos sentados num banco junto a uma bela árvore, o sol a nos aquecer.

— Você é a minha rainha em espírito, Alice, mesmo que não em título, e será como eu defini. — Sua voz era baixa, seu tom tranquilo, seus olhos fixos nos pássaros.

— Não, Eduardo, eu não sou sua rainha, sou apenas a filha de um mercador, criada para saber qual é o meu lugar.

Ele pegou minha mão e a apertou.

— Seu lugar é ao meu lado, meu amor.

Eu não precisava de mais inimigos. Tirei a mão suavemente das dele e ajoelhei-me a sua frente.

— Eduardo, olhe para mim por um momento.

Ele fitou-me com atenção; seus olhos, antes de um impressionante azul, agora estavam turvos pela idade.

— Você é tão bonita...

— Eduardo, imploro que me escute. Você precisa entender que me coloca em perigo quando insiste em que eu seja sua Senhora do Sol.

— Você não me negará este prazer, Alice. — Ele não sorria mais.

— A princesa Joana...

— Não. Meu filho está doente demais para participar. Sua esposa não desejaria chamar atenção sobre a ausência dele, surgindo de braço dado comigo. — As plumas de pavão no seu chapéu tremiam, sua cabeça começando a sacudir à medida que ele se irritava. — Você precisa confiar em mim. Precisa estar lá.

Sua saúde estava frágil demais para que eu o fizesse correr os riscos de um acesso de raiva. Recuei imediatamente.

413

— Meu amor, meu amor, por favor, acalme-se. Depois discutiremos isso. Levantei-me e sentei-me ao seu lado novamente, beijando-lhe as mãos e o rosto.

A cada vez que eu tentava dissuadi-lo, ele assustava-me com seu temperamento. Por fim, aceitei minha derrota e enterrei meus medos, fazendo tudo o que podia para garantir que o torneio fosse um sucesso.

Era nessas ocasiões que eu mais sentia falta da rainha Filipa — seu entusiástico incentivo ao longo de semanas de trabalho, seu contentamento quase infantil por nossos avanços e seu deleite ao ver os resultados. Ela nos animava o coração, e o fazia com alegria inocente. Eu conservava ainda meu gosto intacto pelos tecidos suntuosos, pelas plumas, botões e joias que guarneciam as roupas, os fios de prata e ouro, o tecido de ouro e prata, mas não tinha mais ninguém com quem partilhar meu encantamento. A princesa Joana e a filha de Eduardo, Isabel, interessavam-se apenas vagamente por aquilo, mas as costureiras e criadas que trabalhavam comigo estavam, na maior parte do tempo, silenciosamente absortas em seus afazeres, e eu não tinha o talento da rainha para iluminar seus espíritos.

Foi Eduardo quem finalmente despertou-lhes entusiasmo. Ele determinou-se a aparecer na sala de costura ao fim de cada dia para examinar nosso progresso. As mulheres permaneciam sentadas com o olhar submissamente baixo, escutando enquanto eu apontava os detalhes finíssimos de seu trabalho. Ele era pródigo em louvá-lo e em exigir mais desenhos esplêndidos, mais ouro, mais prata... mais, mais, mais.

— Estamos proclamando a glória da Inglaterra — declarava ele à larga para o salão. — Quero encantar meu povo.

Pela manhã, as mulheres se juntavam em volta de mim, loucas para ver o que eu acrescentara aos desenhos que poderia melhor honrar seu amado rei, ainda o rei de seus corações. Eu não podia evitar ser contagiada pelo entusiasmo delas.

Quando estava tudo pronto, contemplei com terror os trajes, o espetáculo magnífico em que eu seria uma das figuras centrais. Minha túnica, como a de Eduardo, era tecida em ouro. O pano de fundo, ou a urdidura dos fios, era de seda vermelha, e o primeiro plano, ou a trama dos fios, era da mais delicada das fibras de ouro. O vermelho aparecia pelo fato de rubis serem associados ao sol. Uma vez cortadas e ajustadas, nossas túnicas foram bordadas com fio de ouro, raios de sol circundando espinélios e diamantes, que também simbolizavam o sol. Até meu manto era de tecido de ouro, atado às costas para deixar meu ombro livre e revelar o forro, que era o oposto da túnica, com pano de fundo dourado e primeiro plano vermelho. Do pescoço até o decote do meu corpete eu usava um tecido de ouro tão fino que era quase invisível, salpicado de grandes rubis e diamantes, postos sobre raios de sol, como se minha carne fizesse parte do conjunto. Por uma única vez eu poderia sentir-me como a rainha de Eduardo, estando ao seu lado.

Na manhã do desfile, meu coração batia tão acelerado que eu me sentia desfalecer, todos os meus pressentimentos anteriores tendo voltado. Em nada ajudou o fato de que o intrincado toucado, de tecido de ouro elaborado de forma a criar raios de sol em volta da minha cabeça, tinha de ser firmemente atado ao meu cabelo, que fora trançado por baixo, para evitar que levantasse voo. Eu sentia os grampos sempre que fazia um movimento súbito. Gwen precisou de seis ajudantes para me vestir. Meu cabelo, minha pele, tudo estava coberto de tecido de ouro. Por fim, as mulheres se afastaram, de olhos arregalados. As costureiras que ali permaneceram para fazer eventuais reparos de última hora aplaudiram.

Quando Gwen segurou o longo espelho diante de mim, não me reconheci. Era como eu imaginava serem as deusas pagãs.

Marchando quarto adentro, tirando um renovado vigor de seu traje também magnífico, Eduardo abriu largamente os braços e declarou que eu era inteiramente a Senhora do Sol em pessoa.

— Você está resplandecente, minha amada Alice!

— Como o senhor, meu rei — falei, indo devagar em sua direção para pegar a mão que ele me oferecia.

Embora meu ornato de cabeça fosse leve, os trajes não eram. Mas não reclamei. Não estragaria o dia de Eduardo.

As damas da corte sorriam com afetação diante de minha vestimenta enquanto andávamos para entrar em formação para o desfile, mas seus olhos eram frios. Elas seguiam atrás de mim, todas vestidas com tecido prateado, com véus simples, também ornados com fios de prata, à frente de cavalos montados por seus senhores, igualmente vestidos em prata. As únicas joias que portavam eram pérolas. O luar morno como um rastro de minha chamejante glória.

Nosso desfile passaria pelo bairro londrino de Cheapside, não muito longe de onde eu crescera. Eu, dourada, e a trilha de cortesãos prateados atrás de mim mantínhamos uma boa distância de Eduardo, que, embora quisesse um puro garanhão branco, fora persuadido a seguir numa carruagem dourada também, de forma que pudesse guardar forças para a cavalgada cerimonial que daria início aos torneios. Uma multidão agitada saudava seu rei, mas, quando ele passava e todos os olhos se voltavam para minha carruagem, a efusão diminuía. Nunca me esquecerei de seus olhos, primeiramente assustados, em seguida estupefatos, em seguida chocados e rapidamente indignados, os murmúrios de protesto dando lugar à zombaria.

— Prostituta! — gritavam para mim. — Meretriz!

Embora fizesse um sol quente, eu estava enregelada até os ossos. Os londrinos não me viam como um símbolo da glória da Inglaterra, mas como a usurpadora de sua amada rainha Filipa. Eu era a prova que confirmava a suspeita de que as fortunas da guerra haviam sido esbanjadas nos excessos da corte, na obsessão de um rei velho por sua amante jovem, gananciosa e plebeia. Embora com rosto ardendo de vergonha, mantive-me empertigada e de cabeça erguida. Mas eu sabia que aquela carruagem não era lugar para mim.

Durante toda a semana de festividades, eu me sentia ameaçada em qualquer lugar em que passasse por multidões de plebeus. Ninguém me tocava; não era preciso. Eu definhava ante o ódio em seus olhos.

— Rezo para que você se lembre destes dias gloriosos com prazer, Alice, e se lembre do nosso amor — disse Eduardo quando assistíamos a uma justa.

Apertei sua mão e dirigi a ele o meu sorriso mais caloroso, mais feliz, pois não o via num estado de espírito tão iluminado havia muito tempo. Não me permiti dizer a ele como a alegria que eu sentia era pouca. O fato de ele não compreender que havia me colocado em posição alta demais, proclamando-me a primeira de todas, refletia sua mente em declínio, sua incapacidade cada vez mais frequente em distinguir entre o que ele sonhava fazer e o que era um comportamento aceitável para um rei.

Eu tinha medo de que Eduardo não se desse conta da disposição perigosa da multidão ao deparar-se com sua extravagância. Ele pensava que os enganaria com aquela aparência de ser ainda o Rei Sol, o guerreiro glorioso, o monarca jovem e cheio de vitalidade, tendo ao lado sua rainha jovem e também cheia de vitalidade. A ilusão fracassara, exatamente como eu temia.

A princesa Joana deixara-me preocupada certa vez ao observar que eu estava parecendo uma rainha. Geoffrey avisara-me de que o povo ficara chocado por eu ter usado as joias de Filipa. Mas aquilo... aquilo excedia a tudo em arrogância. Eu lembrava-me também de ele ter me advertido, muito tempo antes, de que alguns caem presas da própria fraqueza, vítimas da adulação e da ostentação.

Mas quando tive eu a escolha de ser diferente do que fui?

QUANDO NOS RETIRAMOS do salão de jantar, no dia seguinte aos torneios, Eduardo e eu escutamos um jovem clérigo recitar a uma bela criada os nomes de que os londrinos haviam me chamado. Eduardo virou a cabeça rapidamente. Agarrei seu cotovelo e chamei seu pajem.

— Caluniador! Traidor! — gritou Eduardo, que, com sua antiga força, livrou-se de mim e golpeou o clérigo no ouvido. Eu jamais o vira agredir assim um de seus vassalos.

O bispo Wykeham e Richard Stury se interpuseram rapidamente entre eles, Stury pegando no braço do clérigo lamurioso enquanto Wykeham admoestava o tolo rapaz numa voz que tranquilizou a todos os cortesãos que se aproximavam.

— Venha, Vossa Graça. Deixemos a plebe com seu falatório — murmurei, enquanto éramos cercados por guardas que nos acompanharam até as dependências do rei.

Quando já nos encontrávamos em segurança atrás das portas fechadas, Eduardo beijou minhas mãos e em seguida tomou-me em seus braços trêmulos.

— Eles não a conhecem, Alice, por isso a tratam tão mal.

— Tudo de que necessito é o seu amor — sussurrei, sentindo sua agitação.

Ele se recolheu na cama por vários dias depois do incidente.

— Preciso deixar a corte — comentei com Geoffrey.

— Talvez ir para Fair Meadow — disse ele. — A cidade é o pior lugar para você. O povo diz que foi você quem insistiu em desfilar como a rainha de Eduardo.

Nenhum paladino me defendera, pois ninguém, exceto o rei, poderia fazê-lo, e ele estava incapacitado, aquém do poder de lidar e de se importar com a ira da multidão.

No fim, permaneci ao seu lado, por insistência dele, embora me sentisse uma leprosa na corte, todos os olhos observando-me, julgando-me, todos evitando contato comigo. Joana concordou que fora uma escolha perigosa fazer de mim a primeira de todas as damas e exibir-me em trajes muito mais magníficos que os de figuras superiores a mim, embora não houvesse nem tentado dissuadi-lo dessa loucura antes de sua concretização. Perguntava-me agora se ela simplesmente não fingia ser minha amiga.

No final do verão, um bando assaltou meu solar de Finningley, em Nottinghamshire, roubando parte do gado e mutilando ou deixando fugir o resto, destruindo as plantações em sua debandada e tomando meus serviçais e inquilinos como reféns até que eles fizessem um juramento de abandonar o meu serviço. A violência do ataque chocou-me. Pensei que se não reagisse com energia eles se sentiriam livres para repetir a ação. Na verdade, eu queria vingança. Mas Wykeham aconselhou-me a investigar o incidente sem chamar muita atenção para ele. Enviei Robert e Richard Lyons para cuidar do assunto e avaliar os estragos.

Eduardo começou a sofrer de males físicos com mais frequência e desenvolveu pústulas doloridas. A princípio tememos que fossem erupções da peste, mas os médicos tinham certeza de que eram causadas por algo em sua dieta e por sua constante agitação de espírito. O fato de terem permanecido ao seu lado, cuidando dele, tranquilizou-me muito mais do que suas palavras. Depois de uma visita em que Bel se revelou uma presença tranquilizadora, Eduardo perguntava repetidamente por ela, e, com a permissão de sua abadessa, passei a contar com seu auxílio durante as longas vigílias nas dependências do rei. Também eu encontrei nela um grande consolo.

À medida que meu amado sucumbia ao peso da idade e das doenças, eu me sentia cada vez mais impotente em minhas tentativas de trazê-lo de volta ao presente, à lucidez. As contas de meu terço e a costura mantinham minhas mãos ocupadas quando eu estava com ele, e, quando longe, eu ajoelhava-me na capela ou cavalgava até a exaustão, ofertando minhas lágrimas como sacrifício ao vento, como se acreditasse que o ar, fundido à minha essência, pudesse infiltrar-se em Eduardo e salvá-lo. Eu o queria de volta comigo. Queria que nossas vidas voltassem a ser o que haviam sido.

Minha doce Bel foi meu auxílio e minha alegria naqueles dias sombrios. Quando Eduardo dormia, ela e eu ficávamos sentadas em meu quarto falando sobre ele. Bel queria saber tudo sobre os anos que passáramos juntos, as alegrias que tivéramos. Ela perguntava sobre o pai também. Eu sempre hesitara em contar-lhe a história da lealdade dos Perrers à rainha viúva e a tragédia que disso resultara, temendo que ela pudesse odiar Eduardo pela parte que a mãe dele tivera naquilo e também me culpar por estar com ele. Aquela me pareceu ser a hora certa de lhe contar tudo. Prolonguei a história por uma sequência de várias noites. Seu comportamento em relação a mim mudou subitamente durante aqueles dias. Ela era atenta, curiosa e, por fim, solidária.

Quando terminei a narrativa, Bel estendeu as mãos para mim, colocando uma em cada lado de meu rosto, e segurou-me delicadamente, olhando bem fundo em meus olhos. Depois de um instante, ela beijou minha testa. Parecia tanto uma bênção como uma absolvição.

— Eu ia dizer que não sabia como você era infeliz, mas isso não seria verdade. Sempre pressenti uma tristeza inexprimível sob a sua alegria — afirmou ela. — Por que nunca me contou tudo?

— Não queria que você crescesse sob o peso disso — falei. — Quando vi que você estava assustada vivendo no serviço da rainha Joana, decidi jamais mandá-la de volta, fazendo tudo que estivesse ao meu alcance para dar-lhe a felicidade que Janyn e eu desejávamos para você.

Bel baixou a cabeça por um momento, o véu de seu hábito escondendo seu rosto de mim. Receei que estivesse chorando, e minha antiga culpa se reacendeu. Embora não tivesse escolha na época, eu sentia que deveria ter insistido para vê-la com mais frequência. Mas quando minha filha levantou os olhos, havia recuperado a tranquilidade.

— Na verdade, eu tenho algumas boas lembranças do tempo que vivi lá. Poucas incluem a rainha Joana, não porque ela fosse desagradável ou atemorizante, mas simplesmente porque ela não se aproximava de seus protegidos. Os criados da casa tomavam conta de nós, e a maior parte deles era gentil. Nenhum mal me adveio de ter estado lá, exceto por eu sentir saudades suas e de meu pai.

Mais tarde, quando estávamos deitadas lado a lado em minha grande cama, ela disse:

— Era sempre doloroso estar separada da senhora. Eu tinha medo de que a senhora desaparecesse, como desapareceram meu pai e minha avó Tommasa.

— Errei, então, ao não contar nada a você?

Ela se virou na cama e me beijou no rosto.

— É provável que tenha sido melhor esperar até que o rei estivesse assim tão doente, pois agora não encontro um meio de meu coração condená-lo.

Senti coragem para abordar meus temores sobre sua vocação. Ela agora era madame Isabel — fizera os votos aos 15 anos.

— Você escolheu fazer os votos religiosos por causa de minha relação com Eduardo? — indaguei.

— Não, mãe, já lhe disse isso muitas e muitas vezes: eu recebi o chamado, e não tenho arrependimentos.

Minha filha tornara-se não apenas sensata, piedosa e bela, mas também compassiva. Eu era grata por isso e tinha imenso orgulho dela.

— O que vai fazer quando Sua Graça partir? — perguntou-me ela.

— Não gosto de pensar nisso, Bel. Vou me permitir sofrer por um tempo; por Janyn e por Eduardo.

Minha filha aconchegou-se mais a mim e envolveu-me com o braço, como se quisesse me proteger.

— Que Deus lhe conceda a paz, depois de tudo isso.

Eu rezava pela mesma coisa, mas não ousava ter muitas esperanças.

Acredito que Bel tenha falado com os médicos do rei, pois, sem que eu dissesse nada quanto a estar exausta ou com o coração pesado, eles vieram ter comigo em grupo, sugerindo que eu me afastasse por algum tempo da cabeceira de Eduardo. Resisti à ideia a princípio, mas Bel convenceu-me de que eu retornaria com o coração mais leve, o que faria bem tanto a ele quanto a mim.

DEPOIS DE ALGUNS dias de descanso em minha casa de Londres, convidei Robert e Richard para discutirmos os reparos a serem feitos em Finningley e as compensações a serem pagas àqueles que haviam sido feridos ou aprisionados durante o ataque. Robert falou com confiança que acertaria tudo, mas havia reserva em sua expressão. Quando terminou, ele e Richard trocaram um olhar. Richard acenou com a cabeça e sentou-se mais para a frente, tomando a palavra.

— Uma parte daqueles que trabalhavam em Finningley deseja deixar o seu serviço — disse ele. — Alguns têm medo de futuras represálias, e outros passaram a acreditar nas mentiras que os homens que os atacaram contaram a seu respeito.

Quanto ao primeiro caso, eu imaginara que poderia acontecer, mas aquele segundo fator me surpreendeu, pois eu tinha orgulho de ser uma proprietária cuidadosa e compreensiva.

— Que tipo de mentiras? Pode me dizer, Richard, não sou assim tão frágil, e é melhor que eu saiba o que falam de mim.

Robert interrompeu-me:

— Alice, talvez...

Balancei a cabeça para ele em negativa.

— Continue, Richard.

Era uma lista longa e variada. Eu enfeitiçara o rei e trocara seus conselheiros, colocando em seu lugar meus sócios e amantes. Eu impedira seus sábios conselheiros de o verem. Enfraquecera sua virilidade com tanta fornicação. Era culpada pelo preço alto dos gêneros alimentícios, pela perda da Aquitânia e até mesmo pela doença debilitante do príncipe.

— Santo Deus, eles acreditam que eu seja uma bruxa!

Richard tomou minhas mãos e esperou até que eu o olhasse nos olhos.

— Você vai superar isso, minha amiga. Nós trataremos de garantir que sim.

Eu não via como, mas fiquei comovida com sua lealdade e amor. Agradeci-lhes e retirei-me para o meu quarto, onde me ajoelhei e pedi a Deus que Eduardo recuperasse a saúde o suficiente para que eu tivesse tempo de me redimir, de alguma maneira, aos olhos do povo. Tolas preces.

UMA NOITE, EM Londres, depois que as crianças tinham ido se deitar, Robert encontrou-me chorando em silêncio junto ao fogo quase extinto no salão. Ele sentou-se ao meu lado no banco e colocou o braço em torno de mim. Pousei a cabeça em seu ombro e respirei fundo, estremecendo a cada vez que inspirava. Com a mão livre, ele acariciou meu cabelo, e não sei se foi ele mesmo que pronunciou as palavras ou se apenas as adivinhei pela batida de seu coração, mas ouvi-o afirmar que ficaria tudo bem, que Eduardo não poderia ter encontrado uma companheira mais amorosa em seus últimos anos de vida, que eu ainda era jovem e reencontraria o amor. Senti meu corpo e minha mente livres da dor por um instante.

Quando eu já respirava com facilidade, Robert retirou o braço e se levantou.

— Venha — disse ele —, Gwen a espera lá em cima. — E ofereceu-me a mão.

Levantei-me amparada por ele.

— Deus estava olhando por meu bem-estar quando o colocou em minha vida, Robert — murmurei. — Você é meu consolo e minha âncora.

Eduardo já o fora para mim um dia, mas aquele tempo já passara havia muito. Eu permanecia atada a ele pelas cordas da memória e pelas exigências de seus filhos. Mas era Robert que eu desejava ter comigo agora. De tanto depender dele, de tanto confiar nele, eu terminara por amá-lo.

— Sempre estarei aqui, para dar-lhe consolo e apoio — prometeu-me ele.

17

*Meus senhores, relatamo-lhes, e a todo o conselho do Parlamento,
vários excessos e extorsões cometidos por várias pessoas, e nada
há que possamos fazer a respeito; tampouco há alguém próximo
ao rei que deseje dizer-lhe a verdade, ou aconselhá-lo de maneira
leal e útil, mas há sempre quem esteja disposto a escarnecer, a
zombar e a agir em proveito próprio; dizemos então aos senhores
que nada mais falaremos até que todos aqueles que estão próximos ao rei, homens falsos e maus conselheiros, sejam afastados e
banidos de sua presença; e até que nosso senhor o rei designe como
novos membros de seu conselho homens que não se esquivem de
dizer a verdade e que se disponham a levar adiante as reformas.*

— PETER DE LA MARE, falando em nome dos comuns,
no Bom Parlamento de 1376 (transcrito de Chris Given-Wilson)

• 1375 a 1376 •

ENQUANTO DURARAM AS ENFERMIDADES de Eduardo eu permaneci
ao seu lado, às vezes chamando Joana e Jane para irem ver-me, pois
em sua companhia eu encontrava consolo. Reanimava-me o espírito ver
os palácios em que vivíamos através dos olhos curiosos de minhas filhas,
ouvir seus risos e gritos de alegria ecoando pelos corredores ou flutuando
pelo ar janelas afora. Meus docinhos tratavam-me com afeto, mas eram
cautelosas com o pai, que parecia cada vez mais convicto de serem elas
filhas de outro homem.

Mas Eduardo nunca esqueceu que João era nosso filho. Nos torneios
de Smithfield, João fora calorosamente afetuoso com o pai. Comigo, ao
contrário, embora falasse educadamente, não demonstrara qualquer afei-

ção maior. Era natural que ele estivesse muito impressionado com seu pai, o rei da Inglaterra, assim como muito orgulhoso dele, e era igualmente natural que um menino fosse mais próximo do pai do que da mãe, mas eu tinha esperanças de que ele se lembraria de como gostava de descansar comigo e de ouvir as histórias que eu inventava para ele naquelas tardes preguiçosas. Desde que João se fora para a casa dos Percy, eu o vira apenas em ocasiões oficiais ou no Natal, e aos poucos ele havia se distanciado de mim. Embora os amigos me assegurassem que assim acontecia com os meninos, eu temia que o clã dos Percy o estivesse envenenando contra mim, e rezava para estar enganada. Ele se tornava um belo jovem, muito parecido com o pai. Eduardo, certa vez, orgulhosamente o colocara junto a seus tios, tias e primos, declarando:

— Inegavelmente um Plantageneta, hã?

Geoffrey entendia meus sentimentos, mas lembrava-me delicadamente de que não era uma honra qualquer o rei ser tão orgulhoso de nosso filho.

— E é verdade o que ouvi, que ele ficará noivo de Mary Percy?

— É verdade.

Eduardo tinha essa ideia em mente havia muito tempo, é claro, mas agora eu confidenciava a Geoffrey que ficara surpresa por Henry Percy haver concordado tão prontamente com aquele noivado.

— Você não parece contente.

— Eu teria sido uma estúpida se rejeitasse a proposta, pois esse casamento elevará meu filho a uma posição muito mais alta do que eu esperava ser possível. Só que eu não gosto de Mary. — Estando sob minha guarda, ela agora vivia em minha casa, como uma de minhas filhas, assim como João vivia com os Percy mais jovens. — Ela é uma criança teimosa, malvada e sem imaginação.

— Ela ainda é muito nova. Com certeza você poderá exercer boa influência sobre ela, já que está sob seus cuidados, não?

— Tudo que posso fazer é rezar, embora ela deixe muito claro que nos considera inferiores.

Mais um problema com aquele casamento. E *ambos* eram novos ainda, novos demais para estarem tão comprometidos.

Eu também não gostava do fato de Henry Percy ser um dos mais leais apoiadores de João, duque de Lancaster. Cada vez mais eu tinha a impressão de que toda a minha vida estava sendo manipulada por Lancaster com algum propósito obscuro. Eu me lembrava de seu alerta, de que eu necessitaria de proteção quando Eduardo morresse, e do alerta de Eduardo quanto a William Wyndsor ser um dos homens de confiança de João. Eu imaginava que o casamento de meu filho com uma Percy talvez fizesse parte desse esquema, mas não confiava no clã. Que tipo de proteção aquele casamento traria? E para quem?

O duque continuava a prometer que ele e o príncipe Eduardo garantiriam que meus filhos e eu estaríamos a salvo de qualquer mal e que, após a morte de seu pai, eu estaria livre para me retirar da corte e ir para minhas propriedades, vivendo em paz e conforto. Era a repetição contínua dessa promessa que me preocupava. E a percepção de que todos aqueles que cruzavam meu caminho estavam tão fortemente ligados a Lancaster.

EM MAIO DO 49° ano do reinado de Eduardo ele abordaria uma vez mais o Parlamento, requisitando fundos para guerra. Não apenas ele precisava pagar os empréstimos que tomara para sua tentativa fracassada de cruzar o Canal e para refazer a esquadra perdida em La Rochelle, como também inexplicavelmente recomeçara a acreditar que a Coroa da França estava ao seu alcance, sonhando com uma nova campanha do outro lado do Canal.

— Dessa vez os derrotaremos, hein, Eduardo?

O príncipe e seu irmão, o duque, trocaram olhares intranquilos.

— Nada tema, minha doce Alice — sussurrava Joana. — Nenhum dos dois aguentaria montar um cavalo até Portsmouth. Eles sequer têm uma esquadra!

Suas palavras eram um ínfimo consolo, pois assinalavam a ilusão de meu amado. Todos que ouviam seus planos certamente se espantavam com sua loucura.

Nas semanas que antecederam a reunião com o Parlamento, ele estava com a saúde muito melhor, as pústulas tendo finalmente sumido e os episódios de confusão e fraqueza, amenizado. Refugiamo-nos em King's Langley no final de abril para um breve repouso, após a Festa de São Jorge e antes do ordálio com o Parlamento. Eduardo voltara a cavalgar e a exercer a falcoaria, embora sabiamente declinasse convites para caçar, atividade que exigia vigor demais para sua idade. Mesmo com essa sua sensata precaução, porém, eu não me sentia sossegada, consciente que estava de que toda aquela confusão e fraqueza poderiam voltar a qualquer momento. Seu amor era tanto uma bênção como uma maldição, já que eu só vivia para ele, para mantê-lo contente e calmo.

O pedido que fiz de, durante as sessões do Parlamento, ir para Gaynes, meu solar próximo a Havering, perturbou-o. Ele não me queria longe de si por tanto tempo.

— Preciso de você, Alice. Você me completa.

Mantínhamos um ao outro de pé. Eu também sentia que nos movíamos como um só quando estávamos juntos; esforçara-me muito para me tornar capaz de antecipar suas necessidades. O fato de ele acreditar que isso era um desenvolvimento natural de nosso amor mútuo era uma bênção, e assegurava o sucesso do esquema de seus filhos para ocultar dos vassalos a seriedade de sua condição. Mas eu desejava ardentemente um pouco de paz, um pouco de liberdade.

Soltei-me de seus braços por um momento, acariciando seu rosto esquálido com as costas da mão e beijando-o na testa.

— Quanto tempo poderiam levar essas sessões do Parlamento, meu amor? Não mais que um mês, com certeza. Não seria uma separação assim tão longa.

Naquela noite dormimos nus, juntos, um explorando afetuosamente o familiar e amado corpo do outro. Massageei suas juntas e sua virilha com óleo. Ele explorou-me com a língua e com os dedos até que eu gemesse, num alívio agridoce. Como aquela noite foi diferente das que tivemos em nossos primeiros anos juntos. Na verdade, em certo sentido havia mais amor no que fazíamos agora do que jamais contivera nossa luxúria, pois apenas buscávamos dar prazer ao outro, e não a nós mesmos.

Afinal ele concordou com meu plano, e, apesar de não explicar por que concluíra a favor de meus argumentos, suas exortações para que eu partisse imediatamente para Gaynes convenceram-me de que ele também ouvira rumores de que haveria problemas, e que os achara plausíveis.

Esse período de ansiedade viria apenas a piorar. Richard Lyons foi procurar-me, depois de um encontro com Eduardo, para me avisar que um dos barões mais poderosos de então, o conde de Pembroke, estava fomentando a ira entre os comuns contra o que ele denominava o "partido da corte", aqueles de nós que haviam protegido Eduardo de fofocas durante seus episódios de fraqueza. Certamente que poucos sabiam dos motivos pelos quais servíramos de escudo para o rei. Ali estava a censura pública que eu temera por tanto tempo. E não representava um consolo para mim que até mesmo Lancaster fosse suspeito de apoiar o "partido da corte".

A beleza do jardim de primavera de King's Langley pareceu-me desbotar.

— Aguardarei em Gaynes enquanto o Parlamento se reúne. Será bom estar livre da corte. — Procurei parecer determinada. — Talvez Henry Percy permita que meu filho fique em minha casa por algum tempo.

— Não conte com isso. Eu não sei dizer quais barões estão do lado de Pembroke. Ou de Mortimer, conde de March.

Eu tinha minhas próprias razões para ficar aterrorizada diante de qualquer menção à família Mortimer. Embora Eduardo houvesse optado por nunca me contar *quem* perseguira Janyn e Tommasa pelo segredo que eles mantinham em nome da rainha viúva, eu sempre suspeitara do óbvio — dos Mortimer, que, assim, seriam elevados à condição de pretendentes à Coroa. Eles eram poderosos, como William Wyndsor pudera testemunhar na Irlanda, mas não tão poderosos quanto seriam se estivessem de posse de um filho bastardo de Roger Mortimer com a rainha Isabel. Contudo, até onde eu sabia, Richard não tinha ciência de nada disso, de forma que eu me espantei — e temi — a menção a Mortimer.

— Por que eu deveria me preocupar com o conde de March? — indaguei. — Ele foi criado por Wykeham. Duvido que seja meu inimigo.

— Ele não se encontra mais sob a orientação do bispo, Alice. Você sabe que eles estão furiosos com Wyndsor por causa da mão pesada com que ele governa a Irlanda. O conde de March e seu amigos, que deveriam ser os seus aliados contra os comuns, não a verão com gentileza. — Richard jamais mencionara William comigo. Agora ele me observava com interesse, aparentemente curioso para ver como eu reagiria.

— Por que razão eles me ligariam a William?

— Não é verdade que você se casará com ele após a morte do rei? Uma mão gelada agarrou meu coração.

— Não! — gritei, como se tentasse afastar uma maldição.

— Ah. Eu bem que estranhei essa ideia.

— Quem disse isso?

— Wyndsor. Quando nos encontramos para assinar um contrato de negócios. Ele estava insuportavelmente arrogante.

— Eu nunca me casarei com ele. Nunca!

— Você sabe que Wyndsor estará de volta em breve, não sabe? Nicholas Dagworth presidirá a investigação de seus atos.

— Dagworth? Mas ele é o mais encarniçado inimigo de William. Sua Graça sabe disso.

Eu tinha motivos para condenar William, mas ainda acreditava que ele tentara lealmente cumprir a lei na Irlanda, a fim de ajudar Eduardo com os fundos para a guerra.

Com um dar de ombros, Richard disse:

— Foi o que ouvi dizer.

MEU FIEL ROBERT liderou nossa pequena comitiva ao partirmos de King's Langley rumo a Gaynes, em Upminster, no início de maio. Antecipando minhas necessidades, como sempre fazia, ele já buscara Joana e Jane na casa de minha irmã em Londres. Minhas meninas encheram de alegria nossa viagem pelo Tâmisa naquela tarde de primavera. Meu filho João chegara no início da tarde para passar duas semanas conosco; Henry Percy não me desamparara. Sentia-me abençoada e consolada pela presença de meus filhos, de Gwen e de Robert.

Eu passara a dar preferência a Gaynes, em detrimento até mesmo de Fair Meadow. Era uma casa linda, com janelas que capturavam toda a melhor luz do dia e proporcionavam as melhores vistas dos bosques e campinas em torno. Pedi a Deus que a violência não destruísse a calma daquele lugar, como fizera em Finningley. Até mesmo meu filho João se rendeu ao clima de paz, retomando sua antiga personalidade amorosa e dedicada, sendo uma alegria para suas irmãs e um grande conforto para mim. Ainda considero um dos momentos mais preciosos da minha vida o dia em que ele me perguntou se poderia descansar comigo à tarde, como fazíamos anos antes.

No entanto, ainda que eu me sentisse muito reconfortada na companhia de meus filhos e por estar em Gaynes, durante aquela temporada eu frequentemente voltava a mergulhar na ansiedade, na tristeza e no medo. Desde o princípio, aquele Parlamento estava ávido de sangue — tanto o de William Latimer, João Neville e Richard Stury, como membros que eram da comitiva real, quanto o de Richard Lyons, como financiador; todos eram apontados junto aos comuns como aqueles que teriam feito uso fraudulento do poder para encher seus cofres pessoais.

Parece que um dos homens de Pembroke, Peter de la Mare, teria se aproximado da liderança dos comuns para fazer com que suas reclamações fossem adiante. Embora o príncipe Eduardo, que se opunha firmemente a ceder qualquer terreno aos comuns, estivesse presente na abertura dos procedimentos, ele estava tão enfermo que acabou por se retirar imediatamente depois disso.

Fiquei aterrorizada, temendo que logo a condenação pública se voltaria para mim. Como desejei ter simulado um mal-estar para não desfilar como a Senhora do Sol! Eu poderia perder tudo agora. Poderia perder os dotes de minhas filhas.

A reprovação pairava no ar. Trabalhando no jardim de Gaynes, eu interpretava o canto dos pássaros como uma repreensão. Cavalgando com Robert ou meus filhos, escutava uma litania de meus pecados nas batidas dos cascos de meus animais. Por mais que minha família e meus amigos tentassem distrair-me com atividades prazerosas, eu me sentia como alguém que estivesse em contínuo exame de consciência como preparação para o sacramento da confissão, cada vez mais amedrontada ao imaginar o momento de confrontar o confessor.

Enquanto observava Joana e Jane brincando no jardim, eu lia as missivas de Geoffrey e de meu irmão John. A voz impressionantemente imperiosa de Joana instruindo Jane nas instáveis regras dos jogos subitamente gritava em minha mente novas notícias aterrorizantes.

Os comuns alegavam que os empréstimos do "círculo da corte" eram majoritariamente criminosos, defraudando a Coroa de enormes somas que passavam a lhes ser devidas. Em suma, era como se tivéssemos lucrado com os problemas financeiros de Eduardo. Eles alegavam que, em sua decrepitude, o rei fora induzido ao erro, e que o controlávamos — convenientemente esquecendo os braços fortes e o íntimo envolvimento do príncipe Eduardo e do duque de Lancaster.

As acusações contra Richard Lyons preocupavam-me tanto por ele quanto por mim. Era verdade que ele se beneficiara das dificuldades financeiras de Eduardo, mas fora sua habilidade nos investimentos que atraíra a atenção do rei e o inspirara a usá-lo como um membro extraoficial de seu conselho. Fora Richard que ensinara, não apenas a mim mas também a todos os cortesãos que agora eram acusados, a comprar títulos de dívida de Eduardo por uma taxa baixa e depois negociar pagamentos mais baratos com os credores dos empréstimos. Com o tempo, os credores se tornaram menos exigentes. Peter de la Mare estava dando voz a tais mágoas. Pior que isso, Richard era um estrangeiro, um flamengo, de nascimento humilde bastardo; irritava particularmente aos londrinos que um homem daqueles merecesse a confiança do rei a ponto de ser nomeado administrador do tesouro real e tivesse uma função civil tão elevada na cidade.

Richard e eu fôramos alçados bem além do que nossas origens normalmente permitiriam, intrusos numa classe a que não pertencíamos, desfrutando fraudulentamente os favores do rei. Eu recordava os olhares irritados e incrédulos enquanto avançava por Cheapside vestida de ouro. Meu Deus, onde Eduardo estava com a cabeça? Os comuns odiavam tanto a Richard quanto a mim.

Aprendi muito a respeito de coisas que antes ignorava, e vi que seria impossível convencer qualquer pessoa de que eu não tomara parte de um indigno complô, pois eu não era completamente inocente. Eu aceitara os presentes de Eduardo e os usara para comprar tudo aquilo que, segundo eu imaginava, poderia trazer-me segurança.

Meu irmão John arriscou-se a nos visitar em Gaynes. Sentamo-nos às janelas de meu quarto e conversamos.

— Os comuns consideram condenável a estatura de Richard Stury na corte. Reprovam-no pelos cargos, terras, missões e casamentos com os quais o rei o recompensou, embora não saibam o que deve ser feito para remediar a situação.

— Até Stury? — perguntei-me em voz alta. — Poucas pessoas inspiram no rei mais confiança que ele. Stury demonstrou sua lealdade e seu merecimento por 15 anos ou mais.

Os comuns consideravam a benevolência e a gratidão de Eduardo pelos seus serviços como fraqueza de sua parte. Aparentemente haviam esquecido que todas as propriedades no reino eram dádivas do rei e que todos os governantes usavam tais dádivas para recompensar a lealdade de terceiros — pelo menos fora isso o que Eduardo me dissera. Percebi agora que eu me tornara culpada aos olhos dos outros ao aceitar presentes dados por amor.

Peguei o porta-joias em que eu guardava os presentes mais queridos que eu recebera de Eduardo, a maioria pérolas, incluindo o pente com lápis-lazúli que ele colocara em meus cabelos tantos anos antes, mas também o anel de rubi e o broche que ele me dera na noite em que eu lhe contara que esperava nosso primeiro filho.

— Você levaria isto e guardaria para mim, John? Tenho muito apreço por elas.

Não lhe dei tudo; se viessem atrás de minhas joias, encontrariam as mais caras e então não procurariam mais.

Foi inquietante ver como meu irmão se parecia com meu pai naquele momento, o vinco entre os olhos, o maxilar contraído. Mas os ombros de John não desabavam como os de meu pai durante uma ocasião crítica. Ele pegou o pequeno porta-joias.

— Estou feliz por poder ajudá-la, Alice. Tudo o que tem a fazer é pedir.

No final de maio, foram dadas ordens de confisco de todos os bens de Richard e de outros negociantes implicados. Dizia-se que Richard oferecera um presente ao príncipe em troca de proteção, mas que fora rechaçado. O príncipe Eduardo também repreendeu Stury por suavizar as informações que transmitia diariamente ao rei acerca dos procedimentos parlamenta-res. Eu tinha certeza de que Stury queria apenas poupá-lo, mas o príncipe, sofrendo em demasia em função de sua saúde e sendo incapaz de segurar a língua, não considerou como o Parlamento interpretaria sua fúria. As paredes tinham ouvidos, ao que parecia. Precisávamos tomar cuidado com cada palavra.

Tudo aconteceu tão rápido que eu senti como se mal conseguisse respirar. Era como se o veneno guardado por anos nos corações e nas mentes das pessoas se expandisse todo de uma vez. Tive a impressão de que mal soubera do confisco sofrido por Richard quando chegou até mim a terrível notícia de que o príncipe Eduardo estava gravemente enfermo. Seus médicos acreditavam que ele morreria em poucos dias. O príncipe convocou-me com a intenção de que eu reafirmasse o juramento de prote-ger seu pai nos momentos de fraqueza, afastando os olhares daqueles que pudessem ridicularizá-lo e exigir sua abdicação. Meu irmão aconselhou-me a ficar longe dele, mas eu queria ir. John não compreendia, nem poderia compreender, meu papel na corte.

Enquanto eu procurava uma barcaça, soube que João Neville já não era mais o administrador do serviço real. Até mesmo o membro de uma família poderosa poderia cair, ao que parecia. Robert e Gwen insistiram em que eu desistisse de ir a Westminster. O medo nos seus rostos espelhava o meu próprio. Mas ainda havia dentro de mim a esperança de que, ao atender ao chamado do príncipe, eu o inspiraria a continuar a me apoiar.

— Mas se ele estiver morrendo? — perguntou Robert. — Como poderá ajudá-la então?

Eu nunca ouvira tamanho medo em sua voz. Minhas mãos estavam suadas, pegajosas de terror.

— Robert, eu preciso tentar. Por Joana e Jane. — O dote de Bel estava a salvo em Barking. — Por Sua Graça.

— Você não precisa dele. De nenhum deles. Eu cuidarei de você e de suas filhas, Alice, prometo-lhe.

Guardei aquela promessa em meu coração, mas não podia ainda ouvi-la e aceitá-la. Eu me sentia atada a Eduardo e sua família, apesar da sensação de haver uma traição em curso.

Cheguei sob a proteção da escuridão na véspera do Domingo da Santíssima Trindade, a festa mais importante para o príncipe Eduardo. Fui levada aos aposentos do rei e fiquei muito abalada ao ver como ele parecia perdido. Passei toda a noite abraçada a ele, cantando suas cantigas preferidas, enquanto ele chorava pelo filho. Soube então que Robert tinha razão: a morte habitava o palácio.

O príncipe morreu no dia seguinte, sem nem se lembrar de ter me convocado. Senti-me fria e entorpecida. Mas quando Eduardo voltou do leito de morte de seu herdeiro, parecendo ele próprio próximo do fim, de tão pálido e encovado que estava, eu soube que era a vontade de Deus que eu estivesse ali naquele momento, cuidando dele.

— Meu herdeiro agora não é mais que uma criança, Alice. Lá estava o pequeno Ricardo, tão pequeno, os olhos grandes demais para seu rosto tão doce. Os barões irão devorá-lo.

— Meu amor, meu amor, você ainda tem muitos anos felizes à sua frente antes que o pequeno Ricardo tome o seu lugar.

Eduardo alcançou seu chapéu de veludo e o fez deslizar para a lateral da cabeça, inclinando-o, mas depois o deixou cair no chão, como se o esforço de levantá-lo e colocá-lo sobre a mesa à sua frente fosse demais para ele. Seus cabelos brancos agora pendiam escassos e finos, a calva mais visível que o normal, o couro cabeludo vermelho devido ao esforço da caminhada.

— Deixe-me despir você e refrescá-lo com panos imersos em água de cheiro.

Ele suspirou e levantou os braços, permitindo que eu tirasse suas roupas

Enquanto eu lavava seu corpo e depois o esfregava com óleos relaxantes, Eduardo resmungava sobre o Parlamento, reclamando que haviam lhe roubado Neville. Seu corpo parecia diferente, diminuído, como se uma parte de sua alma tivesse morrido junto com seu filho. Tentei guiar seus pensamentos para outros assuntos, fazê-lo tecer planos de um interlúdio de verão em King's Langley ou Havering. Mas ele insistia em retornar ao comportamento ultrajante e insultuoso do Parlamento. Posteriormente, Eduardo voltou a ficar agitado ao pensar nos perigos de ter um herdeiro tão jovem.

— Graças a Deus ninguém nunca teve notícia de meu meio-irmão. Um Mortimer no trono? Nunca!

— Meu amado, você tem filhos legítimos suficientes. Ninguém pensaria em colocar seu irmão bastardo no trono. — Na verdade, pelo que eu conseguira saber, pouquíssimos haviam tido qualquer notícia daquela criança. — Jamais fale sobre ele. Nunca. Cuide para não mencioná-lo quando houver gente por perto. — Certamente o julgariam louco.

— Você não tem confiança em mim, Alice? — Eduardo, repentinamente lúcido, encarava-me.

— Sempre terei, meu amor.

Eu sabia o meu papel. Precisava concentrar-me em seu estado de espírito, não deixá-lo perceber que eu sabia de sua condição frágil e assustada.

A PRINCESA JOANA bebeu conosco aquela noite, nos aposentos de Eduardo, basicamente vinho. Recém-viúva, ela parecia quase tão patética quanto seu sogro; meu coração doeu por ela. Ela havia amado muito o príncipe, com ele havia partilhado muitos sonhos. Joana teria sido rainha da Inglaterra.

— É uma maldição sobreviver a dois maridos adorados.

Ela suspirou sobre sua caneca, depois jogou a cabeça para trás e tomou tudo de uma vez. Um serviçal avançou para repor o vinho.

— Você ficará indisposta de tanto beber numa noite quente como esta — adverti-a.

— Esta noite, Alice, não encontrarei consolo, com ou sem bebida. Não faz diferença. -- Ela balançou a cabeça, as joias em sua *crispinette* brilhando à luz das velas. Seu cabelo dourado estava embotado de mechas brancas. Esse pequeno sinal de descuido revelou-me que ela sabia ser iminente a morte do marido: Joana havia negligenciado o regime de loções e banhos de sol que mantinham seus cabelos dourados. Subitamente ela plantou o cotovelo na mesa e apontou o dedo para mim, encarando-me, o foco instável. — Você, minha amiga, não deveria estar aqui. Eles planejam bani-la da presença de Sua Graça.

Eduardo agarrou minha mão.

— Não! Eu sou o rei. Minha amada fica comigo.

Joana balançou a cabeça.

— Eles pretendem varrer todo o conselho para o Tâmisa, Vossa Graça, embora preferissem levá-los rio abaixo até o mar para lá afogá-los com pedras. Alice é inteligente demais para uma mulher. Eles não gostam da ideia de o rei ter uma mulher esperta e bonita sussurrando em seus ouvidos.

Na manhã seguinte, Eduardo ordenou que Richard Stury me acompanhasse de volta a Gaynes.

— Irei a Havering o mais breve que puder — prometeu-me Eduardo. — Fique lá, não importa o que vier a saber, meu amor. Eles não me privarão de seu consolo em minha dor.

Com seu senso de oportunidade infalível, Lancaster encontrou-me nos degraus quando Richard Stury me conduzia à barcaça. Senti um calafrio, imaginando qual seria seu propósito ao interceptar-me. Vi em sua bela face, tão parecida com a do rei, as marcas da dor.

— Meu senhor duque, choro com o senhor pela perda de seu querido irmão, o príncipe — falei.

— É um terrível golpe para a família e para o reino.

— Que Deus lhe conceda paz — murmurei.

Ambos nos curvamos.

— O senhor viaja também? — indaguei.

— Não. Vim avisá-la: a senhora talvez venha a ouvir que eu expressei supostas censuras à sua figura. Era-me necessário fazer parecer que concordava com os comuns para acalmá-los. Se alguém confrontá-la, não tema a verdade. Não tente esconder nada. Mentiras e evasivas apenas complicarão as coisas. Prometo que não a tocarão, e que qualquer separação de meu pai que vier a sofrer será breve. Sei que agora ele precisa da senhora mais do que nunca.

Seu olhar frio não me oferecia nenhuma segurança, nada do poder tranquilizador que aquelas palavras poderiam implicar.

— Vossa Graça.

Fiz-lhe reverência e continuei a descer os degraus, aceitando a mão de Stury como apoio. Ele me sustentava com força, me tranquilizando. Fiquei surpresa ao fitar seus olhos e lá encontrar compreensão.

Enquanto descíamos o rio, as palavras de Lancaster assombravam-me — *qualquer separação de meu pai que vier a sofrer será breve*. Seria eu lançada aos leões e salva no último minuto? Meu futuro, ao que tudo indica, estava agora nas mãos do duque, um homem em quem eu não confiava. Um fraco consolo.

De volta a Gaynes, encontrei minhas filhas perturbadas com a partida abrupta de seu irmão. Percy enviara um acompanhante para reaver João, diante do clima incerto. Não o culpei por isso. Na verdade, eu temia permanecer em Gaynes. Aqueles que me acusavam poderiam achar que era demasiado próximo a Havering, sendo fácil encontrar-me com Eduardo sob a proteção da escuridão.

LOGO DEPOIS DE os bens de Richard Lyons terem sidos confiscados, ele foi preso e enviado à Torre, assim como outros. Com certeza eu seria a próxima.

Eu não sabia o que fazer. A proposta de Lancaster talvez fosse a melhor saída: curvar-me de vergonha diante do público e confiar em que Lancaster manteria sua parte no trato e velaria por mim e minhas meninas quando da morte de Eduardo. Robert se dispunha a ser meu protetor, mas, embora eu não desejasse outra coisa, temia que ele fosse incapaz de me defender e que eu o fizesse afundar junto comigo.

Além disso, eu não tinha coragem de abandonar Eduardo agora, logo depois de ele ter perdido aquele que já fora seu glorioso herdeiro. Além do mais, se eu o fizesse, temia que, em um dos ataques de seu temperamento Plantageneta, ele tirasse nossos filhos de mim. Com certeza faria isso com João, definitivamente; e talvez até Joana e Jane. Embora não as reconhecesse como filhas, ele as amava.

Os comuns iriam atrás de mim, já que, segundo o próprio Lancaster, ele não poderia me apoiar. Eu sabia por que ele me trairia: o poderoso duque de Lancaster e futuro rei de Castela fora intimidado pelos comuns por reprovarem a relação dele com sua amante, Catarina de Röet Swynford. Amaldiçoavam-no pela boa disposição física que ele exibia; prefeririam que o saudável fosse seu amado príncipe Eduardo, agora morto.

Não muito tempo após a morte do príncipe Eduardo, o jovem príncipe Ricardo foi apresentado ao Parlamento. Solicitaram que lhe fosse dado imediatamente o título de príncipe de Gales, que fora de seu pai. O rei concordou e então retirou-se para Eltham. Compreendi por que ele não cumpriu sua promessa de ir ter comigo, mas lamentei.

O Parlamento continuou arrastando tudo e todos consigo até 10 de julho, dia no qual representantes tomaram barcaças em direção a Eltham para despedir-se do rei. Stury, ainda inflexivelmente devotado a Eduardo, foi de barcaça até Gaynes para me informar das acusações feitas contra mim. Eduardo o enviara, para que eu soubesse e me preparasse. *Não deixe que a vejam fraca, senhora.*

Stury havia envelhecido desde a primavera. Seu semblante austero estava extenuado pelos eventos dos últimos meses. Eu o recebi no pequeno gabinete em que eu e Robert conduzíamos nossos negócios, uma sala escassamente mobiliada — mesa, várias cadeiras, um braseiro, um armário para as contas —, mas com uma janela direcionada ao sul que permitia a dádiva da luz do sol.

— Madame Alice, não encontro prazer em trazer-lhe estas notícias.

— Primeiro diga-me, como passa Sua Graça?

Stury baixou o olhar para suas mãos de dedos longos e balançou a cabeça.

— Temo por ele. Sua Graça necessita da senhora ao seu lado.

Prendi a respiração e peguei nas contas do meu terço, algo a que me agarrar.

— Diga qual foi minha condenação, Sr. Stury.

Eu era acusada de usar minha influência antinatural sobre o rei em benefício de meus amigos e criados e de interferir nas cortes de justiça a favor de meus protegidos.

— Mas eu apenas servia a Sua Graça na corte e não tenho protegidos.

— Eu sequer cogitara ter guardas a meu serviço. — Protestarei.

— A senhora não foi convocada e nem tem qualquer permissão para falar em defesa própria. Não é a verdade o que procuram, madame Alice, mas alguém a quem culpar por toda a fragilidade do reino.

Persignei-me. Stury também o fez. Ele estava sendo deferente e gentil, pelo que eu era muitíssimo grata. Ainda assim, assustava-me mais o fato de ele sentir pena de mim, o estoico Stury.

Fui alertada de que, se me descobrissem praticando qualquer forma de proteção à minha "gente", tal como interferindo na corte de justiça ou subornando oficiais, todo o meu patrimônio seria confiscado. O que mais me atemorizava era a indefinição dos termos do confisco — pois não deixavam claro quem julgaria se meus atos eram uma forma de interferência ou não, nem quem eu estava supostamente protegendo. Aquilo parecia um presente a meus inimigos, uma acusação que poderia ser tirada do nada, a qualquer momento, para me condenar.

Não obstante meus anos de lealdade e devoção, eu fora condenada pelos meus esforços para garantir um bom futuro para meus filhos. Abandonada por aqueles que juraram me proteger. Como isso pudera acontecer? Como eu fora tola ao ignorar minhas dúvidas quanto à sinceridade do príncipe Eduardo e do duque João. Como fora tola ao seguir meu coração em vez da razão.

Minha agonia mais imediata era por ter sido oficialmente banida da presença de Eduardo. Stury advertira-me para que eu me mantivesse bem longe do rei a partir daquele momento.

— A senhora será chamada quando tiver sido providenciada a proteção necessária.

Assim prometera Lancaster. Rezei para que ele mantivesse sua palavra, mas não sabia como acreditar que me deixariam voltar. Lancaster estava muito mudado em comparação àquele jovem bonito e cortês que eu conhecera tanto tempo antes na companhia de sua avó, que me presenteara com Melisanda.

Quando Stury partiu, sentei-me e fiquei olhando pela janela sem nada ver, cega pelo choque. Eu temia por minhas filhas, caso fosse aprisionada. Elas precisavam da mãe. Robert e Gwen encontraram-me ali, animaram-me e insistiram para que eu comesse, bebesse e depois caminhasse ao ar livre, garantindo-me que cuidariam da segurança de Joana e Jane.

Não consegui pensar em nada melhor para fazer. Robert tinha algumas terras para onde poderíamos nos retirar, mas eu tinha medo de que ele fosse um dos meus supostos "protegidos". Instei-o a cumprir suas obrigações com discrição e se retirar para suas terras ao primeiro sinal de perturbação. Meu irmão John sugeriu que eu me escondesse onde ninguém pudesse pensar em me procurar: em Londres, na sua casa. Mas eu temia por sua família e pela de Mary, caso eu fosse notada. E o que aconteceria comigo então? O que seria de minhas filhas? O espectro da Torre projetava uma longa sombra em meus pesadelos.

A ajuda veio de um lugar inesperado. Robert Linton, um cavaleiro do serviço do rei que fora sempre gentil comigo, ofereceu-me abrigo numa propriedade distante, a oeste, onde minhas filhas e eu poderíamos esperar por resgate.

— Eles não têm nada que nos relacione um com o outro, Madame Alice. Não a procurarão lá.

— O senhor e os seus sempre estarão em minhas preces, Sir Robert — prometi. Sua gentileza e sua coragem deram-me esperanças naqueles tempos sombrios.

Foi uma longa viagem de barcaça e ao longo de rudes trilhas nos campos, com carroças e crianças. A todo momento eu olhava para trás à procura de inimigos. Mas, uma vez tendo chegado sem maiores percalços, rendi-me à beleza de Somerset, devotando-me a minhas filhas e sentindo-me profundamente grata por aquele repouso em meus tormentos. Na Festa da Assunção de Nossa Senhora, assisti à missa na Catedral de Wells com Geoffrey, que fora me visitar. Meu único outro hóspede era William Wykeham, que fora até lá cavalgando desde Westminster, no meio de setembro, para comemorar junto comigo meus 34 anos. Encorajou-me a pensar em minhas tão numerosas bênçãos, embora ele não fingisse, de forma alguma, que eu nada tivesse a temer.

— O rei a ama como à própria vida, Alice. Se puder, ele a chamará para perto de si e a protegerá.

Se puder. Então Eduardo também caíra no poço de temores.

Segui o conselho de Wykeham, usando as contas de meu terço para enumerar minhas bênçãos vezes e vezes sem fim, intercalando-as com temerosas preces pela segurança de minha família e meus amigos, pela saúde de Eduardo, por Robert e por mim mesma.

Numa tarde comum de outono, quando Gwen e eu estávamos absorvidas na tarefa de desfazer a última tentativa de minha filha Joana no bordado, rindo dos incríveis nós que ela conseguira dar — cuidando para que ela não ouvisse nossas risadas, já que era orgulhosa demais para que se confiasse nela com uma agulha —, fomos surpreendidas por um criado anunciando um visitante.

— É Sir Robert, madame Alice, Sir Robert Linton.

Fui da hilaridade ao terror num piscar de olhos; felizmente estava sentada, ou poderia ter me desequilibrado. Nosso benfeitor tivera o cuidado de se manter a distância. Eu só podia pensar que ele fora até ali para avisar de minha prisão iminente. Persignei-me e não ousei fitar Gwen, pois sabia que ela estaria tão amedrontada quanto eu.

A princípio não acreditei na sinceridade do sorriso com o qual Sir Robert me cumprimentou quando fui ao seu encontro no salão. Foi necessária uma taça de conhaque para que eu me acalmasse e absorvesse as notícias que ele tinha para transmitir.

Lancaster encontrara uma maneira de reverter no Parlamento os julgamentos daqueles que eram comprovadamente amigos de seu pai. Em 25 de janeiro o reino celebraria o jubileu de ouro do reinado de Eduardo, seus cinquenta anos no trono. Para honrar aquela ocasião, o rei ofereceria um perdão geral, gesto de longa tradição. Considerando o enorme número de pessoas incluídas no perdão — 2.400 —, a lista já estava sendo entregue ao Parlamento para que houvesse tempo de implementar a anistia.

— Aparentemente, um perdão "geral" não é o que eu pensara ser. Nem todos os crimes são perdoados, nem todos os confiscos são revertidos; por isso a lista — disse Sir Robert. — Entretanto, seu nome consta proeminentemente do perdão, pois o duque diz que Sua Graça necessita de sua companhia. O mais cedo possível.

Eu não acreditei em minha sorte. Minhas preces haviam sido atendidas. Eu estava livre para ir ficar ao lado de Eduardo — na verdade, Lancaster estava à minha procura. Por causa disso, e para evitar que ele descobrisse meu esconderijo, Sir Robert fora até ali a fim de acompanhar-me até Gaynes.

Gwen não perdeu tempo e logo se pôs a fazer os preparativos. Eu deixaria Joana e Jane em Gaynes aos cuidados de Mary e iria encontrar Eduardo em Havering.

Quando reencontrei minha irmã, abraçamo-nos com força e choramos. Ela enviuvara enquanto eu estava escondida no oeste, seu marido tendo sucumbido a uma febre de verão. Mudara-se para Gaynes com os filhos, para deixar que sua dor cicatrizasse ali no campo.

— Eu estava com medo por você — disse ela.

— Acalme-se agora, Mary, ficará tudo bem. — Tive de forçar-me a dizer as palavras nas quais eu precisava acreditar.

Meu querido Robert também lá estava para me receber. Ele trazia notícias de minhas propriedades. Eu temera por novos assaltos em Finningley, mas tudo se mantivera tranquilo. Estava tão feliz por vê-lo que esqueci o decoro e me joguei em seus braços, exultando com seu calor e sua força. Ao jantar éramos um grupo barulhento e feliz, e naquela noite em Gaynes quase pude fingir que estava tudo bem.

Na melhor das hipóteses, aquela foi uma época doce e, ao mesmo tempo, amarga para mim. Minhas filhas a rememoram como um tempo feliz. Eram pequenas demais para entender a crise que enfrentávamos.

ASSIM QUE TODOS estavam acomodados em Gaynes, Gwen e eu partimos para Havering. Num dia fresco e claro de outono, daqueles em que, no passado, teria sido bom cavalgar e caçar, encontrei Eduardo de cabeça pendida, diante de um fogo que consumia todo o ar de seu quarto. Apesar do calor e das peles que o cobriam, da mão caída ao lado de uma caneca esquecida de vinho, ele estava frio e seco. Ajoelhei-me à sua frente e chamei seu nome.

Suas pálpebras se mexeram e ele murmurou palavras sem sentido.

— Eduardo, meu amado, sou eu, Alice.

— Alice?

Ele abriu os olhos e, ao me ver, começou a bater com a caneca, como se lutasse para ficar de pé. Livrei-o das peles e ajudei-o a se levantar. Tão fragilizado, tão fragilizado.

Nós nos abraçamos e choramos enquanto jurávamos amor eterno.

— Não o deixarei nunca mais, meu amor, não importam as ameaças que venham a fazer — prometi.

Sozinha em meu quarto, amaldiçoei seus filhos por sua indiferença.

Soube que Eduardo sofrera uma de suas piores crises no mês anterior e que desde então estava letárgico e com a memória inconstante. Seu equilíbrio era tão precário que ele não conseguia cavalgar. Nem podia distrair-se com os falcões, uma vez que se convencera de que os pássaros haviam decidido no Parlamento que ele merecia morrer, e que pretendiam atacá-lo. Foi sobretudo isso que me convenceu de que eu precisava ficar ao seu lado o máximo possível, pois ele jamais sofrera de uma alucinação tão severa.

Nos seus momentos de maior lucidez, Eduardo se mostrava obcecado por assegurar um futuro confortável para mim e para nosso filho de 11 anos. Ele estava teimosamente determinado a adiantar o casamento de João, bem como sua sagração como cavaleiro, para a época da Festa de São Jorge, junto com a sagração do príncipe Ricardo. Seus planos ambiciosos para nosso filho me comoviam, mas imaginei que viriam a encontrar resistência. Mais uma vez Henry Percy surpreendeu-me ao concordar que o matrimônio fosse formalmente celebrado em janeiro. E, até onde eu tinha conhecimento, ninguém fizera qualquer objeção à sagração de João como cavaleiro. Ele era, afinal de contas, filho do rei.

Para meu conforto futuro, Eduardo instou-me a transferir algumas de minhas joias a um amigo confiável para que elas estivessem guardadas caso seus inimigos tentassem atacá-lo por intermédio de mim novamente. Ele não sabia do porta-joias que eu já confiara a meu irmão, nem precisava saber. Esse esquema deixou claro que, pelo menos em sua opinião, o perdão não era garantia de minha segurança. Eu não conseguia decidir a quem confiar as joias que me restavam — Geoffrey? Robert? Quem sabe a princesa Joana?

Enquanto eu deliberava sobre o que fazer, mandei buscarem-nas e fui informada de que o duque de Lancaster já conseguira alguém que as guardasse. Isso me foi comunicado como uma notícia tranquilizadora, como se Lancaster estivesse tão preocupado com minhas filhas que fizera questão de garantir a segurança de minhas joias. A única coisa que eu podia fazer era rezar para estar enganada a respeito do duque.

As variações de humor de Eduardo deixavam-me esgotada e confusa. Como ele muitas vezes acordava agitado no meio da noite, caí numa exaustão perigosa. Só quando os médicos administravam-lhe algum sonífero e aconselhavam-me a dormir em meu próprio quarto é que eu tinha alguma noite de repouso. Era com gratidão que eu obedecia.

Eu me sentia cada vez mais ansiosa quanto às manobras de Lancaster no que concernia às joias e a tudo o mais que ele parecia controlar. Logo depois do Dia de São Martinho, fui testemunha do que aparentemente representava uma discussão entre ele e seu pai acerca das investigações sobre as ações de William Wyndsor na Irlanda.

— Sei que o senhor ainda não emitiu a ordem de que Nicholas Dagworth o representasse no conselho da Irlanda. Por que hesita, meu pai?

— Dagworth? — Eduardo balançou a cabeça. — Fico apreensivo. Com certeza ele não é a única opção. Prefiro enviar alguém conhecido por ser isento nesse assunto.

Lancaster não fez qualquer esforço para esconder a irritação com seu pai.

— Wyndsor é um de meus homens. O senhor me acusa de agir contra um de meus próprios homens? Se Dagworth disser que as acusações não têm razão de ser, todos acreditarão nele e o assunto estará encerrado para sempre.

— E se ele considerar as acusações justas? Não. — Eduardo agitou os braços, tombando uma jarra de vinho. Enquanto eu tentava alcançá-la, ele resmungou para Lancaster: — Você não tem razão neste ponto. Não é razoável que o juiz de um homem seja seu inimigo. Não enviarei Dagworth.

Embora eu me rejubilasse ao ouvir palavras tão lúcidas vindas de Eduardo, tremi de medo ante o olhar frio com que sua decisão foi recebida.

Depois de um Natal tranquilo em Havering, que incluíra apenas os filhos de Eduardo e suas famílias, além de alguns poucos de seus amigos mais leais, Henry Percy e sua família chegaram com João e Mary. Para um rapaz de 11 anos, nosso filho era alto e forte, hábil nas artes marciais e especialmente talentoso para cavalgar. Nele eu via como seu pai devia ter sido belo quando jovem. Mas lá estava também aquele aspecto zangado, como o do seu tio e padrinho, o duque. Esperava que aquilo fosse simplesmente sinal de impaciência no que dizia respeito às negociações envolvendo a cerimônia de seu futuro casamento. Ele era tão imaturo quanto qualquer menino de sua idade e destituído de qualquer interesse por eventos daquele tipo.

— Você não gosta de Mary? — perguntei quando ele reclamou dos trajes desconfortáveis que era forçado a usar.

— Não. Nem ela de mim. Diz que eu cheiro a cavalo.

— Você não gosta dela porque ela o insulta?

— Mesmo sendo verdade, ainda podemos chamar de insulto? *É claro* que eu cheiro a cavalo. Ela é orgulhosa e teimosa, e isso também é verdade.

Não pude conter o riso. Minha esperança era de que sua franqueza fosse um sinal de um caráter flexível, pois, como filho bastardo de um rei já velho, ele precisaria disso. Eu não tinha poder algum sobre seu futuro, lhe serviria de pouca ajuda. Rezava para que ele não desistisse de mim.

No dia em que fizeram os votos, Mary estava adorável, e João, especialmente elegante. Minha irmã, meu irmão John e sua esposa, Agnes, estiveram presentes, emocionados por fazerem parte de uma celebração tão íntima na Abadia de Westminster. A cerimônia foi curta, oficiada pelo bispo Houghton de Saint David, agora também lorde chanceler. Houghton, um homem gentil e amigável, concordou em fazer uma cerimônia breve, evitando-se assim que os convidados pudessem observar demais o rei, pois naquele momento Eduardo apresentava dificuldades com o braço direito novamente, além de estar em uma de suas piores fases de falta de memória.

Em poucos dias todos os convidados haviam partido, e os noivos voltaram a suas vidas interrompidas. Concordamos em que eram jovens demais para consumar a união. Eles estabeleceriam um lar juntos dali a quatro anos. Até lá, Mary ficaria comigo. Eduardo queria que eles residissem por algum tempo em Havering, mas seus médicos, Lancaster e Houghton o convenceram de que não era uma boa ideia.

Ele também se decepcionara por ter sido aconselhado a não comparecer à abertura do Parlamento. Estava ansioso pelo momento em que anunciaria a concessão de 2.400 perdões — um número extraordinário. Mas sua família e seus médicos prevaleceram, lembrando-lhe o efeito que um de seus mal-estares poderia ter sobre aqueles procedimentos gloriosos.

O bispo Houghton foi para Westminster sem Eduardo. Seu sermão de abertura incorporou um ataque ao Parlamento no qual ele fez uso da primeira declaração pública admitindo a doença do rei, ao mesmo tempo assegurando que ele estava praticamente recuperado e que logo voltaria à vida pública. Ele os instava a apoiar o perdão geral como um sinal de reconciliação.

Como se as palavras de Houghton operassem um milagre, a mente de Eduardo clareou em poucos dias. Ele começou a andar indefinidamente pelo salão para fortalecer as pernas, e no início de fevereiro tomou uma barcaça até Sheen. Vestia um magnífico manto vermelho, com suas armas bordadas a ouro, além de minúsculas flores-de-lis. Era guarnecido de pele de arminho, assim como o chapéu vermelho e a túnica púrpura sob o manto. Eu estava determinada a evitar que ele fosse exposto ao frio. Em todos os aspectos, ele parecia um rei. Quando a barcaça passou por Westminster, os parlamentares se reuniram junto à margem para saudá-lo. Eu estava numa área fechada da barcaça, cuidadosamente escondida da multidão, mas podia ver Eduardo. Foi uma grande alegria vê-lo ereto em seu assento e retribuindo as saudações com um aceno real. Por um momento, permiti-me sonhar que tudo ainda estava bem.

De fato, o tempo que permanecemos em Sheen até nosso retorno a Windsor, para a Festa de São Jorge, foi um período pacífico e feliz, exceto por algumas notícias que eu procurava não levar ao conhecimento de Eduardo. Uma turba atacara o palácio de Lancaster em Savoy, causando danos às muralhas e ao portão e sendo detida apenas ao chegar ao salão, onde guardas armados impediram seu avanço. O duque escapara pelo Tâmisa, dirigindo-se a Kennington à procura de abrigo sob a popularidade da princesa Joana, que gozava da condição de viúva do amado príncipe Eduardo e de mãe do príncipe Ricardo. Ela acalmara a multidão.

Foi Geoffrey quem me explicou por que Lancaster era objeto de tamanha falta de confiança, até mesmo desprezo, por parte das pessoas comuns.

— Ele desfez tudo que os comuns julgavam ter conseguido no último Parlamento. Há também rumores de que ele seria responsável pela omissão do nome do bispo de Winchester no perdão geral.

Embora o Parlamento condenasse as ações de Wykeham como chanceler, ele era adorado como bispo.

Isso também me interessava, pois nosso amigo fora injustiçado. Fora um choque, para mim, saber que ele era a única vítima do Parlamento do ano anterior que não recebera o perdão.

Quando eu perguntara a Eduardo por que ele não concedera o perdão a Wykeham, ele respondera:

— Wykeham tomou o partido daqueles que atacaram a honra de meu leal camareiro William Latimer.

— Ele só disse a verdade a seu respeito — eu retrucara.

Mas não lembrei a Eduardo que Latimer já não era mais camareiro. Estava aprendendo que ele se enfurecia quando eu apontava suas confusões, de forma que só o fazia quando era crucial.

— Não falemos mais nisso — disse ele. Percebi, pelo seu maxilar travado, que ele falava sério.

— Há verdade nos rumores? — perguntei a Geoffrey mais tarde. — A decisão foi de Lancaster?

Ele assentiu.

— Ele se opõe a Wykeham, culpando-o de todas as perdas na França. Os comuns também se ressentem de que Lancaster conceda seu apoio a Henry Percy no governo da cidade.

— O que mais devo saber sobre o duque?

— Creio que você já sabe do resto. Não sei o que pensar dele ultimamente.

Nem eu, mas tinha muito medo dele.

EDUARDO COM FREQUÊNCIA me resgatava de meus pensamentos sombrios, alegrando-me com sua força recuperada. Embora já não acordássemos ao amanhecer para cavalgar pelos campos, como fazíamos no passado, andávamos a cavalo juntos por pequenos trechos e caminhávamos pelo jardim. Durante a noite, jogávamos xadrez e ouvíamos músicas e cantigas. Mas eu não podia ignorar o aspecto leitoso de seus olhos, antes penetrantes, ou o cansaço que ele sentia com facilidade.

Certa manhã, quando caminhávamos sob uma grande roseira, Eduardo parou e tomou minhas mãos. O sol reluzia em seus cabelos de puro branco, e por um momento ele era o homem que eu vira pela primeira vez no salão do castelo de sua mãe.

— Você me deu tanta alegria em minha velhice, meu amor.

— Assim como você a mim, Eduardo.

Ele balançou a cabeça.

— Não. Você padeceu muita dor além da alegria. Tornei-me um fardo. E nós começamos nossa história com uma terrível tragédia: a morte do seu amado marido.

Fiquei sem ar ao ouvir que ele tinha consciência de meu sofrimento. Baixei a cabeça, sem conseguir pensar numa resposta.

— Rezo para que você se lembre de mim com amor, aconteça o que acontecer. — Levantei a cabeça para dizer algo que pudesse tranquilizá-lo, mas ele prosseguiu antes que eu pudesse falar qualquer coisa. — Temo que você ainda tenha de suportar mais um fardo antes de repousar, mas rezo para que resulte em algo inesperadamente feliz.

— Que fardo? Do que está falando, meu amor? — O pedido de perdão que eu lia em seus olhos fazia meu estômago doer.

Ele levantou minhas mãos, beijando-as alternadamente, depois as soltou e tocou no dedo em que usava o anel de sinete, com o qual selava suas cartas para mim.

— Quando vir que eu me fui, tire-o de meu dedo e o guarde. Lembre-se de mim por ele, minha amada.

Tomei sua mão que trazia o anel de sinete e a beijei.

— Você ainda não está morrendo, meu amor. — Mas tratava-se da negação de algo que eu sentia ser verdade. Restava-nos pouco tempo juntos.

— Também providenciei um depósito em ouro, a ser feito para você na França. Para o caso de ter de exilar-se. Não confio em que os comuns mantenham o perdão depois de minha morte. Joana e Jane: leve-as embora. Elas não devem sofrer.

— Exílio — sussurrei. Fugir para a França com nossas filhas... — Ah, Eduardo!

Ele aconchegou-me em seus braços, murmurando palavras de amor, mas também palavras menos confortadoras:

— O que foi que eu fiz? O que foi que eu fiz?

Eu o tranquilizei, como de hábito, ainda que por dentro tremesse de medo. Ele antevia o exílio, o perigo para nossas filhas. Estaria nosso filho a salvo?

Empenhei todas as minhas esperanças e preces por João no trabalho de bordado de seus trajes de sagração. Na Festa de São Jorge, ele seria feito cavaleiro, junto com o príncipe Ricardo, que também seria admitido na Ordem da Jarreteira. A princesa Joana estava ajudando com o trabalho nos trajes cerimoniais de seu filho. Sua presença no palácio alentava-me. Ela se encarregava da supervisão de todo o serviço e também de minhas poucas horas ociosas, insistindo para que eu descansasse, comesse e desabafasse com ela.

Nada lhe contei dos temores de Eduardo de que talvez eu viesse a precisar me exilar, nem lhe compartilhei minhas desconfianças no que diziam respeito a Lancaster. Eu não conseguia perceber como ela se sentia a respeito do duque, seu cunhado.

Mas perguntei ao próprio duque, quando este chegou a Windsor, sobre como haviam sido dispostas minhas joias.

Ele inclinou-se em minha direção e, num sussurro conspiratório, assegurou-me de que estavam em segurança.

— Estarão a sua disposição quando precisar. Se quiser acrescentar mais alguma coisa, basta pedir.

Foi difícil esquentar-me depois disso, a menos que uma longa cavalgada fizesse brotar em mim suores benignos.

Trabalhei nos trajes de Eduardo e nos de João. Embora se tratasse de seu jubileu de ouro, não haveria ornatos de cabeça extravagantes dessa vez, pois ele dificilmente se lembraria de manter a cabeça erguida. Além disso, apenas chamariam atenção para seus tremores. Desenhei vestes com fios de ouro e de prata e os mais deslumbrantes brancos que conseguimos encontrar, para conferir-lhe um brilho beatífico. Aparamos seus longos cabelos brancos e sua barba, além de usar algumas das loções da princesa Joana para fazer cabelos finos brilharem. Ele adorou aquela agitação.

Parecíamos pai e filha agora, cheios de afeto um pelo outro e com anos de lembranças em comum. Às vezes quase chegávamos a ser mãe e filho. Cortava-me o coração vê-lo tão confuso, tão impaciente consigo mesmo, tão assustado. Meu Eduardo apaixonado e vibrante já não existia mais. Era como se sua concha de glórias houvesse se rompido para revelar dentro de si um menino. Eu me fazia de boba para ele, a fim de acender uma centelha em seus olhos e arrancar-lhe nem que fosse uma risada fraca. Dançava gigas, cantava as cantigas tolas com que animava meus filhos. Na capela ou enquanto cavalgava, eu chorava. Chorava por Eduardo e por mim. Eu o estava perdendo. Todos os dias traziam mudanças sutis, uma nova fraqueza, mais uma lembrança perdida. O tempo que lhe restava era contado.

Joana sabia disso, e, tendo começado havia tão pouco seu próprio martírio, compreendia quando era tempo de falar e quando silenciar. Eu lia em seus olhos o medo por seu filho tão novo, que logo se tornaria rei.

A cerimônia de sagração de Ricardo como cavaleiro deu-se ainda mais cedo. Foi uma celebração gloriosa. O príncipe fora muito bem-treinado por Joana para comportar-se em cada mínimo detalhe como o futuro rei, andando ereto e altaneiro, com a cabeça elevada. Ele era um Plantageneta em tudo, exceto na altura, portando sua beleza numa estrutura menor que a de Eduardo e seus filhos.

Chorei ao ver meu próprio filho feito cavaleiro. Como parecia orgulhoso, como caminhava empertigado! Sir João de Southery. Sua esposa-infanta parecia impressionada com o evento, ainda que eu a tenha ouvido perguntar alto demais por que o rei parecia mais um mágico do que um governante. Por sorte, Eduardo não escutou.

Assim que os últimos convidados se foram, ele e eu tomamos a barcaça para Sheen às pressas, para tirá-lo das vistas da corte fofoqueira antes que ele sucumbisse à exaustão. Estávamos lá havia apenas duas noites quando ele sofreu um novo achaque, que lhe roubou o domínio do braço e da perna esquerdos. Em sua imobilidade, ele se tornava alternadamente irritável e presa de vagos arrependimentos.

Numa manhã de maio particularmente cinzenta, Eduardo foi tomado pelo remorso de ter dado algumas das terras de Richard Lyons a seus filhos Edmundo e Tomás quando meu amigo estivera na Torre. Richard havia sido, é claro, incluído no perdão geral.

— Richard poderá adquirir mais terras, meu amor.

— Ele tem sido um bom amigo para você e um consolo para sua família, Alice. Eu deveria fazer algo por ele. Meus filhos não têm necessidade daquelas terras. Se eu as restituísse a ele e perdoasse as várias centenas de libras que ele deve ao erário, será que isso o ajudaria? Seria o suficiente para que ele recomeçasse?

Considerei isso um ato de generosidade.

Assim como Lancaster obviamente soubera que Eduardo havia me aconselhado a esconder algumas de minhas joias, essa conversa particular tornou-se de conhecimento público, sendo usada mais tarde como prova de que eu dissera ao rei que desse dinheiro a Richard Lyons. Eu me tornei a caça, a presa.

A MORTE, QUANDO finalmente deu um passo à frente para tomar de mim meu amado Eduardo, escolheu uma maneira extraordinária de exigir sua dança. Tentados, depois de nossas devoções na capela, pelo ar balsâmico e fragrante, Eduardo e eu caminhávamos ao ar livre certa manhã de maio, maravilhando-nos com a explosão de cores nos jardins, com o toque sensual da brisa.

— Vamos comer aqui fora hoje — disse ele.

Concordei, e estava prestes a chamar um serviçal quando Eduardo subitamente agarrou minha mão com força. Vendo o paroxismo de dor em seu rosto, chamei os guardas para me ajudarem a levá-lo de volta aos seus aposentos.

— Chamem os médicos do rei! — gritei para os serviçais ao passarmos correndo por eles.

Eduardo ainda segurava minha mão mesmo sendo carregado pelos guardas em seus braços entrelaçados. Eu jamais testemunhara um tormento daqueles no rosto de ninguém.

— Minha cabeça, minha cabeça — gemia ele enquanto os guardas o depositavam na cama.

Stury conseguiu soltar minha mão da desesperada força com que Eduardo a segurava.

Sentei-me na cama ao lado de meu amado, implorando-lhe que olhasse para mim, que falasse comigo. Seus olhos pareciam incapazes de se fixar em mim. Sua fala ficou indiscernível.

Lembro-me pouco dos dias que se seguiram. Fiquei ao seu lado o máximo que me permitiram, mas os médicos frequentemente me expulsavam, ordenando que eu comesse, dormisse, caminhasse ou fosse cavalgar.

— Ele precisará da senhora — recordava-me o Sr. Adam. — A senhora não pode cair doente.

Gwen tomava conta de mim como eu de Eduardo. Eu vivia em desalento. O único papel que me restava era o de cuidar da sombra do homem que eu amara.

Gradualmente Eduardo recuperou-se o suficiente para conseguir falar um pouco e ficar sentado por curtos períodos.

Mandei chamar Wykeham. Não me importava com o que Lancaster pensasse disso. Eduardo sabia que estava morrendo e precisava de alguém em quem confiasse para fazer sua confissão, alguém que o amasse.

Por várias semanas Eduardo viveu como se num sonho, tão alquebrado e debilitado que em minhas preces eu pedia para que sua alma fosse liberta de seu corpo ingovernável. Embora eu temesse as consequências que haveria para mim e para meus filhos em perdê-lo, pois me lembrava cristalinamente com que terror Janyn e sua mãe receberam a notícia da morte de sua protetora, eu não podia suportar vê-lo assim tão inferior ao que ele fora no passado. A morte era como um gato brincando com sua presa. Eu rezava pela libertação dele.

No dia 21 de junho, ele subitamente sofreu mais uma terrível crise de dor de cabeça, implorando aos brados por alívio. O criado que o vigiava comigo correu para chamar os médicos. Mas em poucos momentos, agarrando minhas mãos como se quisesse dividir a dor comigo, Eduardo abandonou misericordiosamente sua prisão mortal e viu-se em paz.

Eu acompanhara tão de perto cada movimento de sua respiração que, quando ela cessou, assim também o fez a minha. Imaginei a morte espalhando seu manto leve e devorador sobre Eduardo e senti pânico. Eu precisava acompanhá-lo. Eduardo necessitava de mim. A dor me agarrou e eu me curvei, por fim arfando em busca de ar. Toda a agonia de assistir ao sofrimento de Eduardo inflamara-se dentro de mim, toda a emoção que eu escondera dele.

Apertei a mão de Eduardo, aquela mão grande, que já fora bela, já fora quente e encantadora, lembrando-me de como um simples toque seu podia fazer-me derreter. Senti o sinete e, recordando o pedido de Eduardo, forcei-me a soltar minha mão de seu aperto mortal e retirar o anel. Eu o fiz de forma desajeitada, esfolando seu dedo, e chorei enquanto escondia o anel no vestido. Quando os médicos chegaram, com Lancaster e Tomás de Woodstock, ordenaram-me que deixasse o quarto. Atirei-me ao corpo de Eduardo, desejando que ninguém mais o tocasse, pois sabia que, uma vez que o fizessem, sua alma iria embora. Eu não estava pronta. O Sr. Adam puxou-me como se eu fosse uma camada de pele sobre o rei. Nessa separação senti um terrível vácuo, um vazio ecoando o nada. Sem propósito, sem âncora. Olhando em volta, só vi raiva e condenação no rosto dos homens. Cambaleei para fora do quarto, buscando amparo na capela.

A princesa Joana aconselhou-me a partir, a procurar abrigo em uma de minhas casas. Ela tremia ao pensar que seu filho de 10 anos seria coroado.

Mas havia muita coisa a fazer antes de eu deixar a corte. Rondei entorpecida pelo palácio por vários dias, orientando os criados, informando sobre os lugares em que estavam os pertences de Eduardo. Eu não podia abandoná-lo. E não conseguia dar adeus à minha vida com ele. Completei todas as tarefas que eu prometera a Eduardo, eliminando todos os sinais de sua doença, presenteando seus médicos.

Mais tarde ouvi rumores de que eu pegara todos os seus anéis e saíra correndo do palácio com eles. Ninguém se apresentou para dizer que eu permanecera em Sheen por vários dias. Ninguém.

Eduardo seria levado para Westminster em grandiosa procissão, no início de julho. Eu não compareceria ao funeral. Nem me juntaria à multidão pelo caminho, gente vinda de todas as partes, fosse longe ou perto, todos esforçando-se para capturar um vislumbre do carro funerário, coberto por um pálio de seda vermelha sobre o qual estaria disposto seu brasão de armas.

Ouvi dizer que sua efígie funerária trazia sua máscara mortuária, revelando a todos o descaimento do lado direito de seu rosto. Eduardo teria odiado ter sua fraqueza assim exposta.

ROBERT VEIO PARA acompanhar-me até Gaynes. Aparentemente, Stury pedira a Richard Lyons que o encontrasse e o levasse a Sheen. Quando ele chegou, eu mal podia esperar para deixar o palácio, minhas emoções esgotadas, rodeada pela sensação de que Eduardo se fora de todos os aposentos, corredores e jardins. Talvez ninguém tenha se apresentado para negar os rumores de minha fuga após a morte de Eduardo porque para todos, exceto para os serviçais, eu desapareci no momento em que o rei morreu. Tudo em torno dele, a comitiva, a família, a corte, tudo entrara em uma atividade feérica, ignorando-me. Eu fora eliminada, estava agora fora do jogo. Colocava-me contra as paredes para que os cortesãos, membros de seu séquito e sua família passassem, apressados. Uni-me às sombras da capela. Quando Gwen e uns poucos criados empacotaram meus pertences, deixei o quarto de dormir no qual eu e Eduardo passáramos tantos dias e noites amorosos, perdidos nas delícias um do outro. Será que algum dia eu voltaria?

Esse quarto havia sido decorado com presentes dados por Eduardo, e em cada canto havia lembranças preciosas. Uma almofada guardava seu odor; outra, uma gota de sangue do buquê de rosas que ele próprio havia colhido, esquecendo-se de retirar os espinhos. Ali, a marca da caneca que eu deixara cair quando Eduardo me pegara nos braços. Lembranças de nosso amor oprimiam-me em toda parte. Caí de joelhos e chorei, abraçando a almofada que guardava seu cheiro.

Eu não conseguiria dormir no palácio. Fugi assim que Robert me enviou o recado de que a barcaça fora providenciada. Quando deixei Sheen pela última vez, eu me sentia despida de passado e propósito, caminhando nua e desnorteada rumo a um futuro obscuro. Eu amara Eduardo com meu coração, meu corpo e minha alma.

LIVRO IV

UMA FÊNIX

18

*Não é adequado nem seguro que todas as chaves sejam guar-
dadas no cinto de uma mulher.*

— BISPO THOMAS BRINTON, referindo-se a Alice Perres
em sermão pregado na Abadia de Westminster em 18 de maio de 1376

*NUA E DESNORTEADA. Eu me sentia perdida. Ainda girando naquela
dança, tonta, sem nada ver exceto por fragmentos de lembranças,
girando, girando, sem a mão de Eduardo para me resgatar dos rodopios. A
morte interrompera nossa dança.*

*Eduardo, meu amado Eduardo, partira, e com ele minha vida, minha
razão de viver. Com ele morreu a história íntima de meu papel na corte. A
rainha viúva Isabel, a Sra. Tommasa, Janyn, a rainha Filipa e o rei Eduardo — estavam todos em silêncio agora. Nem mesmo os filhos de Eduardo
ou a princesa Joana conheciam a história por completo. Como poderiam?*

*Vozes soavam em redemoinho à minha volta, mas nenhuma delas era a
que eu me esforçava por ouvir — a voz de Eduardo, meu bem-amado, chamando por mim, guiando-me até onde ele estaria. As vozes acusavam-me,
ameaçavam-me, condenavam-me. Eu nada podia dizer, porque era uma
pecadora, embora meus pecados não fossem aqueles que eram entoados.
Como eu poderia encontrar o caminho da absolvição... da salvação? Girando, girando, sem fôlego e esmagada pela dor e pelo remorso. Quando havia
eu me desviado do caminho da retidão? Em que momento eu dera o passo
em falso? Quando tive a escolha de ser diferente do que fui?*

CERTA MÃO TOCOU-ME. Robert acenou para mim. Reconheci sua voz como se estivesse a uma grande distância, mais uma lembrança do que um som. Lembrei-me. Minhas filhas necessitavam de mim. Joana e Jane eram muito jovens para ficarem sem a mãe. Eu não poderia abandonar minha querida Bel. E João. Meu filho poderia precisar de mim enquanto pranteava o pai.

Esforcei-me para seguir em direção à mão de Robert, girando para perto e para longe dele, para perto e para longe, até que, por fim, o movimento nauseante diminuiu de intensidade, senti dedos cálidos envolverem minha cintura, e eu não mais me movia. Eu era Alice, e estava sentada na barcaça, minha mão na de Robert, aquecida, viva. Vi a margem do rio passando por nós. Gwen estava sentada ali perto.

— Preciso ver minhas filhas. Joana e Jane estão em Gaynes? — Minha própria voz assustou-me.

Nos olhos de Robert, vi que ele notara minha ausência.

— Sim, Joana e Jane estão em segurança, à sua espera em Gaynes, na companhia da tia. Mas, antes de irmos até lá, você não gostaria de descansar na Abadia de Barking? Pensei que talvez pudesse encontrar conforto na companhia de Bel.

Meu coração cresceu quando pensei em minha filha mais velha.

— Bel! Oh, sim, Robert, quero vê-la primeiro.

O fato de ele sugerir algo que certamente me confortaria ajudou-me a tomar uma decisão. Retirei de meu bornal o sinete de Eduardo.

— Confio isto a você — falei, fechando sua mão sobre a joia.

Ele soube do que se tratava quando viu o entalhe.

— Tem certeza?

— Tenho. Sei que você o guardará em segurança para meu filho João. Quando ele estiver pronto para recebê-lo, eu pedirei de volta.

Robert beijou minha mão e olhou-me com seus olhos serenos, de um tom de azul mais suave que os de Eduardo — mais acinzentado, como se eles soubessem que o mundo para o qual olhavam nem sempre seria agradável.

— Juro que serei digno da confiança com a qual me honra, Alice.

Seu olhar tranquilizou-me.

— Sempre acreditei que você fosse digno de confiança, Robert.

Quando chegamos a Barking, fomos imediatamente para a capela, enquanto uma irmã ia buscar Bel. Gwen ofereceu-se para providenciar uma refeição leve para nós. Ela, que estivera comigo por tantos anos, percebia que eu ansiava por estar só com minha dor.

A obscuridade da nave após o sol dourado da manhã pareceu aquietar-me e tranquilizar imediatamente minha mente ansiosa e febril. O aroma enfumaçado e picante do incenso, misturado à delicada fragrância de rosas e ao cheiro comum de cera das velas, odores familiares, chamavam-me à oração. Descobri-me ajoelhando inconscientemente diante do altar de Nossa Senhora. Laços, contas de terço, flores e joias adornavam a imagem da Mãe de Deus. Com um soluço, lembrei-me da mulher na igreja estendendo-me o terço de Janyn — seria verdade que aquilo tudo havia acontecido 17 anos antes? Eu podia ver a cena com tanta clareza, senti-la tão intensamente, que parecia ter se passado apenas na semana anterior. Peguei minhas contas e abaixei a cabeça.

Não era o momento para lembrar-me de Janyn. Naquele dia eu queria lembrar-me apenas de Eduardo. Eduardo, o rei que me amara. Eduardo, o homem que me satisfizera e me completara dando-me lindos filhos. Eduardo, o amigo que se alegrara com minhas conquistas. Eduardo, meu companheiro de caçadas e falcoaria, meu oponente no jogo de xadrez, o assustadiço, adoentado e envelhecido homem que nada temia quando eu segurava sua mão. Ele me preenchera e me exaurira, vezes e vezes sem conta.

Ali, na capela de Barking, rezei para ser libertada de Eduardo, libertada do feitiço com o qual ele me prendera, rezei por libertar-me daquela dança. Rezei para que eu despertasse, lembrasse da minha família, de meus amigos, de meus propósitos. Dos trabalhos que eu agora estaria livre para usufruir. A qualquer momento eu ouviria a voz de Bel. Em breve estaria com minhas queridas Joana e Jane, meus irmãos Mary e John, seus filhos e meus amigos. Robert e Gwen me levariam até eles. Eu poderia caminhar e trabalhar nos jardins de Gaynes, reaproximar-me de meus falcões e cavalos. Lembrei a mim mesma de tudo isso, da continuidade da vida, da possibilidade de alegria.

Um farfalhar de sedas. A abadessa de Barking era de alta ascendência e muito elegante. Tomou minha mão em concha entre as suas palmas cálidas e esperou até que eu erguesse os olhos para ela.

— Eu não a reconhecera de imediato em traje de viúva, madame Alice.

— Não me foi permitido usá-lo quando meu marido morreu, anos atrás, madre abadessa. Agora estou livre para expressar abertamente meu luto por ele e pelo rei.

Ela pressionou suas mãos uma contra a outra e dirigiu-me uma ligeira reverência com a cabeça.

— Que agora Deus lhe conceda paz, madame Alice.

— Que Deus me proteja e me guie.

— Sua filha sugeriu que a senhora talvez tivesse necessidade de suas orações e sua companhia durante o período de luto. Seria de seu agrado se ela passasse uma quinzena em sua companhia?

Senti um leve calor percorrer meu corpo, a promessa de um degelo.

— Não posso pensar em um conforto maior. — Inclinei-me para beijar a mão da abadessa.

Quando Bel veio ao meu encontro, chorou de pura emoção ao ver-me vestida de luto.

— Por papai?

— Por Janyn, sim, e por Eduardo.

— Homens bons — disse ela.

Conversamos por alguns instantes na sala de estar do convento, entregues às recordações. Adverti-a de que haveria problemas à frente, no mínimo um julgamento.

— Temo que você ouvirá coisas horríveis a meu respeito. E temo o desfecho disso tudo. — Contei a ela sobre as possibilidades: confisco de minhas terras e mesmo prisão ou exílio.

Ela abraçou-me, garantindo que seu amor por mim era inabalável.

NA MANHÃ SEGUINTE seguimos viagem para Gaynes — Bel, Gwen, Robert e eu. Joana, Jane, Mary e seus pequenos, todos saíram correndo do saguão para nos saudar, envolvendo-me em amor. Entreguei-me à alegria da volta ao lar.

Caí na cama exausta naquela primeira noite passada em casa e dormi como se estivesse sob efeito de remédios, uma noite felizmente sem sonhos. À pálida hora do amanhecer, depositei uma imagem da Santa Virgem e um relicário contendo uma gota de seu leite sobre uma mesa baixa que havia no canto de meu aposento. Ajoelhei-me numa almofada e iniciei uma vigília de preces. Rezei ao longo de uma semana, enquanto as lembranças assaltavam-me, as lágrimas purificavam-me e as prostrações purgavam minha alma. No primeiro dia, Bel acompanhou-me em minhas orações por algum tempo, ficando ao meu lado, uma companhia abençoada, até que finalmente dormi por um dia e uma noite.

Na manhã seguinte, Gwen ajudou-me a vestir um de meus vestidos simples para o campo, cantarolando enquanto mexia nos botões, balançando a cabeça de leve ao constatar o quanto a roupa estava larga.

— Ao menos abandonei o luto — falei. — Prometo preencher isto tudo até o final do verão.

— Cuidarei para que seja assim — disse ela, com uma risadinha.

Quando desci para o salão, Joana e Jane timidamente ergueram o olhar de seus pães de leite, fitando-me com cautela.

— Estou bem novamente — falei, beijando cada uma delas na testa.

Depois de quebrar o jejum com pão, queijo e vinho diluído em água, fui em busca de Robert. Juntos, fomos visitar a propriedade a cavalo. Era uma alegria sair ao ar livre novamente, sobretudo com alguém em quem eu confiava por completo. Eu estava pronta para ver minhas terras e tratar das questões domésticas, práticas, relativas a sua manutenção. De volta a casa, Joana e Jane, curiosas por conhecer o conteúdo das arcas que eu trouxera de Sheen, imploraram para ajudar a mim e a Gwen a desfazer as malas. Estavam ansiosas para redecorar meu quarto, usando, para tanto, os ornamentos que Mary Percy, agora Southery, lhes dissera que eu devia ter trazido de Windsor. Ela, infelizmente, continuava a viver em minha casa, enquanto João servia Henry Percy como pajem.

Eu não gostaria de mergulhar naquelas arcas, trazendo à tona lembranças ainda recentes e doloridas, mas minhas filhas, aos 7 e 5 anos, eram pequenas demais para poderem compreender minha reserva, então consenti.

À noite eu estava agitada pelas recordações libertadas no quarto, abominando a ideia de voltar para lá. Continuei sentada no salão até que mesmo Bel, relutantemente, se retirou. Apenas Robert permaneceu, sentado do outro lado, diante do fogo, azeitando um arnês, como fizera noite adentro enquanto as mulheres conversavam.

— Isso é tarefa para um pajem, não? — falei, cruzando a sala até ele e me sentando na beirada do banco.

Ele me olhou, seus olhos azul-acinzentados me reconfortando.

— Acho calmante ficar fazendo isso.

— Está enfrentando algum problema?

— Estou preocupado com você. Lyons está preocupado com você.

— Eu também, Robert.

Ficamos em silêncio por algum tempo, eventualmente comentando sobre o fogo que crepitava ou algum acontecimento trivial do dia, e comecei a me acalmar. Willow, a gata preferida de minha filha — uma pintada coberta de cicatrizes, com uma das orelhas cortada e sem um dos olhos —, aconchegou-se em meu regaço. Acariciei-a ao ritmo de seu ronronar, e agradeci por ela agraciar-me com seu calor.

Depois de um longo silêncio, Robert deixou o salão, prometendo voltar em instantes. Esperei, contemplando o fogo, segurando Willow e desejando poder deixar para trás todo o passado, assentando-me em uma vida tranquila. Desejando novamente ser esquecida. Robert retornou e parou à minha frente, estendendo-me as mãos limpas. Eu podia sentir o odor do sabão que ele usara para remover o óleo.

Willow saltou do meu colo e aconchegou-se sobre uma almofada próxima do fogo.

— Venha — disse Robert —, ficarei sentado ao seu lado até que adormeça.

Lá em cima na sobrecâmara, Gwen não estava à vista. Provavelmente nos vira juntos no salão e concluíra que subiríamos juntos.

Robert deu uma volta pelo quarto, admirando os ornamentos, as almofadas de seda, as tapeçarias, o grande leito. Pensei que ele fosse se sentir desconfortável ali, mas ele pareceu relaxado, até mesmo curioso, e, quando voltou até onde eu estava, próximo à porta, disse simplesmente:

— Nunca estive em um aposento tão fino.

Sorri ante suas palavras e indiquei, com um gesto, uma cadeira.

— Por favor, sente-se comigo por alguns instantes. Ainda não quero ficar sozinha com as lembranças que ocupam este quarto.

Ele puxou-me para si e me segurou por um momento, depois soltou-me.

— Tem certeza? — Ele analisou meu rosto, seus olhos azuis nublados enrugando-se enquanto lia minha expressão.

— Tenho.

Ele se acomodou na cadeira.

— Ficarei de olhos fechados enquanto você se prepara para dormir — disse.

Uma vez deitada sob as cobertas, conversamos sobre colheitas e divisas, inquilinos e gado, até que os aposentos me parecessem novamente familiares e eu caísse no sono.

ACORDEI EM UMA manhã de nuvens brancas encapeladas, que se moviam langorosamente por um céu azul profundo. Eu convidara Bel, Joana e Jane para um longo passeio, só nós daquela vez, sem a companhia dos primos. O ar estava cálido, mas com uma brisa refrescante que levantava nossas saias e desgrenhava nossos cabelos. Eu e Bel decidíramos que era tempo de contar a Joana e Jane sobre a morte do pai.

De mãos dadas, minhas queridas filhinhas dançavam pelos caminhos do jardim; seus vestidos simples, de cores fortes, mesclavam-se às flores. Seus chapéus iam pendurados em suas costas, seguros por fitas amarradas sob seus queixos. Pude notar que elas os tinham usado assim na maior parte do verão, pois o sol havia operado sua mágica em seus cachos, clareando-os e realçando-os — o cabelo de Joana era quase branco sob o sol; o de Jane, uma mistura de loiro escuro e ruivo.

Bel e eu caminhávamos atrás delas, rindo por sermos forçadas a avançar mais rapidamente do que gostaríamos para mantermos o ritmo das duas meninas.

— Quanto acredita que elas compreendam? — perguntou-me Bel.

— Eduardo permaneceu consideravelmente vago para elas. Duvido que o pranteiem, ainda mais por crerem que não as deixarei novamente: o rei não mais pode me convocar. — Até mesmo uma afirmação como aquela fez-me interromper, deu-me um aperto na garganta. Eu sentia tanta saudade de Eduardo! — Elas ficarão extremamente desapontadas quando eu for convocada pelo Parlamento.

— *Se* for.

Bel tomou minha mão, ainda que não diminuísse a marcha nem deixasse de vigiar as meias-irmãs. Ela sabia quão assustada eu estava.

— Joana e Jane são dois anjos — falei, forçando-me a olhar para minhas bênçãos e não para meus temores. — Assim como você. — Apertei sua mão, grata por sua amorosa companhia.

Primeiro visitamos as gaiolas dos falcões, onde o falcoeiro fez uma descrição do que as aves haviam comido por último.

— Cada falcão acredita ser o rei ou rainha do bando — concluiu ele.

— Meu pai era um rei — disse Jane, muito orgulhosa.

— Que Deus o guarde, era sim, e o melhor deles, Srta. Jane.

Pareceu-me a perfeita deixa para o assunto que eu desejava abordar. Ao sairmos do pombal e dos estábulos, passamos a um lugar adorável, sob um carvalho, e sentamo-nos em círculo sobre uma toalha, para apreciarmos pedaços de bolo que a cozinheira embrulhara para nós. Quando as pequenas pareceram saciadas, respirei fundo e expliquei a Joana e Jane que o pai delas sucumbira à longa doença que tantas vezes o impedira de vê-las.

Joana perguntou:

— Ele não foi trancado numa masmorra e assassinado, como o vovô?

— Assassinado como o vovô? — Por um momento não consegui imaginar a quem ela se referia.

— O pai do seu Eduardo — sussurrou Bel.

Estranhamente, eu jamais pensara em Eduardo e Isabel como os avós de meus filhos. Eles pareciam tão distantes.

— Não, meus amores, eu estava com o pai de vocês quando ele morreu.

Jane escorregou a mão até a de sua irmã Bel e não olhou para mim, apenas enfiou a outra mãozinha, fechada, na boca.

Eu me sentia desconfortável ao voltar ao assunto do assassinato de seu avô; entretanto, quando Joana contemplou meu rosto com aqueles olhos tão parecidos com os de seu pai que eu sentia meu coração doer, percebi que seria importante que eu, a mãe delas, o fizesse.

— Quem contou a vocês que seu avô foi assassinado? — perguntei-lhe. Eu não podia imaginar que minha irmã ou qualquer um dos criados dissesse uma coisa daquelas.

— Mary.

— Ah. — Claro, a venenosa Percy que vivia entre nós. Rapidamente reagi com um comentário sobre o modo como a fofoca reverbera corte afora, como Mary poderia ter ouvido tal rumor. — Mas o pai de vocês estava enfermo. Ele sofria de um problema na cabeça que gradualmente o enfraqueceu. Eu estava ao lado dele. Ele não teve medo. Nós caminhávamos pelo jardim, e ele estava em paz quando Deus o chamou.

— A senhora tem um problema na cabeça, mãe? — perguntou Jane.

Puxei minha caçula para mim e a abracei.

— Às vezes sou muito boba, mas, fora isso, minha cabeça é saudável, meu docinho.

Joana riu. O som representou um grande alívio, e eu fiquei encantada quando Jane e depois Bel juntaram-se a nós no abraço. Senti-me abençoada por ter junto a mim aquelas filhas tão belas, amorosas e encantadoras. Elas tinham poucas perguntas a fazer sobre a morte de Eduardo e sobre o significado daquilo para elas.

— Acredito que ele não tenha marcado tanto a vida delas — comentou Bel quando observávamos suas irmãs correrem de volta ao salão, ao encontro dos primos. — Muito menos do que meu pai marcou a minha.

Pondo um dos braços à volta da cintura de Bel, apoiei a cabeça em seu ombro por um instante.

— Você foi abençoada com o mais amoroso dos pais, Bel. Janyn a adorava. Ele esperou muito para ter um filho, e você mais do que realizou seus sonhos.

Ouvi quando ela conteve a respiração.

ROBERT VEIO ATÉ mim quando todos já haviam se retirado, e conversamos noite adentro, tão à vontade que me senti livre para puxar assuntos mais pessoais do que os tratados na noite anterior. Contei-lhe sobre a revelação de Joana acerca do que Mary Percy lhe dissera e permiti que ele aquietasse meus temores quanto à minha nora e aliviasse o arrependimento que eu sentia por Joana e Jane não terem conhecido Eduardo o suficiente para chegarem a sentir sua perda.

— Não há nada de bom em lamentar-se, Alice — disse Robert. — Eu poderia passar a vida lamentando todas as discussões insignificantes que tive ao longo de meu curto casamento, mas não creio que Deus abençoaria uma vida assim.

Eu não conhecera Helena, sua falecida esposa. Nos poucos anos que eles passaram juntos, eu estivera ocupada com Eduardo.

— Você a amava muito?

Robert abaixou a cabeça por um momento e respirou profundamente, como se reunindo forças para falar sobre ela.

— Éramos mais irmãos do que marido e mulher. Uma afeição insuficiente para levar-nos à cama. Eu a assustava com minha necessidade, e ela acabava por fechar-se a mim quando a noite caía. Em seu leito de morte, ela pediu meu perdão. "Eu tinha medo", disse ela. "Por isso o repelia. Agora é tarde demais." Também eu tive medo, medo de abraçá-la quando sua vida se esvaía. Mas o fiz. Deitei-me ao seu lado e a abracei, soltando-a apenas depois que seu coração parou de bater.

Persignei-me.

— Janyn morreu tão longe... Eu também o teria abraçado.

Na terceira noite em que Robert foi ter aos meus aposentos de dormir, saudei-o com um beijo, um beijo longo e ávido, por aquele dia inteiro que eu havia passado a observá-lo, desejando-o. Por muito tempo eu ansiara voltar aos meus primeiros anos com Eduardo, à medida que ele falhava mais e mais em nosso ato de paixão. Por um longo período eu sonhara em experimentar isso por Robert. Não era como meu desejo por Janyn ou Eduardo. Era algo imune de imprudência, medo ou abandono. Eu simplesmente desejava Robert, de corpo e alma, acreditando que poderíamos ser felizes.

Ele traçou com o dedo as linhas de minhas sobrancelhas, minhas maçãs do rosto, meu queixo, e então me tomou nos braços, carregando-me para o leito.

A princípio o amor se fez tímido. Eu não podia crer que mais uma vez minha carne era pressionada contra a carne musculosa de um homem a quem eu desejava e que me desejava. Talvez ele também não conseguisse acreditar em tal bênção. Conforme explorávamos o corpo um do outro, nossos beijos e carícias tornavam-se mais urgentes, até que os limites entre nós se turvaram.

Acordei no meio da noite e vi que a candeia ainda estava acesa.

— Você é tão linda — sussurrou ele.

Não respondi de imediato, embalada pelo calor de sua presença. Naquele momento senti-me contente, amada, segura. Seu corpo deliciava-me. Era forte e flexível, o corpo de um homem ativo e moderado. Na cor, ele se parecia com Eduardo, porém era mais semelhante a Janyn nas proporções.

Eu me perguntava se seria possível que eu fosse abençoada a ponto de encontrar a felicidade ao lado de Robert. Que eu fosse esquecida pelo Parlamento e deixada livre para viver o resto de meus dias em paz e amor. Rezei por tal milagre.

Acordar ao lado de Robert à luz do amanhecer foi uma doce experiência. Ele estava deitado de lado, delicadamente circundando as aréolas de meus mamilos e sorrindo, um sorriso sem duplicidade, sem segredos. Não tive dúvidas de que ele me amasse. Como era algo precioso deitar-me com um homem que eu escolhera, um homem que meu coração escolhera.

Os dias eram cálidos e cheios de sol. Sentia-me bem-aventurada por estar cercada de crianças, sendo persuadida a sair à procura de um gatinho perdido, a ver um ovo de aparência estranha, a maravilhar-me com uma ave aquática. Joana e Jane pareciam realmente ter aceitado a morte de seu pai sem maiores dificuldades. Joana gostara da pompa da corte, mas Jane se assustara com o elaborado das vestes e o vozerio, a confusão de tantos adultos passando, agitados. Para elas, a morte de Eduardo significava que teriam a mim, e era difícil encararem isso como qualquer coisa que não fosse positiva.

EU ME ENCONTRAVA em Gaynes havia quase um mês quando William Wyndsor apareceu. Eu saíra para colher flores no jardim. Meu cesto estava repleto de rosas, das flores verde-pálidas do pé-de-leão e de ramos de rosmaninho e lavanda.

— Essas grinaldas você não apanhou para mim.

William deixou-se cair em um banco próximo de onde eu estava ajoelhada. O sol destacava os fios acinzentados que apontaram em sua barba desde a última vez que havíamos nos encontrado. A Irlanda o envelhecera. Ainda assim, continuava a ser um belo homem.

Como um sinal de aviso, senti um arrepio nos ossos quando o encarei, mas não consegui controlar minha língua:

— Como se atreve a aparecer por aqui? Você disse a Eduardo que estávamos noivos. Não posso imaginar o que pensou que ganharia, mas perdeu a mais ínfima porção de confiança que eu depositava em você. — Empurrei um punhado de rosas contra ele. — Leve isto e deixe-me em paz com minha família. — *E que os espinhos furem o seu orgulho inflado.*

Com um dar de ombros, ele olhou na direção da casa.

— O rei está morto. Agora é minha vez.

Sentei-me sobre os calcanhares, aturdida.

— É melhor que você vá embora, William.

Uma risada fria.

— As joias estão comigo. As que você confiou ao duque.

Eu não queria ouvir o que ele dissera. Fixei o olhar no chão, respirando fundo.

— As joias? Você? Onde o duque estava com a cabeça para confiá-las a você?

William levantou-se tão subitamente que não tive tempo de me afastar. Agarrou meu braço, levantando-me com flores e tudo, e me sacudiu.

— Você é minha noiva! — gritou, as faces rubras, os olhos selvagens de ódio. — Não se atreva a me contradizer!

Com o canto dos olhos percebi um movimento.

— Não estamos sós, William. Seja gentil e me solte.

Ele o fez, olhando a sua volta. Robert aproximava-se, vindo da casa, acompanhado por dois serviçais. Percebi, mais do que vi, alguém saindo apressado na direção oposta. Não tive dúvida de que minha nora havia estado à espreita no jardim, procurando assunto para mexericos.

Embora eu tremesse de medo, levantei a mão para deter Robert e os outros homens. Eu queria evitar um confronto entre ele e William. Voltando-me para este último, que agora ajeitava as próprias roupas, falei, o mais tranquilamente que consegui:

— Agora deixe-me, William. Quando ambos estivermos mais calmos, discutiremos sobre as joias. Mas eu lhe digo o seguinte: nunca consentirei em casar-me com você. Nunca.

— Veremos. — Ele conseguiu sair dignamente, embora com nítida rigidez nos movimentos.

Afundei no banco do qual ele se levantara, rezando para ter calma. Mas eu tremia com tanta violência que meus dentes batiam. Ele tinha consigo minhas joias, os presentes que Eduardo me dera, os dotes das minhas filhas caso minhas terras fossem confiscadas. Amaldiçoei Lancaster.

— Posso me sentar?

Assenti com a cabeça para Robert.

— Fiquei feliz por ver você. Deu-me força.

— Como ele se atreve a pôr as mãos em você? — Sua voz estava tensa devido ao ódio que mantinha sob controle. — Todo o tempo eu desconfiei de suas intenções.

— Sim, é verdade.

— Por que você me impediu?

— Temi que, se você estivesse sentindo metade da raiva que eu sentia, pudesse matá-lo.

Ficamos em silêncio por um momento, ambos imaginando o que poderia ter acontecido.

— Os modos dele não são os de um homem apaixonado — disse Robert, depois de um tempo. — É a sua riqueza que o atrai. Onde ele estava há um ano, quando a sua propriedade sofreu aquele ataque?

— Na Irlanda.

— Mas foi intimado a vir aqui, o que poderia ter feito a qualquer hora. E ele vem, por fim, quando você não está mais sob a proteção do rei.

Pressenti que Robert falava de uma preocupação ainda mais perturbadora para ele do que aquilo que ele acabara de testemunhar.

— O que você ouviu falarem por aí?

— Ele solicitou uma lista de suas propriedades... rendimentos, gado... como se considerasse a si mesmo o senhor dos seus domínios.

E ele tinha as joias. Meus nervos, alarmados, agitavam-se.

— Que Deus me ajude. — Contei a Robert sobre as joias.

— O que você fará?

— Ainda não sei. Preciso pensar. Uma vez que você se acalme, seu conselho será bem-vindo.

Ele assentiu.

— Rogo-lhe que me abrace por um instante.

Desejei que Robert estivesse sempre ao meu lado para me abraçar, aquecendo-me e tranquilizando-me com sua força e afeição. Mas o encontro com William lembrara-me dos problemas que ainda estavam por vir. O Parlamento ainda não acabara o que pretendia fazer comigo, e, aparentemente, tampouco William. Robert e eu precisávamos discutir o perigo que ainda havia à frente.

— Podemos criar uma nova vida, Alice. Eu amarei suas filhas e cuidarei delas como se fossem minhas.

Ele acariciou meus cabelos, em seguida levantou meu queixo e me beijou.

— Eu acredito em você, Robert, e realmente o amo. Mas há problemas à vista, e não sei que forma eles assumirão, alerto-o para isso.

— Não me importo.

Desprendi-me de seu abraço. Olhando-o nos olhos, vi a vida que eu desejava.

— Nestes últimos dias, tenho vivido um lindo sonho, escondendo-me do que está por vir. O Parlamento ameaçou-me, mas em termos tão vagos que não sei o que podem fazer, em razão de que podem me julgar. Mesmo aqui, em Gaynes, eles podem ter espiões... Mary Percy, o próprio William. Rezo para que nada aconteça, Robert, que eu seja esquecida. Que possamos ficar juntos.

Ele beijou minhas mãos.

— Também rezo por isso. Eu lhe juro fidelidade, Alice.

Meu coração disparou. Eu queria retribuir aquele voto, unir-nos.

— Tenho tanto medo, Robert.

— Diga as palavras e isso não importará, meu amor. Estaremos juntos.

— Eu lhe juro fidelidade, Robert.

Abraçamo-nos. Era tudo o que eu queria, os braços de Robert ao redor de meu corpo e meus filhos, e pedia que Deus estivesse agora disposto a me garantir aquela alegria tranquila.

Como eu suspeitara, Mary Percy era a pessoa escondida no jardim. Perita em ouvir às escondidas, ela compreendeu muito mais do que eu imaginara. Foi rápida ao contar a Jane, Joana e Bel que William Wyndsor tinha intenção de ser o novo pai delas. A história poderia ter sido ainda mais complicada se ela houvesse esperado para ouvir o que Robert e eu discutimos ou se houvesse testemunhado nosso abraço, nossos votos. Até o momento, apenas minha irmã e Gwen pareciam ter percebido o que estava acontecendo entre mim e ele.

Bel tranquilizou suas meias-irmãs e veio até mim com a história.

— Tão jovem e tão víbora. Pobre João — murmurou ela. — Como você o salvará? Seguramente você pode pensar em algo que a faça anular o casamento.

— Não é um bom momento para transformar Henry Percy em inimigo. Estou muito vulnerável. — Trouxe-a de volta ao que eu considerava a questão mais importante. — Diga-me, Joana e Jane não gostaram da ideia de William Wyndsor juntar-se à nossa família?

Observei seu belo rosto, mais belo do que nunca, cercado pelo véu ondulado de seu hábito, enquanto Bel lutava para tomar uma decisão. Fiquei aliviada quando ela me olhou nos olhos e disse:

— Não, elas não gostam dele. Tampouco eu, mãe. Sei que não é meu papel criticar sua escolha de um marido, mas a senhora já não sofreu o suficiente? Não seria melhor encontrar alguém tranquilo e estável? Como Robert?

A sabedoria de minha filha comoveu-me até às lágrimas.

— Não tenho qualquer intenção de casar-me com Wyndsor, meu doce. Comprometi-me com Robert. Mas tenho grande receio do que Wyndsor esteja prestes a fazer.

Pela segunda vez no dia deixei-me cair num banco, desta vez no salão, mas agora era minha filha que se juntava a mim. Ela me enlaçou em seus braços e delicadamente acalentou-me enquanto eu chorava.

— Que Deus lhe conceda paz — murmurou ela. — Que Deus lhe conceda alegria.

Vezes e vezes ela desejou-me tais graças.

Paz e alegria. Era-me precioso o quanto eu tinha de ambas naquele momento, pois não acreditava que as gozaria no futuro próximo.

GRADUALMENTE, AO LONGO do verão e do inverno, voltei a aproximar-me de minha família, refamiliarizando-me com minhas propriedades e comigo mesma. Foi uma época feliz, mas não de todo pacífica. Havia rumores de que eu seria levada diante do Parlamento para responder por meus "crimes contra o rei e o reino", uma boataria levantada por ex-donos de propriedades minhas, que esperavam com isso me apanhar num momento vulnerável e conseguir de volta suas propriedades sem me indenizar. Robert, dom Hanneye e Richard Lyons ajudaram-me exaustivamente a manter as ameaças ao largo.

Devido à situação instável, Robert não aparecia em Gaynes com frequência, e eu sentia muitas saudades dele. À medida que o verão avançava, eu me pegara vivendo para nossos momentos juntos durante o dia e para o amor que fazíamos à noite. Quando ele se ausentava, eu sempre levava Joana e Jane para dormirem comigo em meus aposentos.

COMPROVARAM-SE OS RUMORES. Na primeira sessão do Parlamento sob o reinado do jovem Ricardo, fui levada a julgamento por meus "malfeitos". Dessa vez as facas, bem afiadas, foram erguidas sem censura. O duque de Lancaster e a princesa Joana garantiram-me que não importava o que os comuns e a corte dissessem, o que ameaçassem, eu estaria a salvo. Ambos recomendaram-me que eu permanecesse em Gaynes até que efetivamente fosse convocada a aparecer. Assim que cheguei a Westminster, Lancaster proibiu-me de usar as vestes de viúva.

— Você não é a viúva de meu pai.

— Estes não são trajes de viúva, senhor. — Eu usava um vestido escuro simples e um arranjo de cabeça liso, sem enfeites.

— Você nunca se vestiu de maneira tão simples. Não deve usar luto.

Sua frieza assustou-me de tal forma que não argumentei. Não detectei em seus olhos nem gentileza nem compreensão.

No palácio fora-me designado um grande e belo quarto, que eu nunca vira antes, embora reconhecesse ali muitas tapeçarias, almofadas e arcas que haviam sido minhas. Alguém tivera a intenção de fazer uma gentileza, talvez. Gwen encontrou nas arcas alguns de meus mais elegantes vestidos, e, com um pouco de trabalho, trocamos os corpetes, para que eu ao menos não parecesse tão provocante. Não usei joias. As que ainda tinha, eu as escondera.

Pela manhã eu estava pronta. Apesar de só ter tirado minha capa forrada de pele quando alcancei a porta da sala em que enfrentaria meus acusadores, eu começara a tremer no momento em que deixara meu quarto. Lembrei-me de ter feito aquele mesmo percurso com Eduardo, sabendo que ele retirava forças de minha presença. Agora eu obtinha coragem com aquela lembrança.

Por horas sem fim eu permaneci diante do Parlamento, tentando não fitar as faces iradas daqueles homens, tentando não absorver seu ódio. Fiquei exposta, proibida de falar em minha defesa, uma pecadora no pelourinho.

Duas das principais acusações contra mim eram mentiras, mas sustentadas por uma gama de verdades que tornava impossível refutar. Fui acusada de haver usado minha influência sobre o rei para impedir que Nicholas Dagworth fosse à Irlanda para julgar as acusações contra William Wyndsor e para persuadir o rei a restaurar Richard Lyons. Tanto William quanto Richard foram referidos como meus parceiros de negócios.

Fui julgada como uma *femme sole*, uma mulher sozinha, única responsável por minhas ações. Se eu estivesse menos aterrorizada, poderia ter apreciado a ironia de ser a única responsável por obedecer a meu rei e sua família.

À medida que o julgamento prosseguia, as acusações contra mim multiplicavam-se. O povo adiantou-se, convidado pelo Parlamento, para fazer suas alegações. Eram, na sua maioria, triviais — pessoas petulantemente alegando dívidas não pagas, alegando que eu coagira membros de sua família a enfeudar terras para mim, terras que, para sua fúria, estavam agora fora de seu alcance. Todas reclamações sem importância, costumeiramente feitas contra pessoas de posses. Não obstante, eram ameaçadoras, porque *convenientes*. O Parlamento buscava ter o suficiente para condenar-me, de uma vez por todas.

Sob aquelas acusações triviais, vi que Richard Stury tinha razão. Precisavam de alguém a quem culpar pelas perdas sofridas pela realeza nos últimos anos do reinado de Eduardo — tanta soberania que escapara das mãos da Coroa no oeste da França, depois de anos de guerras caras, de tantos impostos. É claro que ninguém acreditava que de alguma forma eu causara aquelas derrotas, mas acusaram-me de ter enfraquecido o rei com a prática do sexo.

Fôramos excessivamente bem-sucedidos em esconder do povo a doença de Eduardo, mas ninguém da família real levantava-se em minha defesa. Eles não poderiam abrir a discussão para um tema desses, para tratar de um rei inválido — a mesma questão levara à rebelião armada no tempo do pai do meu Eduardo. Seria agora perigoso, com um menino no trono.

Até mesmo minha alma parecia estar sob julgamento. Numa tentativa de provar que eu lançara um feitiço no rei Eduardo, eles procuraram e prenderam dom Clovis, o frei dominicano que eu consultara tantos anos antes.

Ouvi Lancaster imputar a mim os argumentos de Eduardo: de que era inapropriado confiar apenas no julgamento de Nicholas Dagworth no que concernia aos serviços de William na Irlanda, dada sua parcialidade. Meia dúzia de ex-oficiais do serviço de Eduardo com quem eu contava, se não na condição de amigos, pelo menos como não inimigos, exageraram minha influência sobre o rei.

Como eles eram capazes de contar mentiras como aquelas na minha frente, eu não conseguia entender. Eu sempre tratara os oficiais do serviço de Eduardo com respeito. A cada nova condenação eu ficava mais ereta, recusando-me a baixar a cabeça diante de tais mentiras. Mas à noite minha coragem me abandonava. Eu era então assombrada por pesadelos em que me levavam à Torre, me decapitando... horrores que me assaltavam todas as vezes que eu dormia, de forma que eu preferia caminhar de um lado a outro do quarto a fechar os olhos.

Todo o tempo durante o qual o julgamento se arrastou eu gritava por dentro: *Não tenho poder algum! Como podem ter medo de mim? Por que precisam me encerrar atrás de paredes com 2 metros de espessura? Jamais tive escolha, exceto a de fazer o que podia para proteger minhas meninas.*

Eu me beneficiara de minha ligação com o rei, sim, é claro que me beneficiara. Não negava isso. Mas ele também se beneficiara, e, por meio dele, o reino. E quanto aos seus filhos? Meus filhos? Tinha medo do que seria deles se eu fosse aprisionada ou exilada.

Depois de muitos outros procedimentos, durante os quais eu era proibida de falar em minha defesa, a decisão do Parlamento foi a seguinte: as propriedades que eu adquirira como presentes do rei, *ou por meus próprios meios*, durante minha ligação com o rei foram confiscadas; o Parlamento tomou o cuidado de estabelecer que apenas em meu caso estariam nulas as leis que protegiam os enfeudamentos e outras transações imobiliárias, temeroso de que as propriedades pudessem ser confiscadas no devido tempo. Aparentemente, eu era a única que não merecia possuir terras. Todas as minhas joias que conseguiram agarrar foram também confiscadas. O pior de tudo foram minhas pérolas. Confiscaram o que acreditavam ser todas as pérolas que me haviam sido dadas por Eduardo — 20 mil, de acordo com a contagem. Esse foi o castigo que mais me feriu. Aqueles presentes de amor... até eles foram tomados de mim. Confiscadas também foram as joias confiadas a Lancaster. Até mesmo o ouro que Eduardo designara para meu sustento no exílio fora descoberto. Como o Parlamento soubera de tudo isso, eu não fazia a menor ideia, a menos que o duque ou William tivessem sido indiscretos. Mas com qual propósito? Eu não conseguia compreender.

O ponto máximo de meus castigos foi a determinação de que eu deveria sofrer o exílio. Exílio! Eu estava proibida de pisar o solo inglês, sob pena de aprisionamento na Torre... ou pior. Eu só pensava que jamais veria meu filho João novamente — ou minha irmã ou meu irmão. E Bel! Minha fidelidade a Eduardo custou-me tudo que eu tinha. Jurei que ao menos levaria comigo minhas preciosas filhas mais novas. Eu não seria separada de Joana e Jane.

Lá fiquei, diante dos rostos deformados pelo ódio, esculpidos nos ornatos pintados e dourados do salão de Westminster, sentindo-me despida de toda honra.

E eu estava proibida de falar uma única palavra em minha defesa. Internamente, eu exigia ser ouvida. *Ouçam-me! Eu obedeci à rainha viúva Isabel, à rainha Filipa, ao rei Eduardo, ao príncipe Eduardo, ao duque de Lancaster. Obedeci a eles em tudo. O que ganham os senhores me destruindo?*

Ah, mas essa era a chave de tudo, é claro. Eles ganhavam propriedades, ganhavam uma fortuna em joias. A quem o espólio seria entregue?, eu me perguntava. Amaldiçoei a todos.

E QUANTO ÀS promessas feitas pela princesa Joana e por Lancaster? Foi só depois que me apresentei diante do Parlamento, depois de meu destino ter sido selado, que fui levada ao Palácio de Westminster para encontrá-los. Sem que eu soubesse, outra pessoa havia sido convidada: William Wyndsor. Eu não falava com ele desde aquela tarde nos jardins de Gaynes, quando eu o rejeitara.

Naquela noite tomei conhecimento de uma condição concernente à garantia de minha segurança, sobre a qual eu não fora informada, obviamente porque nesse caso eu poderia não ter cooperado em proteger Eduardo das fofocas. Meu amado Eduardo, seus filhos — o príncipe e Lancaster — e William Wyndsor fizeram um pacto para tornar-me mais dócil assim que eu não fosse mais necessária para cuidar do rei. Meu exílio não seria executado enquanto eu vivesse como esposa de William. Eu poderia viver pacificamente com meus filhos conquanto o reconhecesse como meu marido.

Não consegui respirar enquanto ouvia isso. Minha boca estava tão ressecada que mesmo depois de ter me lembrado de respirar não consegui falar por longos momentos, enquanto todos esperavam minha humilde submissão.

— *Poderia* viver com meus filhos? — consegui dizer por fim. — Vocês ameaçam tirar Joana e Jane de mim se eu não concordar?

— Elas são filhas do falecido rei — disse Lancaster. — Como filho de Eduardo, sou responsável por elas.

Miserável! Canalha!, eu sibilava por dentro, amaldiçoando-o. Meus piores pesadelos não haviam alcançado aquele nível de traição. Eu preferia ser decapitada a viver sem a esperança de ver minhas filhas. Mas eu sabia que nada do que eu dissesse lhes interessaria. Meu destino fora havia muito decidido. Eu era o bode expiatório. Fiquei apenas sentada ali, numa cadeira que parecia um trono, uma caneca cravejada de pedras diante de mim, encarando aqueles que eu considerava amigos — principalmente a princesa Joana. Havia muito eu desconfiava de Lancaster. Mas na amizade dela eu acreditara.

Como eu não previra aquilo? A persistência de William, sua dureza...

Eduardo planejara tudo. Eu recordava bem suas palavras no jardim, no dia em que ele me pedira para ficar com seu anel de sinete. *Temo que você ainda tenha de suportar mais um fardo antes de repousar, mas rezo para que resulte em algo inesperadamente feliz.* Como ele pudera pensar uma coisa dessas? Que fantoche eu fora! Mas, obviamente, ele não estava no domínio de si próprio naquele momento. Lancaster havia tirado vantagem da confusão de seu pai, enganando-o para que concordasse com aquela pantomima.

— Um casamento só é válido se ambas as partes estiverem de acordo — declarei, encarando Joana em busca de corroboração. Ela desviou os olhos, mexendo numa manga do vestido.

Lancaster tossiu, sem dúvida dissimulando um riso.

— Madame Alice, a senhora já se deitou com William muitas vezes. Terá dificuldade em convencer o arcebispo Sudbury de que não desejava isso.

— Não me deitei com ele! Nunca! — Encarei William, que mirava um ponto na mesa. Eu estava nauseada. Eu o recusara.

— É isto ou o exílio? — perguntei.

Lancaster fez um sinal quase imperceptível de assentimento, como se não aprovasse a própria desumanidade.

— E minhas terras?

— Quanto a isso, não há nada que possamos fazer por você. Mas, daqui a algum tempo, Sir William poderá reavê-las.

Ali e naquele momento, amaldiçoei William. Amaldiçoei-o e jurei que ele jamais desfrutaria da riqueza que eu conseguira para minhas filhas.

Joana estendeu os braços para mim, cobrindo gentilmente minhas mãos com as suas. Ela explicou que o povo me esqueceria tão logo eu estivesse sob o controle de um marido, e um marido com fortes laços com os grandes homens. William era reconhecido como um grande defensor da lei Um homem com habilidade marcial, um respeitado cavaleiro do reino.

Eu estava boquiaberta.

— Foi você quem o manteve inflexível a respeito de termos nos comprometido?

— Não eu, minha amiga — disse Joana. — Só tomei conhecimento desse acordo na semana passada.

Mas William falara sobre isso a Richard Lyons muito tempo antes. E Eduardo contara-me. Voluntariamente, eu ignorara os alertas. Amaldiçoei-me por ter sido tão cega a ponto de pensar que era a paixão que movia William — não a raiva, a sensação de terem-lhe roubado sua prometida, pois sempre fora a ira a mais feroz de suas emoções.

— Como podem confiar nele para me manter a salvo? Ele falhou na Irlanda! Por que William, dentre todos os homens?

Lancaster estava impassível.

— Ele é um de meus homens de confiança, Alice. Sempre me serviu bem.

Mas não a Eduardo, não a seu rei. Não, isso não era verdade. William ganhara dinheiro para ele, para a guerra na França. Ele tinha como pele uma couraça. Talvez gostasse de antagonismos. Eu precisava lembrar-me disso.

— É este o seu desejo, William? — perguntei. — Casar-se com uma mulher que não o quer?

Ele ficara sentado o tempo todo, os olhos voltados para aquele mesmo ponto da mesa que havia diante de si. Quando eu questionara se ele seria de confiança, ele finalmente se mexera, enrijecendo o maxilar. Agora ele me encarava, com os olhos me examinando, como se avaliasse uma égua que estivesse prestes a comprar.

— Alice, meu amor, a esta altura você certamente não tem mais ilusões sobre o casamento. — Ele procurou minha mão, mas eu a puxei. — Com o tempo você vai me querer, Alice. Vai sim.

Nunca, eu gritava por dentro. *Nunca. E jamais os perdoarei, a nenhum de vocês.*

MEU ORDÁLIO PÚBLICO ainda não terminara. Fui ordenada a comparecer a uma missa pública na Abadia de Westminster, que havia sido recentemente o cenário do casamento de meu filho. Eu teria de confessar meus pecados ao arcebispo de Canterbury e me humilhar, implorando o perdão. Para tal, teimosamente usei minhas vestes de viúva. O arcebispo Simon Sudbury ergueu uma sobrancelha, mas não disse nada.

Fiz tudo o que exigiram de mim. Não tinha escolha. Ordenaram-me que aceitasse a responsabilidade por tudo o que eu conquistara, assim como por tudo que eu humildemente fizera por obediência. Não era suficiente que eu perdesse Eduardo, que sua família houvesse roubado de mim tanto Janyn quanto o consolo de ter minhas filhas por perto.

Para agravar o insulto, embora eu não quisesse nem William Wyndsor nem Mary Percy, estava sendo algemada a ambos.

Pelo menos naquele momento, até conseguir readquirir minha razão. Nada disse sobre o meu compromisso com Robert. Pelo menos a ele eu poderia proteger.

Não consegui dormir enquanto permaneci no palácio. Girava entre a raiva e a angústia ao imaginar o que diriam Robert e Bel — podia ver a compaixão nos olhos de Gwen, e a decepção.

Lá estavam novamente os grilhões que há tão pouco tempo haviam sido retirados de meus tornozelos, mas agora não havia nem a doçura de meu amor por Eduardo para suavizar a reclusão.

Odiei a todos pelo arrependimento que eu agora sentia por tê-lo amado.

19

Seu rosto, como uma imagem do paraíso
estava agora mudado numa outra coisa.
A alegria, o riso que os homens costumavam nela encontrar
foram-se; e assim Créssida agora jaz solitária.

Em seus dois olhos um círculo roxo
formara-se, verdadeiro sinal de dor;
contemplá-los era algo mortal.

— GEOFFREY CHAUCER, *Troilo e Créssida*, IV, 864-71

• Janeiro de 1378 •

FORAM-ME CONCEDIDOS UNS POUCOS dias de licença em Westminster, que eu utilizei para enviar mensagens a Bel, Robert e Mary — que estava em Gaynes com as crianças —, avisando-os da mudança iminente em meu status. Uma frase fria e prática era mais adequada à minha situação do que "casamento". Entreguei ao mensageiro uma carta para cada um deles, a mais longa das quais dirigida a Robert. Nela, eu renovava minhas promessas de amor imutável por ele, dizia que a única forma de não me separarem dele ou de meus filhos seria aquiescer e implorava para que não interferisse. Era horrível não poder falar com os três pessoalmente, não poder preparar Joana e Jane.

Mas eu era efetivamente prisioneira no Palácio de Westminster. Embora de longe preferível à Torre, ainda assim era uma prisão fria. A princesa Joana e o jovem rei Ricardo não estavam na residência, tampouco Lancaster.

Quando o duque proibiu-me de utilizar os poucos dias de licença que me haviam sido concedidos para voltar a Gaynes e preparar minha casa, perguntei-lhe o que temia que eu fizesse se fosse autorizada a viajar.

Elegante em trajes negros que acentuavam sua pele clara, mas também suas profundas olheiras — um sinal de doença ou ao menos de carência de sono que eu raramente vira nele —, Lancaster tocou de leve meu braço. Estávamos à janela, observando o Tâmisa ao inverno.

— Eu a protegeria de tomar alguma atitude precipitada, neste momento em que sua mente está em turbilhão, madame Alice, tal como fugir do país com suas filhas. Isso seria lamentável, pois comprometeria totalmente nossos planos para sua saída pacífica e confortável do centro de toda essa controvérsia. Você sofreu um golpe profundo no julgamento a que foi submetida. Uma condenação dessas, em pleno luto, abalaria o mais corajoso dos cavaleiros até as entranhas. Admiro a força que manteve durante a doença de meu pai, sua morte e os ataques vingativos dos comuns.

Sua expressão de preocupação teve o único efeito de me nausear. Internamente, retruquei: *Com certeza você preferiria que eu fugisse com minhas filhas. Assim estaria livre de mim e se apropriaria de todas as minhas terras, joias e dinheiro. Poderia até mesmo casar Sir William com alguma outra que lhe interessasse controlar.*

Mas não falei nada disso, nem lhe contei que já estava comprometida. Ele podia parecer vulnerável, mas se tratava do homem mais rico e mais poderoso do reino, e eu não ousaria enfrentá-lo. Temia o que poderia fazer a Robert.

Quando ele se retirou, mandei embora os criados e fiquei de lá para cá pelo corredor, escalando todo o veneno que eu trazia dentro de mim. Minhas botas golpeavam as tábuas enquanto eu guinchava e gritava impropérios guardados por tanto tempo. Chorei, arranquei os cabelos e bati no peito até exaurir-me. Que os guardas e os criados cochichassem e se persignassem; eu não me importava.

O palácio agora não era nem a sombra do Westminster que eu conhecera com Eduardo. Os criados encarregados de cuidar de nossas necessidades comportavam-se com indiferença em relação a Gwen e a mim, embora vários deles estivessem acostumados a buscar nossos conselhos para cuidar do rei quando ele não estava bem. Evitávamos falar com eles sempre que possível, pois o contraste era doloroso demais. E eu os assustara com minha fúria, bem sabia. Eles, por sua vez, controlavam a comida, a bebida e o combustível para os braseiros. Eu ansiava por poder ir para uma de minhas habitações — para qualquer lugar, na verdade, que não fosse uma das residências reais, repletas que estavam de lembranças dolorosas.

Gwen se lamuriava por minhas mãos e pés gelados, por minha falta de apetite.

— Quase prefiro sua ira ensandecida — disse ela.

Eu lhe garanti que me recuperaria assim que pudesse voltar a cavalgar e caçar, assim que estivesse em casa — pois parecia que Fair Meadow e a casa de Londres na qual eu vivera com Janyn permaneceriam sob minha posse.

— Sir William concordará em viver em uma de suas casas? — perguntou-me ela.

— Concordaria? Creio que seja seu desejo mais fervoroso. Por que mais ele cooperaria com essa farsa, se não para apropriar-se de tudo o que é meu? Ninguém, em momento algum, fala das residências *dele*, Gwen. Sem dúvida não devem ser nem aceitáveis.

De fato, William não se encontrava em Westminster; estaria pretensamente ocupado em preparar sua casa, bem ao norte da cidade, para nossa noite de núpcias. Ele enviara uma mensagem convidando-me para uma caminhada nos jardins do palácio, mas eu alegara dor de cabeça e não tive mais notícias. Robert tinha razão — William não agia como um homem apaixonado. Eu não passava da sua missão, a ele confiada por Lancaster. Um pajem trouxera-me um presente de casamento, um diadema de ouro cravejado de diamantes e esmeraldas. Nominalmente viera de William, mas também isso cheirava a Lancaster.

Muito tempo antes, a princesa Joana alertara-me: *E então a invejarão. E a inveja é uma emoção muito feia. Inspira crueldade. Maldade. Se qualquer mínima coisa de ruim acontecer, você é uma das pessoas que será acusada. Porque você não tem ligações. Porque ele a ama... Fique de olhos abertos. A todo momento, lembre-se de quem você é, de onde está... Encontre e cultive a amizade de algumas pessoas confiáveis. Mas não confie nelas cegamente. Assim como não deve confiar cegamente no rei. Ele é um homem, assim como William Wyndsor. Aliás, o seu William está zangado, eu percebi. Ele pode ser sua salvação se algo der errado, mas se por acaso casar com ele, procure manter parte de suas propriedades em segredo. Por precaução.*

Joana alegava ter tomado conhecimento do acordo apenas na semana anterior. Como, então, ela me alertara havia tanto tempo?

Requisitei um encontro com ela. Ela chegou com serviçais carregando presentes para mim — canecas adornadas de pedras; muitas colheres de prata; fofas almofadas forradas de seda e veludo; um corte generoso de escarlate de coloração ricamente dourada, e um outro corte em tom marrom; uma lã macia e estampada em tons de vermelho e um pequeno baú cheio de botões de ouro e prata, incrustados em madrepérola. Presentes de núpcias.

— Você precisa acreditar em mim, Alice. Eu nada sabia disso até pouco antes de você mesma saber. Estes presentes, eu tinha planejado dá-los a você como uma forma de alegrá-la, de alegrar as casas que você tem permissão para manter, ou então seriam seu enxoval para o exílio, caso o pior acontecesse. Eu não sabia do trato com Sir William, juro.

Acreditar ou não acreditar não fazia qualquer diferença para mim naquele momento. Eu estava desesperada por algum conselho.

— Não posso me casar com ele, Joana. Não consigo amá-lo.

— Você precisa tentar, Alice. Pelo bem da sua família. Pense, minha amiga: pela primeira vez você estará livre para viver com Joana e Jane, e próxima a Bel.

Meu coração disparou à menção de viver próxima a Bel. Gaynes era perto da Abadia de Barking.

— Gaynes não foi confiscada?

Joana balançou a cabeça.

— Gaynes é sua, desde que se case com Sir William. Você já o achou agradável antes, Alice. Isso não é muito melhor do que o exílio?

Era uma boa pergunta. Considerei contar a ela sobre Robert. Dentre todos, ela o compreenderia, visto que havia sido forçada a casar-se com William Montague quando já estava secretamente noiva de Thomas Holland. Mas eu já não lhe confiava informações que ela poderia deixar escapar.

— Seria uma bênção poder permanecer próxima a meu filho e minha filha Bel. Mas, se não fosse por eles, eu preferiria construir uma vida nova na França ou nos Países Baixos. Futuramente, eu poderia sentir-me confortável com minha vida lá, em paz. Não consigo me imaginar algum dia sentindo-me bem num casamento forçado.

— Nem João nem os irmãos dele teriam permitido que você levasse suas filhas para fora do país, Alice.

— Acho estranho que, embora nunca tenham sido reconhecidas por seu pai, seus outros familiares as tenham encampado. Com qual propósito? Eles não lhes darão, de súbito, o nome Plantageneta, nem mesmo encontrarão nobres que desposem minhas meninas. O duque faz isso apenas para prender-me a William, para, assim, poder recompensá-lo com minhas propriedades.

Pude ver em seu belo e expressivo rosto que Joana não se dera conta daquilo. Tinha tão pouco interesse por todas aquelas coisas que sequer se perguntava por que os irmãos agora se mostravam tão zelosos em manter minhas filhas próximas de si.

Ela estendeu as mãos para mim.

— Você está tão pálida...

Ela também estava, notei, embora seus cabelos estivessem mais brilhantes de novo: o branco, que se evidenciara quando da morte de seu marido, fora novamente oculto por loções e óleos. Ela parecia também inchada, como se o peso que ganhara nos últimos anos em Bordeaux e depois perdido quando de volta à Inglaterra houvesse voltado a inflar seu corpo. Pelo visto era dada a comer quando estava preocupada. Arrependi-me de ter discutido com ela. Um pouco.

— Vamos andar pelo jardim — disse ela. — O tempo está claro e ameno para janeiro. Uma dádiva que não devemos desperdiçar fechadas em quartos gelados, úmidos e cheios de ecos.

Enquanto caminhávamos pelos jardins desertos, ela não falou de meu matrimônio vindouro, apenas dos temores concernentes a seu filho, jovem demais para ser rei, e sua dificuldade para dormir à noite desde a morte do príncipe Eduardo.

— Não é que dormíssemos na mesma cama todas as noites. Mas, de alguma forma, meu ser, mesmo adormecido, sabe que ele se foi, que nosso filho é vulnerável, e eu acordo com o coração acelerado.

Senti-me aliviada por ver-me distraída de minhas próprias preocupações e de meu ódio por um instante. Joana perdera muito mais que um marido. Perdera o mais magnífico dos futuros e o tempo de que seu filho necessitava para transformar-se num jovem adulto adequado para governar um reino.

Mas logo ela voltou a dirigir a conversa para a desconfiança que eu tinha em relação ao duque:

— João está lutando para manter um equilíbrio delicado, Alice. Meu marido o encarregou de proteger o reino para nosso filho enquanto Ricardo for novo demais para governar sozinho. João sabe que há alguns comuns e mesmo certos barões que suspeitam dele, que acreditam que ele deseje esse poder para si. Um rumor como esse só cresceria se ele o enfrentasse, então ele confia em que, atuando impecavelmente em nome de Ricardo, convencerá o povo de que não é sua intenção assumir o governo deste reino. Tal como você, ele está sendo condenado por ter uma amante, com quem não é casado, e a ter filhos com ela. Por sua ligação com Catarina, ele a compreende melhor do que qualquer outro na família.

Suspirei de impaciência.

Joana chacoalhou de leve meu braço.

— Ele quer salvá-la, Alice! O casamento com Sir William é o expediente por meio do qual ele conseguiu acalmar os ânimos da turba, colocando você sob os cuidados de um cavaleiro. João pretendia *honrá-la* com uma ligação nobre desse tipo.

— Gostaria de acreditar nisso tudo que você diz a respeito dele.

Seria tão mais fácil aceitar aquele casamento... Mas eu tinha desconfianças. E eu amava Robert, não William. Levantei meu casaco forrado de pele de esquilo até o queixo.

— Venha, você está gelada. Vamos para o seu quarto tomar um pouco de vinho quente com especiarias. — Enquanto corríamos pelas aleias do jardim, Joana disse: — Rezo para que a alegria a surpreenda, Alice. Você fez muito por esta família, e eu desejo sua felicidade.

Depois que ela partiu, passei um longo tempo na capela, rezando para ter a sabedoria e a graça de aceitar meu fardo. Também rezei para que Joana tivesse razão sobre o duque. Mas era difícil afastar os pensamentos de fuga.

WILLIAM E EU contraímos núpcias numa cerimônia simples, naquela mesma capela de Westminster em que eu rezara tão sinceramente por aceitação. O arcebispo Sudbury, diante de quem eu me humilhara dias antes, oficiou o matrimônio. Eu vestia uma túnica de brocado em um tom escuro de dourado, sobre um vestido verde. Gwen salpicara o brocado com os botões que eu ganhara da princesa Joana. Sobre o cabelo trançado, eu usava o diadema de diamante e esmeralda que William me dera. Ele vestia um gibão justo, de índigo grosso, bordado com fio de prata, que se trançava e tomava o formato de um cisne. Um chapéu de índigo, mais leve, ostentava uma pena de pavão. Suas perneiras eram marrom-escuras. Formávamos um belo casal, tão elegante que não condescenderíamos em revelar nossas emoções. Os convidados tinham sorte porque, se o fizéssemos, eu estaria gritando e William, provavelmente, gargalhando.

Pelo bem dos meus filhos, eu jurara fazer tudo o que estivesse ao meu alcance para encontrar paz naquela situação odiosa. Porém jamais daria meu coração a William. Era a Robert que ele pertencia.

Enquanto cavalgávamos rumo à residência de William, ao norte de Londres, eu me forçava a pensar em coisas neutras. Eu era agora a esposa de um homem que dispunha de meios mais modestos que Janyn e Eduardo, ainda que se tratasse de um cavaleiro, e preparava-me para um modo de vida restrito, simples. A casa acabou por revelar-se de bom tamanho e bastante nova.

— No verão, os carvalhos em volta da casa devem dar uma sombra agradável — observei. — É um lago ali mais abaixo?

— Um lago com peixes, bem fornido quando estou na residência.

Durante todo aquele dia, trocamos não mais que umas poucas palavras, lançadas durante as conversações falsamente animadas de nossos "padrinhos", como William se referia ao duque e à princesa. Num gesto peculiar, meu pai e sua esposa — que eu não conhecera antes, já que eu representava um perigo para sua alma quando era amante de Eduardo — foram convidados para a cerimônia. Nada sabendo de meus sentimentos sobre aquela união, meu pai desejou-me toda a felicidade. Quando sua mulher estava prestes a apresentar-me suas afetadas congratulações, ele a conduziu para longe, decerto apreensivo com minha reação.

— Você quase não falou com a sua mãe — comentou William.

— Minha mãe morreu há muito tempo.

Meu estômago revirou diante da antevisão de anos a fio exercendo aquela polidez vazia.

Seus serviçais saudaram-me calorosamente. O salão era modesto e decorado com simplicidade, asseado e convidativo, principalmente a lareira ao centro, que exalava uma deliciosa fragrância da madeira de macieira. Elogiei William pela excelente refeição posta à nossa frente e tentei conduzir a conversa para assuntos amenos, pois desde o momento em que chegáramos à casa ele começara a tragar conhaque sem parar. Ao final da refeição, que mal tocara, ele havia consumido uma quantidade copiosa da bebida e parecia ansioso por uma discussão.

Principiou, então, uma litania de desprezos que sofrera de minha parte — o fato de eu tê-lo mandado embora de Gaynes, minha recusa em permitir que ficasse em Tibenham vários verões antes, o fato de ter deixado sem resposta suas cartas e de tê-lo insultado na frente de Lancaster e Joana. Quando chegou ao final da lista, recomeçou-a. Pouca coisa eu disse. Nem Janyn nem Eduardo jamais haviam se comportado daquela maneira, e eu não sabia o que poderia deixá-lo ainda mais irritado.

— Agora estou aqui, William — lembrei-lhe quando finalmente nos retiramos para o quarto de dormir. Sentei-me a seu lado na cama. — Será que não poderíamos ser civilizados um com o outro?

Ele soltou um resmungo.

— Isso seria bem conveniente para você, não é? Convencer-me a esquecer todos os seus insultos e fingir que acabamos de nos conhecer?

— O que faremos, então? Como você propõe que vivamos?

Ele ergueu-se subitamente e cambaleou na direção da porta. Quando estava quase lá, deu meia-volta. Prestes a perder o equilíbrio, levantou o braço ao acaso e agarrou-se a uma pilastra para apoiar-se, respirou fundo e piscou, como se procurasse clarear o espírito e a visão.

— Como pode não entender que no primeiro momento em que a vi, jurei que seria minha esposa?

Então eu não estava errada ao crer naquilo tanto tempo antes. Levantei-me e fui em sua direção, erguendo a mão para apoiá-lo.

— Venha, William, venha para a cama. — Eu queria que os espiões que houvesse dentro do serviço da casa espalhassem que dormíramos juntos.

Ele levou uma das mãos à minha nuca e puxou-me para perto de si, beijando-me na boca. Consegui desvencilhar-me o suficiente para conduzi-lo até a cama enquanto ele me apalpava, despindo-o ao mesmo tempo que era parcialmente despida. Mas eu ainda não o havia acomodado sob uma ilha de mantas e cobertores quando a bebida o subjugou. Ele amoleceu e começou a roncar.

Quando me certifiquei de que ele estava dormindo profundamente, chamei Gwen para me ajudar a me preparar para dormir. Permaneci acordada, imaginando como deveria me portar nos dias e semanas seguintes de modo a obter a confiança de William, se é que isso era possível. Pedi aos céus que chegássemos a um acordo mutuamente satisfatório.

Acordei com ele me beijando e, assim que sentiu que eu me mexia, delicadamente penetrou-me. Seu hálito cheirava a anis, e sua pele exalava um perfume exótico — ele se banhara e se preparara para mim. Embora fosse atencioso ao fazer amor, eu não correspondi. Em seguida, deitamo-nos lado a lado, os olhos afastados um do outro, como se imaginássemos de que maneira nos comunicaríamos depois daquilo.

Ele voltou-se novamente para mim e levantou as cobertas para examinar meu corpo.

— Bem, minha silenciosa Alice, saiba que ficará acordada tanto quanto eu puder mantê-la. Não consigo imaginar como eu poderia acordar ao lado desse corpo e não ficar excitado. — Seu sorriso era preguiçoso e sensual enquanto ele se colocava em cima de mim mais uma vez.

Eu não fingia fazer mais do que suportar aquilo, e ele não parecia se importar. Rezava para que ele logo se cansasse de minha falta de reação.

Mais tarde naquela mesma manhã, depois de tomarmos o desjejum em frente à cheirosa lareira do salão, William e eu conversamos. Ficou claro que eu não fora a única a gastar um bom tempo refletindo acerca de como fazer nosso casamento funcionar. Ele jurou que, se eu aceitasse suas desculpas pelo nosso enlace arranjado e lhe desse a oportunidade de demonstrar que era um marido amoroso, ele se esforçaria junto às cortes para limpar meu nome, revogar meu exílio e reaver as propriedades que eu adquirira por meus próprios meios.

Concordei, em princípio. Para mim mesma, prometi garantir o que pudesse das propriedades que eu obtivera em sociedade, voltando a trabalhar com meus antigos amigos e parceiros de negócios. Eu não me esquecera do alerta de Robert de que William havia levantado informações sobre meus bens, nem do conselho de Joana a respeito de manter parte de minhas propriedades em segredo.

Por vários dias, ambos fizemos grandes esforços para manter a civilidade, mas ficou claro que aquilo exigiria vigilância e contenção constantes de minha parte. William conseguiu renunciar aos excessos da bebida a que se entregara nas primeiras noites, e eu tolerava suas necessidades sexuais. Era algo estranho para mim, sentir repulsa ao toque de um homem. Quando conversávamos, procurávamos assuntos descomplicados, tais como o serviço da casa, as outras propriedades de William e que itens ele tinha a intenção de levar para Gaynes. Mas no quarto dia ele bebeu demais ao almoço e à noite alternava entre o indócil com minha conduta passiva e o silenciosamente taciturno. Quando nos dirigíamos ao cais de Westminster para tomar a barcaça, olhávamos belicosamente um para o outro. Eu temia chegar em casa.

Embora a princesa Joana e o duque de Lancaster me houvessem concedido salvo-conduto até lá, certamente haveria alguém, em suas comitivas ou na do jovem rei, que poderia estar em busca de recompensas e promoções com minha captura. Afinal, eu fora exilada, o que normalmente não me permitiria viver na Inglaterra, muito menos fazer uso de uma barcaça real. William e eu fôramos aconselhados a nos vestirmos com simplicidade e permanecermos bem cobertos.

Quando avistei as familiares paisagens ribeirinhas passando por mim, fui invadida pelas lembranças das viagens que fizera entre minhas habitações e os palácios de Eduardo. Meu corpo lembrou-se de minha alegre ansiedade, e meu coração, de minhas esperanças. Naquele tempo, os marinheiros e guardas tratavam-me com respeito; agora, todos os olhos revelavam curiosidade, e muitos demonstravam frieza. Procurei não me lembrar de uma viagem mais recente com Robert, quando eu pensava ser uma mulher livre.

Eu odiava o fato de não ter tido a chance de prepará-lo, nem a minha família, para esses últimos desdobramentos, e odiava igualmente saber que Joana e Jane, e possivelmente meu filho, não tinham ciência de meu casamento com William. Meus filhos mais novos alegraram-se por ver-me vivendo sob o mesmo teto, sem um homem exigindo toda a minha atenção pela maior parte do dia e a noite toda. Eu previa as lágrimas que viriam quando eles se dessem conta de que William compartilharia meu quarto e minha vida. Tentava acalmar-me com a ideia de que pelo menos não se tratava de alguém completamente estranho. Eles já o conheciam, e William, embora distante, não fora mau com as crianças. Para seu próprio bem, ele deveria fazer o possível para manter-se assim, pois sabia que meus filhos viriam sempre em primeiro lugar em meu coração.

Mas Robert... meu verdadeiro marido, meu amado. Eu lhe enviara uma carta desajeitada, pois fora a mais dolorosa de escrever. Quando nos vimos na barcaça, ele revelava no rosto o sentimento de traição e de esperança despedaçada. Mas rapidamente retomou o autocontrole e deu boas-vindas a William. Eu, no entanto, sentia-me como se estivesse doente, e não ousava fitar seus olhos.

Joana e Jane estavam confusas, mas William as saudou com uma cortesia tão exageradamente engraçada que durante dias bastava que ele se curvasse para levá-las ao riso. Isso foi um alívio. Eu não esperava tamanha sensibilidade. Mary Percy ignorou-o, como era seu costume. Pouco antes eu lhe dera permissão para ter uma aia só para si, e as duas fofocavam e tagarelavam num canto do salão durante quase todo o dia, curvadas sobre seus bordados e outros trabalhos de costura. Considerei uma dádiva divina que ela estivesse assim ocupada.

Gwen estava muito quieta. Atravessáramos juntas muitas mudanças, mas aquela parecia ser, para ela, a mais difícil de aceitar. Enquanto ela arrumava meu quarto de dormir em nossa primeira noite em Gaynes, perguntei o que pensava, pois parecia triste.

— Não suporto vê-la tão infeliz quando... — Ela pressionou os dedos contra os lábios por um instante, a expressão constrangida. — Perdoe-me, madame Alice. Esqueci meu lugar.

— Você é uma de minhas companheiras mais antigas e queridas, Gwen. É ótimo que se expresse livremente sempre que estivermos a sós.

— No Sr. Robert a senhora encontrou um homem que ama e respeita, e com quem gosta de estar. Temo o que possa acontecer agora. Até quando conseguirá fazer o papel de esposa de Sir William? Como o Sr. Robert poderá suportar isso? Como a senhora aguentará?

— Não sei o que será de nós, Gwen. Cada vez que penso estar livre, vejo-me acorrentada de novo.

Ela inspirou fundo e segurou o ar no peito enquanto apertava a base das costas para levantar-se. Ela envelheceria um dia desses, e eu a perderia — se não fosse antes dela. Não conseguia imaginar minha vida sem Gwen.

— Quem sabe Sir William não a surpreenda — disse ela, sem convicção.

Se ela não conseguia imaginá-lo, tampouco eu conseguiria. Na primeira noite em Gaynes, William exibiu seu melhor comportamento, bebendo moderadamente. Começamos com uma conversa agradável e terminamos numa cópula bruta. Mas na manhã seguinte, quando acordei, ele não estava lá. Os criados disseram que saíra a cavalo bem cedo.

Procurei por Robert nos campos. Seus cabelos clareados pelo sol, a forma como sua pele se enrugava sob os olhos quando piscava ao olhar contra a luz, o jeito como ele se mantinha... tudo aquilo me era familiar e querido. Mas ele me cumprimentou de maneira muito formal. Contei-lhe tudo, como as coisas transcorreram em Westminster. Caminhamos ao longo das cercas vivas que ele estava inspecionando enquanto eu falava, e então paramos num velho galpão, onde nos sentamos lado a lado sobre um galho vacilante.

— Eles não têm o direito — disse ele, olhando fixamente para o chão enlameado.

Pus minhas mãos sobre as dele.

— Sou eu que não tenho direitos, Robert. Parece que nunca tive. Meu pai arranjou meu casamento com Janyn, e Janyn prendeu-me ao serviço da rainha.

— Se você pudesse escolher...?

Ele se voltara para olhar-me nos olhos. Quando fez isso, meu lado do galho cedeu. Ele me pegou em seus braços, levantando-nos a ambos.

— Eu *escolhi* você, Robert. Não vê isso claramente em meus olhos? Não deixei evidente minha escolha durante as noites que passamos juntos e nas promessas que lhe fiz?

Beijamo-nos longa e carinhosamente, apertando o corpo um contra o outro.

— Deus ainda poderá ajeitar as coisas — sussurrou ele.

— Eu não ouso ter esperanças, mas rezo para que William logo se canse de todo esse fingimento e nos deixe em paz.

— Enquanto isso, eu estarei cuidando de você, Alice.

Não gostei daquelas palavras, *enquanto isso*.

— Robert, podemos ficar juntos quando ele estiver fora. Certamente não precisamos negar nosso amor.

Ele balançou a cabeça.

— Não sou capaz de dividi-la com ele, Alice.

Senti o pânico tomando conta de mim.

— Robert, não me castigue! Estou fazendo isso por nós. Estou protegendo você, protegendo meus filhos... — Parei de falar, ouvindo Janyn dizer-me que tinha conseguido minha posição na corte por minha própria segurança e pela de Bel. — O que fui fazer, Robert?

Ele tomou minhas mãos e olhou-as fixamente, beijando-as alternadamente, e então levantou o olhar para mim. O amor que sentia por mim estava escrito em seu rosto, assim como a dor. Mas ele conseguiu forçar um sorriso.

— Você fez o que tinha de fazer. Eu nao poderia amá-la como amo se acreditasse por um momento que você seria capaz de suportar a separação de seus filhos.

— Não, eu não seria capaz. — Respirei fundo. — O que vai fazer agora?

— Permanecerei longe de você tanto quanto possível, viajarei para suas propriedades mais distantes para inspecioná-las. — Ele beijou minha testa, minhas faces, meus lábios, gentilmente, carinhosamente, e então se afastou. — É como tem de ser, por ora. Não posso ficar, Alice. Eu cometeria alguma violência contra ele.

Despedimo-nos ali. Mais tarde, ele pegou o cavalo e rumou para uma propriedade distante.

Aos poucos, depois de muita oração e reflexão, acalmei-me, e me esforçava continuamente para sentir-me grata pelo que tinha e afastar o desejo por aquilo que não tinha.

Durante as semanas seguintes recebemos um cortejo de hóspedes: Richard Lyons, dom Hanneye, Geoffrey, Pippa e seu filho Thomas, meu irmão John e sua família. Eu pedira a William que nos concedesse um pouco de sossego, até que nos ajustássemos, mas ele queria que todos nos congratulassem. Queria conhecer minha família e meus amigos. Quando eu o observava com nossos convidados, dava-me conta de quão mal conhecíamos um ao outro.

Na primeira manhã da visita de Richard, propus que todos fôssemos caçar com os falcões. Era um dia ameno de fevereiro, e Joana e Jane haviam me pedido para praticar a falcoaria. Minhas filhas estavam fortemente enlevadas pelos falcões e por todo o ritual que envolvia a caça com aqueles pássaros.

— Que passatempo tedioso. — William atirou-se a um banco próximo à lareira do salão, olhando para o fogo como se conjurasse espíritos. Nem sequer nos olhou ao emitir sua opinião. Com um aceno, acrescentou: — Vão vocês, se quiserem. Eu encontrarei outra ocupação.

Até mesmo Mary Percy demonstrou mais interesse que ele, embora sua participação tenha principiado com uma grande afetação em torno de como os vários pássaros deveriam ser ordenados, de acordo com o status do falcoeiro, e aproveitou isso para fazer referências insultuosas a Geoffrey, Richard e a mim, alegando que não estávamos à altura de nossos falcões.

— Seu pobre filho — sussurrou Richard em meu ouvido — estará louco para arranjar uma amante mais gentil e de boa índole apenas dias depois de ter se estabelecido com essa bruxa.

A hóspede em quem William prestou maior atenção foi Pippa Chaucer, avidamente atento ao contorno de seus seios, acentuados pelo corte do vestido. No início ela flertou com ele sem o mínimo pudor, para desconforto de Geoffrey, mas cansou-se da brincadeira numa noite em que ele fez muitas perguntas sobre sua irmã, Catarina, algumas delas grosseiras. O fino verniz de educação de William era facilmente dissolvido pelo conhaque.

— Sendo um homem de Lancaster, imagino que o senhor deva encontrar-se com minha irmã muito mais do que eu — disse ela abruptamente, afastando-se para conversar com Richard.

William escolheu aquele momento para lançar uma saraivada de insultos contra mim. Como se referira a Catarina como concubina de Lancaster, chamou-me de concubina do rei. Segundo ele, eu não tive "a perspicácia de encontrar um marido de verdade após a morte de Janyn, mas me atirei à cama do velho rei sem pensar no futuro".

Eu já conhecera bêbados, mas nenhum com tamanho poder de me atingir, de revirar os punhais que claramente permaneciam enfiados em meu coração ainda de luto.

Olhei de relance para o rosto de Geoffrey, lívido de raiva, e balancei a cabeça.

— Meu amigo, não entre numa discussão com ele. Quando toma seus tragos, ele perde a capacidade da razão.

O ABISMO QUE havia entre mim e William alargou-se quando nossos hóspedes foram embora. Ele não estava habituado à vida numa propriedade rural. Não tinha paciência para as contas e ainda menos interesse em fazer planos. Depreciava-me por tratar do jardim — "trabalho de camponês" —, e eu o repreendia por sua crescente hostilidade com as crianças, não apenas Joana e Jane como também meus sobrinhos e sobrinhas. Agradeci a Deus por ter me precavido para não engravidar. Mary falou sobre encontrar algum outro lugar onde pudesse morar, e acabei concordando que ela estaria melhor longe dali, em minha casa de Londres. É claro que, depois disso, William também queria ir para minha casa em Londres, para "cuidar dos negócios".

— Você tem uma casa perto de Londres, não precisa ficar na minha.

— Na nossa — lembrou-me ele.

— De Janyn — retruquei.

Ele foi para sua própria residência, no norte de Londres, onde ficou por alguns meses. A paz que tomou conta de minha casa foi um júbilo.

Mais maravilhosa ainda foi a tarde em que Robert reapareceu. Saudei-o como meu administrador e amigo quando ele chegou e convidei-o a me acompanhar até um estábulo distante para verificar um problema de drenagem. Quando estávamos seguramente fora das vistas de qualquer um que pudesse delatar-nos a William, parei e tomei suas mãos.

— Robert, isso significa que...?

Nada mais consegui dizer, pois ele me silenciou com um beijo longo e apaixonado. Quando finalmente nos apartamos, ficamos nos fitando nos olhos, sem necessidade de palavras.

— Você estava certa, meu amor — disse ele enquanto caminhávamos pelos campos. — Quando ele estiver fora, ficaremos juntos. É como as coisas têm de ser por enquanto.

Planejamos com cuidado como poderíamos passar as noites juntos e concordamos em falar de William o mínimo possível.

— Não era isso que eu queria — disse ele —, mas é muito melhor do que simplesmente ficar longe de você.

Sentíamo-nos tão leves, nossos corações tão plenos, que foi difícil voltar ao assunto mundano das drenagens, e nossa discussão sobre o chão encharcado acabou nos levando a muitas risadas.

Robert deixou-nos mais uma vez quando William voltou no verão, para me aborrecer. Ele tentou uma reconciliação, dormindo comigo algumas vezes, mas nossas brigas recomeçaram, e ele mergulhou no conhaque para fortalecer seu veneno, dormindo onde quer que caísse. Ordenei aos criados que lhe preparassem um quarto pequeno e pedi-lhes que se assegurassem de que ele estivesse ali quando acordasse. Eu não queria que minhas filhas o encontrassem desacordado quando chegassem ao salão para tomar o desjejum.

Aprendi a escutar William apenas pelo tempo suficiente para saber quando concordar ou discordar, quando assentir com a cabeça ou quando balançá-la em negação.

No início do outono, mudamo-nos para a casa de Crofton, em Wiltshire, para todos os efeitos para encontrar a família de William — eles possuíam uma propriedade a um dia de cavalgada de lá. Os pais dele haviam morrido havia muito, mas primos, irmãos e gerações mais jovens viviam por ali. Achei seu sobrinho John Wyndsor, que contava ser o herdeiro de William e estar em seu testamento naquela condição, um tolo ignorante, mas a irmã de William era uma mulher adorável, com quem gostei de conversar sobre crianças.

A família se escandalizara com nosso casamento. Eu os sentia examinando-me dissimuladamente, essa mulher infame a respeito de quem adorariam saber mais detalhes escandalosos. Que inversão não representava aquele homem cheio de privilégios, que tão valorosa e nobremente servira ao rei Eduardo e ao duque de Lancaster, ligar-se a uma filha de mercador com três bastardos, por mais que um deles fosse um cavaleiro casado com uma Percy. Na verdade, eles tomavam cuidado para não falar tudo isso em minha presença, mas minha nora Mary fazia questão de repetir tudo o que conseguira reunir escutando por trás de tapeçarias e de portas entreabertas.

Mary era egocêntrica demais — e talvez jovem demais — para perceber que eu a incitava a repetir para mim o que ela considerava comentários ferinos. Ela ficava muito contente em transmiti-los — e eu, grata, por saber em que terreno eu pisava. Eu precisava conhecer o máximo possível de William, de modo a me proteger dele. Mantinha-me cortesmente submissa a ele quando em público, e naquelas noites cada vez mais raras em que ele não se permitia exagerar no conhaque tentava ser civilizada em nossa vida privada.

Meus esforços nesse último campo eram raramente bem-sucedidos, o que me levava a pensar se ele era tão infeliz quanto eu. Uma noite, ousei indagá-lo. Não pude evitar criar a expectativa de que ele tivesse uma amante, com quem preferisse habitar.

— Infeliz com você, minha esposa? Que motivos eu teria para tanto? Seria por você ter me insultado diante do duque de Lancaster e da mãe do rei? Seria por ter recusado minha afeição, até não ter nenhuma outra opção? Seria porque você ainda se refere a *nossas* propriedades como suas? Ou, pior, como de seu primeiro marido, aquele contrabandista lombardo?

E isso numa noite em que, acreditava eu, ele havia bebido pouco.

— Por que, então, você fica comigo?

— Para atormentá-la.

Era uma espécie de poder, antagonizar-me, forçar-me a me submeter. Dei-me conta, com desalento, de que podia ser mesmo verdade; nesse caso, sobravam escassas esperanças de que ele se fosse para sempre.

MALGRADO AS HOSTILIDADES entre nós, em outubro, antes das novas reuniões do Parlamento, William cumpriu a promessa de empreender esforços para restaurar minhas propriedades confiscadas. Alegou que eu estava casada com ele quando fora julgada como *femme sole* no ano anterior e que, portanto, as propriedades que me foram confiscadas seriam *dele*; como não era acusado de nada, fora, supostamente, um confisco ilegal. Isso também redundaria em que muitos dos processos privados arrolados contra mim fossem anulados ou esvaziados, uma vez que eles nomeavam a mim como ré, e não meu marido. Era uma sutileza legal que esperávamos funcionar a nosso favor.

Eu temia qualquer nova notícia acerca dos procedimentos, pois desejava ver-me livre daquela vida, tanto quanto desejava ver-me livre do próprio William. Sentia-me amaldiçoada. Mas, na minha situação, era importante saber como iam as coisas, por isso eu ouvia, atenta, os relatos de William e de Geoffrey.

Minha impressão geral sobre as petições era de que as pessoas acusavam-me de ter aceitado presentes oferecidos com vistas a obter em troca esforços de minha parte para obter favorecimento do rei, do chanceler ou do camareiro, e, já que não haviam recebido qualquer satisfação, acusavam-me de não lhes ter prestado ajuda. Eu vira, no decorrer dos anos, esse tipo de reclamação ser feita contra todos os que estavam a serviço de Eduardo ou que o aconselhavam, e sabia muito bem que tais alegações raramente recebiam crédito. Mesmo que alguém tentasse diligentemente obter algo a favor de outra pessoa, o rei ou seus oficiais poderiam se recusar a mudar de opinião, e nesse caso nada havia a ser feito. Quando eu me interroguei, em voz alta, por que tão poucos tinham reclamado esse tipo de coisa a meu respeito antes e agora tantas queixas apareciam, William disse-me que o refrão era sempre o mesmo: "Mas não ousei reivindicar meu direitos, pois era bem sabido que ninguém ousava tocar a amante do rei" — ou algo desse gênero.

Eu me sentia uma grande tola. Distante do vertiginoso glamour da vida na corte e da segurança do amor de Eduardo, tinha raiva de mim mesma por minha ingenuidade. Agora que voltara ao círculo dos mercadores de Londres entre os quais fora criada, novamente influenciada por sua abordagem prática de luxo sem prodigalidade, eu não compreendia meus próprios exageros na corte. Agora entendia que o que era lícito para um homem raramente o era para uma mulher, da mesma maneira que o que era lícito para um nobre não o era para um comum. Se tivesse sido mais modesta em minhas ambições para minhas filhas, se tivesse recusado mais presentes de Eduardo, eu agora estaria livre para viver abertamente como esposa de Robert. O remorso devorava-me por dentro.

William pressentia isso e me aguilhoava, recitando de cor as petições contra mim quando estava querendo briga. Mas quando, uma tarde, ele me encontrou chorando em meu quarto, abrandou seus modos.

— Prometo que não falarei mais sobre isso, Alice. Você foi cruelmente usada, e eu a compensarei por isso.

Ele fazia frequentemente esses belos discursos, mas quase nunca cumpria suas promessas. Dessa vez a manteve. Por um breve período desfrutamos de uma frágil paz.

Sua petição foi levada em consideração, mas no Parlamento não se chegou a nenhuma decisão relativa às minhas terras. Em função do argumento de William de que eu era uma mulher casada, fui, a partir daquele momento, obrigada a fazer negócios como tal, o que tornou a situação mais difícil para mim, já que William não dispunha de muito crédito. E, apesar das cartas do duque de Lancaster declarando que eu e todos os que comerciavam comigo estavam sob sua proteção, os mercadores temiam negociar comigo pelo fato de a minha sentença de exílio ainda não ter sido oficialmente revogada.

Mais uma vez, tive a sorte de contar com bons amigos. Richard Lyons e Robert desanuviaram as carrancas dos comerciantes com quem eu mais necessitava negociar

ROBERT E EU vivíamos para os momentos em que William desaparecia por uma quinzena ou mais. Envolvida em seus braços, eu sonhava com a liberdade.

Minha filha Joana também parecia apaixonada por Robert, tornando-se subitamente vaidosa com seus vestidos e seguindo-o pela propriedade, na esperança de capturar seu olhar, e vivia embevecida por suas palavras. Ele era muito galante com ela. Jane era obcecada por animais, e sua aparência — penas, forragem, lama e sangue servindo-lhe de adorno, de insígnias de honra — era a oposta da de sua irmã. O cuidado de minhas filhas absorvia-me, ajudava meu coração ferido.

O PARLAMENTO LEVOU pouco mais de um ano para conceder os perdões a William e a mim, por eu não ter partido para o exílio e por ele ter me dado abrigo durante todo aquele tempo. Mas eu ainda não estava completamente livre, tampouco fora anulado o confisco de minhas terras.

William foi ter com Lancaster em busca de aconselhamento e foi encorajado a voluntariar-se para uma campanha que seria levada a cabo na Bretanha no ano seguinte, sob as ordens de seu irmão Tomás de Woodstock, agora conde de Buckingham. Lancaster sugeriu que, se William não apenas tomasse parte na campanha mas também concordasse em assumir uma porção dos custos do contingente, ganharia o favorecimento do rei Ricardo, que poderia muito bem obter a restauração de todas as minhas posses confiscadas. Exortei Richard Lyons e os mercadores que eram meus amigos a financiar a parte de William na campanha. Nenhum de seus parentes contribuiu. O plano funcionou: em poucos meses, bem antes de ele partir para a Bretanha, a maior parte de minhas terras confiscadas foi-me restaurada — mas em nome de William, não no meu.

Quando ele me informou disso, não consegui acreditar. Eu fizera tudo o que Lancaster me pedira. Cuidara de seu pai quando poderia muito bem ter deixado a corte. Renunciara a tudo pela família real e ainda assim era punida. Agora fora usada para garantir a William uma vida de rei, exatamente como eu suspeitara naquela fatídica noite em que ele me fora apresentado como meu noivo.

Saí a toda da casa e fui buscar abrigo na igreja. *O que o Senhor quer de mim, meu Deus?*, perguntei vezes sem conta. *O que mais exigirá de mim até conceder-me a paz?* Eu orava por libertação.

A VIDA COM William ficava cada vez mais intolerável. Raramente nos falávamos como duas pessoas civilizadas e mal dormíamos juntos — ao menos isso era uma bênção. Ele alimentava meu ressentimento insistindo não apenas em que estava certo como também exigindo que eu admitisse estar errada. O que eu me recusava a fazer, mas também me recusava a discutir a menos que se tratasse de meus filhos — e isso o enfurecia. Eu entendia agora como sua inflexível insistência em ter razão, em nunca considerar a possibilidade contrária, fora a causa de sua queda na Irlanda e em toda parte. Era essa tendência ao orgulho excessivo que causava problemas com nossos inquilinos e com os demais homens que arrendavam propriedades minhas em Londres.

Seu sobrinho John era adepto de alimentar o apetite de William por antagonismos. Durante uma de suas visitas, ele ocupou-se excessivamente com isso. William voltara da casa de John muito quieto, o tipo de quietude que anunciava dias de tormenta à frente. Respondia com uma polidez fria quando lhe dirigiam uma pergunta, mantendo-se vago sobre o tempo que passara fora; e seus olhos erravam continuamente pelo ambiente que o cercava e pela minha pessoa, como se ele estivesse reavaliando nossa vida em comum. À medida que os dias se seguiram, ele se tornou cada vez mais taciturno e grosseiro, tratando-me como a um hóspede inconveniente que o houvesse irritado por ainda estar aboletado em sua casa quando ele voltara. Na única noite em que veio para minha cama, eu o recusei, chamando alto por Gwen, pois ele estava bêbado e havia agarrado meus pulsos como se pretendesse me estuprar, não fazer amor comigo. Eu já enfrentara esse comportamento em algumas ocasiões tenebrosas, e não tinha a menor intenção de submeter-me a isso novamente. Na manhã seguinte, ele finalmente confrontou-me.

— Você mentiu para mim sobre os anéis do rei.

— Rumores, William. Conservei comigo apenas o sinete que ele me ordenou que guardasse.

— Eles não encontraram os anéis.

Aquilo não era novidade.

— Eu sei, e você está bem ciente de que já contei a eles tudo o que sabia a esse respeito. Por que está trazendo tudo isso à tona de novo?

— Onde está o sinete agora?

Esforcei-me para não demonstrar qualquer emoção.

— Num lugar seguro. Devo transmiti-lo a meu filho João.

Felizmente eu o havia entregado a Robert. Mas tive medo de que William descobrisse isso de alguma maneira.

— E quanto às joias da rainha Filipa?

Minha raiva por ele ardia-me por dentro. Ele já conseguira todas as joias mais caras que Eduardo me dera.

— O bispo de Winchester asseverou em meu favor que eu jamais as possuí, embora as tenha usado. Você já sabe tudo isso, William. O que pretende?

— Walsingham contou ao meu sobrinho muita coisa sobre você e seus modos de meretriz.

Então John Wyndsor estivera em St. Albans. Aquilo explicava muita coisa. Thomas Walsingham, um monge daquela problemática abadia, escrevia com pena embebida em veneno e falava inspirado por uma alma cheia de ódio pelo duque de Lancaster e por mim.

— Diga a seu sobrinho que tenha cuidado. Se Lancaster souber de sua amizade com Walsingham, pode perder a amizade do duque. Privado da proteção dele, seu sobrinho pode vir a encontrar dificuldades na vida.

— Até que receba minha herança — vociferou William.

Não consegui mais segurar a língua.

— Você já conseguiu minhas terras e minhas joias, por que ficar comigo se me despreza tanto?

— Você é minha esposa por lei, Alice. Estamos unidos até que a morte nos separe.

— Não precisamos viver juntos. Liberte-me deste matrimônio falso, William. Conceda-nos algum descanso, a nós dois.

— Ficar ao seu lado me convém.

Eu vivia ansiosa pelo alto verão, quando ele partiria para a campanha da Bretanha. A previsão era de que ele só voltasse ao final do outono. No entanto, à medida que se aproximava o momento de partir ele se tornava mais tolerável, parecendo olhar para a casa com mais afeição.

Uma noite, ele se mostrou muitíssimo cortês ao jantar, até mesmo encantador, distraindo nossos convidados com histórias de suas passagens anteriores pela Bretanha e pela Irlanda, fazendo divertidas imitações de ambos os lados do campo de batalha e da mesa de negociação. Eu jamais testemunhara seu talento nesse campo. A última história foi a de uma escaramuça particularmente sangrenta na Irlanda, vencida por meio de um ardil inteligente. Aquela conversa o animara, era evidente.

— Você tem paixão pela vida de soldado — falei, depois que nossos convidados foram embora.

— Tenho. Sinto-me mais vivo quando pego em armas, cavalgando para desafiar o inimigo. Por isso recomendei ao seu filho que também se engajasse em batalhas, não apenas no serviço de Lancaster.

O brilho agradável de que eu desfrutava depois de uma noite bem-sucedida subitamente apagou-se.

— O quê? Você falou com João? Quando foi que o viu?

João não ficava em minha casa desde que eu me casara com William. Eu não o via fazia mais de um ano, e mesmo antes fora apenas brevemente, num alojamento próximo ao lugar em que ele pernoitava por uns poucos dias. Embora eu jamais tivesse conseguido arrancar de Percy uma razão clara para que não desse a meu filho a liberdade de fazer algumas visitas, presumia que tivesse algo a ver com o fato de ele não gostar de William, que tantas vezes hostilizara os nobres donos de propriedades na Irlanda. Saber que William se encontrara João era, portanto, um choque cruel.

— Estive com ele muitas vezes, na companhia do duque de Lancaster.

Esperei uma explicação mais completa, mas William levantou-se e dirigiu-se às escadas, bocejando e espreguiçando-se, como se fosse dormir sem se explicar melhor.

Apressei-me em bloquear seu caminho.

— Por que você nunca fez qualquer menção a isso?

Sua expressão foi de uma indiferença levemente embriagada.

— Acreditei que fosse melhor não mencionar. Sabia que você se sentiria menosprezada. Mas foram encontros oficiais, não seria razoável você ter sido convidada. — Ele deu tapinhas em meu braço.

— Exceto na qualidade de sua esposa.

— Você não estava comigo na ocasião.

Viver a vida como uma batalha era algo que ele entendia como uma vida boa. Tudo que eu desejava era ter paz e estar com meus filhos.

— Você sabia que eu sofria de saudades de João. Por que ele não vem aqui? É por causa de Mary, sua esposa? Ele a evita?

— Pergunte a ele você mesma.

— Não gosto de interrogá-lo por cartas.

Ele deu de ombros.

— Estou cansado das nossas brigas, Alice.

— Eu também estou. Como podemos consertar essa situação, William? Ele fungou.

— O que mais você deseja? Consertar o quê? — Ele empurrou-me para o lado e seguiu em frente.

Agarrei seu braço.

— William!

Ele se livrou de minha mão.

— Se quer conversar, procure seu amado Robert Broun. — E saiu cambaleando na direção de seu quarto.

Permaneci em vigília toda a noite, com o coração tão pesado que sequer conseguia chorar. Então William sabia de Robert. Eu me perguntava havia quanto tempo ele sabia, se minha infidelidade era a causa de minhas terras terem ido parar em suas mãos, se ele informara Lancaster e se o duque informara o rei. De alguma maneira, eu conseguiria viver sem as terras. Encontraria outra maneira de garantir o futuro de minhas filhas. Mas meu filho! Eu estava furiosa com William por ele ter ocultado de mim seus encontros com meu filho, mas o silêncio de João era ainda pior. Aquela deserção era um golpe terrível. Eu não sabia como poderia aprender a conviver com aquilo.

20

Não digo isto apenas para estes homens,
mas sobretudo para as mulheres traídas
por gente falsa — Deus lhes dê pesares, amém!
— que com grande sabedoria e sutileza
as traiu. E isso me comove
dizer, e com efeito a todas vocês imploro:
cautela com os homens e ouçam o que eu digo!

— GEOFFREY CHAUCER, *Troilo e Créssida*, V, 1779-85

• Primavera de 1380 •

WILLIAM PARTIU POUCOS DIAS depois, recusando-se a entrar em novas discussões que envolvessem tanto Robert quanto seus encontros com João. Comportava-se como se nossa conversa sobre isso jamais tivesse ocorrido. Eu prendia a respiração enquanto ele permanecia comigo, atenta a qualquer sinal de que ele soubesse exatamente até que ponto eu e Robert éramos próximos, ciente de que ele teria prazer em destruir nossa felicidade se soubesse de nosso amor. Tentei envolvê-lo em outras conversas sobre meu filho, perguntei novamente se ele sabia que motivos levavam João a não empreender esforços para me visitar ou por que Percy não o permitia — pois, se ele não estava tentando evitar William, temi que seu desejo fosse evitar a mim. William dizia que, se meu filho desejasse que eu soubesse alguma coisa, ele mesmo me contaria. Eu não conseguia enxergar através da armadura que meu marido usava para me afastar, polida com ressentimento até resplandecer e reforçada pelo seu ódio. Em meu filho ele encontrara a mais eficiente arma para me atacar.

Mesmo depois de sua partida, continuei preocupada. Ele só iria para a Bretanha no alto verão, mas dissera que, antes disso, tinha muito o que fazer em suas propriedades. Eu o imaginava cochichando nos ouvidos de Lancaster, e quase esperava que os homens do duque aparecessem a qualquer momento.

Decidi me mudar, com todos os criados, para Gaynes, onde contava viver pacificamente em minha casa preferida por todo o verão e parte do outono. Tinha muito em que pensar, o tipo de reflexão que exigia solidão. Eu escrevera a Henry Percy informando-o da mudança e requisitando que ele autorizasse João a fazer-me uma visita ali. Rezava para que meu filho quisesse estar comigo e que dissipasse toda a minha apreensão falando abertamente sobre seus encontros com William.

O alvoroço das atividades necessárias para uma mudança me manteve abençoadamente distraída, mas não a ponto de perder um exemplo de comportamento incomum. Minha jovem nora Mary era normalmente a mais irritante de todos nesses momentos, insistindo em ter mais espaço nas carroças do que o que lhe cabia. Mas dessa vez, enquanto Joana, Jane, Gwen e eu nos apressávamos, enchendo baús com roupas e suprimentos para a casa, Mary e sua aia lidavam calmamente com seus preparativos e expressavam indiferença quanto aos planos gerais. Eu me mantinha sempre alerta a seu temperamento, e sua falta de interesse perturbou-me. Poucos dias antes de nossa partida, recebi uma mensagem de Henry Percy que explicava a postura de minha nora. Ela não nos acompanharia a Gaynes.

A mensagem foi entregue por um dos vassalos de Percy, que fora enviado para acompanhar Mary até uma propriedade de seu senhor. Enquanto tomava vinho em meu salão, armado como se esperasse uma recepção menos que cordial, o homem informou-me que Mary apelara ao papa em Avignon para que anulasse seu casamento com meu filho. Lorde Henry considerou apropriado que ela fosse removida de minha companhia enquanto fossem investigadas suas acusações.

Meu estômago revirou.

— Quais são essas acusações?

— Imploro por sua paciência, madame Alice, mas eu não disponho de qualquer detalhe. — O mensageiro se remexia no banco enquanto falava. — A senhora será apropriadamente informada pelo clérigo designado pelo papa para examinar o caso.

Notando seu desconforto, tive certeza de que ele sabia do que se tratava, mas que preferia não me informar para não me irritar. Foi prudente de sua parte evitar me antagonizar, pois eu já expelia fogo pelas ventas ante aquele insulto. Mary não tinha mais do que 12 anos, o que me dava a certeza de que ela recebera ajuda para formular seu requerimento. Imaginei que Henry, lorde Percy, desejasse casá-la novamente com alguém de nascimento mais elevado, alguém que pudesse auxiliá-lo em seu avanço rumo ao poder.

Desde o matrimônio foram três longos anos que Mary viveu comigo, e durante todo esse tempo ela não falou sequer uma vez sobre uma anulação.

— E quanto ao meu pedido de estar em companhia de meu filho?

— Sir João de Southery foi enviado para a casa do bispo de Exeter, a fim de estudar. Meu amo encaminhou o pedido da senhora ao bispo.

Falei o mínimo possível, pois não desejava dar a Percy qualquer indício de minha reação diante daquele estratagema meticulosamente planejado. Na verdade, a elegância de seus lances naquele jogo me desequilibrava. O longo período de preparação para a campanha da Bretanha dera a Percy o tempo necessário para organizar estrategicamente sua traição, de forma que William não estivesse ali para me apoiar. Embora ele não fosse agir em defesa de minha causa, teria entendido aquilo como um insulto ao nosso status, o que o teria enfurecido.

Quando chamada, Mary entrou no salão portando um vestido elegante, com uma expressão de enfado e presunção.

— Deus permita que minha família se livre deste tumor — falei em voz baixa, de forma que só ela pudesse ouvir. Para os demais, eu sorria docemente.

— E que eu me livre do filho de uma meretriz — sussurrou ela.

— O filho de um rei, menina ignorante.

Ela inclinou a cabeça em direção aos outros, dando-lhes um adeus frio.

Não detectei uma lágrima sequer, fosse entre os serviçais, fosse em minha pequena família, quando Mary e sua aia partiram. Jane, que segurava minha mão enquanto observava a procissão de criados que carregavam os objetos de Mary até a carroça à sua espera, soltou um soluço, como se finalmente não precisasse mais segurá-lo.

Olhei para ela, preocupada.

— O que foi, querida?

Ela encontrou meu olhar preocupado com olhos felizes.

— Agora Joana e eu não precisamos mais falar baixinho.

— Mary não gostava que vocês falassem alto?

— Oh, ela gostava muito, mamãe, nós é que não gostávamos de vê-la contando nossos segredos aos serviçais, principalmente aos cavalariços.

Joana concordou:

— As fofocas lhe permitiam comprar deles um tratamento especial.

Por um momento alegrei-me pela dádiva da paz que fora concedida a nossa casa. Seria um alívio imenso ter aquela menina falsa longe de mim, de minha família.

Mas a paz não durou muito. Eu sabia que, não importava o que meu filho João intimamente achasse de Mary, ele não poderia suportar o insulto representado por aquela defecção. Pedi a Deus que aquilo não alargasse a fenda que nos separava, a mesma que William já começara a cavar ao falar que eu não era bem-vinda na corte.

Dias antes de nossa mudança para Gaynes, soube que Thomas Arundel, então bispo de Ely, havia sido indicado pelo papa Clemente para averiguar as acusações de Mary.

Para meu alívio, Robert chegou antes da entrevista com o oficial de Arundel. Sentia-me mais forte com ele ao meu lado.

— Mary Percy alega ter sido mantida em sua casa contra a vontade dela, madame Alice. Esse é seu argumento.

Lutei contra a raiva que tomava conta de mim diante daquela alegação tão descarada.

— Lorde Percy e o finado rei Eduardo acertaram o noivado de Mary com o filho do rei, Sir João de Southery — declarei, sem emoção. — Qual a substância de sua petição, além dessa falsa alegação?

— Que seu filho não tem sangue nobre, e ela deseja ter filhos com um homem de sangue nobre.

Não respondi de imediato, sentindo que uma adaga atravessava meu coração com aquele insulto. João também se sentiria ferido; era inevitável. Tentei manter-me calma.

— Tal alegação procede. Tenho uma ascendência comum, ainda que respeitável. Mas o pai de meu filho foi o rei da Inglaterra. Não há sangue mais nobre no reino; nem o sangue de Percy é tão nobre.

O oficial tossiu e enrubesceu ao ver-se forçado, enfim, a declarar que João era bastardo.

— Ainda que tenha sido sagrado cavaleiro por seu pai, o rei?

— Sou apenas o mensageiro, madame Alice.

Era um *fait accompli*, aquela entrevista não passava de um ato de cortesia. Por que haviam se dado a esse trabalho, eu não podia imaginar, já que se tratava apenas da prostituta que dera à luz o bastardo. Que pensamentos feios. Abaixei a cabeça e rezei.

— Peço-lhe que me perdoe, madame Alice — disse o oficial. — De minha vontade, jamais lhe causaria tamanho sofrimento.

Robert o acompanhou até a porta. O oficial residiria com o pároco enquanto aguardasse nossa resposta formal.

Meu consolo foi que João veio para o leste, a Westminster, na comitiva do bispo de Exeter, e depois seguiu até Gaynes. De sua parte, ele estava profundamente ofendido pela petição de Mary e pronto a protestar junto à família Percy, como eu imaginara. Nada disso abalou minha felicidade em vê-lo — ele tinha quase 15 anos agora, estava da minha altura e era muito parecido com seu pai, desde os olhos, profundamente azuis, até as mãos de dedos longos e as pernas bem-torneadas. Meu coração se encheu de orgulho e amor. Mas precisávamos conversar imediatamente. Convidei-o a assistir comigo ao adestramento de um falcão, presente de um dos velhos amigos de Janyn.

Quando caminhávamos pelo jardim primaveril, de canteiros limpos e que recendiam a esperança, com seus brotos tenros, perguntei o que achava da casa do bispo.

— É bastante agradável, mas não retornarei para lá. Estou agora a serviço do duque de Lancaster.

Busquei uma forma de expressar surpresa sem parecer falsa.

— Então você não gostou de Exeter?

João acelerou o passo por um momento, depois parou, porque eu lhe implorava, rindo, que levasse em consideração as limitações de minhas saias. Ele virou um rosto vermelho para mim — a ruína dos justos é estampar tão claramente suas emoções.

— Se Mary obtiver a anulação, e a senhora sabe que Henry Percy não poupará despesas para garantir isso, preciso encontrar um modo de limpar essa mácula desonrosa, minha mãe. Minha habilidade com as armas poderia ser uma saída. O duque prometeu incorporar-me a uma expedição militar importante dentro de um ano.

— João, você pode contar com a herança de seu pai.

Tínhamos retomado nossa caminhada, seguindo rumo aos viveiros, mas agora num passo mais tranquilo. Meu filho, que antes vinha comentando sobre como tudo parecia tão bem em Gaynes, concentrava-se agora no caminho a sua frente, sem olhar para cima ou para os lados, e juntara as mãos às costas — ambos eram gestos característicos de seu pai e indicavam que ele estava inquieto, escolhendo cuidadosamente as palavras. Eu desejava aliviá-lo, informando-o que William já havia me contado tudo, mas me contive, antes que eu destruísse a chance que tinha de me tranquilizar. Eu precisava que João me contasse tudo, ao seu tempo. Precisava saber se ele tinha a intenção de me contar.

— Não é o meu conforto que está em jogo, minha mãe, mas minha honra — disse ele, franzindo as sobrancelhas diante do caminho de cascalhos. Ele amaldiçoava a família Percy por ter sido tão afoita em prendê-lo por meio do casamento antes das decisões que o Parlamento tomara contra mim e por agora rejeitá-lo de forma tão ignóbil. — Odeio o que eles estão fazendo com a senhora. Sei que já sofreu o suficiente.

Sua lealdade para comigo alegrou meu coração.

— Encontrei muita paz aqui, João, longe da cidade e distante da corte — falei, tentando tranquilizá-lo um pouco.

— Pretendo recorrer contra a petição.

Eu tinha certeza de que seria um desperdício de tempo e de dinheiro. A menos que ele estivesse sofrendo por decepção amorosa, algo que não me passara pela cabeça.

— João, você ama Mary? Você a deseja?

— Amá-la? Não. Desejá-la? Para ser franco, sempre quis pegar nos seios dela. — Ele deu um sorrisinho; um bom sinal, mostrando que estava relaxando um pouco. — Mas de bom grado eu beijaria um asno zurrador em vez de beijar Mary Percy.

Rimos juntos.

— Ainda assim, você lutará por ela?

— É uma questão de honra, minha mãe.

— Encontraremos alguém mais ao seu gosto. O que me diz?

— Não é isso o que me enraivece. A senhora alcançou uma posição estável na sua vida. Sir William é um bom marido; ele está lutando para reaver as suas propriedades e o seu status. — Ele obviamente não sabia da verdade acerca de nosso casamento sem amor. — E agora a senhora foi gravemente insultada; e eu sei que está preocupada com a possibilidade de que eu perca as terras de De Orby.

Aquelas vastas terras que Eduardo empurrara para mim; a herança de Mary Percy. Eu investira uma grande soma de dinheiro nelas para compensar anos de descuido.

— Essas terras teriam lhe proporcionado um rendimento considerável — falei —, mas você já possui o que lhe baste. Seu pai lhe garantiu um bom patrimônio. Lancaster lhe disse alguma coisa sobre a petição de Mary ou sobre sua herança?

— Até onde eu sei, meus meios-irmãos não contestam minha herança. Sir William assegurou que o duque de Lancaster está contente com o que tem ouvido a meu respeito. O que deve ser verdade, é claro, ou ele não me aceitaria em seu serviço.

Essa sua última afirmação foi dita apressadamente, como se João quisesse distrair-me do comentário que fizera sobre William. Mas era exatamente aquilo que eu queria ouvir.

— Sir William?

João desviou a cabeça rapidamente, mudando de repente de assunto para o estado em que se encontravam os viveiros, dos quais nos aproximávamos.

— João, quando você conversou com William?

Seu dar de ombros fez meu coração acelerar.

— João!

Ele parou e voltou-se para mim, os olhos azuis suplicantes.

— Eu o encontrei nas residências do duque, quando fiz parte da comitiva de lorde Henry. Sir William aconselhou-me a nada dizer à senhora, por temer os seus ciúmes. Ele acreditava que a senhora não era bem-vinda nos círculos da corte.

Mas é claro que eu não era. Eu representava para eles um constrangimento, o bode expiatório que deveria ser mantido seguramente no exílio, onde eu poderia perecer e sumir de suas vidas.

Toquei carinhosamente seu braço, olhando-o nos olhos.

— Fico feliz por me ver livre da corte; você sabe disso, João. O que me perturba são esses segredos. Eu preferiria que você tivesse me falado sobre isso. Não podemos ter segredos um para o outro.

Ele me deu um beijo de leve na testa.

— Nunca mais teremos segredos. Fico feliz que isso não a incomode. Retomamos a caminhada.

— Com que frequência você o encontra?

— Várias vezes por ano.

Fiz o possível para ocultar minha mágoa.

— Sobre o que conversam?

— Nada que deva preocupá-la.

— João, por que está tão pouco à vontade com isso?

— Porque eu não deveria contar à senhora. Eu prometi.

Naquele momento eu abrandei, atordoada e enfurecida demais para continuar a perseguir meu filho. Mas ao longo dos dias seguintes ele se tornou mais falante e acabou confidenciando que as únicas reclamações que William fizera de mim diziam respeito a minha obsessão por seu testamento e a minha antipatia por seu sobrinho.

— Esta parece ser uma zona de profunda desconfiança entre vocês — disse ele.

— E isso o surpreende, João? Como meu marido, William está tentando reaver minhas propriedades em seu nome, não no meu, e não reescreveu seu testamento para incluir Joana ou Jane. As propriedades que adquiri para o futuro conforto de suas irmãs acabarão nas mãos de um mentiroso e maquiavélico sobrinho que me despreza.

João começou a parecer taciturno.

— Ele alega que Joana e Jane são filhas de Robert Broun, e que ele é quem deveria provê-las.

Por um instante esqueci como se respirava.

— Mãe? — João tocou meu braço. — Está passando mal?

Avistei um tronco e desabei sobre ele.

— É mentira! Eu nunca traí seu pai. Nunca. Basta você olhar Joana para ver que, assim como você, ela é pura Plantageneta. Jane se parece mais comigo, é verdade, mas as duas são suas irmãs, João. As duas!

João sentou-se pesadamente ao meu lado.

— Eu não queria acreditar que a senhora havia traído meu pai.

— William tentou arduamente levar-me para a cama quando seu pai era vivo. Ele, mais que qualquer um, deveria saber como fui fiel a Eduardo.

Ele pôs os braços em volta de mim e puxou-me para si.

— Vou tentar fazê-lo mudar de opinião a esse respeito, minha mãe. Eu prometo.

Era um belo gesto, e renunciei a minha ira tanto quanto possível para poder desfrutar daquele momento precioso com meu filho, agora tão crescido que eu conseguia descansar a cabeça em seu ombro. Mas eu sabia muito bem que William não mudaria de ideia.

— Eu lhe imploro, meu filho, não permita que ele envenene os sentimentos que temos um pelo outro.

— Não, minha mãe, nunca — disse ele.

Meus anos na corte foram-me muito úteis para aprender a arte de ocultar meus sentimentos. Pelo restante da visita de meu filho eu lutei para manter minha indignação somente para mim mesma. Estava grata demais por agora ter conhecimento da ligação secreta entre eles, muito aliviada por João ter confidenciado tudo a mim e por ele parecer acreditar que eu fora fiel a seu pai.

Embora eu freasse minha língua, num esforço para manter a paz, uma procissão de familiares e amigos tentou dissuadir meu filho de engajar-se no serviço militar, mas ele permanecia firme em sua decisão.

Tivemos mais uma conversa difícil.

—- Quero que saiba que eu jamais teria acreditado no que Sir William disse sobre Robert se não soubesse do seu amor por ele e do dele pela senhora — disse João certa tarde.

Foi minha vez de corar.

— Foi Robert quem me consolou quando seu pai morreu. Você agora já tem idade suficiente para saber a verdade, João.

Então expliquei a ele como eu viera a desposar William, revelei que tínhamos um casamento de fachada. Mas não contei toda a verdade a respeito de Robert. Eu não ousaria baixar a guarda, nem mesmo para meu amado filho.

Estávamos conferindo alguns itens que ele poderia querer levar consigo. Naquele momento, encontrávamo-nos nos estábulos, examinando a fina sela de Janyn, que os hóspedes masculinos costumavam usar. Enquanto eu falava do ultimato de Lancaster e de como ele destruíra minhas esperanças de felicidade com Robert, João acariciava o couro insistentemente. Ele nem olhava para mim nem dizia nada. Quando terminei, o silêncio se estendeu. Percebi que eu fracassara na tentativa de comovê-lo.

— Couro italiano, finamente trabalhado e adornado — observei, na tentativa de diminuir a tensão.

— Sir William disse que a senhora era desagradável com ele. Que diria palavras cruéis para me afastar dele.

Toquei delicadamente o queixo de meu filho, levantando-o de forma que seus olhos se nivelassem aos meus.

— João, o que eu contei a você não é nada mais do que a verdade.

— Ele é um bom homem. Se não fosse por ele, eu estaria preso ao bispo de Exeter.

— Oh, João, isso não é verdade. O duque é seu meio-irmão. Bastaria você pedir a ele para obter qualquer coisa que desejasse.

Notei um lampejo de dúvida em seus olhos, mas ele era jovem e confuso, e, acima de tudo, inseguro. Ele simplesmente deu de ombros.

— Como soube a respeito de Robert? Sempre tentamos ser muito cuidadosos.

João deu um grunhido.

— Como a senhora podia esperar manter algum segredo tendo Mary Percy vivendo sob o seu teto?

Sem a presença sólida e amorosa de Robert, o que eu soube por meio de João teria despertado em mim um comportamento temerário — tentaria anular o matrimônio com William com base em meu noivado anterior com Robert, ou algo igualmente arriscado para minha família. Mas ele me dava estabilidade. Eu nada faria que pudesse levar-me ao exílio — embora prendesse a respiração ao imaginar o que William poderia estar planejando. Se ele acreditava verdadeiramente que Joana e Jane eram filhas de Robert, por que então não expusera essa suposta verdade? Minha vontade era perguntar a João o quanto ele sabia, mas eu não poderia correr o risco — ele poderia confiar a William o quanto eu estava ansiosa.

Minha paz tão desejada fora despedaçada.

No FINAL DO inverno do ano seguinte, João anunciou que participaria de uma missão em Portugal sob o comando de Edmundo de Langley, o segundo filho mais novo de meu Eduardo. Lancaster ainda procurava recuperar o trono de Castela. Os portugueses eram seus maiores aliados na região, mas haviam sido sitiados pelas forças do usurpador Henrique de Trastâmara. Lembrando-me das consequências catastróficas da campanha liderada pelo falecido príncipe Eduardo na região, temi por meu filho. Mas eu sabia que seu pai teria orgulho dele.

Nas semanas que precederam sua partida, João pediu que eu lhe contasse histórias de seu pai. Joana e Jane também adoravam quando eu descrevia minha vida com Eduardo, principalmente enquanto caçávamos com falcões ou cavalgávamos pelo campo, pois sabiam que eram algumas das atividades preferidas do rei. Naquelas noites de inverno, meus filhos e eu nos sentávamos junto ao fogo e eu os deliciava com descrições da glória da corte de Eduardo, suas proezas nas armas e na caça, sua habilidade com os falcões, a excelsa alegria de dançar com ele, sua magnífica voz de cantor.

Uma noite, após as meninas se recolherem, dei a João o anel de sinete de seu pai, que eu acabara de pegar de volta com Robert.

— É chegada a hora de você receber isto, meu filho.

Ele o colocou no dedo, maravilhado por caber tão perfeitamente.

— Com um pouco de cera vai ficar firme — falei.

Seus olhos brilhavam de orgulho.

— É com honra que eu o usarei, minha mãe.

— Eu sei.

As propriedades de João proporcionavam rendimentos suficientes para que ele estivesse elegantemente preparado para a expedição, e eu estava grata por ele ter aceitado de bom grado meus conselhos e minha ajuda nos preparativos. Havíamos nos reaproximado, embora nenhum de nós dois mencionasse William.

Mas meu marido logo retornaria, e num estado de espírito ainda mais hediondo, já que a expedição à Bretanha resultara num fracasso constrangedor. Ele chegou em nossa agradável casa como uma tempestade repentina num dia tranquilo. Robert partiu, e Gwen instruiu Betys a manter Joana e Jane longe dele o máximo possível. Ele estava furioso por ter jogado fora uma boa soma — ainda que não fosse dinheiro dele, mas meu e de meus amigos — em nome do incompetente Buckingham. Isso, infelizmente, provocou nele um acesso de raiva. Quando descobriu que Mary Percy havia ido embora e que o casamento de João seria muito provavelmente anulado, ficou furioso e jurou que iria resolver esse assunto. Iria requerer o apoio do rei Ricardo.

Agora muito satisfeito diante da perspectiva de ter um bom aliado, João disse que estava contente. Eu observei desconcertada quando William o ignorou, vociferou e soltou impropérios até que a bebida o calasse.

Quando João voltou, tendo carregado William até seu quarto, perguntou-me sobre como evitar uma interferência desse tipo.

— O rei tem muitas coisas com que se ocupar para envolver-se nesse caso, João. Fique tranquilo. William não conseguirá nada. Seu pai teria confiado uma petição dessas a um de seus clérigos de confiança. O rei Ricardo fará o mesmo.

Eu descobrira que conselhos desse tipo, baseados na ideia de como seu pai teria agido, tinham grande autoridade sobre João e geralmente o acalmavam.

Joana e Jane estavam fascinadas com os muitos apetrechos do irmão — a armadura, os cavalos, as armas. Mas quando chegou o dia de ele partir, Jane ficou desalentada ao ouvir um serviçal desejando a João a proteção de Deus na batalha.

— Batalha? — indagou ela, suas mãozinhas agitando-se no ar como se pudessem afastar a possibilidade. — Não, João, você não deve lutar!

Joana afastou-a dali, explicando-lhe calmamente o que significava ser um cavaleiro. Jane ficou inconsolável por dias a fio. Assim como eu.

Meu único consolo foi que, no dia seguinte àquele em que João partiu com seu cavalo, William foi para sua casa em Londres.

NA PRIMAVERA, TODO o campo estava agitado com os rumores de uma insurreição nascente em Essex. O rei Ricardo e o Parlamento haviam oprimido o povo com o imposto comunitário no ano anterior, que se seguira a outro no ano precedente, de tal forma que havia sido especialmente difícil recolher os impostos. Milhares de contribuintes sonegaram os coletores. Agora, um ano depois, novos comissários eram enviados aos condados, na tentativa de encontrar os sonegadores e tomar deles o valor devido, por quaisquer meios que estivessem ao seu alcance. Meu velho amigo William Wykeham, bispo de Winchester, mandou-me uma mensagem aconselhando-me a mudar para uma casa próxima a Winchester.

Convidei meus irmãos e suas famílias para irem conosco, mas Mary e John preferiam ficar para proteger suas casas e seus negócios. Richard Lyons também se recusou a ceder às intimidações. A família de Geoffrey já havia partido para Lincolnshire, deixando-o — aparentemente feliz — na cidade, onde ele pretendia permanecer. Todos repetiam histórias das bebedeiras de William e de sua promiscuidade com as prostitutas de Londres, e asseguraram-me que ele não dava qualquer sinal de que pretendesse deixar a cidade.

A violência rapidamente se espalhou de Essex pelo sudeste, seguindo em direção a Londres. À medida que o número de rebeldes aumentava, sua ira também crescia. Eles acusavam não apenas os comissários, mas também o lorde chanceler e outros membros do conselho real, particularmente clérigos, que para eles representavam a cobiça da Igreja; mas parece que acusavam sobretudo Lancaster. O duque também era considerado responsável por tudo o que dera errado nas guerras com os franceses. Conhecendo, por experiência própria, a estatura do perigo que corria, pois vira os estragos infligidos pela turba em seu palácio em Savoy pouco mais de quatro anos antes, Lancaster fugiu para a Escócia.

Se não fosse pelo temor que eu sentia por meus amigos e familiares em Londres, eu teria me sentido aliviada — Lancaster me esqueceria por ora.

Quando a insurreição chegou a Kent, cada vez mais próxima de Londres, o rei Ricardo e sua mãe, Joana, bem como vários barões, retiraram-se para a Torre. A plebe cometia atos terríveis — decapitações, enforcamentos, violação de igrejas e de mosteiros.

Todos que viviam comigo ouviram aterrorizados um relato sobre a coragem do jovem rei Ricardo, que cavalgou na direção dos rebeldes e calmamente indagou o que desejavam. Eles exigiram a cabeça de Lancaster e de vários outros que segundo seu julgamento eram os culpados. Ele não capitulou, e os insurretos invadiram Londres, libertando os internos da prisão de Marshalsea. Dessa vez, não satisfeitos em destruir o palácio de Lancaster em Savoy, arrasaram-no, destruindo quase tudo no caminho. Depois chegaram à Torre, onde confrontaram os que estavam lá dentro. Quando a confusão acabou, o chanceler e um dos membros do conselho real haviam sido arrancados de lá e decapitados. Nada daquilo ocorrera no tempo de Eduardo. Mas eu me lembrava bem do ódio nos rostos dos londrinos que testemunharam minha aparição como Senhora do Sol. Em nenhum momento eu duvidara de que uma multidão movida por tamanho ódio inflamado pudesse explodir em atos de loucura, e agora isso acontecera.

Certa manhã, Wykeham chegou cavalgando pelo jardim e aproximou-se de Robert e de mim, acompanhando-nos em nosso caminho até os estábulos. Ele tinha a barba por fazer e estava exausto, tão branco sob o rubor causado pelo seu esforço que temi por sua saúde.

— Minha senhora, trago terríveis novas. Nosso amigo Richard Lyons...
— Sua voz falhou.

Robert colocou o braço em torno de mim, enquanto eu procurava a mão de Wykeham.

— Morto? — sussurrei.

— Executado. Três dúzias de flamengos foram brutalmente assassinados. Richard... ele foi arrancado de casa, espancado e decapitado.

— Decapitado? — gritei. — Por quê? Por que Richard?

— Que Deus lhe conceda paz.

Robert baixou a cabeça e persignou-se com a mão livre, a outra puxando-me para si.

Mas eu desmoronei e caí de joelhos diante de Wykeham, pressionando a cabeça contra seu anel, chorando e rezando pela alma de Richard. Meu bom e leal amigo...

Mais tarde, quando nós três partilhávamos uma jarra de conhaque, rompi o silêncio lúgubre.

— Por que ele não fugiu? — Não me dirigia a ninguém particularmente.

— Seus compatriotas na cidade reconheciam nele um líder — disse Robert. — Richard sentiu-se responsável por eles.

— Todos nós vivemos com nossas culpas — disse Wykeham. — Foi um jogo de azar, lucrar com a guerra na França. Não importa que tenha sido sempre assim; sabíamos que estávamos assumindo um risco.

Balancei a cabeça.

— Não consigo aceitar que isso tenha sido justo de alguma maneira.

Wykeham deu tapinhas desanimados em minha mão.

— Queira Deus que possamos aprender com tudo isso. Nós escolhemos como viver.

Depois que Wykeham se foi, curvado em sua sela, exaurido espiritualmente, assim como eu, Robert conduziu-me até meu quarto e ficou sentado comigo enquanto eu pranteava meu leal e amável amigo e temia por outros em Londres. Ele garantiu-me que Geoffrey e minha família estavam a salvo.

— Eles nada têm que os destaque na multidão. Mas eu irei a Londres em busca de notícias.

Agarrei-me a ele, proibindo-o de me deixar e cavalgar rumo ao perigo. Eu não conseguiria suportar perder Robert.

DEPOIS QUE AS tropas do rei debelaram a insurreição e Londres voltou à calmaria, Robert e eu deixamos as crianças em Winchester e seguimos para a cidade a fim de ver nossos parentes e amigos. Meus irmãos e suas famílias felizmente estavam intocados, ainda que a casa dos cunhados de Mary houvesse sofrido danos. Geoffrey estava calado, guiando-nos pela cidade para vermos a destruição. Era como se um punho poderoso tivesse se abatido sobre Savoy e varresse suas pedras para o Tâmisa. Mesmo depois de uma semana, escombros ainda flutuavam nas águas. Viam-se pilares e colunas banhados em sangue nas ruas em que flamengos e outros estrangeiros, incluindo lombardos, viviam.

Geoffrey acompanhou-nos, Robert e eu, à missa de réquiem de Richard Lyons.

Na manhã seguinte ao ofício religioso, ao acordar de um sono intranquilo, Gwen saudou-me com a desagradável notícia de que William estava no salão. Eu não tivera notícias dele desde que partira para a cidade.

Ele se vestia com mais elegância do que vinha fazendo nos últimos tempos, e portava uma insígnia indicativa de que estava no serviço do rei.

— O que deseja, William?

— Queria mostrar-lhe que ainda sou valorizado. Que não me arruinei com nosso casamento fracassado.

— Fico contente em saber, ainda que jamais tenha pensado que você se arruinaria por minha causa. Você viveu sem mim a maior parte da sua vida, aparentemente de forma bem-sucedida. — Eu odiava a frieza em minha própria voz, mas nada sentia por William e não fingiria o contrário. Convidei-o para tomar um pouco de vinho comigo e contar-me as novidades.

Ele continuava obtendo o favorecimento do rei Ricardo, recebendo pequenos presentes da mesma forma que eu quando principiara no serviço de Filipa — algumas propriedades, aluguéis, tutelas.

Pensei que talvez agora ele considerasse rever o legado que deixaria a seu sobrinho no testamento, de forma que minhas antigas propriedades pudessem ficar com meus filhos, principalmente minhas filhas.

— Eu nada peço para mim, mas para elas. Você tem um patrimônio suficiente para legar a seu sobrinho.

Ele riu.

— Sempre maquinando alguma coisa! Você se denuncia pelo olhar quando tem algo ardiloso em mente, Alice. Fica evidente em seu jeito. Se tivesse me dado um filho e herdeiro, John Wyndsor teria sido esquecido.

— Você deveria ter pedido a Lancaster que me mandasse gerar um filho, William. Mas não me lembro de isso fazer parte do acordo que me foi exposto em Westminster.

Ele ainda ria quando partiu. Não o vi por mais de um ano.

A VIDA SE acomodara numa rotina confortável. Joana e Jane frequentavam a escola na cidade durante o outono e o inverno, fazendo amizade com os filhos dos meus amigos de infância e vários outros. Minhas filhas tinham algo que as fazia serem rapidamente estimadas por seus pares. Assim como Bel, que havia pouco fora encorajada a servir numa enfermaria, dada sua habilidade de acalmar aqueles em atribulação. Eu sentia que ia se dissolvendo minha antiga culpa por ter abandonado tantas vezes meus filhos aos cuidados de outros. Exceto por João. Exceto por meu filho.

As lembranças de minha notoriedade pareciam desvanecer na comunidade londrina. Todas as críticas feitas a minha família restringiam-se, agora, ao mau comportamento de meu marido ausente. Gwen e eu estávamos livres para perambular pelos mercados, retomando a vida que tínhamos antes de nossos dias na corte.

Durante as longas noites de inverno, Robert e eu fazíamos amor da maneira mais deliciosa, amorosa e apaixonada, e nos intervalos despíamos nossas almas um para o outro. Provamos ser falsa a minha antiga crença de que ninguém jamais partilharia seu ser por inteiro com outra pessoa — embora eu entendesse que somente pela experiência e pelo sofrimento se alcançaria tal milagre.

Na primavera, retiramo-nos para Fair Meadow e Gaynes. Era um êxtase ter Robert ao meu lado. Mas minha preocupação com João permanecia sem cessar. Eu ouvira vagos rumores de que a campanha em Portugal fora decepcionante.

Quando voltou, no verão seguinte, ele estava quieto e reservado. Embora felizes por ter seu irmão mais velho em casa, Joana e Jane pisavam em ovos em sua presença. Aos 12 e 10 anos, elas já tinham maturidade suficiente para reconhecer sua necessidade de privacidade e reflexão.

Infelizmente, antes que João se recuperasse o suficiente para confidenciar-me qualquer coisa, William apareceu. Amaldiçoei-o silenciosamente por voltar depois de mais de um ano para estragar o tempo de que eu dispunha junto de meu filho, mas não podia expulsá-lo. Ele era legalmente meu marido e tinha o direito de residir em minha casa. Sua presença conduziu minha mente e meu coração para lugares sombrios, cheios de imagens odiosas, e roubou-me a âncora que Robert representava. E o pior: eu temia sua influência sobre João.

Na primeira manhã em que William estava em minha casa, fui despertada por gritos no salão. Vesti-me apressadamente e dirigi-me ao topo da escada para descobrir o que estava acontecendo e então avaliar o que fazer. Eu estava acostumada a mitigar os efeitos de seu péssimo temperamento entre os que viviam comigo.

— Seu patife desgraçado! — berrava William. — Eu lhe consegui um posto e você me desgraça dessa maneira? Coloquei-o no serviço do duque de Lancaster e você se rebela contra seu irmão? Você me arruinou, seu bastardo vil e arrogante!

Desci as escadas correndo até eles. Considerando a hora, fiquei tensa ao ver meu filho dividindo uma caneca de cerveja com William, ambos com aparência de que haviam passado a noite toda bebendo.

Dei um soco na mesa para evitar mais uma rodada de impropérios.

— Gostaria de lembrar-lhe, William, que está falando com o filho do antigo rei, meio-irmão de Lancaster. Você pode tê-lo enganado quando ele tinha 14 anos, levando-o a pensar que necessitava de você para abordar o duque, mas agora ele tem mais experiência. Em suas veias corre o sangue real.

João esticou o braço para agarrar a caneca que estava com William, mas eu o interceptei, afastando a tentação.

— Em que condição lamentável vocês dois estão, e a esta hora da manhã! Voltem para seus quartos antes que Joana e Jane os vejam.

Por uma semana João ficou trancado em seu silêncio, fazendo longas caminhadas ou permanecendo na cama, a examinar o teto. William desapareceu. Procurei Geoffrey para saber a verdade do que havia ocorrido.

— Parece que João caiu em descrédito junto a Lancaster. Ele liderou uma espécie de motim em Portugal contra Edmundo de Langley, seu comandante — disse Geoffrey. — Só agora estão começando a circular notícias de que os homens acabaram de voltar.

— Um motim? Como não fiquei sabendo de nada? Com certeza na corte...

— Lá você é vista como a mãe do amotinado, não como alguém a quem fazer confidências.

— Eu poderia ter interferido.

Eu temia por João, pois tinha plena ciência do inimigo formidável que Lancaster era capaz de ser.

Geoffrey colocou as mãos em meus ombros e fitou-me nos olhos.

— Investigarei melhor o assunto e volto a falar com você.

No dia em que meu amigo avisou que tinha as informações, pedi para que João estivesse presente para ouvir o relato.

— Você deixou claro desde que voltou que não queria esclarecer sua situação para mim, de forma que terei de saber por meio de Geoffrey. Mas você precisa ouvir também, saber o que estão falando de você. Precisa saber onde pisa, João. Quanto mais se esconder, piores as coisas ficarão.

Por alguma alquimia, William apareceu à porta quase no mesmo instante que Geoffrey.

Sentamo-nos em meu gabinete, um infeliz quarteto, longe dos ouvidos dos criados e da curiosidade das irmãs menores de João.

Vestido de negro, com roupas discretamente elegantes, cabelo e barba recém-aparados, Geoffrey contrastava com William, num traje forçadamente brilhante mas totalmente desgrenhado, e com João, encolhido dentro de roupas que agora eram largas demais para ele.

Geoffrey começou dirigindo-se a mim, descrevendo a situação a respeito da qual eu estava tão desinformada. Contou como as tropas de Edmundo de Langley tornaram-se indóceis em função de seu comando indiferente e da falta de pagamentos por quase um ano. Seus cavaleiros o acusavam de reter o dinheiro para si mesmo e para o rei de Portugal, traindo-os. Entre si, os cavaleiros propuseram unir-se numa irmandade sob a bandeira de São Jorge, convertendo-se assim num incômodo que obrigaria Langley a atender às sua queixas.

— João foi escolhido como líder, sem dúvida por ser meio-irmão de Langley. — Geoffrey acenou com a cabeça para meu filho.

João suspirou, sem levantar o olhar do chão. E como poderia ele resistir a tal "honra", pensei, se seu objetivo era justamente recuperar a honra que perdera com a insultuosa petição de Mary?

Os cavaleiros marcharam sob sua própria bandeira, lançando o grito de batalha "Por Southery, o valente bastardo!", para fazer a guerra contra o rei de Portugal. Ah, meu filho! Eu não conseguia olhá-lo enquanto Geoffrey contava tudo aquilo. Eles foram salvos pela intervenção de cavaleiros ingleses mais experientes, que os convenceram da insanidade que seria combater o rei daquela maneira. Em vez disso, instaram João a apresentar as queixas dos cavaleiros a seu meio-irmão.

— João opôs-se à alegação de Langley de que a guerra não era dele, mas do rei de Portugal, pois, segundo essa ideia, os cavaleiros simplesmente teriam seu soldo saqueando o país, cada homem tomando o que pudesse. Langley lembrou-o das consequências de um motim e da desonra que ele iria levar ao rei da Inglaterra.

Voltei-me para João.

— Posso imaginar como você deve ter se sentido orgulhoso por contar com a confiança de seus camaradas, meu filho. Não o condeno. Só desejo saber o que você tinha em mente. Ouvir seu relato disso.

Ele por fim olhou-me nos olhos.

— Eu já havia recuperado a razão antes de Langley lembrar-me de meus deveres... da honra que devia à senhora e ao rei. Foi o calor, a sede, o tédio que me privaram do bom senso. Fiz papel de tolo.

— Não, não fez. Você tem apenas 17 anos — falei.

— O rei é dois anos mais novo do que eu e jamais se comportaria dessa maneira.

— João é corajoso! — gritou William, aplaudindo-o. Aparentemente, esquecia que acabara de chamá-lo de bastardo. — Então Langley encaminhou os cavaleiros para negociar diretamente com o rei dom Fernando, e os homens receberam seu soldo.

— Dom Fernando assinou então um tratado com Castela, o que tornou toda aquela missão algo sem sentido — disse Geoffrey. — E agora o rei designou uma comissão para prender os amotinados. Dezenove nomes foram apontados.

Meu coração apertou-se quando vi a dor estampada na expressão de meu filho. Ele baixou a cabeça.

— Eu sei — disse ele. — Sua Graça dirigiu-se a mim enfurecido, mas, como sou da família, preferiu acreditar que os outros me forçaram a negociar com meu meio-irmão, contra minha vontade. Meu irmão sugeriu que eu não era mais que uma criança, facilmente influenciável.

— Duvido que ele possa pensar assim — disse Geoffrey. — Froissart conta que, quando Langley reuniu os cavaleiros para pagá-los, você disse: "Vejam agora se o motim não serviu aos seus propósitos! Quem é temido é bem-tratado."

Fiquei desolada ao saber que o flamengo incluíra esse incidente em sua crônica. Aquilo perseguiria João por toda a vida.

— E ainda assim sou perdoado enquanto meus irmãos de armas são castigados — disse ele.

Geoffrey olhou-me e deu de ombros.

— Ele demonstrou ser tanto filho de sua mãe quanto de seu pai, hein? — disse William. — Ganancioso por dinheiro, corajoso como um galo de briga.

— Pare com isso, William, você está sendo constrangedor — falei, levantando-me. — João, discutiremos esse assunto mais tarde. Venha ver as habitações e oficinas que construí, Geoffrey.

Era melhor deixar William sozinho para beber até ficar letárgico ou desaparecer numa taverna, onde as mulheres o tratavam melhor. Rezei para que ele logo fosse embora. Precisava ter Robert junto a mim novamente.

Mas João não se recuperou de seu opróbrio. Como desejei que seu pai ainda estivesse vivo! Eduardo saberia como inverter aquilo, como salvar seu filho, e João o ouviria. Ele precisava do pai. Fora privado de sua companhia desde muito jovem. Agora eu não conseguia achar um meio de alcançá-lo. Nem suas irmãs, nem Robert, nem Geoffrey. Por fim, ele começou a beber — e eu me arrepiava ao pensar no que mais estaria fazendo — com William.

Eu tentava concentrar-me em Joana e Jane, em Robert, mas uma sensação terrível de que eu fracassara com meu amado filho enfraqueceu-me a ponto de me deixar doente, febril. Eu tinha tanto medo por João! Bel veio e passou metade do outono cuidando de mim. E, durante esse período, meu filho usou como desculpa minha doença para ir morar com William.

Ele voltou para o Natal, com William a tiracolo.

— Somos uma família, minha mãe.

João parecia mais velho que seus 17 anos — tinha a compleição frágil, os olhos vidrados, como se tomado por uma febre. De paciente, tornei-me enfermeira, incitando-o a comer, a cavalgar sob o ar fresco.

Naquele inverno, William obteve o governo do castelo e da cidade de Cherburgo, na Normandia. Ele teria direito a todos os resgates e lucros das guerras por terra e por mar, e o rei forneceria as frotas, a alimentação e as armas, além de uma renda anual de 4 mil libras. Tratava-se de uma honra mais lucrativa do que William esperava.

— Você vai para Cherburgo? — indaguei quando ele anunciou isso à mesa de jantar.

— Mais tarde. De início, mandarei um representante. — E, voltando-se para meu filho, sorriu.

A expressão no rosto de João, de prazer e orgulho temperados com uma pitada de culpa, testemunhava um acordo mantido em segredo havia muito tempo.

Meu coração parou.

— Por que João?

— Será uma ótima oportunidade para ele.

— Se é uma oportunidade assim tão boa, por que enviar um representante? Você não é homem suficiente para ir pessoalmente?

— Eu quero ir, minha mãe — disse João. — Estou grato pela oportunidade de provar meu valor ao rei Ricardo.

— Por que não enviar seu amado sobrinho e herdeiro, William? — perguntei. — Por que desperdiçar seus privilégios com meu filho?

William sorriu maliciosamente.

— Por que pôr em risco meu único filho?

João sentou-se ao meu lado. Colocando um braço em torno de mim, disse:

— A senhora verá, minha mãe. Terá orgulho de mim.

— Eu *tenho* orgulho de você, João.

De joelhos, antes de dormir, implorei pelo perdão divino por permitir que meu filho se transformasse em um campo de batalha entre mim e William. Tentei aceitar o fato de que João estava fazendo o que ele verdadeiramente desejava.

— Conceda-lhe paz e alegria — rezei. — Mesmo que para isso ele tenha de estar longe de mim.

No final do inverno ele partiu para Cherburgo.

Em sua última noite em casa, ele falou em construir para si mesmo uma reputação, de modo a poder encontrar uma esposa que o respeitasse pelas suas realizações, e não por ser o filho ilegítimo e temporão do rei. Como eu temia, aquilo sempre corroera seu coração.

— Seu pai tinha orgulho de você, João, tinha tanto orgulho... O fato de ser ilegítimo não o diminuía nem um pouco a seus olhos. Ele insistiu para que você fosse sagrado cavaleiro. — Não mencionei que ele também insistira em casá-lo com Mary Percy, pois era a fonte de toda aquela sua angústia.

João devolveu-me o sinete de Eduardo.

— Guarde-o para mim até que eu o mereça.

Meu coração sangrava por ele. Até então eu não me dera conta integralmente de que ser filho de Eduardo era tanto uma dádiva quanto uma maldição.

E, por dentro, eu odiava William.

— Se ele me proporcionar o devido orgulho, modificarei meu testamento em seu favor — dissera ele durante uma das refeições mais amigáveis que tivéramos.

Maldito William Wyndsor, a perdição de meu nobre e belo filho!

Durante toda aquela primavera e aquele verão, eu me sentia como se caminhasse sobre um solo instável, prestes a abrir-se e engolir-me a qualquer momento. Minha irmã tinha a opinião de que talvez eu estivesse rezando demais e passando tempo insuficiente sob o sol e ao ar livre. Bel acreditava que eu fazia penitência pela minha parcela de culpa sobre a infelicidade de João e instava-me a lembrar que todas as criaturas de Deus eram abençoadas, independentemente de sua linhagem, e que o desespero de meu filho, ou seu opróbrio imaginado, era seu fardo: cabia a ele suportá-lo ou superá-lo.

— Este é o caminho dele, minha mãe, sua cruz. A senhora não pode assumir o fardo de João em seu lugar.

E nenhum de meus entes queridos podia aliviar meu fardo. Que se tornava cada vez mais pesado. Pois no final do verão, o navio em que João seguia ao encontro de William e do rei a fim de discutir os problemas ocorridos em

Cherburgo desapareceu numa tormenta repentina. Em pânico, eu esperei e esperei, rezando por ouvir que ele havia aportado em alguma parte.

Pensei que eu fosse enlouquecer. Perdido no mar... João poderia ainda estar vivo. Um barco poderia tê-lo resgatado. Ele poderia ter caído doente e sem memória em algum lugar. Eu tinha pesadelos que fundiam seu desaparecimento ao de Janyn. Evitava dormir. Robert abraçava-me durante a noite, rezando, cantando, falando de meus outros filhos, tudo que estava ao seu alcance, para tirar-me das trevas em que eu me encontrava.

William, pálido e de olhos encovados, veio implorar meu perdão.

— Deveria ter sido eu.

— Deveria mesmo! Ou o seu odioso sobrinho. Não um de meus preciosos filhos. — Eu não conseguia sensibilizar-me a ponto de consolá-lo. — Está feliz agora? Você fez o que de pior poderia fazer. Despedaçou meu coração.

Ele retrucou que também amava João, mas eu não suportava sua presença.

— Meu filho tinha um bom coração, mas você o envenenou com a sua amargura.

— *Você* me tornou amargo.

— Não me responsabilizo por seu coração cheio de fel. Vá embora. Saia da minha casa!

Mas na verdade eu acusava a mim mesma de não ter protegido João dele. Eu me agoniava pensando o que mais poderia ter feito — se não deveria ter lhe contado a verdade sobre meu casamento com William desde o princípio, antes de o estrago ser feito, ou se deveria ter me arriscado à fúria de Eduardo recusando-me a comprometer meu filho com alguém tão odioso como Mary Percy. Alguma coisa eu poderia ter feito para salvar meu filho.

Foi Gwen quem tentou alertar-me para o fato de que eu estava negligenciando Joana e Jane devido ao meu sofrimento.

— A senhora precisa aceitar que João partiu e olhar por suas filhas, senhora. Elas estão inconsoláveis. João era o amado irmão das duas, um cavaleiro belo e galante, a última reminiscência do glorioso pai dessas meninas. Elas também o perderam. Precisam do seu apoio, precisam que a senhora mostre a elas como aceitar a perda, incite-as a rezar pela alma de seu irmão e encontrar a paz.

Compreendi a sabedoria que havia em suas palavras. Naquela mesma noite, convidei-as a ficar em minha cama, e nós três choramos até não haver mais lágrimas a derramar.

HENRY PERCY VEIO à missa de réquiem que o rei Ricardo providenciou na Abadia de Westminster. Falou que João fora um jovem admirável e confessou lamentar a anulação do casamento. Ele bem poderia dizer agora que já não tinha mais necessidade de temer a contaminação de meu filho. Lancaster também compareceu, como padrinho de João, seu meio-irmão e seu senhor, falando de suas habilidades marciais, de sua honra. A princesa Joana abraçou-me, pranteando comigo meu belo filho.

William jurou que mudaria seu testamento, que a morte de João o havia abalado profundamente.

— Fui cruel e me arrependo, Alice. Tudo o que sempre desejei foi viver com você como seu marido, e eu estraguei todas as minhas oportunidades.

Eu mal suportava vê-lo. Ele mostrou-me o novo testamento que assinara, deixando minhas propriedades para Joana e Jane. Agradeci a ele por isso, mas ainda não conseguia obrigar-me a perdoá-lo. Embora meu filho tivesse tido a liberdade de recusar a sugestão de William de ser seu representante em Cherburgo, eu o culpava por fazer a oferta, e ele sabia disso. Não conseguíamos encontrar um meio de cruzar o abismo que nos separava.

Ele permaneceu longe por um bom tempo. Robert ajudou-me a fazer meu coração sarar, a recolher os pedaços de minha vida e seguir adiante. Joana, Jane e eu plantamos carvalhos em todas as nossas casas para lembrar-nos de João, uma referência a sua altura e força. À bênção que ele fora em nossas existências.

NO FINAL DO verão, praticamente um ano depois do desaparecimento de João, William veio ter comigo em Londres mortalmente doente, tomado por uma febre. Durante todo o outono eu e Gwen cuidamos dele; Robert cuidou de todo o resto. Dessa vez ele não precisou partir. Com a doença habitando a casa, providenciei para que Joana e Jane ficassem alojadas na escola. William raramente falava, nunca me olhava nos olhos e comia e bebia o mínimo possível. Estava claro desde o princípio que ele não pretendia se recuperar.

Morreu pouco depois da missa de São Miguel. Lamentamos o falecimento de uma vida, mas toda a casa parecia dar um suspiro de alívio diante
da possibilidade de seguir adiante. Rezei para que me fosse concedida a
graça de perdoá-lo, e para que ele repousasse em paz.

Mas jamais pude perdoar seu sobrinho John. Após a morte de William,
John Wyndsor surgiu com uma cópia do testamento antigo, que o favorecia.
Procurei por toda parte aquele que William me mostrara, mas jamais o
encontrei. Jurei combater John Wyndsor nas cortes até obter de volta tudo
o que era meu de direito. Esse era meu veneno, meu purgatório, a herança
que William me deixara, o último ressentimento não resolvido. Era a
única coisa que permanecia como obstáculo entre mim e Robert. Ele não
compreendia por que eu permitia que aquele único espinho continuasse
a infectar minha alma.

No mesmo mês em que William morreu, requisitei ao Parlamento que
retirasse todas as acusações contra mim. William fora esperto: concentrara-
se, quanto às petições, apenas em reclamar minhas propriedades em seu
nome, abstendo-se de qualquer tentativa de limpar meu nome.

Apenas muito depois eu acabei por perdoá-lo, e cheguei a enlutar-me por
ele. Foi estranho como, em sua morte, sem o barulho de nossas brigas, eu
me lembrava de como inicialmente ele me encantara. Fiquei de luto por meu
breve sonho com aquele cavaleiro bonito e interessante que eu pensei que me
amava; de luto pelos sonhos que eu havia nutrido para meu filho João; por
todos os sonhos que foram destruídos por meu laço com os Plantagenetas.

Agora eu abandonava os velhos sonhos e alcançava paz.

APÓS A MORTE de William, a princesa Joana convidou a mim e a minhas
filhas para passar uma pequena temporada em Kennington. Embora minha
sentença de exílio houvesse sido comutada, eu não pisava em um palácio
real desde meu casamento, em Westminster. No funeral de João, eu permanecera nos limites da abadia, evitando o palácio. Era estranho estar de
volta a uma casa real, era estranho ter uma ocasião para usar minhas joias
e meus trajes mais suntuosos.

Antigamente uma reconhecida beldade, a princesa Joana engordara, e
agora caminhava com o auxílio de uma bengala — ainda que fosse uma
magnífica bengala de prata adornada de madrepérola. Seu traje resplande-

cia com joias, como sempre, seu cabelo era de um dourado claro, embora anos de tratamento para garantir a permanência daquela cor lhe conferissem uma aparência quebradiça. Soube que sofria de gota, que raramente cavalgava e que abandonara de vez a falcoaria.

— Deixe-me inspirá-la a movimentar-se. Você sabe que esta é a cura para o que a aflige — propus a ela. Houvera um tempo em que falávamos desse modo, uma encorajando a outra.

Ela balançou a cabeça.

— Se a gota fosse a única causa de meu declínio, eu a teria combatido com toda a minha força de vontade, Alice.

Uma tarde, quando estávamos a sós — as crianças tinham ido numa excursão até um dos jardins de Joana —, ela olhou-me nos olhos, dizendo:

— Você foi tão boa, dando ouvidos às minhas angústias. Agora preciso pedir-lhe ainda outro favor. Preciso implorar por seu perdão, minha amiga. É hora de confessar que fui eu quem a traí no que diz respeito a William Wyndsor. Mencionei a meu marido Eduardo a paixão que William tinha por você, sem nunca imaginar que ele usaria essa informação. Tenho certeza de que ele contou para seu irmão João.

Eu culpara Henry Percy, ou às vezes Geoffrey — ele gostava mesmo de fofocas. Nunca Joana, embora suspeitasse de que ela sempre soubera do acordo para me casar com William.

— Você poderia ter me poupado de muita dor se tivesse seguido o seu próprio conselho — falei. No entanto, eu entendia como aquilo pudera acontecer tão facilmente.

— Eles a usaram, Alice. Eduardo e João a protegeram apenas enquanto precisavam que você tomasse conta de seu pai, e então a entregaram a William. Eu lamento. Queria que houvesse algo que eu pudesse fazer. Se precisar de mim...

Pedi licença e saí para caminhar e dispersar minha raiva. Ela estava velha, estava fraca e estava arrependida — embora daquele seu jeito orgulhoso de exprimir a própria culpa. *Eu lamento*. Como era fácil falar, mas como me trazia tão pouco consolo. *Caminharei sobre o carvão em brasas em penitência. Arrancarei os cabelos*. Palavras como essas poderiam talvez *começar* a exprimir o quanto ela poderia sofrer pelo que fizera a mim. Mas não fora sua intenção me ferir. Quando me cansei, refutei meu desejo de que ela sofresse. Ela não imaginara que iriam usar daquela forma a indiscrição que cometera. Como poderia? Mas eu também a usaria.

Falei-lhe de minha petição ao Parlamento, da contestação do testamento.

— Conversarei com Ricardo — disse ela. — Mas não espere muito. Ele não tem nas mãos o coração dos barões, como seu avô tinha. Tampouco o do Parlamento.

— Quando conversar com ele, lembre-se de que eu ainda poderia ter meu filho, o glorioso filho de Eduardo, se não tivesse sido forçada a unir-me a William num matrimônio ímpio.

— Até a morte do rei, eu não tive conhecimento do que eles planejavam — murmurou Joana, seus olhos assombrados pelas lembranças.

Quando parti de Kennington, tive a sensação de que não percorreria aquela estrada novamente, de que Joana, assim como William, logo se entregaria ao descanso eterno. Triste, sofrendo de dores, decepcionada.

Ainda assim, senti que tiravam uma maldição de sobre meus ombros, a maldição de Isabel de França e de seu filho bastardo. Eu estava finalmente livre. Senti que nada devia à família de Eduardo, e que eles nada mais poderiam fazer contra mim.

21

Pois eu não digo que ela repentinamente
tenha dado a ele seu amor, mas que se inclinara
desde o princípio a amá-lo, e lhes disse o porquê:
depois daquilo, sua masculinidade e seu langor
fizeram o amor dentro dela minar,
num processo natural e por bons serviços
ele conquistou seu amor, não de forma repentina.

— GEOFFREY CHAUCER, *Troilo e Créssida*, II, 673-79

• 1384 •

VIÚVA PELA TERCEIRA VEZ — pois, em meu coração, eu era a viúva de Eduardo — aos 42 anos, eu rezava para que enfim conseguisse ordenar minha vida. Com Janyn eu vivera quase quatro anos, dois dos quais foram felizes; com Eduardo haviam sido aproximadamente 15 anos, muitos deles felizes, muitos infelizes; suportara William por sete anos, tempo de sofrimento incontornável, mas com o amor de Robert a dar-me suporte.

Nem toda a minha infelicidade fora causada pelos outros — eu tinha excessiva consciência de meus pecados, minhas paixões, minhas fraquezas. Superestimei o valor de bens terrenos para minha estabilidade e negligenciei a importância de alianças fortes. Não me opus ao casamento de meu filho com uma jovem que eu sabia ser desprovida de compaixão e honra.

Contudo, eu estava agora finalmente livre para decidir como conduzir o resto de minha vida.

Minha primeira decisão foi dar a minhas filhas um longo inverno de atenção exclusiva. Joana tinha agora 14 anos, e Jane, 13, e eu desejava desfrutar da companhia delas, pois em pouco tempo elas desejariam se casar, e seríamos levadas pela agitação das cortes de seus pretendentes e das celebrações. Bel visitava-nos sempre. Sua superiora era uma mulher de bom coração. Minhas filhas eram minha salvação, aliviando-me das tristezas e de meus arrependimentos. Como eu poderia lamentar ter gerado aquelas magníficas criaturas? Um de meus passatempos prediletos era transformar os deslumbrantes tecidos de trajes que eu não mais usava em lindas roupas para Joana e Jane. Assistir ao prazer delas fazia renascer em mim a capacidade de apreciar a beleza ao meu redor. Embora eu vestisse cores escuras, em memória de Janyn, Eduardo e William, meus adornos de cabeça eram feitos de seda, e meus trajes, lindamente cortados e enriquecidos com as pérolas e pedras que meu irmão guardara para mim. Eu fazia o meu papel de grande dama e de benfeitora da paróquia. Minhas filhas adoravam ver-me assim, bem como os amigos que com frequência nos visitavam. Robert e eu permanecemos discretos em nossa relação por algum tempo.

Ambos desfrutávamos de um hóspede surpreendentemente regular, Geoffrey. Ele vinha e hospedava-se sem Pippa — aliás, eles agora raramente eram vistos juntos.

— Não nos gostamos muito — disse ele, em resposta a minhas preocupações. — As coisas são como são.

Devo ter estremecido quando ele disse isso.

— Não é a verdade, Alice?

— "As coisas são como são" era um dos refrões de Eduardo.

Geoffrey levou a mão ao peito e curvou-se ligeiramente.

— Perdoe-me. Eu esqueci.

— Nada há o que perdoar. A dádiva que você me concede é sua boa vontade em me escutar. Sou grata por ter um amigo em quem posso confiar sem medo de sermões ou censuras.

Todas as noites, depois de minhas filhas e Robert terem se recolhido, Geoffrey e eu nos sentávamos e falávamos sobre a vida — ou melhor, eu falava. Abria meu coração para o meu amigo, revelava meus amores e ódios, os sonhos que acalentara por meus casamentos e por meus filhos, meus arrependimentos.

Ele dizia que estar em minha casa inspirava seus esforços poéticos.

— E sou muito admirado por Sua Graça e pela rainha, então preciso fornecer-lhes versos frescos.

Ele era sempre convidado a declamar na corte — uma grande honra.

Uma tarde, quando ele fazia anotações em suas ubíquas plaquinhas de cera e em seus pedaços de pergaminho, entremeadas com a contemplação do jardim campestre, Geoffrey subitamente parou e perguntou:

— Lembra-se da história de Créssida, que tanto a perturbava?

— Nunca esqueci — respondi.

— Os seus argumentos permaneceram sempre em minha mente.

— Está escrevendo sobre ela?

Pela expressão de seu rosto, adivinhei que estava. Mas ele disse apenas:

— Você se incomodaria de saber que a sua história inspirou-me a pensar em como Créssida teria se sentido?

— Sinto-me honrada, meu bom amigo.

— Agora compreendo; eles a odiavam por mostrar-lhes que seu rei... aquele que tinha o poder de curar com as próprias mãos, aquele que cuidava do bem-estar do reino... que seu rei era, ainda assim, humano.

— No final, mais do que eles jamais puderam enxergar.

— Eu mostraria como Créssida ficou sozinha após sofrer o abandono de seu pai, como ficou vulnerável e sem referência. Como seu tio utilizou-se disso para seus próprios fins. Mas não posso fazê-la tão merecedora de amor e admiração quanto você, minha amiga. Nem tão trágica. Nessa história, o papel trágico é o de Troilo.

Merecedora de amor e admiração?

— Isso foi um grande elogio, Geoffrey. Mas, quanto ao trágico, nem tudo representou uma tragédia para mim. Experimentei muita alegria, e ainda tenho muito pelo que viver.

QUANDO, POR FIM, minha pequena família voltou a Gaynes, na primavera, Robert convidou-me para ir cavalgar com ele. Os campos recém-arados exalavam um cheiro rico de argila, folhas novas suavizavam as cercas vivas e as árvores que seguiam a linha do rio. Paramos numa campina onde uma árvore caída fornecia assento para dois.

Robert tomou minhas mãos nas suas e olhou-me nos olhos com tamanha determinação que eu temi más notícias.

— Meu amor, creio que enfim chegou nosso tempo. Você aceitaria levar uma vida comigo, como minha esposa? Você me aceitaria como seu marido? Pois eu gostaria de tê-la como minha esposa. Se assim o desejar, para honrá-la e amá-la pelo resto dos meus dias, tantos quantos Deus me conceder.

O alívio inundou-me de calor. Olhei nos firmes olhos azul-acinzentados de Robert e vi neles amor, consolo, risos e companheirismo. Tudo nele me era querido, seu sorriso que fazia enrugar sua pele, seus ombros largos que haviam me sustentado ao longo de tanta tristeza, seu cheiro, sua voz grave e seu sorriso silencioso, tudo era feito mais de movimento que de som. Eu o amava por jamais desistir de mim, jamais me abandonar. Amava a pessoa que eu era quando estava com ele.

— Aceito-o como meu marido, Robert, de boa vontade e de todo o meu coração e a minha alma.

Ele me beijou calorosa e profundamente, fazendo meu coração bater acelerado. Quando paramos para respirar, olhei em torno. Vendo que estávamos a sós, levantei-me, tomando sua mão.

— Vamos selar nosso pacto, meu amor?

Deitamo-nos sobre as cobertas das selas, e nosso amor foi lento mas apaixonado; fizemos uso de tudo que sabíamos ser capaz de dar prazer um ao outro. Não havia razão para nos apressarmos, ninguém teria qualquer motivo para ir atrás de nós e nos vigiar. Depois nos deitamos abraçados, entorpecidos, até que o frio da tarde nos obrigou a continuar nossa cavalgada.

Joana e Jane observaram-nos atentamente durante a refeição da noite. Robert tinha um ar diferente, confortável, já relaxado. Como se treinasse esse papel em sua imaginação havia um bom tempo.

Quando a mesa foi tirada, ele se inclinou na direção de minhas filhas e perguntou:

— Vocês permitiriam que eu me casasse com sua mãe?

Jane franziu um pouco o cenho, inclinando um pouco a cabeça, como se ponderasse. Joana cutucou-lhe as costelas e, com um sorriso fascinado, perguntou:

— Podemos chamá-lo de pai?

— Seria uma honra.

— Eu o chamarei de Robert — disse Jane —, mas dou-lhes minha bênção.

Ele pegou minha mão por baixo da mesa.

— E você, Joana?

— Eu preferiria que você se casasse comigo. Mas se já entregou seu coração a minha mãe, vocês têm minha bênção.

Naquela noite, enquanto Gwen escovava meus cabelos, conversamos sobre nossas primeiras semanas juntas na casa de madame Agnes, quando fazíamos os preparativos para meu casamento com Janyn, o começo de minha ligação com Eduardo; relembramos como estávamos apavoradas, e como, depois, fora frustrante meu casamento com William.

— A senhora merece a felicidade. Rezo a Deus que abençoe os dois. Estou tão feliz pela senhora! Vocês se amam há tanto tempo... Até que enfim poderão tornar-se um único coração.

NOSSO VELHO AMIGO dom Hanneye testemunhou nossos votos na igreja de Upminster. Convidamos para o casamento apenas nossas famílias e Geoffrey. Usei um vestido de seda estampada em tons escuros e ricos de azul e verde, a estampa de penas reforçada por pequenas pérolas no corpete e nas mangas. Robert vestia um gibão de veludo vermelho que eu dedicadamente fizera para ele, com um brilhante chapéu da mesma cor sobre seu cabelo claro e perneiras de índigo. Gostei muito de vesti-lo, pois ele nunca dera muita importância a sua aparência e ficou espantado ao ver-se em suas roupas novas. Imagino que tenhamos sido o casal mais elegante a contrair matrimônio naquela pequena igreja. Mas o que eu amava mais que tudo era que tanto fazia se causávamos alvoroço ou não; não tínhamos ninguém a quem impressionar exceto a nós mesmos, e nosso amor transcendia tudo aquilo. Uma vida longe da corte — eu me entregava a ela de todo o coração.

Ao longo da primavera e do verão, Joana, Jane, Gwen e eu trabalhamos para recriar em Gaynes o que eu me lembrava do jardim de madame Tommasa em Londres e daquele que ela me ajudara a plantar na casa que pertencera a mim e a Janyn quando eu estava grávida de Bel. Robert trouxe mudas das mais exóticas plantas que havia em nossas outras propriedades, e eu trouxe mudas do jardim em Londres. No final do verão, quando descobri estar esperando um filho, o jardim estava verdadeiramente tomando forma. Eu estava com medo de não conseguir mais conceber depois de ter tomado aquelas poções durante tanto tempo, e também por causa da minha idade, mas Robert e eu fomos abençoados.

— Sou o homem mais feliz da face da Terra — sussurrou ele, com um ouvido em minha barriga intumescida.

Joana, Jane e eu, todas nós florescemos naquele verão. Joana conheceu outro Robert, muito de seu agrado, um jovem advogado de Kingston-upon-Thames, Robert Skerne, que havíamos contratado para realizar algumas transações imobiliárias. Formavam um lindo casal, e eu me peguei rezando para que ele voltasse para minha filha quando se considerasse capaz de sustentar uma casa. Jane demonstrou ser apaixonada e criativa na jardinagem, e eu deleguei a ela a maior parte da concepção do jardim de Tommasa. Eu nunca fora tão feliz. Caminhar, caçar com falcões, enfiar as mãos na terra e criar um jardim eram coisas que eu esperava desfrutar pelos anos que viriam, assim como andar pelos campos ou pelas ruas de Londres de braços dados com Robert, ou passar uma tarde costurando com minhas filhas e Gwen... todos esses prazeres simples representavam uma alegria constante para mim.

EU DESEJAVA PODER abster-me das exéquias de um ano da morte de William, em Windsor, pois, embora minha barriga não estivesse muito grande, já não gostava mais tanto de cavalgar. Nem queria ser lembrada de meu casamento infeliz. Mas eu não conseguia esquecer William tal como estava em seus últimos dias, tão perdido, tão decepcionado, e não podia recusar-me a prestar-lhe aquela última homenagem. Felizmente, a maior parte da viagem seria feita por barcaça. Minhas filhas e Gwen empenharam-se muito em desenhar um casaco de seda e veludo para esconder minha barriga. Embora Robert tenha me acompanhado até Windsor, ele não assistiu à missa. Geoffrey ficou ao meu lado em seu lugar.

Sir Robert Linton, o amigo que me oferecera sua casa em Somerset como um porto seguro para mim e meus filhos durante aquele momento tão difícil de minha vida, comparecera a fim de apresentar suas honras. Perguntou por mim e pelas minhas crianças.

— Vamos bem. Muito bem. Jamais me esquecerei da sua gentileza quando tive necessidade.

Vi vários antigos conhecidos da corte — Richard Stury fez questão de ir falar comigo. Já não tinha uma aparência tão rígida como no passado; seus cabelos agora estavam brancos como a neve, e ele tinha um sorriso mais relaxado e sincero. Encontrara alegria na aposentadoria.

— Caço aves tranquilamente, e cervos, e porcos-do-mato, em minhas propriedades, e finalmente posso conviver com minha esposa. Já era hora de conhecer melhor a mulher que me deu cinco filhos! — Ele riu das próprias palavras, algo que jamais fizera em minha presença. — E a senhora?

— É uma bênção estar finalmente livre para desfrutar da companhia de minhas filhas, minhas terras e minhas lembranças, Sir Richard. Deus tem sido bom comigo.

Quanto a John Wyndsor, ignorei-o, e ele a mim. Estávamos envolvidos num litígio, mas isso já não era mais uma escolha exclusivamente minha — Joana e Jane também queriam que a justiça fosse feita.

Dessa vez entrei no palácio com grande trepidação. Caminhei por ali na companhia de fantasmas, meus olhos descobrindo ser impossível pousar em qualquer ponto de Windsor sem conjurar uma lembrança, principalmente de minha querida rainha Filipa. Eu não esperava sentir ainda tão agudamente a dor de sua perda. Para mim, ela ainda governava o castelo. Ainda podia ouvir sua risada alegre e suas exclamações de encantamento, podia sentir o cheiro do leite de amêndoas que ela tomava à noite. E Eduardo — seus passos estrepitosos soavam logo adiante, seu odor permanecia no ar. De repente perdi a coragem, correndo pelo salão de volta ao jardim, aliviada por respirar um ar imaculado das sombras do passado. Rezei para jamais retornar ali.

Nem mesmo o falatório em torno de nós inspirava-me remorsos por não estar mais na corte. Pelo contrário: quanto mais eu ouvia, mais desejosa ficava de me retirar novamente para minha vida tranquila. A princesa Joana não compareceu; havia se recolhido em Kennington em agosto, devido a uma enfermidade obscura, e morreu poucos dias depois, dizem alguns que de desgosto. A pobre e bela Joana, que poderia ter sido rainha.

QUANDO JOANA, JANE, Gwen e eu pisamos a margem do rio em nossa volta a Gaynes, Robert, que voltara antes para alertar os serviçais, esperava-nos com nossos cavalos. Cavalgamos para casa por caminhos que as folhas caídas tornavam coloridos. Estávamos todos em silêncio, tanto pela solenidade da cerimônia quanto pelo cansaço da viagem. Como de costume, momentos depois de chegar em casa Joana e Jane já saíram em direção aos estábulos, atraídas imediatamente pelas caminhas de cãezinhos e gatinhos, ansiosas por verem o quanto haviam crescido em uma semana.

— Elas ficarão fora por algum tempo — disse Robert, tomando minha mão e levando-me ao jardim.

Agora a maior parte das flores estava prestes a dar sementes, as hastes praticamente nuas. Mas continham a esperança de mais flores na primavera seguinte, e eu achava isso lindo.

Sentamo-nos num banco de madeira, sobre uma almofada belamente bordada que Joana e Jane haviam me dado de presente em meu aniversário.

— Para o seu banco junto à roseira — dissera Joana. — Bel contou-nos que madame Tommasa sempre fazia almofadas para os bancos do jardim.

— Fazia mesmo. — A almofada que elas me deram tinha o bordado de uma lua e estrelas, e me fazia lembrar a sobrecapa que eu não imaginava minha sogra ousando vestir, luas e estrelas de ouro e prata sobre fundo escuro. — Deus abençoe Bel. Deus abençoe vocês, meus anjos, por isto.

Em fevereiro dei à luz uma doce menina de cabelos claros. A madrinha foi a esposa de meu irmão, Agnes, de forma que Robert e eu lhe demos o nome de Agnes Joanna. Como ela logo adquiriu a beleza de quem lhe inspirara o segundo nome, a princesa Joana, prontamente esquecemos seu primeiro nome. Eu finalmente compreendera que Joana fora para mim a melhor amiga que poderia ter sido.

Um ano depois nascia nosso filho Geoffrey. Meu velho amigo Geoffrey Chaucer foi, é claro, seu primeiro padrinho, e muito se empolgou com o menino de cabelos claros.

Após o nascimento de Geoffrey, eu soube que meus anos de concepção já haviam passado, e não lamentei por isso. Embora os amasse acima de tudo o mais, até mesmo Robert, eu não esquecera que minha vida havia mudado completamente quando eu alcançara a idade de ter filhos. Era bom poder ultrapassá-la. Eu tivera muita sorte com eles. Perdera apenas dois antes do nascimento, e apenas um entre os que nasceram e cresceram. Quatro lindas filhas e um filho adorável sobreviveram.

Foi nesse momento que comecei a escrever esta história da minha vida, ou melhor, a ditá-la a minha querida Bel. Eu sentia o peso dos anos e tinha medo de que a morte me levasse antes que Agnes Joanna e Geoffrey tivessem a chance de me conhecer, de ouvir minha história de meus próprios lábios. Não queria que eles ouvissem apenas as fofocas sobre sua mãe, mas que soubessem de tudo e, então, fossem livres para julgar o que haveria de verdade nisso.

Joana casou-se com o advogado Robert Skerne quando tinha 17 anos. Ele *voltou* para ela. Jane casou-se com um mercador abastado, Richard Northland, e com ele fez a viagem para a Itália que eu sempre desejara fazer com Janyn. Conheceu Milão, e também vários Perrers, mas não soube de mais nada acerca dos destinos de Janyn e Tommasa. A família não queria falar sobre aquele problemático assunto.

Joanna era uma menina levada, sempre provocando risos com suas gracinhas. Tinha um espírito mais livre do que o de qualquer uma de suas irmãs, sempre rodeada pela família, principalmente de seus pais ardorosos, e não conhecia o medo. Adorava seu irmão Geoffrey, parecido com meu irmão Will — havia muito falecido — a tal ponto que minha irmã Mary sempre esquecia e o chamava de Will por engano. Era um sonhador, amava os animais tal como Jane, e estava sempre cuidando de uma criatura doente ou ferida. Tomei cuidado para não vê-lo como um substituto de meu querido João, mas como a maravilhosa pessoa que ele era. Robert antevia nele um proprietário de terras conscencioso, fazendo bosques reviverem, enriquecendo campos. Para nossa grande desolação, porém, Geoffrey morreu de febre quando tinha apenas 6 anos.

Em minha última visita a Kennington, a princesa Joana dissera, a propósito da perda de meu filho João:

— Talvez tenha sido uma bênção que ele não tenha vivido o bastante para decepcioná-la, assim como meus filhos me decepcionaram

Eu suportaria alegremente qualquer decepção para ver meu filho Geoffrey atingir a idade adulta. Muito embora acreditasse que, com um pai como Robert, ele jamais decepcionaria nenhum de nós dois.

MINHAS FILHAS E eu continuamos a combater John Wyndsor nos tribunais. Em meu testamento, estabeleci que todas as minhas propriedades e os meus direitos, com exceção de Gaynes, ficariam com minhas filhas, incluindo todas "aquelas que John Wyndsor ou outros, com o consentimento dele, usurparam; quanto a estas, desejo que meus herdeiros e executores recuperem e dividam em partes iguais entre minhas filhas, pois digo, com base no sofrimento de minha alma, que ele não tem nem nunca teve qualquer direito sobre elas". Às vezes desejo que William nunca tivesse me mostrado o testamento revisto. Rezo para que minhas filhas vençam. Gaynes, deixei para Joanna. E não tenho a menor dúvida de que Robert será generoso com todas as minhas filhas em seu testamento.

Ficamos todos horrorizados com a deposição do querido rei Ricardo pelo filho e herdeiro de Lancaster, que se autodenomina Henrique IV. Os temores de Joana pelo reinado de seu filho demonstraram ser tragicamente prescientes. Geoffrey não simpatiza com Harry, como ele chama o rei. Nem Harry simpatiza com Geoffrey; a censura é seu instrumento predileto de governo, e a poesia de meu amigo foi considerada perigosa. Quem perde é Harry, pois o poema sobre Créssida é uma verdadeira homenagem a um coração despedaçado.

Às vezes me pego remoendo o passado. Deveria eu ter sido mais egoísta, mais inflexível, mais rebelde? Terei sido muito complacente, rápida demais em dar aos homens da minha vida aquilo que eles julgavam querer? Serei eu uma mulher decaída ou uma senhora obediente? E sempre retorno ao mesmo dilema: quando tive eu a escolha de ser diferente do que sou?

Considero-me abençoada, levando em conta tudo pelo que passei. Amando Robert como amo, não anseio mais por Janyn. Mas não me esqueci da paixão e da dor daquela união, nem da honra e da profunda tristeza de minha ligação com Eduardo.

De manhã bem cedo, quando Robert e eu avançamos pelos campos com nossos falcões, muitas vezes sinto como se Eduardo estivesse conosco, como se eu pudesse ouvir sua risada de som grave logo adiante. Sempre uso vermelho quando saio para caçar. E pérolas.

Nota da autora

Escrevi este livro para satisfazer minha curiosidade sobre Alice Perrers e para dar-lhe uma voz, permitir que falasse através de mim, uma psique feminina. Eu tenho um monge dispéptico a quem agradecer por minha fascinação por Alice. Meu primeiro encontro com ela foi em *St. Albans Chronicle**, de Thomas Walsingham.

> Houve uma mulher na Inglaterra chamada Alice Perrers. Era uma meretriz sem-vergonha, impudente e de baixo nascimento... Não era nem atraente nem bonita, mas sabia compensar esses defeitos com sua voz sedutora. A cega fortuna elevou essa mulher a grandes alturas e a levou a ter uma intimidade com o rei muito maior do que era apropriada, uma vez que ela fora criada e amante de um homem da Lombardia... Mesmo quando a rainha ainda vivia, o rei amava essa mulher mais do que amava a rainha. (p. 43)

Walsingham usou sua "história" como uma arma para executar uma vingança voltada principalmente contra Alice Perrers e João de Gaunt, mas no processo ele também insultou maciçamente o amado rei Eduardo III: "Ó rei, tu não mereces ser chamado de senhor, mas sim de escravo da mais baixa qualidade. Pois, uma vez que consiste a escravidão na submissão de um espírito alquebrado e vergonhoso que carece de vontade própria,

---

*Todas as citações na nota da autora são extraídas de *The St. Albans Chronicle: The* Cronica Maiora *of Thomas Walsingham*, I, 1376-1394. John Taylor, Wendy R. Childs and Leslie Warkiss (trad. e ed.). Oxford Clarendon Press, 2003.

quem negará que todos aqueles que são volúveis de espírito, luxuriosos, em suma, todos os que são desavergonhados são escravos?" (p. 59). Isso era um discurso extravagante, não razão.

Ainda assim, a descrição de Alice feita por Walsigham foi durante muito tempo tida apenas como um pouco exagerada.

Nunca considerei plausível a aceitação implícita de que ela tenha manipulado o rei de forma tão intensa – que uma pessoa comum estivesse em posição de *escolher* ser a amante do rei Eduardo e que de algum modo o tivesse enfeitiçado. Nem jamais compreendi a lógica de condená-la por ter ficado com ele durante suas últimas doenças – uma oportunista teria pegado os presentes e riquezas fabulosos que acumulara e desaparecido aos primeiros sinais de enfraquecimento do poder de Eduardo. Alice deve ter previsto o que estava prestes a acontecer, mas ainda assim decidiu ficar.

Sou agradecida a Walsingham por sua indignação – esse sentimento me inspirou a mergulhar mais profundamente nos registros. Também lhe devo minha gratidão por um pequeno detalhe que começou a trabalhar em meu inconsciente – sua menção a uma filha que não é referida em nenhum outro lugar. "Naquele meio-tempo, o rei ficava cada vez mais fraco, embora Alice e sua filha Isabel passassem a noite toda com ele." (p. 63) Foi essa "Isabel", uma filha que passou despercebida em qualquer uma das histórias que eu consultei, que me inspirou a conectar Janyn Perres a Isabel, a rainha viúva.

No que diz respeito ao período que se seguiu à rebelião de Isabel e Mortimer, o rumor mais famoso era de que o rei Eduardo II não fora realmente assassinado como se divulgou, mas que a história havia sido forjada para que o rei deposto pudesse se retirar para um mosteiro no continente. Mas eu fiquei mais intrigada com outro rumor, o de que Isabel estava grávida de um filho de Mortimer quando seu amante foi acusado de traição e levado em custódia. Supostamente ela abortou quase de imediato. Decidi explorar o que teria acontecido se a criança sobrevivesse: teria sido a criança, e não o rei deposto, quem desaparecera num mosteiro. A morte de Janyn Perrers, menos de dois anos depois da morte da rainha Isabel, de acordo com uma alegação contra seu legado, que nomeava Alice sua esposa e executora legal, levou-me a imaginar se aqueles que protegiam o conhecimento da criança teriam perdido sua própria proteção, já que Isabel morrera. E assim começou a história...

Mencionei a fonte para a filha de Alice, Isabel; a maioria dos historiadores registra que ela teve duas filhas, Joana e Jane. De onde veio a quarta, Agnes Joanna? Achei interessante que em seu testamento Alice especificasse deixar "para Joanna, minha filha mais nova", sua propriedade de Gaynes, em Upminster, e depois para "Jane e Joana, minhas filhas", todas as outras propriedades e os direitos correspondentes. É claro que poderia ser simplesmente uma repetição esquisita para propósitos legais, mas gosto de pensar que Alice teve pelo menos um filho com seu terceiro marido, um homem que efetivamente existiu, segundo meu palpite – algo a respeito de um retrato de dama do solar que seu testamento evidencia sugeriu-me que ela teria se casado novamente depois da morte de Wyndsor. O nome de Robert Broun aparece em várias de suas transações, ao lado do de John Hanneye. O fato de Robert converter-se no terceiro marido de Alice é uma invenção minha. Seu testamento a identificava como "Alice, viúva de William Wyndesor, Cavaleiro", o que, é claro, ela era, fosse ou não a esposa de alguém ainda vivo. A mulher nem sempre assumia o sobrenome de seu marido.

Geoffrey Chaucer foi contemporâneo de Alice e da mesma classe mercantil. Muitas teorias desacreditadas tentaram ligá-los de muitas maneiras diferentes, mas eu não usei nenhuma delas. Simplesmente pensei que, como londrinos, encontrando-se nos círculos da corte, podiam muito bem ter sido amigos. Desde a minha primeira leitura de *Troilo e Créssida* fui tocada pela profundidade psicológica e pela complexidade emocional que ele infundiu à lenda e suspeitei que ele baseasse seu retrato de Créssida em alguém que conhecesse muito bem.

Criei uma vida para Alice. Penso que tal vida poderia tê-la satisfeito.

Leituras complementares

Bak, János M. "Queens as Scapegoats in Medieval Hungary" [Rainhas como bodes expiatórios na Hungria medieval], in *Queens and Queenship in Medieval Europe*, Anne J. Duggan (org.). Boydell Press, 1997, pp. 223-233.

Beardwood, Alice. *Alien Merchants in England 1350 to 1377: Their Legal and Economic Position* [Mercadores estrangeiros na Inglaterra entre 1350 e 1377: sua posição legal e econômica]. Medieval Academy of America, 1931.

Bothwell, James. "The Management of Position: Alice Perrers, Edward III and the Creation of a Landed Estate, 1362-1377" [O manejo das posições: Alice Perrers, Eduardo III e a criação de um espólio baseado na posse da terra], in *Journal of Medieval History* 24 (1998), pp. 31-51.

Dodd, Gwilym. "Crown, Magnates and Gentry: The English Parliament, 1369-1421" [A Coroa, os magnatas e a pequena nobreza: o Parlamento inglês de 1369 a 1421]. Tese de doutorado não publicada, Universidade de York, 1998.

Given-Wilson, Chris. *The Royal Household and the King's Affinity: Service, Politics and Finance in England 1360-1413* [A casa real e as afinidades do rei: serviço, política e finanças na Inglaterra entre 1360 e 1413]. Yale University Press, 1986.

Given-Wilson, Chris e Alice Curteis. *The Royal Bastards of Medieval England* [Os bastardos reais na Inglaterra medieval]. Routledge and Kegan Paul, 1984, pp. 136-142.

Harbison, S. "William of Windsor, the Court Party and the Administration of Ireland" [William de Windsor, o partido da corte e a administração da Irlanda], in *England and Ireland in the Later Middle Ages*, J. Lydon (org.), Dublin, 1981, pp. 158-162.

Holmes, George. *The Good Parliament* [O bom parlamento]. Oxford Clarendon Press, 1975.

Lacey, Helen. "The Politics of Mercy: The Use of the Royal Pardon in Fourteenth-Century England" [A política da clemência: o uso do perdão real na Inglaterra do século XIV]. Tese de doutorado não publicada, Universidade de York, 2005.

Mieszkowski, Gretchen. "The Reputation of Criseyde 1155-1500" [A reputação de Créssida entre 1155 e 1500], in *Transactions of the Connecticut Academy of Arts and Sciences* 43 (dezembro de 1971), pp. 71-153.

Mortimer, Ian. *The Perfect King: The Life of Edward III, Father of the English Nation* [O rei perfeito: a vida de Eduardo III, pai da nação inglesa]. Jonathan Cape, 2006.

Myers, A. R. "The Wealth of Richard Lyons" [A riqueza de Richard Lyons], in *Essays in Medieval History Presented to Bertie Wilkinson*, T. A. Sandquist e M. R. Powicke (orgs.). University of Toronto Press, 1969, pp. 301-329.

Ormrod, W. M. "Alice Perrers and John Salisbury" [Alice Perrers e John Salisbury], in *English Historical Review* 123 (2008).

_____. *Political Life in Medieval England, 1300-1450* [A vida política na Inglaterra medieval, de 1300-1450]. St. Martin's Press, 1995.

_____. *The Reign of Edward III* [O reinado de Eduardo III]. Tempus, 2000.

_____. "The Trials of Alice Perrers" [Os julgamentos de Alice Perrers], in *Speculum* 83, nº 2 (2008), pp. 366-396.

_____. "Who Was Alice Perrers?" [Quem foi Alice Perrers?], in *Chaucer Review XL* (2006), pp. 219-229.

Taylor, John. *English Historical Literature in the Fourteenth Century* [A literatura histórica inglesa no século XIV]. Clarendon Press, 1987.

Taylor, John; Wendy R. Childs; e Leslie Watkiss (trads. e orgs.). *The St. Albans Chronicle: The Chronica maiora of Thomas Walsingham, I, 1376-1394* [A crônica de St. Albans: A *Cronica maiora* de Thomas Walsingham, vol. I, de 1376 a 1394]. Oxford Clarendon Press, 2003.

Vale, Juliet. *Edward III and Chivalry: Chivalric Society and Its Context 1270-1350* [Eduardo III e a cavalaria: a sociedade cavaleiresca e seu contexto entre 1270-1350]. Boydell Press, 1982.

Vale, Malcolm. *The Princely Court: Medieval Courts and Culture in North West Europe 1270-1380* [A corte principesca: cortes e cultura medievais no noroeste da Europa entre 1270 e 1380]. Oxford University Press, 2001.

Agradecimentos

MEUS MAIS SINCEROS agradecimentos a Patrick Walsh, meu agente e bom amigo, que acreditou neste projeto — na verdade, ele continua me incentivando a seguir em frente — desde o começo, e à talentosa equipe da Conville & Walsh.

A Kate Elton, Georgina Hawtrey-Woore e Suzanne O'Neill, por seu entusiasmo, seu estímulo, sua brilhante edição e seu apoio incondicional.

A Joyce Gibb, por ser muito mais que uma primeira leitora.

A James Bothwell, cujo artigo sobre as propriedades de Alice colocaram-me no caminho certo, por ter me dado permissão para utilizar seu mapa dessas propriedades como base para o que se encontra neste livro e por ter me estimulado a fazer contato com Chris Given-Wilson.

A Chris Given-Wilson, por abrir seus arquivos contendo anos de pesquisa sobre Alice.

A RaGena DeAragon, que me acompanhou a St. Andrews para me guiar pelas complexidades das fontes primárias da coleção de Chris no pouco tempo disponível e me fornecer traduções, cujo conhecimento sobre mulheres medievais balizou minhas leituras no assunto, e cujo feedback para meus artigos e ideias foi inestimável.

A Mark Ormrod, que partilhou comigo sua descoberta a respeito do primeiro casamento de Alice e que continuou partilhando sua pesquisa em andamento sobre ela. Este livro teria sido bem diferente sem a generosidade de Mark.

A Laura Hodges, que dividiu comigo seu conhecimento sobre as vestimentas do século XIV, que me deu sugestões imensamente úteis nos primeiros estágios e que respondeu perguntas minhas por todo o processo.

A Gretchen Mieszkowski, cuja monografia sobre a reputação de Créssida inspirou minha interpretação.

A Anthony Goodman, que partilhou suas pesquisas não apenas sobre Alice, mas também sobre Joana de Kent, e pelas animadas discussões sobre o período.

À White Hart Society no Congresso Internacional de Estudos Medievais da Western Michigan University e ao grupo de Estudos Sobre o Século XIV no Congresso Internacional Medieval de Leeds, por me dar a oportunidade de apresentar trabalhos sobre minha pesquisa em andamento, garantindo-me uma generosa quantidade de informações e feedback.

Aos pesquisadores do Chaucernet, muitos dos quais considero meus amigos — especialmente as Damas das Noites de Quinta.

A Candance Robb, por dividir suas pesquisas comigo.

A Charles Robb, pelas sugestões precisas e pelos belos mapas.

E a todos os amigos e familiares que me incentivaram.

Sou grata por toda essa generosidade e companheirismo.

Este livro foi composto na tipologia Minion Pro,
em corpo 11/15, e impresso em papel off-white
no Sistema Cameron da Divisão
Gráfica da Distribuidora Record.